HABITACIÓN 215

Pilar Sánchez Martín

Habitación 215

ISBN-13: 978-84-697-7091-7
ISBN-10: 8469770918

DEDICATORIA

A mi hija Blanca, para que disfrute entre estas letras de una Vida fructífera, larga y feliz que nunca podrá arrebatarle la Muerte.

Y a mi padre, Juan, que me animó a terminar esta novela y me enseñó a vivir con dignidad hasta el último de los días que le tocaron en Suerte.

ÍNDICE

AGRADECIMIENTOS

Mi más sincero agradecimiento a todos los familiares y amigos que me apoyan y acompañan en este camino que inicié, no sin cierta incertidumbre y valor a partes iguales, al publicar mi primera novela. A los que creen en mí y lo demuestran con sus actos, sus gestos y sus palabras.

Mi agradecimiento a mi amigo Jesús Castillo, por sus excelentes fotografías para la portada y contraportada, y por supuesto a mi marido, Miguel Ángel Hernández López, y a mis primos, Ángel Martín y Julia Cabello, por estar siempre ahí y por el tiempo que habéis dedicado a la lectura de esta novela cuando era solamente un manuscrito.

Prólogo

Me llamo Ámbar.

No soy mortal.

Fui concebida para desafiar a la Vida como un instrumento al servicio de la Suerte, en un intento por recuperar el equilibrio que se rompió cuando dos jóvenes idénticas retaron por primera vez al destino y una mujer de vidrio se enamoró contra natura de un niño abandonado a las puertas de un monasterio.

Mi misión es entretener a la Muerte, aunque su trabajo me sea completamente ajeno y nunca llegue a comprender el sentido de las historias que cuento todas las noches para ella, como parte del acuerdo que mantiene las proporciones del triángulo equilátero en el que la Vida engendra a los mortales y los arroja en brazos de la Suerte para que los diferencie, hasta que la Parca iguala el destino de todos.

No soy humana, y en teoría no puedo apreciar matices ni relativizar conceptos abstractos, tampoco debería dejarme guiar por sentimientos o emociones hormonales, o al menos eso había creído hasta ahora, porque no tenía referencias más allá de las que me proporcionaba la lógica.

Sólo sé que me crearon a imagen y semejanza de los mortales, aunque deduzco que nunca seré como ellos, porque nunca alcanzaré su fragilidad ni combinaré infinidad de variables a partir de simples procesos químicos para construir realidades insuperablemente complejas.

Esta es la historia de un viaje a través de las palabras para mantener intacto el equilibrio. Te lo cuento porque probablemente seas mortal, un descendiente de la estirpe de los pocos que todavía permanecen bajo un único sol y una única luna, y seguramente en el mundo en el que habitas solo algunos elegidos sepan viajar a otras dimensiones a través de las palabras, como ha sido siempre, porque aún perteneces a la era donde el secreto de la creación pasaba desapercibido.

Si me estás escuchando ahora, estoy en disposición de proporcionarte algunos datos acerca de tu entorno y tu realidad más inmediata a partir de hechos probados, porque si oyes o lees estas palabras, tienes cerca de ti una loba de ojos dorados que custodia un collar de tabas, y una mujer de vidrio que se entretiene con las historias que se derraman entre la arena cuando alguien vuelca un reloj cercado por abundante vegetación de bronce.

La crónica comienza ahora, aunque la leyenda es muy antigua, porque la arena sigue su curso dando forma a los relatos al volcar de nuevo el depósito. Como ha sido siempre, desde que un muchacho selló el trato con la Muerte a los pies de la cama de un herrero moribundo. A partir de entonces las palabras se conjuran solas después de abrir un cofre de madera de ciprés a la luz del creciente de luna.

Trovadores al servicio de la Muerte. El peor oficio del mundo.

Un oficio para el que es necesario tener el don de la palabra. Los que me precedieron sí lo tenían. Yo quizá sea una excepción.

O no.

Juzga tú mismo.

Capítulo I

El aprendiz sin maestro

I

Agitó el termómetro de mercurio mientras empujaba la puerta. La lluvia resbalaba por los cristales de la ventana imantando la penumbra metálica y dando forma a las sombras que se agazapaban alrededor de la cama. Encendió la luz. Un resplandor blanco inundó la habitación como un fuego de artificio que nunca llegó a explotar en el techo encalado. Los párpados de la mujer apenas se estremecieron ante el fogonazo. Ana le puso el termómetro y dejó sobre la mesa auxiliar los antibióticos mientras manipulaba con gestos precisos y ausentes el gotero.

Llevaba poco tiempo en el hospital, y quizá por eso, pensaba mientras examinaba la vía sobre las venas azules de la mano que permanecía inerte a un lado del cuerpo, todavía no se había acostumbrado a las miserias humanas. La mujer que tenía a su lado, postrada en la cama y sedada la mayor parte del tiempo por voluntad propia, era una enferma terminal de cáncer.

Debía haber sido hermosa, tenía el cabello blanco con reflejos azules y la cara mostraba una expresión dulce y serena. Amelia, la supervisora de planta, le había contado que siempre estaba sola, que no tenía familia, aunque estaba podrida de dinero. A Ana entonces aquella expresión le había parecido un símil demasiado grosero, un pronóstico agorero y exacto de lo que acabaría siendo la mujer de las venas azules, de lo que acabarían siendo todos antes o después, una predicción universal, certera, precisa, aunque sin ninguna relación con el dinero. Porque Ana intuía que la riqueza no era lo que diferenciaba a unos de otros, ni el anuncio de la muerte cierta. No. Lo que diferenciaba antes de pisar el umbral eran solamente los afectos. La cantidad, la calidad, el tono, el sabor, el tacto y el olor de los afectos que habían logrado captar los sentidos a lo largo de toda una vida y se habían filtrado entre la arena que guarda la memoria.

Por eso esta planta nunca sería tan devastadora como la de psiquiatría, pensó Ana mientras retiraba el termómetro, porque aquella mujer postrada en la cama, enferma, sola y podrida de dinero, como había dicho Amelia, todavía podía recordar quién era cuando estaba despierta, y añorar a los que la habían querido. En la planta de psiquiatría, sin embargo, con la cabeza perdida, sin memoria, todo el mundo estaba solo, aunque alguien se empeñara en llamarlos padre, hermana, abuelo o esposa, como si vivieran permanentemente en un teatro de cartón piedra en el que siempre se representaba la misma obra.

Martín se movió a un lado de la cama. Estaba ensimismado tallando la cabeza de un ciervo en una funda de navaja, sentado bajo el baile de reflejos de sol que se colaban entre las hojas de parra. Un pequeño cauce de agua corría a sus pies recorriendo la huerta de un extremo a otro, y el murmullo del agua y el olor a hierbabuena y albahaca mantenían a Martín concentrado en la imagen que tallaba en la madera. El sol reverberaba entre los surcos haciendo estallar el color de verduras y hortalizas bajo las matas verdes ordenadas en hileras.

Lo tenía todo preparado. Cuando aquel hombre volviera a la aldea, él se ofrecería para acompañarle como aprendiz, y no cejaría en su empeño hasta que lo aceptara. Había aprendido lo suficiente durante los años de espera. Sabía fabricar instrumentos de madera, trabajar el cuero, tallar la piedra, e incluso tenía algunas nociones del manejo de una fragua.

Había trabajado en sus ratos libres para casi todos los artesanos del pueblo a cambio de algunas monedas, aunque no era el dinero lo que lo empujaba a aprender cualquier oficio, sino el afán de atesorar destrezas para valerse por sí mismo cuando se marchara de la aldea en pos de aquel hombre que había cambiado su mundo poco tiempo después de quedarse huérfano.

No tenía a nadie. Los parientes del padre que lo habían acogido lo trataban como lo que era, un desheredado que tenía que ganarse el pan cada día para tener un sitio bajo su techo. Hasta que llegó al pueblo aquel hombre. El contador de historias, taimado, áspero y seco en el trato cuando no estaba ejerciendo el oficio que hipnotizaba a un público ávido de leyendas de héroes, batallas, comedias y dramas ajenos. A partir de entonces, Martín ensanchó los límites del mundo más allá de las montañas que cercaban el pueblo, y supo que se marcharía detrás de aquel hombre que creaba realidad con la palabra, con los gestos, modulando la voz hasta conseguir levantar ciudades, castillos y ejércitos sobre el aire que envolvía las plazas abarrotadas, cabalgando en el aliento detenido de hombres, mujeres y niños absortos en sus palabras.

Tenía fiebre. Ana anotó 38 grados en el informe diario y dio un último vistazo a la mujer del cabello blanco y las venas azules antes de salir de la habitación, sin reparar en la loba que dormitaba a los pies de la cama con la cabeza apoyada entre las patas, ni en la figura de vidrio apostada junto a la mesita auxiliar donde descansaba un reloj de arena.

II

Seguía lloviendo. El invierno se avecinaba como un presagio aciago. Ana había conseguido acostumbrarse al hecho de no encontrar a nadie al volver del trabajo, pero incluso así, no podía evitar confundir la soledad con la bruma grisácea que envolvía las estancias de su casa. Estaba sola, como la mujer de las venas azules que atendía a diario, sola con el recuerdo de la madre muerta y el padre perdido entre las nieblas de la infancia. No había hermanos. Había familia lejos de aquella ciudad en la que no tenía vivencias ni recuerdos. Había pretendientes que siempre habían trocado el amor por el sexo haciéndola consciente de la perfección de su cuerpo, como una muralla de piedra cercando algo prohibido que no atraía sino a maleantes y a salteadores.

Hacía tiempo que había quedado fuera de las expectativas de los que no se consideraban a su altura, de los tímidos e inseguros, los únicos que a ella podían interesarla, porque Ana se reflejaba en la imagen del padre que le devolvía a la madre muerta, en su amor dulce y sereno fuera de los convencionalismos, de modo que ahora pensaba que a sus veinticuatro años se le habían esfumado los recuerdos que tenían que ver con el amor, como si hubiera vivido siempre en la planta de psiquiatría, sin ser consciente de la explosión de sensaciones que había levantado como sinfonías en cámaras insonorizadas resonando bajo el pecho de los muchachos tímidos e inseguros que la habían acompañado, siempre como amigos, en sus años de adolescencia. Nada que ver con los asaltos fugaces en busca del amor, las embestidas torpes y salvajes para redimir la soledad vertiendo ofrendas de sangre en el altar equivocado, acompañada por ídolos paganos y pagados de sí mismos que no buscaban compañía.

Terminó el turno y volvió a casa después de visitar la habitación doscientos quince donde dormía la mujer de las venas azules mientras la lluvia arreciaba al otro lado de la ventana golpeando los cristales y tintando las paredes con los reflejos líquidos de un acuario en penumbra.

Los gritos se oían en toda la casa. Le gustaba escandalizarle cuando pensaba que solo él podía escucharla. Pero hoy no estaba sola. Martín la había visto subir a la segunda planta con Jonás, el hijo del herrero, y ella le había hecho una seña de complicidad desde las escaleras llevándose el índice a los labios. Marcia estaba segura de que Martín sentía algo por ella, lo único que podían sentir los hombres ante las mujeres jóvenes de curvas definidas, y estaba convencida de que tenía el poder de hacerle sufrir negándole lo único que él ansiaba.

Martín la dejaba hacer. Era su prima segunda, hueca, vulgar y cabezota como una mula con gualdrapas de fiesta metida en un muladar hasta los flancos. Era mejor no enfadarla. Jonás disfrutaría esa tarde de los gritos y las carnes blancas y torneadas de la muchacha deshecha en espasmos y retorcimientos bajo las sábanas. Cerraba los ojos y gritaba mientras agitaba la cabeza a un lado y a otro esparciendo los rizos negros sobre la almohada. Lo había visto. Ella había quedado la puerta entornada para que él pudiera verlo. Martín estaba seguro de que ese había sido su único propósito cuando, meses atrás, se había llevado a casa a Pedro, su único amigo, después de cerciorarse de que, a excepción de Martín, la casa estaba desierta.

Marcia estaba obsesionada con Martín, y la obcecación iba en aumento al comprobar que la indiferencia era solo indiferencia, no la tapadera de los supuestos celos que según ella debían atormentarlo. De modo que esa tarde, después de los gritos agónicos y el forcejeo rítmico contra el cabecero de la cama, Marcia bajó a la huerta para comprobar que él seguía allí, arrasado y maltrecho por el amor no correspondido que ella le provocaba.

—Un día volverán antes de lo que piensas y obligarán a uno de esos pobres diablos a casarse contigo. —Martín cosía la correa a un zurrón y hablaba con la aguja prendida en los labios mientras doblegaba el cuero entre las manos.

Marcia se paró frente a él y sonrió coqueta. Era de mediana estatura, con una redondez que anticipaba la generosidad de carnes blancas y sonrosadas en la edad madura. Tenía el pelo negro y ondulado cayéndole en tirabuzones sobre los hombros, los ojos, la nariz y la boca pequeños, de modo que le sobraba medio palmo de ancho a ambos lados de la cara. Pero el no ser hermosa lo compensaba con una autoestima enfermiza y un orgullo desmedido, como la mala hierba que crece a contracorriente y contra todo pronóstico, pues es consciente de que, de otro modo, nadie va a velar por ella. Ahora tenía la falda remangada para que se le vieran las pantorrillas, y la camisa caída sobre el hombro dejando asomar la curva de sus pechos. Estaba satisfecha. Martín podía sentir sin levantar la vista las mejillas arreboladas y la agitación de la respiración de su prima.

—¿Para qué estás haciendo otro zurrón? ¿No te vale el tuyo?

—Es un encargo.

—¿De quién?

Sentado como estaba, Martín intuía su contoneo de caderas y el vaivén de las faldas junto a sus manos.

—Un forastero.

Marcia se sentó junto a él en el borde del abrevadero. Se recompuso el pelo y se colocó la camisa dejándola caer ahora sobre el hombro derecho.

—¿Forasteros? Nadie ha venido al pueblo últimamente.

—Dentro de dos semanas empieza la feria, y entonces el pueblo se llenará de gente. El zurrón está encargado desde hace varios meses. ¿No tienes que hacer la cena?

Marcia se levantó y volvió a recomponerse antes de entrar en la casa, no sin antes rozarle los hombros al pasar con la yema de los dedos.

III

Estaba despierta. Se acercó a la cama para preguntarle si se encontraba bien y si necesitaba algo. Ella la miró y le sonrió con los ojos. Era más dulce aún de lo que había imaginado. Antes de salir, la mujer de las venas azules le preguntó su nombre.

—Me llamo Ana.

La mujer volvió a sonreír.

—No necesito nada. Gracias. Estoy bien. —Tenía una voz envolvente y agradable.

Permanecía postrada en la cama con los brazos pegados al cuerpo. La vía reptaba como una serpiente incolora hasta su codo y luego ascendía hasta el gotero. La mujer perdió la mirada en un punto de la pared, junto a la ventana. Ana repuso el envase de medicación y se despidió de ella.

—Yo soy Leyre —susurró la mujer cuando se marchaba.

—Encantada de conocerte, Leyre. Si necesitas algo, no dudes en llamar.

—Gracias, Ana.

El resto de la mañana pasó rápidamente. La planta estaba ocupada al noventa por ciento y Amelia había convocado una reunión a las nueve y media. El oncólogo pasó a las once. Ana lo acompañó en la ronda, junto a dos jóvenes médicos que estaban en el hospital haciendo prácticas. Recorrieron los pasillos entrando y saliendo de las habitaciones, tomando notas, prescribiendo fármacos y posologías, ordenando pruebas radiológicas.

Ana anotaba todo en las fichas de cada paciente. Debería haber sido Amelia la que acompañara a los médicos, pero esa mañana había tenido que salir de urgencia por un problema familiar y había delegado en ella. El oncólogo hablaba con los pacientes y preguntaba a Ana sin mirarla. Luego, ya en la puerta de la habitación, se dirigía a los colegas que lo acompañaban para comentar los aspectos más significativos de cada caso o hacer pronósticos sobre su evolución futura.

Ana se apartaba entonces, absorta en la ficha del próximo paciente, alerta para reanudar la marcha. Así llegaron hasta la doscientos quince. Leyre estaba despierta cuando entraron, y correspondió a sus saludos con una sonrisa.

Ana permaneció a los pies de la cama, como hacía siempre, reflejada en las pupilas doradas de la loba que dormitaba junto a la mujer de las venas azules.

Mantuvo el semblante adusto y concentrado en los informes, sin levantar la vista. No estaba relajada ni cómoda desde que comenzó la visita médica. Tan solo se había permitido gestos de ternura en las habitaciones de oncología pediátrica, tratando de poner distancia entre sus emociones y los pacientes, como le había dicho Amelia, y aunque era amable y solícita con todos, incluso afectuosa, había conseguido mantener la lejanía suficiente como para no recordarlos por las noches cuando intentaba conciliar el sueño. Con todos menos con Leyre. Pensaba en ella más de lo que luego recordaba, sin ser consciente de que la mujer de la habitación doscientos quince se había convertido en alguien cercano, una presencia recurrente en su vida en las últimas semanas, sin motivo aparente.

Ahora permanecía a los pies de su cama dispuesta a anotar las prescripciones del médico que charlaba con Leyre en tono distendido, aunque en realidad la estuviera interrogando según un protocolo preciso disfrazado de naturalidad amable.

Ana tomó notas cuando el médico giró la cabeza hacia ella y ordenó cambios en la posología de la medicación diaria. Luego guardó la ficha en la carpeta y se mantuvo en silencio. Los médicos se habían despedido de Leyre y se dirigían hacia la puerta cuando Ana cruzó la mirada con la mujer de las venas azules. Leyre la estaba sonriendo. Ana le devolvió la sonrisa y siguió a los tres hombres haciendo un gesto de despedida con la mano.

Empezó a llover cuando Martín se dirigía a la posada. Llevaba preparando el zurrón desde hacía más de tres semanas, e incluso lo había reforzado con remaches de metal que había conseguido en la fragua del herrero.

Mientras se acercaba a la posada, atravesando el barro y los charcos de agua sucia de la calle principal, observaba el continuo trasiego de gente ante la puerta del establecimiento, a pesar de la lluvia y de la hora tardía. Pasó una carreta de bueyes junto a él. El carretero iba enfundado en una capa oscura que lo ocultaba completamente, azuzando a las bestias para que aligerasen el paso. Una de las ruedas traseras se atascó en el barro. El carretero maldijo y arreó a los animales con la vara.

Martín aprovechó para cruzar la calle. Los candiles se adivinaban ya tras los postigos y el cielo parecía derramarse sobre el pueblo anegando las sombras. Llevaba el zurrón envuelto en un paño de lana, aunque era consciente de que, si la lluvia arreciaba un poco más, acabaría por empaparse. Lo resguardó con cuidado bajo el manto. A punto de llegar a la puerta, recordó la pregunta de Marcia sobre el destino del zurrón que ahora llevaba oculto. No. No era un encargo. Había mentido a su prima como había hecho otras veces, pero esta vez no había sido únicamente para mortificarla. Esta vez la mentira era parte de un plan que llevaba fraguando desde hacía siete años. Un plan que era su única salida para sobrevolar un destino mísero que sólo podía depararle más mediocridad. Con suerte. Sin suerte no quería ni pensarlo.

Entró en la posada sorteando el paso tambaleante de Tirso, que ya estaba borracho. Dentro no cabía un alma. El olor a humanidad se mezclaba con el de ajo, especias, vino y madera rancia. Un mar de hombres gesticulaba y hablaba a gritos alumbrados por la luz de los candiles y los destellos de la chimenea que crepitaba en la pared del fondo. Junto a los parroquianos había mucha gente forastera que había venido a la feria. Martín se acercó a la barra y se hizo un hueco entre las espaldas anchas y fornidas de Cosme, el herrero, y las de Toribio, el zapatero, escurridas y estrechas como las de una salamandra.

Intentó llamar la atención de Antonio, el posadero, que no paraba de servir jarras de vino y vocear a la puerta de la cocina ordenando pedidos. El griterío de las voces y las risotadas le hizo desistir. Tenía prisa. Deambuló entonces entre las mesas buscando a Teresa, la hija de Antonio, intentando divisar una cabellera rubia entre los hombres que bebían de pie. La encontró en una de las mesas del fondo, sirviendo vino y una fuente humeante de patatas con carne mientras apartaba con un golpe seco una mano escondida entre sus faldas. Martín se abrió paso y llegó junto a ella justo cuando la muchacha había vaciado la bandeja y se disponía a volver a la barra.

—¿Qué quieres? —le dijo cuando pasó a su lado, levantando ligeramente la barbilla y entrecerrando los ojos.

Martín supuso que el disgusto de Teresa se debía al último encuentro, dos semanas atrás, junto al álamo que marcaba el inicio del bosque. El muchacho era consciente de que ella le había estado buscando durante mucho tiempo, insinuándose, hasta conseguir quedarse a solas con él cuando las demás parejas se habían internado entre la alameda que seguía el curso del río para perderse después entre los árboles. Aquella tarde la expresión de Teresa había sido distinta, solícita y amable. Martín no la había rechazado de frente, pero después de los primeros besos y de dejarse acariciar sin pasar a mayores, Teresa había intuido que él no estaba interesado en ella lo suficiente.

El encuentro finalmente se había resuelto con un asalto torpe y a la desesperada con el que ella logró un alivio rápido para el orgullo maltrecho y el despecho insano en los que se le había acabado trocando la ilusión aquella tarde. Martín fingió no darse cuenta. Teresa le gustaba, aunque no como ella pretendía, y no tenía intención de acabar con aquel afecto. Simplemente la trató con delicadeza, la acompañó a su casa y, después de despedirse con alivio mutuo, evitó volver a cruzarse con ella en la calle.

Ese había sido su último encuentro, hasta ahora, parada frente a él con una bandeja vacía en las manos y una mirada triste y desafiante al mismo tiempo.

Martín trató de apelar a la complicidad de siempre, cuando ella todavía era su amiga y él era aún para la muchacha una promesa de amor adolescente.

—¿Dónde está el hombre de las historias? Necesito encontrarle.

Teresa hizo ademán de continuar la marcha abrazando la bandeja y apartando los ojos. En ese momento dos hombres pasaron junto a ella riendo y palmeándose las espaldas, empujándola al pasar y desestabilizándola, como si fuera una piedra molesta en el camino hacia la mesa donde los esperaban sus camaradas bebiendo vino y chocando las jarras. Martín la cogió del codo y la sostuvo con fuerza para evitar la caída. Eran hombres del castillo y estaban acostumbrados a avasallar a cualquiera que viviera bajo la sombra de las almenas. Teresa se agarró al brazo de Martín para recuperar el equilibrio. Luego lo soltó y volvió a abrazar la bandeja. Las voces a su alrededor anegaron la suya cuando habló sin mirarlo.

—En el patio de atrás, pero no es buen momento.

Soltó con un gesto brusco el brazo que todavía le sujetaba Martín y se dirigió a la barra sorteando a un grupo de hombres que bebían de pie junto a la entrada. Martín la observó alejarse unos segundos y luego fijó su atención en la puerta que se abría junto a la cocina, la que daba acceso al patio donde estaban las cuadras. La alcanzó rápidamente y cedió el paso a un comerciante que entraba en ese momento y que llevaba viniendo a la feria desde que Martín podía recordar. Matías, el tratante de telas.

La oscuridad se agazapaba tras la puerta. Pisó un charco al salir y cruzó el patio mientras sus ojos se acostumbraban a la penumbra incipiente del creciente de luna. El suelo era un lodazal en el que se le hundían los pies dificultándole el avance.

Se detuvo al llegar al otro extremo, donde se alineaban las puertas de las cuadras. El patio estaba desierto y no se atisbaba ninguna luz entre los *huecos de las ventanas, aunque, sobre el rumor incesante de la lluvia repiqueteando en los charcos de barro, Martín supo que dentro de las caballerizas había movimiento. Se situó bajo el alero que avanzaba sobre la puerta, recostado contra la pared de adobe, abrazó el zurrón bajo el manto y se dispuso a esperar el tiempo que hiciera falta.*

IV

Quería morir en el hospital, sedada y atendida con cuidados paliativos. Tenía dinero suficiente para permitirse ocupar una habitación en aquel hospital privado el tiempo que le quedara de vida. Se le administraban sedantes a diario para evitar que el dolor se instalase permanentemente a la cabecera de la cama como el único compañero de cuarto. El miedo, la soledad y el dolor, pensaba Ana, porque a Leyre solo le quedaban los sedantes para afrontar la antesala de la muerte, que era la muerte misma.

A veces Ana volvía a casa pensando en Leyre, en la tristeza y el abandono que todo el mundo le suponía, pero no podía evitar un estremecimiento al recordar la dulzura y la serenidad que dejaba entrever los ratos que permanecía despierta.

Había más soledad cuando giraba la llave y empujaba la puerta de su casa, que en la habitación de hospital de la mujer de las venas azules. Había más abandono en la forma que tenía Ana de relacionarse con el mundo, que en la expresión llena de luz de la mujer postrada en la cama. Y el futuro era mucho más aterrador envuelto entre las paredes de su casa, como un eco ausente de sonido, que entre el roce de las sábanas que cubrían a una mujer feliz que sabía que el final estaba cerca. Podrida de dinero, como había dicho Amelia.

Para nadie significaba nada. Tan solo era un número en una hoja llena de datos, prescripciones y síntomas. Tan solo una apuesta entre los facultativos sobre cuánto tiempo duraría viva. Pero por encima de todo, Leyre seguía siendo un referente para los demás, un espejo de sus propias inseguridades y temores, un reducto de soledad y de muerte que nadie quería presenciar ni imaginar para sí mismo, ignorando que, a la mujer de las venas azules, el reflejo vacuo de los que se miraban en ella para contemplar sus propios miedos, era lo último que le importaba.

Tiago entró en la habitación cuando Ana ya se iba. Tenía la sala de guardia contigua y había escuchado ruidos, primero susurros y luego risas. Sabía perfectamente quién era Leyre, por eso le extrañaba tanto el sonido de una conversación aparentemente distendida. Observó a Ana cuando salía, con un gesto de felicidad suspendido todavía sobre las comisuras de los labios.

Leyre también parecía contenta, postrada en la cama con los brazos a ambos lados del cuerpo. Observó al médico un momento y luego cerró los ojos.

—¿Cómo me encuentra, doctor? ¿Peores noticias? ¿O no hay prueba que supere ya la gravedad del veredicto?

El oncólogo se quedó perplejo sin intentar disimularlo. Era la enfermera la que había estado manteniendo con la paciente la conversación que había escuchado desde la sala de guardia. Aquella enfermera apocada y escurridiza, aunque tremendamente atractiva y eficiente, que no solía participar de las bromas y la cháchara cansina del control de enfermería.

Tiago había escuchado muchas veces las mismas tonterías, la moda, las rebajas, los hijos, el tiempo, los cotilleos de sociedad, el fin de semana en la playa o en casas rurales, en definitiva, toda la parafernalia repetida del catálogo que había ido pasando por la planta, siempre distintas, siempre las mismas.

Tiago a veces quedaba entreabierta la puerta las noches de guardia, para que las sandeces repetidas lo adormecieran igual que lo hacía el ruido de fondo de un partido de fútbol. Incluso a veces había intentado descifrar el laberinto de caminos neuronales que les hacían repetir la misma cháchara intrascendente una y otra vez sin llegar a tener conciencia de ello. Quizá se había equivocado de especialidad, pensaba para sí mismo, y la neurología enfocada a estudiar la patología de la estupidez acabara teniendo más futuro.

Ana le rozó el hombro al salir, involuntariamente, aunque no perdió la sonrisa al traspasar la puerta y acceder al pasillo, por más que hubiera de seguir aguantando en adelante el cinismo y el desprecio del joven médico que había dejado atrás, el perfecto ejemplo de un excelente profesional que menospreciaba continuamente a sus compañeros, sin empatía ni sensibilidad suficiente para ser consciente de que estaba completamente pagado de sí mismo.

Una luz se movió detrás de los postigos. Por encima del sonido incesante de la lluvia, Martín percibió risas entre susurros. La luz pareció avanzar hasta inundar el hueco de la ventana. Alguien entreabrió la hoja de madera de la puerta y luego la cerró con un golpe seco. Más risas sofocadas, una de ellas áspera y gutural, la otra, un cristal roto por los bordes. Un cuerpo sacudió la puerta por dentro, y Martín pudo escuchar embestidas rápidas y alientos entrecortados entre gemidos.

Martín apretó aún más el zurrón al cuerpo, consciente de que no eran ni el lugar ni el momento oportunos. Las embestidas disminuyeron la duración y la frecuencia a la vez que se dilataban los gemidos. El muchacho abandonó el abrigo del alero de teja cuando los ruidos cesaron detrás de la puerta.

Alcanzó unos barriles apilados en una esquina del patio y se parapetó tras ellos. Las ráfagas de lluvia le golpeaban la espalda y el cuello, y sus pies se hundían en un charco de barro cuando la luz inundó el hueco de la puerta. Un hombre envuelto en una capa salió con pasos rápidos y atravesó el patio hasta alcanzar la posada.

La luz vaciló todavía dentro de las cuadras y luego se apagó de súbito, de modo que Martín apenas pudo reconocer la figura menuda y embozada que salió apresuradamente dirigiéndose al portón que daba a la calle de atrás. Unos instantes después el patio estaba desierto. Martín salió desde detrás de los barriles y siguió los pasos de la mujer. No quería tener que atravesar el salón de la posada empapado de pies a cabeza, ni le convenía dar explicaciones sobre lo que le había ocupado tanto tiempo en el patio bajo la lluvia.

Intuía vagamente quién podía ser la muchacha con la que el hombre había tenido tratos carnales. Martín había adivinado mechones de pelo cobrizo bajo la capa con la que se embozaba al salir precipitadamente de las cuadras. No podía ser otra. Coincidía su figura y su cabello con la visión fugaz que había tenido de ella la única vez que la había visto merodeando por los alrededores del pueblo. El sonido de su risa no era un indicio para el muchacho, pues nunca pensó que la muchacha en la que él estaba pensando pudiera sonreír a nadie. Pero sin duda era ella, pensó cuando se dirigía hacia su casa apretando el paso mientras la lluvia le salpicaba la cara y sus pies se hundían en el barro.

V

Leyre había pedido que le rebajasen la dosis de sedantes. Quería mantenerse despierta durante el día mientras fuera posible, de modo que Ana comenzó a visitarla algunas tardes haciendo tiempo hasta que comenzaba el turno de noche. Amelia y el resto de los compañeros observaban con curiosidad el comportamiento de ambas mujeres cuando estaban juntas, sin dejar de apreciar el cambio que se había obrado en el carácter de Ana. Ya no era la mujer introvertida y triste. En las últimas semanas parecía haber recuperado la alegría y la seguridad en sí misma, y la energía había desplazado la tristeza de sus primeros días en la planta.

Algunos decían que su amistad con Leyre tenía un objetivo impropio del carácter y la prudencia que le habían supuesto al principio. El dinero, había llegado a decir Trinidad, la más veterana de todas, solo el dinero podía hacer que Ana dedicara tanto tiempo a la vieja, aprovechando que estaba sola, que no tenía familia, convirtiéndola en una presa fácil a la que podría convencer en poco tiempo para que la nombrase beneficiaria de su testamento. Nunca lo habría imaginado de ella, repetía saboreando las palabras, tan recatada y tan discreta, tan por encima de los chismorreos de la planta.

Amelia no dijo ni que sí ni que no, consciente de que Trinidad no debía tener la última palabra. Ya veremos, había dicho con la mirada perdida al final del pasillo, y luego se había dedicado a revisar los turnos. Los demás habían callado, incluido Fernando, que nunca participaba de las conjeturas, y habían vuelto al trabajo. Pero a partir de entonces las entradas y salidas de Ana de la habitación de Leyre se habían registrado mentalmente con exactitud, puntualmente, como si fueran parte del seguimiento médico, de tal manera que la relación entre la enfermera y la paciente de la habitación doscientos quince se convirtió en un asunto que a nadie dejaba indiferente, porque nadie entendía qué podían tener en común una anciana moribunda y una joven enfermera, ni con qué tema de conversación podían llenar las horas en una habitación de hospital inhóspita y fría.

De modo que el asunto de la herencia se fue abriendo paso poco a poco en el control de enfermería como un debate colectivo en el que unos estaban en contra de la versión del interés económico de Ana, capitaneados por Isabel, la chica rubia y dulce que podía llegar a tener madera de líder si se lo proponía, y los que seguían la teoría de Trinidad a pies juntillas. Amelia se limitaba a observar la contienda y los cambios de estrategia en los dos bandos, negándose a posicionarse en una guerra incierta en la que no sabía muy bien a qué atenerse, temiendo perder el control de la situación si daba a entender el desconcierto que le provocaba la actitud de Ana, hasta ahora su mejor discípula.

La puerta de la habitación 215 se convirtió desde entonces en un muro donde se proyectaban situaciones imaginarias que nunca se correspondían con lo que sucedía dentro, y al accionar la manilla metálica y empujar la hoja de madera lacada en blanco, durante un segundo interminable, los trabajadores de la planta anticipaban mentalmente posibles escenas que nada tenían que ver con lo que sucedía alrededor de la cama de Leyre.

Lo había rechazado sin contemplaciones. Ni siquiera había aceptado el zurrón que el muchacho le ofrecía, aunque lo había observado con curiosidad antes de devolvérselo. No tenía aprendices, había mascullado antes de darle la espalda. Mejor sería que aprendiera otro oficio.

Martín observó que, en las distancias cortas, la apariencia del contador de historias era la de un joven de poco más de veinte años, moreno, alto, bien parecido, con la piel tersa a pesar de estar curtida por el sol de los caminos y un cuerpo esbelto y fibroso rebosante de fuerza y energía; aunque había algo desconcertante en sus ojos oscuros, semejantes a la superficie líquida de un pozo insondable bajo la que se adivinaba la sabiduría acumulada en estratos a lo largo de todos los siglos del mundo.

Eso debía contribuir aún más a su leyenda, pensó Martín con el zurrón todavía entre las manos, porque, que él supiera, nadie se había atrevido a tratarle como lo que parecía a primera vista, un joven al que le quedaba mucho por aprender sobre la vida. Al contrario, todo el mundo se cuidaba de dirigirse a él con respeto y deferencia excesiva, guiándose quizá inconscientemente por el mensaje que dejaban traslucir sus ojos, el espejo cegado del pozo sin alma rebosado de siglos.

De cualquier manera, era más desagradable de lo que Martín recordaba, a pesar de que minutos antes había vuelto a desplegar su ingenio para conmover a todo el que había querido escucharle en la plaza del pueblo, deshilvanando una historia de amores, luchas de familias, traiciones y celos que se había resuelto finalmente con varias muertes violentas y la huida de los amantes.

Martín se preguntó de dónde sacaba la habilidad para hacerlo, porque el hombre había vuelto a detener el tiempo y el aliento de los allí reunidos con el sonido de sus palabras, había vuelto a enamorar a las mujeres y a encender a los hombres, había vuelto a transformarse en un tamiz para filtrar las miserias de las vidas insignificantes de los que le rodeaban en completo silencio, pendientes de sus labios, atrapando la esencia del único anhelo que enrasaba a todos por igual, campesinos o señores, el ansia por reflejarse en historias ajenas capaces de transportarlos más allá de sus propios miedos e inseguridades a un lugar donde el valor, la lealtad, el honor y el amor verdadero triunfaban siempre sobre la vileza, la traición y la infamia.

Pero aquel prisma sobre el que se reflejaban las proezas y las hazañas épicas más inverosímiles, ofrecía también otras muchas caras. Martín lo sabía desde mucho antes de atreverse a hacerle la propuesta, de modo que ahora, apretando el zurrón contra su pecho, estaba muy lejos de aceptar la derrota.

Salió de la posada sin cruzar la mirada con Teresa, que lo observaba de reojo mientras limpiaba una mesa. La muchacha había presenciado el desplante de aquel hombre insoportable y maniático, parco en palabras cuando no tenía público, que apenas había mirado a Martín cuando le ofrecía el zurrón a cambio de que le permitiera acompañarlo. Teresa no pudo evitar un estremecimiento, pues, aunque era cierto que el muchacho la había rechazado semanas atrás con la delicadeza suficiente como para convencerla de que nunca estaría interesado en ella, Teresa no podía evitar seguir queriéndolo.

Mientras recogía las jarras de vino, la muchacha estuvo segura de que Martín se marcharía detrás de aquel hombre, porque, a pesar de la rudeza del desplante del contador de historias, Teresa conocía de sobra la determinación y la voluntad del muchacho, y podía anticipar el resultado del desafío aun antes de que aquel desgraciado que creaba realidad con la palabra sospechara siquiera que acababan de retarlo a combate.

VI

El invierno teñía los alrededores del hospital de un gris interminable salpicado con los colores de las hojas superpuestas como estratos en las copas de los árboles, absorbiendo la luz metálica de las nubes que desfilaban ante la ventana de Leyre.

Amanecía cuando sintió de nuevo el dolor, omnipresente y certero. Llamó al control de enfermería para que la sedaran con una dosis que le permitiera mantenerse consciente. Quería estar despierta, porque tenía poco tiempo.

Nadie veía lo que veía ella. Nadie era capaz de mirar más allá de la luz macilenta y el silencio que la acompañaba siempre. A todos aparecía oculta aquella otra realidad que inundaba la habitación, derribaba las paredes y reptaba por las patas de la cama metálica. Aquella otra realidad en la que el aire no olía a desinfectante y el resplandor de los focos blancos que horadaban el techo se diluía en haces de sol y de lluvia que se ondulaban con las ráfagas de viento.

Amanecía, pero ninguno de los que entraron esa mañana en la habitación 215 pudo alcanzar a comprobar el esplendor recién estrenado del bosque.

Tiago pasó cerca del mediodía acompañado por Trinidad. Leyre sonrió nada más verlos, sin darles la posibilidad de no devolverle la sonrisa. Había pedido que la levantaran, de modo que los recibió sentada en el sillón que presidía la estancia como si fueran los únicos actores de una opereta breve cuyo libreto hubiera leído muchas veces.

Era un mal menor tener que ser examinada a diario para registrar la evolución de una enfermedad que habría dejado de tener protagonismo si no fuera por el dolor agónico que la punzaba hasta dejarla sin aliento desde que comenzaron a espaciar las dosis de sedantes. Era un mal menor también tener que soportar la mirada condescendiente y en ocasiones compasiva de Trinidad, el pulso cerebral primario que parecía recordar a Leyre que estaba sola, que no tenía a nadie, que ellos eran los únicos que la visitarían esa mañana, aunque estuviera podrida de dinero.

Leyre entonces sonreía, porque la educación que había recibido le impedía devolver la mirada con la que sentía el impulso de clavar a Trinidad en el sitio que tenía reservado para los idiotas, los que no tienen corazón, ni ojos, ni oídos, ni han probado nunca lo prohibido porque carecen de capacidad para atisbarlo, ni han olido la fragancia ni escuchado el murmullo del viento sobre el que solo unos pocos elegidos cabalgan.

Leyre no miraría así jamás a Trinidad, nunca, porque clavarla en el sitio desde el que se atisbaban la torpeza y las limitaciones de una vida carente de ambición y de sentido era proporcionarle la llave que mueve el mundo, la posición exacta de las coordenadas que la tenían anclada en su propia estupidez, y la única referencia que podría servirle algún día para trascender las miserias hasta convertirlas en moneda de cambio al negociar con el destino.

Leyre no la miraría así jamás, nunca, porque la frenaba la compasión y estaba convencida de que la ignorancia de Trinidad era lo único que la protegía de su propia mediocridad, lo único que todavía la mantenía con vida.

Amanecía en el bosque cuando Laura salió al camino. Lo despediría junto a la alameda, cerca de la aldea, como ya había hecho otras veces.

Estuvo esperando bajo la llovizna hasta que distinguió su silueta embozada y el caminar pausado y seguro que lo acabaría trayendo hasta ella. Iba a salir a su encuentro cuando apareció detrás de él, acompañado por el sonido rítmico del crujir de la madera, la silueta del carro del tratante de telas. Las ruedas traquetearon sobre el camino de tierra hasta detenerse junto al contador de historias, y Laura trató de adivinar la conversación breve que acabó súbitamente cuando Onofre subió al carro.

Apretó el mantón contra el pecho y se retiró unos pasos entre la espesura tratando de pasar desapercibida. Estuvo allí el tiempo suficiente para empaparse con la lluvia fina que descargaba el cielo plomizo y se escurría entre las ramas de hojas doradas, observando cómo el carro cubierto por lonas oscuras pasaba de largo y se alejaba con paso renqueante.

Laura se mantuvo inmóvil. El carro tomó el camino del norte y se perdió después entre los árboles. Ella se giró dispuesta a volver por donde había venido, abrazándose el contorno del cuerpo mientras sujetaba los extremos del mantón empapado, pero justo entonces escuchó el sonido de otros pasos en la distancia.

El muchacho caminaba rápido, todo lo deprisa que le permitían los dos zurrones que llevaba pertrechados a la espalda, apoyándose en un cayado de madera retorcida para equilibrar el paso. Laura lo vio pasar delante de ella, todavía oculta entre la maleza, y observó cómo se alejaba por el camino del norte.

Siguió allí unos minutos más, sin sentir la lluvia que le mojaba la cara y le empapaba el mantón con el que todavía seguía abrazándose.

El muchacho era el sobrino de Alfonso, el huérfano que habían acogido hacía unos años cuando tan solo era un niño. Laura permaneció inmóvil, sin saber lo que la retenía bajo la cortina de lluvia, hasta que cayó en la cuenta de que trataba de averiguar si el camino del norte era un destino común, o tan solo una mera coincidencia que los había unido a todos al despuntar la mañana.

Volvió sobre sus pasos. Las nubes habían abierto un claro y una brisa fresca agitaba las hojas de los árboles. Tenía frío y estaba sola, y seguiría así mucho tiempo, hasta que apareciese otra vez en la aldea aquel hombre al que ni siquiera le importaba lo suficiente como para despedirse de ella.

Laura apretó el paso como si el cielo descargara un diluvio, cuando lo cierto era que un tímido rayo de sol iluminaba el sendero que la llevaba de vuelta. Sobreviviría hasta que volviese a verlo, pensó, porque no esperaba nada que no hubiera tenido antes, y porque todavía creía que el amor nunca tenía recompensa.

VII

Gris. Así era el filtro a través del que miraban los ojos de Ana desde que ella tenía conciencia, hasta que entró una tarde en aquella habitación en la que el reflejo de la luz en las paredes parecía confundirse con el color del mundo. Quizá le atrajo la similitud hasta hacerle pensar que era territorio conocido, o quizá la hipnotizó la soledad que abrazaba la cama, disuelta en las vetas cerámicas del suelo y reflejada en el cristal de la ventana.

Ana se sintió a salvo desde el primer momento que pisó la habitación doscientos quince, tal vez porque reconoció la misma soledad y el mismo eco sin sonido que la recibía siempre en su casa. Se sintió cómoda, cuando lo cierto es que andaba a ciegas, sin saberlo, pensando que las diferentes tonalidades del gris conformaban el espectro completo de los colores de la paleta. Se sintió arropada en el silencio, cuando lo cierto es que estaba sorda y que carecía del sentido del equilibrio con el que hubiera podido escuchar la sinfonía de sonidos que estallaban a su alrededor, incapacitándola para sentir la vibración siquiera.

Ana llegó a pensar que no era la presencia de la mujer de las venas azules lo que le hacía sentirse a gusto junto a ella, sino la soledad que compartían. Los escenarios, el olor impersonal y aséptico, la falta de afectos, los horarios rígidos que empujan la rueda de un tiempo cruel e improductivo.

Esa tarde se sentó en la butaca junto a Leyre, que parecía dormida. Había acabado su turno y pasaba para despedirse pensando que aún estaría despierta. Se quedó allí unos instantes, a salvo del camino de vuelta, protegida de la soledad de su casa, aferrada a los brazos de un sillón en el que no se había sentado nadie desde que la mujer de las venas azules ocupaba aquella cama.

Iba a levantarse cuando Leyre abrió los ojos y la miró con su eterna sonrisa. A Ana solo se le ocurrió ofrecerse por si necesitaba algo. La mujer de las venas azules negó con la cabeza.

–Hasta mañana entonces –Se levantó para dirigirse hacia la puerta.

Leyre extendió su brazo con la palma abierta. Ana dudó parada frente a la cama, pero un instante después estrechaba su mano con fuerza ante los ojos atentos de una loba tras los que se escondía la determinación irracional del destino.

Ana salió de la habitación pensando que dejaba atrás a una mujer sola, derrotada, como ella, pero que mantenía la voluntad suficiente para afrontar con dignidad el camino de vuelta a ningún sitio.

Leyre la siguió con los ojos hasta que Ana cerró la puerta detrás de ella.

Había dejado de llover, aunque el camino estaba embarrado y lleno de piedras. Martín trataba de mantener el paso que marcaba el sonido rítmico del cayado al golpear el suelo. Llevaba demasiado peso, pero cada uno de los objetos que cargaba a la espalda había sido cuidadosamente seleccionado en las interminables horas que había dedicado a preparar aquel viaje, o la huida, como suponía que se lo tomarían en el pueblo.

No había hablado de ello con nadie, a pesar de que llevaba planeándolo muchos años. Solo Teresa había presenciado en la posada cómo le ofrecía a aquel hombre el zurrón que había estado confeccionando las últimas semanas a cambio de que le permitiera acompañarlo. Y a Martín le pareció entrever un gesto de contrariedad en la cara de la muchacha unos instantes antes de escuchar la negativa con la que él ya contaba.

Sabía que el hombre partiría a la mañana siguiente, y ofrecerle el zurrón había sido una manera de hacerle saber que tendría un aprendiz de ahora en adelante, para que cuando se cruzaran otra vez en el camino no hicieran falta más explicaciones.

De modo que ahora, poco después de despuntar el alba, agobiado por el peso de la carga que llenaba los zurrones, tenía la completa seguridad de que nunca volvería sobre sus pasos hasta que no hubiera alcanzado la maestría suficiente.

La primera vez que le oyó contar una de sus historias, Martín quedó impresionado durante mucho tiempo. Él entonces era un niño que acababa de llegar al pueblo después de perder a sus padres. Tenía nueve años y un zurrón viejo que había pertenecido a su abuelo. No tenía nada más en el mundo, solo los pocos años y el cuero cosido y despellejado en la base. Y entonces escuchó a aquel hombre desplegar un doble fondo en el aire que envolvía la plaza, mostrando una ventana abierta sobre los tejados por donde se filtraba un pasillo de luz que se perdía más allá del campanario, una estructura levantada con palabras donde todo era posible.

A partir de aquella tarde, Martín se esforzó por comprender la naturaleza del artificio que mostraba aquella otra realidad paralela escondida detrás de las palabras, el origen de la magia que no se apoyaba en nada material, la energía que insuflaba imágenes en los ojos de la gente o las emociones que les hacían enrojecer de placer o de cólera.

Y fue justo entonces, aprisionado entre la muchedumbre que llenaba la plaza y sin lograr atisbar el aspecto del hombre que contaba historias, cuando Martín decidió que necesitaba aprender aquel oficio que podía crear un mundo nuevo doblegando voluntades a su paso, porque de otro modo nunca poseería otra cosa distinta a la miseria, el número de años que iba cumpliendo y el cuero de los zurrones que fabricaba.

Esa tarde decidió que lo seguiría al fin del mundo. Se lo prometió a sí mismo cuando solo tenía nueve años y la certeza de que nadie lo podría apartar del camino que ahora recorría con el cayado.

VIII

Tiago reconoció a Leyre una vez más. Empeoraba, aunque su evolución guardaba los parámetros que él había fijado de antemano. Después de tratarla con quimioterapia y radioterapia, el cáncer se había estabilizado momentáneamente y luego había vuelto a avanzar ganando terreno progresivamente. Lo cierto es que no le quedaba mucho tiempo de vida, aunque a la mujer no pareciera importarle. Se precipitaba hacia el vacío con una disciplina ejemplar, pensaba Tiago, sin una lágrima, sin quejas, sin variar los pocos hábitos de vida que todavía podía controlar.

Peculiar, cuanto menos, aquella mujer sola que parecía evitar compadecerse de sí misma. No era el protocolo que solía presenciar antes de certificar una muerte, por lo que el historial clínico de la paciente tenía para él un interés añadido.

Cuando Tiago salió de la habitación, Leyre cerró los ojos. Aquellas visitas médicas interrumpían la corriente de pensamientos semiconscientes que sostenían el único mundo que conocía, lejos de aquella habitación, libre de aquel gotero unido a la corriente sanguínea a través de un espolón metálico que se anclaba en sus venas.

El único contacto con la realidad del dolor sin sedantes era el dolor mismo, un precipicio que no le dejaba tomar tierra para construir aquella otra realidad omnipresente y luminosa reflejada en la nebulosa de gotas de agua suspendidas sobre las gargantas de la sierra. Estar despierta se había convertido para Leyre en una pesadilla, y por eso había trocado los tiempos, para que el sueño fuera el despertar, y el olor aséptico de los productos de limpieza con los que todas las mañanas se impregnaba aquella habitación, un vago recuerdo que se olvidaba un segundo antes de abrir los ojos al quedarse dormida.

Todas las noches soñaba lo mismo. Un sueño recurrente sobre una enfermedad terminal en una habitación deprimente en la que siempre estaba sola, porque la mayoría de la gente que entraba y salía, una y otra noche, eran tipos de gente común que parecían vivir únicamente trabajando. No. Debería remediar aquellas pesadillas con algún preparado de hierbas. Preguntaría a Laura. Ella sabría qué hacer. Siempre sabía cómo remediar el dolor que producían los malos sueños. Pero mientras tanto debía aceptar aquellas pesadillas como parte del trato que había rubricado consigo misma a cambio de poder variar el sentido del reloj de arena que tenía a la cabecera de la cama, hasta aproximarle al pulso de lo que constituía su verdadera vida, por más que a veces la vista, el tacto, el oído y el olfato le sumergieran en aquel espacio blanco y metálico sin ninguna tangente con su vida.

Se había sentido sola hasta que aquella enfermera gris y uniformada intuyó una tarde que todos los que entraban y salían de la habitación de la mujer de las venas azules vivían en un sueño ajeno del que podrían despertar si entre las dos conseguían doblegar la dirección de la rueda del tiempo.

Así había llegado Ana a su vida. Por compasión primero, por hacerle compañía, por saciar la curiosidad indomable que la consumía por dentro al descubrir el rastro de luz que iluminaba la soledad al borde del abismo. Quizá para presenciar la dignidad con la que Leyre sobrellevaba su propia imagen reflejada en el espejo, porque Ana no dejaba de pensar que la realidad de la mujer de las venas azules era un adelanto de su propio futuro, y se preguntaba muchas veces cómo había llegado Leyre hasta aquel desamparo, si había vivido siempre así, con el anticipo de aquella habitación planeando sobre todas las etapas de su vida.

Ana se preguntaba si se podía estar muerta en vida o la soledad que rodeaba a Leyre era solo una proyección de las imágenes que construimos cuando somos niños, si las imágenes se vuelven reales a fuerza de densificarlas con nuestra energía.

La primera tarde que abrió la puerta de la habitación 215 después de haberse quitado el uniforme, encontró a Leyre dormida. Iba a salir sin hacer ruido cuando vio el sillón vacío a un lado de la cama, y después del sillón se vio a sí misma desde un ángulo cenital anclado en el techo.

Se asustó mucho después, cuando volvía a casa en el autobús urbano. Se alarmó de lo poco que sabía del mundo, de lo insignificante que era y de lo que su mente podía llegar a hacer con ella en un descuido. Se estremeció porque no quería enfrentarse a sus propias miserias, pero tampoco podía concentrarse en la lista de quehaceres diarios, como intuía que estaban haciendo las dos mujeres que viajaban en el asiento delantero.

La oscuridad acechaba detrás de los cristales, cercando el foco luminoso que inundaba el interior del autobús y se derramaba sobre los viajeros, como si la marcha del vehículo pudiera poner a salvo de las sombras a los que viajaban dentro. Ana dedujo entonces lo que la muerte le había estado susurrando al oído desde que salió del hospital, que el miedo y la oscuridad se alimentaban de quietud permanente, y que la vida y la luz eran incesante movimiento.

"Aunque te equivoques", le había dicho su padre muchas veces cuando sus labios todavía respondían a su cabeza, "sigue siempre adelante, no te arrepientas nunca, solo camina y aprende".

Y ahora, en aquella cápsula que la devolvía a una casa vacía y oscura, el sonido de las palabras de su padre le cicatrizaban el alma, confundiéndose entre los pensamientos que la empujaban a no bajar del autobús urbano, a seguir siempre allí, segura y a salvo mientras la luz siguiera hendiendo el vacío que ella no podía sortear de otra manera.

"Camina y aprende, no mires atrás, no te arrepientas nunca". Bajó del autobús después de dejar pasar la parada de siempre, obligándose a abandonar la ley de la relatividad que la ayudó a entender a los dieciséis años por qué el mundo no era igual para todos. Entonces intuyó fugazmente que la realidad se construye con los sueños, pero ahora, a cinco manzanas de su casa, con la oscuridad amortiguando el eco de sus pasos, no quería ni pensarlo, porque ella no había construido nada todavía, y, si miraba hacia atrás, no poseía nada, absolutamente nada de lo que poder arrepentirse.

Las huellas del carro se desviaron del camino. Martín observó cuidadosamente las marcas sobre la tierra húmeda. Los pasos del contador de historias se habían perdido en dirección a aquellas marcas, y el muchacho había supuesto que Matías había ofrecido a Onofre que lo acompañara, porque sabía que estaba fascinado, como todos, por las habilidades de aquel hombre, por más que las alternara con un trato seco y desagradable.

Había estado lloviendo intermitentemente durante todo el día. Los claros se sucedían con las nubes cerradas que dejaban una llovizna débil pero persistente. Estaba anocheciendo, y quizá el tratante de telas quisiera pasar la noche al abrigo de los árboles tras adentrarse en el bosque.

El muchacho se desvió también siguiendo el rastro del carro. Había caminado durante todo el día, incluso había comido tiras de tocino y trozos de pan sin detener la marcha, acercándose lo suficiente para escuchar el sonido cansino y monótono del eje de las ruedas y atisbar el vaivén de la estructura de madera a lo lejos.

Acampó a escasos metros, rodeado de oscuridad y en silencio, sin permitirse encender fuego para no delatarse, pero lo suficientemente cerca del carro como para imaginarse que el calor de la hoguera que habían encendido calentaba sus huesos y amortiguaba el castañetear de sus dientes.

No consiguió conciliar el sueño, se dejó vencer a ratos por un duermevela que le traía imágenes extrañas de un abismo blanco del que sólo conseguía escapar cuando recuperaba la conciencia, de modo que la luz mortecina del amanecer lo cogió pertrechado acechando el menor signo de movimiento de los hombres que dormían junto a los restos de la hoguera. Había tenido tiempo de pensar, mientras sus ojos rastreaban el campamento, en las palabras que lo habían llevado a abandonar la aldea.

—Los idénticos —Las palabras habían brotado rotundas de la boca de Onofre hacía ya muchos años, y Martín las había atesorado confundido entre la gente en una esquina del salón de la posada—. ¿Una leyenda o una realidad? —Así había comenzado el relato de la vida de dos hombres que vivían a la vez sin conocerse. Dos hombres exactamente iguales con historias

opuestas. Uno era noble y rico, colmado de favores por la vida, y el otro era un menesteroso sin parientes que no tenía dónde caerse muerto. El uno alcanzaba la gloria en las batallas y adquiría más títulos y fortuna para sus herederos, el otro no tenía nada ni nadie por lo que luchar sino por sobrevivir, y hasta eso le estorbaba ya cuando no pudo hacer frente al hambre y a las enfermedades.

Idénticos. Hubieran debido ser gemelos si la naturaleza no hubiera jugado a los dados el día de su nacimiento apostando contra la Suerte, que es una dama caprichosa y cruel, de modo que, después de la tirada fatídica, ella otorgó el número menor a uno de ellos, desterrándolo a una vida de soledad y miseria, y al otro le multiplicó el número más alto hasta colmarlo de dones y de riqueza.

Los idénticos. El mismo día nacieron y el mismo día habían de morir. Y cuando les llegó su hora, la catedral se vistió de pendones negros y el cortejo fúnebre condujo el féretro hasta el panteón familiar cuando varios perros acababan a un lado del camino con los despojos malolientes que nadie había reclamado. Solo ese breve encuentro compartieron, el uno llevado en andas envuelto en un sudario blanco para descansar en una tumba de piedra labrada con su efigie junto a sus antepasados, venciendo al olvido y al paso del tiempo, y el otro despedazado mientras su cuerpo aún estaba caliente. Nada tenía, nada dejaba atrás, ni siquiera un recuerdo prendido en los ojos de nadie, porque nadie lo había mirado nunca más allá de la costra de enfermedad y de hambre.

—Y, sin embargo, algunas veces —prosiguió Onofre arropado por el silencio del salón—, los idénticos se encuentran, y entonces la suerte se equilibra, vencida al fin, y los números de los dados se suman y se multiplican tantas veces como años les restan a los dos para morir. Por eso, cuanto antes se encuentra al idéntico, antes comienza a multiplicarse la abundancia. Solo así se conjuran el aliento de la miseria y los dientes de los perros. Pero en el caso de estos dos hombres la Suerte logró su objetivo, taimada y escurridiza, porque el encuentro fue tan breve que los números de los dados no pudieron multiplicarse con la suficiente rapidez para sacar a uno de ellos del camino y hacerle digno del cortejo fúnebre que llevaba el cuerpo del otro hasta el sepelio.

Martín observó cómo Onofre se revolvía bajo la manta. Matías se despertó también y entre los dos recogieron el campamento. El muchacho estaba preparado para ponerse en marcha y aguardaba escondido entre la maleza.

Los idénticos. Nada había cambiado tanto su mundo como aquella historia. Nada le había hecho comprender hasta entonces que los dados le habían jugado hacía nueve años una mala pasada, haciéndole consciente de la miseria y la soledad que lo rodeaban, del futuro vacío y oscuro que le acechaba los años que todavía le quedaban por delante sin posibilidad de escapar del aliento fétido de los perros.

Por eso ahora esperaba pacientemente a que aquel carro se pusiera en marcha, porque nada había sido tan devastador en su vida, pero tampoco nada le había dado nunca una fuente tan inagotable de esperanza.

El carro salió de entre la espesura. Martín equilibró el peso de los zurrones y se apoyó con las dos manos sobre el cayado. Estaba listo. No dejaba nada atrás, porque lo único que le pertenecía plenamente lo llevaba grabado a fuego desde que tenía nueve años, forjado con voluntad de acero y doblegado con determinación a prueba de dudas. Las palabras lo habían empujado al camino y no había nadie en el mundo que pudiera hacerle volver la cabeza. No había vuelta atrás. Todo lo que tenía lo llevaba cargado a la espalda.

IX

Entró súbitamente en la habitación sin llamar a la puerta. Ana relataba algo en voz baja, sentada en el sillón junto a la cama de Leyre, que tenía los ojos cerrados y una sonrisa en los labios.

Ana calló y lo miró fijamente. Leyre abrió los ojos y lo saludó con un gesto de interrogación en la cara. Luego el silencio congeló la escena, hasta que Ana carraspeó y Tiago se vio en la obligación de justificar la entrada.

—Buenas tardes —dijo dirigiéndose a Leyre—. ¿Cómo se encuentra?

—Mejor, doctor.

—Acabo de ordenar una nueva prueba. Será mañana a primera hora.

—Gracias.

Tiago se volvió hacia Ana.

—¿Te quedas a pasar la noche?

—No. Solo estoy haciendo una visita después de acabar el turno.

Tiago levantó una mano en señal de despedida y salió de la habitación para volver a la sala de guardia.

Irene levantó la vista del mostrador de enfermería. El médico no la miró siquiera, aunque sintió el impulso de preguntarle por el estado de las apuestas. ¿Ana era inocente o culpable? ¿Había conseguido ya que la vieja cambiara el testamento? ¿Quién estaba a favor de su inocencia y quién en contra? Irene debía tener toda la información. Era seguro. Aunque no parecía la líder de ninguno de los dos bandos.

A veces él mismo se había sorprendido pensando en aquellas tonterías que escuchaba a través de la puerta entreabierta. Y aunque era verdad que Ana no parecía de esa clase de gente, tampoco podía evitar hacer conjeturas sobre la verdadera naturaleza de la relación de las dos mujeres que había dejado en la habitación doscientos quince.

Aunque para Tiago, Leyre ya estuviera muerta. Solo estaba presenciando el último acto de una vida que ya no era la suya, sino la antesala de la muerte, que era el umbral de la ausencia. Esta noche ocupaba una cama que quizá la noche siguiente ya estuviese ocupada por otro paciente. Eso era todo. Tiago no se consideraba un cínico en la acepción equivocada de la palabra. Simplemente constataba los hechos y extraía conclusiones precisas. No había que ser el oráculo de Delfos para anticipar la muerte y aceptarla como parte de un proceso natural en el que no solo no influían los sentimientos, sino que se convertían en un estorbo en el camino que antes o después acabamos recorriendo todos. Por eso le atraía Leyre, su actitud estoica y la fortaleza emocional que demostraba ante la soledad y el abandono.

Tiago había llegado a pensar que él y la mujer de las venas azules eran muy parecidos, porque probablemente él tampoco tendría a nadie que le velara las últimas horas. Había crecido en un orfanato y nunca se había lamentado por ello, ni había perdido el tiempo inútilmente intentado buscar a su verdadera familia. No había llorado cuando era niño como lo hacía Fernando, su único amigo, enfermero ahora en esta misma planta, añorando por las noches el calor del hogar que todavía recordaba y no iba a volver nunca.

A Tiago le gustaba pensar que había nacido de nadie, quizá para negar el dolor de la ausencia, quizá porque no tenía corazón, según Fernando. Lo cierto era que nadie le impedía volver la vista para lamentarse, y así había logrado concentrar sus esfuerzos y su energía en completar con éxito los estudios de medicina, quemando las etapas que lo habían llevado esa noche hasta la sala de guardia de un prestigioso hospital privado. El único contrapeso que se había permitido era Fernando, pero juntos habían logrado conseguir sus objetivos cuando lo cierto es que ambos eran carne de la calle cuando llegaron al orfanato. De modo que ahora, Tiago podía permitirse ser cínico y estoico, pues había logrado enderezar la tirada de dados que la Suerte le había asignado en un principio.

Simplemente había tenido que cambiar el filtro para comprender el mundo. La Suerte había que aceptarla, doblegarla y vencerla, se había dicho siempre. Sin sentimentalismos. Sin una palabra más alta que otra, sin una lágrima ni una queja, mirando siempre adelante, aunque el final del camino que se vislumbraba al andar fuera todavía igual de incierto.

Su única debilidad era Fernando, un lastre que se había acabado convirtiendo en un contrapeso para equilibrar el paso. Fernando había soñado siempre con formar una familia que aumentara año tras año. Únicamente eso parecía importarle, pensaba Tiago, para reconstruir la infancia que había rememorado mil veces entre las paredes del orfanato. Esa era su manera de multiplicar el número inicial de la tirada de dados.

Tiago volvió otra vez al periódico en la sala de guardia. La mujer de las venas azules no moriría esa noche. Tenía humor todavía para conversar con Ana y variar el resultado de las apuestas. Debían de estar altas. Quizá Fernando le pudiese explicar al día siguiente quién lideraba cada bando.

Sin aliento. Laura se apoyó en el tronco de un castaño mientras su pecho se convulsionaba por el esfuerzo de la carrera. Miró furtivamente hacia atrás varias veces, jadeando todavía, y cuando sintió que le volvían las fuerzas se recogió el bajo de las faldas y continuó corriendo entre los árboles. No esperaba que los que la perseguían hubieran acortado la distancia suficiente, pero sabía que antes o después los perros seguirían sus huellas, aunque la hojarasca y la lluvia dificultaran el rastro.

Su única esperanza era seguir una senda paralela al camino a través de la maleza. No se adentraría en el bosque, porque sabía que, si bien era una fortaleza que le daría seguridad al principio, a la larga podría convertirse en una trampa en la que la acabarían cercando, aunque se escondiera en lo más profundo del laberinto de grutas. No. No se convertiría en un animal acorralado al que expondrían como un trofeo de caza en la plaza del pueblo, ni acabaría balanceándose al final de una soga con el cuello partido o con la cara amoratada y la lengua fuera. Solo había hecho lo que tenía que hacer. Había ayudado a un niño perdido en el bosque, un niño de cuatro o cinco años que había encontrado esa tarde junto al arroyo cuando ya anochecía, el hijo de Micaela, la mujer del herrero. Lo había puesto a salvo de las alimañas y del frío, lo había cobijado en la cabaña y lo había quedado al abrigo del fuego antes de ir a recoger agua al arroyo para preparar la cena. Pensaba llevarlo al día siguiente al pueblo para devolverlo junto a sus padres, pero cuando sacaba el odre del salto de agua que arrancaba reflejos líquidos a la luz de la luna sobre las piedras de la orilla, un rumor lejano recorrió sus sentidos como un látigo hasta obligarla a interiorizar la alerta.

La batida de búsqueda inundó el bosque con gritos y aullidos de perros alumbrados por el resplandor de teas encendidas, como una marea de fuego extendiéndose entre las copas de los árboles. No había necesitado volverse para imaginar la escena. Sabía cómo tenía que reaccionar desde que las llagas se extendieron hacía muchos años sobre la piel de su padre.

Laura se incorporó con el odre de agua entre las manos y se remangó las faldas para meterse en el agua helada del arroyo, contracorriente, sintiendo el lecho resbaladizo y poco profundo como si le hubieran amputado las piernas y avanzara sobre zancos de leña, con la oscuridad húmeda y fría cortando su cara y sus manos. Agarraba el odre con los dedos rígidos como tenazas, alejándose de los gritos y los aullidos que inundaban la marea de llamas sobre la que se elevaba el grito que la había perseguido siempre desde que los desterraron del pueblo.

Bruja. Las cuchillas de agua helada estaban a punto de inundarle el corazón y los pulmones cuando llegó a la entrada de la gruta. Temblaba. Buscó a tientas en el rincón más profundo, hasta que sus manos lograron encontrar los bultos entre la leña seca. Trataba de acompasar el aliento para serenarse, pero los jadeos y las convulsiones la recorrían como una hoja endeble expuesta al frío y a la intemperie.

En su desesperación no se percató de dos ojos centelleantes de color ámbar que la observaban en la oscuridad a pocos pasos, los ojos de la misma loba que la rondaba desde que, siendo ella una niña, su familia se estableció en el *bosque.*

Laura comenzó a llorar sin atender al llanto, afanándose en la oscuridad de la gruta con movimientos rápidos y precisos. Había calculado durante mucho tiempo la posibilidad de aquella huida, por eso sabía exactamente dónde encontrar cada provisión, la honda, el arco y las flechas, y había sopesado la capacidad y el peso exacto con el que llenar el zurrón de cuero.

Durante mucho tiempo su padre la había adiestrado para sobrevivir en aquel bosque, de modo que desde los diez años Laura era aventajada en la caza, podía esquivar el ataque de una espada o de un animal salvaje, y era diestra confeccionando objetos y prendas de cuero. Tenía un pequeño huerto en la parte de atrás de la cabaña, junto al arroyo, y un chozo con cinco gallinas, dos ovejas y tres cabras que le proporcionaban leche y huevos, además de un bosque que le aprovisionaba generosamente de leña y de plantas medicinales. Eso había sido suficiente hasta que la enfermedad había postrado a su padre.

Bruja. Nadie había sobrevivido a la lepra. Nadie había escapado al contagio de las pústulas que mordían la carne y la despedazaban hasta convertirla en un despojo. Nadie excepto ella. Inexplicablemente.

Bruja. Deslizó los dedos temblorosos sobre su única posesión valiosa, un collar con tres tabas engarzadas en una tira de cuero que le había regalado su abuela en su lecho de muerte después de asegurarle que la protegería de los lobos.

Acabó de llenar el zurrón y se dispuso a bajar la ladera con todos los sentidos alerta, sin atender al crepitar de las llamas ni a la atmósfera cargada de humo que se extendía entre las copas de los árboles. La loba de ojos centelleantes se hizo a un lado y la observó alejarse hacia el arroyo, inmóvil en lo alto de un repecho desde el que se divisaba la marea de teas encendidas que oscilaban cada vez más cerca.

Laura no necesitó volverse para saber lo que sucedía. Estaban quemando la choza después de encontrar al niño sano y salvo, y luego había dado comienzo la partida de caza siguiendo su rastro.

El agua helada le volvió a cortar la carne como una cuchilla al avanzar contracorriente sin pensar en lo que dejaba atrás, pues lo único que le inundaba la cabeza y guiaba sus pasos en el cauce del arroyo eran las palabras que había pronunciado su padre antes de morir, cuando su rostro era ya una masa informe y sanguinolenta en la que apenas se podían distinguir la boca y los ojos.

"Te perseguirán". Ella todavía le aplicaba ungüentos con las hierbas que recogía al amanecer en la parte más profunda del bosque. "Antes o después, pero algún día vendrán a por ti cuando sepan que te has quedado sola".

Ningún remedio podía hacer ya nada por él, pero el contacto con las manos de Laura parecía amortiguar su agonía. Amapola, tomillo y romero en infusión, y ajo macerado en aceite de lavanda como pomada. La raíz de la lengua de vaca disuelta en clara de huevo para el picor. "Vendrán. Tienes que estar preparada, porque algún día este bosque se convertirá en una trampa". Por eso todas las semanas se revisaban las provisiones, se preparaban las armas, como una costumbre inútil que Laura no había dejado de atender incluso después de morir su padre, anticipando la huida que ahora la apartaba del escenario en el que había transcurrido su vida.

Una proscrita. Lo había sido siempre. Una apestada, aunque su carne no tuviera pústulas. Solo la cercanía del hombre que contaba historias la había salvado de la soledad y la locura.

Se habían encontrado junto al camino y él la había galanteado sin saber quién era ella. Había sido el primero en decirle que era hermosa, y a Laura las palabras le habían resbalado por la nuca, acariciándole la espalda y paralizándola en el sitio. No hubiera hecho falta que aquella voz fuera de aquel hombre, ni que sus labios tuvieran el don de la palabra, porque era la primera vez que ella se prendía en el brillo de acero de unos ojos que la hubieran arrastrado al fin del mundo.

Se enamoró de él por no saber quién era ella, por susurrarle palabras hermosas al oído, por haber querido yacer con ella desde la primera noche, por sus manos ávidas, por su aliento agrio, por el calor que desprendía su cuerpo.

Laura se prendó del contador de historias por la piel firme que cubría la corpulencia de sus huesos, por su voz aterciopelada y seca, de modo que su mundo giró a partir de entonces en torno a los encuentros y a las ausencias del único hombre sin alma que ella había conocido.

Sin aliento. Laura reconoció las marcas de las ruedas del carro en un cruce de caminos. Se dirigían hacia el norte y Martín iba tras ellos. Las huellas del muchacho eran inconfundibles.

Se habían visto antes. Se había topado con él la única vez que se acercó al pueblo antes de que anocheciera para atisbar a través de la ventana entreabierta de la posada y escuchar otra vez la voz del contador de historias. La primera y única imprudencia que recordaba. La garganta se le había cerrado al verse descubierta y la sangre se había helado en sus venas inmovilizándola y esperando el castigo por desafiar a la Suerte, pero inexplicablemente el muchacho no había dado la voz de alarma por cruzarse con una apestada. Se habían mirado un instante. Nada más. Luego él había seguido su camino, y Laura había vuelto sobre sus pasos pensado en él, intuyendo que también estaba solo, como ella.

Salió del cauce y se desvió hacia el camino apretando el paso. Continuaría la senda del carro del tratante de telas. Iría donde fueran ellos, se adaptaría a cualquier tipo de vida y los seguiría hasta el fin del mundo si era preciso. No tenía alternativa, ningún sitio donde ir, y no conocía a nadie, aparte de los que avanzaban delante, que no la hubiese mirado a través del recuerdo de la deformidad y de la lepra.

Capítulo II

El reloj de arena

I

"Quid pro quo". Una historia por otra. *"Do ut des"*. Leyre tenía poco tiempo. Compañía a cambio de historias. Historias para hacer compañía. La confusión entre el sueño y la vigilia proporcionaba un final abierto para atrapar un nuevo comienzo dentro del reloj de arena. *"Quid pro quo"*. La superposición de conceptos. El origen de la vida.

Leyre había comenzado a contar historias en la habitación doscientos quince. La enfermedad volvía a darle tregua suficiente, aunque efímera, para atender la promesa que había hecho muchos años antes a la Muerte.

Ana llegaba después del turno, incluso iba expresamente al hospital cuando tenía el día libre para escuchar los relatos de la mujer de las venas azules, con la condición, sin fecha límite, de que probara a voltear algún día el reloj de arena. Un reloj inofensivo si no se habían pronunciado antes las palabras precisas para entretener eternamente a la mujer de vidrio que velaba armas sobre la cabecera de la cama.

Leyre había sonreído al pronunciar aquella palabra. Límite. Ana se sobresaltó por la ironía. El límite, obviamente, era la muerte. Ana no pudo evitar un estremecimiento al escuchar hablar a Leyre con tanta frialdad sobre lo inevitable, sin hacer barrera siquiera con los sentimientos para evitar el anticipo de la pérdida. ¿Pérdida para quién? El silencio es la única pérdida, le había contestado la mujer de las venas azules.

De modo que, a partir de entonces, en todas las ocasiones en las que Ana fue a visitarla, Leyre tuvo una historia preparada para ella después de voltear el reloj de arena. Ana recogía el testigo cada tarde, asombrándose de cómo una mujer moribunda creaba realidad con la palabra y ampliaba los límites de aquella habitación desdibujando las paredes y el suelo, el techo encalado y las patas de la cama hasta disolverlos en una esfera luminosa que las envolvía por entero, una esfera de posibilidades infinitas más real que el dolor y la soledad que acechaba agazapada en los rincones de la habitación en penumbra.

Ana descubrió pronto que la puerta era la verdadera frontera entre lo real y lo imaginario. Se abría regularmente para dejar pasar manos prestas con recambios de medicación y ojos ávidos de algún indicio que hiciera variar el estado de las apuestas, y Ana comprendió que nunca alcanzarían a imaginar lo que sucedía en realidad, que ni siquiera sabían lo que buscaban, que andaban a ciegas en medio de la luz que los envolvía el escaso tiempo que tardaban en salir al pasillo con noticias frescas.

Solo Fernando, una tarde de enero, se atrevió a preguntar cómo pasaban el tiempo. Leyre sonrió y lo invitó a quedarse.

—¿Te gustan las historias?

Fernando dijo que sí, solo las que acababan bien, y se disculpó antes de salir de la habitación para seguir con la ronda. Quizá algún día, dijo, después del turno, compartiera un rato con ellas.

Volvió al control de enfermería pensando en el estado de las apuestas. Irene lo invitó a un café con bizcocho de limón que había hecho ella misma esa mañana. Estuvieron hablando de todo y de nada, de tonterías, como había oído decir tantas veces a Tiago. Al rato se unió Trinidad, que los informó puntualmente de los últimos cotilleos. Alicia, la enfermera jefa, se había liado con Andrés, el cirujano que se había casado en Bali el año anterior con una joven de buena familia. Lo había conseguido al tercer asalto, aunque no era la primera ni sería la última con la que el cirujano jugaba a los médicos en sus horas libres. La lista era larga. Trinidad comprimió un mullido trozo de bizcocho entre el índice y pulgar y lo observó mientras se lo llevaba a la boca, torciendo los ojos hacia su tabique nasal, absorta en la lista de nombres que se disponía a desplegar ante ellos.

Fernando conocía los dos primeros, el tercero lo cogió por sorpresa. Luego dejó de escuchar y desvió la atención hacia la puerta de la habitación de Leyre, atisbando el rastro de luz que se colaba bajo la puerta. Era la primera vez que sentía curiosidad por lo que estaba sucediendo dentro.

Hubiera debido quedarse, pensó fugazmente, y comprobar de primera mano cómo era la relación de Ana y de Leyre, averiguar de dónde sacaba aquella mujer la fuerza que todavía la mantenía viva.

Sintió un codazo y miró sorprendido a Trinidad. La puerta se había abierto y Ana salía en ese momento. Trinidad calló un instante para observarla, y luego continuó mordiendo trozos de bizcocho y recitando nombres y fechas.

Martín dudó un instante. Las marcas de las ruedas del carro se apartaban del camino y se internaban en el bosque, pero junto a ellas había muchas otras huellas que tenían trayectorias de ida y vuelta y parecían haber forzado el cambio de rumbo hasta hacer desaparecer el carro entre los árboles. Martín los seguía a unos cientos de metros. Después de dos días de camino se cuidaba mucho de evitar que los que iban delante pudieran escuchar el sonido de su cayado golpeando el suelo en la quietud del aire limpio después de la lluvia.

Martín pensó que lo que hubiera desviado el carro hacia los árboles estaba todavía en el bosque. Se detuvo un instante antes de continuar la marcha, y justo entonces observó un resplandor fugaz escondido entre la maleza. Se acercó y apartó los matorrales hasta descubrir un cofre de madera oscura repujado de oro, el mismo que había visto en manos del contador de historias una de las primeras veces que vino al pueblo, una noche sin luna en el patio de la posada. Recordó que entonces Onofre lo había acariciado absorto, creyendo que nadie lo observaba, mientras seguía con las yemas de los dedos las vetas de madera de ciprés y los remaches de oro, como si fuera un objeto preciado que trascendiera su valor material hasta conseguir volver humano a aquel hombre sin alma.

Martín lo había reproducido porque pensó que su habilidad podría convencer a Onofre para que le permitiera acompañarle. La madera no era la misma, y también faltaba el oro, pero la forma era idéntica a la del único objeto que parecía arrancar algún sentimiento al contador de historias.

Martín supuso que solo podía haberse desprendido de él para evitar que cayera en otras manos. O tal vez simplemente lo hubiera perdido con el vaivén del carro al abrirse paso entre la maleza.

La curiosidad y la incertidumbre pusieron sus sentidos alerta. Guardó el cofre y siguió avanzando, y pronto comenzó a escuchar voces agresivas de un puñado de hombres a los que no les importaba que alguien pudiera seguirles el rastro. Martín también percibió el olor de la sangre, el olor metálico que solo él parecía sentir entre los dientes hasta rechinarlos. Luego la escena se desarrolló tal y como él la había imaginado mientras apartaba la maleza con el sabor del metal entre los dientes.

El carro estaba volcado en un claro del bosque y el cuerpo de Matías yacía inerte en un charco de sangre junto a los pies de un hombre que comía impasible tiras de carne seca. Los demás, cinco o seis individuos, saqueaban la mercancía que Matías había guardado bajo las lonas antes de salir del pueblo. Dos perros merodeaban entre las ruedas volcadas y olfateaban con saña el olor de la comida en un paquete encajado entre los ejes de las ruedas del carro.

Martín permaneció escondido buscando algún indicio de Onofre, en guardia, porque si el viento cambiaba de dirección, los perros podrían delatar su presencia y convertirlo en una presa fácil.

El hombre que comía tiras de carne observaba cómo los demás desmantelaban el carro. Apuró un bocado con un trago de vino, se palpó la bolsa que llevaba colgada del cinto y avanzó sorteando el cuerpo de Matías hasta donde se afanaban el resto de los hombres.

Martín lo descubrió entonces. El cuerpo de Onofre yacía a un lado de las lonas apiladas, detrás del carro. Parecía inconsciente, tumbado bocabajo sobre el barro con los brazos y las piernas en aspa. Uno de los hombres, el más corpulento, ligeramente encorvado bajo el peso de la carga, le dio un puntapié y pasó de largo.

El que parecía el jefe se acercó y ordenó a dos hombres que lo volteasen. El cuerpo de Onofre se giró como un fardo. Tenía la cara cubierta de barro y de sangre.

—Está vivo- sentenció el jefe—. Degolladlo y enterradlo con el otro. Mañana vendremos con la mula a desmantelar el carro.

—¡No!

El grito no era suyo. Salió de su garganta, pero la cabeza lo negaba todavía cuando los perros se volvieron para olfatear su rastro y los hombres clavaron la vista entre la maleza soltando la carga y sacando instintivamente los cuchillos.

Uno de los perros acortó la distancia y se abalanzó sobre Martín mordiéndolo con saña. El muchacho se defendió con el cayado y le asestó un golpe entre los ojos. El animal se apartó rabioso un instante y volvió al ataque. Martín le hincó el palo en las costillas justo cuando el otro perro enganchaba con los dientes su antebrazo. Entonces volteó el cayado de nuevo y se lo hundió en el costado. El perro lanzó un aullido antes de caer entre las zarzas.

Los perros volvieron a la carga con furia. Martín manipuló de nuevo el cayado tratando de quitárselos de encima, y entonces una voz se alzó por encima de los ladridos y las voces de los hombres que se habían ido acercando.

Los perros cesaron súbitamente el ataque al escuchar el sonido de aquella voz, manteniendo la posición y la rabia entre los dientes, esperando la orden contraria para atacar de nuevo.

Dos hombres empujaron al muchacho hasta sacarlo de entre la maleza. Entonces la voz se oyó de nuevo.

—Soltadlo —. Martín cayó al suelo, postrado a los pies del que había dado las órdenes.

Levantó la cabeza y lo observó un instante. Era un hombre de unos treinta años, bien parecido, desaliñado y sucio, con los ojos azules y el pelo y la barba castaños. No parecía tan feroz como los otros, aunque, recordó el muchacho antes de volver a bajar la vista, a una voz suya se habían detenido los perros y el resto de los hombres.

—¿Qué se te ha perdido aquí? —lo miraba indiferente, mascando el último bocado. Lo tragó y se llevó la bota de vino a los labios. Luego la escondió rápidamente bajo el manto y se limpió la boca con el antebrazo.

Volvió a fijar los ojos en Martín.

—¿Son amigos tuyos? —le preguntó señalando el carro con la cabeza.

Martín no contestó. No podía creer que allí acabara todo. Había tardado años en preparar aquel viaje y se resistía a aceptar la derrota.

El más fuerte le pegó una patada en la espalda. El muchacho se aplastó contra el suelo y se arqueó de dolor, pero no emitió ningún sonido. El jefe se puso en cuclillas para observarlo.

—¿Qué tienes para ofrecernos a cambio de tu vida?

Martín no respondió. Pensaba a una velocidad que le atropellaba los pensamientos unos sobre otros. Escapar de allí. Mentir. Inventar una historia sólida para esquivar a la Muerte.

—Cualquier cosa que pidáis os la podrá conceder este hombre. —El murmullo había surgido gutural de su garganta.

—¿Quién? —el hombre de los ojos azules se volvió con desprecio hacia el cuerpo inerte de Onofre, que permanecía tendido bocarriba junto a las lonas.

—Os serviré yo mientras tanto. —Martín se puso en pie con rapidez y se desprendió de los zurrones—. Soy aprendiz de ese hombre. Haré cualquier cosa si nos dejáis con vida. Sé trabajar el cuero, he fabricado yo mismo estos zurrones. —Levantó uno de ellos en alto para que pudieran verlo—. Tallo madera y sé fundir y moldear metales. También trabajo el campo y sé cuidar de los animales.

Martín abrió uno de los zurrones con rapidez y sacó la caja de madera semejante a la que había recogido unos momentos antes. La tendió ante los pies del que parecía el jefe y bajó la cabeza.

—Si le matáis, si nos matáis a los dos, estaréis desperdiciando un talento que no tiene precio.

Ricardo se había incorporado y lo miraba distraídamente, hurgándose entre los dientes con la punta de un cuchillo. El muchacho esperaba que diera la orden de matarlo de un momento a otro, pero mientras la orden no llegara, él seguiría intentándolo. No podía hacer otra cosa. Le cruzó fugazmente por la mente la historia de los idénticos, y se preguntó qué estaría haciendo en ese momento quienquiera que se hubiera llevado el favor de la Suerte.

—Habla bien para estar muerto. —Las risotadas estallaron a su alrededor y azuzaron los ladridos de los perros.

Uno de los hombres, grande como un gigante y con el pelo recogido a la espalda, lo levantó del suelo sujetándolo bajo los brazos. Otro sin dientes se adelantó hasta él blandiendo un cuchillo de matarife. Sonreía mientras mostraba la hoja y la acercaba a la garganta del muchacho. Apestaba a sudor agrio y a estiércol, y Martín tuvo conciencia entonces de que no había llegado hasta aquel claro para dejar que se lo llevara la Muerte, ni sería aquel desecho humano lo último que vieran sus ojos. No, aquel olor fétido no lo acompañaría hasta el otro mundo.

—Ni siquiera sabéis de lo que os hablo. Estáis tentando a la Suerte, y ella, antes o después, acabará cobrando la deuda.

La hoja de metal rozó la garganta de Martín, y el olor pestilente del hombre le inundó las bocanadas rápidas de aliento. La presión del cuchillo aumentó y el muchacho sintió el corte en la base del cuello mientras un hilo de sangre le resbalaba sobre el pecho.

El metal permaneció en su cuello, pero no hizo amago de profundizar la herida. El gigante observó de reojo al jefe esperando sus órdenes.

—¿De qué hablas, muchacho? ¿Por quién nos tomas? —Ricardo lo observaba con curiosidad, con ojos chispeantes, y Martín tuvo la certeza, con el sabor del metal entre los dientes, de que no moriría ese día, la certeza de que había logrado esquivar a la Muerte, y que antes de que anocheciera doblegaría a la Suerte mientras tuviera voz para conjurar a la dama esquiva que le cedía en ese instante otra tirada de dados.

La tarde se iba cerrando sobre las copas de los árboles y los hombres empezaban a impacientarse.

—Tiene valor. Nos lo llevamos.

Ninguno cuestionó la orden. El resto de los hombres acabaron de desmantelar con rapidez el campamento como si la escena no se hubiera interrumpido con la llegada del muchacho. Cuando todo estuvo listo, cargaron de nuevo los zurrones a la espalda de Martín y le ataron las manos.

Alguien preguntó por el cuerpo de Onofre.

—Mañana volveremos a por el carro, y si vive todavía le daremos una oportunidad. Hay que enseñar estos dos ejemplares a Crespo.

Los perros lo azuzaron con sus gruñidos mientras el resto se ponía en marcha. Martín dio un último vistazo al cuerpo del contador de historias, que permanecía inconsciente en el suelo, y le pareció ver entre la espesura que cercaba el claro el reflejo equívoco de los ojos ambarinos de una loba.

El hombre más fuerte se abría camino entre los árboles, y tras él caminaba el jefe. El cielo, plomizo y oscuro, se cernía sobre ellos trayendo el olor de la lluvia inminente.

Martín pensó que Onofre no sobreviviría a la intemperie, y mientras se alejaban se juró a sí mismo protegerlo hasta el último aliento si es que resistía esa noche.

Se internaron en lo más profundo del bosque atravesando valles y siguiendo la falda de la sierra, cruzando ríos y arroyos, de modo que hubiera sido imposible seguirles el rastro. Caminaron cerca de tres horas, y con la noche cerrada llegaron al campamento.

Cinco o seis chozas se distribuían en lo alto de una loma resguardada del viento por una empalizada rodeada de árboles. Parecía invisible desde la distancia, pues las edificaciones, con base de piedra y paredes de barro, estaban cubiertas por ramas y hojas que se mimetizaban con el resto de las copas de los árboles.

Varios chiquillos corrieron pendiente abajo para recibirlos, y los perros ladraron a su alrededor moviendo el rabo y saltando detrás de ellos.

Comenzó a llover cuando entraban en el campamento, y el hombre sin dientes empujó a Martín hasta tumbarlo a la entrada de una choza. Le ató los pies y luego se dirigió a la construcción más grande para soltar el fardo que llevaba a cuestas.

Martín pudo distinguir una hoguera al abrigo del viento en el centro del círculo que formaban las chozas, y un caldero puesto al fuego sobre el que se afanaban algunas mujeres. Una de ellas, de baja estatura y figura amorfa, comenzó a recoger lo que Martín distinguió como pieles colgadas de una cuerda entre dos postes. Tres niños y una niña se acercaron a observarle. Le tiraron del pelo y le abrieron la boca para ver sus dientes. Martín se dejó hacer, a pesar de la insistencia torpe del mayor de todos, un muchacho de unos nueve años, de dedos gordos y cara hinchada. Tenía pocas luces, pensó Martín, y recordó fugazmente el rostro siempre congestionado de su prima Marcia.

La lluvia arreció y los chiquillos fueron a resguardarse junto a los demás en la construcción más grande, situada al abrigo del viento y protegida por la empalizada de troncos de árboles. Martín pudo distinguir un hogar más pequeño encendido en el centro de la estancia, y las siluetas de hombres y mujeres disponiéndose alrededor del caldero.

El aguacero empapó las ropas de Martín hasta dejarle sentado sobre un lecho de lodo. Dentro de la choza terminaron de cenar y, con las jarras todavía en las manos, se distribuyeron por el resto del campamento.

Siguió lloviendo toda la noche. Los desgarros de la carne por los mordiscos de los perros, las contusiones y la herida del cuello, además del frío y la humedad constante, no le dejaron pegar ojo, de modo que el amanecer le cogió queriendo despertar del temblor y el dolor constante que convulsionaban su cuerpo. La puerta de la choza sobre la que se apoyaba se abrió al alba, cuando las primeras luces se recortaban en el horizonte hendiendo las nubes grises que todavía descargaban lluvia. Entre las sombras del interior se recortó la silueta de un hombre desperezándose.

Martín se movió inquieto por el entumecimiento y la fiebre. Ricardo asomó la cabeza y lo observó un instante. Luego volvió dentro. Apareció poco después con un manto oscuro y se resguardó con la capucha antes de salir con un cuchillo en la mano. Cortó las cuerdas de los pies y de las manos del muchacho y lo arrastró dentro de la choza.

Martín tenía tan entumecidas las piernas que apenas se tenía en pie. El hombre lo hizo tumbarse sobre el suelo de tierra y avivó las brasas del fuego con leña que había apilada junto a la puerta. Luego lo ayudó a quitarse la ropa.

A medida que fue desprendiéndose de las capas de lana empapada, Martín comenzó a sentir el calor tibio de la hoguera, aunque las heridas le seguían mordiendo con saña el antebrazo y las pantorrillas. El hombre de los ojos azules lo examinó.

—Tendrá que verte Juncia. Estas heridas pronto rezumarán ponzoña.

Martín todavía temblaba mirando fijamente las llamas del fuego cuando el hombre salió de la cabaña cobijado bajo el manto.

II

Fue una tarde después del acabar el turno. Le había prometido quedarse un rato para oír una de sus historias, porque intuía que, por encima de la curiosidad que le despertaba todo lo que giraba en torno a ella, compartir algo de su tiempo le haría atisbar el reflejo de luz que siempre había observado bajo la puerta.

De modo que a las cuatro y media en punto, Fernando se sentó en la butaca junto a la cama de Leyre sin ninguna expectativa más allá de compartir un rato con una paciente a la que no sobraban los afectos.

Leyre había sonreído al verlo entrar sin el uniforme de la planta, con unos vaqueros y una camisa azul celeste, como si hubiera venido dando un paseo a través del parque para visitarla. Aire fresco, le había dicho ella cuando le observó la sonrisa y los ojos expectantes. Aún no había llegado Ana, de modo que hicieron tiempo.

Fernando creyó que no tenía nada interesante para contar sobre su vida, cuando lo cierto fue que, al abrirse la puerta de nuevo, él llevaba cuarenta y cinco minutos relatando historias de su infancia, recuerdos que pensó que había olvidado hasta que se le atropellaron esa tarde en la garganta pujando por salir, braceando unos sobre otros, luchando por tener voz propia, hasta tal punto que llegó un momento en que Fernando pensó que estaba solo, porque la mujer de las venas azules se limitaba a escuchar en silencio, sonriendo, como si ella fuera el catalizador que hubiera hecho posible aquel torrente inesperado de palabras.

Ana entró en la habitación y se sentó en una silla al otro lado de la cama.

—¿Interrumpo? —la dulzura que la conocían dejó traslucir algo de culpa.

Leyre la miró y luego observó a Fernando.

—Lo cierto es que sí.

Ana abrió los ojos, sorprendida. Fernando sonrió, y tuvo que reconocer que sí interrumpía, pues aún sentía dentro el torrente inagotable de palabras pujando por salir de su garganta.

—Contamos historias —explicó Leyre con los ojos llenos de fuerza, aunque apenas pudiera levantar el brazo sobre el que reptaba la serpiente translúcida—. Tú decides si nos acompañas, historias reales o imaginarias, que a la postre es lo mismo, porque aquí la realidad la creamos nosotros para despertar de este mal sueño. Solo hay que hilvanar unas palabras con otras y la historia se construye sola. Como ves, la razón y la objetividad no tienen nada que ver con lo que hacemos.

Fernando la observó con una expresión incrédula.

—¿Te unes o te marchas?

Fernando continuó en silencio.

—Tú verás lo que quedas atrás para que te compense el viaje con una vieja moribunda y loca.

Ana miró a Fernando y sonrió, pensando que Leyre tenía una forma peculiar de pedir el santo y seña.

La tarde que Leyre se lo pidió a ella, Ana pensó que se le había ido la cabeza por el exceso de medicamentos, y a punto estuvo de levantarse del sillón en el que ahora estaba sentado Fernando. Todavía no sabía lo que la retuvo allí, quizá fueran las palabras descarnadas con las que sellaron una amistad que, sin Ana saberlo, duraría hasta que Leyre contara su historia, una historia que había sido escrita muchos años antes de que Ana naciera en un libro con tapas de cuero.

Fernando tampoco se levantó esa tarde, pero la diferencia es que él selló el trato con palabras encadenadas, una detrás de otra, como le había pedido Leyre, reconstruyendo su infancia como si fuera un rompecabezas con las piezas gastadas por los lados.

No dijo nada que ellas no hubieran escuchado antes, ni inundó la habitación de aire distinto, tampoco cambió el color gris de las paredes ni supo inventar otro sueño que no hubiera soñado él todas las noches, pero la necesidad extrema que le sobrevino aquella tarde de vomitar la amargura que todavía le vibraba en las costillas desde que perdió a sus padres, invirtiéndole el aliento desde entonces, fue suficiente para hacerle un sitio en la habitación doscientos quince.

Un apestado. Así se sintió Fernando cuando cruzó la puerta de una casa que no era la de nadie, ni lo sería nunca. El golpe todavía le rebotaba entre las sienes cuando le enseñaron la habitación que nunca sería suya y la cama donde dormiría a partir de entonces. La suerte, lo reconoció más tarde, lo había golpeado haciéndole despertar a otra realidad distinta cuando traspasó el umbral de la puerta del orfanato.

No tenía a nadie, ni tenía nada que le perteneciera a excepción de la manta con la que le arropaba su madre por las noches. Le habían quitado las fotografías y los recuerdos porque querían que superara aquella etapa de su vida cuanto antes, pero la manta no se la pudieron quitar, aunque su defensa le valiera la única mácula en el expediente.

Afable, buen carácter. Lo llevaba escrito en la frente cuando hincó los dientes en la mano de la cuidadora que intentó arrebatársela y se defendió con patadas de los que acudieron para reducirle, lanzando puñetazos a su alrededor y regurgitando gritos de guerra que se volvieron agónicos cuando lo dejaron atado a la cama.

Estuvo llorando toda la noche, con el pecho a punto de estallar bajo las correas y la garganta rota de gritar para que se la devolvieran, y ahora, sentado en el sillón de la habitación doscientos quince, Fernando volvió a tener conciencia de lo larga que había sido aquella noche de la que podía recordar uno a uno los minutos que transcurrieron hasta que la luz se coló por las rendijas de la persiana rota.

Con las primeras luces, la manta se convirtió en moneda de cambio. Comportamiento impecable, se lo aseguró a quien quisiera escucharle, de modo que se la devolvieron con un extenso pliego de condiciones. Las cumplió todas, las seguía cumpliendo, aceptando los términos de la rendición a cambio de conservar lo único que podía darle fuerzas. Así había llegado hasta la planta de aquel hospital, cuando el camino que estaba escrito para él era vencer o morir, carne de la calle, y muchos de los que habían compartido su destino en aquel lugar estaban muertos por sobredosis o tratando de conquistar la libertad contracorriente. Derrotado, aunque los mordiscos, las patadas y los gritos le hubieran acabado proporcionando la victoria.

Volvieron a media mañana al campamento con parte de los bultos que no habían podido acarrear la tarde anterior y el cuerpo de Onofre envuelto en una arpillera a lomos de una mula.

Una mujer gruesa y grande había venido al amanecer para examinar las heridas de Martín. La acompañaba una muchacha poco agraciada, bizca de un ojo y de modales torpes. Habían traído un cuenco de madera tapado con un trapo y le habían hecho desnudarse. Luego habían embadurnado los desgarros de la piel con una pasta oscura que semejaba barro, mientras la mujer lanzaba improperios sobre lo escuálido que estaba, y maldecía a Ricardo por haberlo traído al poblado.

Martín se dejaba hacer, confundido por la boca endiablada y el tacto amable de sus manos. La mujer rezumaba olor a cuajo de leche impregnando la lana y las pieles que formaban su vestuario. Todo en ella era grande y fuerte, un cuerpo rotundo y poderoso que le confería, junto al ceño fruncido permanentemente, una seguridad aplastante. Tenía la piel de las manos curtida y llena de manchas, pero la palma era blanca y rosada, y los dedos generosos y rápidos, expertos en acariciar, manejar, descuartizar, moldear o aplicar ungüentos, infundiendo al movimiento una energía estática e invisible que erizaba la piel detrás de su rastro. Llevaba la mata de pelo gris encrespado alrededor de un moño del que se escapaban mechones como esparto enmohecido que le caían sobre los hombros. Tan poderosa parecía, y con una boca tan indecente, que Martín se olvidó por un instante del dolor, e incluso del propósito que lo había llevado esa mañana hasta sus manos.

El mobiliario de la choza se reducía a un camastro de madera con un jergón de lana y a varios tocones de árbol que servían de asiento. La muchacha bizca los observaba sentada en uno de ellos, pues se había resignado al hecho de que la mujer no la dejase hacer nada, ni siquiera sujetar el cuenco, como si fuese un estorbo.

La mujer le vendó las heridas con trapos y luego le ordenó que se vistiera. Martín comenzó a hacerlo lentamente, abotargado por los masajes y el entumecimiento de las magulladuras que tenía por todo el cuerpo.

La cabeza del hombre sin dientes asomó por el hueco de la puerta.

—Crespo dice que salga, que quiere verlo.

Juncia se levantó en un impulso y desplegó su estatura imponente dentro de la cabaña al tiempo que ordenaba salir a la muchacha. Luego recogió el cuenco y los trapos mientras observaba vestirse a Martín. La mujer mantenía el ceño fruncido y respiraba con una cadencia que hacía que le subiera y bajara el pecho al resbalar los ojos sobre el cuerpo del muchacho. Esperó hasta que él terminó de vestirse, y luego salieron los dos de la cabaña.

Fuera había dejado de llover y el resplandor del sol se reflejaba como un destello en todo lo que alcanzaba la vista, inundando la vegetación de una apariencia reluciente y nueva. Martín se cegó al salir, pues no recordaba un brillo semejante, y caminó empujado por el hombre sin dientes hasta la choza más grande, donde tenían tirado a la puerta el fardo que envolvía a Onofre.

Juncia y varias mujeres descubrieron el cuerpo mientras se arremolinaban a su alrededor los niños y los perros, que ladraron inquietos entre las piernas de los presentes hasta que alguien asestó una patada a uno de los animales en el hocico.

Un hombre grande como una montaña, vestido de cuero, fue el que habló primero.

—Está muerto. ¿Para qué me lo traes, Ricardo?

El hombre de los ojos azules observaba la escena como si no le interesase lo más mínimo, indiferente, con el peso corporal cargado sobre la pierna derecha. Tenía un brazo cruzado sobre el otro, y con la mano libre se acariciaba distraídamente el mentón.

Martín no dejaba de observar el cuerpo de Onofre, sin atender al dolor y el cansancio que agarrotaban sus extremidades. Miraba el bulto tratando de buscar un camino para volver al sonido del traqueteo del carro de Matías, el tratante de telas, y borrar a todos aquellos que se apiñaban en torno al hombre que le había hecho cambiar el rumbo de su vida, el único que le había dado una esperanza para escapar de la miseria cruzando pasajes secretos escondidos en el aire que salía de su garganta.

Una voz rotunda se elevó entre el grupo de mujeres.

—No está muerto. Este desecho morirá pronto, pero todavía respira.

Juncia se inclinó sobre Onofre como antes lo había hecho en la choza sobre las heridas de Martín. Nadie cuestionó sus palabras ni se atrevió a replicar mientras la mujer manipulaba las ropas y le palpaba el pecho, la frente y la garganta.

Luego miró al hombre grande y a Ricardo.

—¿Para qué queréis este despojo? ¿Hay recompensa?

Ricardo seguía en la misma posición. Martín lo miró ansioso y se asombró de la serenidad y la determinación que traslucían sus ojos azules. No era como los otros, aunque vistiera las mismas ropas y pareciese uno más entre ellos. El muchacho descubrió en ese momento que el hombre que se tocaba el mentón y miraba fijamente el cuerpo de Onofre era completamente distinto a aquella gente de instintos primarios cubiertos de mugre. Y pensó que tal vez esa diferencia fuera su única esperanza, porque lo cierto es que, gracias a él, ellos todavía estaban vivos.

La mujer se levantó y encaró a Ricardo.

—¿Por qué no los rematasteis antes de traerlos aquí? ¿Qué valor tienen estos dos para que nos compense tenerlos entre nosotros?

Juncia se plantó delante de su marido con las piernas abiertas y se cruzó el mantón sobre el pecho.

—Tú verás, Crespo, pero yo no pienso alimentar más bocas.

Ricardo levantó los ojos hacia el hombre fuerte y grande como una montaña.

—Son valiosos, Crespo. Todavía no sé para qué, pero acabarán valiendo su peso en oro.

Hubo murmullos de protesta entre los que formaban el círculo a su alrededor. Martín pensó que Onofre y él estaban acabados, y que pronto colgarían de la empalizada después de ser ajusticiados, pues el hombre de los ojos azules no había dicho en su defensa nada que los allí presentes pudieran entender.

Solo eran un moribundo y un muchacho que deberían estar enterrados junto a Matías en el claro del bosque desde la noche anterior, y que inexplicablemente respiraban todavía gracias a unas cuantas palabras encadenadas por la desesperación. Acabarían valiendo su peso en oro, sí, pensó Martín, pero para que eso sucediese, Onofre debía estar en condiciones de abrir la boca y no semejar un cadáver envuelto en barro y sangre.

Martín hizo mentalmente un balance rápido de lo que podía ofrecer. Nada. Palabras. Solo palabras para seguir aspirando bocanadas de aire fresco. Volvió a mirar al hombre de los ojos azules. Continuaba impasible, seguro, mirando al que llamaban Crespo, hasta que este fijó sus ojos en Martín y lo recorrió de arriba abajo, como los tratantes de ganado en la feria del pueblo al calcular el valor de los animales.

—¿Y dices que esta calamidad acabará valiendo su peso en oro? —Volvió a fijar sus ojos impacientes en Ricardo—. Explícate.

—Es diestro trabajando metales, y dice que sabe también obrar la madera y el cuero.

—No necesitamos trabajar metales, tenemos armas de sobra para asaltar los caminos, y siempre podemos robar otras. ¿Y el medio muerto?

Ricardo miró el cuerpo de Onofre.

—El muchacho dice que tiene un talento oculto, un don.

Crespo enfrentó los ojos de Martín.

—¿Qué talento?

Martín tragó saliva para mojar la garganta, consciente de que le quedaba poco tiempo.

—Es mi maestro. Cuenta con el favor de muchos señores y es bien recibido en cuantos lugares visita. Cualquiera puede daros noticias de él, incluso alguno podría pagar recompensa...

Crespo cortó al muchacho, impaciente.

—Sí, pero... ¿qué sabe hacer?

Martín bajó los ojos, porque era inútil tratar de explicar lo que sabía hacer Onofre, igual que tratar de describir la luz a un ciego no le sacaría nunca de la oscuridad permanente.

—Cuenta historias.

Se hizo el silencio a su alrededor, como si el cuerpo de Onofre y su inmovilidad se hubieran convertido súbitamente en los protagonistas. Martín se vio a sí mismo planeando a lomos de un halcón sobre el poblado, observando la escena desde la altura a través de los ojos de un ave rapaz, y pudo sentir el aire fresco en la cara y aspirar el olor a tierra húmeda, los olores del bosque, los trinos de los pájaros y los destellos de sol amplificados en la retina hasta proyectar los límites de uno de aquellos pasadizos a través de los que se precipitaban las imágenes que solo se sostenían con palabras. Comenzó a desplegarlas amparado en el mutismo de todos, incluso el de los perros, únicamente porque los cogió desprevenidos, porque nadie había visto antes hablar a un loco para salvar a un moribundo.

Contó la historia de los idénticos. Contó la historia como se la había oído contar a Onofre hacía ya muchos años, como él la recordaba, improvisando de su propia cosecha, exagerando las riquezas y los dones del afortunado y el aliento fétido de los perros despedazando la carne del otro, hasta que los condujo con palabras al camino y al claro del bosque donde los habían encontrado la tarde anterior.

Martín les dijo que iban en busca de sus idénticos para obligar a la Suerte a repartir justicia, haciéndola renunciar a su verdadera naturaleza, que era caprichosa y escurridiza. Su maestro viajaba en el carro con el tratante de telas, y él iba rezagado porque Onofre le había encargado repujar en el taller del herrero del último pueblo por el que habían pasado el cofre de madera que llevaba en el zurrón.

El cofre solo podía abrirse con la luna en cuarto creciente, y lo que contenía en su interior únicamente era apto para hombres y mujeres de corazón noble, un remedio que según su maestro era infalible; pero el conseguirlo conllevaba un precio que había que pactar de antemano, porque si aquel que lo abría no tenía el corazón puro, se cumplirían sus peores pesadillas y acabaría muerto entre tormentos. Vencer o morir, esas eran las palabras grabadas en la cubierta y ese era el destino para cualquiera que se atreviera a intentarlo. Onofre se lo había repetido muchas veces, por eso el cofre solamente lo abrían los desesperados o los suicidas.

Martín habló y habló hasta que se quedó sin aire y tuvo que hacer un alto para llenar los pulmones, y entonces fue consciente de que las mujeres y los niños se habían sentado alrededor del cuerpo de Onofre, y que los hombres permanecían de pie detrás de ellas, mansos y mudos igual que los perros sentados sobre sus patas traseras. Solo Ricardo lo observaba sonriendo, con la curiosidad satisfecha, como si mirara el ejemplar de una raza valiosa y hasta entonces desconocida.

Martín calló y se sorprendió del silencio, de los ojos clavados en él y de la expresión absorta de los rostros, y no acertó a comprender como había podido provocar con sus palabras aquella inmovilidad que a él mismo le erizaba el vello. Reaccionó cuando se levantó un perro y un niño le lanzó una piedra que manoseaba entre las manos.

—Solo tenéis que cuidarle unos días, y él cumplirá de sobra con lo que os he prometido.

Crespo miró a Ricardo. Las mujeres se levantaron detrás de Juncia y los niños corrieron ladera abajo seguidos por los perros.

Ricardo sacudió los hombros y se desperezó.

—¿Qué dices, Crespo?

El hombre volvió de algún lugar clavado en el aire limpio lleno de destellos de sol, y observó de nuevo el bulto del cuerpo de Onofre tirado en el suelo.

—Son dos bocas más, habremos de asaltar los caminos más seguido y salir a cazar a la sierra si no queremos que Juncia nos abra en canal.

Dio media vuelta e hizo un gesto a los hombres para que lo siguieran.

—Dos semanas, Ricardo, te concedo dos semanas para que averigües lo que podemos sacar en claro de estos dos antes de que los obliguemos a cavar su propia fosa.

III

Les contó que se veían por las noches en su despacho y que hacían coincidir las guardias. Un escándalo. Por lo visto llevaban ya varios meses, más de lo que le había durado cualquier otra, y desde el principio ella lo había hechizado con sus artes, que al parecer no había utilizado antes con ninguno, ni con el novio, pues estaba enamorada de él desde hacía mucho tiempo.

Trinidad sacó mecánicamente el teléfono móvil del bolsillo para comprobar si tenía algún mensaje. Luego volvió a la audiencia, que se limitaba a Ana y Fernando, ocupados con el reparto de la medicación antes del cambio de turno.

Debería ser ella la que contara historias, pensó Ana mientras escribía con rotulador el número de la habitación en cada vaso de plástico. Fernando parecía ausente, y Trinidad seguía relatando los hechizos y las mezclas de sustancias que Alicia experimentaba con su amante, Andrés, el cirujano jefe, el que se había casado en Bali el año anterior.

Nadie la escuchaba, pero Trinidad no tenía otra forma de estar viva, y de todas formas con ninguno de los dos podía hablar ya de las apuestas que llevaba puntualmente al día, porque ahora Fernando y Ana eran parte implicada en el asunto. En realidad, toda aquella verborrea no tenía ningún sentido, ni a ninguno de los dos les importaba el color y la cantidad de encaje que tenían las bragas de Alicia, ni las sustancias ilegales con las que presuntamente se embadurnaba el cuerpo, pero para Trinidad aquellas pequeñas cosas, reales o imaginarias, eran todo su mundo, porque no quería ocupar la mente con lo que la esperaba en casa.

Una gran familia, una estirpe local con apellidos ilustres y blasones sobre la fachada, de las de la ciudad de toda la vida. Un marido alcohólico impecablemente vestido de puertas afuera que descargaba en ella la frustración de no tener futuro, de haber arruinado el negocio de la finca familiar de la que habían vivido varias generaciones y que estaban a punto de perder con la ejecución de innumerables hipotecas, cercenando el modo de vida que no podrían continuar sus hijos.

Trinidad se había tenido que poner a trabajar a pesar de llevar muchos años menospreciando a las que habían sido sus compañeras de estudios antes de subir de escalafón social al conseguir cazar un marido rico. Pero ni eso había sido suficiente, y los insultos, las palizas y los golpes los llevaba estoicamente al margen de la indiferencia de dos hijos que según ella se parecían al padre, por no querer reconocer que ella tampoco tenía nada que ofrecer al mundo.

Los dos seguían los mismos pasos de su padre, el alcohol y las juergas, con el pelo engominado y pantalones y zapatos de marca, sin acabar ninguno los estudios que hubieran debido encumbrarlos a los más altos tribunales y a las más altas esferas. Despreciaban a las mujeres, e inconscientemente Trinidad sabía que la despreciaban a ella por privarlos de la pureza de sangre, por no tener el origen noble que les mantenía todavía la cabeza alta, dedicados únicamente a malvender y acabar con la poca herencia familiar que se había salvado de la ruina.

Trinidad nunca había querido prestar oídos a lo que se decía de ellos, bastante tenía con lo suyo, y no porque no lo escuchase, sino porque intuía que, si lo hacía abiertamente, el precipicio abierto a los pies de sus hijos acabaría tarde o temprano engulléndola a ella. Negocios turbios. Malas compañías. No. Trinidad no quería pensar en ello, porque los pensamientos volaban a una velocidad insoportable hacia el futuro, y se preguntaba, con el poco juicio que había conseguido robarle al desencanto de sus cincuenta años, cuáles serían los tribunales y las altas esferas de los que algún día ella no podría rescatarlos. No. Definitivamente prefería el ruido y la verborrea fácil, el color de la ropa interior de Alicia y las influencias del banquero que había ingresado la tarde anterior en la habitación doscientos dieciocho, el precio de los zapatos de su mujer o los tejemanejes sobre el testamento de la vieja de la habitación doscientos quince.

Bruja. El rumor todavía le estallaba en los oídos. Laura llevaba dos días andando al borde del camino, siguiendo las huellas del carro del tratante de telas. Hacía noche entre los árboles, al abrigo de las pieles con las que montaba el refugio. No podía encender fuego para no delatarse, y el cansancio y la desesperación iban minando su determinación poco a poco. Ni siquiera había podido adentrarse en el bosque para buscar las plantas que le devolverían la tranquilidad y el sueño. Caminaba incansablemente siguiendo su rastro, sin permitirse descansar más allá de recostarse a ratos sobre el tronco de algún árbol hasta que se le hacía insoportable la vigilia, y el amanecer siempre la cogía pertrechada con el cayado y el zurrón a la espalda.

Esa mañana aún no había amanecido cuando decidió continuar a pesar de que el día anterior había perdido el rastro. No tuvo que andar mucho hasta encontrar de nuevo el surco de las ruedas del carro sobre restos de ramas rotas y matorrales pisados junto a la maleza. Alguien, muchos a juzgar por los destrozos, les habían abierto paso para adentrarse en el bosque, las marcas eran claras, y siguiendo los surcos de las ruedas fue como Laura acabó llegando hasta el claro.

Se aseguró de que estaba desierto estudiándolo desde la distancia antes de atreverse a salir a campo abierto, de modo que, cuando al fin se decidió a avanzar hasta lo que quedaba del carro, supo exactamente dónde buscar para encontrar el volumen del cuerpo de Matías cubierto apenas por un palmo de tierra. Supo también dónde localizar el sendero hacia el norte que habían abierto varios hombres y una mula.

Decidió esperar a que volvieran, pues todavía quedaban algunos bultos de mercancía escondidos en el borde del claro. Su instinto de cazadora la llevó a montar el campamento en un montículo equidistante del camino y del lugar donde los hombres que habían asesinado a Matías habrían de volver tarde o temprano.

Estudió el lugar y el viento, la protección natural que proporcionaban los árboles y las posibles alternativas que podría utilizar para escapar en caso de que la sorprendieran y la cercaran sin dejarle posibilidad de huida. Revisó las armas, puso a punto el arco y las flechas, afiló el cuchillo y tensó la honda.

Luego cazó una liebre y la despellejó antes de cocinarla a fuego lento sobre las brasas de una hoguera que había encendido al otro lado del camino resguardándose bajo un repecho escondido entre las rocas. La sazonó con hinojo y romero y la acompañó de media docena de setas. Comió con rapidez y rellenó el odre de agua junto a un arroyo.

Volverían, se dijo a sí misma al caer la noche, inmóvil entre las pieles, confundida bajo la vegetación bañada por el débil resplandor de la luna.

Desde donde se encontraba tenía una visión completa del claro en el que imaginaba una y otra vez las posibles alternativas que habían acabado con el cuerpo de Matías bajo tierra. Pensó en cavar una fosa más profunda, pero desechó inmediatamente la idea porque podía delatarla, y rogó para que los lobos o los perros salvajes no olfatearan el cadáver.

No tenía miedo, porque ahora tenía un objetivo. Onofre aún seguía con vida en algún lugar hacia el norte, porque de lo contrario esa noche estaría contemplando la tierra removida de dos tumbas.

Pensó fugazmente en el muchacho, el sobrino de Alfonso, el carpintero, y se preguntó si también habría caído en la emboscada o se habría desviado antes tomando un camino distinto. No había nada que los relacionara, pensó Laura mordisqueando un trozo de queso curado, y probablemente fuera solo una casualidad el que Onofre y él hubieran salido del pueblo casi al mismo tiempo.

IV

Una tarde, Leyre pidió a Fernando que le acercara el reloj de arena que tenía sobre la mesa auxiliar. Parecía muy antiguo, aunque la vegetación de bronce que abrazaba el cristal guardaba todavía una pátina dorada entre los pliegues de metal. Tenía el tamaño justo para abarcarlo entre el índice y el pulgar, y ahora, en la mano derecha de Leyre, parecía hecho a su medida.

Lo volteó y la arena comenzó a caer al depósito inferior formando un montículo alimentado por el flujo constante que se escurría por la parte más estrecha del cristal.

Ana y Fernando lo contemplaron absortos. El depósito de arena de la parte superior se vació por completo. El cono que se había formado en la base resplandecía.

—¿Hay oro entre la arena? —preguntó Ana sin dejar de observarlo.

—Sí, para recordar que el tiempo es la única riqueza que importa.

El brillo de las partículas de oro se amplificaba dentro del cristal como si atrapara el resplandor de la luz sobre una tela de araña.

—También hay polvo de diamante, cuidadosamente calculadas las proporciones para que el trasvase de una parte a otra dure un minuto y medio. Ese es el intervalo que tarda en arrancar una historia, porque después el tiempo deja de importar. Se alarga, se detiene, estira, multiplica, se condensa, vuela o retrocede a voluntad. Solo hay que reconocer el poder de este minuto y medio que marca la arena, y después el mundo entero está al alcance de la mano si se logran encadenar adecuadamente las palabras.

A Ana siempre le había atraído aquel objeto, y muchas veces se había preguntado por qué Leyre lo volteaba antes de comenzar a narrar las historias.

La mujer que velaba la cabecera de la cama estiró las comisuras de plomo que cercaban sus labios, y la loba se estiró sobre la colcha junto a los pies de Leyre, que comenzó a relatar una historia más de la habitación doscientos quince.

"Hace mucho tiempo, cuando el tiempo todavía no existía dentro de este reloj de arena, dos muchachas idénticas se encontraron en una gruta perdida entre las montañas. Habían nacido de diferente vientre, pero sus cuerpos se confundían hasta en los más pequeños detalles, como si fueran espejos recíprocos. Piel larga y blanca, ojos verdes y pelo cobrizo. Simetría de facciones y complexión esbelta. Desafiantes y altivas. Una de ellas estaba destinada a morir esa noche despedazada por los lobos mientras a la otra le esperaba una larga vida protegida por la manada. Ni una mirada debían haber cruzado, nada debían haber compartido, ni siquiera la imagen reflejada sobre la superficie de una pequeña laguna que ocupaba el centro de la gruta. Pero entonces sucedió algo insólito, porque cuando los lobos estaban a punto de dar caza a una de ellas, la otra los detuvo con su voz desde la otra orilla del agua.

Los lobos se hicieron a un lado cuando la Suerte, una dama esquiva y escurridiza, voluble, cruel y certera, se acercó para observar a las muchachas.

Insignificantes, murmuró, si no fuera porque acababan de desestabilizar el sino de la primera tirada de tabas con la que se sella el destino de los mortales. Y la Suerte supo allí mismo que debía procurarles otra oportunidad para que la naturaleza siguiera su curso.

La Vida las observaba también, confundida con el manto líquido de la superficie del agua encendida con la última luz de la tarde que entraba por un orificio abierto en el techo de la gruta, pensando en la manera de recuperar el equilibrio cuando la Muerte acudiera para certificar el acuerdo, porque las tres formaban parte del triángulo equilátero en el que la Vida pare lo que la Suerte diferencia hasta que la Parca iguala el destino de todos."

La voz de Leyre se apagó un momento antes de continuar, como si quisiera tomar distancia del relato. La loba se removió a sus pies, con las orejas levantadas, presionando con su hocico las piernas de Leyre.

"La Muerte acudió, envuelta en un manto silencioso y árido, y observó a las muchachas sin comprender todavía por qué la Suerte, feroz e implacable, la había citado en aquella gruta, como no fuera, pensó, para llevarse a la muchacha que debía morir esa noche devorada por los lobos. Pero la Vida también estaba allí, y la Muerte entendió por fin la razón por la que había sido convocada, pues el acuerdo que la Suerte reclamaba no era otro que poder igualar el destino de aquellas dos mortales. Igualar lo que solo la Muerte iguala.

La Vida le ofrecía a cambio el poder diferenciar lo que solo la Suerte diferencia, concediendo la inmortalidad a uno de aquellos seres insignificantes.

–¿Para qué? –respondió desafiante la Muerte–. Ninguno de ellos me interesa.

–Llegará el día –susurró la Vida empujando la brisa con su aliento hasta dibujar ondas sobre la superficie del agua– en el que este acuerdo te beneficiará. Créeme, te lo aseguro.

Y la Muerte se retiró, indiferente, convencida de que la Suerte y la Vida acababan de tenderle una emboscada.

Una vez sellados los términos del acuerdo, la Suerte se encarnó en el cuerpo de una loba color canela con una mancha blanca alrededor del ojo, y arrimó con el hocico un puñado de tabas ante los pies de las muchachas. Una de ellas, la que debió haber muerto esa noche devorada por los lobos, las recogió y las lanzó al suelo hasta que los huesos quedaron esparcidos ante ellas.

La loba se acercó para ver la fortuna o la desgracia que había quedado boca arriba después de empujar los huesos con su aliento silbando entre los colmillos. La Vida se acercó también y observó la fortuna idéntica que las esperaba.

Las muchachas recogieron las tabas y se las colgaron al cuello para recordar la segunda oportunidad que les daba el destino, y a partir de entonces estuvieron protegidas por los lobos.

Y durante generaciones, sus descendientes transmitieron las tabas a mujeres de su sangre para recordar a la Suerte la única debilidad que le había hecho apostar contra su naturaleza de fortuna sin alma."

Leyre terminó el relato y dio el reloj de arena a Ana para que lo guardara en la mesilla de noche.

−¿Y la Muerte? -preguntó Fernando−. ¿Concedió la inmortalidad a alguien para diferenciarlo de los demás mortales?

−Si. −contestó Leyre−. Pero esa es otra historia que todavía no se ha contado en la habitación doscientos quince.

Llovía otra vez cuando Críspulo y Teodoro llegaron al claro. Crespo les había mandado recoger los últimos bultos y acarrear la madera del carro que pudieran cargar en la mula. Laura los vigilaba mucho antes de que entraran en su campo de visión, pues había escuchado sus voces desde una distancia suficiente como para poder haberles tendido una emboscada. Pensó que tenía suerte por primera vez en mucho tiempo, porque definitivamente no serían aquellos dos ejemplares que hablaban a voces los que consiguieran atraparla.

Cuando llegaron hasta el lugar donde estaban escondidos los bultos, Laura observó cómo uno de los hombres, que bizqueaba de un ojo y tenía las encías podridas, hacía una mueca al otro para que se adelantase, indicándole el sitio exacto donde estaba oculta la mercancía. Era de mediana estatura y, aparte de los dientes, parecía faltarle un contrafuerte que le sujetase la columna. Andaba encorvado, y a Laura le recordó la marioneta que le había fabricado su padre cuando era niña.

El otro que venía con él extrajo una pequeña pala que traía sujeta a la espalda y se dispuso a desenterrar los bultos. Semejaba un gigante fuerte como una muralla. Tenía el pelo abundante y oscuro, largo y recogido en la nuca, barba espesa y unos ojos sesgados con abundantes pestañas. Como un niño grande. Laura entendió por las voces del primero que el segundo se llamaba Teodoro, y parecía dispuesto a acatar las órdenes por las buenas, porque por las malas, cuando el desdentado, que respondía al nombre de Críspulo, pretendió sentarse sobre la tierra removida donde estaba enterrado Matías dejándole al otro todo el trabajo, el tal Teodoro le arreó un golpe con la mano abierta que el otro solo pudo esquivar a medias, con tanta suerte que le cogió de lado, y aun así le lanzó disparado contra la maleza.

Laura reprimió una sonrisa porque, a menos que ellos fueran el caballo de Troya de las historias antiguas que le contaba su padre, y otros más feroces la estuvieran cercando por la espalda, aquellos dos hombres parecían escapados de un carro de cómicos. Aun así, se mantuvo en guardia, recelando que fuera tan fácil, hasta que se aseguró de que los dos hombres habían venido solos.

Los vio cargar la mula con una rueda del carro, las lonas, el pescante y los mejores listones de madera. Luego Teodoro se echó a la espalda dos fardos grandes que parecían muy pesados, y Críspulo murmuró entre las encías cuando el otro le cargó con dos bultos más pequeños.

Se alejaron hacia el norte, como Laura había previsto. Hacía rato que estaba preparada para seguirlos, de modo que no le fue difícil hacerlo guardando la distancia suficiente. Conocía de sobra el primer tramo del camino, hasta el arroyo donde siempre se perdía el rastro. Laura no se había aventurado más allá porque el agua había marcado la linde de lo que ella consideraba terreno seguro, pero ahora cruzó el cauce de agua siguiendo las voces de los hombres y el estropicio de los cascos de la mula. No sabía cuánto tiempo les ocuparía el viaje, por lo que llevaba provisiones suficientes para aguantar hasta dos jornadas de camino sin tener que detenerse.

Se remangó la falda en la cintura para no rozar la vegetación al avanzar, dejando al descubierto los pantalones de cuero que se habían convertido en su segunda piel desde que tenía doce años. Cuando llevaban una hora andando tuvo que hacer una parada para cambiarse el paño con la sangre menstrual. Lo dobló y lo recogió en una bolsa de piel que llevaba en el zurrón y esperó a pasar por otro arroyo para empaparlo y retorcerlo antes de volver a guardarlo. Era muy fácil seguirles el rastro, pues los dos hombres no tomaban ninguna precaución ni se guardaban las espaldas.

Cruzaron un valle profundo con paredes escarpadas donde la vegetación se hizo más densa y el terreno más abrupto a medida que avanzaban, de modo que Laura dedujo que se estaban internando en lo más profundo de la cadena de montañas. La muchacha hubiera podido seguirlos a ciegas por las voces que daban, y esa ventaja le permitió acrecentar la distancia que los separaba para pasar desapercibida.

Estaba avanzada la tarde cuando Laura divisó a los dos hombres dirigiéndose a un campamento en la cima de un monte coronado por una empalizada que rodeaba varias chozas.

Laura volvió sobre sus pasos y comprobó el terreno antes de decidirse por una zona elevada al otro lado del arroyo que cercaba la ladera. Desde allí podría observarlos y decidir cuál sería su siguiente paso. Los vio ascender por la cuesta y perderse entre los árboles antes de reaparecer cerca de la cima. Varios niños corrieron a su encuentro seguidos por los perros. Laura se mimetizó con el acebo detrás del que se escondía y se quedó muy quieta, porque sabía que los perros podrían oler su rastro y delatarla.

La comitiva reapareció en la cima junto a una de las chozas y varias mujeres se arremolinaron en torno a ellos. El portón estaba abierto, y Laura pudo ver desde la distancia cómo los hombres soltaban en el suelo los bultos que llevaban a la espalda y luego descargaban la mula. Al acabar se dirigieron a la choza más grande mientras las mujeres se dispersaban.

Laura retrocedió hasta un sitio más seguro. Había dejado de llover, aunque el cielo estaba gris y el viento arrastraba deprisa las nubes por encima de las copas de los árboles. A lo lejos se divisaban cuerdas de tormenta y el eco de truenos lejanos. Laura pensó en resguardarse alejándose lo suficiente para encontrar un sitio seguro y seco donde poder encender una hoguera y pensar en una estrategia que le permitiera averiguar el paradero de Onofre.

Encontró refugio a una legua al oeste, cuando ya anochecía, en un terreno escarpado y agreste. La tormenta descargaba con fuerza cuando Laura halló un abrigo cerca de la cima cuya entrada estaba oculta tras una enorme piedra de granito. Encendió una pequeña hoguera en la parte más profunda y cubrió la abertura lateral con ramas secas para ocultar el resplandor de las llamas. Secó sus ropas, los paños, se cambió de nuevo, calentó los restos del asado de liebre sobre las piedras con las que había cercado el fuego y comió despacio intentando saborear entre la carne seca el gusto del tomillo y el romero. Luego se recostó sobre las pieles al abrigo de las brasas ocultas entre las cenizas y cerró los ojos. Se durmió al instante, con un sueño profundo en el que volvía a estar en la casa del pueblo frente a la iglesia, junto a sus padres, antes de que apareciera la enfermedad que la había llevado esa noche hasta aquella gruta, sin ser consciente todavía de que era la primera vez en mucho tiempo que el cansancio la obligaba a bajar la guardia para poder conciliar el sueño.

Descansó toda la noche sin escuchar el aliento rítmico de la loba recostada sobre las patas delanteras que se apostaba al otro lado de la piedra de granito que cerraba la entrada, velando en la oscuridad el sueño de la muchacha que se abría camino a pesar del sino de la primera tirada de tabas.

Al amanecer, varios haces de luz se colaron entre las ramas secas. Laura abrió los ojos y se mantuvo alerta. Le dolía todo el cuerpo. Se incorporó y notó cómo la sangre fluía entre sus piernas. Se movió despacio, evitando movimientos bruscos. Apartó las ramas de la entrada y observó el cielo. No llovería y tampoco iba a hacer frío. Cogió más paños del zurrón y fue mordisqueando un trozo de queso mientras bajaba la ladera y se orientaba para llegar al arroyo. Se desnudó junto a la orilla. El agua estaba fría, pero fue metiéndose poco a poco hasta la altura de los hombros. Después de la primera impresión, los músculos se destensaron y la piel se confundió con la corriente hasta intercambiar la temperatura con su cuerpo. Un placer después de unos minutos.

Bruja. Nadie en su sano juicio se bañaba con la menstruación. Se volvería loca, le habían dicho desde niña, pero hacía mucho tiempo que la locura se había convertido en parte cotidiana de su vida para sobrevivir a la lepra. Fue su madre la primera que se contagió con la enfermedad, y su padre dejó su taller para cuidar de ella, una pequeña sastrería que surtía al castillo y a las familias más pudientes del pueblo. Se encerró en casa con su mujer y su hija tratando de pasar desapercibidos, hasta que una mañana el sacerdote y media docena de hombres de orden llamaron a la puerta. Laura se escondió detrás de su padre, escuchando cómo le advertían que debía llevar a su mujer más allá de las tierras comunales, cerca de la falda de la sierra, para que no contagiara aquella enfermedad maldita que se contraía por los pecados de la carne. Los escuchó discutir, y oyó como su padre se negaba a abandonar a su mujer por más que trataron de convencerlo.

Se marcharon dándoles tiempo para preparar las pocas pertenencias que pudieran llevarse, y esa misma tarde volvieron con el resto del pueblo para llevarlos en procesión hasta la iglesia.

Allí les leyeron las prohibiciones. Les prohibían acercarse al pueblo y tener tratos con ningún vecino. Les prohibían tener propiedades y perdían el dominio de lo que no se llevasen consigo, que pasaría a su familia más cercana. Deberían llevar siempre una campana para advertir a los demás de su presencia, y a partir de entonces se los consideraría muertos en vida para la comunidad que debían abandonar antes del ocaso.

Luego su padre recostó a su madre ante el altar y comenzaron los ritos funerarios ante los ojos atónitos de Laura, que no entendía lo que estaba sucediendo.

Laura y sus padres abandonaron esa misma tarde el pueblo en una carreta a la que iban atados unos cuantos animales, escoltados en silencio por todos los vecinos, desde los ancianos hasta los niños, y cuando llegaron a los límites de los terrenos comunales la gente se volvió para regresar a sus casas, dándoles la espalda y haciéndose la cuenta de que a partir de entonces Laura y su familia estaban muertos.

Laura entonces tenía seis años y no entendió nunca aquel silencio, ni el rechazo ni la compasión que atisbó en los ojos de sus vecinos durante el trecho que los acompañaron. Lo entendió después, cuando su padre le explicó que no podrían volver nunca, y le hizo comprender que ya no era una de ellos, que la olvidarían, y que a partir de entonces siempre estarían solos.

Su padre construyó la cabaña en lo más profundo del bosque, escondida entre los álamos y chopos que bordeaban el arroyo, y enseñó a Laura a reconocer las hierbas medicinales con las que aliviar los tormentos de la enfermedad que ya tenía postrada a su madre. Laura lo hacía sin rechistar, buscando las hierbas conocidas y experimentando con otras que encontraba, como le habían dicho, ajena por completo a la tragedia que se cernía sobre ellos, porque a la agonía de su madre, al hedor de las pústulas y la deformación de la cara y las extremidades, se unieron los primeros síntomas de la enfermedad en su padre. Hasta que Laura comprendió que el mandarla a buscar remedios, el obligarla a cuidar el huerto detrás de la cabaña, el enseñarle a cazar y a reconocer los rastros, era el único modo que tenían de alejarla de ellos la mayor parte del día.

Laura siguió haciéndolo, pues comprendió que a su padre le tranquilizaba que ella se quedara al margen mientras no fuera inevitable, de modo que acabó conociendo el bosque como la palma de su mano. Así fue como estableció una relación singular con la loba de ojos dorados con la que se topaba regularmente cuando cazaba entre la espesura.

La avistó por primera vez pocos meses después de llegar al bosque, al comenzar la primavera. La loba estaba parada sobre un repecho que dominaba un pequeño valle, y Laura pensó en huir para pedir auxilio a su padre, pero la curiosidad pudo más que el miedo, y se quedó a observarla resguardándose entre la maleza y tanteando inconscientemente las tres tabas engarzadas en cuero que llevaba colgadas al cuello.

Los encuentros se repitieron a lo largo de los años, y el contacto entre Laura y la loba fue normalizándose hasta que el animal dejó de suponer un peligro para ella. Se observaban desde lejos, y Laura llegó a la conclusión sin fundamento lógico de que el animal mantenía alejados de ella al resto de los lobos, sin atreverse a creer lo que intuyó la primera vez que la vio, que solo estaba allí para protegerla.

Laura tenía doce años cuando murió su madre, y para entonces la enfermedad de su padre había avanzado tanto que ella tomó conciencia de lo que la esperaba en adelante. Su padre se dedicó a prepararla más aún, contra reloj, para sobrevivirle si es que no acababa contagiada. Entre los dos perfeccionaron el arco, el manejo del cuchillo, la honda, las estrategias de caza, cocieron hierbas y prepararon pomadas, y antes de perder las manos la enseñó a curtir las pieles y a hilar, tejer y batanear la lana de las dos ovejas que tenían en la parte trasera de la choza.

La obligó a llevar falda sobre los pantalones de cuero, y camisa y corpiño bajo la capa, a pesar del estorbo que suponían para la mayoría de sus actividades diarias. Lo hizo para que ella recordara siempre que era una mujer hermosa y lo seguiría siendo si conseguía burlar la enfermedad, haciéndole prometer que no renunciaría nunca a una vida plena cuando él hubiera muerto. Huir, se lo repitió mil veces, vendrían a por ella cuando supieran que se había quedado sola, por eso la adiestró para vivir alerta y estar siempre preparada. Y todo lo que le enseñó su padre le había acabado salvando la vida la noche que quemaron su cabaña.

Bañarse era pecado, por eso Laura estaba ahora metida en el arroyo, desnuda y menstruando, porque no había comprendido nunca el alcance ni la naturaleza de las faltas que le habían arrebatado a su familia. El sacerdote dijo que su madre era una pecadora y que esa era la causa de que hubiera contraído la lepra. Laura se demoró un buen rato en el agua pensando en aquellas palabras, porque bañarse era la única manera de recordarse a sí misma que los pecados que habían matado a sus padres solo existían en la mente enferma y el corazón emponzoñado de aquel puñado de gente sin alma que los habían abandonado a su suerte cuando ella solo tenía seis años.

Bañarse era pecado. La corriente se le ceñía a la piel y le proporcionaba la sensación de flotar, le daba energía y le hacía consciente de su cuerpo joven y flexible. Seguiría pecando. Estaba viva y eso era lo único que importaba. Era libre, la lepra le había liberado el cuerpo y la mente y le había hecho ser lo que ahora era. Una apestada. Tanto, que hasta la enfermedad y la Muerte le habían acabado pasando de largo.

V

La vida del hospital se vio alterada durante unos días por el ingreso de un hombre muy influyente en el mundo de las finanzas, y aunque se intentó minimizar las molestias para el resto de los pacientes, lo cierto es que no se pudo evitar el asedio de los medios de comunicación en busca de noticias sobre el estado de salud del que todavía era uno de los hombres más poderosos del país.

En la habitación doscientos quince, Leyre siguió midiendo el tiempo con el reloj de arena. Lo puso a disposición de Fernando y de Ana, pero los dos rehusaron amablemente el ofrecimiento, como si, en vez de arena, el cristal contuviera explosivo plástico.

Leyre siguió volteándolo, y la historia continuó desenredándose para permitir que aquella otra realidad invisible tomara forma.

Onofre volvió en sí dos días después. Tenía fiebre y una mancha de sangre coagulada le ocupaba la mitad del cráneo. No podía hablar y parecía que apenas recordaba nada. Martín supuso que se había golpeado la cabeza contra una piedra al caer del carro de Matías.

Dejaron que lo cuidara en la choza donde la mujer del jefe lo había desnudado al llegar al campamento para curarle las heridas. Todavía estaban abiertas, a pesar de los ungüentos que él mismo se seguía aplicando. Compartían la choza con Ricardo, el hombre de los ojos azules, el que realmente dirigía el grupo en la sombra al amparo de la mujer voluminosa y su marido, el tal Crespo.

El resto de los hombres y mujeres eran gente corriente que reproducían los tipos y las hechuras de los vecinos del pueblo. La muchacha que había entrado con Juncia para curarle y se había limitado a sentarse y observar, se llamaba Nieves. Era su hija. No era agraciada, ni en la figura ni en el rostro, era una joven invisible y débil de carácter bajo la sombra permanente de su madre. Parecía estar enamorada de Amancio, la mano derecha de Ricardo, un buscavidas con ínfulas de linaje noble al que debían haber intentado colgar varias veces de una soga. No se mezclaba con el resto y parecía tener un espacio propio en torno a él que nadie cuestionaba. Casi siempre estaba solo, y era diestro con los puños, el cuchillo y la ballesta. Su expresión era irónica y cruel, y en los ojos llevaba escrito lo que era, un zorro astuto y taimado que vendería dos veces la piel del lobo al mismo que lo hubiera cazado.

María era la madre de Teodoro, el gigante con cara de niño. Ella podía tener unos cincuenta años, y era tan deslenguada y mal encarada como Juncia, pero preparaba de comer con una paciencia que se parecía a la dulzura, y cuanto más sucia era su boca más esmero ponía en preparar los guisos.

Y luego estaba Aurora, delgada y frágil, atractiva si no fuera porque tenía una nube permanente de tristeza en los ojos, e incluso cuando sonreía y se apartaba los mechones de pelo rubio que le caían sobre la cara parecía que estuviera pidiendo socorro. Era madre de una niña rubia de unos ocho años, Catalina, despierta y viva, que sabía defenderse de los otros muchachos a pesar de que le sacaban dos cuerpos, y de Duarte, un niño más pequeño que siempre andaba alrededor de su hermana. Aurora no era pareja de nadie, pero parecía repartir favores sexuales a unos cuantos como parte de sus obligaciones con el grupo. Martín no había tenido apenas relación con ella en los pocos días que llevaba allí, y todavía esperaba que su simpleza y su resignación guardaran para más adelante un doble fondo.

Algunos la miraban de manera descarada, con una lascivia pegajosa y torpe, como el desdentado, bizco de un ojo y con un andar que le hacía parecer desmadejado. Miraba a Aurora cuando pasaba junto a él y torcía el cuello para seguirle el paso, y ella se encorvaba más aún con su eterna sonrisa de socorro.

El único que parecía no prestarle atención era Teodoro, grande y fuerte como una torre de asalto, el mismo que había levantado del suelo a Martín en el claro del bosque. Era un gigantón de barba espesa y melena recogida en la nuca. No hablaba mucho y parecía estar más a gusto con los niños que con los adultos. No parecía tampoco muy despierto, pero a Martín lo único que le interesaba de él es que no buscaba pelea, aunque hubiera podido derribar a la mitad del grupo a puñetazos. Era hijo de María, la cocinera, pero no había heredado la boca del diablo con la que ella sazonaba los guisos.

Los días que no salían a cazar o a asaltar los caminos solía sentarse bajo un castaño cerca del arroyo para tallar madera junto a Frasco, el más viejo, un hombrecillo delgado y fibroso que era un rastreador experto. Era familia de Juncia, aunque mantenía una animadversión por ella que parecía recíproca. No hablaba apenas, aunque todos le tenían respeto, y era el único que se libraba del catálogo de obscenidades que rezumaban la boca de Juncia y de la cocinera.

Para Martín fue la primera opción como aliado, pero el viejo no le prestó la menor atención, y el muchacho decidió tener paciencia y esperar el momento oportuno.

La misma mañana que Onofre abrió los ojos y pareció recuperar el conocimiento, dos días después de llegar al campamento, aparecieron dos muchachos delgados y bien parecidos, con el pelo castaño y los ojos verdes. Llegaron apestando a monte y a sudor cargados de piezas de caza menor colgadas de la cintura. Alfredo y Pablo, así se llamaban los hijos mayores de Crespo. Martín recordó haberlos visto el primer día en el claro, aunque luego habían desaparecido del campamento. Jóvenes e indómitos, con una risa salvaje que se elevaba por encima de las chozas ahuyentando a los perros, piernas ágiles y puñetazos rápidos. Se peleaban continuamente y rodaban por el suelo para el regocijo de los niños, que trotaban a su alrededor espoleándolos con sus gritos.

Su hermano Tobías era el hijo pequeño de Juncia y de Crespo. Martín lo recordaba abriéndole la boca para examinarle los dientes la noche que llegó al campamento. Entonces le había recordado a su prima Marcia por la cara ancha y las pocas luces que le asomaban a los ojos. Bruto y salvaje como su padre, ocupado la mayor parte del tiempo en adiestrar la fuerza y los puños, aunque Tristán fuera el único que le diera juego, un niño pálido y delgado con la cara sucia y el pelo revuelto, con un aspecto de desamparo que contradecía el valor y la determinación con la que había conseguido la maestría con la honda y las espadas de palo. Tenía algo que ver con Ricardo, pero Martín todavía no había averiguado la naturaleza del parentesco, a pesar de que compartían la choza.

A Martín le bastaron dos días para decidir que tenía que ofrecer algo más que palabras a aquella gente. Todavía no sabía por qué los mantenían con vida. Intuía que debía agradecérselo a Ricardo, el hombre de los ojos azules, pero no alcanzaba a comprender los motivos ni sabía durante cuánto tiempo podría convencer al resto de que Onofre y él no eran un estorbo.

Martín decidió ayudar tratando de ser útil. Solo tuvo que asomarse a la puerta de la choza y observar lo que hacía cada uno. Decidió que Nieves sería su primer objetivo. La muchacha era la encargada de preparar la caza y curtir las pieles, aunque en esto último no parecía muy diestra. La ayudaba a veces Frasco, cuando no estaba rastreando o tallando madera con Teodoro, y eso acabó de decidir a Martín para hacerse indispensable junto a ellos.

De modo que, en los días sucesivos, mientras Onofre se debatía todavía por recobrar el habla y la memoria, Martín se esforzó por colaborar en las tareas cotidianas y conseguir atar los cabos que unían a cada uno de ellos al grupo, esbozando la estrategia que habría de mantenerlos vivos.

VI

El financiero empeoró durante la noche. Personas vinculadas a la política y a las altas finanzas habían pasado la última semana por la planta con absoluta discreción, gente conocida y otra desconocida que era todavía mucho más poderosa. La familia decidió el traslado a casa para pasar las últimas horas y, con la eficacia y la eficiencia que caracterizaba al complejo hospitalario, a la mañana siguiente no había rastro de su paso por la planta. Murió esa misma tarde. Los medios se hicieron eco de la noticia recordando su impecable trayectoria profesional y humana, alabando los métodos novedosos y la proyección internacional que habían hecho despegar su empresa hasta conseguir que su logo presidiera más de cincuenta filiales en todo el mundo. Un verdadero hombre de éxito, muerto a pesar de su enorme valía, y a pesar de estar podrido de dinero.

Lo había acompañado la familia hasta el último momento, había muerto en su cama con el consuelo de la extremaunción administrada por su párroco de siempre, con la herencia a buen recaudo en manos de un notario después de consensuarla con todos los hijos, en brazos de su segunda esposa y añorando el tacto del pelo trenzado del único amor que había tenido en su vida.

Ni siquiera había podido guardarlo bajo la almohada, ni tampoco se atrevió a dar la orden para que lo sacaran de la caja donde estaba custodiado bajo llave, y se fue con la certeza de que el poder que había acumulado le impedía morir como hubiera querido, obligándolo a conservar la imagen para la posteridad que desde hacía muchos años llevaba adherida a la piel como una coraza.

Hubiera sido un escándalo llevarse a la tumba aquella trenza, el único tesoro que realmente le había hecho sentirse rico. Antes de perder la consciencia pensó que hubiera debido renunciar a tiempo, cuando todavía tenía tiempo, e imponer su voluntad sobre los convencionalismos, desatarse los amarres del corazón con los que le habían atrapado el dinero y el poder para lograr morirse a gusto, y para no ser consciente en los últimos minutos de que se moría sin ella y sin el tacto de lo único que habían intercambiado cuando eran niños.

Una historia dentro de otra historia, otro de los relatos encerrados en el reloj de arena. Leyre lo supo cuando la loba que siempre la acompañaba saltó de su cama la noche anterior para ir al encuentro de aquel hombre que había conseguido conquistar el mundo, un hombre al que nunca había abandonado la Suerte, aunque la historia todavía no se hubiera contado en la habitación doscientos quince.

Ana pensó a la mañana siguiente, leyendo su biografía en el periódico, que había conseguido triunfar en los negocios y en la vida, a juzgar por las palabras del periodista y por la cantidad de gente que había acompañado sus restos hasta el cementerio. Lo comentó en voz alta en el control de enfermería, y enseguida Trinidad lo interpretó como una invitación para exponer su particular visión de la vida e inclinar el peso de las apuestas en los brazos de la balanza.

-Es lo que tiene el dinero –dijo con una mueca de suficiencia mientras organizaba los envases de medicación que habían llegado desde la farmacia del hospital. –Nadie muere solo cuando deja herencia. El dinero lo puede todo, hasta darte compañía aunque no tengas familia.

Amelia estaba con ellas revisando los historiales para la visita médica. Cuando oyó a Trinidad, dejó lo que estaba haciendo y la encaró con una orden tajante y seca.

–Ya es suficiente, Trinidad. Cada una a lo suyo, que todavía queda mucha tarea.

Ana no pensaba replicar a la provocación, porque ni siquiera se había dado por aludida. Intuía vagamente las maledicencias, pero había decidido no perder un segundo de su tiempo para rebatir lo que no lograba crear realidad con la palabra después del minuto y medio que tardaba en vaciarse el depósito. Tanto había cambiado su mundo, que ni siquiera sabía quiénes le cubrían las espaldas y quiénes trataban de denostarla a cualquier precio, arrepintiéndose de no haber tenido la astucia de adelantarse para ocupar su puesto.

Lo cierto es que a Ana sólo le importaba ya la arena almacenada en un cristal abrazado por hojas y ramas de bronce, y la realidad que tomaba forma después de volcarlo, como la única posibilidad de alimentar el círculo de luz que la mantenía alejada de las sombras.

Aparentemente nada había cambiado. Su vida seguía siendo gris y solitaria, porque la imagen que tenía de sí misma la mantenía guardada en un espejo desde que tenía doce años, su casa continuaba amplificando el eco del silencio y su padre todavía se diluía entre la muerte y el olvido. Seguía sin tener de qué arrepentirse, y ni siquiera los errores le llenaban el hueco de las palmas de las manos. No había cambiado nada que justificara el que Ana obviara automáticamente las palabras de Trinidad como si fueran parte de una tangente inoportuna que se disolvía incluso antes de que la tangencia se hubiera producido.

Todo seguía igual, pero las arenas movedizas que se escurrían por el cuello del cristal habían adherido a la retina de Ana un caleidoscopio de formas y colores brillantes, proyectando un trampantojo fascinante allá donde fijara la vista, así fuera en una pared o en un rostro, una fuente de posibilidades infinitas que le impedía enfocar la atención en todo lo que no fuera el minuto y medio que le daba la oportunidad para cambiar el mundo.

"Cuando la vio por primera vez una mañana de verano, bañándose en la poza oculta entre la vegetación donde solía llevar a abrevar a las cabras, Juan creyó que era la criatura más perfecta que podía existir sobre la faz de la tierra.

Él tenía dieciséis años cumplidos y ella no aparentaba más de quince. Su piel era larga y blanca, interminable, moldeada bajo la luz del sol con una simetría asombrosa que ocultaba parcialmente el cabello dorado y húmedo. Y Juan recordó muchos años después haber pensado entonces que bajo la superficie de aquel cuerpo se ocultaba el aliento sibilante de toda la sensualidad del mundo.

La observó desde lo alto de los riscos mientras las cabras pastaban a su alrededor, asustado repentinamente de sí mismo por no poder controlar el impulso que lo imantaba hasta la muchacha que nadaba bajo el agua transparente completamente desnuda.

La muchacha le sonrió y salió de la poza escurriendo con las manos la mata sedosa de pelo dorado, y después él ya no pudo separarse de ella, sin explicarse como había podido vivir hasta entonces lejos de aquella criatura asombrosa.

A ciencia cierta, Juan nunca supo de dónde procedía ni qué la cobijaba cuando él volvía por las noches a la finca donde trabajaba su familia, y a pesar de la intimidad y el amor que los unía, ella siguió siendo para él una criatura fascinante a la vez que una perfecta desconocida.

Juan nunca había salido de la sierra. Solo había conocido hasta entonces el hambre y la servidumbre que estaban reservados a los suyos por herencia, porque para los de su estirpe, durante generaciones, el monte y la miseria siempre habían estado unidos.

Los días inmensos del verano transcurrieron junto a la poza sin que Juan se preocupara del origen del regalo que le estaba ofreciendo el destino, absorto por descubrir los límites de aquel sentimiento que le robaba el alma y le encendía el cuerpo quebrándoselo por las noches cuando pensaba en ella antes de dormirse.

Juan nunca había experimentado nada comparable, y antes de conocerla no concebía la posibilidad de experimentarlo nunca. Estaba seguro de que ella lo amaba igual que él la amaba a ella, y la sierra se convirtió en su territorio, un vasto imperio de dimensiones inabarcables donde todo era posible.

Ni siquiera los lobos volvieron a acercarse a las cabras, de tal manera que nada fue capaz de perturbar la armonía del tiempo que compartían juntos, y Juan no quiso pensar que aquella criatura que levantaba para él la luz por las mañanas, tuviera algo que ver con la tregua que le ofrecían los lobos, ni que cuando se ponía el sol y él desaparecía azuzando la piara de cabras monte abajo, ella adoptaba la forma que siempre tuvo desde que se encarnó detrás de los ojos dorados de una loba.

Porque lo cierto es que la Suerte se había enamorado de Juan mucho antes de que él la descubriera en la poza, y había arañado las pezuñas contra las piedras del arroyo y aullado para mitigar la zozobra que le producía la presencia del muchacho apuesto de ojos verdes y piel morena que parecía lo suficientemente despierto e inteligente como para ansiar una vida distinta de la que le había tocado en suerte. Y ella, al igual que hiciera con las idénticas cuando les procuró otra tirada de tabas hacía muchos siglos, decidió probar aquel sentimiento que quemaba el pecho de la loba hasta volverla humana, probar hasta dónde llegaba el amor y la ambición de aquel joven que había conseguido arrebatarle el alma.

Así fue como la Suerte se encarnó en un cuerpo perfecto que previamente cinceló como un orfebre adornándolo con las cualidades de las mujeres más hermosas. Después se dejó llevar y el amor hizo el resto, hasta que tuvo que recordarse a sí misma, a su pesar, cuál era su cometido, y el último día del verano ofreció al muchacho el dilema con el que comprobaría el peso de su ambición y de su amor en la balanza.

Fue antes del amanecer, con las primeras luces, justo antes de que Juan despertara en la penumbra del chozo que compartía con su familia, y tan nítido fue el sueño que, cuando el muchacho se frotó los ojos después de desperezarse entre bostezos, sabía perfectamente lo que le estaba ofreciendo la Suerte escondida detrás de los ojos de una loba que parecía conocerle mejor de lo que él llegaría a conocerse nunca.

De modo que cuando encontró a la muchacha en la poza esa mañana, él estaba completamente seguro de la elección que había tomado.

La loba lo visitaba todas las noches, justo antes del amanecer, y él siempre contestaba lo mismo.

—La quiero a ella.

—¿Estás seguro?

Y volvía a enumerarle todo lo que podía ofrecerle a cambio. Dinero, posición, más poder del que juntaban el amo y toda la ralea con apellidos ilustres que venían a las fiestas que se organizaban en la finca, conocimiento, sabiduría para discernir, prestigio y cosas que él no podía imaginar todavía con sus pocos años. Todo a cambio de renunciar al amor primero.

Solamente tenía que faltar una mañana a la cita en la poza perdida en lo más profundo de la sierra, y después ella desaparecería.

Pero cuando amanecía y él vislumbraba su cuerpo desnudo bajo el agua desde lo alto de los riscos, olvidaba cualquier contrapartida y se lanzaba ladera abajo en su busca. No ansiaba más, o eso creía, y ella tuvo que admitir que el peso de su amor había logrado desequilibrar la balanza.

El verano se tornó en otoño y las aguas transparentes se volvieron turbias con los guijarros y la amalgama de barro y de hojas que arrancaron las primeras lluvias. Nada cambió para ellos, hasta que una mañana él no coronó la cima de la sierra ni se escuchó en la sierra el eco de los balidos de las cabras.

Ella lo esperó pacientemente hasta que el sol se escondió entre las nubes grises que desfilaban sobre su cabeza marcando el mediodía. Luego salió de la poza y dejó que el agua escurriera sobre el cuerpo perfecto hasta formar a sus pies un charco envenenado con la sal de sus propias lágrimas.

Y entonces uno de los brazos de la balanza cedió de repente con un golpe seco bajo el peso de la ambición del muchacho que esa mañana no había acudido a la cita. La brusquedad del sonido le estalló a ella entre las sienes antes de dar un paso al frente para volver a recuperar su forma, y a partir de entonces aquella parte de la sierra quedó otra vez a merced de una manada de lobos liderados por una hembra de ojos dorados.

Él volvió al día siguiente a la poza y encontró la trenza con destellos de sol cerca del agua. La guardó en el zurrón y volvió sobre sus pasos, rumbo al éxito y la gloria que la loba le había prometido.

No volvió a verla hasta muchos años después, cuando agonizaba en un hospital apurando sus últimas horas. El animal abandonó la habitación doscientos quince y se deslizó por los pasillos hasta dar con el cabrero del que se había enamorado hacía más de setenta años. Se acomodó a los pies de su cama con la cabeza apoyada entre las patas y lo miró fijamente con aquellos ojos dorados que él no podría olvidar nunca.

Todo se había cumplido. Él era entonces un hombre de éxito, poderoso e influyente, un financiero que presidía un holding empresarial con filiales en todo el mundo, inmensamente rico, un moribundo podrido de dinero.

—Una vez más.

La loba lo miró en silencio y se mantuvo impasible, sabiendo, como sabía, que él nunca quiso inclinar la balanza, y que lo que le había impedido acudir a la cita aquella mañana de hacía muchos años había sido la necesidad de amortajar y enterrar el cadáver de su madre, que había muerto de parto la noche anterior al dar a luz a su octavo hijo.

—¿Por qué me retaste si tú misma me impediste faltar a la cita? —su voz era un murmullo apenas audible.

—Porque eres humano.

—Eso era lo que te gustaba de mí.

—Sí. Pero no sabía hasta donde sería capaz de traicionarme a mí misma.

Él cerró los ojos un momento y trató de llenar el pecho con el último aliento.

—Una vez más.

La loba se desperezó sobre la colcha y saltó al suelo, y allí se enroscó hasta transformarse en una joven de piel larga y blanca envuelta en cabellos dorados.

Juan alargó la mano hacia ella y sonrió con los ojos, el único rastro que todavía quedaba incólume de la plenitud de sus dieciséis años. Luego perdió *el conocimiento mientras la mujer de vidrio reflejaba el esplendor de una poza inundada de sol en la que dos jóvenes jugaban salpicando miles de gotas de agua sobre el aire limpio de una espléndida mañana de verano".*

Leyre enmudeció y cerró los ojos, y Fernando y Ana recordaron al financiero que había muerto recientemente después de su paso por la planta. Un gran hombre con una impecable trayectoria profesional y humana. Un verdadero hombre de éxito, muerto a pesar de su enorme valía, y a pesar de estar podrido de dinero.

VII

Fue a partir de aquella historia cuando Fernando decidió intentarlo, y el reloj de arena se puso en marcha otra vez en la habitación doscientos quince. Tomó el reloj entre sus manos y se dispuso a volcar el depósito para esbozar el inicio de una historia en el minuto y medio que tardaba la arena en caer formando un cono en la base.

Leyre aconsejó a Fernando sostener el reloj con la mano cerrada para no tener la presión de controlar el tiempo. Luego, cuando la historia fluyera hacia el desarrollo, esbozados los personajes y la trama, se podía volver a colocar en la mesa auxiliar junto a la cama.

La primera vez que Fernando volteó el reloj pensó que no lo conseguiría. Leyre lo tranquilizó diciendo que dejara la mente en blanco, que cerrase los ojos, que lo intentara al menos, aunque fallase al principio. Ana se limitó a observar sin intervenir en la conversación, dejando claro que ella todavía no estaba preparada, con el miedo al fracaso y el desamparo transparentados en los ojos. Leyre le aseguró que el poder de aquel reloj era más grande de lo que el miedo imaginaba, y Ana se limitó a asentir para no contrariarla.

Esa tarde Fernando volcó el reloj y lo mantuvo en la mano escondida a su espalda. Titubeó un momento y luego comenzó a encadenar palabras, despacio, sorprendido de los personajes, los lugares, la época y la trama que iba construyendo a medida que la arena se precipitaba por la parte más estrecha del cristal para caer en el depósito inferior como un río de lava deslumbrante.

Cuando la historia comenzó a desarrollarse con fluidez, aumentando el ritmo de la narración, Ana observó el reloj de reojo y comprobó que acababa de caer el último grano de arena.

Laura llevaba varios días observando el campamento. Se apostaba al anochecer tras un promontorio cubierto de vegetación al otro lado del arroyo y acechaba cualquier movimiento. Todavía no había rastro de Onofre, pero Laura creía haber visto una figura que no le era desconocida, aunque desde la distancia no podía estar segura. Sopesó sus posibilidades de acercarse más, estudió los puntos débiles de la empalizada e identificó a los dos hombres que se turnaban para hacer guardia cada tarde al ponerse el sol. Eran los mismos que la habían guiado desde el claro, por lo que no los consideró una amenaza seria.

Le preocupaban más los perros que los hombres, pero había encontrado hierbas que la podían ayudar a adormecerlos. Preparó carne de caza con adormidera y la introdujo también en el interior de los huesos de conejo que dejó esparcidos como un rastro. Puso la suficiente cantidad para que esa noche los perros estuvieran tranquilos, y nadie pareció darse cuenta del festín de carne y de despojos que aparecieron al atardecer en la base de la ladera.

Todos se habían refugiado de la lluvia en la choza más grande, la única que tenía un tiro para encender una hoguera de forma segura durante toda la noche. Ni siquiera el hombre que debía montar guardia estaba donde debía estar, sobre una torre de dos cuerpos de madera que sobresalía de la empalizada por el lado norte, apuntalada con maderos y techada con ramas.

Esa noche le tocaba hacer guardia al desdentado. Laura podía observar su figura a la puerta de la choza, bajo el alero de paja, atisbando lo que estaba sucediendo dentro. Los perros se tendieron junto a él masticando los huesos bajo el reflejo líquido de la luz de la luna, y Laura se dispuso a esperar sosteniendo el manto de piel con el que se protegía de la lluvia.

No había pasado mucho tiempo cuando el desdentado volvió a su puesto y la mayoría de los hombres y mujeres se dispersaron con pasos rápidos para ponerse a cubierto en el interior de las cabañas. Laura siguió esperando hasta que el campamento quedó tranquilo, y entonces se puso en marcha. Era diestra en reptar en silencio, y la lluvia lavaba los olores y amortiguaba los ruidos. Prestó atención antes de continuar avanzando, hasta comprobar que no había rastro de los perros.

Entró en el recinto por la parte más frágil de la empalizada, entre dos maderos sueltos que solamente se sostenían de pie por el cordel que los ataba al resto, detrás de una de las cabañas y fuera del campo de visión de la torre de guardia. Laura había visto salir por allí a los niños y a los perros. Solamente había que agacharse y empujar uno de los maderos para que este se levantara por la base.

Una vez estuvo dentro del recinto se escurrió entre las chozas hasta dar con la entrada de la que había estado vigilando desde hacía varios días. Sabía que allí dormía la figura que creía haber reconocido, y al menos lo acompañaban otro hombre de mediana edad y un niño.

Apoyó la espalda sobre la pared de la cabaña y se desplazó hasta llegar a la puerta, acechando cualquier movimiento dentro de la torre de guardia. La silueta contrahecha del desdentado se recortaba bajo la luz diagonal de la luna. Había dejado de llover y el aire estaba limpio, de modo que la situación se había vuelto peligrosa para Laura.

Empujó la puerta con la mano derecha y se deslizó dentro sin dar la espalda a la torre. Se quedó quieta detrás de la hoja de madera. La oscuridad interior era completa por el contraste con el resplandor de fuera. Laura se mimetizó con la pared ahogando la respiración hasta que sus ojos comenzaron a distinguir los bultos acostados sobre los jergones que se distribuían por el suelo de la cabaña. La luz se colaba por las ranuras de la puerta y por la base del techo de ramas. Laura continuó inmóvil, mientras sus ropas escurrían el agua de lluvia formando un pequeño charco bajo sus botas.

Había tres siluetas adultas y otra más pequeña. Descartó a la que dormía junto al niño y enfocó su atención en las dos figuras tendidas a su izquierda. Todavía no podía distinguir sus caras. Se agachó lentamente y se acercó hasta situarse entre los dos bultos. Cualquier mal paso, incluso el olor o la humedad de sus ropas podría delatarla, aunque el hedor colectivo que desprendían los hombres inundaba toda la cabaña.

Fue entonces cuando reconoció su olor. No olía como otras veces, pero era su cuerpo, aquel olor a sudor no se le despistaría nunca. Se inclinó sobre Onofre y apenas pudo reconocerlo. Dormía como un niño, tranquilo, y Laura se concentró en buscar lo que lo mantenía recluido en aquella cabaña, hasta que atisbó entre las sombras el hematoma que le cubría gran parte de la cabeza.

Laura no fue consciente del tiempo que estuvo observándolo mientras calculaba la manera de despertarlo sin que los demás se dieran cuenta, aunque supiera de antemano que sus posibilidades de sacarlo de allí eran nulas.

Hizo un amago de incorporarse para retroceder cuando una mano le atenazó la muñeca. El pánico le aceleró el pulso y la mantuvo inmóvil durante unos segundos. Luego volvió la cabeza.

El muchacho la miraba en silencio con los ojos abiertos, tendido a su espalda. Laura contuvo la respiración, aunque sintió los latidos del corazón desbocándose con furia entre sus costillas. Agitó la mano para desasirse, pero él mantuvo la presión a la vez que se llevaba el índice a los labios.

Ella no se había equivocado. Era Martín, el sobrino de Alfonso, y Laura confirmó entonces que no había sido una casualidad el que Onofre y él salieran del pueblo al mismo tiempo. Se observaron en silencio. Laura comprendió que no era su enemigo, pues se mantenía callado e inmóvil y no parecía estar interesado en delatarla, a pesar de saber que era una proscrita y una apestada. Hubiera debido gritarlo, advertir a los demás de su presencia, pero Laura comprendió que su posición entre aquella gente también lo obligaba a guardar silencio.

El muchacho mantuvo su mano alrededor de la muñeca de Laura como una tenaza, y no aflojó la presión a pesar de que ella hizo un nuevo amago de deshacerse de aquel contacto que la mantenía rígida y alerta, porque no estaba acostumbrada al contacto físico.

Laura miró a Onofre y luego volvió sus ojos hacia el muchacho. El alargó el brazo y separó el cabello hasta descubrir el coágulo de sangre que le cubría el cuero cabelludo.

Laura observó en silencio. Luego se tocó la boca entreabierta y levantó los hombros. Martín negó con la cabeza y le soltó la muñeca. Ella se levantó en silencio y se deslizó hasta desaparecer detrás de la puerta.

Fernando dejó de hablar cuando Irene entró en la habitación con un recambio de antibióticos. Leyre abrió los ojos y saludó a la enfermera sonriendo. Ana la miró como si acabara de despertar de un sueño, hasta que tomó conciencia de la hora que era y de lo oscuro que estaba el cielo reflejado en el cristal de la ventana.

VIII

La enfermedad avanzaba al margen del reloj de arena. Fernando y Ana observaban el deterioro de Leyre sin que ella permitiera un resquicio para las lamentaciones en el lapso que transcurría entre una historia y otra. Vivir, les había dicho, eso era lo único que importaba, aunque ellos no comprendieran todavía la contradicción aparente que escondían sus palabras, ni la locura manifiesta con la que se lanzaba sobre el precipicio volteando una y otra vez el reloj de arena, apurando el tiempo en busca de la Muerte, que se escurría entre las paredes de cristal igual que se escurría entre sus dedos, revestida únicamente con una coraza de dignidad y de cordura. Vivir, les repetía, intensamente, sobrevolando la realidad hasta alcanzar el reflejo de la luz por encima de las nubes que descargaban lluvia.

–¿Qué es lo que nos atrae del reloj? ¿La arena que se precipita por el cuello de cristal o la que se acumula en el fondo? –Les hacía una y otra vez esa pregunta, y ellos aún no comprendían que la respuesta estaba implícita.

De modo que, para Fernando y Ana, Leyre seguía siendo la mujer de las venas azules, moribunda y podrida de dinero, aunque después de voltear el reloj, la arena hiciera desaparecer la serpiente incolora, el pelo blanco, las arrugas alrededor de sus ojos y la tinta impresa de los informes por los que reptaba la enfermedad que acabaría con ella sin remedio.

Ellos todavía no tenían conciencia de que llegaban a la habitación por separado recorriendo el mismo camino del laberinto que habían recorrido muchas veces, siguiendo las huellas de los mismos pasos que no los conducían a ninguna parte, porque en realidad no había salida a menos que las paredes se desdibujaran en otra realidad distinta después del minuto y medio que tardaba en vaciarse el depósito de arena.

Ana y Fernando venían en busca de aquel lapso de tiempo, a ciegas, palpando las paredes para volver a sentir una vez más cómo se convertían en bruma. Y todo lo demás quedaba fuera. De manera natural. Tanto, que las preguntas que se agolpaban detrás de la puerta habían dejado de tener sentido.

Tiago le preguntaba a veces a Fernando sobre Leyre, y Fernando se limitaba a contarle la verdad, que Ana y él se sentaban junto a ella para intercambiar historias. Tiago hubiera esperado cualquier otra respuesta, y se hubiera mantenido al margen si Fernando le hubiera contestado aludiendo a sentimentalismos. Era más propio de él. Se conocían desde niños y entraba dentro de lo razonable que la compasión y la pena lo hubieran movido a acompañar a la anciana en sus últimas horas, a pesar de que era una norma para ellos no involucrarse emocionalmente en el trabajo. Pero Fernando le había dado la única respuesta que tropezaba en ángulo recto con su mente analítica, provocándole un desasosiego inoportuno que tenía que ver más con la falta de imaginación que con las formas geométricas.

De modo que continuaron las preguntas y continuaron las respuestas, y el lenguaje con el que habían creado una realidad común hasta entonces se fue bifurcando en direcciones opuestas, trazando senderos con líneas secantes que ya nunca serían paralelas.

Frasco siguió su rastro a la mañana siguiente, pero lo perdió en el arroyo. Quienquiera que fuera, probablemente un muchacho joven o una mujer por el tamaño y la profundidad de las huellas, sabía lo que estaba haciendo. De modo que, después de estudiar el terreno y observar la cantidad de pistas falsas diseminadas al otro lado de la ladera, decidió batir el monte para recuperar el rastro. No lo consiguió. Volvió al campamento esa noche con la única esperanza de poder tenderle una trampa. Vigiló de cerca la única cabaña que al parecer le interesaba, la de Martín y Onofre, y le advirtió a Teodoro que abriera bien los ojos durante la guardia.

No sirvió de nada. Esa noche, quienquiera que fuera no volvió al campamento.

La tarde siguiente, Crespo salió con los hombres a asaltar caminos, y Frasco y Alfredo se quedaron cortando leña y seleccionando ramas para aparejar el techo de la choza más grande.

Nieves había aceptado la ayuda de Martín para engrasar las pieles curtidas y estaban sentados sobre un banco junto a la empalizada. Frasco no dejaba de observarlos, porque estaba seguro de que el muchacho tenía alguna relación con el extraño.

Aurora estaba ordeñando las cabras y Juncia machacaba flor de espino para hacer queso. María trajinaba con las ollas de barro después de colocar los cinchos de esparto y varias piedras planas sobre una mesa de madera con un canal por donde luego desaguaría el suero. Los niños habían salido en busca de espárragos y setas. Todo estaba en calma, y Laura podía escuchar en el aire limpio y quieto de la tarde, sobre el rumor del agua del arroyo, el sonido de los cacharros y las órdenes que daba Frasco para que Alfredo colocara correctamente las ramas sobre el tejado.

Tenía preparada la pomada para deshacer el coágulo de sangre y emplasto para las heridas abiertas. Había elaborado también un tónico con aceite de romero. Tendría que volver a entrar esa misma noche, aunque sabía que el viejo iba tras ella y que era un rastreador experto. Decidió que lo haría de todas formas, porque no concebía seguir su camino sin Onofre.

Agazapada detrás de los arbustos, pensó que la oportunidad se presentaba entonces, cuando los hombres se habían marchado y los que quedaban en el campamento estaban ocupados en alguna tarea. Acechó todavía un poco más hasta convencerse de que no había rastro de los perros y los niños, y solo entonces se sintió segura, porque el viejo no la esperaría nunca a plena luz del día y al descubierto.

Se palpó el pequeño saco que llevaba colgado a la cintura, se desenrolló la falda y se deshizo de ella haciéndola un ovillo que escondió junto con el arco entre los arbustos. Luego se ajustó el cuchillo y dio un rodeo al campamento. Cruzó el arroyo por la parte de atrás, fuera del campo de visión del muchacho que estaba subido a la escalera arreglando el techo de la cabaña. Aún se oían los cacharros y el golpeteo del mortero por encima de la voz áspera del viejo.

Reptó por la ladera junto a la cerca de las cochineras y rodeó el chozo donde guardaban los animales por la noche. Siguió ascendiendo y se topó de frente con una vaca y su ternero que pacían los matojos junto a la empalizada.

Entró empujando el madero suelto, como había hecho la noche anterior, pero no pudo evitar el escándalo que formaron tres o cuatro gallinas en la parte posterior de una de las cabañas. Laura permaneció inmóvil mientras la voz del viejo se cortaba de súbito dejando a medias una orden dirigida a Alfredo.

Laura aguantó la respiración y cerró los ojos imaginando la forma de escapar. Fue consciente entonces de que había actuado de forma impulsiva y precipitada sin tener en cuenta la primera regla que su padre le grabó a fuego entre las sienes. "Hagas lo que hagas, cúbrete siempre las espaldas".

Y en otro impulso súbito, con la sangre caliente todavía, se abalanzó contra el madero y se escurrió al otro lado de la empalizada mientras escuchaba como el joven bajaba de la escalera entre murmullos, y como los pasos del viejo se acercaban sigilosos a la parte posterior de la cabaña.

No podía rodar por la ladera para alcanzar el arroyo, ni podía quedarse donde estaba porque acabarían descubriéndola. Se deslizó hasta la cerca de las cochineras y saltó dentro. Los cerdos se movieron inquietos mientras Laura alcanzaba el otro lado de la cerca y palpaba entre las ramas que formaban la pared de un chozo contiguo buscando un resquicio por donde abrirse paso. Tanteó ansiosamente hasta que sus manos abrieron un hueco y se abalanzó dentro cayendo entre una piara de cabras. Se tendió entre las patas de los animales y se quedó quieta. El suelo estaba cubierto de excrementos. Las cabras la pisaron y luego abrieron un círculo a su alrededor sin dejar de balar. Estaba perdida, no había podido ser más imprudente. Pensó que no tenía escapatoria. No hacía falta ser un buen rastreador para dar con ella sobre aquella capa de estiércol. Se mantuvo inmóvil de todas formas, aguantando los pisotones y las patadas ocasionales, hasta que una cabeza asomó en el hueco de la puerta.

Laura se mantuvo pegada a las boñigas protegiéndose la cara de las patadas de las cabras. Una silueta ocupó el hueco de la entrada recortándose contra la claridad de fuera.

—¿Quién anda ahí? —La voz sonaba en el exterior de la cabaña, detrás de la figura que ocupaba la puerta.

—¿Quién va a andar aquí aparte de las cabras?

Esta vez la voz era la de una mujer. Los animales se tranquilizaron con el sonido, aunque seguían balando y resbalando sus pezuñas sobre el cuerpo de Laura.

—Mira bien.

La voz era la del viejo. Sonaba cada vez más cerca. La mujer se giró en la puerta tapando el hueco.

—Tengo mucha tarea todavía, no me entretengas.

El viejo la apartó de un empujón y metió la cabeza dentro del chozo. Laura se aovilló inhalando una bocanada de aliento, inmóvil y con los pulmones rebosados de olor de excrementos, tendida sobre un lecho blando y húmedo cercado por una maraña de patas y ubres calientes.

La luz se colaba entre las rendijas de la pared de ramas salpicando la oscuridad de haces de polvo amarillo que se posaban sobre el lomo sucio de los animales. El hombre escudriñó el interior de un vistazo y luego se dio la vuelta.

—Abre bien los ojos.

La voz de la mujer se alzó sobre el sonido de los chorros de leche rompiéndose sobre el cuenco de barro.

—¿Para ver qué?

El viejo se alejó sin contestar. La mujer acabó de ordeñar y entró arrastrando al animal por el cuello. Una vez dentro escogió otra cabra y tiró de ella hacia fuera. Los animales se removieron inquietos pisando a Laura. La mujer volvió la cabeza cuando ya estaba en la puerta y quedó inmóvil un instante. Luego se giró y apartó a los animales con cuidado hasta que descubrió el cuerpo de Laura tendido en el suelo.

No habló ni hizo ningún movimiento. Laura se mantuvo quieta, esperando el sonido de la voz de la mujer llamando al viejo. Pensó en sacar el cuchillo del cinturón y ponérselo en la garganta, aunque antes de lograr incorporarse entre los animales la mujer ya habría dado la alarma.

Continuaron inmóviles y en silencio. Las cabras se revolvieron a su alrededor pateando las piernas de Laura.

—¿Estás sola?

Laura no se movió, consciente de que no tenía ninguna posibilidad de escapar de allí, aunque la mujer seguía sin avisar al viejo. Levantó lentamente la cabeza hasta atisbar sus botas a pocos palmos de su cara. Luego se incorporó un poco más apoyándose en los antebrazos. La mujer era de mediana edad, de facciones agradables y ojos grandes, con el pelo de color miel recogido en un moño bajo despeinado en mechones que le caían sobre la frente y los hombros.

Observaba insistentemente el collar de cuero con tres tabas engarzadas que Laura llevaba colgado del cuello, sin apartar los ojos de él, con asombro pero sin curiosidad, como si ya lo hubiese visto antes.

—Estoy sola. Tienes que ayudarme- Laura se había puesto de rodillas y le enfrentaba la mirada.

La expresión de la mujer se dulcificó por un instante, pero luego se limitó a arrastrar fuera al animal que tenía agarrado por el cuello, sin mediar palabra.

Laura volvió a tenderse en el suelo, y esta vez las cabras hicieron un círculo más amplio en torno a ella. Desde allí podía oír los chorros de leche rompiendo sobre el cuenco de barro mientras la mujer ordeñaba la cabra. Luego volvió dentro y repitió la operación sujetando otro animal por el cuello. Al terminar hizo ademán de cerrar la puerta del chozo, pero entonces Laura levantó una mano con el saco que previamente se había desatado de la cintura.

—Dale esto al muchacho que cuida a Onofre.

Las manos de la mujer se detuvieron sobre la plancha de madera de la puerta. En ese momento el aire trajo voces de niños y ladridos de perros.

—Te lo suplico. No quiero hacer daño a nadie.

La mujer adelantó el cuerpo dentro de la cabaña y movió el brazo con rapidez hasta alcanzar el saco. Luego se lo introdujo entre las faldas.

—Vete de aquí. Cuanto antes. Nos matarán a las dos si te encuentran.

Acabó de colocar la plancha sobre el hueco de la puerta y la aseguró por fuera, dejando a Laura tendida sobre los excrementos que cubrían el suelo del chozo en penumbra.

IX

Ana recorrió la vegetación de bronce del reloj de arena deslizando las yemas de los dedos entre los pliegues de metal. El cristal hacía refulgir la arena blanca reflejándola sobre la piel, como una barrera incolora que permitía mantener la forma de aquel depósito conteniéndolo entre las huellas dactilares.

Quizá fuera ese el secreto. Quizá al volcarlo se volteaba también lo que estaba impreso sobre nuestra piel, las huellas inconfundibles y únicas que nos diferencian, el tono de voz, la cadencia, las emociones, los miedos y los deseos vertidos en las historias que encadenan los granos de arena.

Ana pensó en la planta de psiquiatría, en la demencia que había observado tantas veces en pacientes que ya no serían nunca quienes habían sido, como si la arena que forma la memoria se hubiera volcado para crear otras huellas diferentes sobre el cristal.

Ana tenía pánico de que le pudiera ocurrir a ella, de no reconocer a las personas queridas, de vivir una vida en completa soledad dentro de una cabeza que ya no era la suya.

Asió el reloj con las dos manos de forma impulsiva. No quería acabar como su padre, pero tampoco quería pensar que, a pesar del miedo a la pérdida, todavía no había conseguido nada que perder.

El tiempo se derramó entre las paredes de cristal y Ana comenzó a narrar su propia historia, un relato que aparentemente nada tenía que ver con su vida si no fuera porque marcaba el camino que la había llevado hasta aquella habitación. Comenzó a narrar la historia de las idénticas, dos mujeres que hicieron temblar los cimientos del triángulo equilátero en el que la Vida pare a los mortales y los arroja en manos de la Suerte para que los diferencie, hasta que la Muerte iguala el destino de todos; y después del primer minuto y medio, las pupilas se dilataron en un acto reflejo hasta que el aliento de Leyre y de Fernando se acompasaron al ritmo y al tono de su voz.

"La habitación se difuminó en una tierra legendaria de hielo y fuego con hombres y mujeres que luchaban por sobrevivir en un medio inhóspito en el que calmaban a la naturaleza con sacrificios humanos, hasta que uno de ellos antepuso el amor que sentía por una muchacha desconocida, a la obediencia que debía al clan del que dependía por entero. Sin grupo no era nada, y debía aceptar el sacrificio de una mujer del clan contrario de la que se había prendado después de saquear su aldea. Pero el fuego rebosó la boca del volcán cuando iniciaban la procesión para la ofrenda, y el muchacho aprovechó la lengua de destrucción y el desconcierto de los que eran sus hermanos para liberarla y escapar con ella hacia el sur, hacia una tierra desconocida sobre la que construirían un nuevo futuro.

La muchacha enfermó por el camino, sin aceptar todavía la incertidumbre y la soledad que los esperaba por no pertenecer a un clan estable, y al muchacho pronto le quedó claro que ella hubiera preferido morir abrasada tras ser lanzada al vacío sobre las brasas del volcán, que huir con un enemigo al que no había pedido que le salvara la vida.

Toda su familia estaba muerta, y mientras avanzaban no dejaba de mirar hacia atrás, hacia el hielo que se derretía a su paso dejando al descubierto un nuevo paisaje lleno de vegetación, aves, animales y frutos silvestres que ella se negaba a comer, aunque siguiera obsesionada con el hambre en el estómago.

El muchacho comprendió que estaba ciega y sorda a la oportunidad de cambio que él le ofrecía, que no estaba enamorada de él y que no le aceptaría nunca. De modo que, después de que ella se negara una y otra vez a prestarle ayuda en la caza, a procurar leña y agua, a aligerar la marcha, somatizando síntomas de enfermedad y rechazando una y otra vez la comida, el muchacho acabó por darle un ultimátum. Seguiría solo hacia el sur. Ella aún estaba a tiempo de deshacer el camino.

Le devolvió la libertad para volver al norte. Él la había salvado de la muerte y ahora su vida le pertenecía, pero renunciaba a ello si eso le devolvía a ella las ganas de vivir y le hacía salir del mutismo y la apatía que la estaban consumiendo.

Al amanecer de la mañana siguiente, sin haber recibido respuesta, el muchacho recogió las armas y continuó su camino dejándole pieles y comida suficientes para volver sobre sus pasos, sin mirar atrás como había hecho muchas veces para comprobar que ella le seguía. Estaba cansado de verle la espalda al caminar, los ojos en la nuca, anhelando un pasado que no iba a volver nunca.

Ella todavía dormía cuando él se marchó dejando atrás definitivamente la imagen de la adolescente que se había precipitado en el fuego del volcán el día que huyeron, el cadáver de una muchacha que vivía como una sombra desde entonces, aunque su pecho todavía se levantara para llenarse con bocanadas de aire.

Él no volvió la cabeza y acabó resignándose a la idea de que no podía perder lo que nunca había tenido. Había hecho hasta lo imposible por hacerle aspirar el mismo aire que aspiraba él, por hacerle ver a través de sus ojos la abundancia de la vida que iban descubriendo al caminar, el aire cálido al mediodía, las noches templadas en las que se podían ver las estrellas entre las copas inmensas de los árboles que se abrían como una bóveda sobre sus cabezas, la sensación del estómago saciado con frutos silvestres cuyo sabor ácido y dulce nunca hubieran imaginado antes. Pero todo había sido en vano. Ella no era como él, no anhelaba lo desconocido, y él comprendió a tiempo que no le perdonaría nunca el haberle salvado la vida.

Desde muy pequeño sabía que el fuego del volcán era una amenaza constante que siempre le había hecho estar alerta y preparado para un cambio, de modo que, mientras se alejaba, comprendió que su amor por ella solamente había sido una excusa para afrontar un nuevo rumbo, porque antes o después la curiosidad le hubiera acabado empujando hacia aquella misma tierra que ahora descubría a cada paso. La sed de experiencias anidaba dentro de él desde que entendió que transgredir las reglas era la única manera de avanzar para conseguir la excelencia, que el mundo no tenía límites, aunque su clan viviera y cazara de la misma manera desde que se perdía la memoria.

Definitivamente no era como ellos ni sentía la necesidad de pertenecer a un grupo estable. La inmovilidad de sus hermanos era la misma que se escondía en los ojos de la muchacha de la que creyó estar enamorado.

El amor. Le habían dicho los viejos que tenía que huir de él, pues era pasajero e inestable, y era preferible centrarse en buscar unas caderas generosas que parieran los hijos para aumentar el grupo. El amor lo había llevado hasta allí y le había dado alas, aunque ahora tuviera que abandonar a la mujer que lo había encendido. Pero las brasas las llevaría siempre consigo y podría soplarlas muchas veces para alimentar una nueva llama, porque él era el único artífice de la pasión que le consumía las entrañas.

Al alejarse comprendió que la muchacha que dejaba atrás aspiraba solamente a convertirse en unas caderas para procrear, carente de corazón para observar las estrellas y sin alas para sobrevolar las copas de los árboles que marcaban el sendero hacia un nuevo futuro."

Capítulo III

El rey cobarde

I

Amelia se ausentó durante varios días del trabajo e Isabel asumió sus funciones hasta que volviera a incorporarse. Motivos familiares. Nadie sabía a qué se referían aquellas dos palabras que pasaban de boca en boca como una consigna en un lugar en el que se sabía el color de la ropa interior de la jefa de enfermería o el número y la calidad de sus encuentros sexuales con el cirujano jefe.

Isabel organizó los turnos de la semana siguiente y repartió las tareas. La tarde anterior había ingresado una niña de cinco años con leucemia en la habitación doscientos once. Normalmente hubiera debido ingresar en pediatría, pero el servicio estaba lleno y la habían derivado a oncología. Ana, Isabel y Fernando la atendieron esa noche y trataron de tranquilizar a la madre, que no paraba de llorar mientras le informaban de las pruebas que se le harían a su hija por la mañana.

Ana salió con el corazón encogido de la habitación, porque estaba acostumbrada a que los adultos evitaran demostrar el dolor ante los niños, pero aquella mujer estaba tan desamparada y tan sola, tan asustada ante la posibilidad de perder a su hija, que no era dueña de sus actos.

Fernando le llevó una tila y estuvo hablando con ella para asegurarse de que la tomaba, tratando de hacerle ver que tenía que ser fuerte, porque su hija la necesitaba y les quedaba un largo camino por delante. Debía pensar en positivo, le dijo, y visualizar la curación de la niña como un objetivo posible a conseguir a largo plazo. Habló con decisión y seguridad, con palabras rotundas impregnadas de futuro, de aliento, animándola a luchar al lado de su hija, a expandir el estómago y los pulmones cuando notase que la angustia se los estrangulaba, y a sonreír cuando sintiera que le sobrevenían las lágrimas.

La mujer bebió a sorbos la infusión con los ojos fijos en el vaso, y poco a poco dejó de llorar, aunque tuviera todavía las mejillas arrasadas por el llanto. Escuchaba en silencio a Fernando, y hubo un momento en que consiguió desprender los ojos del cristal para fijarlos en sus labios, como si el torrente de palabras la sostuviera por dentro con lazos invisibles impidiendo que se derrumbara.

Cuando terminó de beber la infusión, Fernando cogió el vaso de sus manos y comprobó que ya no le temblaban. Luego se despidió diciendo que iban a tener que cuidar de ella casi más que de su hija, hasta lograr convencerla de que la niña iba a superar la enfermedad con su ayuda, porque sabía por experiencia que los niños eran más fuertes de lo que los adultos imaginaban.

–Una sonrisa –le dijo–. Lo primero que quiero ver en esta habitación por la mañana antes de irme es una gran sonrisa. Y si sonríes tú, tu hija sonreirá también, y acabaremos sonriendo todos. Es matemático, nunca falla. Es la mejor medicina.

Cuando salía de la habitación la mujer se abalanzó súbitamente sobre él tratando de abarcarlo con los brazos. Fernando sostenía en la mano el vaso vacío y tuvo que apartarlo a un lado para no clavárselo en el pecho. La mujer ya no lloraba, aunque su figura pareciera igual de frágil y desamparada, y Fernando intuyó que la fuerza del abrazo con el que ella lo estrechaba, acababa de sacarla desde lo más profundo del estómago.

Onofre recuperó el habla poco a poco y el coágulo que le cubría el cuero cabelludo fue disminuyendo en forma y tamaño, reduciendo la intensidad del color rojo hasta tornarlo primero violáceo y luego amarillento.

Había aceptado los cuidados del muchacho como si hubiera despertado sin memoria, sin ser consciente de quién era antes de golpearse la cabeza. A partir de entonces se limitó a observar a Martín cuando este deambulaba por la choza, sin mostrar emoción ninguna, ni siquiera sorpresa por hallarse en un lugar extraño atendido por aquel muchacho que le daba de comer, le lavaba y le aplicaba ungüentos.

Martín no supo que había recuperado el habla hasta que una mañana le pidió agua con un murmullo ronco, aunque aparentemente todavía le costara trabajo encadenar las palabras.

De modo que cuando las mujeres pidieron a Martín la noche siguiente que contara una historia de las que había escuchado a su maestro, el muchacho respiró hondo y trató de recordar algunos de los relatos de Onofre, sus palabras exactas, las que tantas veces había rememorado cuando preparaba el viaje que lo había llevado hasta aquella choza. Pensó imitar una representación lo más fidedigna posible del contador de historias, suplantándole la personalidad durante el tiempo necesario para que Onofre se recuperara y pudiera tomarle el relevo. Luego escaparían de allí y podrían continuar su camino lejos de aquel campamento.

Las mujeres se sentaron alrededor del fuego y los hombres se situaron junto a la puerta. Martín abrió la boca después de aclararse la garganta y su voz comenzó a brotar en un murmullo. Estaba nervioso, aunque tenía muy claro el objetivo, así que fue elevando el tono progresivamente hasta que las palabras se encadenaron empujándose unas a otras, situando a los que lo escuchaban en el umbral de un relato que comenzó a tomar forma elevándose sobre las llamas del hogar encendido.

Martín se dispuso a narrar la leyenda del rey cobarde tal y como se la había oído contar a Onofre.

"Un joven que había perdido su reino a la muerte de su padre cuando una facción de nobles aprovechó la debilidad del momento para derribarlo. El rey destronado tuvo que huir para salvar su vida refugiándose en lo más profundo de las montañas, y allí conoció a una joven hechicera que le ofreció una pócima para no tener miedo, pero, a cambio, cuando él recuperara su valor y su trono, él debería hacerla su esposa.

El rey destronado aceptó el trato, pues estaba tan desesperado que no le importaba ya nada de lo que pudiera depararle el futuro. No tenía nada que perder, ni siquiera la vida, de modo que, cuando tuvo entre sus manos el cuenco con la infusión que ella le había preparado, antes incluso de tomar el primer sorbo, ya no quedaba dentro de él ningún rastro de miedo.

Volvió a sus tierras montado en su caballo y vestido con su armadura para retar a muerte al que le había usurpado la corona, enardecido por la rabia y alentado por el espolón del honor maltrecho.

Los nobles se mofaron de él al enterarse de sus pretensiones, y los guardias en las almenas se jugaron las soldadas apostando contra su vida. Y mientras él esperaba en el patio de armas, el usurpador se vestía la armadura en el interior de la torre agradeciendo a voces el poder matarlo públicamente para legitimar su llegada al trono y consolidar los derechos de la nueva dinastía.

Los heraldos leyeron un bando para que el pueblo asistiera a la justa, y en las cocinas se prepararon las viandas del festín con el que se celebraría el único resultado posible. Tan seguro estaba el usurpador de vencer en la liza, que juró que de lo contrario el escudo heráldico de su familia llevaría en adelante el símbolo del sometimiento a la casa real que él mismo había destronado.

Todo estaba preparado dentro del castillo cuando la mujer de las montañas cruzó la puerta de las murallas. Nadie la detuvo, pues incluso los centinelas estaban ya pendientes de la liza. Se dirigió al patio de armas y se escabulló entre el gentío mientras se ultimaban los preparativos.

Cuando llegó la hora fijada para el combate, los pendones se alzaron y el sonido de los añafiles inundó el aire haciendo enmudecer las voces, las risas y los gritos de la muchedumbre. Y entonces, envueltos en el halo de expectación que precede a las batallas épicas, aparecieron las figuras de los contendientes con sus armaduras a lomos de caballos de guerra.

Al rey destronado le asistía un muchacho cojo que provocó rápidamente la mofa de los presentes, pues nadie más que él se había prestado a servir al rey cobarde. Este, contra todo pronóstico, mantenía el porte firme y la tranquilidad que contradecían el sobrenombre con el que lo habían bautizado una parte de los nobles. Guiaba con mano firme su caballo y llevaba atado en la base de la lanza un pañuelo blanco con un nombre bordado bajo una corona de hilos de oro.

El usurpador se acercó a la tribuna y extendió la lanza ante su dama para que hiciera lo propio, y ella le ató un pañuelo bordado con verde y gualda, los colores de su escudo heráldico.

Los contendientes se situaron frente a frente, y aunque todos hubieran esperado una huida en el último momento, el rey destronado se mantuvo en su sitio sin que los temblores le hicieran entrechocar la armadura.

El maestro de ceremonias leyó las reglas del combate y la muchedumbre y la nobleza se prepararon para disfrutar del espectáculo, anticipando las celebraciones con las que se festejaría la legitimación de la nueva dinastía.

La mujer de las montañas se movió entre el gentío hasta situarse detrás del usurpador, desde donde podría ver los ojos del hombre que le había prometido un reino cuando este se ajustara la visera unos instantes antes de que diera comienzo el combate.

Los caballos caracolearon inquietos, impacientes por lanzarse a la carrera, cuando los contendientes se descubrieron el rostro para hacer el saludo como establecían las normas. Y fue entonces, en ese preciso instante, cuando el destino le ganó la mano a la avaricia, porque la mirada del rey destronado se clavó desafiante en su adversario con la furia y la exaltación del que disfruta de la caída en picado sobre un precipicio.

Era la primera vez que estaba seguro de sí mismo, y esa sensación nueva y exultante lo espoleaba para lanzarse contra su adversario desafiando a la muerte.

Como heredero al trono había sido entrenado en el arte de la guerra desde que era niño, y había aprendido con los mejores maestros las habilidades que nunca había puesto en práctica por su carácter extremadamente apocado e indeciso. Pero ahora, muerto y enterrado como estaba para todos sus súbditos, sin nada que perder aparte de la vida y rebosado de la furia indómita que había sustituido al miedo, volvió a sentir la fuerza de la lanza entre sus manos enardeciendo su sangre con un ansia desconocida de victoria.

El rey cobarde todavía sonreía desafiante cuando bajó con un golpe seco la visera, y el usurpador bajó la suya con la sensación de que luchaba contra un desconocido, de tal manera que, cuando espoleó su caballo para lanzarse al galope, el desconcierto le quebró al usurpador la seguridad aplastante que lo había acompañado durante toda su vida.

Cayó al primer toque de lanza, y se levantó en silencio ante el estupor de la muchedumbre y los nobles que llenaban la tribuna. Montó de nuevo sobre su caballo envuelto en un silencio denso en el que solo se escuchaba el entrechocar de su armadura, y volvió a su posición dispuesto a enderezar el combate con un golpe fulminante para acabar de una vez por todas con el cobarde al que había arrebatado la corona por no ser capaz de dirigir un reino con mano firme.

Espolearon de nuevo sus caballos con las lanzas en ristre y se encontraron con un golpe sordo que volvió a derribar al usurpador de su montura. La multitud estaba inmóvil y el tiempo parecía haberse detenido. Se podía escuchar el aleteo de un insecto y la respiración agitada de las damas que se habían incorporado en la tribuna.

El usurpador se levantó una vez más y volvió a montar a duras penas sobre su caballo, sin poder ocultar el estupor y la inseguridad que ahora guiaban sus movimientos bajo la armadura. La muchedumbre abrió el cerco sobre el campo de liza cuando las monturas se lanzaron de nuevo al galope, anticipando las consecuencias del impacto brutal con el que se encontraron los combatientes rompiendo las lanzas. El silencio se aplastó como una coraza con la tercera y definitiva caída del que debía haber vencido esa tarde en el combate. Tenía la lanza clavada en el hombro, junto a la base del cuello, y la punta ensangrentada le asomaba bajo el yelmo atravesándole la espalda.

Durante unos instantes no sucedió nada, la muchedumbre y los nobles que observaban desde la tribuna se cristalizaron como el manto de nieve que cubre las montañas, mudos e inmóviles como si poblaran un tapiz inacabado, sin poder asimilar todavía lo que acababa de ocurrir ante sus ojos, hasta que unos segundos más tarde, un asistente acudió en ayuda del usurpador y le sostuvo la cabeza mientras le levantaba la visera con cuidado. Tenía los ojos cerrados y las convulsiones le rebosaban la boca de sangre con un sonido ronco que se podía oír rebotando sobre el silencio colectivo. La sangre fluía bajo la base del yelmo encharcando el suelo y empapando el pañuelo atado a la lanza que había caído a su costado. El asistente levantó la mano y se acercaron dos muchachos para incorporarlo. El físico se acercó también para examinarlo y, a una indicación suya, le quitaron el yelmo y la coraza y lo colocaron sobre unas parihuelas.

Entonces el caballo del rey caracoleó y piafó, dando una vuelta sobre sí mismo, y fue en ese instante cuando los ojos de la multitud se posaron en él, en el vencedor del combate. Su voz se alzó alta y clara desde lo alto de su montura.

—Ocúpate de él y cura sus heridas. Si esta noche vive todavía tendrá que jurarme lealtad igual que los que están en la tribuna.

Hizo una pausa y volvió el silencio.

—¿Me oyes, Físico?

El hombre levantó la cabeza y asintió.

El rey se paseó delante de la multitud y levantó la lanza con el pañuelo blanco que llevaba bordado el nombre de Alisa. Alzó el caballo sobre las patas traseras y gritó:

—Soy vuestro rey, el único, mi padre era rey y lo serán mis hijos. Si alguien quiere retarme que lo haga ahora, porque defenderé mi derecho al trono con la vida.

Nadie contestó. Hasta que una mujer sin dientes que estaba en primera fila levantó el puño y gritó:

—¡Viva el rey!

El gentío coreó a la mujer como si les hubieran quitado una mordaza.

—¡Viva!

Los soldados se abrieron paso hasta el rey, y, a una orden suya, detuvieron a doce nobles que todavía estaban paralizados en la tribuna.

El rey buscó entonces a la mujer de las montañas, que parecía haber desaparecido entre la multitud después de la liza. Era su rostro lo último que había visto antes de bajar la visera, confundida entre la gente que se apiñaba para ver el combate en el patio de armas.

Cuando se retiraba al interior del castillo dio instrucciones a la guardia para que la llevaran ante él esa misma noche, pero ninguno supo dar noticias de ella. Habían preguntado a los centinelas de las puertas y a los guardias apostados en las murallas, pero nadie había visto a ninguna mujer que respondiera a esas señas.

Esa noche el rey probó el festín con el que debían haber celebrado su muerte, tomó juramento de lealtad al resto de los nobles e hizo llamar a los artesanos para que no amaneciera sin grabar en los pendones y los escudos heráldicos del usurpador la lealtad que este le había prometido. Había muerto desangrado después de la justa, y a la mañana siguiente el rey hizo ajusticiar al resto de los nobles que habían promovido la conjura.

Unos días después, cuando hubo pacificado su reino, fue por ella. Una larga fila de soldados a caballo precedía el carruaje escoltado por los guardias que quedó esperando en el camino real a la nueva reina.

El rey se adentró en las montañas con la única compañía del asistente cojo que le había asistido en el combate. Cruzaron arroyos y valles encajados entre paredes escarpadas hasta llegar al lugar donde la había conocido, junto a una garganta de aguas cristalinas que se precipitaba entre las rocas rugiendo sobre remolinos de espuma. El rey se adelantó mientras dejaba al asistente guardando los caballos, con un pequeño cofre que contenía las ropas y las joyas con las que ella debía entrar en su reino.

La mujer ya lo estaba esperando cuando él hincó la rodilla ante ella y le devolvió el pañuelo que había llevado atado a la lanza durante el combate, la única pertenencia que ella conservaba de su nacimiento.

El rey le pidió matrimonio como habían acordado, y poco después desposó a aquella mujer indómita y salvaje que había crecido completamente libre.

Había sido criada por una vieja ermitaña que lideraba una manada de lobos, y ella creció fuerte ignorando su verdadero origen, con el único testimonio del pañuelo que llevaba entre sus ropas cuando la vieja la encontró en el bosque.

De modo que ahora, hincado de rodillas todavía, el rey esperó pacientemente a que le diera su consentimiento la mujer a la que las tabas habían moldeado fuerte y segura, sujeta únicamente a los instintos de la manada y preparada sobradamente para lo que la esperaba en el futuro".

Martín terminó el relato con las celebraciones de una boda que habría de reunir dos reinos en manos de dos personas que no tenían ninguno cuando se conocieron. "El destino. No se puede escapar de él, terminó diciendo, pues por un camino o por otro siempre nos encuentra."

Y justo al acabar la narración, como un relámpago, a Martín le vino a la cabeza la imagen de la muchacha que había entrado en su choza hacía tres noches, la misma que había visto salir de las cuadras de la posada la última noche que Onofre pasó en el pueblo, porque su figura se había recortado nítida mientras él evocaba el aspecto de la hechicera.

La cabaña permaneció en silencio unos instantes más, como si el silencio también formara parte de la historia, hasta que poco a poco se fueron diluyendo las imágenes en la atmósfera cargada y densa. Los hombres se levantaron lentamente para estirar las piernas y las mujeres suspiraron llenando el pecho de aire, y Martín tomó conciencia entonces, sobre el chisporroteo furioso de las llamas, de que la narración se había apoderado de él moldeando su voluntad y guiando sus palabras, hasta el punto de hacerle construir la figura de una reina a partir de la imagen de una apestada.

Volvía a la cabaña cuando Aurora se cruzó en su camino y le deslizó un bulto bajo el manto. Martín estuvo a punto de dejarlo caer por la sorpresa, pero consiguió sujetarlo firmemente y esconderlo bajo la camisa mientras la mujer se alejaba.

Era noche cerrada y Teodoro estaba ya apostado en la torre de guardia. Hacía frío y el cielo estaba despejado y lleno de estrellas. Antes de entrar en la choza, Martín observó cómo Frasco ataba a los perros y rodeaba el campamento colocando cepos tras la empalizada.

Ricardo y el niño ya se habían acostado, y Onofre no cambió la postura ni alteró el ritmo de la respiración cuando Martín se tendió a su lado.

II

Amelia se incorporó después de una semana de ausencia y encontró el ritmo habitual en la planta. Algunos pacientes habían sido dados de alta y otros los habían reemplazado ocupando sus camas.

Leyre, la paciente de la habitación doscientos quince, se había estabilizado dentro de la gravedad, y Don Floriano, el catedrático de historia del arte, había sido desahuciado y la familia había pedido el alta para que muriera en casa.

Amaya Sirgado, la más veterana de todas, amiga íntima del director del hospital, había vuelto a ser ingresada y ocupaba la habitación doscientos treinta y tres. Tendría que someterse a nuevas pruebas y a un paquete de radioterapia y quimioterapia, pues había vuelto a recaer a pesar de llevar cuatro años libre de cáncer. Había tomado posesión con rapidez de la habitación, y cuando Amelia se incorporó al trabajo, el pasillo era ya un trasiego constante de idas y venidas de sus acompañantes.

Había vuelto con el poderío al que los tenía acostumbrados, como decía Mariola, la enfermera sevillana que había coincidido con ella en el hospital en sus anteriores ingresos. Había vuelto a mandar, como si estuviera en casa, y a exigir atenciones y miramientos para ella y para la corte de familia y amigos con los que se desplazaba. Tenía un carácter fuerte y despótico, y un timbre de voz que modulaba las órdenes en su garganta para amplificarlas de manera natural con un tono seco que silabeaba cortante entre sus dientes.

Era grande y rotunda, de huesos largos e imponente estructura ósea, y lo único que dulcificaba su aspecto marcial eran los ojos verdes y la piel nívea de las valkirias de Wagner. Hija de un general de primera división y luego mujer de un teniente de gobernación, acostumbrada a que le sirvieran, con un temperamento autoritario y tiránico que le había permitido encumbrarse como dueña y señora de la sociedad provinciana a la que había acabado modelando y sometiendo bajo un brazo de hierro, Amaya mantenía la certeza de que nadie era nada en la ciudad sin que ella hubiera dado previamente su visto bueno.

A la niña de la habitación doscientos once seguían haciéndole pruebas, y por expreso deseo de su madre no se la había trasladado todavía a la planta de oncología pediátrica. Necesitaría tratamiento, le informó Isabel, y los oncólogos estaban considerando un trasplante de médula.

Amelia se encariñó con ella nada más verla. Era una niña despierta y espabilada con los ojos y el pelo color miel, como su madre, pero, a diferencia de ella, era extrovertida y risueña. Tenía una sonrisa alegre y una mirada decidida llena de fuerza, como una pequeña capitana pirata en un barco sacudido por el temporal a merced de la lluvia y el viento.

Cuidaba de su madre aunque su madre creyera que cuidaba de ella, pues tenía una madurez sorprendente para sus pocos años. La niña y la madre habían hecho buenas migas con casi todo el personal de la planta, en especial con Fernando, que parecía tenerlas afecto por encima de las obligaciones profesionales.

Por lo demás, todo seguía igual. Trinidad seguía con sus extravagancias, y ahora que Amaya Sirgado estaba otra vez en el hospital, ella aprovechaba la menor oportunidad para rendirle pleitesía suspirando por volver a ser parte de la alta sociedad provinciana de la que amablemente había sido expulsada cuando los negocios turbios de sus hijos y la ruina de la familia habían salido a la luz pública. Ella, que gracias al apellido de su marido se había codeado con la flor y nata de la sociedad que ahora desfilaba hasta la habitación de Amaya, había tenido que aceptar que el uniforme y el trabajo de enfermera la situaban en un lugar inferior que la diferenciaría para siempre de todos ellos.

Trinidad había pedido a Amelia turnos de noche o de mañana mientras Amaya estuviera ingresada, evitando el turno de tarde, y Amelia lo había arreglado porque se conocían desde hacía mucho tiempo, y porque sabía que las humillaciones y las sonrisas condescendientes de las que habían sido antes sus amigas acabarían por hacer explotar a Trinidad en un remolino concéntrico de lamentaciones, quejas y mal humor, y sus compañeros habrían de soportar durante un tiempo las vaharadas calientes de espuma que en semejantes situaciones le salían por la boca.

De modo que todo el mundo aguantó los blasones y la nariz en el aire de los acompañantes de Amaya con marcialidad espartana, acostumbrados como estaban a sonreír y olvidar las charadas de circo con las que solían aderezar las visitas para marcar una diferencia de clase que a nadie importaba nada.

Laura volvió al campamento dos noches después. Tenía que ver a Onofre, a pesar de saber que el viejo la estaba esperando. No pretendía entregarse, pero tampoco podía vagar por el bosque sin tener noticias.

Se había apostado durante toda la tarde al otro lado del arroyo calculando las trampas que le había tendido el viejo. Sabía que había cepos repartidos a lo largo de la ladera, así que resolvió entrar por donde nadie la esperaba, por la puerta de la empalizada, atrancada con dos maderos y a la vista de la torre de guardia. Lo único que tendría a su favor era el momento, porque había observado que cuando comenzaba a oscurecer el campamento quedaba desierto y en silencio, hasta que los hombres, las mujeres y los niños salían con la noche cerrada de la cabaña más grande y se distribuían por las más pequeñas mientras el vigía se posicionaba definitivamente en la torre.

Laura decidió que aquella era la ocasión, pues hasta los perros merodeaban alrededor de la puerta de la cabaña donde se reunían todas las noches, e incluso algunas veces se colaban dentro con el rabo entre las patas. Fuera lo que fuese lo que sucedía allí, a Laura le brindaba la única oportunidad de entrar sin ser descubierta.

El sol descendió a sus espaldas y desapareció entre los árboles alargando las sombras. El aire frío arrastró los sonidos del campamento y el olor de la olla hasta donde Laura estaba apostada. Había vuelto a preparar la carne con adormidera para los perros y la distribuyó al pie de la empalizada lanzándola desde la distancia.

Luego sus manos examinaron instintivamente el arco y la flecha, el filo cortante del cuchillo, y sus sentidos se mantuvieron alerta, los músculos en tensión, centrándose en el momento en el que el campamento quedara en silencio, absorta en el sonido del agua para no pensar, porque era plenamente consciente de que estaba en desventaja. Ni siquiera tenía un plan una vez que traspasara la puerta, solo encontrar a Onofre, saber si estaba vivo o muerto, averiguar si la reconocía y la seguía queriendo. A cambio sacrificaba el buen juicio y la prudencia que la habían ayudado a sobrevivir, los consejos de su padre y cualquier razonamiento sensato que su cabeza hubiera podido oponer. Quería verlo. Había esperado demasiado. No pasaría una noche más sin él.

Los perros olfatearon la carne y royeron los huesos esparcidos alrededor de la puerta mientras los ruidos y las voces iban disminuyendo y se perdían dentro de la choza más grande. El hombre al que llamaban Teodoro aseguró los maderos y selló la entrada.

Laura esperó todavía un poco más, hasta que sólo escuchó el murmullo del agua y el rebullir de los últimos pájaros acomodándose entre las ramas de los árboles. Una lechuza surcó el cielo recortándose bajo el débil resplandor de la luna escondida entre las nubes.

Se armó de valor y cruzó el arroyo. Luego se arrastró por la ladera hasta llegar a la puerta. Una vez allí, buscó la cuerda que llevaba en el zurrón y la lanzó hasta enlazarla en el extremo superior de uno de los maderos, rematados por un filo cortante como puntas de estaca. Arrojó las pieles que llevaba al hombro sobre el filo de madera donde apoyaba la cuerda, en un gesto calculado muchas veces, pues si las pieles de conejo caían al otro lado, Laura no tendría donde apoyarse para saltar una vez que hubiera logrado impulsarse hasta lo alto de la empalizada.

Afirmó los pies en la base y gateó deslizando la cuerda entre sus manos, y cuando ya solo quedaban unos pocos palmos, aseguró los pies en la parte hundida de las pieles, entre los extremos afilados, y se impulsó al otro lado dejándose caer como un fardo.

El golpe retumbó en el silencio, aunque amortiguado por la tierra apisonada al otro lado de la puerta. Los perros ladraron y trotaron cansinos desde la cabaña principal. Laura se arrastró hacia la parte posterior de la construcción más cercana, fuera del campo de visión de la torre de guardia, que estaba desierta.

Los perros se tumbaron alrededor de los trozos de carne que Laura esparció de nuevo junto al portón, royendo los huesos, lamiendo y babeando por el cansancio y la somnolencia.

Nadie salió de la cabaña principal, y Laura se apoyó sobre la pared de barro y suspiró. Estaba dentro, a pesar de que todo podía haber salido mal. Se dirigió directamente a la cabaña en la que había encontrado a Onofre la primera noche que entró en el campamento. Empujó la puerta y la dejó entreabierta, con el cuerpo pegado a la pared exterior, esperando la reacción de cualquiera que estuviese dentro. Ningún ruido ni rastro de movimiento. Volvió a empujar la puerta, esta vez para abrirla por completo.

Las nubes se deslizaban deprisa ocultando el reflejo de la luna menguante. Laura esperó hasta que la luz se coló dentro de la choza y sus ojos se hubieron acostumbrado a la penumbra. Entonces lo vio. Se deslizó dentro sin cubrirse la espalda, sin tomar precauciones por si no estaba solo, con la urgencia que la había llevado hasta allí confiando únicamente en la Suerte. "Una dama escurridiza y cruel" había dicho Onofre en la plaza del pueblo, ante una audiencia rendida a sus palabras. Y allí estaba Laura, arrodillada junto al cuerpo del contador de historias, tratando con quien manejaba el destino de todos y a la que ni siquiera había podido rendir Onofre con sus historias.

El hombre no despertó con el zarandeo de la muchacha, solo reaccionó un instante cuando ella pronunció su nombre insistentemente junto al lóbulo de su oreja. Ladeó la cara y la miró a través de la bruma que le cegaba los ojos, y luego volvió a recogerse en la misma postura hasta fingir quedarse dormido por completo. Estaba demasiado cansado de vagar por el mundo al servicio de la mujer de vidrio, y quería saber hasta dónde llegaba el talento y la ambición del muchacho, el nuevo contador de historias, el discípulo que nunca aceptó en la posada cuando le propuso ser su aprendiz a cambio de un zurrón de cuero.

Pero por aquel entonces Laura no podía saberlo, ni conocía a Onofre más allá del intercambio de susurros antes de que él se aliviara sobre ella como un acto mecánico con el que todavía no le había arrebatado la inocencia. Laura no conocía a Onofre en absoluto, aunque creía que era lo único que le quedaba en el mundo, para no tener que reconocerse a sí misma que estaba sola y que siempre sería una apestada.

Se mantuvo junto a él de rodillas, observando su cuerpo y ansiando volver a estar entre sus brazos. Luego se levantó pensando cómo sacarlo de allí sin tener que enfrentarse con el resto del campamento. Se acomodó las armas y salió cerrando la puerta tras ella.

Se acercó a la cabaña principal y la rodeó acercándose a la puerta iluminada por la luz del hogar encendido.

Reconoció su voz antes de verlo, y aunque debían estar todos dentro, el sonido de sus palabras se alzaba sobre un silencio extraño y sobrecogedor. Laura no podía pensar en lo que significaba aquello. Estaba exponiendo su vida innecesariamente y arriesgándose de un modo temerario a pesar de que Onofre no la reconocía ni parecía probable que pudieran huir juntos esa noche.

Recordó que debía protegerse. Lo llevaba grabado a fuego desde que a su padre le aparecieron las costras. "Sálvate, protégete por encima de todo". Y ella se lo había prometido mil veces, incluso agonizando, cuando él ya no podía articular palabra.

Laura había memorizado desde niña, en voz alta y con las cuerdas vocales atenazadas por el terror que le cerraba la garganta, los consejos que debía seguir cuando él muriera. Huir, escapar donde no la conocieran, valerse por sí misma, medrar aprovechando la oportunidad que le daba estar a salvo de una enfermedad que debía haberla estigmatizado con el contagio.

"Cuando tengas miedo, piensa que ya deberías estar muerta". Y allí estaba, indefensa a las puertas de una cabaña llena de salteadores y maleantes, exponiéndose a ser capturada por escuchar las palabras de un muchacho insignificante.

Laura siguió pegada a la pared, paladeando la tensión de lo prohibido, de la traición a la memoria de su padre, con el cuerpo alerta y la respiración tranquila, hasta que comprendió al fin lo que el muchacho estaba haciendo dentro. Y entonces el estupor la dejó clavada en el sitio. Fue solo un instante. Luego desentumeció las piernas, aseguró el arco y las flechas, deslizó sus dedos sobre el pomo del cuchillo y decidió volver sobre sus pasos con la lucidez súbita de retomar el camino del que nunca debió haberse apartado.

Se puso en movimiento dispuesta a deshacer sus pasos cuando alguien surgió súbitamente entre las sombras y cayó sobre ella. Le inmovilizó los brazos detrás de la espalda y la obligó a tumbarse sin que Laura hubiese visto todavía a su atacante, un solo hombre.

Se colocó a horcajadas sobre ella y le ató las manos con una soga. La voz de Martín seguía sonando dentro de la cabaña y todo lo demás era silencio, porque el hombre que la tenía reducida no había dado aún la voz de alarma.

Al cabo de unos minutos, el hombre se levantó y giró el cuerpo de Laura hasta dejarla tendida boca arriba. Era el viejo. Laura le observó los ojos agazapados entre las arrugas del rostro y los labios apretados en una mueca de triunfo. La miraba como un trofeo. "La vida que no tienes, la vida que te regaló la lepra". Se preguntó si la remataría allí mismo o la expondría primero como una presa, aunque podía haberla degollado al derribarla sin que ella supiera quién le daba caza.

Laura apoyó los pies en el suelo y flexionó las piernas sin dejar de observar el filo del cuchillo que el hombre había acercado a su cuello. La muchacha no sabía a qué esperaba, y una rabia contenida contra sí misma y contra la paciencia que parecía tener el viejo se le atravesó en la garganta seca como el esparto.

Se observaron el uno al otro sin mediar palabra, hasta que el muchacho terminó el relato y la cabaña quedó en silencio. Entonces el viejo guardó el cuchillo y tiró de los hombros de Laura para incorporarla. Luego la empujó hasta el hueco de la puerta iluminada por la lumbre que ardía dentro de la cabaña.

Nadie reparó en ellos en un primer momento. Martín se había apartado a un lado y acariciaba la cabeza de uno de los niños cuando el viejo dio el último empujón a la muchacha para hacerla entrar en la cabaña. Laura trastabilló al cruzar el umbral y se dio de bruces contra unas espaldas fuertes y poderosas, tratando de recuperar el equilibrio mientras los demás se disponían a su alrededor formando un círculo.

Frasco se situó a su lado y le tiró del pelo para obligarla a levantar la cabeza. Su voz sonó triunfal y áspera al exhibirla como una presa.

—¿Quién estaba esta noche de guardia?

Isabel entró en la habitación con el termómetro. Leyre hizo una seña a Fernando para que depositara el reloj de arena en la mesita de noche. Ana se levantó y observó el parque desierto. Estaba oscureciendo, el cielo estaba lleno de nubes grises y las últimas luces resbalaban ya sobre el cristal de la ventana.

III

Quedaba poco tiempo. Tiago se lo advirtió a Fernando. No le gustaba el apego que le tenía a la mujer de la habitación doscientos quince ni el tiempo que compartía con ella. Pensaba que su muerte supondría para él una nueva pérdida y ralentizaría el ritmo de sus estudios de medicina. Fernando escuchó sus consejos, impasible y sereno, y después lo invitó una vez más a sumarse a ellos.

Tiago renunció a unirse a la secta de la habitación doscientos quince, se regodeó en las palabras, sin saber que las palabras eran lo único que hubieran podido franquearle la entrada.

Morirá pronto, y entonces tendrás que volver a empezar, como hiciste cuando te quedaste huérfano. Tiago le preguntó si le compensaba emocionalmente. Fernando contestó que le compensaría hasta el último minuto.

Fernando pensó fugazmente en las nuevas condiciones cuando muriera Leyre, en las patadas al aire, en los mordiscos, en los gritos agónicos previos a la capitulación con la que recuperó el único recuerdo de su madre cuando llegó al orfanato. Esta vez también habría condiciones, siempre había condiciones para adaptarse a un cambio, pero la estrategia y el precio serían distintos.

Había decidido aceptar las reglas del reloj de arena por encima de lo que pensase Tiago, seguir creando realidad con la palabra después de que Leyre hubiera muerto, cuando la habitación doscientos quince hubiera dejado de ser un punto de encuentro y se hubiera convertido en un cruce de caminos. A la desesperada. Como aquella vez, pues había llegado a la conclusión de que únicamente el riesgo y el desequilibrio alumbraban el camino correcto.

De modo que escuchó los consejos de Tiago y le agradeció su forma de mostrarle afecto, recordándole de forma ruda que deberían seguir luchando juntos hombro con hombro, que no debían bajar la guardia, porque tener la mente clara y las emociones bajo control era la única táctica posible para poder cubrirse el uno al otro las espaldas, como los gladiadores de las películas que veían las tardes de domingo en el orfanato.

Fernando había cubierto muchas veces la perfección de Tiago, su soberbia, la confianza desmedida en sí mismo que le había procurado enemigos entre los que debían ser sus iguales, la arrogancia impertinente con la que había despreciado las debilidades y los desatinos de los que habían ido cayendo mientras ellos continuaban con voluntad férrea, sin mirar atrás, o eso al menos es lo que siempre había pensado Tiago, porque Fernando sí se había vuelto en varias ocasiones para deshacer lo que la imprudencia altiva del otro había arruinado, de modo que Tiago había llegado a la sala de guardia esa noche sin ser consciente de la cantidad de ocasiones en las que Fernando había negociado para evitar que cayera a los pies de los mismos a los que siempre había despreciado.

Las debilidades. Nunca se habían puesto de acuerdo sobre asuntos semejantes. Cada uno tenía un diccionario de sinónimos y antónimos con las tapas arrancadas e intercambiadas desde hacía mucho tiempo, de modo que nunca habían sabido muy bien lo que significaban las palabras cuando salían de la boca del otro. No podían ser más distintos. Lo único que compartían era el espacio equidistante que tenían a sus espaldas, la sensación de no estar solos, a pesar de no encontrarse nunca, y el convencimiento de que, si tenían que dar un paso atrás, siempre podrían apoyarse en el envés del otro.

Así se sostenían mutuamente, por oposición recíproca. Y así entendió Fernando las palabras de Tiago sobre Leyre. Moriría pronto, era lo único en lo que estaban de acuerdo, pero, como siempre, lo que para uno era un desenlace natural que no tenía la menor importancia en el transcurso del devenir de la planta, para el otro supondría un antes y un después en la forma de entender el mundo.

Fernando salió con Ana del hospital para volver a casa pensando que

Tiago se preocupaba innecesariamente, porque hacía tiempo que sabía lo que necesitaba para no considerar la muerte de Leyre como una pérdida, sino como una oportunidad para poner en práctica todo lo que había aprendido junto a la cabecera de su cama.

El viejo obligó a Laura a mantener la cabeza alta delante de todos. Sujetaba tirante entre sus manos la abundante cabellera cobriza de la muchacha como si sostuviera la cabeza de un ciervo.

Los demás guardaron silencio hasta que el viejo habló de nuevo.

—Lleva rondando el campamento desde hace días, y hasta ahora no he conseguido cazarla.

Laura mantenía los ojos fijos en el techo de la cabaña, con el cuello tenso y la espalda arqueada para no ceder a la presión del viejo. No tenía miedo. Prefería estar allí a volver sola a su refugio con las manos vacías. Quizá quería estar allí desde el principio, pensó fugazmente mientras escuchaba las palabras del viejo, y la aventura suicida había acabado donde ella deseaba, en aquella cabaña en la que se reunían todas las noches, en el ambiente cargado por el calor del hogar y el olor denso de sus cuerpos. Reconoció el olor agrio y dulce de las mujeres y la costra de sudor y suciedad de los hombres. Todavía parecían flotar en el aire el eco de las palabras que había escuchado al muchacho antes de que el viejo cayera sobre ella.

Laura movió el cuello e intentó buscar a Martín al fondo de la estancia. Permanecía callado, observando al viejo con un gesto de preocupación que no pasó desapercibido para la muchacha.

El hombre más fuerte se adelantó, calibrándola como si fuera un trofeo.

—Buena pieza, Frasco.

Luego miró a las mujeres buscando a Juncia, que observaba la escena con los brazos en jarras. Ella negó con la cabeza y escupió en el suelo. Esa era la señal para Crespo. Cogió a Laura por el brazo y le hizo un gesto a Frasco para que lo acompañara fuera, pero Alfredo se interpuso entre ellos y la puerta con la codicia reflejada en los ojos.

—Deja que la disfrutemos esta noche, padre. —Miró a su hermano y al desdentado alternativamente, sonriendo—. Hace mucho tiempo que no tenemos diversión, y no hay mucho donde escoger por los alrededores.

Pablo sonrió de oreja a oreja y juntó las manos suplicando a su madre. Los dos tenían una expresión salvaje y el rostro afilado. Juncia fulminó a Crespo con la mirada e hizo un gesto con la cabeza en dirección a la puerta.

—Solo esta noche —volvió a exigir Alfredo, guiñando un ojo y dando un puñetazo en la espalda al desdentado, que se había acercado para observar con descaro a la muchacha, midiéndola de arriba abajo.

Laura clavó los ojos en el suelo. Prefería una muerte rápida a pasar de mano en mano por los mismos que cavarían su fosa por la mañana.

—¡No! —la voz sonó tajante y poderosa. Juncia se adelantó de entre el grupo de mujeres y se encaró con su marido—. Acabad con ella ahora, no quiero peleas por una mujer, ni tener que alimentar una boca más cuando alguno se encapriche de ella.

—¿Qué hay de malo en un poco de diversión, mujer? Mañana me encargaré yo mismo, pero déjalos que se diviertan esta noche.

La mujer rugió de rabia dándoles la espalda.

Los muchachos rieron estrepitosamente y Crespo tiró del brazo de Laura hacia la puerta. Ella retrocedió de espaldas y se topó tambaleándose con el pecho de Alfredo, que se restregó contra ella sin dejar de manosearla. Su padre le dio un empellón y empujó a la muchacha fuera de la cabaña, seguido de sus hijos y el desdentado.

—¡No la toquéis! —Martín cruzó en dos zancadas la estancia. Luego se giró para que todos lo oyeran—. ¡Es una apestada!

Sus gritos paralizaron cualquier movimiento dentro y fuera de la cabaña. Crespo se volvió y agarró a Martín por la camisa empujándolo contra

Ricardo, que se había situado a su espalda.

—¡Habla!

Martín recuperó el equilibrio y llenó el pecho de aire antes de poder hablar.

—Lepra.

La palabra quedó flotando en el aire como una nube densa y oscura, e instintivamente las mujeres escupieron en el suelo y se apretaron los mantones al cuerpo. Todas menos Juncia, que se mantuvo inmóvil observando a Martín con una expresión indescifrable.

Crespo hizo un gesto a Frasco con la cabeza para que saliera, pero el viejo permaneció quieto, con la cara demacrada y los ojos fijos en la puerta.

Crespo lo apartó de un empellón y salió fuera de la cabaña. Alfredo y Pablo estaban parados a pocos pasos de Laura, que permanecía tendida en el suelo esperando a que se apagara el eco de aquella maldita palabra.

Crespo se acercó a ella y desenfundó el cuchillo. Luego se agachó para agarrarla del pelo y obligarla a exponer el cuello. Laura sintió el filo metálico en la garganta cuando otro grito se elevó como un trueno a sus espaldas.

—¡Espera!

Crespo mantuvo la posición, pero disminuyó la presión de la hoja sobre el cuello de la muchacha, que hubiera agradecido un desenlace más rápido.

La mujer se situó ante ella con las piernas abiertas y el mantón encajado entre los brazos en jarras.

—Suéltala

Crespo interrogó a su mujer levantando la cabeza con un bufido sordo.

—¡Que la sueltes, te digo!

Crespo soltó el pelo de la muchacha con brusquedad retirando el cuchillo de su garganta.

—¿Estás loca? Tú misma has dicho que hay que acabar con esto cuanto antes.

Juncia no se inmutó. Seguía mirando a Laura con los ojos desencajados.

—Levántate.

Laura todavía tenía las manos atadas a la espalda. Arqueó el cuerpo para darse la vuelta y sentarse en el suelo cuando la mujer giró la cabeza hacia su marido sin dejar de observarla.

—Corta las cuerdas.

Crespo se inclinó y las cortó de un tajo. Laura se levantó despacio, desentumeciendo los brazos, y quedó parada delante del cuerpo imponente de Juncia, que la miraba de arriba abajo.

—Pareces sana.

Laura no contestó. Bajó los ojos y se mantuvo alerta. Quizá aquella mujer le diese la oportunidad de escapar, pues los demás se mantenían a la distancia suficiente para tener algún margen de maniobra.

Juncia buscó a Martín y le hizo señas para que se acercara. El muchacho se adelantó y miró a Laura con un gesto de impotencia en los ojos.

Ella le devolvió una mirada desafiante. Acababa de comprender lo que lo había mantenido vivo hasta entonces entre aquella gente, suplantando la personalidad de Onofre como si fuera su discípulo, cuando el verdadero contador de historias yacía en una cabaña sin ser capaz de reclamar su vida.

—¿Cómo es que parece sana?

Martín no contestó a la pregunta de Juncia. Laura lo miró con desprecio. No podía perjudicarla más de lo que ya lo había hecho, porque, aunque era cierto que el muchacho la había salvado de ser forzada esa noche por un puñado de salvajes, también lo era que había vuelto a pronunciar aquella maldita palabra.

Juncia dio un paso hacia ella.

—No tienes marcas en la piel —dijo observándole el cuello y las manos—. Descúbrete.

Laura tardó unos instantes. No tenía el arco ni el cuchillo. Se los había quitado el viejo antes de empujarla dentro de la cabaña. Lo único que le quedaba para defenderse era tiempo, de modo que comenzó a desprenderse de la ropa lentamente. Se desató despacio el jubón soltando las correas que se entrelazaban en el pecho, se sacó las mangas cosidas en los hombros y tiró la prenda a los pies de Juncia. Los pantalones de cuero se deslizaron por sus piernas dejando un rastro de luz de luna reflejado en la superficie de piel que iba quedando al descubierto.

Solo le quedaba la camisa ocultando su cuerpo hasta la altura de los muslos cuando cruzó su mirada con la de Juncia. La mujer la observaba con ansiedad buscando algún indicio de la enfermedad en las piernas interminables y bien torneadas, en las pantorrillas o en los tobillos. Levantó los ojos hacia Laura y la fulminó con la mirada.

—Desnúdate.

Laura posó sus manos en los bajos de la camisa y levantó los brazos para sacársela por la cabeza, consciente ahora de la expectación que despertaba su cuerpo entre los que observaban junto a la puerta de la cabaña. Trató de no pensar en ello cuando pasó la tela lentamente por encima de sus hombros y la desprendió de la mata de pelo rizado para arrojarla junto al resto de sus ropas.

Después no trató de cubrirse siquiera. Dejó caer las manos a ambos lados del cuerpo y esperó. Juncia se acercó un poco más y le ordenó que levantara los brazos. Laura lo hizo lentamente, consciente del silencio que se había creado en torno a ellas.

Juncia le examinó las axilas y el pecho, los brazos, los muslos, las caderas, haciendo que se diera la vuelta para observar su espalda y sus glúteos. Después miró de nuevo a Martín, que se había quedado sin aliento unos pasos más atrás.

—No hay rastro de enfermedad en ella.

Martín se aclaró la garganta cuando consiguió apartar la mirada de la blancura centelleante del cuerpo de Laura.

—Su madre contrajo la enfermedad, y luego su padre. Ella ha vivido siempre con ellos. En el pueblo dicen que es una bruja y que por eso se ha salvado del contagio.

Juncia dio instintivamente un paso atrás, y Laura comprendió por fin que Martín nunca había sido su enemigo. No lo era. Le estaba dando poder para que lo utilizara a su favor como mejor pudiera. Le estaba dando tiempo, porque a esas alturas, sin la intervención del muchacho, Laura debía estar degollada o soportando las embestidas brutales de aquellos animales que babeaban observando su cuerpo a la puerta de la cabaña. Muerta de todas formas. Pero gracias a él, ella todavía seguía en pie, desnuda, sin que nadie de los allí presentes se atreviera a tocarla.

IV

Había entrado por urgencias, dijeron después. Sobre las seis de la mañana, y al personal de seguridad les costó reducirlo después de que Amaya diera la voz de alarma.

–No fue ella –le confesó Amelia a Ana al día siguiente–. Ni siquiera podía hablar. Estaba completamente paralizada.

Amaya Sirgado se había limitado a crispar los dedos sobre el embozo de las sábanas y a cerrar los ojos apretando los párpados, como si se le viniera el techo encima y se levantaran las patas de la cama sobre una grieta abierta en el suelo.

Amelia la había asistido mientras se lo llevaban. Él estaba fuera de sí, descompuesto. Su aspecto hubiera debido delatarlo. Unos cuarenta años, quizá más, extremadamente desharrapado y sucio, con una barba descuidada y greñas que caían abundantes sobre la espalda. Nadie se explicaba cómo había podido atravesar el hospital de una punta a otra. Había pasado desapercibido hasta entrar en aquella habitación encarándose con la paciente a la que encontró desprevenida en el último sueño, gritando, exigiendo que saliera de la cama, que se portara como una mujer si todavía conservaba sangre en las venas.

El revuelo había alertado a todo el personal y al resto de los pacientes, y el pasillo se transformó en un trasiego de gente que iba y venía o se agolpaba detrás de la puerta de la habitación de Amaya Sirgado.

La tenía cogida por los hombros cuando entraron los guardias de seguridad y forcejearon con él hasta reducirlo. Ella lloraba tapándose la cara, con su cuerpo imponente estremecido por los sollozos. Las lágrimas se le escurrían entre los dedos y la garganta emitía un lamento acompasado con las convulsiones del pecho.

Cuando se lo llevaron, Amelia le ofreció un calmante y una tila. Amaya no quiso descubrirse la cara cuando Amelia trató de tomarle las manos, y se resistió sin fuerza durante unos instantes antes de aceptar la ayuda de la enfermera, dejándose hacer, como una niña desvalida. Tenía la cara amoratada y los ojos inyectados de miedo.

Temblaba todavía cuando cogió el vaso, pero no pudo sostenerlo y lo soltó de nuevo en el plato que le ofrecía Amelia, que la ayudó a recostarse y la cubrió con las sábanas. Amaya volvió a cerrar los ojos, y el lamento de su garganta y el temblor de su cuerpo fueron desvaneciéndose hasta que solo quedó flotando sobre ella algún estremecimiento involuntario.

Amelia se giró para salir cuando la creyó dormida.

—¿Lo oíste?

Amelia se detuvo con el vaso en la mano. Amaya seguía con los ojos cerrados.

—Sí. Pero ya lo han reducido. No volverá a molestarla.

Amaya se mantuvo estática en la misma postura. Su cuerpo estaba rígido.

Amelia hizo ademán de salir de nuevo cuando la mujer extendió su mano y le agarró la bata.

—No puede saberlo nadie. Esto no ha sucedido. —Su voz sonaba quebrada e imperativa al mismo tiempo.

—Descuide. Solo ha sido un loco. Ha entrado en esta habitación como hubiera podido hacerlo en cualquier otra.

Amaya no respondió. Soltó la bata y recogió el brazo bajo las sábanas.

Amelia iba a salir cuando la oyó de nuevo a su espalda.

—Quiero que llamen al director del hospital para hablar con él inmediatamente.

Amelia hizo un gesto de asentimiento con la cabeza y abrió la puerta, pero antes de salir la mujer la llamó de nuevo. Esta vez tenía los ojos abiertos y le suplicaba con la mirada.

—No. Mejor no. No quiero ver a nadie hasta que yo lo avise.

Amelia volvió sobre sus pasos y le ofreció el calmante y la tila.

Amaya se incorporó y volvió a adoptar una actitud sumisa. Tomó el líquido a pequeños sorbos, se recostó y esperó a que Amelia la cubriera de nuevo con la ropa de cama.

Laura pasó la noche atada a los maderos de la torre de guardia. Teodoro se quedó dormido cuando comenzaba a amanecer y a ella le despertaron sus ronquidos con las primeras luces. Lo había escuchado aliviarse cuando los demás se recogieron en las cabañas, con la respiración ansiosa y entrecortada estremeciendo el cuerpo inmenso que se tambaleaba sobre la superficie de madera bajo la que ella estaba atada, y Laura agradeció que todo el horror que la Suerte le había reservado esa noche se quedara reducido a gemidos ansiosos que fueron disminuyendo en intensidad cuando el hombre alcanzó el clímax.

Hacía frío y un viento helado se colaba entre las rendijas de la empalizada y revolvía las copas de los árboles. Laura pensó en Martín mientras recorría las cuerdas con los dedos. Ni siquiera a ella se le habría ocurrido utilizar su condición de apestada para librarse de aquellos salvajes.

Lo que Laura no entendía todavía era por qué la mujer a la que llamaban Juncia había evitado que su marido le rebanara el cuello. No alcanzaba a comprender el interés que podía tener en examinarle el cuerpo y comprobar que estaba sana, porque nadie quería estar en contacto con una apestada, ni mirar sus axilas o su pubis y exponerse a compartir su aliento. Pero aquella mujer lo había hecho delante de todos. La había inspeccionado de arriba abajo antes de hacer que se vistiera de nuevo para dejarla atada a la torre de guardia.

Teodoro no había estado de acuerdo en compartir ese espacio con ella, y Laura entendió que nada tenía que ver con la posibilidad de que fuera una apestada, pues de sobra había quedado demostrado que no tenía marcas de la enfermedad en ninguna parte de su cuerpo. No, dedujo Laura, Teodoro no quería estar cerca de ella porque Martín había pronunciado otra palabra que era incluso peor que la lepra, el único motivo que explicaba por qué Laura no se había contagiado de la enfermedad de sus padres a pesar de haber sido desterrada con ellos. Bruja. Laura nunca pensó que aquella palabra algún día pudiera salvarle la vida.

Calculó qué haría cuando amaneciera. En el mejor de los casos podría utilizar su nueva condición para hacerse un hueco en el campamento, mientras la tal Juncia conseguía el propósito para el que inexplicablemente la seguía manteniendo viva.

Laura pensó entonces que nadie había echado de menos a los perros, a ninguno había extrañado su ausencia la noche anterior porque todas las miradas se habían centrado en ella y en su cuerpo desnudo. Si tenía suerte podría intentar conseguir más adormidera para escapar de allí. En el peor de los casos podían matarla antes. Lo que era seguro es que no volvería a recuperar el arco y el cuchillo. Debía aprovechar cualquier oportunidad para hacerse imprescindible entre aquella gente, incluso ganándose su confianza si llegaba a vivir lo suficiente.

Analizó las reacciones de todos los presentes la noche anterior y echó en falta la rabia del viejo al no poder rematarla. El estupor lo había inmovilizado como a la mayoría, porque ni siquiera los niños habían reaccionado cuando Martín la había descubierto. Se habían refugiado detrás de los adultos a pesar de la curiosidad inicial, y el mayor de todos la había observado con descaro recorriéndose insistentemente la base del cuello con el dedo índice. Debía ser hermano de los dos que habían querido llevársela, porque los tres tenían la misma expresión cruel y desafiante en los ojos.

La cocinera se había mantenido alrededor de Juncia, igual que la joven poco agraciada. Las dos habían seguido patrones de comportamiento similares con respecto a Laura, como si sus estructuras corporales, muy parecidas, rigieran sus reacciones; curiosas al principio, luego indiferentes cuando se la llevaban los hombres, y más tarde el temor había hecho que se recogieran sobre sí mismas con los mantones apretados al cuerpo. Ninguna de las dos mostraba muchas luces, se dejaban llevar fácilmente por el imán emocional de Juncia, pero ninguna tenía doblez en los ojos ni podían perjudicar a Laura más allá de la apatía y la indolencia con la que habían aceptado esa noche que los hombres se la llevaran.

Y luego estaba la mujer con la que Laura había cruzado unas pocas palabras en el chozo de los animales. Laura había creído percibir un gesto de compasión en sus ojos, y eso tal vez explicaría el por qué no la había delatado entonces, a pesar de que se estaba jugando el pellejo. Apretaba a un niño contra sus faldas con una mano y con la otra agarraba por los hombros a una niña que miraba a Laura con expresión severa e inteligente, la única que había sostenido la mirada limpia y los ojos francos cuando los demás habían dado un paso atrás sin disimular el rechazo y el temor que les producía su condición de apestada.

Recordó también a un hombre de mediana edad que se había mantenido apartado, observándola con curiosidad mientras se decidía su suerte. No parecía tan salvaje como los otros, ni sus modales ni su porte correspondían con aquel lugar perdido entre montañas. Laura sabía que dormía en la cabaña donde encontró a Onofre la primera noche, junto al niño del cabello azabache y ojos azules, tan parecidos y diferentes a los demás como si fueran de una raza aparte. Laura recordó entonces que Martín estaba acariciando la cabeza de aquel niño cuando el viejo y ella irrumpieron en la cabaña.

Le vinieron a la memoria las palabras que había estado escuchando fuera, mientras el viejo le ataba las manos y la mantenía reducida en el suelo, esperando a que el muchacho acabara la narración para lanzarla luego dentro de la choza. Martín relataba una historia que contaría mucho tiempo después una de las descendientes de Laura en la habitación doscientos quince.

"Un relato acerca de un muchacho que había huido del lugar donde vivía, abandonando a su familia y el mundo que había conocido, para salvar a una joven de un clan enemigo poniéndola a salvo de la furia del volcán en el que iba a sacrificarla su pueblo como ofrenda a sus dioses.

Él estaba enamorado de ella, pero la muchacha lo consideraba un adversario de sangre al que hubiera arrancado el alma con sus propias manos. No hablaban el mismo lenguaje. No tenían nada en común. Ella estaba ciega de rabia y no concebía otro mundo distinto al odio que le habían grabado a fuego desde que era niña. Él le había salvado la vida solamente porque estaba enamorado de ella, contraviniendo los principios del clan en el que había crecido fuerte y seguro de sí mismo.

No podía salir bien. Él era un idealista en busca de una vida nueva con la mujer que amaba, sin saber que el corazón de ella era inamovible como una roca, y que tenía los párpados cosidos para moverse únicamente según instintos primarios, costumbres atávicas, ciega a cualquier posibilidad de cambio. Así, incapaz de observar a través de los ojos del muchacho, ella no supo apreciar las oportunidades que se abrían ante ellos.

Ella intentó asesinarlo una noche, obcecada por la ira e intentando acabar de una vez por todas con el sentimiento absurdo que había empezado a abrirse paso en su interior, erosionando la roca.

Se odió a sí misma por no poder hacerlo, por mantener el cuchillo suspendido en el aire mientras observaba con ansia el pecho del muchacho al que creía dormido. Pensó en utilizar el arma contra sí misma, pero la tirantez de las lágrimas escurriéndose entre los párpados cosidos le nubló la vista. Supo entonces que no era digna de su clan, porque estaba deshonrando a los suyos al dejarse ablandar el corazón por un enemigo, y tampoco era digna de la vida que él le había devuelto, porque no sería capaz de corresponder al muchacho mientras tuviera la cabeza rebosada de furia.

Cuando despertó a la mañana siguiente, él ya se había marchado. Le había dejado suficiente comida para desandar el camino y volver con su familia a la tierra donde pertenecía, liberándola del sentimiento inútil que había comenzado a corroerla al dejar de pensar en él como un contrario.

La muchacha no volvió con los suyos. Encontró valor para tirar del hilo que entrelazaba sus párpados y se deslumbró con la luz de la mañana que la obligaba a entrecerrar los ojos. Recordó la voz y el olor del cuerpo del muchacho, y por primera vez pudo ver el mundo tal y como él lo había concebido para ella. Luego observó el camino que continuaba más allá de los árboles y buscó sus huellas. Se dirigía al sur. Recogió sus cosas y echó a andar detrás de él, con el sol alto todavía. Ella se llamaba Atlas, y el muchacho respondía al nombre de Ukro."

Laura se recostó en el madero de la torre de guardia. Las primeras luces aclaraban la cima del monte colándose entre las nubes que desfilaban sobre el aire quieto de la mañana. Los pájaros comenzaron a cantar cerca del arroyo acompañando el sonido del agua y los árboles se transfiguraron entre reflejos de luz y murmullo de hojas. Laura se mantuvo alerta, dejando que el aire frío le despejara la cabeza mientras los sonidos del amanecer crecían a su alrededor ahogando los ronquidos de Teodoro.

V

Se lo habían quitado nada más nacer. Amaya había supuesto que sería un alivio desprenderse de él, pero todavía le temblaban los brazos cuando se lo llevaron y cerraron la puerta de la habitación tras ellos. Quiso llorar, pero no pudo, como si una piedra se le hubiera encajado en las entrañas y no la dejara respirar ni mover un solo músculo.

Se quedó quieta durante horas, sentada en la cama apoyándose en el cabecero, sin emitir ningún sonido ni pronunciar palabra, sin notar el aliento que apenas le levantaba el pecho, con los ojos fijos en la madera de la puerta que la había separado de su hijo e imaginando que estaba cincelando en silencio el epitafio de la lápida con la que cubrirían su propia tumba.

Hubiera debido gritar, salir corriendo, arrastrarse y agarrarse a los pies de aquella mujer que se lo llevaba, hacerla trastabillar para que lo soltara y tener los reflejos suficientes al coger a su hijo antes de que cayera al suelo. Marcharse, escapar de allí sin más equipaje que el bulto de lana en el que habían envuelto su pequeño cuerpo estremecido todavía con el calor de sus entrañas. Pero Amaya los dejó hacer, inmóvil, mirando la puerta como si tuviera un cincel en los ojos. La madre que no tuvo hijos. Eso pondría en la losa de mármol del panteón familiar, porque eso era todo lo que era ella en ese momento, con la intuición certera de que lo sería por el resto de su vida.

Una vida que había empezado unos instantes antes y acababa repentinamente allí, tras aquella puerta. La muchacha que había imaginado aquella escena durante los nueve meses de embarazo era un fantasma que sobrevolaba la habitación burlándose de ella. Sería fácil, se había dicho, como desprenderse de un peso muerto. Luego podría volver a recuperar su vida tal y como era antes de que aquel sinvergüenza muerto de hambre la dejase embarazada.

Y con esa promesa, Amaya había completado satisfactoriamente todas las etapas que la habían llevado esa tarde hasta aquella habitación. Su madre había previsto una hoja de ruta que se había seguido con precisión y meticulosidad, de manera que Amaya continuaba matriculada a todos los efectos en el mismo colegio suizo en el que había cursado los estudios el año anterior, porque después de descartar un aborto, dado el avanzado estado de gestación, se decidió que lo mejor era ocultarla para que diera a luz a un hijo que nunca iba a ser suyo.

Y después del sofoco inicial, Amaya estuvo conforme con todo, aliviada del destino de lo que llevaba en sus entrañas y pensando cómo retomar su vida después de aquel paréntesis absurdo. Esos eran los planes hasta que aquella mujer le arrebató al hijo de los brazos, antes de apoyar la espalda en el cabecero de la cama para comenzar a cincelar la puerta con los ojos.

Estuvo así mucho tiempo, hasta que su madre le dio dos bofetadas y consiguió bajar del techo el espíritu de aquella otra Amaya que planeaba sobre ellas sin encontrar la manera de volver a encajarse en el cuerpo, luchando por ocupar otra vez el lugar donde ahora tenía incrustada la piedra que no dejaba que se levantase el aliento en su pecho. Aquella otra Amaya que se reía a carcajadas de las miserias ajenas, la misma que se había encaprichado de un desgraciado solamente por llevar la contraria, segura como estaba de que su familia acabaría consintiéndole todo.

Cuando recuperó su vida unos días más tarde, fue consciente de que había dejado en aquella habitación lo único que había valido la pena, de modo que decidió que lo que le quedase por vivir en adelante sería una comedia superficial y frívola, una puesta en escena que cosecharía muchos aplausos entre la misma platea que hubiera debido abuchearla. Una pausa insustancial e irrelevante hasta que la cubrieran con la lápida que había estado cincelando con los ojos durante muchas horas.

La madre que nunca tuvo hijos. Aunque más tarde ejerciera de madre con los tres hijos que llevó su marido al matrimonio, un acuerdo ventajoso que la acabó de catapultar donde ella siempre había querido, hasta hacerse con las riendas de una vida vacía y carente de sentido que se esforzaba por representar todos los días ante un público ávido de espectáculo. Un paréntesis disparatado en el que se había erigido como dueña y señora de la sociedad provinciana que la tenía como ejemplo de conducta, y en el que ella dominaba el personaje con una maestría a prueba de dudas.

Amaya siguió con su vida pertrechada tras un carácter cruel y despiadado, sin arrepentirse nunca de la soberbia con la que repartía favores y desprecios sometiendo a todos bajo su mando, segura y a salvo como estaba en el fondo del abismo.

No había vuelto a ver a su hijo, ni sabía si estaba vivo o muerto, o si se habían cruzado alguna vez en la calle. Año tras año, Amaya espiaba a los muchachos que debían tener su misma edad buscando un rasgo familiar en sus caras, una manifestación de carácter que la ayudara a reconocerlo entre todos ellos, observando distraídamente detrás del cristal de los ventanales del café de la plaza.

Ni siquiera sabía si estaba en la misma ciudad o si entonces se lo llevaron lejos, no sabía nada ni nada había preguntado, con lo que todas las posibilidades quedaban abiertas. Y la piedra fue erosionándose y difuminándose en una niebla gris que a veces se le instalaba detrás de los ojos, indisponiéndola momentáneamente para continuar la comedia, hasta que la realidad volvía a hacerla reaccionar recordándole el látigo de las bofetadas con las que su madre la trajo de vuelta.

Y por las noches, cuando volvía a sentir aquel estremecimiento envuelto en lana, pensaba que ya le quedaba menos para que se erosionara la piedra, de modo que cuando le diagnosticaron el cáncer lo tomó como una etapa más de la comedia que representaba, sin temer por su vida, altiva y a salvo de sentimentalismos, sin nada que temer puesto que ya lo había perdido todo.

Él tenía cuarenta y cuatro años, tres meses y dos días cuando entró gritando en su habitación aquella madrugada. Hilario Expósito había llevado una vida desordenada y caótica desde que fue consciente de que nadie lo quería cuando solo contaba cinco años. Desde entonces se adiestró para ser lo que se esperaba de un niño abandonado. Probó suerte como transgresor y se midió con los más diestros en un juego en el que ganar nunca le reportaba la victoria. Cuando cumplió dieciocho años tenía su propio negocio de compraventa de drogas y medraba en un mundo marginal que le proporcionaba mucho placer y dinero, tanto, que el placer y el dinero se superpusieron como estratos hasta colmatar la cantidad que podían asimilar su cuerpo y su cabeza, quebrándole el entendimiento y encadenándolo en una secuencia interminable de despropósitos que siempre acababa por distorsionarle el juicio.

Hilario no tuvo paz hasta encontrarla, como una obsesión compulsiva que no lo dejaba avanzar hacia ninguna parte. No acudió a ningún registro porque en ninguno estaba inscrito, pero en el mundo de los bajos fondos recabó información a cambio de favores para adueñarse de las miserias de los que podían ayudarlo a deshilvanar el hilo de la tela de araña hasta encontrar el origen de su nacimiento. Así había dado con ella, cuando el placer se había acabado y el dinero lo conseguía a cuentagotas trapaceando con necesidades y penurias ajenas o pidiendo en los soportales de la iglesia si no tenía qué llevarse a la boca.

Su mente estaba tan quebrada a esas alturas, que cuando entró en aquella habitación no sabía muy bien lo que había ido a reclamar a Amaya. No tenía conciencia de lo que debía ser una madre, era un concepto abstracto que ni siquiera cabía en la estrechez de su exiguo mundo.

Cuando era niño había observado el comportamiento de las madres en los parques, y su actitud al ir a recoger a sus hijos a la escuela; había medido los besos y los abrazos que les daban, y aspirado el rastro de perfume que dejaban sus manos al acariciar el pelo. Pero aquello quedaba muy lejos de su vida, demasiado, e Hilario pronto se cansó de mortificarse acechando lo que no podría tener nunca.

De modo que cuando entró en la habitación de Amaya Sirgado, la madre que lo había abandonado a su suerte nada más nacer, la mujer sin corazón que le había robado la infancia, Hilario Expósito no pensó en ella como en una madre, sino como en la ladrona que, después de parirlo, le había arrebatado el alma.

Drogadicto, maleante, mendigo y proxeneta, detenido y encarcelado varias veces por resistencia a la autoridad y por tráfico de estupefacientes, eso era lo que Hilario quiso asomar a la conciencia de Amaya Sirgado cuando entró gritando en su habitación esa mañana; esas eran las medallas, los honores y los títulos que venía a mostrarle y a compartir con ella, los triunfos que, sin su ausencia y su abandono, jamás hubiera conseguido.

Tanto habían pensado el uno en el otro, que Amaya supo perfectamente quién era él cuando la despertó con sus gritos, pues había estado imaginando aquella escena desde hacía cuarenta y cuatro años, tres meses y dos días.

La luz inundó la cima del monte restaurando la vida en el campamento. Nadie pareció ocuparse de Laura, a la que se limitaban a mirar de soslayo al pasar cerca de la torre de guardia. Martín le llevó un tazón de gachas y le desató las cuerdas por orden de Juncia.

Laura dio cuenta del desayuno después de desentumecer las piernas. Hizo sus necesidades detrás de unos arbustos y trató de recomponerse las ropas. Necesitaba asearse en el arroyo, pero Martín volvió y le dijo que Juncia la esperaba tras la puerta de la empalizada.

La mujer observaba el bosque con la mirada perdida, y ni siquiera reaccionó cuando se situaron en silencio detrás de ella. Martín carraspeó y Juncia se volvió, sobresaltada. Tenía aspecto de no haber dormido, la cara demacrada y el cabello más revuelto que de costumbre. Miró a Laura con ansia disimulada y le tendió un mantón de lana que sostenía entre las manos.

—Necesitarás esto por las noches.

Laura asintió con la cabeza y recogió el mantón.

Juncia hizo un gesto a Martín para que las dejara a solas, y el muchacho desapareció detrás de la puerta del campamento.

—Tienes que acompañarme.

La voz ya no era el trueno omnipotente que doblegaba voluntades. Laura creyó percibir un tono de súplica más que una orden.

—Ahora deja el mantón en la cabaña del muchacho y coge lo que necesites para andar por la sierra. Esta noche dormirás bajo techo, pero antes tienes que ganártelo.

Laura le dio la espalda y se dirigió a la cabaña. Soltó el mantón junto a Onofre, al que Martín estaba ofreciendo un cuenco con el desayuno. El hombre ni siquiera la miró cuando ella los observó un momento antes de volver sobre sus pasos. Todo el mundo parecía evitarla, hasta los perros, que trotaban por el campamento con las cabezas gachas, como todos los que se cruzaban con ella.

Cuando iba a traspasar la puerta de la empalizada, se detuvo súbitamente. Frasco estaba cruzado de brazos sobre los maderos observándola con el ceño fruncido. Le hizo un gesto para que echara a andar, y luego fue tras ella sin perderla de vista. Llegaron a la altura de Juncia y la mujer se adelantó ladera abajo iniciando la marcha. Vadearon el arroyo hasta la otra orilla y después se encaminaron hacia el oeste manteniendo las distancias.

Juncia andaba a buen paso y Laura la seguía sin problemas, sintiendo la presencia del viejo a la zaga. La vegetación estaba húmeda y tenían que mirar por dónde pisaban, pues el barro les hacía resbalar en algunos tramos. Siguieron el arroyo y luego se apartaron del cauce de agua para desviarse hacia el norte. El terreno se hizo cada vez más abrupto y comenzaron a sucederse los valles escarpados entre paredes quebradas. Pararon a tomar aliento junto a una garganta de aguas turbulentas sobre las que flotaba una nube de espuma. Laura miró a su alrededor, tratando de descubrir si ya habían llegado a su destino.

Juncia repartió queso y pan del fardo que llevaba a la espalda, y luego comió sus raciones con ansiedad. El viejo también dio cuenta rápidamente de la comida y se puso en pie observando los riscos de la sierra que se alzaban ante ellos como una muralla.

Laura masticaba despacio porque la comida se le atragantaba a cada bocado, sin comprender por qué se habían alejado tanto del campamento y por qué la mantenían con vida cuando no habían tenido reparos en deshacerse de Matías ni de cualquiera de los que asaltaban y robaban en los caminos.

Onofre seguía vivo, pensó Laura mientras masticaba el queso, porque Martín les había prometido algo que tenía que ver con él, haciéndose pasar por su discípulo. Lo había salvado a pesar de ser un estorbo moribundo, igual que había hecho con ella la noche anterior. Laura pensó, mientras mordisqueaba el pan, que quizá fuera cierto que el muchacho valía su peso en oro.

Juncia se incorporó y se sacudió las faldas. Laura entendió el mensaje y se levantó tras ella. Frasco ya se había puesto en marcha hacia la cima de la sierra. Su figura se recortaba en la atmósfera gris de la mañana, enjuta y vigorosa. Juncia jadeaba y se aferraba a los peñascos para avanzar, sin perder el ritmo de la marcha.

Después de dos horas de camino se internaron en un bosque de pinos que dejaban filtrar hasta el suelo la luz plomiza de las nubes. El olor de los árboles impregnó los pulmones de Laura llenándola de energía mientras caminaban.

En el límite de la línea de árboles se alzaba una pared rocosa con una gruta cerca de la cima. Frasco detuvo la marcha para observar el repecho sobre el que se abría la entrada. Juncia se situó tras él e hizo un gesto a Laura para que se acercara.

—No está acostumbrado a ver a nadie más que a nosotros. Tendrás que ganártelo.

Laura se quedó muda, incapaz de pronunciar palabra y con los ojos fijos en la abertura entre las rocas que también observaban los otros.

Juncia llenó el pecho de aire y se dispuso a seguir ascendiendo entre los matojos que salpicaban la ladera, pero la voz del viejo la detuvo.

—Sabe que estamos aquí, deja que venga hasta nosotros.

La mujer se apretó el mantón al cuerpo cubriéndose los brazos. Frasco mantenía una mano en las caderas y la pierna derecha adelantada sobre la pendiente cargando sobre la otra todo el peso del cuerpo. Parecía tranquilo, o disimulaba más que Juncia, pensó Laura, pues había percibido un ligero temblor en el cuerpo inmenso de la mujer que permanecía unos pasos más arriba, de espaldas a ellos.

Esperaron, conscientes de que los observaban, hasta que una figura se recortó detrás de uno de los riscos que jalonaban la cima, unos metros por encima de la gruta. Desde donde estaban no distinguían sus rasgos, aunque sí la hechura del cuerpo. Alto, delgado, envuelto en un manto que lo cubría casi por completo.

Juncia levantó una mano y retomó el ascenso. Frasco miró a Laura y le hizo un gesto para que se mantuviera quieta a su lado.

Juncia llegó al repecho y soltó el fardo que había llevado todo el camino a la espalda, abriéndolo para que el muchacho pudiera verlo desde arriba. Luego se volvió y les hizo una seña para que se acercaran.

El viejo se situó detrás de Laura y siguieron los pasos de Juncia, deteniéndose unos metros más abajo del repecho de la entrada de la gruta. Y allí, desde aquella distancia, Laura pudo al fin distinguir el motivo por el que todavía la mantenían con vida.

VI

Quedaron canceladas todas las visitas a Amaya Sirgado hasta que lograra reponerse de la impresión que le había causado la irrupción en su habitación de aquel perturbado. Los médicos le habían aconsejado reposo y tranquilidad, y los hijos informaron puntualmente a los habituales que pretendían recabar noticias. Todo el mundo estuvo de acuerdo en lo desagradable e incómoda que debía haber resultado la experiencia.

Esa noche Amaya volvió a quedarse sola, pues no consintió que nadie le hiciera compañía. Los fantasmas se agazapaban en el techo, y ella no quería que nadie pudiera ser testigo del horror que le producía la materialización del único miedo que la había atormentado toda su vida. Solo quería llorar con los ojos cerrados, como entonces, aunque las aristas de la piedra que tenía encajada en las costillas le desgarraran el alma cada vez que trataba de levantar el pecho para llenarlo de aire.

Amaya no podía ni quería hablar con nadie, porque todos los que la habían acompañado durante aquellos nueve meses en los que había gestado a su hijo, estaban muertos. Pensó en lo que le diría su madre si pudiera hablar con ella, y pensó también en todos los estratos superpuestos de silencio y de reproche, en la ira contenida que Amaya guardaba todavía para ella, porque su madre se había ido a la tumba sin volver a hablar de su nieto, como si fuera una travesura más que quedaba olvidada después de cumplir el castigo.

Amaya fijó sus ojos en el techo cuando se apagaron las luces, y en ese momento fue consciente de que siempre había estado sola, a pesar de estar acompañada por los hijos y el marido, por la cohorte de familiares, amigos y conocidos que la escoltaban y la protegían de sí misma.

Comprendió que la ausencia del hijo había marcado un antes y un después, y que en realidad vivía recluida en lo más profundo de una sima donde la custodiaban los fantasmas de la incertidumbre y de la culpa. La otra Amaya, la superficial y pagada de sí misma, la que representaba la función de manera impecable y arrancaba aplausos al público suplantando una vida que nunca sería suya, había logrado construir una simulación perfecta de lo que hubiera sido su existencia sin el tropiezo que la había enviado para siempre al fondo del abismo.

Aquella noche, cuando se apagaron las luces, Amaya se encontró por primera vez en la encrucijada de decidir qué hacer con el pasado, porque sus peores temores habían tomado forma y se sentaban ahora a la cabecera de su cama.

Pensó en ir en busca de su madre, quitarse la vida y esperar a que acudiera para zanjar la conversación pendiente. No le sería difícil, estaba en un hospital y había muchos medios a su alcance. Tampoco era un plan descabellado, llevaba pensándolo mucho tiempo, aunque nunca se hubiera atrevido a ponerlo en práctica. Pero seguía siendo una opción, desaparecer y esperar para ver si el infierno desaparecía con ella, porque estaba harta de la soledad llena de ruido, de no poder hablar con nadie, de dar carta blanca a la otra Amaya para improvisar sobre el escenario y crecerse con los aplausos al final de las funciones.

Y Amaya deseó entonces, con todas sus fuerzas, poder cortar las cuerdas que la tenían inmovilizada contra el cabecero de una cama desde hacía cuarenta y cuatro años, tres meses y tres días.

Aquel pensamiento logró relajarla hasta quedarla dormida. Amelia entró a las doce para cambiar la medicación y comprobar si estaba tranquila. Iba a salir cuando Amaya la llamó por su nombre, todavía con los ojos cerrados. Amelia se sobresaltó porque la creía dormida.

—¿Cómo se hace cuando uno quiere irse y no lo dejan?

Amelia la observó sin contestarla. Todavía no sabía si estaba despierta o hablaba en sueños, aunque la pregunta no se correspondía con la mujer consentida y malcriada de carácter despótico que nunca recordaba el nombre de gente insignificante como ella.

Amelia tardó unos segundos en contestar, observando el ritmo de su respiración y asegurándose de que no dormía.

—No lo sé.

Amaya abrió los ojos y la interrogó con la mirada.

—Pero habrás visto a otros en mi situación.

Amelia se sentó en el sillón con el envase vacío en las manos.

—He visto y veo gente luchar todos los días. Y también he visto a otros que se dejan ir antes de tiempo. Está en el carácter de cada uno soltar amarras o aferrarse a la vida.

Amaya guardó silencio. Amelia hizo un amago de levantarse.

—Estoy cansada, a pesar de que mucha gente crea que lo he tenido todo.

Amelia la miró fijamente.

—Se asombraría si le contara en qué circunstancias luchan otros hasta el último aliento. En otra habitación de esta misma planta hay una mujer sin familia, sin parientes, con un cáncer en fase terminal, sedada y sola la mayor parte del tiempo.

Amaya guardó silencio. Luego giró la cabeza hacia Amelia.

—¿Se extrañaría si le digo que, a pesar de estar rodeada de gente, me siento inmensamente sola?

—Está en su derecho. Pero usted puede elegir. Hay otros que no pueden.

Amaya asintió con la cabeza.

—Cierto, siempre he podido elegir, aunque todas las opciones conduzcan al mismo sitio.

Amelia recorrió el cristal del envase vacío con las yemas de los dedos.

—La paciente de la habitación doscientos quince no puede elegir, y abre los ojos y me sonríe cada mañana, inexplicablemente. Yo misma no puedo elegir cuando llego a casa y veo cómo se consume mi hijo con una enfermedad neurodegenerativa, y sonrío también cuando le cojo la mano que él ya no sostiene. Mi marido no está, nos abandonó al conocer la gravedad del diagnóstico, sin ser capaz de aceptar el desenlace.

Amaya fijó también los ojos en el envase, sin atreverse a levantarlos.

—Se suicidó. Hubiera ocurrido antes o después. Tenía depresión clínica desde hacía mucho tiempo. ¿Pudo elegir él quedarnos solos?

Amaya sacó la mano de debajo de las sábanas y la tendió hacia el sillón donde Amelia estaba sentada. Luego habló modulando un hilo de voz que apenas rozaba sus labios.

—Algunas veces sí tenemos elección, o eso pensamos, aunque creamos que la vida nos arrastra. Y esas elecciones las llevamos cargadas a la espalda o incrustadas como una piedra encajada en el pecho. Créame si le digo que no me puedo comparar con usted, porque para usted las circunstancias son impuestas. Yo sí tuve la oportunidad de cambiarlas y no lo hice, y me pesa cada noche, porque no puedo volver atrás ni recuperar lo que se ha perdido.

Amelia le cogió la mano y se la estrechó con fuerza. Luego se levantó y se dirigió hacia la puerta.

—En ese caso recuerde que siempre tenemos elección. Usted misma lo ha dicho.

Lepra, en estado avanzado. Debía haber sido guapo, pensó Laura, pues la estructura ósea de su cara todavía mantenía rasgos firmes y delicados, y sus ojos conservaban el brillo sobre el remanso verde de las pupilas, como un estanque de aguas tranquilas salpicadas con destellos dorados, aunque casi hubiera desaparecido su nariz y la deformidad le hubiera desfigurado el rostro.

Laura tenía la capacidad de imaginárselo tal como era, porque lo había hecho muchas veces con sus padres. Había llegado a acostumbrarse a la enfermedad de tal modo que podía ver a través de ella. Por eso siguió a Juncia hasta la entrada de la gruta y se mantuvo en el sitio cuando ella retrocedió hasta donde se encontraba Frasco. El muchacho la observaba desde arriba. Debía tener poco más de veinte años y se mantenía ágil y fuerte, aunque también tuviera deformadas las manos.

Laura entendió a la perfección para qué la querían, sin necesidad de atender a las explicaciones que Juncia y el viejo debían tener atravesadas en la garganta. Querían que lo curara, que les diera esperanzas, pues ella debía haber pasado por lo mismo y ahora su cuerpo no tenía llagas. Suponían que en algún momento debía haber sido una apestada, y que se había curado gracias a la brujería y a la magia.

Laura hizo un gesto al muchacho para que se acercara, pero él se mantuvo en su sitio, observándola. Entonces Laura se sentó a la puerta de la gruta y decidió esperar a que la situación se resolviera de algún modo. Juncia le hizo señas también para que bajara, y lo llamó hijo muchas veces, rogándole con voz lastimera. Frasco se mantuvo impasible, aunque Laura observó que le temblaba la mandíbula inferior y tenía los dedos crispados apretando los puños.

No tenían contacto físico, lo consideraban un apestado y se mantenían a distancia, a pesar del sufrimiento que parecía causarles el hecho de mantenerlo apartado. Laura dedujo que era hijo de Juncia y nieto de Frasco, pero se extrañó de la ausencia de Crespo. Pensó también, mientras esperaba a que el muchacho se decidiera a bajar a la gruta, en la distancia excesiva que habían recorrido esa mañana, y dedujo entonces que el trayecto era suficiente para mantenerlo a salvo de intromisiones inoportunas. Supuso que nadie más sabía de su existencia, y se preguntó qué les habrían contado a los demás para justificar su marcha del campamento esa mañana.

—¿Para qué la habéis traído hasta aquí? ¿Es que no sabe que puedo contagiarla?

La voz era agradable, aunque tenía dificultad para pronunciar algunas palabras.

Laura levantó la cabeza y lo observó desde abajo. Juncia se dirigió a su hijo con voz suave.

—Ella puede ayudarte. Ha estado en contacto con la enfermedad durante mucho tiempo y su cuerpo se mantiene sano.

Se hizo el silencio. Después de unos minutos la figura salió desde detrás del risco donde se ocultaba.

—¿Es verdad eso?

Laura dejó de observarlo y bajó la cabeza.

—Sí. Mis padres tuvieron la enfermedad y yo me crie con ellos. Primero mi madre y luego mi padre. Los dos murieron a causa de la lepra. No quiero engañarte, yo nunca llegué a tener las pústulas, a pesar de que cuidé a mi padre y le procuré remedios hasta el día de su muerte. No temo a la enfermedad ni me impresionan tus llagas.

El muchacho descendió unos metros, aunque todavía se mantuvo alejado de Laura. Juncia y Crespo se habían quedado mudos.

—¿Por qué no bajas y me dejas examinarte? Puedo preparar remedios que te alivien el picor y el dolor como lo hice con mi padre.

El muchacho miró a su madre. Ella asintió con la cabeza sin pronunciar palabra.

—¿Cómo te llamas? —la voz era profunda y agradable.

—Laura.

El muchacho bajó hasta el repecho donde estaba sentada y se mantuvo a pocos metros de ella. Laura estaba acostumbrada al olor concentrado de sudor, pero el aire le trajo de nuevo el olor de las pústulas.

—¿Cómo te llamas tú?

—Tomás.

—No puedo prometerte nada, solo alivio. No soy una bruja, pero soy la única a la que no le dan miedo tus llagas.

El muchacho se aproximó despacio y se detuvo a un metro de ella. Parecía impresionado por el hecho de no ser rechazado. Laura se levantó y quedaron frente a frente, y entonces pudo apreciar plenamente los estragos de la enfermedad en su rostro y el enorme atractivo físico que había fagocitado la lepra sobre su carne.

—Descúbrete.

Tomás dudó un momento y miró a su madre. Ella volvió a asentir con la cabeza y el muchacho se sacó la túnica y se abrió la camisa gris que le cubría el pecho. Laura se aproximó y lo examinó más de cerca. Luego dejó de prestarle atención y observó el bosque y la ladera.

El muchacho se cubrió de nuevo, impresionado todavía por estar junto a ella.

Laura se dirigió a Juncia con apremio.

—Necesitaré algunas hierbas que he visto por el camino y mucho aceite, un mortero y cazuelas para preparar cocciones. Tenemos que volver al campamento.

Se giró súbitamente hacia Tomás sin esperar respuesta y lo interrogó de nuevo.

—¿Cómo te alimentas?

Al muchacho lo cogió desprevenido la pregunta, pues no había dejado de observarla ni un momento.

—Cazo, tengo repartidas trampas por el monte, y mi abuelo me trae alimentos de vez en cuando.

Laura volvió a inspeccionar el bosque y la cima de la sierra.

—¿Lobos?

—Sí. Pero los mantengo a raya, siempre tengo fuego encendido dentro, y ya casi ni se acercan, porque hay mucha caza por los alrededores, y porque supongo que mi carne tampoco les resulta muy apetitosa. —Sonrió estirando las comisuras de los labios, sin mostrar los dientes.

—Te prometo volver y traer los remedios que aliviaban a mi padre. Ahora no puedo hacer nada por ti.

Se volvió para dirigirse a Juncia.

—Debería estar más cerca del campamento.

Juncia negó con la cabeza y Frasco la miró con desprecio. El muchacho seguía observando a Laura sin prestar atención a su madre.

Laura se giró e inició el descenso. Levantó una mano en señal de despedida y ni siquiera se detuvo cuando pasó junto a Frasco y Juncia, que la observaban inmóviles sin reaccionar todavía, como si los hubieran clavado en el sitio.

—Volveré —gritó Laura sin detenerse—. Te lo prometo.

VII

Amelia volvió a ausentarse del trabajo durante algunas semanas, e Isabel se hizo cargo de la coordinación del control de enfermería. Trinidad, que se había hecho eco rápidamente del suceso en la habitación de Amaya para ponerse a su disposición en cualquier cosa que pudiera ayudarla, pasó de la euforia inicial a una extraña apatía, porque Amaya a partir de aquella noche no estuvo para nadie ni quiso que la molestaran.

Hacía una semana que aquel perturbado había irrumpido en su habitación gritando y amenazándola, y desde entonces no había vuelto a ser la misma. Las únicas visitas que había consentido eran las del marido y los hijos, y solo un momento por las tardes. Quería estar sola, había dicho, y como siempre sus deseos se habían convertido automáticamente en órdenes.

Únicamente parecía buscar la compañía de Amelia. Las dos mujeres seguían hablando a ratos procurando no interrumpir la rutina del quehacer en la planta. Y gracias a esas conversaciones, Amaya supo los motivos que ausentarían a Amelia del trabajo por algunas semanas, porque ese era todo el tiempo que le quedaba a su hijo. Ambas se habían desahogado mutuamente sin que confluyeran razones ni motivos de más peso que el que las dos hubieran desembocado a la vez a las puertas del infierno.

Y antes de irse, Amelia descubrió en Amaya a una mujer distinta a aquella que manejaba los hilos de su vida con voluntad férrea, porque la que le llamó por su nombre aquella primera noche era una mujer a la que el agua le llegaba ya a la altura del cuello. Desesperada. Sin querer decirle en ese primer intercambio de palabras lo que había perdido y le abrasaba el alma, cuando a la noche siguiente le quemaba en la boca al soltarlo a bocajarro como una corriente de lava.

Así supo Amelia que el desharrapado que entró dando voces en la habitación de Amaya era su propio hijo, y que Amaya hubiera ofrecido hasta los despojos expoliados en la otra vida a sangre y fuego por recuperar el momento en que otros brazos lo arrancaban de los suyos.

"Quid pro quo". Así supo Amaya que el hijo de Amelia se moría en una lenta agonía a causa de una enfermedad neurodegenerativa. Y de esta forma, para Amaya, la que se escondía de todos en la habitación de hospital y se tapaba la cabeza por las noches para estar a salvo de sí misma, Amelia se convirtió en su primera y única amiga.

De modo que cuando llegó el momento, antes incluso de que Amelia avisara a la dirección del hospital de que se iba sin fecha de vuelta, Amaya estuvo allí para apoyarla.

—Cuida de él y abrázalo fuerte, y no te preocupes por nada, porque has sido la mejor madre del mundo.

Amelia se retorció las manos hasta que se le humedecieron los ojos. Amaya le enjugó una lágrima y le atusó el mechón de pelo sobre la frente.

—Yo estaré aquí cuando me necesites, cuando tú decidas, aunque la verdad es que poco puedo ayudarte, porque no he cuidado nunca de mi hijo y mi madre se deshizo de su propio nieto como un fardo. El nivel de superación que llevo en la sangre no es el tuyo.

Amaya cogió las manos de Amelia y se las besó como despedida. Amelia la incorporó por los hombros y las dos mujeres se fundieron en un abrazo.

El hijo de Amelia murió tres semanas después. A Amaya le llegó una nota a través de Ana, la enfermera dulce y paciente que siempre le dedicaba una sonrisa. Amaya la abrió cuando se quedó a solas.

"Se ha ido, y aún mantengo la forma y el calor de su cuerpo acunado entre mis brazos. La puerta se ha cerrado para mí, pero tú todavía puedes abrirla. Busca ayuda."

Y así fue como Amaya Sirgado llegó una mañana hasta la habitación doscientos quince.

Estaba oscureciendo cuando llegaron al campamento. Laura se había detenido constantemente por el camino, incluso les había hecho desviarse en algunos tramos para buscar plantas y raíces que Juncia guardaba en el zurrón en el que había llevado provisiones a su hijo, de modo que, cuando avistaron el campamento, el zurrón había recobrado su volumen por la cantidad de remedios que Laura había ido seleccionando.

Juncia y el viejo se habían mostrado pacientes ante las innumerables paradas y cambios de rumbo a los que los sometió la muchacha, de modo que a la vuelta doblaron el tiempo del viaje de ida. Sin una protesta ni un comentario de más, como si hubieran dejado a Laura coger las riendas, y ella actuó en consecuencia liderando y poniendo a prueba su paciencia. No estaba acostumbrada a que la siguieran, siempre se había bastado sola, y mucho menos a no ser cuestionada por aquellos dos escorpiones con el aguijón rebosado de veneno.

No hablaron en todo el camino, se limitaron a seguirla y a ayudarla a cortar las raíces que ella indicaba, manejándose hábilmente con los cuchillos. Solo cuando se acercaban al campamento, Juncia se paró en seco en un recodo del arroyo y estrenó la garganta.

—No puedes contar nada a nadie. Tomás no existe para ellos.

El viejo se detuvo también, a pocos metros, y Laura observó en su rostro la misma expresión de desprecio con la que había mirado a Juncia esa mañana.

Laura se creció y se dejó arrastrar por el impulso de explotar la debilidad de la mujer que la noche antes había ordenado matarla.

—No debe permanecer allí. Necesitará cuidados y protección cuando ya no pueda valerse, y para eso ha de acercarse al campamento.

Laura era consciente de que estaba metiendo el dedo en la herida, pues era lo único a lo que se había negado Juncia.

—No. -La voz de la mujer intentó sonar como un trueno, aunque lo cierto es que la garganta se le quebró al final de la sílaba.

Laura ahora tenía las riendas, se las había dado Juncia, y por nada del mundo iba a soltarlas.

—¿Por qué?

Frasco se apoyó con las dos manos sobre el cayado. Juncia no contestó. Se limitó a permanecer en silencio observando el suelo, con su imponente estructura ósea arropada por el mantón de lana que tensaban sus manos sobre el pecho.

—Es hijo mío, pero no de Crespo, aunque acabó aceptándolo como suyo cuando nos comprometimos.

Observó de reojo a Frasco, que seguía apoyado en el bastón cargando el peso del cuerpo sobre la pierna derecha. Miraba a la mujer con los ojos entrecerrados y la boca tensada en un gesto de triunfo, como si estuviera disfrutando con el esfuerzo que ella estaba realizando al tener que encadenar las palabras.

—Pero con los primeros síntomas de la enfermedad, Crespo se asustó. Yo ya estaba embarazada de Pablo y me obligó a elegir.

Bajó los ojos hasta el agua del arroyo y habló en susurros.

—No tenía elección. No podía quedarme otra vez sola, con un hijo en camino y otro apestado. Le dije que sí, y abandoné a Tomás a su suerte en el monte para seguir a Crespo, que me desposó y se hizo cargo del niño como había prometido.

Laura frunció el ceño.

—Entonces... ¿Cómo sobrevivió? ¿Cómo vive todavía y cómo mantenéis el contacto?

Frasco se removió inquieto ante el silencio de Juncia, que fijaba los ojos en el agua, tensando el mantón contra su cuerpo como si fuera a romperlo.

—Yo me hice cargo.

Laura se volvió para observar al viejo, que silabeó las palabras despacio entre los dientes.

—Cuéntaselo. Cuéntale cómo abandonaste a tu hijo a su suerte con solo cinco años sin volver la cabeza —de repente el viejo no pudo o no quiso evitar el torrente de palabras que comenzaron a brotarle desde dentro, como la pólvora vieja que estalla al contacto con la llama.

—Cuéntale que te desprendiste de tu propio hijo durante años sin saber si estaba vivo o muerto, o devorado por los lobos la primera noche que pasó en el monte.

Los murmullos apenas rozaron los labios de Juncia.

—Nos hubiéramos acabado contagiando todos, y yo quería formar una familia junto a Crespo.

—No se puede formar una familia si no tienes corazón en el pecho, y así ha sido, te has convertido en un monstruo. Solo te respetan los que te temen y no te conocen, los desgraciados que tu marido y tú sometéis por la fuerza.

El cuerpo de Juncia vaciló sobre el cancho en el que se apoyaba. Laura no podía verle la cara porque la mujer se había girado en escorzo sobre la corriente de agua. La muchacha se volvió entonces hacia el viejo.

—¿Durante cuánto tiempo?

El viejo apoyó el peso del cuerpo en la otra pierna.

—Hasta hace dos años.

Laura se volvió hacia Juncia.

—Y durante todo ese tiempo...

Sabía que estaba siguiendo el juego al viejo, pero no podía evitarlo. Le parecía inconcebible hasta para una mujer como ella.

—Durante todo ese tiempo ha sido capaz de vivir con eso…

—¿Y usted por qué no le dijo antes que él estaba vivo, que lo mantenía escondido en la sierra y se ocupaba de que no le faltase nada?

Frasco sonrió con una mueca de satisfacción y de triunfo.

—Porque ese es el precio de no tener alma, y en el pecado ha llevado durante todos estos años la penitencia.

Laura lo observó con los ojos desorbitados, porque no podía concebir en un mismo hombre tanta compasión y al mismo tiempo tanto veneno.

Se hizo el silencio. Juncia estaba ausente asomada a la corriente de agua, y Frasco parecía disfrutar observando su abatimiento.

—De cualquier manera, tiene que acercarse al campamento. Conozco un sitio cerca de aquí. Me ha servido de refugio hasta ahora.

Juncia permaneció inmóvil. Frasco siguió observando a la mujer como si estuviera rastreando los movimientos de una presa.

Laura sacudió los hombros y continuó la marcha sin mirar atrás, resuelta a no perder más tiempo. Tenía mucho que hacer y no iba a darles la oportunidad de que siguieran alanceándose con los aguijones hasta ajusticiarse a sí mismos ahogándose en su propio veneno.

VIII

Ana volvió a voltear el reloj sin saber lo que le deparaba el destino encerrado entre la arena, sin ser consciente de que estaba construyendo su propia historia. El corazón le latía deprisa cuando el flujo brillante comenzó a caer formando un cono incipiente en el depósito inferior. Estaba insegura y expectante, como la primera vez, sin creer todavía en el poder del reloj que avanzaba inexorable para entretener a la mujer de vidrio apostada a la cabecera de la cama de Leyre.

Atlas avanzaba a través de los páramos intentando seguir su rastro. Se le había acabado la comida el día anterior y ni siquiera estaba segura del camino. Lo más probable es que se hubiera desviado, pues sabía que él buscaba la fertilidad de las tierras, siempre hacia el sur, pero hacía tiempo que el paisaje se había vuelto seco y árido.

Siguió andando de manera mecánica, sin hacer un alto para tratar de orientarse.

Tenía sed. El sol estaba alto y las pieles la sofocaban. Divisó a lo lejos un promontorio de rocas en las estribaciones de las montañas azules y se dirigió a él para cobijarse del calor acomodándose en la estrecha sombra que proyectaba. Llegó con sus últimas fuerzas y se aferró a la piedra caliza con manos temblorosas, rastreando con los dedos un punto donde apoyarse para empezar a escalar hacia la cima, donde se abría un paso estrecho entre las rocas.

No le fue fácil intentar auparse hasta lo alto, pues le fallaban las fuerzas y sus pies resbalaban continuamente enredados con las pieles que la cubrían, de modo que, en el último intento, con el cuerpo maltrecho y las manos y las piernas mordidas por los desgarros al resbalar sobre las aristas de piedra, se dejó caer y se desprendió lentamente de todo lo que podía estorbarla hasta quedar expuesta la mayor parte de la superficie de su cuerpo. Luego levantó la vista y miró con calma la oquedad oculta entre las rocas, bordeada de abundante vegetación que mantenía la entrada en penumbra.

Volvió a aferrarse a la superficie irregular sin querer escuchar la voz interior que le decía que era imposible, que le fallarían las fuerzas, que resbalaría y se despellejaría el cuerpo antes de darse por vencida. Colocó un pie en un saliente y se impulsó con el otro buscando un punto de apoyo. El corazón le latía con fuerza, aunque intentaba controlar la respiración. Lo conseguiría, se dijo en voz alta con una orden tajante y seca.

Siguió buscando a tientas hasta que apoyó el pie en una arista rocosa, forzando la cadera. Luego movió la mano derecha para alcanzar otro asidero por encima de su cabeza. Nunca había sido una buena escaladora. Estaba destinada a procrear la camada del jefe del clan desde que tenía doce años, tras ser seleccionada entre muchas. Esbelta y fuerte, ancha de caderas, rasgos armoniosos, además de vigorosa y valiente en la lucha. Había superado la prueba de la inteligencia y la del miedo junto con otras dos candidatas, y se había enfrentado a ellas en la prueba de la sangre hasta conseguir ser la elegida.

Desde entonces había sido apartada de su familia para pasar a formar parte de la estirpe de su futuro esposo, apartada también de las obligaciones cotidianas y de las tareas más duras una vez demostradas las cualidades que la hacían diferente del resto de las mujeres que se afanaban diariamente en los campos.

Tras el desenlace de la prueba se había ganado ser dueña de multitud de esclavas que harían de su existencia una experiencia placentera y plena, haciendo gala del despotismo y la soberbia que había demostrado en la lucha matando a las otras dos candidatas y bebiendo su sangre antes de ponerse el sol. Se desposaría con el primogénito del jefe después de tener su primera menstruación, y luego habría de engendrar un hijo sano, un primer hijo varón fuerte y bien dotado que ensancharía los pulmones con un grito poderoso nada más nacer. Y si no moría en el parto, debería seguir pariendo hijos, *hasta asegurar el relevo de la casa de su esposo.*

Movió el pie derecho y buscó un saliente. Luego alzó la mano izquierda, estirando el cuerpo hasta que le dolieron todos los músculos. Se movía muy despacio, a pesar de que el tiempo jugaba en su contra, pues la tensión y la incertidumbre le minaban las pocas fuerzas con las que se impulsaba hacia la cumbre.

Había asumido, al aceptar el ónice con el que su futuro esposo se comprometió con ella después de superar todas las pruebas, que moriría desangrada si la primera criatura que paría era una hembra. Era el precio que aceptó con doce años sin pestañear. Correría la misma suerte que aquellas dos muchachas cuyos cuerpos habían quedado tendidos en la arena cuando la apuraron a beber un cáliz rebosado con la sangre de sus rivales antes de que se ocultaran los últimos rayos de sol.

Era la costumbre, su hija moriría con ella, y luego el rey escogería otra esposa hasta que alguna consiguiera darle un primer hijo varón.

Pisó mal y resbaló desprendiendo arena suelta. Buscó desesperadamente un asidero y tensó los brazos para no desequilibrar el cuerpo. Los músculos le dolían por la tensión que mantenía todos sus sentidos alerta. Tanteó con el pie y apoyó de nuevo para continuar la subida.

Siguió ascendiendo con dificultad, cada vez más alto, bañada completamente en sudor, sabiendo que cuanto más ascendía más riesgo tenía de caer, pero también más cerca estaba de la cima, hasta que, exhausta por completo, a punto de desfallecer, sin saber si mirar hacia abajo para preparar la caída o fijar la vista en la cumbre para darse ánimos, arrimó completamente el cuerpo a la roca y recordó cómo una de las muchachas estuvo a punto de segarle el cuello con un puñal después de cogerla desprevenida rematando el cuerpo de la tercera, a la que acababa de clavar un cuchillo en el corazón.

Entonces había pensado fugazmente, tendida en el suelo con el filo cortante rozando su cuello, que, aunque aparentemente tuviera todo en contra, no moriría ese día, y un segundo después saltaba como una pantera sedienta de sangre contra su oponente, con una agilidad y una fuerza inexplicables para los que jaleaban a la que unos segundos antes tenía ya ganada la prueba.

En el círculo de sangre había reaccionado con una energía sobrehumana ante la evidencia de que la muerte no la llevaría esa tarde, y se había aferrado a ese pensamiento cuando sujetaba con manos temblorosas el cáliz rebosado de sangre mientras cientos de voces coreaban su nombre envueltas en la penumbra del atardecer.

Entonces como ahora, pensó, y la energía de aquella tarde la recorrió por entero impulsando sus manos y piernas sin que por su mente cruzara ningún otro pensamiento que no fuera llegar a lo alto, concentrada en los latidos de su corazón y en la respiración desafiante con la que alcanzó la cima y se sentó a la sombra de la oquedad lamiendo las heridas de sus piernas y brazos.

Entonces como ahora, recordó Atlas sin euforia, porque con doce años el premio no era ser la esposa del jefe ni la mujer más poderosa de la tribu, ni parir hijos varones que liderarían el clan. No, entonces como ahora, el premio había sido ella, su valentía y sus capacidades, la fuerza y la energía que llevaba almacenadas en alguna parte de su cuerpo que la doblaba en estatura.

¿Qué hubiera pasado -pensó mientras lamía el rastro dulce en su antebrazo -si el primer hijo hubiera sido niña? - Saboreó el gusto del sudor y de la sangre mezclada con la tierra. - ¿Se hubiera atrevido a cambiar las reglas? ¿Se hubiera resistido a morir?

Y entonces sintió la tirantez del hilo que le había mantenido cosidos los párpados para no ver el mundo, la hebra que le había hilado la ceguera con la que había recorrido a tientas un camino marcado por las huellas de otros, hasta el día en el que, en medio del tumulto por la explosión del volcán donde iba a ser sacrificada por el clan enemigo después de tomarla como rehén, un muchacho se había empeñado en salvarle la vida que ya no le pertenecía, la vida que, contra su voluntad, le había sido devuelta otra vez.

Capítulo IV

El niño de la cesta de mimbre

I

Pensó que estaba dormida y entró procurando no hacer ruido, a pesar de que el ruido se desplazaba con ella inevitablemente al arrastrar el pie del gotero. Estaban arreglando su habitación con el ritual de todas las mañanas, así que Amaya decidió acercarse a la doscientos quince para saciar de una vez por todas la curiosidad que le había despertado Amelia sobre aquella mujer que siempre sonreía y siempre estaba sola.

Acababan de limpiar la habitación y el olor a desinfectante con aroma a lavanda se mantenía flotando en el aire frío a pesar de tener abiertas las ventanas. Amaya se aseguró de que el suelo no estuviera mojado, y luego avanzó despacio hasta la cama.

Leyre mantenía los ojos cerrados, pero no dormía. Amaya observó la cadencia de su pecho levantándose rítmicamente al compás de la respiración, aunque sus facciones no estuvieran relajadas por completo.

Todavía faltaba un rato para que pasaran los médicos, y la curiosidad pudo más que la prudencia. Amaya se sentía una intrusa observando a aquella mujer extraña para ella si no fuera porque era un referente para Amelia, con una singularidad sorprendente que surgía de su aparente desvalimiento.

Cedió al impulso y se sentó a su cabecera, arrastrando el gotero hasta situarlo junto a ella. No sabía qué hacía allí realmente, aunque era consciente de que su actitud respondía a un instinto primario o, tal vez, pensó con excitación, a que se le estuviera yendo la cabeza.

Estuvo sentada cerca de diez minutos, mientras se diluía el olor del desinfectante hasta desaparecer por completo. Se sentía a gusto. Era la primera vez en mucho tiempo que velaba la tranquilidad de otro, preguntándose por los pecados y las miserias que habían arrastrado a aquella mujer hasta la habitación doscientos quince sin nadie que se sentara a la cabecera de su cama, a excepción de otra mujer desesperada que se sentía igual de sola.

Amaya pensó que estaba a salvo, porque en aquella habitación nunca la encontraría su hijo para reclamarle todos los años perdidos que no volverían nunca, y recostó la cabeza en el sillón sintiendo el alivio del silencio a su alrededor mientras los sonidos habituales de la planta se mantenían al otro lado de la puerta como si la vida les pasara de largo. Pensó fugazmente qué haría cuando saliera de allí, porque no quería volver a asumir la responsabilidad de aquella otra Amaya, ni oír sus órdenes ni soportar sus estridencias.

En aquella habitación Amaya no era nadie. Sentada en el sillón a la cabecera de la cama de una mujer que no le debía nada, ni explicaciones ni pleitesía, Amaya había conseguido ser la misma muchacha que todavía no sabía cincelar la madera con los ojos.

Paseó la mirada por la habitación y descubrió el reloj de arena sobre la mesita. Alargó la mano y lo volteó en el aire, observando con curiosidad cómo se filtraba la arena y formaba un cono brillante en la base, y la cadencia del flujo, que nunca se repetía idéntico por muchas veces que se precipitara, le produjo súbitamente un placer hipnótico que le sacudió los hombros como un vértigo.

Mantuvo el reloj entre las manos hasta que la arena se acumuló en el fondo. Luego lo depositó en la mesa auxiliar y se recostó en el sillón cerrando los ojos, jugando a imaginarse la vida que hubiera debido llevar junto a su hijo si no hubiera consentido que se lo llevaran hacía cuarenta y cuatro años, cuatro meses y dos días.

Se vio a sí misma tal como quería ser ahora, una madre abnegada que en su momento hubiera sido la comidilla de la ciudad entera, un escándalo para la familia, una mujer sin honra con un hijo sin padre que lo reconociera. Sola. Rechazada por mucho poder que tuviera su padre, criando a un niño al que con el tiempo se le iría diluyendo la mácula de nacer ilegítimo.

Su hijo hubiera tenido la protección de su abuelo y estudios en un buen colegio, y Amaya se hubiera dedicado a él en cuerpo y alma, consciente de que era lo único importante en su vida. Ella aprendería algún oficio mientras él crecía, mecanografía y taquigrafía seguramente, y con el tiempo Amaya conseguiría un puesto mediocre en algún ministerio. Insignificante, muy por debajo del estatus social de sus hermanos, pero suficiente para llevar con dignidad las consecuencias de arrancar a su hijo de otros brazos y cargar con un problema para siempre. Se lo hubiera gritado su madre hasta la saciedad, y probablemente se lo seguiría gritando desde la tumba. Tonta, estúpida, torpe e idiota.

Aunque el tiempo le acabara dando la razón poniendo a cada uno en su sitio, como decía su padre, y quizá aquella Amaya imaginaria no tuviera la necesidad de esconderse en una habitación de hospital a la cabecera de la cama de una extraña. No. Tal vez estaría en el ministerio pasando oficios a máquina y pensando en el momento de llegar a casa para llevar a enmarcar el título universitario de su hijo.

Casi podía tocarlo. Entreabrió los ojos y alargó la mano para acariciar la vegetación de bronce que cubría el cristal del reloj de arena. Se había quedado dormida. Fue a levantarse para salir de la habitación cuando sintió que la observaban. La mujer de la habitación doscientos quince tenía los ojos abiertos y la miraba con una sonrisa.

Amaya sintió el rubor abrasándole la cara y trató de justificarse.

—Discúlpeme —logró estabilizarse de pie y manipuló la estructura metálica del gotero para que no se enredara con las patas del sillón.

—No tiene que disculparse —la voz era envolvente y serena.

—Sí. He entrado sin su permiso. Me llamo Amaya, Amaya Sirgado, y estoy en la habitación doscientos treinta y tres. He entrado por casualidad, para saludarla, porque aquí las mañanas se hacen eternas, y ya ve, me he sentado en el sillón y me he quedado dormida.

—Yo me llamo Leyre —la observó como a una niña desvalida—. También necesito compañía. Puede usted venir cuando quiera.

—Muy amable. Discúlpeme otra vez —Amaya seguía azorada. Le dedicó una sonrisa rápida y se giró para salir esforzándose por no mostrar impaciencia, con el paso lento y firme, como había entrado, aunque hubiese dejado atrás más de la mitad de lo que traía cargado a la espalda.

Laura no estaba dispuesta a retroceder ni un paso, ni tampoco a dejar que se le escurriera entre las manos el poder que Juncia y Frasco le habían dado, de modo que esa noche entró en el campamento con paso firme, sin bajar la cabeza, con una mezcla de sorpresa y satisfacción cuando los demás se apartaron al cruzarse con ella.

Se dirigió hacia la cabaña de Onofre y se echó el mantón sobre los hombros. Juncia la esperaba en la puerta para llevarla con María, la cocinera, que ni siquiera la miró cuando la muchacha enumeró la lista de enseres que le harían falta al día siguiente.

Esa noche se reunieron para cenar en la cabaña más grande, y todo el mundo se esforzó por actuar como si Laura no estuviera, respetando el pacto tácito que Juncia les había impuesto.

Martín se sentó junto a ella, apartados en un extremo de la cabaña para no incomodar al resto. Apuraron los cuencos de sopa y Laura se levantó para ir a lavar el suyo al arroyo sin esperar a que María y Aurora los retiraran.

Martín se levantó también y se ofreció a acompañarla. El viejo salió tras ellos y los observó desaparecer detrás de la puerta de la empalizada. Juncia se situó a su lado y siguió la dirección de la mirada del viejo.

—No dirá nada. No le conviene.

El viejo no contestó. No estaban acostumbrados a intercambiar palabras, lo único que los unía era la necesidad de proteger a Tomás de la ira y el rechazo de Crespo.

Juncia ignoró el silencio del viejo.

—La necesitamos. Aunque no estoy dispuesta a que siga creyendo que tiene las riendas.

El viejo continuó en silencio.

—Tomás no se acercará al campamento, nos jugamos mucho, es imposible, así que convénzala para que se le vaya quitando de la cabeza.

El viejo la miró un instante de reojo y luego volvió la mirada al frente. Juncia intuyó el cinismo en la mueca que le deformaba la boca, pero parecía dispuesta a seguir hablando sola.

—Estamos juntos en esto, aunque maldita la ocasión en que la dejamos viva y la gracia que me hace estar en manos de esa mocosa.

Laura y Martín aparecieron de vuelta cruzando la puerta de la empalizada. Él no paraba de hablar y de gesticular en dirección a la muchacha, que sostenía el cuenco entre las manos y andaba despacio observando el suelo.

—Harás lo que ella diga. —La voz del viejo sonó serena y tajante al mismo tiempo.

Juncia se revolvió a su lado. Era la primera vez que él le dirigía la palabra, tirando de las mismas riendas que antes había tirado Laura, las riendas que hacía muchos años la misma Juncia se había echado al cuello cuando abandonó a su hijo una noche de luna en la que en el monte solo se oía el sonido de las lechuzas y el murmullo del viento.

Se apartaron para cederles el paso cuando los dos jóvenes llegaron a su altura. Los demás esperaban dentro a que Martín contara otra de sus historias. María y Aurora estaban recogiendo los cuencos y apilándolos en una artesa que había a un lado de la puerta cuando Laura entró en la cabaña y les tendió el suyo.

María la observó un momento, y luego volvió a lo que estaba haciendo. Aurora extendió la mano hacia Laura y rozó el cuenco con los dedos sin atreverse a cogerlo.

Laura comprendió súbitamente y lo retiró con un gesto rápido.

—Será mejor que me lo quede.

Aurora mantuvo extendida la mano unos segundos más, sorprendida de la reacción de Laura. Iba a decirle algo cuando se dio cuenta de que los demás las observaban en silencio. Entonces apartó la mirada y se agachó junto a María para sacar el balde lleno de cuencos sucios de la cabaña.

Laura se sentó en el suelo en el extremo más alejado de la puerta. Los demás continuaron observándola de reojo murmurando entre ellos hasta que volvieron Aurora y María y se sentaron junto a Juncia alrededor del fuego. Los hombres se situaron detrás y Martín ocupó su lugar frente a ellos.

Laura se recostó contra la pared decidida a no perder ni una palabra de los labios del muchacho, pensando en todas las noches que se había apostado al otro lado del arroyo preguntándose qué hacían allí dentro.

Los niños todavía se removieron inquietos y las mujeres se colocaron las ropas alrededor del cuerpo apartándose mechones de pelo mientras los hombres jugaban con la empuñadura de sus cuchillos y lanzaban miradas furtivas sobre Laura.

Martín empezó a hablar en susurros, y poco a poco los ruidos fueron apagándose hasta que sólo su voz vibró sobre el silencio, de manera que el aliento y el pulso de los que lo escuchaban se acomodaron instantáneamente al ritmo de la narración.

Asombroso, pensó Laura antes de caer también en la tela de araña que había tejido Martín a su alrededor, arropada por la bruma que parecía extenderse a ras de suelo y sintiendo que, aunque todavía no estaba a salvo, las mismas palabras que rendían la voluntad de los allí presentes habían hecho posible que amaneciera un día nuevo para ella. Luego se dejó arrastrar por la historia que la envolvía y le erizaba el vello de la nuca, pensando que, estando junto a Martín, no podía existir un lugar más seguro en el mundo.

"No la devolvió. A pesar de saber quién era. Encontró a la niña bajo el laurel donde comenzaban las tierras de la manada, junto al arroyo, a los pies de la loba de ojos dorados que había guiado sus pasos para que la encontrara.

A Juliana le hubiera sido fácil dejarla abandonada a las puertas del castillo, pero sentía que aquella criatura le pertenecía, aunque no pudiera ofrecerle otra cosa más que el collar de tabas y la vida en libertad en compañía de los lobos. De modo que la recogió y la crio enseñándole todo lo que ella sabía, aun siendo consciente del dolor y el sufrimiento que le estaba causando a la madre, su propia hija, que a esas alturas ya debía dar por muerta a la niña.

Había leído los bandos clavados en los árboles al pie del camino. Los reyes ofrecían una recompensa desorbitante por cualquiera que diera noticias del paradero de la princesa, viva o muerta.

Juliana era consciente de todo aquello cuando decidió quedársela, a sabiendas de que el no poder vencer los sentimientos que le despertaba aquella niña la convertía en el verdugo de su propia hija por no querer desprenderse de su nieta.

Juliana no quiso prestar atención a las señales que le mostraban el dolor que estaba causando, y crio a Alisa como una más de la manada, libre, preparándola para el destino que había visto entre los posos de cocciones de salvia y en la disposición del musgo en el tronco de los árboles de umbría. Ella sería reina, aunque comiera con las manos y durmiera acurrucada entre el pelaje de los lobos. Era seguro.

La hizo fuerte, moldeó su inteligencia para que solo respondiera a necesidades primarias atendiendo únicamente al hambre, la sed, el frío o el dolor de los músculos. La enseñó a reconocer afectos y lealtades entre el carácter distinto de los animales, y a liderar la manada marcando con su olor el territorio.

Todo está en la cabeza, le repetía Juliana, y tu olor refleja lo que piensas de ti misma, siempre. No hay manera de engañar a los lobos. No bajes nunca la guardia. Convéncete a ti misma y tu cuerpo sudará poder. Es lo único que necesitas para que te respeten.

A los trece años, Alisa comenzó a hacerle preguntas a Juliana. Estaba conectada con la manada y sentía lo que sentían los lobos. Tenía afectos y diferencias con los miembros del grupo y lideraba ya la partida de caza, pero con la maduración de sus ovarios y de su útero surgieron las contradicciones físicas. Pensaba como una loba, pero no lo era, compartía el desapego por el futuro, pero su cabeza lo proyectaba delante de ella como un sendero lleno de preguntas. A Alisa le hubiera debido bastar aquella vida salvaje e indómita en la que se quedaba dormida por las noches al apoyar la cabeza en el lomo de Malia, la loba con la que había crecido, pero empezó a despertarse sobresaltada cuando en sueños no encontraba respuesta a las preguntas.

Ten paciencia. Solo necesitas confianza. Llegarás donde tengas que llegar, porque el destino siempre nos encuentra, como yo te encontré a ti. Juliana respondía a sus preguntas sin dejarla nunca satisfecha, porque Alisa quería que su abuela le explicara el por qué su cabeza y su cuerpo no se ponían de acuerdo, de modo que su olor se hizo más agresivo y sus estrategias de caza más arriesgadas, con una rabia insatisfecha que le moldeó un carácter despótico.

Juliana entonces decidió alejarla de la manada. Desenterró el oro del que se había desprendido cuando se internó en el bosque para no avergonzar a su hija, para que su presencia no la contaminara, el mismo oro que había amasado durante toda la vida con los conjuros y la nigromancia con los que había doblegado la voluntad de los más poderosos, y decidió procurar a su nieta una vida distinta lejos de la manada.

Alisa estuvo fuera dos veranos, a cargo de una familia acomodada de plena confianza de Juliana, aprendiendo lo que no necesitaría nunca para vivir en el bosque y encontrando al fin las respuestas que tanto anhelaba. Juliana había dado órdenes de que la formación fuera completa, las letras, los modales, los usos que distinguían a una dama de una mujer cualquiera, la poesía y la música en su forma más sutil y refinada, nociones sobre el amor cortés y el desencanto, las canciones en las que se moría de melancolía aunque se tuvieran las necesidades físicas satisfechas, el laberinto de sentimientos y relaciones sociales lo más alejadas posibles del sentir colectivo de la manada.

Juliana regó con oro una educación que acabó de despejar todas las dudas que sentía Alisa acerca de su condición, de modo que una tarde de otoño los lobos abandonaron los alrededores de la gruta para lanzarse ladera abajo en su busca, pues la habían olfateado a varias leguas de distancia.

El encuentro fue difícil. Se observaron, se olieron, el macho dominante se posicionó al frente del grupo y trató de defender el puesto que ella había perdido cuando abandonó la manada. Los demás se dispusieron tras él para reproducir la estrategia que marcaba la escala de mando, y enseñaron los dientes y se movieron desafiantes en círculo para iniciar el ataque.

Alisa no se inmutó ni respondió a las provocaciones de los que habían sido su familia. Buscó a Malia y no la encontró, y supo que estaba esperando el resultado de la lucha en la gruta, junto a Juliana. Sabía que los lobos atacarían si ella no era capaz de reproducir las habilidades que su abuela le había enseñado desde niña. Soltó el bulto que llevaba con sus ropas nuevas y encaró al lobo negro que había ocupado su puesto, desafiándolo, evitando la intervención del resto, que se abrió a su alrededor en abanico.

Alisa enseñó los dientes y recordó cómo se sentía cuando era la segunda al mando, después de Juliana, y sudó desde las tripas el recuerdo de la furia salvaje e indómita que la atormentaba cuando lideraba la partida de caza. El lobo negro era mucho más grande que ella, pero Alisa había olido su miedo cuando todavía era un cachorro, y recordó el olor con el que entonces lo había sometido bajo su mando.

Se encararon frente a frente y dieron vueltas para que los demás pudieran percibir las vaharadas de secreciones calientes con las que destilaban el valor y el arrojo que prometían una lucha a muerte si ninguno cedía antes. Vencer o morir. Alisa se mantuvo erguida, ligeramente encorvada, pendiente de los ojos negros y el pelaje inmenso y oscuro que se desplazaba en el mismo borde del círculo en el que se desplazaba ella. Y solo entonces se desdibujó el futuro que había aprendido entre las letras, en las dobleces ambiguas de la poesía, en la zozobra de los bailes y las maneras exquisitas con las que debía deslumbrar a los muchachos, y se desprendió al fin del fardo de preguntas inútiles que le habían llenado hasta entonces la cabeza como un peso muerto.

Volvió a enseñar los colmillos que se había afilado cuando era niña con una piedra, y resolvió con un gruñido y un amago de avance todos los misterios que la habían alejado del bosque. El lobo negro avanzó también hacia ella, amenazante, hasta que Alisa le cortó la ventaja con una orden tajante y seca, reclamándole la misma obediencia con la que lo había sometido cuando todavía era un cachorro. Se pararon frente a frente, Alisa volvió a gruñir y el lobo grande y negro se inmovilizó sobre los cuartos traseros con el rabo entre las patas.

Alisa orinó y les hizo desfilar uno a uno para que impregnaran los hocicos en señal de respeto. Luego se puso al frente de la manada y alcanzó la gruta donde la esperaba Juliana.

Su abuela frunció las comisuras de los labios y estrechó los ojos mientras la observaba acercarse, evaluando los cambios que se habían obrado en el cuerpo de Alisa. Le tendió una tira de cuero con tres tabas de cordero por todo recibimiento y le hizo un sitio junto a ella. Malia le husmeó con su hocico las manos y el pelo, y luego se tendió a sus pies haciéndola sentir que nada había cambiado en su ausencia.

Durante algunos años, Alisa volvió a disfrutar de la libertad plena que le ofrecía el bosque, de los instintos primarios satisfechos y de la ausencia de futuro, hasta que murió Juliana dejándole aquel pañuelo blanco bordado con hilos de oro.

Alisa siguió sus indicaciones y dejó el liderazgo de la manada a un lobo gris, el hijo de Malia, y luego se dispuso a esperar, consciente de que el mundo que había conocido hasta entonces se acababa.

Unas semanas después divisó su silueta maltrecha tirando de las bridas del caballo. Estaba desesperado y hambriento, como ella lo había visto muchas veces en los últimos años, recortado entre los posos de cocción de salvia y perfilado en las formaciones de musgo en la umbría de los montes.

Ten paciencia, le había dicho su abuela. Y allí estaba él. El rey cobarde, para recordarla que el destino siempre nos encuentra, como Juliana la había encontrado a ella.

Le ofreció cobijo y un trato para devolverle la esperanza, y le dejó sudar el miedo para macerarlo después a fuego lento en una pócima con la que en adelante marcarían los dos su territorio."

II

"Quid pro quo". Ese era el santo y seña para permanecer en la habitación doscientos quince, y a esas alturas, con Leyre estabilizada dentro de la gravedad de la enfermedad que la mantenía postrada en la cama gran parte del tiempo, el tiempo se había convertido en la única moneda de cambio.

Tiago apareció una tarde buscando a Fernando, interrumpiendo la historia que estaba contando Leyre con un tono de voz sorprendente para el estado de salud en el que se encontraba. Supuso que no era bienvenido cuando sintió cómo se congelaba el aire a su alrededor y se cortaba la narración de súbito.

Sabía, porque se lo había contado Fernando, que intercambiaban historias, aunque no acabara de creérselo. ¿Qué talento podía tener aquella gente para sorprenderse unos a otros? ¿De dónde sacaban la inspiración y qué conexión tenían para compartir interés por los relatos? Tiago no dejaba de hacerse preguntas acerca de aquella relación absurda que llevaba a Ana y a Fernando todas las tardes junto a Leyre, sin ser capaz de obviarlo como hacía con todo lo que no valía la pena, por más que se repitiera continuamente que a nadie importaba nada lo que hicieran alrededor de aquella mujer, y menos a él, que había sobrevivido braceando sobre las debilidades ajenas. De modo que cuando entró aquella tarde en la habitación doscientos quince, creyó que tenía despachado el asunto desde hacía mucho tiempo.

Se sintió ajeno entre ellos, aunque lo había previsto de antemano. Farfulló una disculpa por haber interrumpido y reclamó a Fernando.

Los demás lo observaron en silencio mientras se dirigía hasta la puerta. Salió de la habitación sin ser consciente de lo que dejaba atrás, con la curiosidad satisfecha.

Fernando sonrió y encajó la puerta sobre el marco.

—¿Qué quieres?

—Han pasado a la niña a oncología pediátrica y la madre quiere verte.

—¿Y tú qué pintas en todo esto?

—Me pidió que te hiciera llegar el mensaje cuando las trasladaban. Se nos debe de notar el parentesco.

Fernando se giró para volver a entrar en la habitación de Leyre.

—¿Algo más?

—Sí. ¿Por qué sigues perdiendo el tiempo con esa gente?

Fernando agarró el picaporte y empujó la puerta.

—Porque el tiempo es escaso, Tiago, y perderlo ahí dentro es lo único que me compensa.

Laura se acurrucó bajo el mantón de lana esperando a que los demás se durmieran. Entornó los ojos y observó los haces de luz de luna que se colaban entre las ramas que formaban la base del techo, espolvoreados de partículas que entraban y salían de la oscuridad reflejando el haz luminoso. Laura pensó que era la primera vez que no tenía rumbo fijo, como la nube de polvo, y la proximidad del muchacho y del hombre al que creía haber amado le hicieron relativizar las expectativas de futuro para ser capaz de adaptarse a cualquier circunstancia, incluso a dormir entre tres hombres y un niño en una choza perdida en lo más profundo de la sierra.

Bruja. Cualquier cambio era bueno si la mantenía con vida. Sonrió al pensar en el placer que había sentido cuando el desdentado y los dos hijos de Crespo no se habían atrevido a mirarla a los ojos, y en como la cocinera y el propio Crespo la habían evitado, como si el poder de una palabra pudiera hacer que se separaran las aguas del mar o se desprendiera en la era la cáscara del grano.

Laura pensó que quizá aquella vuelta del destino la había conducido al único lugar del mundo donde residía el origen de una nueva oportunidad para ella. Cerró los ojos escuchando el vaivén rítmico de los ronquidos de Crespo y los bufidos de Teodoro al otro lado del campamento, por encima de la respiración densa de los hombres que la rodeaban. Estaba cansada, pero no podía dormir, solo pensaba en encajar todas las piezas para no soltar las riendas cuando amaneciera, mantener sujetas con fuerza las cuerdas invisibles con las que tenía sometida a Juncia, más estrechas cuanto más se revolvía ella, y utilizar el poder que le había dado Martín para exprimir al límite sus propias defensas.

Laura se adormeció pensando en las palabras que Martín había pronunciado esa noche dentro de la cabaña, la continuación de una historia de la que todos formaban parte, aunque ella todavía no lo supiera. Cerró los ojos y se concentró, recordando la voz del muchacho, en las sensaciones que habían captado sus sentidos, en la bruma que Martín había levantado a ras de suelo, mientras ella trataba de seguir el rastro del artificio que la impulsaba a subir planeando sobre el campamento cuando el vértigo le impedía ya mirar hacia abajo.

"La noche era fría y oscura. No había luna. Los lobos aullaban en la distancia y el bosque se cernía sobre ella como una mortaja de sombras. Caminaba deprisa y tropezaba a menudo con las raíces de los árboles y los matorrales que se interponían en su camino. Apenas podía cargar la cesta entre sus brazos y mantener al mismo tiempo el equilibrio. Estaba ciega de dolor y de rabia, y avanzaba contracorriente sabiendo que, aunque era inevitable, lo que iba a hacer le quebraría para siempre el alma en dos mitades.

Hacía mucho frío. El aliento entrecortado se le congelaba en vaho plateado y las manos rígidas se apretaban sobre el mimbre cuando la desesperación le enredaba los pies entre los arbustos del camino. El niño dormía en la cesta mecido por el vaivén de sus brazos, mientras ella atisbaba ansiosamente entre las sombras la silueta ausente de los muros del monasterio.

Había parido hacía una semana y todavía no había recuperado la plenitud de sus fuerzas, pero no podía posponer por más tiempo lo inevitable, aunque le retorciera las entrañas como una serpiente de fuego que la devoraba a medida que pasaban las horas.

Era inútil resistirse. No tenía suficiente leche para los dos, y las tres tabas que llevaba colgadas al cuello le recordaban continuamente cuál era la única salida. Había dejado a la niña en la cueva al cuidado de la manada, y se había arriesgado monte abajo con el recién nacido para llegar al monasterio antes de que amaneciera.

Eran hermanos de sangre, pero si su hijo sobrevivía, nunca más volvería a cruzar su destino con el de su hermana. O sí. Porque la Suerte estaba conduciendo a la madre sin ella saberlo al único lugar donde la Muerte podría encontrar al recién nacido.

La Suerte se desentendería entonces del destino del niño de la cesta de mimbre, aunque presentía, empujando con su aliento tibio a la muchacha que trastabillaba en la oscuridad con su hijo a cuestas, que el niño sería la moneda de cambio que estaba buscando desde que se selló el trato en la gruta.

La loba de ojos dorados tras los que se escondía la Suerte había protegido a la muchacha mientras paría a sus dos hijos, igual que había amparado el nacimiento de todas las mujeres que estaban destinadas a continuar la sangre de las tabas.

Se había mantenido al acecho oculta por la maleza mientras la muchacha se debatía entre gritos agónicos para alumbrar a las dos criaturas, escuchando los latidos del corazón de la joven golpeando contra su pecho hasta que la abandonaron las fuerzas.

La muchacha perdió el conocimiento después de colocar el cuerpo de la niña junto al de su hermano sobre unas pieles que había dispuesto cuando comenzó a sentir las primeras contracciones.

La loba salió de entre la espesura y se adelantó para lamer los pequeños cuerpos limpiándoles los restos de sangre y de líquido amniótico. Alzó una pata y presionó con cuidado el pecho de la niña hasta que la sintió estremecerse con el primer aliento. Después hizo lo mismo con su hermano. Y entonces la magia estalló de nuevo, nítida, inconfundible y rotunda.

La muchacha volvió en sí al escuchar el llanto de los recién nacidos. La loba la observó en silencio, a pocos pasos, conminándola a ocuparse de sus hijos aunque estuviera muy débil todavía.

La manada surgió entonces entre la maleza. Se movían lentamente y en silencio, y tres lobos se acomodaron alrededor de los niños para procurarles calor hasta que amaneciera. Los demás salieron a cazar, y con las primeras luces tendieron ante la muchacha pequeñas piezas de caza para que se alimentara.

A los pocos días la manada dejó claro con su actitud y sus gruñidos que solamente protegerían a la niña, y que el niño quedaba fuera del grupo. La madre no tenía leche suficiente para alimentar a sus dos hijos, y sabía que sin el apoyo de los lobos ninguno de los tres sobreviviría, de modo que tomó la única decisión que encontró en el fondo de los ojos de la loba que acechaba constantemente a su hija.

Ahora caminaba deprisa sin permitirse otro pensamiento que no fuera alcanzar el monasterio donde abandonaría a su hijo, sin calcular el alcance de la brecha que estaba abriendo bajo sus costillas, la cicatriz invisible que le dividiría el alma en dos mitades convirtiéndola a partir de entonces en una sombra ausente.

Dondequiera que acabara su hijo y cualquiera que fuera su destino, morir esa madrugada o continuar viviendo muchos años, ella no volvería a verlo nunca. Era de lo único que estaba segura. Sus caminos se separarían esa noche. Tan solo una semana habían compartido, y antes de que amaneciera todo habría acabado a las puertas de un monasterio. Lo entregaría en manos de la Suerte, igual que la Vida se lo había entregado a ella envuelto en sangre tibia.

Quizá su hijo tuviera una oportunidad, se obligó a pensar la muchacha, igual que la Suerte escondida en los ojos dorados de una loba se la había procurado a ella a pesar de tenerlo todo en contra. La única condición había sido anteponer la línea de sangre de las tabas por encima de cualquier otra consideración, aunque ello significase tener que abandonar al niño.

La culpa, la debilidad y la hiel la habían saturado desde que comprendió que no podría sacar adelante a los dos recién nacidos. Y esa tarde, cuando se ponía el sol, se había echado al bosque con la cesta entre los brazos buscando una salida para su hijo, porque sabía que, si no lo hacía en ese momento, se encariñaría con el niño y acabarían pereciendo todos.

Caminó mucho tiempo, y con la noche cerrada todavía se detuvo en seco cuando atisbó los muros del monasterio en la distancia, concediéndose dudar una vez más antes de abandonar al niño. Apretó la cesta contra su pecho y avanzó despacio hacia la puerta de madera que se recortaba entre las sombras como una mole inmensa.

Todavía estaba a tiempo de volverse atrás, se permitió pensar por un instante, aunque la Suerte hubiera guiado sus pasos esa noche y ahora la apremiara para que dejase la cesta en el umbral de la puerta.

Se asomó por última vez para contemplar la cara de su hijo. El niño dormía plácidamente envuelto en pieles. Su madre adelantó el índice de su mano derecha y le rozó un instante la mejilla. Luego se volvió súbitamente y dejó que la Suerte le señalara el camino de vuelta entre las sombras."

III

Volvió. Fernando consiguió que se acercara una mañana antes de la hora de la comida. No le había resultado sencillo dar con él, pero, como todo en la vida, solo había que ponerle precio y dejar que corriera el tiempo. Sus contactos no eran los mejores depende para qué encargos, pero para lo que le había pedido Amaya Sirgado cuando supo que Fernando había pasado la infancia en un orfanato, habían sido los únicos que podían obrar el milagro.

Amelia le franqueó la puerta de urgencias para acompañarlo a la habitación de Amaya. Lo observó de reojo mientras se adelantaba a su paso para guiarlo a través del hospital. Traía el ceño fruncido y la mirada hosca, pero Amelia creyó percibir un amago de arreglo en el cabello y en las ropas holgadas bajo las que se adivinaba un cuerpo extremadamente delgado.

Subieron escaleras y cruzaron pasillos sin mediar palabra, y a medida que se acercaban a la planta, Amelia fue ralentizando el paso, tal vez porque ahora dudaba de que la decisión que había tomado Amaya cuando ella le alentó a meter las manos en el pozo sin fondo del pasado que impedía que se cauterizara la herida, fuera la más adecuada.

Se paró frente a la puerta de la habitación doscientos treinta y tres y le hizo un gesto para que avanzara. Hilario giró la manilla al tiempo que empujaba la hoja de madera lentamente. Se detuvo un instante y luego se volvió para mirar a Amelia, que seguía inexpresiva e inmóvil a su lado.

Ella lo apremió con la cabeza para que siguiera adelante, pero él dio un paso atrás y soltó bruscamente el picaporte. Y allí se quedó, varado frente a la puerta entreabierta con las manos a ambos lados del cuerpo, como si de repente hubiera perdido la energía con la que unos minutos antes la había seguido a través del laberinto de pasillos.

Amelia fue a decir algo para que reaccionara cuando le sintió el desamparo oprimiéndole los surcos de la frente sobre los ojos húmedos, el desconcierto mojándole el pelo atusado y la barba limpia, y la soledad escondida entre las ropas holgadas que apenas le rozaban el cuerpo. Y en ese momento Amelia lo vio como no había sido capaz de verlo antes, solamente un niño asustado delante de la puerta que lo separaba de su madre, un niño perdido en un laberinto vacío que no conducía a ninguna parte, y no quiso imaginar cómo había logrado sobrevivir aquella criatura durante tantos años.

Amelia adelantó la mano hacia él en un acto reflejo, pero se detuvo a tiempo. Él mantenía el cuerpo rígido, estático, con la barba húmeda por el llanto y los ojos clavados en la puerta que se había vuelto a encajar en el marco, hasta que los hombros comenzaron a estremecerse con las sacudidas de los sollozos.

Amelia volvió a extender la mano hacia él, hacia su figura desamparada y maltrecha sostenida únicamente por la voluntad de mantenerse en pie ante lo que significaba la puerta que estaba cincelando con los ojos, como lo había hecho antes la mujer que estaba al otro lado el día que se lo llevaron envuelto todavía en el calor de su cuerpo.

E igual que Amaya entonces, su hijo no logró reunir ese día el valor suficiente para cruzar la puerta que los separaba, ni fue capaz de adivinar lo que su madre había cincelado en la madera aquella tarde de hacía muchos años, concentrado como estaba en grabar ahora al otro lado la imagen de la madre muerta al dar a luz la sombra del hijo que pudo haber sido y ya no iba a ser nunca.

Martín continuó desgranando historias cada noche alrededor del fuego de la cabaña más grande del campamento. Cada uno tenía establecido su lugar, y lo ocupaban después de la cena como parte de un ritual en el que se instauraba el silencio cuando Martín se situaba frente a ellos.

Onofre se acomodaba en un extremo, mudo, observando y dejando hacer a Martín, que lograba abstraerse lo suficiente cuando se situaba frente a su audiencia como para olvidarse de que estaba siendo evaluado por su maestro.

Al principio el muchacho buscó su aprobación por encima de cualquier otra cosa, pero, con el tiempo, Martín antepuso el vértigo que le producía la incertidumbre del instante en el que se situaba frente a ellos. Recordaba las historias tal y como se las había oído a Onofre, pero, cuando comenzaba a articular las palabras, la narración se enriquecía con detalles que nunca habían salido de los labios de su maestro. El vértigo se convirtió en adictivo, y la curiosidad por saber hasta donde era capaz de llegar hizo que todo lo demás se desvaneciese, hasta tal punto que, cuando se situaba frente al fuego para iniciar una nueva historia, incluso la mirada hermética de Onofre, el maestro que nunca lo aceptó como aprendiz, pasaba a un segundo plano.

Esta noche el fuego chisporroteaba con fuerza, y el vértigo le había acelerado el corazón unos instantes, justo hasta que comenzaron a brotar las palabras que Laura recordaría antes de conciliar el sueño en la penumbra de la cabaña.

"La noche estaba oscura y los lobos aullaban al otro lado de la sierra. Un muchacho se agazapaba entre la maleza aguzando los oídos para distinguir el rastro por encima del murmullo del viento.

Aguantaba los embates del corazón dentro del pecho y mantenía las piernas flexionadas y en tensión, porque antes o después, dependiendo de las noticias que le trajera el susurro de las hojas, tendría que abandonar su refugio y correr como alma que lleva el diablo atravesando la oscuridad impenetrable que se escondía entre las sombras.

Ella no lo había reconocido unos días antes cuando llegó al castillo. Siguió su camino hacia la torre sin prestar atención al joven que se afanaba en el patio de armas enjaezando los caballos. Él mantuvo la calma acariciando la grupa de una yegua blanca y luego la condujo despacio hasta las caballerizas.

Lo había encontrado dieciséis años antes, abandonado en un cesto de mimbre a las puertas de un monasterio que le quedaba de paso. Él la miró con ojos dulces e hizo una mueca en la que ella creyó ver una sonrisa, y entonces se acercó a observarlo lamentando por primera vez la apariencia que le había tocado en suerte, pero el niño volvió a sonreír y sacudió sus manos y sus pies con un gesto de gozo que a ella le trastabilló un paso atrás por lo inesperado.

Abrió la puerta un monje entrado en carnes que observó la oscuridad hasta que sus ojos repararon en la cesta, apartándose para que ella fuera a buscar lo que había venido a llevarse.

El monje llevó al niño en volandas hasta la cocina y se lo mostró al hermano Benito para que le preparara un poco de leche. Y allí mismo, entre el olor de las especias y el calor de los fogones, decidieron llamarlo Onofre.

Ella volvió sobre sus pasos para verlo de nuevo antes de marcharse. Lo tenían envuelto en una manta de lana y habían vestido la cesta con un jergón pequeño improvisando paja cubierta con hábitos viejos. Un grupo de monjes observaban complacidos cómo el niño asía el pulgar del hermano que lo había encontrado en la puerta, que sonreía inclinando la cabeza sobre los pliegues del cuello.

Ella se abrió paso y se acercó hasta el niño justo en el momento en que vinieron a avisarles de la muerte del hermano Jeremías.

La Muerte volvió regularmente, y en aquellas visitas pudo comprobar los progresos del niño que se convirtió en muchacho y luego en un joven sonriente y despierto. Lo buscaba en la biblioteca o en el huerto, y siempre lo encontraba afanándose con las mejillas encendidas, con la pluma o la azada entre las manos, haciendo gala de su buen carácter. Alguna vez coincidió con él siguiendo la lectura en el refectorio, y en el coro de la iglesia en vísperas o maitines haciendo esfuerzos para no dormirse.

Escuchó sus historias para entretener a los monjes en la cocina entre el humo que salía de los fogones, historias infantiles al principio, inocentes parábolas parafraseando las lecturas que compartían en la iglesia o en el refectorio, pero luego lo vio crecer al compás de sus historias, lo vio emocionar y emocionarse, amar y ser amado, y morir atravesado por una espada lo suficientemente fuerte y recia como para abrirle paso en el camino hacia la gloria. Y se rindió al fin, porque hubo un momento en que ella también sintió y vivió a través de las palabras que salían de la boca del muchacho, y notó cómo se le erizaba el vello de la piel hecha de aire, creyendo escuchar el latido de un corazón que bombeaba arena licuada con el color de la sangre, como si fuese posible que él siguiera hablando para siempre y ella pudiera escucharlo eternamente mecida en el vaivén de sus palabras.

El muchacho creció sin que ella dejara de recordar un solo instante que antes o después debía llevárselo, y por primera vez decidió rebelarse contra su naturaleza, aunque con ello lo perdiera para siempre, pues era lo único en lo que se había reflejado siquiera fugazmente.

Habían pasado quince años cuando la Muerte vino a buscar al hermano Apolinar, el monje que le franqueó el paso aquella noche y recogió al niño para darle asilo en el monasterio. Ella no olvidaba nunca una cara ni relegaba un nombre, y al monje lo encontraba cuando venía regularmente para visitar al muchacho, por mucho que tuviera que desviarse.

Lo encontró en su celda con un rosario entre las manos, esperándola, mientras deslizaba las cuentas resbalándolas entre los dedos sin mover los labios. El monje la miró sin verla, como aquella primera noche, y fijó los ojos en el techo hasta que se le quedó cristalizado en el iris la imagen del niño abandonado en la cesta de mimbre.

Ella sintió una punzada en el costado cuando se lo llevaba, presintiendo el dolor del muchacho cuando encontraran por la mañana el cuerpo inmenso del monje varado en el jergón como una masa de carne informe, la misma amalgama de grasa y de huesos que lo había sostenido cuando era un niño y lo había criado hasta hacerlo un hombre. La misma energía que le había mantenido la sonrisa durante aquellos años, secundándola siempre, hasta hacerle creer que la bondad era la única patria, el único credo y el único estado posible. Y se dio cuenta, mientras cruzaban el pasillo para salir al claustro, de que estaba erosionando el alma del muchacho y se estaba llevando con ella una parte de lo que había prometido no llevarse.

Recordó entonces la promesa con la que se había traicionado a sí misma al asomarse por primera vez al cesto de mimbre.

—A ti no- le había dicho entonces—. A ti no te llevaré nunca.

Y le pareció evidente la ecuación que se trasparentaba en los ojos cristalizados del monje. El muchacho sabría que había sido ella porque su imagen era la única pieza que faltaba para completar el dibujo de la vidriera tras la que se había escondido la primera noche, cuando había disimulado la apariencia que le había tocado en suerte para poder acercarse a observarlo.

Hermosa, si no fuera por ser quien era, estilizada y elegante, así era la mujer que se mostró a los ojos del niño de la cesta de mimbre antes de que abriera la puerta del monasterio el mismo hombre con el que ahora cruzaba el claustro a medianoche, la mujer que se le aparecía en sueños y le susurraba una promesa que habría de separarlos para siempre.

Apretó el paso bajo las nubes de plata que se reflejaban en el agua de la fuente, iluminada por los destellos prendidos entre las copas de los cipreses que se mecían bajo la luz de la luna en el centro del claustro, el mismo resplandor que se colaba entre los arcos dando vida a las figuras de los capiteles en los que aparecía su imagen, justiciera e invulnerable, y el sonido omnipresente del agua inundó la conciencia de Laura hasta quedarla dormida profundamente."

IV

Amaya se unió a ellos aceptando las condiciones que Leyre le había impuesto previamente. A Ana y a Fernando les resultó extraña su presencia la primera tarde, pues ni su porte ni sus maneras habían cambiado un ápice desde que llegó a la planta, de modo que la observaron con recelo durante el breve intercambio de saludos, sin poder evitar considerarla una extraña.

Ella aguantó estoicamente las miradas inquisitivas y el silencio que se produjo a su alrededor, como si su sola presencia, altiva y orgullosa, interrumpiera el flujo natural del tiempo en la habitación. Trató de serenarse y solo consiguió ponerse rígida, pues fue consciente de ser una extraña también para sí misma, jugando una partida que la había acabado engullendo bajo aquel aspecto digno y desagradable con el que se veía reflejada en los ojos de otros.

Tarde también, pensó con desaliento sin poder levantar el pecho para llenarlo de aire. Tarde a todos sitios, hasta para morirme llegaré tarde, e inesperadamente ese pensamiento consiguió hacerle relajar los hombros.

Fernando y Ana desviaron la mirada hacia Leyre, que había cerrado los ojos.

Amaya se permitió solo unos minutos más, luego podría levantarse del sillón y marcharse dignamente sin que pareciese lo que era en realidad, una huida calculada aprovechando las ventajas de la máscara que se había mimetizado con su piel hasta hacerla desaparecer bajo innumerables capas de orgullo y soberbia.

Unos minutos más, y luego podría poner rumbo a la planta de psiquiatría, porque aquel era su último asidero, aquella reunión intrascendente con gente anodina e insignificante era el último madero en la corriente antes de lanzarse sobre los rápidos de la locura, libre al fin de la razón que mantenía en tensión permanente todos sus músculos.

Leyre abrió los ojos y sonrió a Amaya. Luego le señaló el reloj de arena sobre la mesa auxiliar de la cabecera de su cama. Fernando y Ana se volvieron para observarla, y Amaya volvió a ser consciente de la imagen ridícula que proyectaba en el interior de sus retinas. Dudó un instante y bajó los ojos hasta el suelo fijándolos en las intersecciones de las baldosas, y entonces estas se desdibujaron bajo sus pies quedándola suspendida sobre el vacío hasta que la historia tomó forma definitiva.

Martín abrió los tarros de ungüentos para aplicarlos sobre las heridas. Onofre se sentó junto a él con el zurrón que el muchacho le había ofrecido en la posada. Habían pasado dos meses desde que llegaron al campamento y la primavera asomaría sobre la cima de las montañas de un momento a otro.

Onofre se había recuperado en las últimas semanas hasta volver a ser quien era cuando se subió al carro de Matías aquella mañana de enero, y ahora retomaba el control que Martín había estado custodiando para él durante el tiempo que llevaban en el campamento. Crespo había dado a Ricardo dos semanas para mantenerlos con vida, y ahora, dos meses después, el futuro parecía incuestionable. Por eso Onofre decidió esa tarde hablar a Martín sobre el contenido del cofre, antes de que Laura volviera de donde quiera que fuese cada semana acompañada de Juncia y de Frasco.

La muchacha se había dejado seducir por él una vez más, recuperando el sentimiento dócil de la primera vez que estuvo entre sus brazos, y los demás se habían apartado, incluso Martín, para el que ya era evidente la atracción que lo unía a ella sin remedio. Y de esta manera, Onofre afianzó su lugar en el campamento sostenido por las palabras de Martín y por lo que fuera que estuviera haciendo Laura cuando se adentraba en el bosque con Juncia y el viejo.

Extraño trío, se oyó decir a sí mismo en voz alta mientras sus manos palpaban el cofre en el interior del zurrón. En realidad, pensó Onofre para sus adentros, a Martín nunca le haría falta, pero tenía que intentarlo. Las formas eran más importantes que el fondo, lo había aprendido durante todos aquellos años, donde quiera que estuviese el fondo.

Ella había insistido en que había que hacerlo formalmente, aunque Onofre nunca había visto a nadie que se pareciera tanto a él, nadie con un talento tan desarrollado para contar historias solidificándolas a medida que salían de sus labios, nadie que creara realidad con la palabra con tanta facilidad y tanta maestría como aquel muchacho al que él había despreciado en la posada.

La Muerte estaría contenta. Onofre no había encontrado a nadie mejor que Martín en todos aquellos años, y estaba seguro de que no lo encontraría nunca.

"Alza la voz y crea realidad con la palabra", le había dicho ella cuando le entregó el cofre, "y las palabras acabarán describiendo el universo, porque no hay nada más poderoso ni más seguro en este mundo".

Onofre recordó las palabras que pronunció Martín junto a su cuerpo maltrecho, mientras permanecía tirado en el barro a los pies de los que hubieran debido ser sus verdugos, luchando por no volver a abrir los ojos, como si eso fuera posible, como si no existiera aquella primera promesa que lo había unido a la Muerte hasta el fin de los tiempos. "A ti no te llevaré nunca."

Martín había encontrado las palabras precisas para describir lo que escondía la penumbra del interior del cofre, inexplicablemente, sin haberlo abierto antes, pues permanecería hermético hasta que lo volviese a rozar el reflejo del creciente de luna después de pronunciar lo que ella quería oír a cambio de abandonar la búsqueda del muchacho que se escondía entre la maleza acechando el murmullo del viento.

Ninguno en el campamento acertaba a imaginar que los relatos que Martín contaba cada noche describían la vida de Onofre, el niño abandonado en la cesta de mimbre por la misma que lo había parido hacía más de dos siglos. Nadie hubiera podido pensar que él era el que había aceptado la inmortalidad a cambio de entretener a la mujer de vidrio, anticipando una *historia que todavía no se había contado alrededor del fuego.*

Onofre era un hombre maduro cuando aceptó el trato, pero desde el mismo momento en el que se hizo cargo del reloj de arena, su cuerpo recuperó la plenitud física de los veinte años, adoptando la apariencia de la juventud eterna. Vencer o morir. Onofre recorrió las palabras grabadas en el bajorrelieve de la tapa del cofre, pensando que no encontraría nadie mejor que el muchacho que manipulaba a su lado los tarros de ungüentos. Nunca. Estaba seguro.

Recordó la primera vez que había sostenido el cofre entre sus manos. Busca un orfebre, le había dicho ella, y repújalo con corteza de ciprés entreverada de oro si es que quieres cerrar el trato.

Desde entonces Onofre había estado buscando a Martín sin saber exactamente qué buscaba, aunque había sido la tozudez insensata del muchacho la que lo había acabado encontrando.

Martín dejó a un lado los ungüentos cuando vio el cofre que su maestro había sacado del zurrón donde lo custodiaban. Pensó que había logrado mantenerlo a buen recaudo con la historia que contó cuando llegó al campamento, pero ahora, viéndolo en manos de Onofre, todavía no podía creer que estuviese intacto y a salvo de la rapiña de Crespo y de Juncia.

Se limpió las manos mientras observaba a Onofre fijamente, y se preguntó en su fuero interno por qué la Suerte le favorecía de aquella manera, haciéndole estar a la altura del maestro, exactamente como si ambos hubieran encontrado en el otro a su idéntico y se hubieran mostrado ante la Suerte para conjurar las dentelladas de los perros.

Y aquella tarde de marzo, antes de que anocheciera, Martín entendió las posibilidades que se le ofrecían si al fin se decidía a sellar el trato que antes había sellado Onofre hacía muchos años, aceptando las condiciones que la mujer de vidrio había fijado de antemano. Y a Martín se le heló la sangre cuando comprendió que no era una historia más de aquel hombre sin alma, sino el cruce de caminos que había estado buscando desesperadamente desde que sus padres murieron.

V

Amaya durmió esa noche sin arroparse la cabeza con las sábanas, recordando la sensación de lanzarse al vacío sobre los rápidos con el vértigo erizándole la piel y salpicándole la cara hasta hundir su cuerpo en la corriente con un golpe que estalló como un trueno al romper la superficie tranquila del agua. Las palabras que había pronunciado al voltear el reloj de arena le habían abierto un doble fondo en la conciencia que la había liberado de sí misma.

Se había sumergido en las profundidades de la laguna envuelta en un oleaje de espuma que iluminó la oscuridad por un instante, lo suficiente para intuir la inmensidad intemporal que la esperaba si no fuera por la desesperación con la que se aferraba a la madera convirtiéndola en una continuación de sus propios brazos. Sintió cada uno de los surcos rugosos y ásperos adaptándose a la yema de sus dedos, las vetas y las ramas cercenadas por el paso del tiempo mimetizándose con las palmas de sus manos, y se aferró aún más a la madera hasta que desapareció la conciencia de su propio cuerpo, con la única certeza de que ascendería otra vez a la superficie después de tocar fondo.

Tenía elección. La fuerza de la caída la impulsaría otra vez hacia arriba irremediablemente, siempre había sido así, aunque ella no lo hubiera sabido hasta entonces, porque siempre había podido mantenerse a flote si no fuera por aquella piedra que ahora la arrastraba hacia el abismo dándole por primera vez una oportunidad a la esperanza.

Viviría, se dijo a sí misma, porque sus palabras lograrían de alguna manera cristalizar el agua alrededor de la arena custodiada por la vegetación de bronce.

Laura recogió sus cosas y se despidió de Tomás para volver al campamento. Él observaba todos sus movimientos como si fueran parte de un ritual, absorto en sus manos y en cada uno de sus gestos, en sus palabras, en la indiferencia con la que trataba a su madre y a Frasco, pendiente incluso del murmullo y la fragancia que le traía el aire cuando se enredaba entre su pelo.

Nunca había visto a nadie como ella, y desde que la conoció, Tomás había dejado de ansiar salir de aquella sierra que ahora se le antojaba el universo entero, incapaz de imaginar un golpe más certero e inesperado del destino, tanto que, a partir del día en que la trajeron hasta él su madre y su abuelo, había aprendido a bendecir la lepra solo por ser la causa de que ella se hubiera cruzado en su camino.

Tomás ni siquiera sabía que pudiera existir alguien como Laura, ni sabía tampoco que algo sobre la faz de la tierra pudiera producir un efecto tan devastador en él, hasta lograr que el filtro con el que miraba el mundo se conformara a su imagen y semejanza. Y mientras observaba a Laura acabar de llenar el zurrón, Tomás tuvo conciencia de que su vida había cambiado para siempre, irremediablemente, y nadie lo podría apartar de ella aunque se la tuviera que arrebatar a la Suerte robándole otra tirada de dados.

Laura era consciente de que Tomás estaba enamorado de ella, igual que eran conscientes los otros dos que la acompañaban, pues el joven ni siquiera se molestaba en perder un instante del tiempo que estaban juntos tratando de disimularlo. Tomás no podía apartar sus ojos de Laura, como si fuera el imán que le fijara el norte y restableciera el equilibrio del mundo cada día, un mundo que se había reducido para él a aquella sierra que conocía palmo a palmo, un mundo que ahora, reflejado en la luz de los ojos de Laura, había adquirido dimensiones épicas.

Laura tampoco era diestra en el amor, pues también había pasado la mayor parte de su vida en un bosque solitario con la única compañía de sus padres, pero en comparación con él se consideraba una experta, pues el amor que había sentido por Onofre y el contacto físico que mantenían, le hacían identificar el estremecimiento que recorría el cuerpo de Tomás cuando ella le aplicaba los ungüentos.

Laura pensaba a menudo, mientras preparaba las hierbas que Juncia y Frasco recogían al amanecer, en lo que debería haber supuesto para ella la recuperación de Onofre, en la alegría que debería haber sentido al recobrarlo tal y como era cuando se enamoró de él en la posada. Y entonces tenía que reconocer en su fuero interno que ella ya no era la muchacha que se enamoró del contador de historias, y que él ya no era el hombre fascinante que la había hecho estremecerse de pies a cabeza con solo mirarla, el que la hacía temblar al pronunciar su nombre en la penumbra y hacía vibrar su piel con sus caricias como si no fuera a amanecer otra mañana.

Laura ya no era la misma, y la respuesta de su cuerpo ante el contacto de las manos de Onofre podía compararla únicamente con el efecto de la hipnosis que ejercía sobre los demás con sus palabras.

Ella había cambiado desde entonces, y lo que no se atrevía a confesarse a sí misma era que otra voz había sustituido a la de Onofre, otra voz que la había transformado en una mujer nueva que intuía la bendición que había supuesto dejarse atrapar por el viejo solo para descubrir que Martín era capaz de ponerla a salvo con sus palabras.

Frasco cogió el zurrón donde Laura había guardado las pomadas y se adelantó ladera abajo para abrir la marcha. Juncia se despidió de su hijo desde la distancia y esperó a que la muchacha la alcanzara para iniciar el descenso. Tomás levantó la mano sin poder apartar sus ojos de la figura de Laura, hasta que ella, como era costumbre, levantó la suya sin mirar atrás cuando los tres se internaron entre los árboles.

Llegaron al campamento al atardecer, acompañados por el retumbar de los truenos y alumbrados por el resplandor de los rayos que se perdían entre las montañas. Cuando acabaron de cenar, todos se reunieron alrededor del fuego mientras la tormenta barría el campamento y descargaba ráfagas de lluvia sobre la cabaña batiendo la puerta atrancada.

Martín se situó frente a ellos y elevó la voz sobre el aullido estremecedor del viento que arrastraba tempestades de agua.

"La Muerte lo había buscado en vano desde que le perdió la pista en el monasterio. Ella era consciente de ser la única certeza en el mundo, por lo que la desaparición del muchacho era una burla, la primera y la única, aunque ella no fuera capaz de captar la ironía porque no concebía otra salida posible en este mundo. Antes o después acabaría encontrándolo, aunque aquella maldita promesa le complicara por una bendita vez el camino.

Se había llevado a muchos y se los seguiría llevando, porque nada ni nadie había sido creado con otro destino que seguirla, como parte de una rueda inexorable y necesaria que mantenía con su incesante movimiento el curso de la Vida.

Lo buscó por todos lados, en las estancias más lujosas y en las cabañas más humildes, en los cruces de caminos, en las posadas, en la espesura de los bosques y entre los despojos malolientes de los campos de batalla. Sin resultado. Y el eco comenzó a agolparse en el vacío que la conformaba hasta hacer brotar súbitamente un grito agónico que acabó por desestabilizar su juicio. Entonces comenzó a entender los ruidos que oía a su alrededor continuamente cuando hacía su trabajo, los lamentos, las lágrimas, la desesperación de hombres y mujeres que ella supuso que nunca entendería, porque nunca sintió que se llevara nada que antes no hubiera sido creado para celebrar la Vida.

Solo una vez creyó sentirle en el patio de armas de un castillo, camino de la torre del homenaje, pero cuando se volvió sólo alcanzó a presenciar el pálpito de energía en los flancos de una magnífica yegua blanca. Hasta que inesperadamente, una noche de octubre, cerca de ese mismo lugar y a los pies del camastro donde agonizaba un hombre anciano, encontró al muchacho esperándola con las manos cruzadas sobre el pecho.

Lo descubrió a la luz de la única vela que desdibujaba los contornos de los pocos muebles de la estancia, confundido entre las sombras que se agazapaban más allá del débil resplandor de la llama.

El hombre moribundo la reconoció nada más verla, y le pidió que se lo llevara arrastrando un sonido imperceptible entre los labios. El dolor lo mantenía en un estado febril de sufrimiento, exhausto, dejándolo sin consciencia durante breves periodos de tiempo.

Una joven escurría un paño húmedo en una palangana y lo pasaba sobre su frente mientras una niña lloraba arrodillada a los pies de la cama rezando una letanía interminable con la cara escondida entre las manos.

La misma monotonía y el mismo cuadro que se repetía con variaciones una y otra vez, si no fuera porque esa noche el muchacho estaba apoyado sobre uno de los maderos de la cama. Desde allí la observó acercarse y dudó un instante antes de mirarla a los ojos, a pesar de que llevaba toda la tarde esperándola.

Era tan hermosa como la recordaba, con rasgos armoniosos y dulces, aunque el muchacho no pudo evitar un estremecimiento al recordar quién era y cuál era su sino. Tenía la piel clara y el cabello oscuro, y vestía una túnica azul como el cielo estrellado en una noche de luna recortada sobre trozos de vidrio. Un aspecto cautivador si no fuera por su naturaleza implacable y temible.

La Muerte levantó imperativamente la mano cuando el moribundo la apremió para que se lo llevara antes de que volviera el dolor, y sorteó a la niña arrodillada junto a la cama para situarse frente al muchacho, observando cómo le temblaban las piernas y luchaba por dominar el temor que recorría su cuerpo escondido en la penumbra.

Le levantó la barbilla y él no tuvo entonces más remedio que mirarla. Era la misma mujer elegante y distinguida a la que había hecho reír o llorar con sus historias, pues para ella había empezado a idearlas hacía muchos años, aunque después el hermano Apolinar y el hermano Benito se las hubieran apropiado haciendo que las contara una y otra vez en el huerto o en la biblioteca del monasterio.

El muchacho recordó que durante mucho tiempo había conseguido fascinar a aquella dama haciendo que se iluminaran sus hermosos ojos verdes o se curvaran de sorpresa las comisuras de sus labios, hasta que un día cayó en la cuenta de que su imagen era la misma que aparecía en la esquina de la vidriera de una de las ventanas de la iglesia monacal que se alzaba a un lado del claustro. *No podía ser, había pensado entonces, y la certeza se le atragantó en el lugar donde escondía la alegría que había acumulado en sus pocos años mientras esperaba ansiosamente sus visitas.*

Cuando cumplió quince años, el muchacho fue consciente de que la estancia de la mujer a la que adoraba siempre coincidía con la muerte de algún hermano o de algún trabajador del monasterio, y reconoció al fin que las mujeres de las vidrieras no se materializaban para nadie más que conociera, de modo que, desde que murió el padre Apolinar una noche de abril de luna llena, no pensó en otra cosa que no fuera escapar de la mujer de los vidrios azules.

Había vagado mucho tiempo por el bosque, al acecho, pues descubrió que la Muerte estaba en cualquier parte, igual que la Vida, inseparables, y mientras iba abriéndose paso entre la espesura comenzó a cuestionarse las enseñanzas con las que había crecido y el rechazo que sentía ahora hacia la mujer que había sustituido la imagen de la madre, y se asombró al descubrir que toda su vida no era sino una carrera que no tenía otro objetivo más que el de avanzar hacia ella para que al fin lo recogiera en su regazo.

Se ocultó durante mucho tiempo como si el tiempo no existiera, y ahora, cuando ya había conseguido algo que perder, se presentaba esa noche ante ella para pedirle lo que nadie más hubiera podido conseguirle en este mundo.

El moribundo se incorporó y entrecerró los ojos para suplicar una vez más, hasta que el dolor volvió a postrarlo en el lecho. Ella no lo miró siquiera, porque solo tenía ojos para Onofre, de modo que esa misma noche, bajo el alero de teja de la casa del herrero, el muchacho y la Muerte formalizaron el trato."

VI

Amaya se refugió en la habitación doscientos quince como si tratase de huir de un precipicio, sintiéndose como una intrusa invadiendo territorio ajeno, hasta que llegó un momento en el que dejó de mirarse a sí misma como una extraña, porque comprendió que todos tenían abismos fuera de aquella habitación en la que las palabras levantaban muros tras los que los desesperados se sentían a salvo.

Fernando y Ana no tuvieron inconveniente en aceptar su compañía cuando comenzaron a vislumbrar a la mujer insegura y sensible que se escondía tras la imagen todopoderosa con la que atemorizaba a los que se acercaban a ella.

Y en aquel espacio a salvo de falsas apariencias que habían construido entre todos, el reloj de arena siguió su curso.

Habían transcurrido tres meses desde que Laura llegó al campamento y la primavera había cubierto las montañas con una nube de polen que se mantenía ingrávida y resplandeciente sobre los árboles al ser atravesada cada mañana por los rayos de sol. Las gargantas bajaban envueltas en un torrente de espuma entre paredes escarpadas, arrastrando cantos y ramas sueltas que se remansaban en las pozas excavadas entre lanchas de granito que brillaban en la distancia.

Los días eran tan largos como la luz que recorría el horizonte sin dar tregua a las sombras, y desde el amanecer el bosque estallaba en una celebración constante que sólo cesaba tras la puesta de sol.

Los ánimos en el campamento se relajaban a medida que avanzaba el calor y se fertilizaba la tierra, de tal manera que cada uno encontró su lugar, incluida Laura, que había logrado integrarse como un elemento cotidiano a pesar de seguir siendo una extraña para todos.

Las visitas a Tomás se habían espaciado, aunque nadie supiera cómo justificaba Juncia sus ausencias ante Crespo, siempre en compañía de Frasco y de Laura.

Cada uno tenía una función definida en los quehaceres diarios, de modo que lograban convivir sin estorbarse, y Martín y Onofre habían sacado ventaja al hecho de que cada cual se limitase a hacer su trabajo y a acatar órdenes.

Ambos se habían hecho fuertes alrededor de Ricardo, que parecía sentir predilección por Martín más allá de la inmensa curiosidad que le provocaba Onofre. Era un hombre educado para liderar y a ninguno de los dos les pasó por alto su origen noble, aunque no pudieran explicarse qué hacía escondido en la sierra entre un atajo de maleantes. Protegía a Tristán más de lo que pudiera parecer a primera vista, e incluso perdía ratos junto a él tratando de enseñarle a leer y a escribir haciendo surcos sobre la tierra en los márgenes del arroyo.

El niño tenía facciones delicadas y trato amable, y demostraba admiración recíproca por Ricardo.

—Si tuvieras que contar mi historia con un cuchillo al cuello, a la desesperada, igual que cuentas relatos alrededor del fuego ¿Por dónde empezarías?

Martín guardó silencio. Se habían alejado del campamento acompañando a Frasco en una partida de caza, pero el viejo se había desmarcado de ellos internándose en la sierra, pues sabía que lo único que podían hacer Ricardo y Martín era estorbarle.

—No lo sé. Las historias que aprendí de mi maestro se transforman cuando comienzo a hablar. La mayoría de las veces desconozco lo que voy a contar hasta que comienzan a deshilvanarse las palabras.

Ricardo sonrió sin detener la marcha. Martín le iba a la zaga cuidando donde pisaba porque el terreno era escarpado.

Ricardo apresuró el paso y comenzaron a ascender por la ladera. Ninguno volvió a pronunciar palabra hasta que llegaron a la cima, desde donde se divisaba un pequeño valle escondido entre montes cubiertos de castaños.

Ricardo se sentó en un risco.

—Ni tú ni yo deberíamos estar aquí, pero aquí estamos —la voz de Ricardo sonaba envolvente y ambigua, como si quisiera iniciar una conversación a la que llevaba mucho tiempo dando vueltas.

Martín permaneció en silencio, observando las copas de los árboles que cubrían las ondulaciones del terreno como un manto.

—Si como dices las palabras brotan a su libre albedrío hasta conformar la historia, si tú no las controlas ¿De dónde crees que salen?

—No lo sé, no lo había hecho nunca antes.

—¿Crees que lo que cuentas está escrito en alguna parte, que alguna vez sucedió o que sucederá en el futuro tal y como lo imagina la gente que te escucha?

Martín entendió por qué había querido que lo acompañara esa mañana a pesar de no ser el más diestro en la caza, y por qué había dejado que Frasco se adelantara.

—Sé tanto como tú.

Ricardo fijó la vista en el vuelo de un halcón que planeaba sobre sus cabezas suspendido en una corriente de aire cálido.

—Te agradezco que nos mantuvieras con vida, sin ti ahora estaríamos pudriéndonos en el claro del bosque, junto al cuerpo del tratante de telas.

Ricardo parecía estar ausente. Martín lo observó por el rabillo del ojo. Tenía el perfil aguileño y la piel curtida y morena. Era un hombre sagaz e inteligente, lo suficientemente astuto como para comandar aquella manada de bestias sin dejar entrever el bastón de mando, haciéndoles creer que se gobernaban solos y que las decisiones las tomaban ellos, cuando nada se hacía en el campamento sin que Ricardo estuviera de acuerdo, aunque las órdenes se escupieran como un torrente de palabras malolientes entre los dientes podridos de Crespo.

Y repentinamente, sentado en aquel risco observando el halcón que planeaba sobre sus cabezas recortado bajo el azul de un cielo brillante y limpio, Martín descubrió lo que le había atraído desde el principio de aquel hombre, su humor ácido y amargo, la nostalgia que se traslucía en sus ojos y la dignidad con la que afrontaba aquella vida miserable.

—En otro tiempo adiestraba halcones para cazar. Te enseñan a entender el mundo. Nunca vuelves a ser el mismo después de ganarte su confianza. Algún día Tristán los adiestrará también, y ese día quizá yo no esté con él para guiarlo.

Ricardo hizo una pausa y volvió a observar los árboles.

—Cuánto más alta es tu condición, más poderosos son tus enemigos. Los míos no son precisamente débiles. Tristán y yo llegamos hasta este nido de comadrejas huyendo de ellos, y eso nos impide salir de aquí y comenzar una nueva vida en otra parte. Pero algún día él lo logrará, porque no ha nacido para ser parte de esta gente, ni su madre ni yo le concebimos para lidiar con salvajes.

—¿Por qué huisteis?

—Su madre lo concibió conmigo fuera del matrimonio, y su marido, mi hermano, lo descubrió al poco de que naciera Tristán. Nos traicionaron los mismos que hubieran debido proteger el secreto con su vida, y la ira se descargó contra todos nosotros sedienta de venganza, sin distinguir a los inocentes de los culpables. Logré escapar con el niño en el último momento, pero la muerte nos perseguirá siempre, pues el señor al que le debía fidelidad y honor, mi propio hermano, juró bañar el barro de sus botas con mi sangre y con la de mi bastardo.

Ricardo contuvo el aliento, como si guardara algo en el pecho que no quisiera dejar escapar aunque lo estuviese ahogando.

—La mató de la forma más cruel que uno pueda imaginarse —soltó el aire y mantuvo la respiración unos instantes—. Pero le gané la mano y se la seguiré ganando siempre, porque tengo a Tristán, que es como tenerla a ella todavía.

Ricardo cogió un guijarro encajado entre los riscos. Lo mantuvo en su mano derecha dándole vueltas entre los dedos agrietados y ásperos, absorto en lo irregular de la superficie y en el tacto cortante de los filos.

—Cuando aparecisteis en escena supe que erais diferentes, los dos, y que algún día podríais ayudar a Tristán a salir de este bosque. Onofre y tú tenéis un don que os abrirá muchas puertas, y todo lo que te pido a cambio de haberos mantenido con vida es que veles por mi hijo cuando yo ya no pueda hacerlo.

Martín dudó un momento antes de contestar, porque no entendía cómo podía ser de utilidad para Tristán armado solamente con el don de la palabra.

—Ni Onofre ni yo estaríamos vivos si no hubiera sido por ti, de modo que, en lo poco o lo mucho que te pueda ayudar, cuenta conmigo a partir de ahora, aunque no entiendo cómo puedo serte útil.

—Lo sabrás cuando llegue el momento, y entonces quiero que pongas a salvo a Tristán, lo que me pase a mí dejó de importar hace mucho tiempo.

Ricardo enmudeció y fijó la vista en el horizonte, ensimismado.

—¿Cómo era ella?

Ricardo llenó el pecho de aire y contuvo el aliento, y Martín pudo sentir que la luz del sol acababa de oscurecerse en sus pupilas para inundarse con el reflejo de un resplandor diferente.

—Cuando la conocí, pensé que cualquier castigo en el mundo valía la pena a cambio de volverme visible para ella. Y así fue. Desde entonces todo lo que me ha sucedido ha sido grandioso, incluso vivir entre esta gente viendo crecer

a mi hijo entre ellos. No te puedo decir nada sobre ella que no seas capaz de ver en Tristán, pues tiene su mismo carácter. Era bella, la mujer más bella del mundo para mí, culta e inteligente, y me estaba esperando una tarde de otoño detrás de las almenas cuando acompañaba a mi hermano a la ceremonia nupcial en la que ambos habían de desposarse. Desde entonces siempre está allí, brillando contra el cielo limpio por la lluvia reciente que nos había empapado de pies a cabeza, joven y digna, sonriendo imperceptiblemente al ver el lodazal en el que se había convertido la comitiva con la que habríamos debido impresionar a ella y a su padre.

Ricardo calló súbitamente. Se aclaró la garganta y contuvo otra vez la respiración. Martín sospechó que la conversación había terminado, porque Ricardo ya no recordaba cómo soltar el aire que le mantenía la cabeza alta y el corazón henchido observando con ojos de halcón a una joven dama que sonreía imperceptiblemente asomada a las almenas, mientras su pelo castaño se enredaba en el aire limpio de la tarde.

VII

La primera promesa. Leyre sabía que debía encontrar a alguien entre todos ellos al que le interesara la propuesta lo suficiente como para aceptar las luces y las sombras que acompañaban al reloj de arena. Era difícil, llegado el momento, explicar con objetividad lo que conllevaba cerrar el trato, aunque la mayoría hubiera dado todo lo que tenían por alcanzar lo que el cofre podía ofrecer al que lo poseyera.

Pero no valía cualquiera, y en última instancia, pensó mientras observaba desfilar las nubes reflejadas en el cristal de la ventana, la elección no le correspondía a ella.

Nadie de los que la visitaban todas las tardes aceptaría aquella carga, estaba segura. Todos tenían el suficiente sentido común, a pesar de la desesperación por aliviarse las heridas con las que habían llegado hasta la cabecera de su cama.

Leyre nunca se lo propondría a ninguno, aunque hubiera elegido aquel hospital para estar cerca de Ana, porque Leyre no quería aquella vida para ellos, ni que tuvieran que arrastrar el peso de una decisión que antes o después acabaría por hacerlos desgraciados.

Amaya tampoco aceptaría, y a Leyre ni siquiera se le había pasado por la cabeza el ofrecérselo, porque llevaba muchos años buscando el final de camino, y el reloj de arena solo podía ofrecerle una encrucijada en la que cualquiera de las opciones se resolvía como una puerta de posibilidades infinitas.

La única esperanza era el amigo de Fernando, Tiago, lo suficientemente joven y ambicioso como para ansiar comerse el mundo. Él era el único que encajaba con los planes que Leyre tenía aquella mañana en la habitación doscientos quince, poco antes de que pasara la visita médica.

Para él nunca sería un regalo envenenado, pensó Leyre, porque creía que Tiago no tenía nada que perder puesto que nada había conseguido todavía. Nada que importase realmente. Ningún afecto que hubiesen captado los sentidos y se hubiera filtrado entre la arena que guarda la memoria.

Tiago le recordaba mucho a lo que Tomás le había descrito sobre Onofre, el mismo cinismo y el mismo desapego por los sentimientos ajenos, escalando posición y riquezas para burlar a la Suerte al intentar colmar el ansia nunca satisfecha.

Sí, pudiera ser él, como hubiera podido ser cualquier otro, porque el que elegía en última instancia era el reloj de arena, aunque Leyre hubiera dado lo único que tenía entonces, tiempo sin límites, por ver la cara descompuesta del médico al comprobar las consecuencias de pronunciar las palabras adecuadas en el momento preciso para situarse en el cruce de caminos desde el que podría conquistar el mundo.

Avanzaba el verano y los hombres salieron a batir los caminos aprovechando las ferias y los mercados en el límite norte de las montañas. Las mujeres solían quedarse guardando el campamento, acompañadas de Martín y de Onofre, y Amancio iba y venía hacia las tierras el oeste, desapareciendo durante semanas para aparecer súbitamente poniéndose otra vez a las órdenes de Ricardo.

El botín era escaso la mayoría de las veces, aunque un atardecer de principios de julio, Teodoro y Críspulo acarrearon hasta el campamento una recua de mulas cargadas de enseres y armas. Detrás de ellos, dos días después, fueron llegando el resto de los hombres, cada uno por su lado para evitar caer en la misma emboscada. Primero llegaron Crespo y Frasco, y esa misma tarde aparecieron Ricardo, Teodoro, Alfredo y Pablo.

Frasco y Teodoro salieron a la mañana siguiente para borrar el rastro de la recua de mulas y las huellas de los hombres.

Sabían que estaban en peligro, siempre lo estaban, pero esta vez Amancio trajo noticias que confirmaban que andaban tras sus pasos. Habían puesto precio a sus cabezas, lo sabían desde hacía tiempo, pero lo que Amancio reservó para Ricardo les afectaba solamente a él y al niño. Nada nuevo, aunque el cerco cada vez parecía más estrecho.

El verano siguió su curso sin que nada cambiara en el campamento, al menos aparentemente. Laura seguía controlando a Juncia a través de Tomás, y el viejo se limitaba a seguirle el juego, como si la muchacha se hubiera convertido en un arma arrojadiza para doblegar la voluntad de su propia hija.

Laura solía acompañar a Aurora a lavar al arroyo, porque la joven era la única que parecía tenerle confianza aparte de Martín y Onofre. Desde aquella primera vez en la cabaña, cuando Aurora no la había delatado al descubrirla entre las cabras, Laura sabía que podía contar con ella, y había procurado devolverle el favor quitándole de encima a los que la buscaban por las noches, trasladándose a dormir junto a ella y sus hijos, hasta que nadie volvió a atreverse a molestarla.

La niña de Aurora, Catalina, sentía especial predilección por Laura, y el sentimiento era recíproco, porque Laura también parecía adorarla a ella.

Catalina había sido la única que sostuvo la mirada de Laura cuando Martín insinuó que era una bruja, y desde entonces la niña se había comportado con ella con la naturalidad de la que carecía el resto del campamento.

Trataba a Laura como si la joven fuera la hermana mayor que no tenía, y estaba pendiente de ella por si necesitaba algo, sin entrometerse ni estorbarla, pues la niña tenía una madurez y una prudencia inusual para sus pocos años.

Laura se lo agradecía intentando protegerles a ella y a su hermano de la brutalidad de Tobías, el hijo pequeño de Juncia y de Crespo. Bastaba una mirada de Laura para provocar el rechazo y el miedo en los ojos del muchacho, que procuraba salir de su campo visual lo más rápido posible, para regocijo de Catalina y de su hermano Duarte, que hasta entonces no habían creído posible que aquella pequeña bestia fuera capaz de doblegar la cerviz y salir huyendo ante la mención de una sola palabra. Bruja. El salvoconducto que ahora protegía también a los niños de Aurora de la barbarie que los rodeaba.

Aurora tenía mucho que agradecer a Laura, y a cambio puso a su disposición toda la información que había ido acumulando desde que llegó al campamento, desgranando sin necesidad de preguntas los muchos defectos y las escasas virtudes de cada uno, las manías, las supersticiones, los vicios ocultos, la frecuencia y el motivo de las disputas, o los miedos inconfesables que susurraban en sueños. Y a medida que iba hablando, mientras lavaban en el río o al ordeñar los animales junto al chozo, Laura tomó conciencia de que Aurora iba vaciando poco a poco el pellejo agrio y tirante que estaba a punto de estallarle en el pecho. Le fue contando puntualmente las debilidades de todos como si de repente hubiera encontrado un sentido a aquella vida mísera, vaciándose del resentimiento que tenía acumulado al trocarle en un mal menor que ahora le permitía ayudar a Laura.

Bruja o no, Laura le había proporcionado a Aurora una nueva posición en el grupo que le permitía mayor libertad de la que tenía antes, cuando estaba permanentemente a disposición de Juncia y de María y tenía que prestarse a los reclamos de los hombres por las noches si es que quería comida y techo para sus hijos. Por eso, en agradecimiento a la protección que le brindaba Laura, que no esperaba nada a cambio del placer de estirar un poco más la soga alrededor del cuello de Juncia, Aurora le fue haciendo un retrato lo más fidedigno posible de todos y cada uno de los integrantes del grupo, porque ya había tomado partido abiertamente y se jugaba mucho más de lo que podía permitirse, de modo que contó hasta lo que se había callado a sí misma para no tener que atormentarse.

Laura se enteró así de que Teodoro no había conocido mujer, y que nunca había mostrado debilidad por ninguna, aunque eso no le impedía consumar el acto físico con otras hembras que no pertenecían a la especie humana. Aurora lo había visto muchas veces enredado con las cabras en el chozo, gimiendo torpemente de rodillas entre los espasmos de placer que le proporcionaba el animal de turno, que a menudo se mantenía inmóvil hasta que cesaban las embestidas del hombre que después se encogía como un niño en la penumbra del techo de paja.

Aurora le tenía afecto, porque era el único aparte de Frasco que nunca le había impuesto su voluntad ni la había tratado como una ramera inútil. Su madre todavía le trataba como un muchacho, como le trataban todos, a pesar de que en un arranque de furia hubiera podido derribar el campamento hasta quedarlo reducido a escombros. Solo había pasado una vez, contó Laura en voz baja mientras tendía unas enaguas al sol, al poco de llegar ella al campamento, y no fueron capaces de reducirlo hasta que Frasco, en un descuido de Teodoro, le clavó un cuchillo en la pantorrilla después de que hubiera prendido fuego a los chozos y derribado a puñetazos la puerta de la empalizada.

Aquel día Teodoro estuvo a punto de matar al viejo, ciego de ira y de rabia, sin atender a los gritos de su madre, que se encogía de rodillas en el suelo llamándolo a voces. Frasco tenía desde entonces una cicatriz en el costado al tratar de esquivar la navaja de Teodoro, que se lanzó tras el viejo para rematar la presa con los ojos encendidos de furia. Frasco salvó la vida entonces porque Aurora se interpuso en su camino cuando trataba de poner a salvo a sus hijos en dirección contraria, y tras el impacto todos rodaron ladera abajo hasta los márgenes del arroyo en una amalgama de piernas y brazos que quedó tendido al niño de Aurora inconsciente junto a su hermana, con una brecha en la cabeza por el impacto contra una piedra que se adentraba en el agua.

Teodoro mudó repentinamente la rabia que le inyectaba los ojos cuando escuchó los gritos de Aurora tratando de coger a su hijo en brazos, a pesar de que se le doblaban las piernas por la desesperación al creerle muerto. Se habían rebozado de barro al rodar por la ladera húmeda, y Aurora todavía recordaba, mientras recogía el jabón de manteca y la ropa que había tendido la tarde anterior, que aquel día pensó, viendo aproximarse la inmensa mole de Teodoro envuelta en lodo, que venía a rematarlas a ella y a su niña, que se aferraba a la mano de su madre intentando sostener la cabeza inerte de su hermano. Pero Teodoro se paró delante de Aurora y le recogió el niño de entre los brazos, y luego subió ladera arriba con las lágrimas abriéndole surcos en la cara embarrada.

Veló al niño toda la noche, sin pegar ojo, después de reconstruir como pudo los restos del único chozo que el fuego no había devorado por completo. Lo cuidó acompañando a la madre en silencio, junto al viejo, hasta que el niño abrió los ojos de madrugada, y al amanecer se internó en la sierra y no volvió a dar señales de vida durante una semana.

Después nadie volvió a hablar de ello, intentando inútilmente tapar el sol con una mano, en un pacto tácito para sobrevolar otro de los muchos obstáculos que los situaban todos los días en el umbral del precipicio, indiferentes, como si la razón de la furia incomprensible de Teodoro permaneciera sellada en el interior de un cofre cuya llave hubieran arrojado en la parte más profunda del arroyo.

Desde aquel día Teodoro y el viejo se hicieron inseparables, y ambos consentían a Aurora lo que no consentían a los otros, aunque lo único que compartieran fueran la indiferencia y el modo áspero en el trato.

Frasco era el padre de Juncia, un rastreador experto y un cazador con renombre hasta que se cruzó en su camino Crespo, un asaltante de caminos que había nacido ya con la marca de la horca cicatrizada en el cuello, un maleante que había convencido a su hija para que se fuera con él al monte, adonde Frasco acabó siguiéndolos.

Frasco intentó detener a su yerno inútilmente tratando de borrar la marca de la soga que había cauterizado sobre su piel a medida que se le ensanchaba el cuello, pero no había nada que hacer, Crespo era ya carne de horca, y lo serían su mujer y los hijos que ella le había dado. Tan torpe y zafio era, que se vanagloriaba de que hubieran puesto precio a su cabeza, como si el hecho de ser un proscrito lo convirtiera en alguien importante a quien hubiera que tener en cuenta.

Por lo que Aurora le contó a Laura, ninguno tenía motivos para deshacer el camino que los había llevado hasta aquel campamento. Ni siquiera ella, que llegó con su hijo recién nacido y una niña de seis años huyendo de la vida mísera en un prostíbulo al no querer entregar al hijo cuya venta tenía apalabrada tras negarse a abortar en los primeros meses de embarazo.

No había llegado allí por casualidad. Había venido buscando a María, la cocinera, viuda a los dos meses de casarse con el padre de Teodoro, que se había refugiado en el bosque después de que su hijo matara a garrotazos al dueño de la casa en la que María trabajaba tras encontrarlo fornicando con su madre en las cuadras de los caballos.

Lo que no sabía Teodoro es que su madre había estado buscándose la vida cuando él era solo un niño y había frecuentado el local donde Aurora trabajaba de prostituta, y que la amistad con la dueña del establecimiento le había proporcionado a María dinero y contactos suficientes como para empezar una nueva vida en una casa decente como una respetable cocinera.

Y todavía el hecho de no haber estado nunca expuesta públicamente, aunque hubiera tenido tratos carnales con cualquiera que le hubiera ofrecido una buena bolsa de monedas, le hacía sentirse superior a Aurora después de tantos años, hasta el punto de despreciarla a ella y a sus hijos y permitirse tratarla como a una sirvienta.

Por eso ahora María odiaba a Laura con todas sus fuerzas, porque la muchacha había logrado cortar las cuerdas con las que ella tenía sometida a Aurora, y se odiaba a sí misma por no poder dejar de admirar cómo Laura apretaba las riendas alrededor del cuello de Juncia, la mujer que los gobernaba a todos.

A María solo le quedaba Nieves, la hija de Juncia, a la que había moldeado a su mano en los últimos años sin que Juncia se lo hubiera impedido, pues no tenía interés en una hija a la que consideraba, en palabras propias, torpe y estúpida, sin ambición ni posibilidad de labrarse un futuro. De modo que María se hizo cargo de ella desde que llegó al campamento, haciéndole un favor a Juncia, que no se tomaba la menor molestia por su hija, como si careciera con respecto a ella del más elemental instinto materno.

Nieves se refugió en los brazos y las enseñanzas de María, y María consiguió así un sitio para ella y para su hijo, además de que la fuerza bruta de Teodoro resultaba muy útil en caso de que los negocios de Crespo se torcieran en el último momento.

Y luego estaba el desdentado, Críspulo, una salamandra que bizqueaba del ojo derecho, una rata de agua, en palabras de Aurora, que no podía evitar escupir en el suelo cada vez que pronunciaba su nombre. Laura supo que Aurora estaba dispuesta a ayudarla y a arriesgarlo todo, porque intuyó que el hablar de aquel hombre y describírselo era una agonía para ella, y el solo hecho de fijar en él su atención le repelía, pues con él tenían que ver los miedos que Aurora proyectaba sobre el futuro de su hija, a la que la sabandija no dejaba de observar lascivamente esperando la primera señal que lo avisara de que la fruta estaba madura.

Una rata embutida en piel de salamandra, húmeda y escurridiza, con los ojos atravesados por la codicia y la lujuria. Un hombre indispensable por su falta de moral y la absoluta carencia de conciencia. Débil y taimado, perfecto para barrer la suciedad y aceptar cualquier tipo de trato. Siempre hacía falta un hombre como él, un eslabón que se moviera al compás de la cadena con la suficiente elasticidad como para aguantar las embestidas.

Campaba a sus anchas por el campamento acechando a Ricardo desde la sombra que proyectaba Crespo, sin entender la influencia que había acaparado desde que apareció llevando a cuestas a Tristán, el mocoso malcriado y engreído que siempre parecía estar por encima de todos. Polos opuestos, enfrentados desde que se midieron al primer golpe de vista, aunque Ricardo nunca lo consideró digno de llamarlo enemigo.

Críspulo solo era una sabandija babeante de la más baja estofa. Su única debilidad era una fascinación enfermiza por Amancio, la mano derecha de Ricardo, que aparecía y desaparecía por temporadas y mantenía una distancia en el trato unilateralmente hermética. Nunca se movía de frente, zigzagueaba por el tablero como un alfil cuya misión fuera proteger a un ejército invisible, con un silencio imprudente y hosco que solo rompía para hablar entre dientes con Ricardo, evitando mirarse de frente o intercambiar una palabra más alta que otra.

Y tal vez fuera eso, la agresividad contenida en los ojos de acero de Amancio y el control absoluto sobre todos los músculos del cuerpo cuando permanecía inmóvil con los sentidos alerta, lo que fascinaba a Críspulo y arrebataba el corazón de Nieves, que, mal alumbrada por sus pocas luces, nunca pudo imaginar alguien menos conveniente ni más perfecto.

Amancio rara vez permanecía más de dos semanas en el campamento antes de marcharse de nuevo, mimetizándose con el entorno de una manera tan efectiva que, excepto para Nieves y para Críspulo, entre sus idas y venidas no había ninguna diferencia. Ni siquiera para los hijos de Crespo y de Juncia, que se mantenían lejos de él desde que atisbaron la furia escondida en la calma aparente de sus ojos.

A Alfredo le había valido la marca de la horca de la que acabaría pendiendo siguiendo los pasos de su padre. Amancio lo había colgado en el bosque de la rama de un roble después de descubrirlos a él y a su hermano siguiéndole los pasos. Los había sorprendido por la espalda y se había lanzado sobre ellos con una rapidez que les impidió anticipar la jugada hasta que Alfredo estuvo colgando del cuello apoyado de puntillas sobre la cabeza de su hermano, amordazado y atado de pies y manos a la base del árbol.

Amancio se sentó junto a ellos y apuró su almuerzo sin reparar en los ojos desencajados de angustia de los dos adolescentes, hasta que notó la tirantez en los labios morados de Alfredo y la rigidez que estaba a punto de desmayar a Pablo por la tensión de sostener el cuerpo de su hermano. Se limpió la boca y recogió los restos de comida. Luego los desató con calma y les anticipó entre dientes las consecuencias, con frases cortas acompañadas de largos silencios, hasta que les quedó claro que aquello solo había sido el anticipo del destino que esperaba a los cobardes si es que tenían el poco juicio de abrir la boca.

Los niños observaron la escena escondidos entre los árboles, y esa noche se lo contaron a Aurora entre susurros con la respiración entrecortada. Aurora sonrió en la oscuridad, segura de que esa tarde Amancio había sido plenamente consciente de que los observaban dos pares de ojos que todavía no eran capaces de entender el mensaje.

Laura sonrió también cuando escuchó el relato, porque detestaba a los hijos de Crespo y de Juncia, y siguió observando cómo Aurora ordeñaba las cabras sentada junto a ella, mientras las últimas luces resbalaban por los montes ensombreciendo por momentos la algarabía de los pájaros al recogerse entre los árboles.

VIII

La amistad, como las cosas importantes en la vida, surge siempre en un cruce de caminos. Es una elección. Siempre. Aunque algunas veces se presente como una oportunidad irresistible que se cruza inesperadamente ante nosotros y se consolida sin que seamos conscientes de lo que nos ha llevado a compartir el sendero durante un largo trecho.

Leyre era dolorosamente consciente de lo que podía ofrecer el camino y de la cantidad de alternativas y cayados sobre los que podemos apoyarnos para recorrerlo. Pero también sabía, porque lo había visto muchas veces, que algunos se entretienen demasiado tratando de sortear los obstáculos, hasta acabar desorientados dando vueltas sobre sí mismos al borrar las marcas que delimitan el sendero que ha de conducirlos hasta el próximo cruce.

Siempre hacia delante, por desgarrador que pueda parecer cuando el paisaje que se atraviesa se muestra espléndido, sin detenerse nunca, aunque los campos ofrezcan el trigo maduro y las posadas tengan los jergones mullidos de paja, el fuego preparado y la mesa repleta de vino y de viandas. Ese es el secreto para no perder el norte, aunque en el próximo valle ruja el viento helado y retumben truenos de tormenta, aunque se deje atrás el resplandor de la infancia, la fuerza de la juventud y el estremecimiento del amor primero.

Andar. Sin detenerse nunca, sin mirar hacia atrás para no quedar atrapado en la inmovilidad de las estatuas saladas. Aunque las lágrimas nublen la vista o la felicidad te empuje a saltar en los charcos de barro. Así era el camino que ofrecía el reloj de arena que Leyre mantenía expuesto en la cabecera de su cama. Interminable, artero y cruel, devastador y espléndido si la arena se filtra con la suficiente rapidez hasta diluirse en el sedimento que contiene la conciencia. Todo lo que somos, pensó Leyre cuando presionó el timbre que la comunicaba con el control de enfermería, depende solo del color, del olor, del sabor de los afectos que se tamizan tras la retina para formar el caleidoscopio que guarda la memoria.

Trinidad entró en la habitación y le repuso los antibióticos en el gotero justo antes de que llegara la visita médica.

Los encuentros entre Laura y Martín habían comenzado a principios de verano de forma inocente, una mañana en la que Onofre se ofreció a acompañar a la muchacha a buscar hierbas por el monte y pidió a Martín que fuera con ellos. Onofre estaba mucho mejor, había recuperado casi por completo su forma física, aunque le quedaba aún una cojera que le hacía levantar desmesuradamente el pie derecho al andar, como si al caer del carromato de Matías se hubiera dañado la cadera.

La mañana era espléndida. La luz inundaba el monte reflejándose en las copas de los árboles y en los matorrales salpicados de flores de jara. El romero, el tomillo y la lavanda inundaban las fosas nasales macerados por los rayos de sol, y el bullicio de aves e insectos era incesante.

Onofre se apoyaba en Martín y Laura caminaba delante de ellos con un zurrón a la espalda. Habían salido temprano, con las primeras luces, y se habían cruzado con Amancio nada más dejar el campamento, en la orilla del arroyo. No habían intercambiado más que una ligera inclinación de cabeza a modo de saludo, pues aquel hombre no gustaba de malgastar palabras ni enfocar su atención más de lo necesario en gente como ellos.

Había llegado la tarde anterior, y Ricardo y él se habían apartado del grupo para conversar sin mirarse a los ojos, escrutando el paisaje cada uno por su lado, aunque se mantuvieran hombro con hombro en un estado de alerta permanente ante circunstancias obvias que eran evidentes para ellos y sin embargo pasaban desapercibidas para otros. Y después del escueto intercambio de palabras, se habían separado para volver cada uno por su lado al campamento, Amancio sin cambiar el gesto impasible y la mirada esquiva, y Ricardo con la preocupación reflejada en el rostro.

Los demás lo aceptaban como parte del ritual de la llegada de Amancio, como un paso previo a su marcha, sin que aparentemente ninguno sintiera curiosidad por lo que hablaban o se traían entre manos.

Por eso aquella mañana de junio, cuando se cruzaron con él en uno de los vados del arroyo, se limitaron a intercambiar una inclinación de cabeza y a continuar la marcha, como si Amancio, que afilaba un cuchillo con movimientos lentos y precisos, formara parte del paisaje.

La mañana fue fructífera. Laura recogió más de veinte clases de plantas, aunque para ello tuvieran que internarse en la penumbra de los bosques. Cuando el sol ya estaba alto, Onofre decidió esperarlos en un promontorio desde el que se divisaba un valle encajado entre riscos y vegetación impenetrable. Les dijo que se adelantaran, que él estaría bien hasta su vuelta, y se sentó a la sombra de un castaño pertrechado de un pellejo de vino y algunas provisiones.

Laura y Martín se adentraron ladera abajo y se dirigieron hacia el este, donde ella estaba segura de conseguir la raíz de vaca que estaba buscando. Martín no era diestro en plantas, por eso se limitaba a seguir sus indicaciones y a ayudarla cuando había que acuchillar la tierra para extraer las raíces, mientras la conversación acompañaba el mutuo sentimiento de dicha que les estallaba dentro únicamente por estar en compañía del otro.

Era inútil negarlo, pensó Laura. Martín le atraía desde la misma noche en que evitó que la violaran, y lo que al principio había creído simple gratitud se había revelado pronto como una atracción y una curiosidad insaciable que estaba por encima de cualquier circunstancia.

Desde entonces Laura se sentía segura solo porque él estaba cerca, se sentía fuerte y poderosa, capaz de mantener el equilibrio sobre las arenas movedizas a las que la había empujado Juncia, como si tuviera un caleidoscopio instalado en la retina que se rehacía una y otra vez con el sonido de las palabras de Martín, con su presencia, de forma que ahora, al recomponer los colores y la luz ante sus ojos, formando figuras perfectas y asombrosas basadas únicamente en las sensaciones que le despertaba el muchacho, Laura había aprendido a ver el mundo como una oportunidad permanente de cambio.

De modo que esa mañana, al rozarse las manos escarbando la tierra o al apartar los tallos para segarlos con el cuchillo, Laura fue consciente de que antes o después sucedería, aunque Martín la siguiera viendo como algo inalcanzable a lo que se negaba a renunciar en su fuero interno.

Laura era dos años mayor que él, era la amante de Onofre, su maestro, el hombre al que más admiraba en el mundo y con el que de ninguna manera hubiera querido enemistarse, y era también la mujer a la que seguiría amando aunque fuera para él un imposible.

Se sentaron a descansar y Laura apoyó el zurrón en el suelo después de asegurarse de que estaba cerrado. La luz del sol se filtraba a través de las ramas del roble en el que Martín apoyaba la espalda, y el muchacho se entretuvo observando el baile de sombras que proyectaban las hojas sobre la cara de Laura, que se había tendido a su lado con los ojos cerrados.

Martín permaneció absorto mucho rato, contemplándola, como si en el aliento de la muchacha se condensara toda la energía del mundo, y quiso seguir siempre allí, inmóvil, sin interrumpir la cadena de casualidades que lo habían llevado hasta ella. Siempre la había considerado una extraña, una apestada, una bruja, un inconveniente en su camino, alguien ajeno a su vida, inexplicablemente, porque ahora tenía que reconocer que no podría vivir sin aquella mujer a la que esculpían el rostro los haces móviles de luz filtrados entre las hojas.

Bruja. A Martín le hubiera sido imposible suponer aquella primera noche, cuando Onofre mantenía tratos carnales con ella en las caballerizas del patio de la posada mientras él esperaba resguardando el zurrón bajo su capa, que lo que más iba a ansiar en este mundo, más incluso que el oficio de aquel hombre sin alma, iba a ser la presencia de la mujer de la que solamente atisbó los rizos y el color del pelo cuando salió apresuradamente de las caballerizas resguardándose de la lluvia incesante.

IX

La tormenta descargó sobre la ciudad sumergiendo la habitación en un acuario gris y opaco. Las ráfagas de lluvia desfiguraban el cielo detrás de los cristales y emborronaban las oscuras siluetas de los árboles del parque como si fueran manchas combadas por el trazo de un pincel irreverente. Leyre pensó en la cantidad de veces que se había expuesto a tormentas como aquella, y en la sensación de libertad que experimentaba cuando todo a su alrededor obedecía a la fuerza de la lluvia y el viento.

Había sido una tormenta como aquella la que había quebrado el cristal de la vidriera que recorría la pared oeste de la iglesia del monasterio, y la electricidad estática había hecho levitar un instante los trozos de cristal formando la imagen de la mujer de vidrio antes de caer al suelo. Su reflejo se había proyectado un momento en la descarga luminosa del rayo que había atravesado la vidriera para luego deshacerla en mil pedazos. Una fracción infinitesimal de tiempo que había sido suficiente para formar la imagen que ahora descansaba junto a la serpiente incolora que reptaba hasta el gotero.

Leyre sabía que hay imágenes permanentes levitando sobre nosotros sin ajustarse a la medida del reloj de arena, sin comienzo ni fin, sin límites. Aunque esa figura suspendida en el aire tenga la suficiente densidad como para decidir el presente, que es el único nexo entre la conciencia y la memoria. Realidades paralelas moldeadas por imágenes como aquella que Leyre recordaba una noche de enero, cuando los cristales levitaron durante una fracción de segundo sobre el aire quieto de una iglesia antes de deshacerse en mil pedazos, descomponiendo para siempre la vidriera. Un resplandor en la tormenta que ahora golpeaba la ventana de la habitación doscientos quince iluminando a la mujer de vidrio que guardaba la cabecera de la cama de Leyre.

Se siguieron viendo, a pesar del cerco que Juncia y Frasco mantenían sobre Laura, aunque al viejo no parecía importarle lo más mínimo la cercanía de los dos jóvenes. Frasco no compartía los temores de Juncia, porque estaba seguro de que Laura no hablaría sobre Tomás con nadie, pues la existencia del muchacho era su seguro de vida, lo único que la mantenía a salvo de Juncia y de Crespo.

Todo el mundo estaba de acuerdo en que Martín y Laura se gustaban, y se limitaban a observar la aparente complicidad de Onofre, que seguía manteniendo el control sobre el cuerpo de la muchacha.

Al viejo le importaba un carajo la relación de Martín y de Laura, pero lo que no podía entender, como el resto del campamento, era la complicidad del contador de historias.

Quizá, pensaba el viejo cuando los rastreaba por la falda de la sierra, a Onofre le traía sin cuidado una relación que no se basaba en tratos carnales, sino en el cariño mutuo, la amistad y todas esas pendejadas. Y en eso Frasco lo entendía perfectamente, pues su propio nieto sentía lo mismo por la muchacha, con la diferencia de que en el caso de Tomás los sentimientos de Laura no eran recíprocos.

Laura trataba a Tomás con naturalidad, incluso con dulzura en las ocasiones en que olvidaba la presencia de Juncia y el viejo, pero en todo momento mantenía las distancias para no alimentar sus esperanzas, consciente de que nunca podría corresponderlas. Y no era por las pústulas, ni por la deformidad de su cuerpo, pues Laura había aprendido a relativizar aquellos síntomas en el rostro de sus padres. No, nada de eso le causaba rechazo, y tampoco tenía miedo, que era lo único que hubiera podido hacerle repudiar una enfermedad con la que siempre había convivido.

Al contrario, cuando estaba junto a Tomás se sentía completamente inmune, útil, capaz, y el preparar los ungüentos y administrárselos le hacía compartir el alivio ante el sufrimiento ajeno, como había sucedido antes con sus padres.

No. No tenía miedo ni experimentaba rechazo ante el cuerpo de Tomás.

Le bastaba con mirarle a los ojos. Así supo desde el primer día que era bueno, compasivo y amable, aunque la desesperación le hiciera actuar a veces como un animal acorralado. Lo único que Laura tenía claro es que no quería causarle más sufrimiento del que ya soportaba, enjaulado en un cuerpo que había sido repudiado por su propia madre.

Lo que Laura sentía por Tomás no tenía nada que ver con la lepra, le tenía incluso afecto, pero no alimentaría sus esperanzas ni le devolvería señales equívocas ante los muchos signos de adoración que él le mostraba. Y aun así no podía evitar tratarlo con dulzura al recordar que nadie más que ella estaba dispuesta a tocarle, nadie más estaba interesado en sentir su voz ni en escuchar las historias que le contaba sobre la camada de lobos que batían esa parte de la sierra, ni tampoco sobre las ausencias que había aprendido a tallar en la piedra para no sentirse solo.

Laura lo escuchaba mientras aplicaba las pomadas sin prestarle atención aparente, y a Tomás no parecía importarle, porque para él era suficiente con que su voz rozase su pelo y la envolviese hasta lograr esculpir en el aire la densidad del cuerpo que después él atesoraba por las noches.

Arenas movedizas, Laura había aprendido a mantener el equilibrio mientras avanzaba, porque Tomás le ofrecía un cariño sin reservas que no podía corresponder, y ella había de hacérselo saber sin que pareciera lástima, sin herir sus sentimientos ni despreciar sus esperanzas, siempre a espaldas de la suspicacia de Juncia, que los vigilaba en la ladera sin atreverse a traspasar la línea desde la que los acechaba.

Y al igual que sucediera con el caleidoscopio que le regalaba Martín con sus palabras, Laura aprendió a disfrutar el desequilibrio permanente bajo sus pies cuando estaba con Tomás, el cambio constante, el peligro inestable que la mantenía con vida, pues comprendió que las oportunidades se escondían detrás de todo lo que antes la asustaba, e intuyó que el abismo siempre se solidificaría al dar el siguiente paso.

Con el tiempo, Onofre decidió retomar su trabajo, y una noche se situó frente a ellos para contar una historia por primera vez desde que subió al carro del tratante de telas. Martín había entretenido a la audiencia hasta entonces sin saber que también la estaba entreteniendo a ella, la mujer a la que se debía Onofre desde que ambos sellaron el trato.

Martín había ido tejiendo el tapiz que componía la historia de Onofre, el niño abandonado en la cesta de mimbre, y el mismo Onofre no podía explicarse cómo aquel muchacho insignificante que le había ofrecido un zurrón en la posada para convertirse en su aprendiz, podía construir con tanta maestría, hilando historias aparentemente inconexas, el relato de su desgracia.

Onofre sabía que el muchacho tenía un don que iba más allá de su predisposición natural para contar historias, por eso decidió continuar la suya en primera persona, enlazando con lo que ya había esbozado Martín, sabiendo que solamente el muchacho que nunca aceptó como aprendiz sabría descifrar la línea de tiempo que los había llevado hasta aquella choza.

Carraspeó y calló un momento para atraer la atención de la audiencia, como había hecho muchas veces en los salones o en las plazas abarrotadas; luego elevó la voz para que las palabras brotaran claras, hasta que la historia del niño abandonado en la cesta de mimbre, su propia historia, siguió su curso.

"Cuando escapé del monasterio huyendo de la mujer de vidrio, vagué por el bosque durante mucho tiempo, acechando la sombra que me traía el murmullo del viento, escondiéndome en lo más profundo de las simas y en las cuevas más inaccesibles, buscando la soledad y eludiendo la Vida para evitar a la Muerte. Tenía tan solo dieciséis años y un juicio sólido anclado en la decisión inquebrantable de seguir las enseñanzas del hombre que me había criado como un padre. Y oculto de todos, apartado voluntariamente de la luz que por edad debía corresponderme, intenté encontrar en las enseñanzas del padre Apolinar un hilo del que tirar para que mi soledad se fundamentara en una razón lógica. Repasé mentalmente todos y cada uno de los momentos que recordaba junto a él para descubrir la pieza que faltaba en aquel desatino en el que se había convertido mi vida.

No lo encontré, en ninguno de los preceptos del hermano Apolinar, ni siquiera en los consejos del hermano Andrés, el superior de la orden, ni tampoco en los ejemplos prácticos con los que me adoctrinaba el hermano Benito entre los fogones. Por más que busqué no hallé nada en mis recuerdos que girara en torno a la figura de vidrio.

Nadie me había instruido para tratar con la mujer que hasta ese momento había sido para mí un referente. Nadie me había preparado para cuestionar el amor que ella me había demostrado tornándolo amenaza, y a mis pocos años no era diestro todavía en encoger el corazón dándole la vuelta hasta conseguir vaciarlo por completo.

Me había dormido muchas veces con su imagen en la memoria, mecido por la calma y el cariño que sentía cuando me visitaba en el monasterio, de modo que luego, escondido en lo más profundo del bosque, no sabía superponer a aquellas imágenes el miedo y la incertidumbre que me invadieron desde que comprendí quién era ella.

Vagué mucho tiempo sin rumbo, huyendo, y a fuerza de cuestionar los principios que me habían servido hasta ese momento de referencia, fui vaciando todo lo que sabía sobre mí mismo para dejar paso a una realidad sin límites y sin puntos cardinales, una dimensión improbable y única capaz de albergar a la mujer de vidrio, hasta conseguir elaborar la verdadera cartografía del mundo en el que siempre había vivido sin saberlo.

Después todo fue más fácil. Salí de mi ostracismo decidido a conquistar la nueva patria, y me eché a los caminos con la determinación de explorar las posibilidades con las que todavía no contaba. Deambulé sin dejar de evitarla, desarrollando el don de la palabra, y así, muchos años después, encontré el amor junto a la mujer que, sin yo saberlo, iba a darme alas para sobrevolar la intersección que separaba los dos mundos, atisbando desde las alturas el reflejo de lo único por lo que hubiera valido la pena enfrentarme con la mujer de vidrio.

Cuando nos conocimos, Constanza acababa de ceñirse la corona y yo pasaba por ser un mozo de caballerizas que cuidaba su yegua, y ni lo uno ni lo otro importó lo suficiente para concebir juntos a la criatura sobre la que recaería la responsabilidad de mantener una corona que no le correspondía por sangre.

Cuando ella murió de sobreparto, volví a echarme a los caminos sintiendo que el firme sobre el que pisaba se quebraba a cada paso, sin poder levantar el vuelo nunca más, pues la misma mujer que me había dado alas para trascender la ilusión de mi destino, había acabado arrebatándomelas cuando se la llevó la Muerte.

Ni siquiera pude velarla. Tampoco pude permanecer junto a mi hijo, pues el parecido físico podría delatar el parentesco que nos unía, y de todas formas yo debía seguir huyendo de la mujer de vidrio.

Por eso, cuando las campanas doblaban la muerte de la reina poco después del bautizo del heredero, me interné en el bosque sin volver la cabeza, y veinticinco años después, cuando tuve noticias de que mi hijo había perdido el trono derribado por una conjura de nobles, respiré hondo y pensé que solamente le arrebataban una corona que nunca le había pertenecido.

Intenté mirar para otro lado diciéndome que la Suerte de mi hijo estaba echada, como la mía, un sino de familia, hasta que el mismo hombre que me contaba las nuevas, acodado en la mesa mugrienta de una posada en los límites del bosque, me refirió el sobrenombre con el que sus rivales habían bautizado al rey depuesto.

Le sostuve la mirada, impasible, aunque sentí que la sangre me hervía a medida que el campesino desgranaba la crónica de la caída del rey cobarde y su huida precipitada para salvar la vida.

Volví al bosque esa noche pensando en mantener la decisión que había tomado hacía veinticinco años, dos meses y seis días. No volvería atrás, no acudiría en auxilio de mi hijo, no me interesaría por su suerte y no volvería a abrir la herida que estaba a punto de cicatrizarse para siempre.

Pero entonces intuí la vida que me quedaba por delante, una huida permanente, como la de mi hijo. Otro sino de familia, pensé justo antes de que un humor espeso y agrio me inundara las vísceras y me diera la vuelta al estómago rebosándome de hiel y de resentimiento hacia mí mismo.

Luego no necesité pensar nada más. Permanecí en el bosque y esperé la oportunidad. No tenía nada que ofrecer, ni espadas ni huestes, ni siquiera un árbol genealógico que me justificara cuando lo encontrara. Solo tenía la certeza de que la Muerte me había prometido la vida eterna, y que estaba dispuesto a aceptarla para cambiar el destino de mi hijo cuando llegara el momento.

Planifiqué cada uno de mis pasos hasta interiorizar las estrategias para vencer el miedo y automatizar las respuestas cuando tuviese delante a la Muerte, una y otra vez. Me probé a mí mismo y exploré las hipotéticas posibilidades que me ofrecía la única alternativa posible, adoptar la infamia que llevaba mi hijo por sobrenombre para forzar a las vísceras a somatizar el valor por descarte.

Y tal y como lo había planeado, una noche de octubre, bajo el alero de teja de la casa en la que agonizaba un herrero, formalicé un trato con la Muerte que sellaría el resultado del combate en el que, antes de que el sol se pusiera de nuevo, un asistente cojo asistiría a un rey cobarde."

X

La habitación estaba en penumbra cuando Ana soltó el reloj que había mantenido sujeto mientras narraba la historia que se había escurrido entre la arena, sin saber, al comenzar a narrarla, si tendría algún control sobre las palabras o simplemente se dejaría llevar como las dos veces anteriores. Quizá la historia estuviera en su cabeza en un lugar del subconsciente al que ella no había sabido llegar antes; o quizá, simplemente, estuviera volviéndose loca y la planta de psiquiatría fuera su destino final. Un destino anunciado, tal vez dulce, temible como la sombra que proyecta un castillo de naipes.

Atlas descansó en la cima antes de explorar las posibilidades que ofrecía la penumbra cubierta de vegetación que se adentraba en las oquedades de la pared de roca. Desde allí se divisaba la aridez del camino que había recorrido y la tierra yerma y polvorienta abrasada por el sol. Detrás de ella, un laberinto de valles y montes cubiertos de vegetación se extendía al otro lado del promontorio como la promesa de un nuevo sendero rebosante de vida.

El mundo extenso y fértil que les aguardaba a ella y al muchacho que la salvó de morir abrasada en el volcán, todavía tenía sentido. Debería haberlo seguido, pensó Atlas desentumeciendo los músculos agarrotados por la ascensión mientras notaba la brisa evaporando el sudor adherido a su cuerpo. La euforia y el cansancio la mantenían en un estado de calma expectante, porque cuando había creído que perecería por el calor y la sed, el camino se había bifurcado de nuevo.

Se levantó y decidió explorar el paso que horadaba la roca. La vegetación y la sinuosidad del terreno entre los riscos le fueron mostrando una vereda umbría que descendía hasta internarse en las profundidades de una gruta. Atlas se adentró en la penumbra y continuó descendiendo apoyando los pies en un suelo irregular y húmedo. Después de recorrer unos cientos de metros la oscuridad se adueñó del lugar y la temperatura descendió varios grados. Continuó avanzando a ciegas guiándose por el contorno de las paredes de roca y tanteando el suelo con los pies antes de apoyarlos en firme para dar el siguiente paso.

No supo medir cuánto tiempo anduvo en la oscuridad escuchando el ruido de su respiración y el sonido de la tierra al desprenderse de las paredes cuando la rozaba con las manos. Siguió avanzando sin importarle si se estaba adentrando en las entrañas de la tierra, porque cualquier destino y cualquier dirección la acercarían a él, aunque hubiese tomado un rumbo distinto y se encontrara muy lejos de donde estaba ella, aunque no llegara a encontrarlo nunca. Lo único que Atlas sabía era que avanzar en su busca la acabaría redimiendo del sentimiento de pérdida que la quemaba por dentro.

Sin él la vida no representaba para ella nada más que un aliento intermitente que la empujaba hacia adelante como única salida, esforzándose por recordar, mientras palpaba las sombras, la fortaleza de las manos con las que él la había alejado del precipicio cuando el volcán en el que iban a sacrificarla había entrado en erupción, como una premonición de lo que le quedaba por vivir en el futuro.

No recordaba nada que le sirviera de consuelo para recuperar el contorno de las manos del muchacho y los rasgos de su rostro, ni siquiera la urgencia con la que él la había puesto a salvo para alejarla del mundo que hasta entonces habían conocido, ese mundo que a Atlas se le antojaba ahora sumido en una niebla permanente e impermeable a los rayos de sol que inundaban la cima de las montañas.

Tropezó y volvió a recuperar el equilibrio, intuyendo, mientras se sumergía en el túnel de sombras, que la ceguera le había privado de recuerdos para alumbrar el camino. Siguió andando agachando la cabeza para no golpearse con el techo. La oscuridad no le importaba, puesto que había vivido en ella mucho tiempo y tenía el resto de los sentidos alerta.

Ni siquiera tuvo miedo cuando tuvo que arrastrarse para continuar avanzando en aquel túnel oscuro y húmedo que parecía no tener final. Entonces comenzó a escuchar el murmullo del agua y percibió un tenue rastro de luz disolviendo las sombras.

Siguió avanzando hasta que pudo distinguir dónde pisaba, la forma de las paredes y la altura el techo, y a la vuelta de un recodo por el que tuvo que reptar arqueando el cuerpo para acomodarlo a la forma de un estrecho paso entre las rocas, se encontró de bruces con un bosque de formaciones húmedas que ascendían del suelo y se descolgaban del techo envueltas en una tenue luminosidad que parecía dotarles de vida.

La muchacha fijó los pies en la pequeña laguna de aguas transparentes y avanzó sorteando extrañas agujas de extremos húmedos que se deshacían al tocarlos. Se sintió liviana mientras se desplazaba con el agua hasta las rodillas, acariciando las columnas que le dejaban un rastro de humedad entre los dedos, y siguió avanzando presintiendo el resplandor de luz que progresivamente disolvía las sombras hasta que desembocó de bruces en una sala inmensa que contenía una laguna de aguas transparentes iluminadas por un orificio abierto en el techo de roca.

Y por primera vez desde que decidió adentrarse en la gruta, se detuvo.

Se sentó y apoyó la espalda en una de las agujas que se descolgaban hasta el suelo enmarcando la entrada de la estancia a modo de inmensas columnas. Desde donde se encontraba, el espectáculo resultaba extraordinario, pues Atlas nunca había conocido un lugar semejante, y ni siquiera el santuario en el que su pueblo veneraba a sus dioses guerreros podía igualar la inmensidad y la majestuosidad de aquella gruta en la que la luz del sol se precipitaba desde lo alto inundando la transparencia azul del agua.

Sintió un estremecimiento al observar las enredaderas que se descolgaban del techo rompiendo los haces móviles de luz que resbalaban entre sus hojas. Nunca había visto un lugar tan hermoso ni estaba acostumbrada a apreciar la belleza. Solo la fuerza, le habían dicho desde que tuvo entendimiento, nos hace llegar hasta el cuchillo ritual con el que los viejos tienen el privilegio de quitarse la vida escenificando el último acto de voluntad y coraje.

La laguna se remansaba a sus pies reflejando la luz cenital que entraba a raudales por la cúpula abierta en el centro, y el aire fresco removía el haz luminoso y lo proyectaba en el interior del agua reflejando el cielo surcado por peces de colores brillantes.

Se quedó dormida después de sopesar las posibilidades que le ofrecía aquel remanso de calma, acunada por el eco de las gotas de agua que se desprendían del bosque de agujas que respiraba en la sala contigua, y soñó que aquella estancia tenía una entrada distinta desde otro punto de la superficie, y que ella no era la única que se había atrevido a aventurarse entre las sombras.

Durmió envuelta en el aire fresco y ligero, mecida en aquella calma en la que podría perecer de hambre y de sed sin dejar de sentir el corazón imantado por la hipnosis de aquel hechizo, hasta que sus sentidos percibieron, pues había sido entrenada para ello, el rastro de su olor y sus gruñidos.

Capítulo V

El trato

I

Trinidad cambió la medicación de la habitación doscientos quince con rostro ausente. Ni siquiera se fijó en que Leyre no estaba dormida, aunque permaneciera tendida en la cama con los ojos cerrados. El corazón se le salía por la boca cuando levantó el envase vacío del gotero sobre el gancho metálico que lo sostenía por encima de su cabeza.

Lo depositó sobre la mesa de noche después de desprender la aguja unida a la serpiente incolora que reptaba hasta perderse en un apósito sobre la mano de Leyre, y cambió mecánicamente el envase. Ella, que no perdía detalle de nada de cuanto la rodeaba para atesorarlo cual munición del arsenal particular de maledicencias que esparcía en sus idas y venidas, esa mañana ni siquiera podía levantar la cabeza sin que se le tensaran todas las vértebras.

Suspiró sin poder evitar un sonido gutural que parecía haberle quemado las entrañas al reptar por su garganta. Se paró en seco, con el envase de cristal en la mano, y observó a Leyre con recelo. Su pecho subía y bajaba con una cadencia lenta, aunque no lo suficiente si Trinidad hubiera estado en condiciones de apreciar la diferencia entre la respiración del sueño y la vigilia. Pero no lo estaba, y tampoco le importaba un carajo que la otra se hubiese percatado de la lástima y el desprecio que sentía por sí misma.

Dudó un instante. Luego se sentó en el sillón en un acto reflejo, como había visto hacer a Amaya Sirgado después del episodio que le había cambiado el carácter para siempre.

Y a pesar de haberla criticado entonces y de haberla tildado de loca cuando en condiciones normales no se hubiera atrevido a rechistar ante cualquiera de sus órdenes, allí estaba Trinidad ahora, junto a la cama de la mujer de las venas azules, como le gustaba decir a Amelia, sin saber qué hacía ni por qué se sentaba junto a un cuerpo solitario que pronto se convertiría en cadáver.

La recorrió un escalofrío de hielo por la espalda y tuvo que apoyarse en el respaldo de cuero para buscar protección, pues hacía mucho tiempo que nadie le ofrecía el envés para cubrir la retirada. Estaba cansada. Estaba sola. Tampoco tenía nada que ofrecer y era poco lo que podía contar sobre sí misma si alguien le hubiera preguntado. Amargada. Esa era la palabra. Vacía. Esa era toda la mercancía que Trinidad tenía para trocar cuando se la pidiera Caronte. Nada. Ni siquiera un óbolo que meterse bajo la lengua cuando llegara el momento. No podía confiar en nadie, ni en los hijos, dos delincuentes que habían ensuciado de oprobio y escándalo los blasones que hubieran debido encumbrarlos, ni en el marido, un ser repugnante y cobarde que la despreciaba tanto como la descendencia que le había engendrado.

Si algún día encontraba la moneda, se dijo a sí misma apretando el envase contra su pecho, la atesoraría hasta que llegara el momento de metérsela bajo la lengua. Lo haría ella misma, se alentó volviendo a la posición inicial en el sillón, con la espalda recta. Levantaría el brazo e introduciría con su propia mano el óbolo en su boca, sin ayuda de nadie, pues nadie sabría todavía que estaba muerta.

Volvió a recostarse y a cerrar los ojos, como había visto hacer a Amaya cuando la espiaba desde la puerta. No sucedería muy tarde ni sería muy diferente al infierno en el que vivía a diario. En realidad, pensó con alivio, lo único que le quedaba para certificar su propia muerte era encontrar la moneda que ofrecer al barquero para que le permitiera descansar al otro lado.

Onofre continuó relatando su historia en primera persona noche tras noche al calor del fuego del campamento, haciendo su trabajo para satisfacer a la otra protagonista de la historia, la mujer de vidrio que la había construido junto a él durante todos aquellos años, la misma con la que había cerrado el trato.

Laura se dejaba llevar entonces por la imaginación sin querer cuestionar la intersección que separaba la realidad de la fantasía, el lugar donde todo era posible, pues intuía que la línea que dividía los dos mundos se desdibujaba continuamente.

"A partir de esa noche, cuando la Muerte y yo formalizamos el trato bajo el alero de teja de la casa del herrero, que murió al acabar de sellar el acuerdo, me quedó claro el tipo de vida que llevaría a partir de entonces.

Todo a cambio de la vida de mi hijo, el rey cobarde, en el torneo que se celebraría al día siguiente.

—Tu hijo no morirá mañana —dijo con voz suave e imperativa al mismo tiempo—. Me llevaré a quien quiera impedir que se formalice este trato, pero recuerda cuáles serán tus obligaciones a partir de ahora, porque los años que añades a la vida de tu hijo, me los cobraré eternamente con tus historias.

La Muerte me miró a los ojos y sonrió frunciendo las comisuras de los labios, agrietados por las diferentes tonalidades del vidrio.

—¿Te compensa?

Fingí no sentir miedo, aunque lo cierto es que temblaba por dentro como una hoja.

—¿Para siempre?

La Muerte dudó un instante, con una expresión imperturbable reflejada en la pintura translúcida con la que el maestro obrador había compuesto su semblante hermoso y temible al mismo tiempo.

—¿Hasta cuándo si no?

El moribundo yacía en la cama con los ojos nublados mientras una de las hijas no dejaba de administrarle paños de agua fresca sobre la frente y la otra rezaba de rodillas apoyando los codos sobre el camastro.

—Siempre es mucho tiempo.

La Muerte fingió indiferencia. Yo intentaba controlar el cuerpo ante los espasmos que me recorrían como un látigo. Estaba jugando la partida y eso era más de lo que había esperado nunca de mí mismo. Tenía que ser valiente, un poco más de lo que ya lo había sido al salirle al encuentro.

Nunca había esperado que lo que le pedía no costase nada a cambio, había pensado incluso en ofrecer mi vida, aunque todavía sonaban en mis oídos las palabras con las que, siendo un niño, ella me acunaba cuando venía al monasterio, como una canción de cuna. "A ti no, a ti no te llevaré nunca".

A cambio de salvar a mi hijo al día siguiente, ella me prometía la vida eterna. Solo tenía que hacer lo que había hecho siempre, contar historias, entretenerla, proporcionarle un hogar trascendiendo el vidrio pintado por un maestro obrador que no sabía lo que estaba haciendo cuando compuso la figura de una mujer joven y hermosa en la fachada oeste de la iglesia.

La vida eterna, sin envejecer, acompañándola, sintiendo su aliento condensado sobre el cristal como sangre caliente con la que sellar la promesa. Eternamente.

No. Mi mente se rebeló, pues intuí en el semblante terrible que la negociación todavía estaba abierta.

—Quiero una salida. No quiero una eternidad entera a cambio de los años que gane mi hijo después del combate.

—Yo nunca rompo mis promesas.

Escondí la cara en la penumbra. El moribundo gimió una vez más, inconsciente, y la muchacha apoyada en el lecho sollozó aferrándose a su mano.

La Muerte comenzó a impacientarse, porque siempre había creído que a cualquiera de nosotros habría de bastarnos una promesa de vida eterna. Excepto a mí. El único que podía hacerle pactar contra sí misma contraviniendo su naturaleza.

Señaló con la cabeza un cofre de madera tosca que había sobre una mesa junto a la puerta.

—Busca un orfebre y repújalo con corteza de ciprés entreverada de oro si es que quieres cerrar el trato.

Yo la observaba desde las sombras.

—Introduce después en él un reloj de arena, el mejor que seas capaz de conseguir, pues dentro estará tu oportunidad para deshacer mi promesa. Después me reuniré contigo y te daré más noticias sobre cómo habrás de utilizarlo en el futuro.

—Me llevará tiempo, y no dispongo de fortuna para conseguir el oro ni el reloj de arena.

—Tiempo tenemos de sobra, y por la fortuna no te preocupes, porque llegará hasta ti y rebasará con creces tus expectativas. Es parte de este acuerdo.

—Pero el combate es mañana al amanecer…

—Y yo estaré allí para cumplir lo pactado.

Dudé un instante, intentando controlar el miedo.

—Aún no he dicho que sí…

—Graba sobre la cubierta esta noche la insignia del escudo de armas de tu hijo si quieres cerrar el trato.

La Muerte me dio la espalda y extendió su mano translúcida hacia el herrero, que entreabrió los ojos e intentó levantar un brazo para aferrarse a ella."

II

Leyre había saldado la deuda de Tomás. Lo había dejado caer en los brazos de la mujer de vidrio a cambio de experimentar un amor que a partir de entonces se convertiría en la única razón de su vida.

Sabía que moriría pronto, por decisión propia. La enfermedad la había consumido durante los últimos años después de quedarse sola, y era consciente de que la mujer de vidrio no podría evitarlo, porque ahora estaba en deuda con ella.

El color de sus venas le recordaba el tono desvaído del vidrio que la conformaba. Nunca pensó en aceptar la carga del reloj de arena ni revivir la soledad y la pérdida de los seres queridos por una eternidad entera. Lo supo desde el principio. El reloj de arena no era una oportunidad. Nunca lo fue. El reloj de arena era un don que solo podía aceptarse por amor incondicional o por inconsciencia.

Un regalo envenenado, le había dicho Tomás antes de que Leyre abriera el cofre y pronunciara las palabras exactas siendo plenamente consciente de lo que hacía, pues así lo había querido la mujer de vidrio. Vencer o morir. Vencer a la muerte y conseguir la vida eterna.

A ti no, a ti no te llevaré nunca. Y vencida la muerte, con la soledad a cuestas, con el amor y los afectos de los que lo habían querido clavados como aguijones en las costillas, con los ojos ciegos para no superponer los recuerdos recientes y antiguos, a Tomás la Muerte se le antojaba entonces como el único hogar y el único anhelo posible.

Pero Leyre no había pedido nada, ninguna vida a cambio de aceptar el reloj de arena, pues sabía que era lo único que la convertiría en la dueña de su destino.

—Elige —le había dicho la Muerte cuando Leyre abrió el cofre por primera vez y tomó entre sus manos el reloj de arena después de pronunciar las palabras que Tomás le repetía por lo bajo.

—Dime quién —insistió, pero Leyre seguía prendida en los ojos de Tomás mientras la Muerte se lo llevaba, observando el alivio que para él suponía acompañarla, como si alcanzase un sueño reparador que llevaba esperando mucho tiempo.

—No tengo a nadie —le dijo Leyre a la Muerte mientras esta se llevaba a Tomás quedándola sola.

La muerte volvió la cabeza y la observó a través del vidrio verde de sus ojos rasgados.

—Pues encuentra a alguien, ese es el trato. Yo siempre cumplo mis promesas.

Leyre hubiera dado la eternidad que ella le ofrecía a cambio de seguirlos para permanecer cerca del hombre que le había regalado una vida más intensa de lo que hubiera imaginado nunca, pero entonces recordó lo que habían hablado muchas veces cuando Leyre convenció a Tomás de que podría hacerlo, de que podría compartir la carga que él llevaba a cuestas.

—Si no pides, no debes. Recuérdalo siempre. Todo tiene un precio, hasta este regalo envenenado con el que se arrastra la vida eludiendo la Muerte, dejando por el camino a los que más quieres, en guardia contra las oportunidades que ofrece una vida sin sorpresas, pues no puedes evitar anticipar el sufrimiento por la pérdida del amor que todavía no se ha materializado.

Leyre lo entendía perfectamente. No era una ilusa. Sabía lo que estaba aceptando cuando dejó que la mujer de vidrio le arrancara a Tomás de los brazos y se lo llevara para siempre.

—Te concederá salvar una vida, no lo aceptes. Recuerda que, si no pides, no debes. Esa es la única manera de no caer en su trampa. No vuelvas a amar nunca, porque si te ablandas, si te doblas, acabarás concediéndole lo que quiere. El secreto está en no amar, en que no te duela su trabajo. Es la única forma de que nunca le pidas que conceda una nueva oportunidad a alguien que amas.

Así supo Leyre que Tomás la había querido desde el primer instante en que sus ojos se cruzaron.

Y ahora, a punto de morir sin resolver el conflicto que la mujer de vidrio y ella tenían entre manos, sin nada que perder puesto que nunca había pedido nada a cambio de atesorar el reloj de arena, Leyre sentía la obligación de ceder la carga a alguien que reuniera los requisitos que Tomás le había repetido hasta la saciedad, alguien que estuviera dispuesto a aceptarla por amor incondicional o por inconsciencia.

Las mujeres acabaron de acomodarse alrededor del fuego. Martín observaba en un rincón, sentado junto a Laura, el silencio de Onofre, de pie, hermético y concentrado, como siempre que se disponía a narrar una historia, aunque esta vez fuera la suya propia. Siempre había sido la suya, pensó Martín, intuyendo que aquel hombre huraño trataba desesperadamente de hacerle entender la línea de tiempo que enlazaba todos los relatos hasta llegar a aquel preciso momento, cuando los niños se habían sentado junto a las mujeres y Críspulo propinaba un puntapié en el hocico a uno de los perros para espantarlo fuera de la cabaña.

Onofre carraspeó, hizo una pausa, y sus palabras se adueñaron del silencio colectivo.

"No pude apartar la vista cuando me dio la espalda. Permanecí inmóvil observando cómo la Muerte se llevaba al herrero agarrándolo por los codos.

La muchacha que rezaba de rodillas a los pies de la cama se abrazó al cuerpo inerte de su padre al comprobar el aliento detenido en su pecho. Su hermana se afanaba todavía escurriendo un paño en la palangana cuando tomó conciencia súbitamente de la quietud a su alrededor.

Levantó la cabeza y permaneció con el paño húmedo en la mano mientras las lágrimas comenzaban a correr por sus mejillas. Todo en la habitación se había vuelto silencio a pesar del rugido del viento colándose entre los intersticios de las contraventanas.

Era noche cerrada cuando enterramos el cuerpo del herrero en el bosque, envuelto en un sudario que las muchachas habían improvisado con una sábana que tenía las iniciales de la madre, en una fosa contigua que quedaron marcada con una cruz de hierro similar a la que señalaba la sepultura de la esposa, comida por la herrumbre después de tantos años.

Yo había dado un traspié al bajar del carro el cuerpo del herrero. Caí de bruces dentro de la fosa y permanecí en la oscuridad sintiendo oleadas de dolor que se volvían punzantes y agudas alrededor de mi pierna. Sentí la boca llena de tierra. Escupí y expiré con fuerza por la nariz al tiempo que me limpiaba los ojos. Luego traté de incorporarme a la luz del candil que había aproximado una de las muchachas al agujero.

Me tendieron una de las sogas que tenían preparadas para bajar el cadáver y repté arrastrando la pierna izquierda hasta que las muchachas pudieron asirme de los brazos para acabar de izarme.

Entre los tres bajamos el cuerpo y cubrimos el foso con un túmulo de tierra. Luego la mayor clavó la cruz y la aseguró con piedras alrededor siguiendo mis indicaciones. El viento se había calmado y un fuerte olor a helechos y a tierra mojada nos acompañó en el camino de vuelta, y pensé, en el pescante del carro tirado por un caballo viejo y mecido por el traqueteo sonoro de las ruedas, que todavía no estaba en paz con ellas.

Pensé también en lo que me esperaba al amanecer de la mañana siguiente. Debería explicarles, y esperaba que Flora pudiera entenderlo, por qué tenía que desaparecer de sus vidas. Me habían acogido unas semanas antes sin hacer muchas preguntas. Yo había escogido aquel lugar porque estaba situado en un cruce de caminos cerca de una aldea y podría recabar fácilmente noticias de la suerte de mi hijo. Desde entonces tenía un sitio en la casa del herrero, un anciano moribundo con dos hijas que me dio asilo a cambio de ayudar en la herrería, aunque la muerte del anciano era inminente, y la mujer de la que había estado huyendo acudiría pronto para llevárselo.

Pero justo entonces, cuando lo tenía todo preparado para partir, a través de un comerciante que hizo un alto en el camino para herrar su montura, habían llegado nuevas noticias de la vuelta del rey cobarde.

Esa era la señal que yo estaba esperando. Permanecí en la herrería aguardando a la Muerte para ofrecerle mi vida a cambio de salvar la de mi hijo al día siguiente en el combate.

Y después de sellar el trato y enterrar al herrero, me dirigí al encuentro de mi hijo espoleando un caballo viejo que las muchachas me habían prestado. Flora me había dicho al amanecer, con los ojos enrojecidos todavía de llorar a su padre, que estábamos en paz, que la deuda estaba saldada, que no tenía por qué volver y que continuarían ellas solas con el negocio del padre.

Cojeé hasta la cuadra y subí a la montura. Las manos me temblaban cuando tiré de las bridas para dirigirme al camino. Me repetía a mí mismo que no debía volver la cabeza, pero en el último momento lo hice. Frené el paso del caballo y me giré para observar las dos figuras desamparadas.

Flora hizo un gesto de despedida con una mano mientras con la otra abrazaba los hombros de su hermana, encogida bajo la capa. Me habían admitido en su casa sin pedirme nada a cambio, y ahora aceptaban mi marcha sin exigir explicaciones. Con ellas había olvidado la soledad y había vuelto a recordar la sensación de calma que sentía cuando crecía en el monasterio, y no obstante yo sabía que debía continuar mi camino y olvidarme de ellas para siempre.

Hice amago de mirar al frente y espolear la montura cuando volví a detenerme.

—¿Puedo regresar cuando haya resuelto lo que ahora me aparta de vosotras?

La voz de Flora tardó en brotar de su garganta, y cuando lo hizo vibraba entrecortada.

—Puedes.

Y unos segundos más tarde, los cascos del caballo del herrero resonaban *sobre las piedras del camino que había de llevarme al encuentro del rey cobarde."*

III

Hasta que conoció a la niña, Fernando nunca se había preguntado por el paradero de las esperanzas truncadas. Leonor entraba y salía del hospital cada vez con más frecuencia, según lo iba requiriendo el tratamiento de quimioterapia que la dejaba exhausta en brazos de su madre, sin apenas recuperarse antes de volver a ingresar de nuevo.

Fernando intentaba estar con ella antes y después de que la quimioterapia la surcase como un cometa ceniciento que le apagaba el brillo de los ojos. Y aun así, sin fuerzas, estiraba ligeramente las comisuras de los labios para mirar a su madre, que vivía permanentemente bajo la sombra de una losa con la que se iba mimetizando poco a poco.

Las visitas no eran frecuentes, al menos durante el tiempo que estaba allí Fernando. Parecían no tener más familia que un hombre mayor que las acompañaba esporádicamente. Como si el tándem que formaban madre e hija se diluyera en la mancha insignificante de una isla perdida en la corriente del océano que surcaba el hospital de un extremo a otro.

La niña y Fernando conectaron de inmediato, de tal manera que cuando Leonor intuía su bata blanca al otro lado de la puerta, antes de situarle siquiera en su campo de visión, trataba de incorporarse en la cama para recibirlo con los brazos abiertos, aunque la mayoría de las veces no tuviera fuerzas para sostenerse.

La madre se hacía a un lado, sin ser capaz de estirar el vínculo para ser parte del triángulo, sorprendida de que aquel enfermero despertarse la energía de su hija hasta volverla la viva estampa de una niña sana. No lo entendió al principio, como tampoco lo entendieron ellos, aunque Fernando y Leonor no sintieron nunca la necesidad de explicarlo y se rindieron sin condiciones a la energía desbordante que los unió desde el primer momento, a salvo de cualquier cuestionamiento que impidiera certificar la explosión de cariño que sentían cuando estaban el uno junto al otro.

De modo que lo extraordinario se fue volviendo cotidiano a fuerza de multiplicarse, sin que por ello dejara de perder un ápice de extraordinario, sorprendiendo a todos los que lo observaban sin ser partícipes, reducidos a disimular la sorpresa que les producía la naturalidad con la que Leonor y Fernando construían un espacio paralelo y único donde todo era posible, hasta la curación de la niña, que actuaba como si el veneno que corría por sus venas se evaporara a través de su sonrisa cuando estaban juntos.

Para la madre no hubo opción, por mucho que se sintiera intimidada ante la fuerza y el optimismo arrollador que Fernando compartía con su hija, aun sabiendo que ella misma era la pieza más débil del triángulo, porque pronto comenzó a necesitar esa energía para sobrellevar el día a día, sin saber si aquella combinación que le devolvía la esperanza era indisoluble, o si se podían echar de menos las individualidades cuando no formaban parte del todo.

Onofre continuó narrando su historia, sin que ninguno de los allí reunidos distinguiera la realidad de la fábula, preguntándose si lo que contaba era la crónica de su vida o un relato más de aquel hombre sin alma.

Solo Martín comprendió que su maestro era el protagonista de aquella narración que se deshilvanaba a medida que las palabras brotaban en un torrente incontenible con el que describía las miserias de una vida al servicio de la Muerte.

"Llegué al castillo con el sol en su cénit, cuando faltaban todavía varias horas para que empezase el combate. Me abrí paso entre la gente que empezaba a abarrotar el patio de armas y me acerqué hasta el extremo norte, junto a las caballerizas donde permanecía esperando el rey cobarde.

Dos soldados hacían guardia a su alrededor con actitud despectiva, sin cuadrarse ni mantener la compostura, como si vigilaran un cadáver expuesto en las almenas para regocijo de la muchedumbre, dejando claro con su actitud que custodiaban a un hombre que había perdido la corona sin presentar batalla, un cobarde.

Recordé entonces la promesa de la mujer de vidrio. Había guardado el cofre en las alforjas de la montura después de grabar esa noche el lema del escudo de armas de mi hijo, que ahora permanecía sentado sobre un abrevadero con la armadura reflejando la luz cegadora del sol del mediodía. Vencer o morir.

Nadie creía en él, para todo el mundo era un despojo al que el usurpador daría el golpe de gracia en cuanto apareciese escoltado por otros nobles en la puerta de la torre del homenaje.

Observé a mi alrededor los preparativos. El campo de liza, las tribunas, los puestos de un mercado improvisado fuera de las murallas, la multitud convocada por el usurpador para legitimar la nueva dinastía. Una muerte anunciada y celebrada de antemano como una ofrenda ritual para sellar el inicio de los nuevos tiempos.

Aparté la vista del joven rey sin corona que se mantenía impasible, como si no anticipara el desastre inevitable de sus últimas horas, y busqué con ansia entre el gentío que entraba y salía de las murallas la presencia de la única que tenía en su mano evitarlo. Ella no se echaría atrás, de eso estaba seguro.

Nunca rompía ningún trato. Lo sabía por experiencia. Sin ella nada era posible. El mayor de los males era también la mayor garantía del único bien que importaba, porque ella era la que daba sentido a la vida, por eso pactar con ella era perder la esencia de lo más valioso que se podía poseer en esta tierra. Yo bien lo sabía.

Deslicé un saco de monedas en la mano de uno de los soldados mientras este hablaba distraído con el compañero. El saco estuvo a punto de caer de su mano, pero el hombre tuvo los reflejos suficientes para sujetarlo.

El soldado calibró un momento el peso de las monedas y luego me observó detenidamente. Yo le estaba leyendo el pensamiento a medida que evaluaba mi apariencia: joven, alto, musculoso, bien parecido, con una mirada de águila vieja que le hizo desviar los ojos rápidamente de los míos.

—¿Qué quieres? —la voz del soldado sonó áspera y ronca por la sorpresa.

Me dirigí a él en tono neutro, dando por hecho que aceptaba las monedas.

—Un favor.

—¿Qué favor? —inquirió el otro soldado, que arrebató el saco al primero para calcular el peso.

—Uno que vale menos que cualquiera de esas monedas que tienes en la mano.

Los soldados se miraron un instante y luego fijaron sus ojos en el saco, que había vuelto a las manos del primero.

No perdí ni un segundo, pues sabía que el único punto débil de aquellos dos era la codicia.

—Dejadme hablar con él —señalé al rey destronado con la cabeza.

Los soldados se volvieron para observarlo. El rey cobarde seguía sentado sobre el abrevadero, impasible, con la espalda erguida y la mirada perdida en un punto sobre las murallas, ajeno a todo cuanto sucedía a su alrededor.

Los hombres dudaron un instante, intranquilos, mientras el primero asía con fuerza las monedas. El otro forcejeó un momento hasta conseguir recuperar el saco con la avaricia transparentada en los ojos.

—Solo un momento —susurró sin mirarme, haciéndose a un lado.

Cuando llegué junto a mi hijo, procuré disimular la emoción que me asaltó al tenerle cerca. Tenía mi misma estatura, mi color de pelo, complexión mediana y la barbilla poderosa que debía ser herencia de alguno de nuestros antepasados.

Si no pides, no debes, pero valía la pena. Acababa de apostar la eternidad entera a cambio de la vida de mi hijo en el combate. Si amas, si te doblas, acabarás concediéndole lo que quiere. El secreto está en no amar, en que no te duela su trabajo. Pero para mí ya era tarde. Había jurado no volver la cabeza cuando la única mujer que había amado murió después de parir a mi hijo, pero allí estaba ahora, al descubierto.

Había salido al encuentro de la mujer de vidrio después de llevar años esquivándola, empujado por un valor que no tenía y alentado por un impulso irracional e insano que me había dirigido como un autómata hacia el precipicio, anulando la voluntad que me había guiado durante los últimos años.

El rey no cambió la postura ni desvió su mirada cuando me paré a su lado.

—Señor —me atraganté con la palabra—. Permitidme asistiros en el combate.

El rey entornó los ojos para observarme, inmóvil.

—¿Por qué habrías de hacerlo? ¿Quieres asistir a un cadáver?

Su voz era serena y agradable, segura, sin rastro de la vacilación que yo le había supuesto.

—¿Cómo te llamas?

Fui a contestar cuando el rey hizo un gesto levantando la manopla.

—No importa. Me lo dirás esta tarde, cuando acabe el combate.

No supe qué decir, absorto en la determinación de sus palabras.

—Serviremos un espectáculo del que se hablará durante muchos años. Un asistente cojo para un rey cobarde. —Creí percibir una sonrisa en la tirantez de sus rasgos—. Te agradezco el gesto. Mi destino estará unido al tuyo pase lo que pase."

IV

La niebla se apostaba al otro lado de la ventana de la habitación doscientos quince desde que la luz mortecina del amanecer disolvió la oscuridad sin lograr definir los contornos de los árboles del parque. Las esquinas volvían a dibujar sombras grises que reptaban hacia el techo, y una nitidez metálica se reflejaba como un camino brillante desde la ventana hasta la puerta siguiendo los destellos minúsculos del agua después del paso del personal de limpieza.

Amaya estaba sentada en el sillón observando hipnotizada el sendero de luz en las baldosas húmedas. Había llegado a la habitación de Leyre cuando estaban acabando de fregar el suelo, solo unos minutos antes, y precedida por su fama incorregible, sin pedirlo siquiera, la habían dejado pasar, aunque hubieran tenido que borrar después con la fregona el rastro de sus huellas.

Leyre parecía dormida, aunque los dedos de la mano derecha se habían estremecido sobre las sábanas cuando Amaya se había sentado a su lado.

Eso era todo lo que Amaya necesitaba. El silencio y la soledad junto a la mujer de las venas azules y la sensación de estar a salvo de los miedos que desdibujaba la niebla al otro lado de la ventana. Fernando entraría a verlas antes de la visita médica, como solía hacer cuando tenía turno de mañana, y luego volvería por la tarde para reunirse con Ana alrededor de Leyre.

Amaya atesoraba las rutinas recientes de aquella gente extraña porque nada tenían que ver con su vida, ni presente ni pasada. Nada le debían y delante de ellos no se veía obligada a representar ninguna farsa. Allí era una más, eso era todo, alguien que contaba y escuchaba historias para trascender las miserias diarias que la arrastraban cuando estaba fuera de aquella habitación hasta la imagen distorsionada de sí misma que proyectaban los ojos sobre los que se reflejaba.

Una más entre ellos. Eso era lo único que aspiraba a ser la mujer que llevaba una piedra anclada en el pecho con las aristas cortantes como filos de navaja, sin recordar que había llegado hasta aquella habitación por la curiosidad que le habían despertado las palabras de Amelia al hablarle del coraje con el que la mujer de la habitación doscientos quince afrontaba la soledad y la inminencia de la muerte, sin recordar que nada más llegar se había olvidado de todo, del pasillo, de sus pasos vacilantes antes de traspasar la puerta, del sonido de las ruedas de la estructura metálica que sostenía el gotero deslizándose sobre aquel primer suelo mojado, del impulso instintivo que la hizo sentarse en el sillón acompañando el sueño de una mujer dormida que le era completamente ajena, porque a partir del momento en que cerró los ojos, recostada junto a la cama de la mujer de las venas azules, sin saber cómo, Amaya encontró al fin la calma y la serenidad suficientes para comenzar a erosionar la piedra limando las aristas que le mantenían permanentemente abiertas las entrañas.

Y fue así, siendo plenamente consciente de la oportunidad que se abría para ella, como Amaya consiguió hacerse un sitio junto al reloj de arena.

Fernando entró en la habitación y saludó a Amaya con una sonrisa. Luego se acercó a la cama de Leyre y le acarició los dedos de la mano derecha, que volvieron a estremecerse con un ligero temblor sobre las sábanas. Le examinó la vía y el nivel de medicación, y salió de la habitación después de despedirse de Amaya con un gesto de cabeza.

Onofre continuó el relato. Los demás lo miraban absortos, pues la historia del rey cobarde ya se había contado en la cabaña. La había contado Martín al poco de llegar al campamento, pero ahora la oían en primera persona de un hombre que no tenía discípulos hasta que aquel muchacho le ofreció un zurrón a cambio de poder acompañarlo.

"La tarde estaba avanzada cuando comenzó el torneo. Le habían hecho

esperar bajo el sol, que reverberaba sobre su armadura desde el amanecer, sin ofrecerle agua ni comida, custodiado por dos guardias que tenían órdenes precisas para impedir su huida, y ahora, a punto de comenzar el combate, todo el mundo esperaba que se viniese abajo en el último momento.

Le ensillé el caballo y lo conduje hasta él para que lo montara. Todavía cojeaba a causa de la caída en la fosa donde habíamos enterrado al herrero.

La muchedumbre se apiñaba alrededor del campo de liza y un murmullo ensordecedor se extendió a lo largo de las almenas cuando apareció el usurpador rodeado de sus hombres de confianza, doce nobles que le habían rendido sus blasones y habían apoyado la conjura para derrotar al hombre que ahora se mantenía impasible sobre el caballo de guerra que caracoleaba sobre sus patas traseras.

El rey cobarde observó a su rival cuando este se acercó a la tribuna para recoger la prenda que le ofrecía la dama que pronto desposaría para convertirla en reina.

La muchedumbre aplaudió cuando la joven ató su pañuelo a la lanza mientras él le susurraba una promesa de gloria eterna para su estirpe. Ella le sonrió y lo vio alejarse hasta situarse en uno de los extremos del campo de liza, frente a aquel que les serviría la legitimación de la corona al caer la tarde. Aquel que lo había perdido todo y había vuelto para perder también la dignidad que no tenía. El mismo que en ese momento bajaba la visera ocultando su rostro y tiraba de las riendas con la manopla para serenar al caballo que pateaba inquieto.

Los asistentes les ofrecimos las lanzas y nos apartamos para despejar el campo. Mi cojera provocaba las risas y las chanzas de la multitud que se apiñaba alrededor. No me importó. Exageraba mi falta para parecer insignificante, para que nadie se preguntara qué hacía asistiendo a un rey sin corona que llevaba por sobrenombre una infamia.

Busqué ansiosamente con la mirada entre la muchedumbre. Ella asistía también al combate. Estaba seguro. No sabía si desde las almenas o desde alguna de las ventanas de la torre, o siquiera disimulada entre las damas de la tribuna, pero allí estaba, porque la Muerte nunca rompe sus promesas.

Busqué entre los rostros de la gente sin disimular la ansiedad que me agarrotaba la garganta, pero no encontré ninguna singularidad entre las caras de hombres, mujeres, ancianos y niños que observaban con avidez los preliminares. Tan solo una mujer, al otro lado del campo, detrás del usurpador, mantenía el porte digno y la mirada serena clavada en el rey depuesto.

Sus ropas eran las de una campesina, aunque su apariencia fuera distinguida, altiva y desafiante, como si el mundo le debiese obediencia y pleitesía. No apartaba los ojos del rey, al que parecía sostener sobre el caballo con la mirada. Estaba sola, tan sola que la percibí como una isla en medio de la marea humana que se agitaba a su alrededor, y entreví en ella una determinación férrea que parecía querer contagiar al rey cobarde, ajena por completo a la expectación y los gritos de los que la rodeaban.

El heraldo se situó delante de la tribuna para recordar las normas del combate. Los caballos de guerra piafaron inquietos y patearon la hierba esperando la señal para lanzarse a la carrera mientras los contendientes mantenían la posición sujetando las lanzas.

Busqué por última vez a la mujer de vidrio entre la muchedumbre en el momento en el que los añafiles anunciaban el comienzo de la liza y los caballos se lanzaban al galope acuchillando la hierba con la marca de sus herraduras. La multitud enmudeció y el tiempo pareció detenerse sobre las figuras de los caballeros cuando se alcanzaron con el primer golpe de lanza envueltos en un estruendo metálico.

Y un instante antes de que ambas monturas continuaran su camino, cuando el tiempo se cristalizó en el impulso con el que los contendientes entrechocaban las lanzas sin que se hubiera decidido todavía el resultado, aparté los ojos del campo de liza y encontré al fin lo que buscaba.

Apreté contra mi pecho el cofre que había recuperado de las alforjas antes del combate. Había grabado esa noche sobre la cubierta, tal y como ella me había pedido la tarde antes a la cabecera de la cama de un herrero moribundo, el lema del escudo de armas de mi hijo, y ahora lo repasaba con los dedos hasta completar mentalmente la secuencia de letras que encadenaban las palabras precisas.

Vencer o morir. Hinché los pulmones y aspiré el aire húmedo de octubre mientras la tarde detenía su camino sobre las almenas y se cristalizaba alrededor de la figura que se alzaba imponente recortada contra la luz limpia que precede al ocaso. Allí estaba. Los pendones ondeaban con un viento ligero que le arremolinaba los cabellos translúcidos alrededor del rostro de vidrio. Impasible.

Abrí el cofre y extraje del interior un reloj de arena. Lo volqué y dejé que su contenido comenzara a deslizarse entre las paredes de cristal hasta depositarse en el fondo, y solo entonces el tiempo se reanudó sobre el campo de batalla.

No necesité apartar los ojos de ella para saber el resultado del combate, ni tuve dudas sobre los colores del escudo de armas del caballero que había caído después del primer lance. El ruido de la armadura al desplomarse me era indiferente. No podía apartar los ojos de su imagen, a pesar de que mi hijo se jugaba la vida y yo había perdido la mía para siempre, porque la vida deja de tener sentido si no existe la muerte.

El silencio colectivo envolvió a la muchedumbre cuando se reanudó el combate. Seguí pendiente de los ojos verdes de cristal translúcido y no me desprendí de ellos ni cuando el silencio se hizo aún más intenso sobre el fragor de los caballos al galope.

Volvieron a entrechocar las lanzas dos veces más, y una armadura cayó otras tantas como un fardo metálico sobre la hierba húmeda mientras los caballos volvían otra vez a sus posiciones.

El silencio contenido se convirtió en un murmullo de estupor y asombro a mi alrededor, y entonces supe, sin dejar de observar a la mujer de vidrio, que el combate había terminado y que se había sellado el trato para siempre.

Escuché la voz de mi hijo cortando el aire limpio de la tarde, las órdenes precisas con las que se dirigió al físico que había acudido a atender al aspirante a rey que yacía tendido en el suelo.

—Ocúpate de él y cura sus heridas. Si esta noche vive todavía tendrá que jurarme lealtad igual que los que están en la tribuna.

La voz era segura y firme, y sobre ella cayó de nuevo el silencio.

—¿Me oyes, físico? —la voz se volvió impaciente.

Luego se oyó el relincho de su caballo al alzarse sobre las patas traseras.

—Soy vuestro rey, el único, mi padre era rey y lo serán mis hijos. Si alguien quiere retarme que lo haga ahora, porque defenderé mi derecho al trono con la vida.

En ese momento aparté la mirada de la Muerte. Mi hijo hacía caracolear su caballo delante de la multitud levantando la lanza en la que había anudado un pañuelo blanco antes del combate, reclamando para sí un trono que no le correspondía por sangre, pues no era hijo de rey ni su padre se había ceñido nunca una corona, ni tampoco sus venas arrastrarían nunca hasta su corazón el reflejo líquido del resplandor de sus ojos.

Si aquella tarde el rey cobarde hubiera sabido que descendía de un huérfano abandonado al que había encontrado la Muerte cuando hacía su trabajo a las puertas de un monasterio, y que más allá se perdía el rastro de su sangre en una secuencia interminable de gente sin nombre que se remontaba hasta el inicio de los tiempos; si hubiera sabido que solamente tenía estirpe real por parte de madre, y que únicamente por esa jugada del destino se mantenía ahora desafiante ante la multitud sobre lo alto de su caballo, con la lanza en alto y la garganta recia, ignorando que su verdadero padre había vendido su alma a la Muerte para procurarle la victoria esa tarde, quizá hubiera comprendido que la Suerte siempre había estado de su lado.

Fue la Suerte la que empujó a la mujer de vidrio hasta la puerta del monasterio aquella noche de enero, y fue ella también la que había obligado a una joven protegida por los lobos a abandonar a su hijo en el mismo lugar unos minutos antes. No se cruzaron, y ni la joven ni la Muerte supieron nunca que la Suerte les había estado celando hasta conformar el sustrato de color con el que ahora se acababa de completar el lienzo en blanco.

Me situé a escasos metros de mi hijo, que se mantenía altivo e impasible sobre su caballo mientras la multitud lanzaba vítores después de que una anciana desdentada los hubiera exhortado con sus gritos.

Ahora que lo tenía enfrente, orgulloso y digno, encendido de coraje y rebosado de aplomo, tuve que reconocer que el muchacho había heredado la voluntad y la determinación de su madre."

V

Leyre sabía que había llegado su tiempo. En torno a ella se fueron reuniendo los que la habían acompañado las últimas semanas. Poco a poco fueron tomando posesión del territorio que ella había conquistado para ellos, de la luz que se vertía sobre los vastos dominios que se transfiguraban como hologramas intermitentes proyectándose alrededor de la cama.

Atardecía en el parque al otro lado de los cristales de la ventana. Ana estaba sentada en el sillón sin apartar la mirada del suelo. No quería enfrentarse al hecho de que también Leyre desapareciera, como si le hubiera cogido por sorpresa el que una enferma terminal de cáncer pudiera tener los días contados. ¿En qué estaba pensando? se reprochó a sí misma sin pronunciar palabra, temiendo atravesar el silencio que la mantenía a salvo, porque mientras no levantase los ojos del suelo, mientras la habitación estuviera en calma, la Muerte no estaría apoyada sobre el cabecero de la cama reflejando la imagen de la mujer que le había devuelto la esperanza a pesar de las ausencias.

Pero la Muerte estaba allí esa tarde, indiferente. Había estado muchas otras veces apoyada sobre el respaldo del sillón donde ahora se sentaba Ana, escuchándolos, viendo cómo emergía la realidad que ellos convocaban con palabras, aquella otra realidad que era la única razón por la que todavía existía el reloj de arena.

"–Tu nombre.

El rey detuvo su caballo frente a mí.

–Onofre, señor.

El combate había terminado y, tal y como habían acordado unas horas antes, el rey exigía la filiación del asistente cojo. Me observó, esta vez con detenimiento, mientras el caballo caracoleaba inquieto. Tenía el ceño fruncido y un interrogante en el rictus de los labios. Buscaba tal vez la razón del parecido entre nosotros. La misma complexión fibrosa y los mismos ojos azules. El mismo pelo castaño y rizado.

La gente se arremolinó alrededor. El rey me hizo una señal para que lo ayudara a desmontar y yo me apresuré a hacerlo. Después fui a apartarme para dejar paso a mi señor cuando este me sobrepuso la manopla en el hombro.

—Cuento contigo. Has de estar presto para asistirme y acompañarme durante varias jornadas de viaje.

Hice una reverencia torpe cuando el rey ya se dirigía a la torre seguido de los nobles que no habían participado en la conjura. Observé que mi hijo no acusaba el esfuerzo de la lucha, ni la incertidumbre y la tensión que yo suponía que había sentido desde el amanecer viendo cómo se disponían los preparativos para la batalla.

Nada más vencer en el combate, había dado órdenes precisas a la guardia para que arrestaran a varios nobles que habían permanecido inmóviles en la tribuna mientras retiraban del campo de liza el cuerpo maltrecho del usurpador. Y ahora, cuando se dirigía al castillo, seguía disponiendo recados a los soldados y a los sirvientes que se movían entre el cortejo de nobles que lo rodeaban para procurarse un sitio en el nuevo orden. Parecía repleto de energía, pensé mientras lo veía alejarse, decidido a restaurar sus derechos sobre sus dominios con mano firme.

Algo debía haber cambiado, pues no era la estampa de alguien al que le habían arrebatado un trono después de sobreponerle una infamia sobre su propio nombre. Alguien debía haberle dado fuerzas para volver a reclamar su reino ejerciendo una autoridad que dosificaba de manera inteligente y desplegando un liderazgo natural sobre sus súbditos. Exactamente como si la rebelión y el abandono del trono para poner a salvo su vida no hubieran sucedido nunca.

Observé como mi hijo entraba en la torre con paso seguro para tomar posesión de lo que siempre había sido suyo. La multitud lo vitoreaba y la guardia se cuadró a su paso mientras en las murallas se arriaba el estandarte del usurpador y se izaba el gualda y oro. Esa misma noche grabarían en los escudos de armas del enemigo las señales de sometimiento con las que quedaría marcada la casa para siempre, un toro inclinado de manos ante un león rampante.

Disfruté de las sobras del banquete y rechacé la bebida que me ofrecían para estar presto al amanecer a la llamada de mi hijo. Antes de irme a dormir con los mozos de los establos, observé los preparativos que se hacían para el día siguiente, de modo que, con las primeras luces, no me impresionó la comitiva que se había formado ante las murallas a la espera de que el rey diera orden de partir hacia las montañas del norte.

La mañana del segundo día, con el sol asomando en el horizonte, llegamos hasta las estribaciones de la sierra. El rey ordenó esperar allí a la comitiva y se adentró en el bosque de castaños conmigo a la zaga, que le seguía a buen paso acentuando la cojera mientras tiraba de las riendas de las dos monturas.

Poco a poco el paisaje se fue haciendo más agreste y la vegetación más densa. A media mañana paramos a descansar en un paraje escondido entre riscos cerca de la cima, junto al cauce pedregoso por el que se despeñaban las aguas de una garganta.

Después de beber y refrescarse, el rey pidió el cofre que me había confiado para que lo custodiara la mañana que iniciamos el viaje.

Lo busqué en las alforjas que llevaba aparejadas en la silla del caballo y se lo entregué presto.

—Espérame aquí. Volveré pronto.

Luego desapareció entre la frondosidad de los robles que ocultaban la cima.

Cuando volvió, unas horas más tarde, no venía solo. Lo acompañaba una joven a la que reconocí como la misma que se había distinguido entre el gentío que abarrotaba el campo de liza antes de que comenzara el combate. Era ella, sin duda, pensé mientras los observaba aproximarse. Venía asida del brazo del rey, y esta vez su indumentaria sí correspondía a su porte altivo y la dignidad inconfundible que había intuido en ella en la plaza de armas del castillo. Sus ropas y las joyas con las que ahora se adornaba correspondían a una reina, y me pregunté por qué una mujer así podría haber vestido alguna vez como una vulgar campesina.

Y entonces, sobre el ensordecedor sonido del agua precipitándose entre los riscos, escuché a los lobos. Eran muchos los animales que aullaban al mismo tiempo desde la cima de la sierra. Tensé el cuerpo por instinto, porque sabía que para mí nunca sería una amenaza el canto lúgubre de la manada que parecía despedirse de la mujer que ahora avanzaba al compás de mi hijo.

Reanudamos a pie el camino de vuelta, y cuando el bosque cerrado se aclaró hasta reducirse a monte bajo, el rey ayudó a la joven a montar en su propio caballo. Así llegamos hasta la comitiva que nos aguardaba en el camino.

—Ella es Alisa, vuestra futura reina. La voz se elevó sobre las figuras dispuestas en fila a ambos lados del sendero.

Los soldados se cuadraron a su paso mientras el rey acompañaba a la joven hasta el carruaje que los aguardaba, y así, dos días después, los nuevos reyes tomaron posesión de su reino."

VI

Si no pides, no debes. Quizá solo era cuestión de sopesar las consecuencias. Quid pro quo. Era difícil no involucrarse con la Vida para estar a salvo de la Muerte. Perdemos desde que nacemos, pensó Leyre, perdemos a la madre cuando dejamos de vivir a través de ella, cuando salimos del útero materno y nos sumergimos en los rápidos de un río que nos arrastrará a su antojo durante todo el trayecto. Luego la visión de conjunto, la estrategia, la perspectiva, nos ayudarán a mantenernos a flote evitando los remolinos de agua que succionan a los más incautos.

Nadar a favor de la corriente, disfrutar de la aventura a pesar de los golpes contra los recodos en los cañones cortados que estrechan el cauce, a pesar de las inmersiones hasta las profundidades de las pozas oscuras donde luego la vida se remansa en superficie.

Tan solo la alegría y la fugacidad de las sensaciones que nos impulsan a probar nuestra suerte al lanzarnos con aullidos de euforia en caída libre sobre el precipicio, la ingravidez y la ligereza del cuerpo envuelto en un manto de gotas de agua, la sensación de mantenernos suspendidos en una cortina de cristales líquidos mientras el corazón nos bate con fuerza en el pecho, alentados por la adrenalina que nos acaricia la piel y nos desenreda el alma, bastan para justificar la inmersión hasta lo más profundo, allí donde el tacto húmedo del lodo y las aguas revueltas y oscuras del lecho rocoso nos recuerdan que volar en picado tiene sus contrapartidas. Y tocamos fondo antes de impulsarnos de nuevo hacia arriba. El precio del camino de vuelta.

Vencer o morir. Que no te arrastre la corriente, que no te lleve como un fardo hacia lo inevitable, bracea. Leyre recordaba las palabras. No nades contracorriente, impúlsate hacia adelante con brazos y piernas y deja que la fuerza del agua multiplique tus posibilidades. Grita, aúlla cuando vueles sobre el agua, y luego déjate arrastrar hasta el fondo para coger impulso de nuevo hasta la superficie.

Perdemos para ganar de nuevo el útero materno. Siempre. Por eso los pocos que son conscientes de que se los lleva la Muerte buscan la fuente donde se originó la vida y se sumergen en la corriente llamando a la madre para volver a sentir otra vez que son parte de la pulsación primera. Leyre lo había oído muchas veces. Madre. Como si la Muerte reflejase sobre sus vidrios azules la imagen del primer trasluz al entornar los ojos, la primera sensación individual después de desprendernos de la conciencia única, la primera noción de los límites de la puerta a través de la que atisbaremos el mundo.

Otras veces el cristal refleja la ilusión del amor primero, el sueño de luz y de sombras en el que los colores se mantienen nítidos y brillantes a pesar de las huellas inexorables del tiempo, la sensación de renacer en los ojos del otro a través del instinto primario, desinteresado e inocente, que todavía nos acaricia la piel en el postrer aliento.

Leyre sabía que el cristal refleja en esos últimos instantes lo que somos, o la ausencia de lo que hemos anhelado y no hemos sido nunca. Sabía que todos la codiciamos a ella por más que la neguemos como una posibilidad remota, porque todos queremos saber lo que refleja el cristal cuando nos llegue el momento, vislumbrar nuestro propio destello en la calma de la superficie y poder atisbar otra vez al trasluz el camino de vuelta.

El ataque comenzó a media tarde. Habían rastreado el avance del ejército la mañana del día antes, sin tiempo para pertrecharse, pues el enemigo avanzaba desplegándose en abanico para cortarles la retirada.

Amancio había aparecido y luego había vuelto a desaparecer después de entrevistarse con Ricardo. No combatiría a su lado. Formaba parte del ejército que avanzaba para arrasar el campamento. La decisión había sido súbita, dijo Amancio, y ni los que estaban al frente de la expedición habían sabido las órdenes precisas hasta la noche anterior.

Era tarde para una retirada a través de la sierra, porque el cerco lo habían diseñado estirando los cuatro puntos cardinales. La rapidez y la sorpresa con la que se había tomado la decisión sólo podía obedecer al hecho de que el enemigo estaba dentro. Así se lo confirmó Amancio a Ricardo la única vez que se miraron de frente.

El mapa sobre el que se había proyectado la incursión respondía a una cartografía exacta del terreno cuya traza debía haber requerido mucho tiempo, de modo que Amancio comprendió demasiado tarde que él no era el único que jugaba una doble baza. Y su mente analítica y desprovista de emociones tuvo la certeza de que el artífice de aquel proyecto era alguien superior a él en frialdad y en estrategia.

Caminaba al frente de la expedición de castigo después de haber intuido las órdenes poco antes de ser pronunciadas, pero su intuición no había bastado para alertar a Ricardo con tiempo suficiente para ponerlos a salvo. Y ahora, al mando de los hombres que debían arrasar las chozas malolientes que tantas veces había atisbado en la distancia detrás de la empalizada que coronaba el promontorio, rastreaba inútilmente las posibilidades de cumplir la promesa que le había hecho a Sol poco antes de que la emparedaran.

Aunque se hallara camino de romperla, pensaba mientras apartaba la maleza guiando a su montura, tenía reservas de energía suficientes para cambiar el resultado en el último momento, pues todo lo que le importaba entonces, atravesando la sierra a la cabeza de un flanco de hombres armados, era cumplir el juramento que le había hecho a la única mujer que había querido, aunque para ello tuviera que emplear hasta la última gota de sangre.

Protégelo. Ponlo a salvo. Vela por él. Júramelo si no quieres que te maldiga mil veces mientras dure mi agonía. Rezaré por ti cuando me falte el aire si ahora demuestras el valor de jurar sobre tu propia vida, esta y la que te espere cuando se te lleve la Muerte, que protegerás a Tristán y le librarás del mal que pueda sobrevenirle por mi causa.

Amancio lo hubiera hecho de todas maneras, porque desde que desencadenó la tragedia que arrastró a Sol y a su hijo a una muerte segura, se cercenó el alma y se grabó la marca del vacío entre las sienes para recordarse *que ya no se pertenecía a sí mismo.*

Había sido a través de Amancio como el marido de Sol había sabido que no era suyo el hijo que ella había parido. Había sido en un arrebato de celos regados generosamente con alcohol como su señor había sabido que el niño que él creía su heredero era en realidad una amenaza para su estirpe con derechos sobre el señorío por ser hijo de su hermano Ricardo. Así se había desencadenado una venganza que ahora llevaba a Amancio hasta lo más profundo de la sierra para cumplir la voluntad de su amo, aunque con ello rompiera su promesa.

Había querido a Sol desde que la atisbó detrás de las almenas cuando acompañaba a su señor a desposarla. Pero todo el amor que Amancio había profesado a Sol, la luz que iluminó súbitamente el páramo oscuro y yermo en el que había vivido hasta conocerla, consumiéndolo a partir de entonces en una pira incandescente que se alimentaba de su propio celo al adorarla, creyó Amancio, ciego e ingenuo, que la vileza de los amores ilegítimos de ella con Ricardo lo había acabado reduciendo a cenizas. Todo el anhelo secreto con el que la amó en silencio, apostado en el secreto inconfesable que protegía a buen recaudo, creyó él que la conducta de su señora lo había acabado reduciendo a despojos expuestos a la infamia.

Amancio llegó a creer que Sol nunca había existido tal y como él la concebía, se cegó de ira y de rabia contra sí mismo por elegir el altar equivocado, y decidió arrasar los cimientos del templo aunque él también acabara sepultado entre los escombros. Y solo cuando contempló derrumbarse el edificio, en el último momento antes de que la piedra clave de la bóveda se desplomara estallando en mil pedazos, Amancio descubrió, para su desgracia, que nunca podría dejar de amar a Sol mientras todavía quedara aliento en su pecho.

Ahora apartaba la maleza como si fuese la primera vez que recorría la sierra, siguiendo el mapa que alguien había trazado para llegar hasta el campamento de maleantes donde se escondía el bastardo. Amancio ralentizaba el paso para confundir a sus hombres, seguro de que cualquier margen de tiempo podía desencadenar el milagro que necesitaban. Piensa, se repetía a sí mismo mientras avanzaba, recordando que llevaba al cuello, sobre el pecho, la medalla de oro que Sol le había dado como prenda para sellar el juramento horas antes de que comenzara su agonía emparedada en un nicho escondido en las escaleras de la torre.

VII

Leyre soñaba la mayor parte del tiempo y eran escasos los momentos en los que abría los ojos al sentirse acompañada por Ana y Fernando. Ellos continuaban acudiendo alrededor de su cama y volcando el reloj para iniciar las historias que dilataban las paredes de la habitación y abrían el techo con el empuje de las enredaderas hasta que la luz cenital se reflejaba en el remanso líquido de las sábanas, proyectando formaciones de peces de colores que surcaban el azul de las venas de la mujer dormida.

La Vida es lo único más inexorable que la Muerte, le había dicho Onofre a Martín antes de que cercaran el campamento. —Créelo. No te preocupes tanto.

Ahora Onofre se desangraba en un charco de sangre junto a la mujer que se apoyaba en el cabecero de la cama de Leyre, feliz, pues avanzar con ella era lo único que anhelaba desde hacía mucho tiempo para dejar de temer las ausencias. Quería desaparecer también, adelantarse junto a ella como había visto hacer a muchos, incluso a los que más habían dolido.

Los soldados habían cercado su posición después de arrasar el campamento, y el comandante había dado la orden de avanzar hasta cerrar el círculo en torno a ellos, que estaban prevenidos desde que Amancio se entrevistó con Ricardo la tarde antes.

Habían dejado el campamento con la noche cerrada cuando supieron que les daban caza y que el cerco se estrechaba como una tenaza a su alrededor, y se habían pertrechado en la sierra buscando el refugio de las grutas cerca de la cima. Las mujeres y los niños esperaban en las posiciones más elevadas mientras los hombres se disponían en abanico para defender la ladera. Al atardecer habían dado con ellos. La batalla se libraría de noche, si es que a aquella matanza se le podía llamar de tal modo. La única ventaja que tendrían era morir luchando.

Las primeras antorchas se movían entre los árboles y desde donde estaban podían observar cómo preparaban el cerco.

Críspulo se escabulló en el último momento cuando estaba apostado entre los hijos de Crespo, confirmando la sospecha de Ramiro de que él había sido parte activa de la conjura para acabar con su hijo. Amancio tenía razón cuando le advirtió que incluso aquella sabandija podía ser su enemigo, y que la avaricia y la mala sangre podían disfrazarse de pocas luces si era necesario para conseguir el objetivo.

A los demás no les extrañó que desapareciera ladera abajo como una alimaña. Otra cosa hubiera sido extraña, se dijo a sí mismo Frasco cuando le apuntó con la ballesta y ajustó el tiro. Siguió el bulto del reptil entre las sombras y disparó con un golpe certero, luego bajó el arma y observó tranquilo como el proyectil había hecho blanco en la pierna derecha que la sabandija arrastraba mientras trataba de llegar hasta los robles, justo antes de que una flecha volara desde la cima y se le clavara en la espalda derribándolo al pie de los árboles.

Había vuelto después de desaparecer durante varios días, y el viejo también comprendió que había sido un traidor a sueldo desde el principio, un topo que había reptado hasta el centro de la madriguera para abrir las puertas de par en par a las bestias que les daban caza. O quizá no, quizá el traidor fuera solamente Amancio, el mercenario que los había prevenido a destiempo de que volvería comandando un ejército para reducir el campamento a cenizas. Tal vez el mundo ya estuviera del revés, pensó Frasco, y quizá él fuera demasiado viejo para sorprenderse de que un traidor advirtiera antes de asestar la puñalada y una sabandija avariciosa tuviera la capacidad de fingir que era solo una alimaña sin cerebro.

Un rastro fácil, pensó el viejo enardecido por el instinto de cazador. Prefería distraerse con Críspulo antes que pensar en la inminencia de la muerte. Desde donde estaba apostado podía distinguir a sus nietos, incluso a Tobías, el pequeño, al que habían provisto con una espada y una honda y permanecía agazapado junto a su padre.

Su madre se había negado a que el muchacho se expusiera con los hombres en vez de luchar con ella en retaguardia, pero Crespo había despachado a Juncia con voz cortante.

—Deja que luche como un hombre ya que va a morir de todos modos.

Los hombres estaban armados hasta los dientes. Martín había aceptado dos cuchillos y permanecía junto a Onofre esperando, intuyendo la posición de Laura más arriba, que acechaba junto a Juncia detrás de unos riscos defendiendo la entrada de la gruta donde se escondían el resto de las mujeres y los niños.

Las dos iban armadas con cuchillos. Laura además iba pertrechada con el arco y una buena provisión de flechas.

Nadie ignoraba cuál era su destino. Arrasarían la sierra. No había forma de escapar de aquella ratonera en la que no dejarían a ninguno con vida, aunque según Amancio tan solo querían dos cadáveres, dos trofeos para llevarse de vuelta.

Frasco y Ricardo habían elegido la posición por las grutas cerca de la cima, lo suficientemente estrechas y profundas como para hacer desaparecer un cuerpo entre el laberinto de oquedades e intersticios que se perdían montaña adentro. Aunque de sobra sabían que los que avanzaban traían perros de presa, pues los ladridos resonaban como un eco que se amplificaba a medida que los soldados se acercaban a ellos.

Agazapado entre los riscos, Ricardo pensaba en Tristán y no acertaba a imaginar la manera de ponerlo a salvo, aunque la promesa de Amancio resonara todavía en sus oídos. No entendía cómo su hijo podría escapar de la matanza, aunque él mismo se lo hubiera encomendado a Martín antes de salir del campamento.

—Salva a Tristán como hiciste con el contador de historias. Págame así el favor por no acabar contigo en aquel claro como hicimos con el tratante de telas.

Martín había dudado antes de responder, no porque no estuviera dispuesto a salvar al niño, sino porque dudaba de poder salvarse a sí mismo.

—Puedes —le ordenó Ricardo adivinando sus pensamientos—. Ya lo has hecho una vez y lo volverás a hacer si llega el caso.

Martín lo había mirado sorprendido por la confianza inquebrantable que Ricardo depositaba en él, pues no era diestro con las armas. Hubiera debido encomendar la salvación del niño a Teodoro o a Frasco, a alguien que hubiera sabido defenderlo de los que avanzaban para abatir la posición sin dejar rastro.

—Convéncelos, como me convenciste a mí.

La decisión que Martín entrevió en los ojos de Ricardo le acabó de cerciorar de que había estado meditando sus palabras desde que supo lo que se cernía sobre ellos.

—Si lo haces, la deuda estará saldada.

Pero Martín solo pensaba en Laura, embarazada de dos faltas de un hijo que solo podía ser suyo, pues Onofre se había apartado inexplicablemente del camino a finales de verano para que el muchacho pudiera cortejarla.

En realidad, Onofre nunca estuvo enamorado de Laura, como tampoco estuvo enamorado del resto de las mujeres que había tenido después de Constanza. A algunas las había tomado afecto, como a Flora, la hija del herrero, pero a la mayoría las había utilizado a conveniencia para lograr algún propósito, como ahora estaba utilizando a Laura al arrojarla en brazos de Martín para que el muchacho tuviera algo que perder cuando Onofre volviera a proponerle el trato.

Y como un dique que se rompe por la presión de una corriente contenida contra natura largo tiempo, Martín y Laura se habían acabado encontrando arrastrados por la fuerza de los rápidos del río. A partir de entonces el tiempo había dejado de deshilvanarse como una madeja empujada cuesta abajo por la misma mano que la había hilado previamente, convirtiéndose para ellos en un espacio fuera de las coordenadas conocidas, como si hubieran subido mil peldaños en una escalera que les hubiera hecho ganar en perspectiva.

Y así fue como en los últimos dos meses Martín solo había tenido ojos para observar a Laura en el color de aquel octubre enredado en el vuelo de las aves migratorias que surcaban el cielo por las tardes; solo tuvo oídos para rastrearla en los sonidos del bosque y en el batir de su propio corazón al compás de los bramidos de los machos en las berreas de la sierra; sólo tuvo cabeza para presentir a Laura en el aire ligero y frío del otoño y en el crepitar abrasador del fuego, absorto en los detalles que giraban a su alrededor al intentar fijar en su memoria los signos tangibles del ciclo natural del que los dos formaban parte como una pieza única.

El uno era la medida del otro, y sus cuerpos se acoplaron desde el primer momento con precisión absoluta. El amor se confundió con la necesidad de seguir respirando y se borraron los límites de lo que estaba o no estaba permitido, pues la contundencia del deseo los sorprendió desprevenidos detrás de la inocencia, hasta que sus alientos se acompasaron echando abajo cualquier resistencia que hubieran podido oponer a la certeza de que estaban hechos el uno para el otro.

Lo que Martín sentía por Laura no era abarcable con palabras, y su pérdida era inconcebible para él desde cualquier punto de vista, por eso ahora, con Onofre agazapado en su flanco derecho, Martín no pudo evitar pensar en el trato que el hombre le estaba ofreciendo.

Otra de sus historias, pensó la primera vez que lo escuchó de sus labios, pero se lo había vuelto a proponer la tarde anterior, encargándole que custodiara el zurrón donde guardaba el cofre, el mismo que mantenía ahora a su costado por si Martín cambiaba de idea en el último momento.

La luz desaparecía cuando el enemigo tomó posiciones entre los robles unos cientos de metros más abajo. Los perros de presa olfatearon excitados el aire, impacientes por lanzarse sobre ellos.

—Salva al muchacho como Ricardo te ha pedido —la voz de Onofre era ronca y neutra—. O salva a Laura y al hijo que lleva dentro, como prefieras.

Martín desvió la mirada para observarlo. Onofre hablaba mirando al frente, atento a las maniobras del enemigo.

—Sabes lo que tienes que hacer. Si quieres.

Un embaucador. Ahora lo comprendía. Hasta el final defendería aquella historia de un reloj que era capaz de prolongar indefinidamente la vida a cambio de salvar la de alguien que estuviera a punto de perderla, haciendo un pacto con la Muerte.

Le volvieron a la cabeza las dudas que tuvo la primera vez que oyó la historia de labios de Onofre. ¿Dónde estaba el trato? ¿Qué perdía él si accedía a quedarse con el cofre y pronunciaba las palabras exactas al abrirlo a la luz de la luna? Todo eran ventajas. Vivir eternamente y salvar de una muerte segura a alguien que le importara lo suficiente. ¿Contra quién se jugaba la partida? ¿Qué se cedía a cambio?

—Solo tú puedes hacerlo, le había dicho Onofre la primera vez, porque tienes un don natural para contar historias. Y esa es la única contrapartida, entretenerla.

Las antorchas de los hombres comandados por Amancio formaban una corona de fuego que sobresalía entre los árboles.

Conseguir la eternidad, salvar a Laura. Contar historias, entretener. Distinguió el brillo de los ojos de Onofre entre las sombras, refulgiendo en la oscuridad como las ascuas encendidas bajo las cenizas.

—Hoy hay luna creciente, ella está aquí y tú tienes algo que perder. Piénsalo. No habrá mejor oportunidad que esta.

VIII

Amaya recibió el alta médica después de completar la primera fase del tratamiento de quimioterapia. El resto de las sesiones podrían realizarse de forma ambulatoria.

Pasó a despedirse de Leyre antes de marcharse. Sus hijos habían recogido sus efectos personales y ella les había pedido que la esperasen en la cafetería mientras hacía unas visitas.

Cuando Amaya entró en la habitación doscientos quince solo llevaba el nombre a cuestas. El resto lo había ido perdiendo por el camino que había comenzado a andar sin bastones, sola, como había estado siempre, aunque por primera vez tuviera plena conciencia de ello, pues seguir avanzando a pesar del dolor era lo único que la redimía de la ceguera en la que había vivido hasta entonces.

Desde que su hijo entró en su habitación una noche de finales de enero, Amaya era otra, de modo que ahora, cuando ella misma entraba en la habitación de Leyre para despedirse, apretaba en su mano derecha un estuche diminuto con un collar de tabas en el que había logrado reducir el miedo y la incertidumbre. Había reducido también allí a la otra Amaya, la que había entrado en el hospital pisando fuerte y exigiendo la visita del director de manera inmediata para acomodar a sus huestes.

Ahora todo aquello había quedado atrás. Antes de recibir el alta médica había reunido a su familia para contarles que abandonó a su hijo recién nacido con apenas dieciséis años. Les contó también sobre su maestría cincelando la madera de la puerta con los ojos, su inmovilidad, el desprecio que sentía por sí misma, y les pidió perdón por haber construido su vida sobre una fábula sin moraleja.

Su marido la escuchó en silencio, lo mismo que sus hijos, y cuando ella terminó de hablar ninguno dijo una palabra, como si todavía esperaran que después de aquello Amaya actuara igual que siempre. Se habían acostumbrado a vivir a su sombra, amparados en los extensos y vastos dominios que ella administraba estableciendo el orden bajo el que se regían todos.

Hasta entonces no había habido otra forma de vivir con ella, y todos se habían cuadrado antes o después, más bien antes, a las leyes invisibles con las que Amaya estiraba los límites del mundo. De modo que ahora, después de escuchar en silencio el secreto que ella había guardado tanto tiempo para mantener su imagen y la superioridad moral desde la que no se cuestionaban sus órdenes, su marido y sus hijos esperaron pacientemente a que ella misma dispusiera la solución para continuar con sus vidas, como había hecho siempre.

El que Amaya hubiera ocultado la verdad durante tanto tiempo para mostrarla ahora no hacía esa verdad omnipresente, pues ella decidía sobre el bien y el mal, los administraba, y su familia esperaba que dictaminase rápidamente una sentencia a favor o en contra que le permitiese a Amaya expiar las culpas para poder volver a ser la misma de antes.

Un bastardo, un medio hermano de madre, un mendigo, un maleante, un desconocido que venía a perturbar la paz de la familia, alguien prescindible excepto en la conciencia de la madre. Eso lo entendieron todos. Lo que no comprendieron es que ella les hubiese hecho partícipes, porque intuían que era la primera señal de una debilidad de la que Amaya había carecido siempre.

Por eso callaron y esperaron, para darle tiempo, para que repusiera el ánimo y la valentía de la madre y de la esposa, la mujer fuerte, la madre que no conoció bastardo, la virgen ante el altar, la guardiana de las murallas que protegían a la familia de mendigos, desconocidos y maleantes.

Amaya lo entendió cuando se asomó a los ojos vacíos de los que la rodeaban. No podía volver atrás y, sin embargo, tampoco podía abandonarlos. La necesitaban. Había construido los cimientos del edificio sobre sí misma y ahora no podía fallarles. Se sobrepuso, cogió aire y escupió las órdenes.

–Olvidadlo. Solo quería descargar la conciencia por si el final estuviera próximo.

Hizo una pausa y dejó de observarlos, aunque sabía que tenía clavados los ojos de todos ellos en el rostro como las estaciones de un viacrucis. Era el único desliz en su vida y ya había rendido cuentas ante Dios y buscado el consuelo de un sacerdote, pero quería que lo supieran, les dijo, porque debían aceptarlo como parte de su vida, aunque nunca tendría consecuencias para ellos más allá de saber de la existencia de un medio hermano con el que ni siquiera compartían la sangre.

No se podía haber llevado una vida como la que había llevado ella, los miró de uno en uno y volvió a recuperar las riendas invisibles, sin aceptar los errores, pues la perfección no existe, les dijo, y no toleraría que pensasen en ella después de muerta como en una mujer a la que la cobardía por omisión le había impedido ser grande.

Teodoro había defendido la ladera luchando cuerpo a cuerpo, y antes de caer se había llevado por delante a más de una decena de hombres. Frasco le había cubierto las espaldas mientras pudo, y luego se había replegado hasta la posición que defendían Ricardo y Crespo. Una lluvia de flechas encendidas arreció a sus pies y prendió una línea de fuego y de humo denso que reptó ladera arriba cegándolos por completo. Frasco les hizo replegarse mientras los soldados avanzaban por los flancos sorteando el fuego que se alimentaba con los matorrales y crecía como una marea favorecida por el viento.

Una de las lanzas había alcanzado a Onofre en un costado, y Martín le atendía sin poder detener la hemorragia. Había conseguido extraer la punta de metal desgarrando la carne y abriendo un surco a través del que brotaba un torrente de sangre que el muchacho trataba de detener inútilmente presionando con ambas manos sobre los jirones palpitantes de carne sanguinolenta.

–Hazlo. No hay tiempo. Hazlo si quieres salvarla.

Onofre le instó a que cogiera el cofre, y el muchacho lo hizo mecánicamente con las manos empapadas de sangre.

—Ábrelo.

Martín lo hizo sintiendo el tacto rugoso del ciprés entre las palmas de las manos, sin ver el destello de las vetas de oro porque sus ojos estaban completamente cegados por el humo que avanzaba alumbrado por el resplandor del fuego.

La luz de la luna inundó el interior del cofre y moldeó las aristas de un objeto rebotando sobre su superficie de cristal con una pátina brillante y luminosa.

Martín pronunció las palabras tal y como Onofre se las dictaba mientras sostenía el reloj de arena entre las manos.

—Mi palabra a cambio de la vida de Laura. Mi tiempo detenido en este reloj de arena, para siempre, a cambio de la promesa que le hiciste a Onofre cuando era niño.

La Vida es una negociación abierta, y Martín no podía entender, mientras observaba el reflejo líquido de la sangre de Onofre iluminada por el creciente de luna, cómo aquellos susurros intermitentes podrían salvar a Laura de los soldados que avanzaban batiendo la ladera de la sierra.

Olía a retama y a jara quemada, y se oía el ladrido de los perros y los gritos de los hombres que avanzaban entre la niebla fantasmagórica que alumbraba el fuego cuando Onofre entrevió su figura detrás de Martín, la silueta de la mujer de vidrio que reflejaba las llamas sobre el verde desvaído de sus ojos, y sintió al fin una zarpa de hierro fundiéndose en su costado al abrirse paso hasta sus entrañas. El dolor y la Muerte. Un embaucador, pensó de sí mismo mientras se disolvía en su interior, como un viento seco, el tormento de las ausencias que le habían raspado el alma todos aquellos años. Miró una vez más a Martín a través del humo encendido de ascuas que los rodeaba, y entreabrió los labios cuando estaba a punto de perder la conciencia.

—*Perdóname.*

Y la misma mujer a la que había visto llevarse a tantos, la misma que le había susurrado una promesa para siempre a la puerta del monasterio, la que le había arrebatado el mundo antes de empezar a vivirlo, la única referencia que asociaba a la madre que nunca había tenido, la que lo había despojado de los sentimientos dejándolo a merced de la soledad absoluta, impidiéndole amar para no extraviarse en el laberinto de la pérdida y los recuerdos; ella, la que hacía más de tres siglos se había llevado al padre Apolinar a sabiendas de que comenzaba a erosionarle el alma que a esas alturas no tenía, se acercó a Onofre y, reflejando su sonrisa torpe sobre la cesta de mimbre, al fin le tendió las manos.

IX

El fuego arrasó la ladera de la montaña empujado por el viento. Un puñado de soldados rodearon sus posiciones por detrás, a sotavento, y se enfrentaron cuerpo a cuerpo con los hombres de Ricardo mientras los demás atacantes permanecían en retaguardia avivando el fuego con retamas y sujetando a los perros, que ladraban nerviosos a aquella humareda ardiente que iluminaba la oscuridad y abrasaba el aire.

La orden de disparar flechas encendidas para que arrasaran la maleza y acorralaran a los hombres de Ricardo la había dado Amancio, y ahora avanzaba esquivando los cuerpos sin vida de Teodoro y de los hijos mayores de Crespo, que luchaba más arriba a machetazos contra dos de sus soldados más leales.

Querían llevarse de vuelta dos cadáveres, esas eran las órdenes, un hombre y un niño de ochos años, aunque Amancio estuviera dispuesto a dar su vida aquella noche por cumplir la promesa que le había hecho a una mujer que llevaba ese mismo tiempo emparedada.

Avanzaba con los ojos cegados buscando a Ricardo cuando se topó con Frasco, enjuto y ágil, agazapado detrás de un cancho. El viejo saltó sobre él empuñando un cuchillo que Amancio esquivó en el último momento, pero el viejo se revolvió con rapidez y se lo clavó en el hombro al tiempo que Amancio le ensartaba la espada en un costado. Se miraron desafiantes, todavía en pie, envueltos en la humareda que les abrasaba la piel y les prendía las ropas.

Solo se oía el entrechocar de espadas y el zumbido de flechas cortando el aire abrasador sobre el crepitar del fuego, la respiración entrecortada de los hombres y los ladridos de los perros más abajo.

Amancio observó los ojos centelleantes del viejo escondidos entre los pliegues de cuero arrugado, preguntándole en silencio qué demonios hacía allí comandando a sus enemigos. Amancio mantuvo la expresión impasible, aunque el viejo hubiera cazado muchas veces para él y le hubiera acogido sin hacer preguntas alrededor del fuego del campamento.

Continuaron acechándose y esperando el momento de rematar al contrario. A Frasco solamente le mantenían en pie la voluntad y el desprecio hacia un hombre que no tenía principios ni conocía lealtades más allá de la fiebre que le nublaba los ojos.

Amancio lanzó una estocada y el viejo la esquivó de un salto que le hizo perder el equilibrio. Amancio avanzó en su busca cuando Ricardo le cortó el paso. El cuerpo del viejo despareció ladera abajo entre la humareda candente y los dos hombres se encontraron frente a frente dispuestos a sellar el trato.

—Salva a Tristán, protégelo.

—A eso he venido —Amancio empuñó la espada e instó a Ricardo a que luchara a pesar de tener inutilizado el brazo izquierdo.

El aire se había vuelto irrespirable y el fuego crecía como una pira alimentada por la base y empujada por el viento.

Frasco rodó entre las brasas y encontró refugio entre unos canchos. Sabía que si permanecía allí moriría asfixiado, y trató de reptar otra vez ladera arriba, aunque las fuerzas lo abandonaban por la herida abierta en el costado.

Amancio y Ricardo seguían frente a frente, escenificando un enfrentamiento que habían sabido inevitable desde que vislumbraron a Sol detrás de las almenas. Frasco no pudo dejar de admirar el coraje con el que se enfrentaban los que hasta ese momento habían sido leales, aunque al parecer, pensó con sus últimas fuerzas, las cosas nunca son lo que parecen.

Martín también entrevió el duelo entre Ricardo y Amancio, paralizado junto al cadáver de Onofre y sosteniendo el reloj de arena con las manos cubiertas de sangre, sin ser consciente aún de lo que acababa de entregar a cambio.

Dejó a los dos hombres luchando y alcanzó la cima sorteando el cadáver de Crespo, que tenía la cabeza partida en dos a machetazos y yacía sobre el cuerpo desangrado de su hijo pequeño. Más arriba encontró el cuerpo de Juncia, con los ojos abiertos y el pecho imponente atravesado por una lanza, varada boca arriba entre el humo y las brasas que le estaban quemando el pelo y las ropas.

Y en ese momento escuchó el alarido de Nieves lanzándose ladera abajo. Martín no volvió la cabeza cuando un soldado cayó a su espalda con una flecha atravesada en el corazón después de haberle rozado el cuello con el filo de su espada. La flecha había sido disparada desde más arriba, y Martín reconoció en el tiro la pericia de Laura. La llamó a voces delatando su posición, e inmediatamente dos soldados le cortaron el paso. No iba a morir. Asió el cofre con las dos manos, impasible, mientras ellos se lanzaban sobre él con las espadas desenvainadas. Y nuevamente dos flechas certeras los detuvieron desde la cima atravesándoles el pecho y la garganta.

Uno de los hombres lo arrastró en la caída, y Martín rodó con él en un amasijo fantasmagórico de piernas y brazos hasta que los detuvo el cancho que había cubierto antes a Frasco. Desde allí pudo ver como Nieves interponía su cuerpo para proteger a Amancio de la estocada de Ricardo, que la ensartó con la espada atravesando fácilmente las carnes flácidas de la muchacha.

Ricardo dudó un instante cuando Nieves cayó al suelo como un fardo con un rictus indescifrable en el rostro, dudó lo suficiente como para que Amancio aprovechara la ventaja y le rebanara la garganta de un tajo.

Ricardo cayó de rodillas junto al cuerpo de la muchacha, y Martín pudo ver, en un viraje súbito de la dirección del humo y el viento, la última expresión de sus ojos oscuros reflejada sobre la figura fantasmagórica de una mujer que parecía estar hecha de vidrio.

Hermosa, cautivadora y atrayente, tal y como Onofre la había descrito, vestida con una túnica de un azul intenso que resaltaba sus ojos verdes sobre la blancura de un rostro armónico y dulce enmarcado por cabellos negros.

Era la segunda vez que Martín la veía esa noche, porque unos momentos antes se había llevado a Onofre tal y como ahora hacía con Ricardo, y a Martín lo recorrió un escalofrío por la espalda al comprender quién era ella, y su imagen le pareció temible, aunque sus rasgos fueran serenos y tuviera dibujada una expresión tranquila en el rostro.

La Muerte estaba allí y era visible para Martín, pues había aceptado el cofre y pronunciado las palabras precisas que sellaban el trato, y el muchacho tuvo miedo, pues comprendió súbitamente lo que acababa de entregar a cambio.

La mujer tendió las manos a Ricardo y se lo llevó mientras se proyectaba en ella, entre las sombras del cristal manchado de sangre y de fuego, el vuelo de un halcón sobre la figura de una joven apostada tras las almenas de un castillo.

Cuando inició otra vez el ascenso después de zafarse del cuerpo del soldado que había rodado con él, Martín trató de darse ánimos pensando que ni él ni Laura morirían esa noche. Buscó el cofre que había soltado al caer y lo halló unos pasos más arriba. Lo asió con fuerza y tanteó con los dedos la madera de ciprés mientras seguía ascendiendo en busca de Laura, que le salió al paso y lo condujo hasta la entrada de una de las grutas.

—*Todos están muertos, solo quedan los niños.*

Laura se dispuso a internarse en la abertura que bañaba la luz de la luna. Fue entonces cuando escucharon los gritos agónicos de Aurora coreados por risas y voces de soldados. Laura se detuvo y echó mano al carcaj cruzado a su espalda. Volvió sobre sus pasos y se encaramó a un promontorio desde donde ajustó el tiro del arco y disparó varias flechas que silbaron sobre el aire caliente y ligero en el que flotaban partículas incandescentes. La voz de Aurora cesó de repente y también las de los soldados, hasta que solo se escuchó el crepitar de brasas y voces lejanas de hombres acompañadas por ladridos de perros.

Laura volvió junto a Martín y se adentró en la gruta sorteando el cuerpo de María, que yacía en el suelo bocabajo bloqueando parcialmente la entrada.

Luego perdieron la noción del tiempo. La oscuridad los envolvió obligándolos a palpar las paredes rocosas y adelantar los pies tanteando el suelo húmedo antes de dar el siguiente paso. Avanzaron durante mucho tiempo escuchando su propia respiración y el goteo rítmico de gotas de agua rebotando en el silencio, ajenos por completo a lo que sucedía en el exterior, donde el viento había amainado y el fuego se consumía poco a poco.

Los soldados estaban amontonando los cadáveres y Amancio daba órdenes de apartar los cuerpos que habían de llevarse de vuelta, el de un hombre y el de un niño carbonizado al que era imposible reconocer el rostro.

X

La niebla poblaba el parque al otro lado de la ventana de la habitación doscientos quince con jirones manchados con la luz del crepúsculo justo en el momento en que Ana volteaba el reloj y Atlas despertaba sobresaltada por el olor inconfundible de los lobos y el sonido gutural de sus gruñidos.

Los lobos se alzaban sobre un promontorio al otro lado de la laguna liderados por un macho gris que se adelantaba sobre el extremo de la roca. Era el animal más grande que la muchacha había visto nunca, y enseñaba los colmillos mientras su garganta vibraba con un ruido sordo y contenido.

Atlas no se movió, mantuvo el cuerpo en tensión y entrecerró los ojos, aunque de sobra sabía que la manada había percibido su olor desde el otro lado de la laguna. Debía haber dormido muchas horas, pues los débiles rayos de luz entraban desde el oeste por el orificio del techo envueltos en una bruma de cobre que no llegaba a rozar la superficie del agua.

Pensó rápidamente en sus posibilidades en el caso de que los lobos se decidieran a atacar. La única opción era desandar los pasos adentrándose de nuevo en la estancia que quedaba a su espalda, y luego palpar los contornos de las columnas para recordar el camino de vuelta.

Atlas sabía que si los animales se decidían a seguirla, posiblemente la alcanzarían antes de que pudiese llegar a la boca de la gruta. Apoyó las manos en el suelo y flexionó las piernas para iniciar la huida, aunque no hubiera salida, se dijo a sí misma observando la manada sin entender por qué no atacaban. Solo cabía esperar el desenlace, como había hecho siempre, y luchar por su vida a la desesperada. Nada nuevo, y el pensamiento mismo le hizo relajar los hombros y arquear las comisuras de la boca en un rictus que le devolvió el valor a pesar de saber a lo que se enfrentaba.

Recordó que había estado a punto de morir dos veces, y que entonces, como ahora, ni el cuchillo de la rival en su garganta en la prueba de la sangre, ni la inminencia del fuego del volcán bajo sus pies, habían impedido que llegara hasta aquella sala de piedra donde el agua se oscurecía por momentos.

Sintió el sudor empapando su espalda y sus axilas, su nuca, humedeciendo el hueco de sus articulaciones y su sexo, un sudor repentino que le recordaba que su cuerpo estaba listo para reaccionar y acatar órdenes, y la invadió la excitación ante la acción inminente, pues tenía la certeza, como había sucedido otras dos veces antes, de que a pesar del peligro no moriría esa noche.

Los lobos mantuvieron su posición. El macho gris retranqueaba los belfos enseñando los colmillos, con las orejas erguidas y el cuello y las patas rígidas. Los dos animales que lo secundaban eran de menor tamaño, y detrás se disponían tres lobos grises coreando los gruñidos. Desde la base del promontorio apareció entonces una loba de pelo marrón y vetas doradas con una mancha blanca que le rodeaba el ojo derecho y le tintaba las patas delanteras.

La muchacha se mantuvo alerta cuando la hembra se adelantó para situarse junto al macho dominante. Se movía lentamente, clavándole los ojos desde la distancia. Los demás lobos se apartaron a su paso hasta que ella se situó al frente. Se mantuvo allí unos instantes sin desviar la mirada de la muchacha, dejando que el macho saltara hasta la orilla para que diera comienzo el ataque.

Atlas se impulsó con manos y pies incorporándose de un salto. Giró sobre sí misma mientras la manada pateaba las piedras de la orilla para darle caza. Se volvió hacia la oscuridad de la sala contigua, pero justo entonces, como un relámpago vibrante y fugaz, una voz cortó el aire con un eco metálico al rebotar sobre la superficie del agua.

Una voz de mujer, pensó Atlas sin detener la huida, sintiendo que sus piernas no le respondían con la suficiente agilidad por el entumecimiento de las horas de sueño.

Cruzaba el umbral cuando la voz volvió a retumbar a su espalda deteniendo el aliento de los animales en plena carrera, y Atlas, perdiendo una apuesta que habría ganado contra cualquiera que se hubiera atrevido a desafiarla, olvidó el entrenamiento y el cuchillo ritual que la esperaba después de una larga y próspera vida, e instintivamente volvió la cabeza.

La muchacha estaba parada sobre el promontorio, junto a la loba, observándola con una mezcla de curiosidad y desafío.

Los lobos jadeaban paralizados a pocos metros de donde se hallaba Atlas, que mantenía el cuerpo avanzado sobre el umbral de la sala contigua y las manos apoyadas en las columnas que hacían las veces de jambas. No podía apartar la vista de la muchacha que había detenido a los lobos, porque recordaba cada detalle de su rostro y el color de su pelo, además de la forma almendrada de los ojos sobre los que sobrevolaba un extraño fulgor verde con la luz del crepúsculo. Recordaba sin temor a equivocarse el tono dorado de la piel y la complexión de sus hombros y de sus caderas, la forma de sus pechos y la musculatura de sus brazos y piernas, incluso la fragilidad de su cuello y la pequeñez de sus orejas las tenía grabadas a fuego en la memoria que le había devuelto el agua muchas veces cuando se reflejaba en ella.

Aunque lo que había detenido a Atlas, lo que en esencia le había hecho volver la cabeza, no había sido su propia imagen proyectada como un reflejo en la mujer del promontorio, sino la voz inconfundible, áspera y cálida a la vez, con la que ella se había desafiado a sí misma hasta llegar donde se encontraba ahora.

Y durante un tiempo inconcebible se mantuvo inmóvil, sintiendo el acecho de los lobos mientras se dejaba observar por su idéntica al otro lado de la laguna.

Isabel entró en la habitación después de tocar quedamente a la puerta porque sabía que Ana y Fernando acompañaban esa tarde a Leyre. Le tomó la temperatura y la presión sanguínea intercambiando palabras amables con sus compañeros acerca de la niebla que ocultaba el parque y humedecía el cristal de la ventana, sin fijarse siquiera, mientras recogía el termómetro en el bolsillo de la bata y conducía el carro fuera de la habitación, en el eco de la voz que había detenido a los lobos reflejados en el agua tintada de cobre, y en la paradoja de la única imagen que proyectaban los ojos de las dos mujeres en la gruta al observarse mutuamente desde lejos.

Capítulo VI

El collar de tabas

I

Aurora había entregado el collar de tabas a su hija cuando se marchaban del campamento para ponerse a salvo sierra adentro. Lo tenía envuelto en un pañuelo blanco que amarilleaba por lo antiguo y en el que destacaba una inicial bordada en hilos de oro que todavía conservaba el brillo. Eso era todo cuanto podía ofrecerle cuando la muerte los acechaba, lo único que guardaba del padre de Catalina.

Se lo había hecho llegar después de que naciera la niña en el prostíbulo en el que ejercía hasta que supo que estaba embarazada, después de yacer con él durante todo el invierno a cambio de una cantidad generosa de dinero que no se correspondía con los honorarios que se cobraban en un establecimiento de tan baja estofa. Tan generosa fue la cantidad que canjeó por su cuerpo, que Manuela, la dueña del prostíbulo, cumplió a rajatabla las instrucciones y permitió a Aurora dejar de trabajar durante el embarazo y quedarse luego con la niña.

Aquel hombre siguió mandando regularmente dinero, pero las monedas se escurrían entre los dedos de Manuela sin llegar a su destino, y a cambio de miseria y hambre, permitió a Aurora seguir ejerciendo en su casa el oficio más antiguo del mundo ofreciéndole un techo bajo el que poder criar a su hija.

Los términos del contrato que el hombre formalizó de palabra con Manuela la primera vez que llegó al prostíbulo habían sido claros. La muchacha a la que eligiera debía estar disponible solamente para él después de pasar el examen de un físico. Estaría con él hasta que concibiera un hijo, y luego gestaría a la criatura y la pariría sin tener que volver a prostituirse. Él mandaría dinero regularmente para su manutención y para que fueran libres de marcharse de allí si es que algún día decidían hacerlo. Y Doña Manuela, como le gustaba que la llamaran los que vivían a su cargo, exigió primero ver el oro antes de dar una respuesta. Puro trámite, porque una centésima parte de lo que contenía la bolsa hubiera bastado para ofrecerse a sí misma y a toda su estirpe si es que alguna vez la hubiera dejado crecer en su vientre.

Una centésima parte de aquellas monedas bastaron para acallar la sospecha de que estaba cerrando un trato unilateralmente desproporcionado que debía tener un doble fondo en el que se escondían los tres pies del gato, porque era imposible, pensó Doña Manuela, una mujer que todavía conservaba el brillo en los ojos y la lozanía de carnes blancas y sonrosadas cubriendo sus curvas generosas, que ninguna de sus mujeres valiera aquel peso en oro.

Nadie que ella conociera valía la hebilla del cinturón de aquel hombre apuesto de maneras educadas que parecía estar perdido frente a ella en el infierno después de rodar cuesta abajo desde alguna de las esquinas del paraíso. Ninguna que ella conociera, ni siquiera todas las mujeres de su negocio juntas eran dignas de su compañía, pero, como decía Doña Manuela, nadie le hacía asco al oro aunque viniera servido en la boca de un lobo con piel de cordero.

Y de entre todas las mujeres que le ofreció, el caballero escogió a Aurora, la más apocada de todas, la muchacha de los ojos tristes que rehuía el contacto con los mismos a los que no tenía más remedio que ofrecer el cuerpo, la más ingenua e invisible a pesar de tener el cabello dorado y un cuerpo flexible y blanco bien proporcionado.

No era una belleza. Ninguna lo era en aquel antro, y Doña Manuela las hubiese vendido a todas al mejor postor por mucho menos de lo que contenía aquella bolsa.

Aurora pasó el invierno con aquel hombre que llegaba embozado hasta la puerta de la habitación miserable donde se encontraban, el lugar donde ella conoció por primera vez el placer y atisbó la esquina del paraíso desde la que él parecía haberse resbalado. Un oasis situado nueve escalones por encima del umbral de la miseria y la barbarie que dormitaba fuera de aquel espacio reducido donde Aurora se sentía a salvo, una torre inexpugnable que se erigió como un paréntesis en el camino que la esperaba después de la primera tirada de dados.

Pero la Suerte es cruel, certera, caprichosa, voluble e inexorable, y pasado el invierno, cuando el físico volvió a explorarla para dictaminar que estaba en cinta después de que Manuela hubiera avisado de su primera falta, el hombre con el que había aprendido lo que era la dignidad y el amor sin fisuras, lo mejor que había pasado por una vida mortecina que nunca hasta entonces se había iluminado con un destello de luz, su único amante y su único amigo, desapareció sin dejar rastro.

Solamente conservó de él la cicatriz que dejaron sus dientes en la base del cuello de Aurora cuando ella lo obligó a morderla para perpetuar un placer que inconscientemente sabía pasajero, pues intuía que estaba viviendo un espejismo que se disolvería en el aire más tarde o más temprano, una ilusión a la que solo podría acceder cuando desapareciera trascendiendo y confundiendo los sentidos para que recrearan lo que ya estaba perdido antes de que tomara forma.

Aurora era ingenua cuando lo conoció, pero no tonta. Él no era para ella. No se engañó nunca ni esperó más de lo que podía comprar el oro. Un trato carnal, eso era todo. Aurora lo sabía por adelantado, igual que el pago con que él había satisfecho el uso de su cuerpo. De modo que cuando él desapareció después de enterarse de que ella estaba encinta, Aurora agradeció tener al menos aquella cicatriz para recordarse a sí misma que por una vez en la vida había sido digna de ser amada por alguien que nunca hubiera estado a su alcance de otra manera.

A los siete meses parió una niña que no podía negar que era hija de su padre, una niña que desde que tuvo uso de razón moldeó un carácter fuerte y orgulloso con el que se mantuvo por encima de las miserias que rodeaban a su madre, un proyecto de mujer con voluntad de hierro escondida detrás de la dulzura de unos ojos azules tras los que dosificaba la cal y la arena con las que siempre conseguía sus objetivos. Tanto que, con seis años, tenía comiendo sobre la palma de su mano a Doña Manuela, y no se le escapaban las *intenciones que tenía para ella la dueña del prostíbulo.*

Se hubieran ido de todos modos, aunque Aurora no se hubiera quedado embarazada de nuevo y hubiera querido retener a su hijo después de que Doña Manuela tuviera apalabrada la venta.

Catalina lo sabía, y empujó a su madre a escapar del único techo que había conocido para no tener que renunciar a su sangre. La niña comprendió que la oportunidad estaba fuera de aquel ambiente hostil e indigno en el que había crecido, como si algo dentro de ella le recordara que aquel nunca sería su destino.

Huyeron con su hermano envuelto en una manta de lana a las dos semanas de nacido, sabiendo que a la mañana siguiente tendrían tras ellas a los esbirros de Doña Manuela para darles caza, pues la mujer no consentiría en perder la asignación que le seguía haciendo llegar el padre de Catalina.

En aquel tiempo tan solo se había escurrido entre los dedos de la dueña del prostíbulo el collar de tabas, pues para la mujer no tenía ningún valor, y algún día podrían reclamarle el no habérselo entregado a Aurora, pero el oro, que no lleva ninguna marca, lo hacía desaparecer tan pronto como llegaba acunándolo al calor generoso de su pecho.

Así habían llegado Aurora y sus hijos hasta el campamento de maleantes donde se escondía María, la madre de Teodoro, la socia de Manuela hasta que los acorraló la amenaza de la horca a ella y a su hijo. Y allí Aurora siguió haciendo lo que sabía, entretener a los hombres a cambio de un poco más de tiempo para que sus hijos crecieran.

La aceptaron entre ellos porque María se lo pidió a Juncia, a cambio de que Aurora callara sobre el pasado de ambas y mantuviera alta la moral de los hombres.

Poco tiempo después llegaron ellos, primero el muchacho que contaba historias a cambio de mantener vivo al hombre moribundo, y luego la muchacha a la que vio por primera vez en el chozo. Había estado a punto de delatarla cuando la descubrió escondida entre las patas de las cabras, y lo hubiera hecho de no haber sido porque al levantar la cabeza entre las ubres calientes de los animales, Aurora entrevió en su cuello un collar de tabas semejante al que ella guardaba para su hija como único recuerdo de su padre. Entonces la curiosidad pudo más que el miedo, y Aurora decidió allí mismo, aferrando el cuello de uno de los animales al trasluz de la puerta, que no existían las casualidades, y que aquella muchacha merecía una oportunidad para demostrar que la Suerte, aunque cruel y voluble, le tenía reservado a su hija un destino lejos de aquella camada de maleantes.

No sabía cómo, ni lo supo entonces, cuando dejó que la extraña se ocultara en el chozo a pesar de la advertencia de Frasco, ni cuando entregó el collar a Catalina envuelto en un pañuelo blanco bordado con hilos de oro, pero la visión de las tabas asomando entre los rizos cobrizos de la muchacha que luego se convertiría en su única amiga, le devolvió la certeza de que su hija formaba parte de algo más grande que la vida mísera que arrastraban.

De modo que, desde el día que vio por primera vez a Laura, Aurora confió y esperó que la Suerte se abriera paso hasta lo más profundo de la sierra y algún día llegara a encontrarlas. Una bruja, una apestada. Ni siquiera cuando oyó esas palabras en boca de Martín perdió la esperanza. Fuera lo que fuese lo que significaba el collar de tabas, de donde quiera que lo hubiera sacado el padre de Catalina y lo que quiera que fuese aquella muchacha de pelo cobrizo, así fuera el mismo diablo o la encarnación de la fortuna, Aurora sabía que el sino de las tabas acabaría encontrando a Laura y a su hija.

Atesoró la certeza hasta el mismo instante en que cayó en la ladera entre brasas incandescentes, herida en la cadera por una estocada y luego atravesado el corazón por una flecha que había surcado el aire caliente como una bendición desde la cima, cuando todos a su alrededor habían caído y ella estaba a punto de ser tomada como botín de guerra para pasar de mano en mano antes de encontrar la muerte.

Había visto salvar la vida a Laura unos minutos antes de manera inexplicable, y no podía comprender qué o quién había cambiado la trayectoria de una jabalina que volaba directa al pecho de la muchacha, en el que inexplicablemente no había acabado haciendo blanco.

Cuida de ellos, le había suplicado cuando la vio replegarse esquivando el ataque de los soldados que las cercaban. Luego Laura había desaparecido entre la humareda candente que flotaba a su alrededor componiendo el escenario en el que Aurora imaginaba el infierno, el mismo infierno en el que debía esconderse un resorte que conducía hasta la esquina del paraíso desde donde había resbalado el padre de Catalina muchos años antes.

Cuando Aurora cayó esa noche, atravesado el corazón por la flecha con la que Laura la liberaba de ejercer su oficio por última vez, sus dedos rozaron en la tierra abrasada un resquicio al que ella se aferró con las últimas fuerzas que le quedaban hasta conseguir abrir de par en par la puerta de la habitación miserable donde él la esperaba para amarla, como entonces.

II

El tiempo no mejoró. Un temporal de viento y de frío azotó la ciudad que respiraba con nubes de vaho detrás de los cristales de la ventana de la habitación doscientos quince. El parque quedó sepultado bajo la nieve que desdibujaba el contorno de los robles, los abetos, los caminos de tierra y los bancos de hierro forjado cubiertos por un manto blanco.

La ciudad dormitaba bajo un cielo plomizo que al atardecer adquiría tintes de plomo surcado de vetas cobrizas, como un río de mercurio derramado entre brasas incandescentes. Caminos de sangre, como si se hubieran abierto los infiernos, pensó la Muerte apoyada sobre el cabecero de la cama en la que Leyre dormía plácidamente con las venas repletas de sedantes.

La mujer de vidrio había descubierto mucho tiempo atrás que la Suerte, avariciosa y soberbia, le había estrechado el cerco hasta arrebatarle el control sobre los términos del pacto que sellaron en la gruta bajo los auspicios de la Vida, porque la mujer que yacía en la cama, la propietaria del reloj de arena, la que debía entretenerla con sus historias eternamente a cambio de liberar a alguien de un final inminente, moriría pronto.

No se habían sellado los términos del acuerdo cuando Leyre recibió el cofre de manos de Tomás, pues todavía no había pedido ninguna vida a cambio. Algún día lo haría, pensó la Muerte entonces, cuando se llevaba a Tomás al encuentro de Laura. Aunque aquella historia todavía no se había contado en la habitación doscientos quince.

Lo hará, volvió a repetir la Muerte mientras aligeraba a Tomás del peso con el que había cargado durante tantos años. Tantos, que solo la conciencia le había impedido soltar el regalo envenenado en cualquiera de las manos que se habían tendido esperanzadas hasta comprobar que solo era una historia más, una de tantas de las que Tomás se servía para atraer afectos y doblegar voluntades a su paso.

Pero Leyre no lo hizo, no pidió una segunda oportunidad para nadie, se mantuvo firme tal y como le había le prometido a Tomás cuando le convenció de que podría hacerlo, hasta que la Muerte le reclamó a la Vida, confundida, pues Leyre era impermeable a la inmortalidad que llevaba aparejada el reloj de arena desde que Onofre y ella cerraron el trato mucho tiempo atrás en la habitación de un herrero moribundo.

Leyre envejecía, la juventud se le escapaba y su cuerpo traspasaba el cénit de sus capacidades y su forma física, inexplicablemente, hasta que la Muerte cayó en la cuenta, demasiado tarde, que había sellado el acuerdo con una muchacha que llevaba al cuello un collar de tabas, protegida por la Suerte, que había colaborado en el engaño a cambio de salvar la sangre de las idénticas.

El cielo volvió a descargar una cortina de nieve mientras la Muerte velaba su posesión más preciada, una mujer a la que habría de llevarse tarde o temprano a pesar de la promesa que la Vida le había hecho en aquella gruta.

Recordó entonces las palabras con las que la Vida había tratado de explicarle que la inmortalidad no era un don, que nadie en su sano juicio se sometería indefinidamente a la soledad y a la pérdida de los seres queridos, que nadie aceptaría el peso de la coraza con la que habría de blindarse al amor y a la nostalgia para no romperse el alma en los embates del vacío más absoluto.

Leyre estaba enferma, protegida por el collar de tabas del destino que le deparaba el interior del cofre. Tan solo habría de traspasarlo, encontrar a alguien que quisiera aceptar los términos del pacto con la Muerte, ese era el trato al que había llegado con quien esa tarde velaba la cabecera de su cama cuando el mundo se venía abajo al otro lado de los cristales de la ventana, sepultado entre la nieve.

Los ahorcaron cuando ya era noche cerrada. Los cuerpos carbonizados quedaron colgando de los árboles envueltos entre jirones de niebla, a los pies de la ladera salpicada de virutas de humo alimentadas por brasas candentes que iluminaban la cima.

Se balanceaban todavía cuando los soldados abandonaron el lugar llevándose a lomos de las monturas los cadáveres de Ricardo y de Tobías, el hijo pequeño de Crespo y de Juncia.

Amancio comandaba a los hombres de vuelta después de cumplir sobradamente los dos objetivos que se había marcado desde que se puso al frente de aquella expedición, matar a Ricardo y poner a salvo a Tristán ofreciendo en su lugar el cadáver de un niño desfigurado.

Sabía que los supervivientes se habían refugiado en las grutas y que estas eran lo suficientemente profundas como para que dentro de ellas se perdiera su rastro. Él había impedido que los hombres fueran tras ellos para darles caza, y había ordenado colgar los cadáveres antes de volver sobre sus pasos.

Lo único que le intrigaba era que no hubiera aparecido el cadáver del viejo, puesto que él mismo lo había atravesado con su espada antes de matar a Ricardo.

Llegaron a un claro protegido por una densa arboleda y montaron el campamento para pasar la noche. Amancio se tendió junto al fuego después de ordenar desmontar los dos cadáveres.

Los ojos metálicos de Amancio centellearon con el resplandor del fuego dilatando sus pupilas grises. Acababa una etapa y comenzaba otra siguiendo un guion establecido que hasta ese momento se había cumplido palmo a palmo. Lo que no anticipó nunca es que Nieves se interpusiera para protegerle de la espada de Ricardo. Amancio sabía de sobra lo que provocaba en ella, pero jamás hubiera esperado que en el último momento le ofreciera su carne como escudo al no haber podido entregársela de otra manera.

Cerró los ojos mientras escuchaba las risas y las chanzas de los hombres alrededor del vino. No lo conmovía en absoluto el último gesto de Nieves para protegerlo, solo le extrañaba haber alimentado una entrega por encima *de los instintos primarios de la muchacha boba.*

Ni Ricardo ni él lo hubieran anticipado cuando planeaban hasta el último detalle del asalto que ambos sabían inevitable. Ricardo comprendió que estaba muerto desde el mismo instante en que su hermano descubrió que él era el padre de Tristán, y aquellos años entre maleantes habían sido un anticipo calculado de la muerte que había tenido esa noche a manos de quien le había ayudado a planearlo.

Hasta el lugar elegido para el enfrentamiento lo habían elegido entre los dos mucho tiempo antes, y el fuego había sido desde el principio el elemento clave sobre el que Ricardo y Amancio habían urdido la estrategia. La única posibilidad para Tristán de salvar la vida, aunque a cambio las llamas tuvieran que desfigurar al hijo de Juncia y de Crespo.

Habían pasado muchos años como para que alguien en el castillo reconociera al niño, y la única que podía reconocerlo estaba emparedada en las escaleras de la torre. Amancio se había asegurado también de rematar a Críspulo, el traidor que había vendido la posición del grupo, el único que hubiera podido cuestionar como un fraude el cuerpo de Tobías. Su señor quería dos cadáveres, y dos cadáveres llevaban esa noche de vuelta, aunque el desenlace correspondiera a un plan fraguado entre Amancio y Ricardo muchos años antes.

Amancio cambió de postura y se tapó con la manta de lana mientras el campamento quedaba en silencio. No dormiría esa noche, se desvelaría con el duermevela que le mantenía alerta sin relajar los músculos desde que juró salvar al hijo del mismo que lo había traicionado amando a la mujer que ambos habían adorado desde que la divisaron detrás de las almenas.

III

Siguió nevando. La nieve se acumulaba sobre el alféizar de la ventana reflejando el brillo metálico del cielo plomizo que cubría la ciudad como un manto fúnebre.

Fernando volteó el reloj de arena y convocó una historia. Ana ocupaba una silla junto a la cama, y Amaya, que seguía acercándose al hospital por las tardes, permanecía sentada en el sillón con los ojos cerrados, a pocos pasos de la mujer de vidrio que velaba la cabecera de Leyre.

La arena comenzó a caer materializando el minuto y medio a partir del cual cualquier realidad era posible, desdibujando los contornos de la habitación doscientos quince hasta hacerla desaparecer en la celda de un hombre uncido por los votos que oraba de rodillas ante una talla de madera oscura mientras se flagelaba la espalda descubierta.

El cargo que ostentaba entre sus hermanos lo hacía doblemente culpable e indigno por faltar a los votos que había asumido cuando ingresó en la orden militar siendo todavía un muchacho imberbe. Nunca se imaginó entonces, cuando aún creía en la pureza de espíritu y en la rectitud de un camino sin dobleces, que algún día se vería obligado a traicionar las convicciones que lo habían llevado a entregar su vida a la orden.

Había jurado ser digno de las esperanzas que habían depositado en él cuando le encomendaron el maestrazgo, lo había jurado con su sangre, la misma que ahora lamía a borbotones las heridas abiertas y expuestas bajo la luz de los cirios, sabiendo que, aun despellejándose vivo, nunca alcanzaría a reponer su falta.

Pero Don Pedro sabía también que, cuanto más altos los objetivos, cuanto más fuerte la vocación y más puras las convicciones, más duras serían las pruebas diseminadas en el camino, más poderosas las dudas y más implacable el juez que alimentamos como un alter ego destinado a engullir con gula intransigente la perfección nunca satisfecha.

Esa noche el dolor era lo único que conseguía calmarlo, el castigo físico con el que se reventaba el cuerpo hasta abrirse la piel en canal era el remedio más eficiente para acabar con el insomnio y mantenerse a salvo de las contradicciones.

Había nacido en el seno de una familia noble, tan poderosa y tan antigua que era difícil llevar la cuenta de los títulos y los blasones labrados sobre las fachadas de sus muchas posesiones. Lo habían educado para ocupar el cargo al que estaba destinado por vocación y por linaje, Gran Maestre de una orden militar a la que había dedicado su vida aceptando su sino igual que lo hicieron dos de sus hermanos, destinados también a ocupar otros cargos dentro de la Iglesia dejando al primogénito el control sobre el ducado y la administración de los títulos y rentas familiares.

La casa estaba a salvo, como le gustaba repetir a su madre, el linaje estaba asegurado y el poder de la familia crecería hasta convertirla en intocable, por encima incluso de los cambios dinásticos.

Poder, tierras, influencias, matrimonios ventajosos, como había sido siempre desde que el primer duque comenzó a acumular fortuna aupándose sobre un supuesto origen humilde que, a fuerza de violencia inteligente, había conseguido amalgamar entre el barro y la escoria con los que había construido los cimientos de su nuevo escudo de armas.

Aquellos días quedaban lejos tres siglos después, cuando nadie osaba cuestionar el poder de la familia de Pedro.

Tan solo el collar de tabas que le había entregado su madre antes de morir, octogenaria y lúcida, le quemaba la conciencia y le abría la piel a tiras bajo las púas del flagelo. Aquel insignificante collar de cuero con tres tabas sobre el que su madre le había hecho jurar en su lecho de muerte, mordía una y otra vez la integridad que había prometido defender, enfrentándolo a las temidas *contradicciones.*

Una vida no es plena sin enemigos, le había dicho muchas veces su padre. Un hombre se mide por el rango de los que tiene enfrente.

Y allí estaban los suyos, escondidos en una mísera tira de cuero, abriéndole la carne sin lograr doblegarlo.

Cumpliría la promesa, la estaba cumpliendo, aunque ello supusiera faltar a los votos de la orden. La madre o la conciencia, la vocación o la sangre, hasta que los latigazos acababan cada noche con el martirio después de dejarlo inconsciente.

El infierno lo había engullido cuando su madre le contó a media voz el destino de la casa mientras lograba retener a duras penas el aliento en su lecho de muerte. Su estirpe acabaría con ella si su hijo no lograba remediarlo.

Pedro sintió una estocada helada en la nuca cuando su madre le susurró al oído, entre pausas para atrapar el aire envenenado que los envolvía como la antesala del infierno, las miserias de la sangre que empezaba a helársele en las venas entre el olor del incienso y el murmullo de las oraciones que flotaban en la penumbra.

Poco a poco fue perfilando sin tregua para el único hijo que estaba orgullosa de haber llevado en su vientre, el dibujo imposible que luego volvería a imprimir sobre el vidrio de la Muerte cuando más tarde viniera a llevársela. Pero todavía no, antes tenía que retener el aliento en su pecho para arrancar de labios de su hijo menor la promesa que haría desaparecer para siempre el brillo y la integridad escondida en los ojos de Pedro. Así era el amor. Contradictorio. Así era el orgullo y la avaricia de una madre que arañaba el manto de la Vida a cambio de convocar otra vez a la Suerte alrededor de su lecho.

Pedro entendió a la perfección lo que su madre esperaba de él, a pesar de que las últimas palabras las había descifrado entre sus labios descoloridos. Luego el olor del incienso y la letanía monótona de las oraciones le habían provocado náuseas cuando desprendía el puño que ella le había cerrado sobre el collar de tabas de entre los dedos helados a los que ya velaba la Muerte.

Salió de la habitación sin mirar a su hermano, el duque que nunca engendraría hijos para perpetuar la estirpe, sin mirar tampoco a su cuñada, la duquesa que había engendrado y parido dos varones de otro hombre, obviando, en un secreto a voces que había trascendido la alcoba para sobrevolar el ducado a lomos de una bandada de cuervos cuyos graznidos carcomían el orgullo de la familia, el hecho de que su marido, el duque, fuera impotente.

Pedro salió de su casa sin volver la vista atrás, alegando motivos de extrema urgencia en la administración de la orden para evitar velar el cadáver de su madre y presidir después el entierro junto a sus hermanos, a salvo de remordimientos, pues la deuda que tenía con la memoria de la que lo había parido había quedado saldada con aquel juramento que le rebotaría por dentro el resto de su vida como un viento seco que le erosionaría eternamente el alma.

—¿Por qué yo, madre?

—Porque quiero perpetuarme en ti. Eres el único que hace justicia a mi sangre.

Se lo recordaba a sí mismo todas las noches cuando las púas se hincaban en su espalda abriendo surcos entre los que se despeñaba la misma sangre por la que había jurado ante su lecho de muerte.

—Te lo juro, madre.

Así había llegado hasta un prostíbulo miserable una noche de noviembre en la que la lluvia azotaba la oscuridad combando las siluetas de los árboles inmensos que flaqueaban el camino, borrando en el barro las huellas de las monturas empapadas bajo el aguacero hasta dar con la puerta del establecimiento. Así había llegado hasta Aurora, una mujer invisible a pesar de su belleza, callada, discreta, con los ojos limpios a pesar de la suciedad y la inmundicia que la cercaban hasta el cuello.

—*No importa la sangre con que la te mezcles. Elige, si puedes, a alguien que me haga justicia, a alguien que sea capaz de engendrar un heredero legítimo para nosotros. No te preocupes por su destino, este collar acabará trayéndolo de vuelta.*

Pedro eligió aquel prostíbulo para hacer justicia a su madre, y luego eligió a Aurora porque intuyó que sería la única que acataría con lealtad absoluta la prohibición de yacer con otro hombre. La única sin la avaricia y la rapiña transparentada en los ojos, la única que no estaba en venta a pesar de tener que pagar por su cuerpo, de tal manera que Pedro hubo de reconocer para sus adentros, incluso antes de ponerle por primera vez las manos encima, que Aurora bien podía encarnar la evidencia de que lo que su madre le había susurrado al oído mientras agonizaba en su lecho de muerte, fuera cierto.

Se enamoró de ella, de una prostituta que se vendía al mejor postor por unas cuantas monedas. Yació con ella noche tras noche olvidando lo que lo había llevado hasta aquella habitación sucia y miserable donde conoció lo que debía haber ignorado hasta que se lo llevara la Muerte, una parte de sí mismo escondida en otros ojos y la prolongación de su piel en otro cuerpo, atisbando un paraíso prohibido disimulado entre las dobleces candentes del infierno. Maldito su sino si no fuera por la bendición de haberla conocido al renegar de todas sus convicciones.

La quiso mucho, la amó sin poder evitar demostrárselo cada noche cuando se entregaba a ella desprendiéndose de los votos que había jurado acatar al ingresar en la orden, ofreciéndole lo único que daba sentido a su vida y sostenía los andamios del mundo que había conocido hasta entonces.

La primera vez que entró en la habitación mísera en la que ella lo aguardaba sentada al borde del camastro con los ojos clavados en el suelo, Pedro sintió la urgencia de acabar cuanto antes con los trámites para lograr que la muchacha se quedara preñada. Él nunca había conocido mujer, a pesar de estar ampliamente documentado sobre los menesteres que se requerían para montar a una hembra desde que, siendo un muchacho, observaba a los animales y a los mozos de caballerizas retozando con las criadas del castillo, o incluso a los soldados y a algunas de las damas de su madre cuando la urgencia y la fogosidad del arrebato les hacían olvidar la prudencia yaciendo de cualquier manera en los establos, en los recodos de las murallas o en estancias con puertas entornadas que nunca llegaban a cerrarse.

Pedro pensó aquella noche, cuando cerró la puerta tras él para entregar la castidad y la virtud a la memoria de su madre, que no perdonaría nunca a aquella mujer dócil e insignificante que no levantaba los ojos del suelo, ni tampoco a la que lo había parido y yacía bajo tierra después de haberlo condenado a cargar con las miserias urdidas en vida para lograr que se perpetuara su estirpe.

Un trámite. Eso era todo lo que significaba para Pedro el intercambio de fluidos al que habría de someterse para cumplir el juramento. Mantendría relaciones con aquella muchacha igual que el artesano da forma a la materia y la doblega para poder moldearla. Un acto mecánico sin trascendencia. Luego se vaciaría en ella como una formalidad necesaria antes de marcharse, hasta que el molde tomara forma definitiva y pudiera alejarse para siempre de aquel ambiente sórdido.

Pedro no dejaba de repetirse aquella letanía mientras los pensamientos se le enredaban entre los dedos al desprenderse de la ropa con la que había ocultado su condición de célibe.

Esas eran sus intenciones la primera noche que entró en aquel cuarto para yacer con Aurora, con la urgencia devastadora de forzar el tiempo apurando la cuenta atrás que ponía punto y final a la historia antes de que comenzara a forjarse. Pero la Suerte, que es voluble, cruel, certera y afilada como un punzón clavado en el centro de la llaga, le demostró que las intenciones son ilusiones vanas, pues desde el mismo momento en el que la muchacha sentada al borde del camastro levantó la mirada del suelo y lo miró a los ojos, Pedro supo que su vida anterior estaba acabada, y que todo lo que viviera a partir de entonces sería una mera puesta en escena en la que tendría que representar una y otra vez la misma farsa.

Se enamoró de ella la primera noche, quiso pensar que de su cuerpo, y en adelante no se cuestionó nada que tuviera que ver con ella para no tener que reconocerse a sí mismo que aquella unión trascendía lo puramente físico.

Dos meses fueron suficientes para que la semilla de Pedro germinara en Aurora dando cumplimiento a lo pactado en el acuerdo, aunque ambos decidieran ignorar lo evidente hasta que lo dictaminase el físico. Defendieron el terreno palmo a palmo cada noche sabiendo que el tiempo se acababa y que la batalla estaba perdida de antemano, y se entregaron el uno al otro como si aquel lapso previo a la separación inevitable no tuviera los días contados.

Doña Manuela avisó de la falta de menstruación de la muchacha tal y como previamente habían acordado, intuyendo con su olfato certero de alimaña que la urgencia que el caballero había mostrado cuando llegó al prostíbulo en busca de un vientre joven y sano, había mudado después de conocer a Aurora en algo que, sin parecerse al amor tal y como ella lo concebía, era lo más fuerte que había intuido nunca.

De modo que cuando apareció el físico, un hombre altanero y estirado al que debían haber compensado generosamente para que accediera a desplazarse hasta aquel antro maloliente y consintiera en reconocer a una de aquellas desgraciadas utilizando tan sólo los dedos índice y pulgar para evitar el contagio moral y la depravación escondida entre sus faldas, Doña Manuela supo que allí mismo se ponía punto y final a algo indefinido pero peligroso, algo que se le escapaba de la imaginación y de las manos, pues la mujer nunca hubiera podido concebir la magnitud de lo que estaba a punto de derrumbarse ni imaginar el reflejo de la luz a través de la ceguera que le atravesaba el hueco donde debería haber tenido el alma.

El físico confirmó el embarazo y se procedió como estaba previsto. Pedro desapareció para siempre y Aurora se recluyó para llevar a buen término la gestación hasta que naciera la criatura.

Tan solo el escudero de Don Pedro, el mismo que lo había acompañado cada noche hasta aquel antro y había esperado pacientemente para asistirle en el camino de vuelta, un joven despierto y alegre que parecía, al igual que su señor, fuera de sitio ante los requiebros soeces del resto de las mujeres y la baja catadura de la clientela, volvió regularmente con el dinero para la *manutención de la madre y de la criatura una vez nacida.*

Todo se desenvolvió de manera satisfactoria tal y como el caballero lo había dispuesto desde el principio, aunque nadie imaginara que el plan original que concibió Don Pedro cuando dejó a su madre agonizando en el lecho de muerte, no había pasado de ser un boceto ingenuo que no llegó a desarrollarse nunca.

Porque lo cierto es que cuando Don Pedro esbozó los pasos a seguir para cumplir el juramento que le había arrancado su madre en el lecho de muerte, en ningún momento sospechó el vuelco que estaba a punto de dar su destino, ni fue capaz de anticipar el poder del sentimiento que había de despertarle una mujer tan despreciable como aquella que lo esperaba sentada en el camastro con los ojos bajos, tan seguro y a salvo se sentía en la firme determinación de su vocación y sus principios.

Don Pedro tampoco barruntó, en la candidez de su ignorancia, que pudiera existir algo más fuerte que la voluntad que lo había guiado siempre, de modo que cuando vio por primera vez a Aurora, se odió a sí mismo por no reconocer en ella la imagen de las puertas del infierno tal y como él previamente las había concebido.

Amaya se mantuvo sentada en el sillón cuando Fernando terminó su relato, con los ojos fijos en las baldosas del suelo y una expresión de incredulidad en la cara, sin atreverse a pensar mientras estaba pensándolo, en las diferencias entre lo real y lo imaginario.

Era imposible desde cualquier punto de vista la similitud que guardaba el collar que Fernando había descrito en su relato con el que también guardaba ella desde que la madre de su madre se lo entregó siendo una niña.

Su abuela le había dicho entonces, mientras le cerraba el puño alrededor de la tira de cuero, que nunca se desprendiera de aquellos huesos gastados por el tiempo, porque algún día debería traspasarlos a una mujer que llevara su sangre. Amaya lo recordaba ahora como el dolor latente de una antigua cicatriz grabada a fuego, aunque durante mucho tiempo aquellas palabras y aquel gesto hubieran permanecido sepultados en su memoria para volver a despertar esa tarde con el relato de Fernando.

El recuerdo se extendió como un eco en su conciencia, y después ya no supo qué pensar, desconociendo si todavía quedaba algo de la Amaya que semanas antes había ingresado en el hospital, o si ya se había vuelto completamente loca, pues los dedos helados de la madre moribunda de Don Pedro que Fernando había descrito, le habían cerrado el puño y le habían helado la sangre a ella también cuando asistía a su abuela en su lecho de muerte.

Imposible desde cualquier punto de vista. Debía estar completamente trastornada, eso era todo, y las palabras de Fernando le habían servido de catarsis para vaciar la desesperación y proyectarla en las historias que iban poblando la habitación doscientos quince, y aunque era cierto que guardaba tres tabas engarzadas en una tira de cuero envueltas en un pañuelo blanco con una inicial bordada con hilos de oro, también lo era que no había ninguna mujer de su sangre a quien hubiera podido traspasarlo.

Contradicciones. Fernando se levantó para observar el espesor de la nieve acumulada en el alféizar de la ventana. Ana apartó la vista de la pared blanca que había vuelto a recobrar su forma después de dejar entrever la celda donde un hombre se flagelaba a la luz de las velas, y fijó sus ojos en Amaya, que en ese momento se incorporaba en su asiento y se acercaba a la cama para coger la mano de Leyre entre las suyas.

IV

Fueron llegando a la habitación por separado y acomodándose junto a la cama de Leyre, que todavía no había abierto los ojos esa tarde. Los sedantes la mantenían en el borde mismo de la consciencia, a los pies de un precipicio que le permitía adivinar a través del tacto, el olfato y el oído lo que le negaba la densidad de la niebla anclada detrás de los ojos.

Ana tomó el reloj y lo volteó ante la atenta mirada de Fernando y de Amaya. La arena comenzó a escurrirse por el cuello de cristal dejando entrever el destello de minúsculas partículas de oro.

La historia comenzó a desgranarse a través de las palabras de Ana, hipnóticas igual que el flujo constante de la arena, mientras las muchachas se observaban desde los extremos de la gruta y la luz perdía consistencia desvaneciéndose en una nube de polvo que resbalaba sobre la hiedra desde el orificio del techo.

Los lobos mantuvieron la posición y la loba de color canela se situó al lado de la muchacha que había detenido con su voz a la manada.

Atlas todavía mantenía apoyadas las manos en la entrada de la estancia que señalaba el camino de vuelta, aunque su cuerpo se negara a avanzar. Los músculos no respondían a las órdenes primarias que se encendían como alertas luminosas en sus sentidos, y su cabeza anulaba el instinto que hasta entonces la había mantenido con vida, hipnotizada como estaba al contemplarse a sí misma desdoblada en la imagen de la otra.

No se movió. Se mantuvo quieta esperando el desenlace de una situación que no podía ser real, sin saber si estaba dormida o soñando despierta como única posibilidad de que lo imposible se materializara en el aliento detenido de los lobos. Esperó, porque nadie la había preparado para aquello, y porque por primera vez en su vida se hubiera puesto en peligro a cambio de satisfacer una curiosidad que contradecía su instinto de supervivencia.

Sobre la oscuridad del agua se proyectó la imagen de una mujer altiva escondida detrás de los ojos de la loba que permanecía impasible sobre el promontorio. La Suerte, impaciente, avariciosa, implacable y cruel, certera y segura si no fuera porque acababa de quedarse sin aliento. Era la primera vez que se rendía ante lo único que podía vencerla, la primera vez que recogía los vientos para observar la paradoja que le ponía por delante la Vida sin haberle declarado previamente la batalla.

Y ella, la dama implacable y soberbia que observaba impasible el resultado de la primera tirada de tabas para decidir el destino de quienes después vapuleaba a su antojo hasta que la Muerte venía a llevárselos, se quebró en dos amedrentada por el súbito presagio de que había caído en la trampa que le había tendido la Vida al enfrentarla a la única evidencia que contradecía su naturaleza de fortuna sin alma.

La Suerte supo allí mismo que debía sellar el destino de aquellas dos muchachas ofreciéndoles una nueva tirada de tabas, y se arrepintió al instante de desafiar a la Vida al igualar lo que solamente la Muerte iguala.

Idénticas. Por primera vez se paraban frente a la Suerte dos mujeres completamente iguales, aunque nacidas de diferente vientre. Y la similitud era tan evidente, tan desproporcionada la simetría de dos partes iguales funcionando como una sola pieza, que la Suerte, vencida al fin ante la fuerza y el empuje que las dos muchachas habían demostrado, rendida ante el valor y el coraje, decidió darles otra oportunidad, aunque su osadía supusiera un enfrentamiento para siempre con la Vida y con la Muerte.

—No debían haberse encontrado nunca —explicó Ana después de que el minuto y medio que escondía la arena desdibujara los contornos de la habitación doscientos quince.

Su destino estaba sellado desde su nacimiento. Atlas debía haber muerto desgarrada por las dentelladas de los lobos después de que el macho gris le cercenara la yugular, y Zendra, su idéntica, debía haber disfrutado de una larga vida entre la manada.

Ana acarició las falanges de Leyre sobre el embozo de la sábana. Los dedos apenas se estremecieron con el contacto.

Zendra había sido vendida como esclava cuando era una niña, y había ido pasando de mano en mano de hombres y mujeres que la habían hecho despreciarse a sí misma y a todo cuanto tuviera que ver con los humanos, hasta que en su cabeza fue fraguando la idea del suicidio con solo catorce años, pero entonces cayó en la cuenta de que la falta de moral de quienes disponían de su cuerpo la mantendría a salvo de cualquier remordimiento de conciencia si se tomaba la justicia por su mano.

Se abrió paso a cuchilladas después de haber estudiado la forma más rápida e indolora de matar y la forma de matar haciendo daño. Esa fue toda la distinción que hizo entre unos y otros cuando pasó a cuchillo a los que, después de una orgía de sangre y de sexo, yacían tumbados por el vino entre los restos de una ofrenda funeraria. Mató a todos los que encontró en su camino, ebria de poder y ciega de rabia, y no recogió el cuchillo hasta que vadeó el río que separaba las tierras civilizadas de las salvajes.

Deambuló por el bosque sin rumbo, porque cada minuto era el último desde que decidió que la Muerte solo podía liberarla si llegaba a cruzarse con ella, y así, caminando un camino robado al azar, llegó hasta los lobos.

No se escondió de ellos. Quiso probar hasta dónde llegaba la libertad completa, pues nada podía perder excepto la voluntad de vivir de acuerdo a su instinto y la propiedad de su último aliento.

Se defendió de la manada, cercó su propio territorio con restos de orina y de sangre y, cuando murió la última loba después de un largo y despiadado invierno, amamantó con su leche de adolescente al único cachorro que había sobrevivido y al que habían abandonado los lobos por no poder alimentarlo. De tal manera que, cuando el verano tomó posesión de los restos de una primavera ausente, cuatro lobos famélicos se enfrentaron a la evidencia de que la manada tenía de nuevo dos hembras, aunque una de ellas todavía fuera un cachorro y la otra no perteneciera a su especie.

Desde entonces Zendra tuvo un sitio entre ellos, descubriendo el código de conducta y la integridad de los instintos que no había creído posible hasta entonces, decidida a no salir más de aquel bosque, aunque con ello renunciara a criar su propia camada por no tener con quién aparearse.

Aparearse. Zendra lo había hecho muchas veces, desde los seis años, de todas las formas posibles y combinando todas las variables. Había visto morir por extenuación a otras como ella al no poder recuperarse de la barbarie diaria con la que traficaban con su carne, y había visto también cómo le arrancaban antes de que llegara a formarse el hijo de nadie que había comenzado a crecer en su vientre. Después de aquello tomó la decisión de suicidarse, pero el destino le puso un cuchillo en la mano y más tarde el instinto le colmó los pezones de leche a los dieciséis años para alimentar a un cachorro de hembra de pelo marrón con una mancha blanca alrededor del ojo.

—A partir de entonces fue una más entre ellos, —continuó Ana observando a Leyre— hasta que un atardecer detuvo con su voz a la muchacha con la que nunca debió haberse cruzado, y desde ese instante, con el primer intercambio de miradas idénticas proyectando una única imagen, asestaron un golpe de mano al destino desestabilizando el sino implacable de la primera tirada de tabas.

La Vida se abre paso a dentelladas, bien lo sabían los lobos, de modo que convocó a la Muerte en la gruta en la que la Suerte observaba a dos muchachas detrás de los ojos de una loba.

La Muerte examinó también a las muchachas sin atisbar un desenlace posible para restablecer el equilibrio que nunca se había quebrado antes, pero la Suerte estaba decidida a cambiar esa tarde las reglas, aunque tuviera que pactar las condiciones previamente con quienes, al igual que ella, mantenían la armonía necesaria para que la naturaleza se perpetuase.

Ese atardecer la Vida permitió a la Suerte igualar lo que solo iguala la Muerte. A cambio la Muerte podría diferenciar un alma concediéndole la inmortalidad sobre el resto de los mortales. Con la única condición de que aquel o aquella al que diferenciara consintiera en el trato y a cambio recibiera como recompensa una segunda oportunidad para otra persona salvándola de una muerte inminente hasta que le llegara de nuevo la hora.

—¿Qué gano yo a cambio? —preguntó entonces la Muerte—. ¿Para qué querría yo conceder la inmortalidad y diferenciar a unos de otros? Me limito a cumplir lo establecido. ¿Por qué cambiarlo? Yo igualo el destino que la Suerte diferencia. Así ha sido siempre.

La Suerte esquivaba las palabras de la Muerte, absorta como estaba observando a las muchachas, pero la Muerte no iba a dejar que la Vida repartiera fácilmente los naipes que previamente habían barajado sus rivales.

—¿Por qué permitiría que el que diferenciase arañase unos años más para alguien que tarde o temprano me acabaré llevando? ¿No basta la inmortalidad para cualquiera de ellos?

—No basta —contestó la Vida, fluyendo en una corriente de agua que perfilaba sus hermosas facciones y daba forma a un cuerpo generoso y espléndido manando como una fuente silenciosa y constante—. La inmortalidad es un regalo envenenado, tú lo sabes, puesto que algunos te llaman antes de tiempo y otros te buscan para impedir que les muerdan el alma la soledad y la nostalgia.

—Este trato te beneficiará, créeme. —La Suerte trataba de convencer a la Muerte—. Lo harás por instinto, y luego la Vida te compensará con creces la renuncia que estás haciendo ahora.

La Muerte no replicó, consciente de que el poder de la Vida estaba por encima de ella, y dio por perdida la batalla sin sospechar que acababa de ganar la guerra, aunque la Suerte le hubiera tendido esa tarde una emboscada.

La Muerte no tenía la menor intención de diferenciar a ningún mortal, pues ninguno le había interesado nunca lo suficiente, y no entendía cómo la Vida había aceptado romper el equilibrio únicamente para satisfacer el capricho de la Suerte. Lo entendió muchos siglos después, cuando encontró a un niño abandonado en una cesta de mimbre a la puerta de un monasterio, un niño que se convirtió en un joven despierto que logró fascinarla con sus *historias.* Pero cuando se selló el pacto en la gruta ella no podía saber que se prendaría de aquel muchacho, de sus palabras, y que él aceptaría la inmortalidad a cambio de la vida de su hijo en el combate.

—Cedió —continuó Ana observando el resplandor de las sábanas blancas sobre las que se apoyaban las manos de Leyre—. Y la Suerte pudo igualar a las muchachas concediéndoles a ambas el poder sobre los lobos.

La Muerte les volvió la espalda y se marchó desapareciendo entre las sombras, segura de haber sido engañada, mientras la Vida permanecía en la gruta contemplando como la Suerte, escondida detrás de los ojos de la loba de pelaje castaño, arrimaba hasta el borde del promontorio un puñado de tabas.

Atlas entendió que algo había cambiado, pues los animales bajaron la cabeza y escondieron el rabo entre las patas cuando se acercaron para olfatearla. Ella mantenía el cuerpo girado en escorzo y los ojos clavados en su idéntica, que la observaba desde la distancia con una mano apoyada en la cabeza de la loba que tenía una mancha blanca alrededor del ojo.

Los lobos gruñeron y empujaron a Atlas hacia el borde de la laguna, deshaciendo el camino hasta el promontorio donde les aguardaban la muchacha y la loba que custodiaba las tabas.

La Vida deslizó su manto líquido sobre la superficie brillante del agua y calculó la oportunidad de romper la única regla que mantenía el equilibrio en el momento en el que Atlas se situaba junto a su idéntica.

La loba adelantó las tabas frente a ellas y se retiró unos pasos. Zendra hizo a Atlas un gesto con la cabeza para que reparara en los huesos de cordero diseminados a sus pies. Atlas se agachó y los recogió en su mano derecha.

Había jugado muchas veces con las tabas cuando era niña, ajena al sino que la Suerte tenía preparado para ella antes de llegar a aquella gruta en la que el destino se barajaba de nuevo.

Extendió el brazo al frente y miró a Zendra, que asintió observando la mano idéntica a la suya cerrada alrededor de los huesos. Los animales avanzaron haciendo un círculo a su alrededor mientras la Vida sonreía con una brisa tibia que levantaba ondas diminutas sobre la piel plateada del agua. La Suerte esperaba escondida detrás de los ojos de la loba, segura de que algún día tendría que burlar a la Muerte para que los términos del acuerdo que blindaba el destino de aquellas dos mortales se sellaran para siempre.

Las tabas cayeron de la mano de Atlas rebotando con un sonido hueco hasta que todas las piezas quedaron esparcidas a los pies de las muchachas. La loba se adelantó para que la Suerte calculara la fortuna o la desgracia idéntica que las esperaba, y sus pupilas se dilataron al observar la parte más prominente de los huesos inundada con la luz de la luna.

La Vida certificó la prosperidad del destino único que acababan de escoger las tabas para las dos muchachas, y recordó con un gesto a la Suerte que aquel acto conllevaba un precio. Y la Suerte, caprichosa, cruel, altiva, voluble, déspota e implacable, asintió apostada detrás del iris de unos ojos dorados.

Igualar lo que solo la Muerte iguala conllevaba un precio, y ella habría de pagarlo después de haber empujado los huesos con su aliento silbando entre los colmillos hasta conseguir que la fortuna quedase bocarriba en el tablero en el que solo ella libraba su propia batalla.

V

Los deseos siempre nos acaban encontrando, igual que la Muerte. Fernando volteó el reloj de arena observando el caudal que escurría por el cuello de cristal.

La voz comenzó a brotar de su garganta como si las palabras llevaran retenidas mucho tiempo, y mientras hablaba se mantuvo rígido, hasta que la historia lo envolvió como un banco de niebla que le nubló la conciencia haciendo que se olvidara de sí mismo.

Martín y Laura siguieron avanzando a ciegas por el interior de la gruta, adentrándose en las profundidades de un laberinto de piedra donde ya no llegaba hasta ellos el olor del humo ni las voces de los soldados.

Intentaban orientarse en la oscuridad escuchando solamente su propia respiración y palpando el contorno de las paredes para guiar sus pasos sobre la tierra húmeda.

El camino se alargaba bifurcándose constantemente, y el tomar una dirección u otra dependía solamente de su instinto, que parecía funcionar como uno solo. Siempre podemos volver atrás, le había dicho Martín a Laura cuando la muchacha le apretó la mano con fuerza al desviarse hacia una de las oquedades que se abrían entre las sombras.

No había rastro de los niños. Quizá si hubieran llevado una antorcha hubieran podido ver las pisadas en la tierra fresca delante de ellos, las huellas de tres pares de pies que habían recorrido el mismo camino poco tiempo antes.

Siguieron adelante, perdiendo la noción del tiempo, hasta que las sombras comenzaron a diluirse en un resplandor grisáceo mientras percibían el sonido lejano de gotas de agua.

Martín ayudó a Laura a reptar para sortear un paso parcialmente cerrado por grandes bloques de piedra. Al otro lado se abría una estancia inundada por dos pies de agua sobre la que se adivinaban formaciones alargadas, ancladas en el suelo o descolgadas del techo como agujas suspendidas en la penumbra.

Se adentraron en la superficie de aguas transparentes. Laura llevaba recogida la falda en la cintura y se había quitado las botas y remangado los pantalones de cuero por debajo de la rodilla, aunque la humedad y el frío siguieran calándola hasta los huesos.

Recorrieron la estancia admirando la singularidad de las agujas que se reflejaban en la superficie distorsionada por las ondas que creaban al avanzar, hasta desembocar en un espacio inmenso horadado en la cima por el resplandor de la luna.

Laura se detuvo junto a una de las formaciones calizas que daban paso a aquel espejismo. El espacio era inmenso. Haces de luz se precipitaban desde lo alto reflejándose en la laguna de aguas tranquilas que ocupaba el centro de la gruta, reverberando la claridad sobre las paredes de roca con el vaivén sinuoso de las ondas de agua.

Un espacio inundado de luz que los cegó en un primer momento, deslumbrados por el repentino resplandor tras avanzar entre las sombras. Y después del desconcierto inicial, cuando sus ojos se acostumbraban a los contornos de aquel lugar increíble, pudieron percibir al otro lado de la laguna el sonido de voces de niños y gruñidos de lobos.

Laura se puso en pie y aferró inconscientemente el arco cruzado sobre el pecho a la vez que echaba mano del carcaj de flechas que llevaba a la espalda. Martín desenfundó el cuchillo y se mantuvo inmóvil.

Desde donde se encontraban no distinguían la escena que debía desarrollarse detrás de un promontorio al otro lado de la gruta. Laura colocó una flecha en el arco y avanzó despacio sobrepasando la posición de Martín, que mantenía la mirada fija en el lugar del que provenían los sonidos.

El muchacho se dispuso a seguirla cuando la figura de un lobo negro se perfiló súbitamente bajo la claridad de la luna, avanzando desafiante sobre el promontorio que se adentraba en la superficie deslumbrante del agua.

Laura se detuvo y levantó el arco apuntando al animal, aunque sabía que tenía muchas posibilidades de fallar desde aquella distancia. Martín se mantuvo tras ella aferrando el cuchillo.

Cuatro lobos de pelaje oscuro aparecieron entonces detrás del lobo negro, abriéndose en abanico mientras gruñían retranqueando los belfos.

Laura sabía que Martín y ella no tenían ningún margen de maniobra, y que lo más probable es que no salieran de allí con vida, pero no estaba dispuesta a morir sin luchar para ganarle una vez más la partida a la Muerte, otra más, como había hecho muchas veces desde que apareció la lepra en el cuerpo de su madre.

Tal vez convocando las palabras precisas los lobos se apartarían de ella al reconocer su sino. Bruja. Una apestada, aunque su piel no manifestara las pústulas que quizá ahora hubieran podido salvarla de morir bajo las dentelladas de los lobos.

Luchar, como había hecho siempre, mientras recordaba, proyectados a una velocidad de vértigo, todos y cada uno de los obstáculos que había sorteado desde que una mañana de junio de hacía muchos años el pueblo entero volvió la espalda a su familia abandonándolos a su suerte, sin saber que aquel acto de cobardía colectiva con el que creían enterrarlos para siempre alimentaría la voluntad de Laura hasta forjar la determinación de acero que la había acabado convirtiendo en una mujer fuerte. No. No moriría esa noche. Los obstáculos eran algo cotidiano para ella, tuvieran forma de llagas o vinieran envueltos en piel de lobo.

Tensó la cuerda del arco acariciando la base de la flecha entre sus dedos corazón e índice, y separó las piernas buscando el equilibrio con los pies para apoyarlos firmemente en el suelo.

Martín se adelantó y se colocó a su lado. Sabía que no moriría esa noche, no después de recibir el reloj de arena de manos de su maestro, pero el destino de Laura estaba completamente abierto. Martín fue consciente entonces de la dimensión de la carga que había aceptado para liberar a Onofre.

Todo lo que quería era estar junto a Laura, aunque fuera plenamente consciente de la magnitud del despropósito en el que Onofre lo había envuelto con sus palabras, la trampa en la que él mismo se había dejado enredar hasta situarse en el centro de la tela de araña. Laura moriría inevitablemente, aquella noche o a la mañana siguiente, o tal vez muchos años después rodeada de una gran familia, pero más tarde o más temprano desaparecería de la faz de la tierra y se perdería su rastro en las generaciones venideras si es que llegaba a nacer el hijo que llevaba en su vientre.

Y él se quedaría solo, esa noche o la siguiente, o tal vez muchos años después, atrapado en aquel sudario de hilos de araña que lo condenaría a ver desaparecer a la mujer que amaba y cargar con su ausencia más tiempo del que era capaz de imaginar sobre el impulso contenido que tensaba la cuerda del arco de Laura.

Un inmortal, debía estar loco. Pero en cualquier caso ya era tarde. Únicamente quedaba comprobar los límites, explorar el legado de Onofre ofreciéndose como escudo para interponerse entre Laura y los lobos. No tenía nada que perder. Ni siquiera la vida a juzgar por la imagen de la mujer de vidrio que se había llevado a Onofre después de evitar que Laura muriera esa noche a manos de los soldados.

Los lobos retranquearon los belfos enseñando los colmillos e irguieron las orejas, gruñendo desde la distancia, hasta que el lobo negro saltó del promontorio para encabezar la partida de caza.

—Vete. Deshaz el camino.

Laura miró de reojo a Martín sin dejar de tensar el arco.

—No.

Laura afianzó los pies en el suelo y siguió con la flecha el contorno del lobo que encabezaba el ataque haciendo saltar un relámpago de gotas de agua al avanzar sobre las piedras de la orilla.

Martín obedeció a un impulso súbito y echó a correr hacia ellos aferrando el cuchillo.

Laura mantuvo el arco tenso y buscó de nuevo el objetivo por encima del cuerpo de Martín, que parecía aumentar el ritmo de la carrera por momentos. Conservaba la calma y el pulso firme mientras anticipaba mentalmente la distancia a la que se produciría el choque entre Martín y los lobos. Comenzó la cuenta atrás mientras los animales se espoleaban unos a otros envueltos en una nube de gotas brillantes al patear con furia las piedras de la orilla para disputarse la presa que se lanzaba sobre ellos.

Cinco, cuatro. La flecha seguía con precisión la trayectoria del lobo negro. Tres. Dos. El reloj acabó de escurrir la última gota de arena que marcaba el minuto y medio cuando la voz de Catalina se alzó en el promontorio desde el que observaba la escena junto a una loba de ojos dorados que se interponía delante de Tristán y de su hermano.

La voz de la hija de Aurora cortó el aire deteniendo instantáneamente el ataque de los lobos a escasos palmos de Martín, que trató de contrarrestar el impulso de la carrera al toparse de bruces con los ojos del macho negro.

Laura bajó el arco sin destensar la flecha, atónita ante el efecto de la voz de Catalina sobre la manada.

La niña rozó el lomo de la loba y bajó del promontorio.

Imposible, pensó Laura tratando de encontrar una explicación lógica.

Martín se mantuvo inmóvil frente a los animales, sintiendo su aliento jadeante y observando sus ojos inyectados de furia, sin ver a Catalina y a los niños rodear la laguna acompañados por la loba.

Laura sintió el impulso súbito de acercarse al reconocer al animal de ojos dorados que la había protegido en el bosque cuando era niña. Destensó el arco y guardó la flecha en el carcaj mientras avanzaba sobrepasando a Martín y apartando el brazo con el que el muchacho trataba de detenerla, hasta situarse frente al lobo negro. El animal la olfateó un momento y luego se hizo a un lado, permitiendo a los demás lobos que la rodearan para que también pudieran olerla.

Martín aferraba todavía el cuchillo unos pasos más atrás, desconcertado ante la visión de la muchacha rodeada de lobos, protegida por ellos, pues no había agresividad en los animales mientras husmeaban con sus hocicos las manos y el vientre de Laura.

Catalina se abrió paso entre ellos y se fundió en un abrazo con Laura.

Y la Suerte pensó entonces, mientras las observaba rodeadas de lobos bajo la luz de la luna, en la imagen de la mujer que había cristalizado esa noche el reflejo de la habitación miserable de un prostíbulo cuando la Muerte se la llevaba. Si esa mujer, Aurora se llamaba, hubiera sabido que su deseo se había cumplido y que la Suerte había acabado encontrando a su hija y a la muchacha de pelo cobrizo para hacer realidad el sino que la dos llevaban al cuello prendido en un puñado de tabas, hubiera entendido al fin el poco valor que tenía el oro para el hombre que compró su cuerpo y luego la dejó abandonada a la misma Suerte que esa noche, mientras la mujer exhalaba su último aliento, había guiado sus manos sobre la ladera hasta encontrar el resorte con el que Aurora pudo abrir otra vez, de par en par, la puerta de la habitación miserable donde Pedro la esperaba para amarla, como entonces.

VI

Ana volteó el reloj y la historia siguió su curso en la habitación doscientos quince.

Anochecía. La gruta quedó envuelta en una bruma gris e ingrávida que flotaba sobre el agua y hacía desaparecer el contorno de las paredes de piedra.

—Quiere que guardemos las tabas y las llevemos siempre con nosotras. — Atlas miró a Zendra con extrañeza. Luego volvió a observar los pequeños huesos de cordero diseminados a sus pies, dispuestos tal y como habían quedado al rodar por el suelo.

Zendra no hablaba su misma lengua, pero Atlas la entendía igual que entendía a la loba que tenía una mancha blanca alrededor del ojo.

Llevarlas siempre consigo, no romper nunca la cadena, por generaciones. Anteponer a las hembras sobre los hijos varones. Esa era la protección que ofrecían las tabas.

Zendra se agachó para recogerlas, y entonces Atlas fue consciente de que el tiempo se había detenido a su alrededor. Acababa de llegar a la gruta, pero para Atlas parecía que hubiera transcurrido una eternidad entera capaz de dilatar los límites de su cabeza hasta volverla otra, y se preguntó, en el momento en el que Zendra se incorporaba sosteniendo las tabas en la palma de su mano derecha, dónde había mantenido escondida la llave con la que acababa de abrir la conciencia que latía al mismo compás que las pulsaciones de la sangre de Zendra.

Atlas fijó sus ojos en aquella palma abierta, grabada con surcos de idéntica profundidad y longitud que las líneas que surcaban la suya, y no pudo evitar cuestionarse a sí misma, sin ser capaz de reconocerse en la mujer que había llegado hasta aquella gruta al caer la tarde después de atravesar una tierra abrasada por el sol del mediodía.

No fue capaz de reconocerse en la muchacha que habría preferido mil veces morir abrasada en el volcán en el que iban a sacrificarla en vez de seguir a un enemigo que la guiaba a una tierra incierta y desconocida, en la niña que había bebido de un cáliz con las manos cubiertas de sangre para tener la oportunidad de procrear un varón que lideraría su clan, la que se había jugado gustosa la vida para apostarla luego contra la Muerte ante la posibilidad de que la Suerte le hiciera concebir un hijo primogénito.

Todo aquello ahora quedaba atrás, envuelto en un sueño del que había logrado despertar con el repiqueteo hueco de las tabas rodando por el suelo, devolviéndola súbitamente a un estado permanente de vigilia en el que se había expandido su conciencia. Ahora hablaba todas las lenguas y entendía el pensamiento de la loba de una manera tan nítida, que le era imposible reconocerse en la mujer ignorante y soberbia que había llegado a la gruta sin ser consciente de la estrechez de sus límites.

Los ojos de la loba se encontraron con los suyos, y Atlas entendió el mensaje sin necesidad de que mediara ningún sonido. Las pupilas doradas se dilataron y el iris se estrechó proyectando una nueva oportunidad de enderezar las vueltas del destino, doblegando los designios de la primera tirada de tabas gracias a la voluntad inquebrantable con la que ellas habían superado todas las pruebas.

Así sometieron esa noche a la Suerte, adquiriendo para siempre el poder sobre los lobos, la protección de la manada y la intuición que alumbra y guía el entendimiento para descifrar lo que está escrito en los posos de cocciones de salvia y la disposición del musgo que crece en los árboles de umbría.

Engarzaron las tabas en dos tiras de cuero y se las colgaron al cuello para no olvidarse nunca del acuerdo. Disfrutarían de una vida plena y, durante generaciones, las mujeres de su sangre transmitirían el sino de las tabas, aunque solo algunas llegarían a desarrollarlo plenamente.

A lo único que estaban obligadas las muchachas era a perpetuar su sangre, por eso, después de convivir con Zendra y con la manada durante la estación de las lluvias, Atlas siguió su camino en busca del muchacho al que había estado a punto de clavar un cuchillo en el corazón por no poder soportar la contradicción de amar y odiar a un enemigo al mismo tiempo.

Lo encontró mucho tiempo después, tras recorrer un largo camino en el que conoció pueblos y razas habitando paisajes sorprendentes, en el que aprendió nuevas formas de vida al compartir comida y protección con gentes extrañas que siempre parecían dispuestas a ayudarla cuando entreveían las tabas alrededor de su cuello.

Solo había que dejarse llevar, lo aprendió caminando, observando con los ojos abiertos de par en par organizaciones asombrosas de grupos humanos en los que, sin embargo, igual que en su tribu, cada uno parecía tener un papel definido según la disposición de los huesos después del sino de la primera tirada.

Conoció esclavos y comandantes de ejércitos, campesinos y gente ataviada con ropas extravagantes que movilizaban a cientos con solo levantar un dedo, y llegó a la conclusión de que todo estaba inventado, pues en todas partes había personas sometidas a otras sin saber que lo estaban, uncidas bajo el yugo de dioses de piedra o metales que brillaban como el sol y la luna. Y Atlas pensó, mientras avanzaba junto al lobo gris que había dejado la manada para convertirse en su sombra, que allí por donde pasaba se repetía la dominación de unos sobre otros como el patrón invariable de las celdas de una colmena de abejas.

Quizá en aquella disposición residiera la fuerza, meditó mientras avanzaba. Incluso ella, que había sido capaz de asesinar a sus semejantes con tan solo doce años, se reconocía ahora en la ceguera que la había privado de entendimiento para ver el mundo tal y como era.

De modo que cuando encontró al muchacho, Atlas ya era capaz de distinguir más allá de lo que percibía con los ojos, completando un esquema mental que se enriquecía al avanzar y al adquirir más conocimiento, y tuvo que reconocer, a su pesar, que había valido más el camino que la meta, por más que ansiara por encima de todas las cosas ver al muchacho de nuevo.

Ukro vivía junto a un horizonte inmenso de agua salada en los confines del mundo. Se mantenía tal y como ella lo recordaba, esbelto y fuerte, con el cabello ondulado sobre una faz de rasgos armónicos en la que brillaban sus ojos como dos puntales de fuego, semejante a como Atlas lo había guardado en su imaginación si no fuera porque al acercarse a él la invadió otra vez el olor y la calidez que desprendía su cuerpo, recordando sorprendida que podría reconocerlo entre muchos aunque no le asistieran los ojos.

Lo encontró una tarde remendando redes junto a una canoa, ajeno a la sombra alargada que ella proyectó sobre la arena cuando se paró a su lado. Él se afanaba con la cabeza gacha manejando hábilmente los punzones y las agujas, abstraído en una tarea mecánica en la que sus dedos reptaban sobre las redes mientras sus labios silbaban un ruido melódico.

Atlas no preguntó, no dio lugar a los preámbulos, simplemente cayó sobre él y lo embistió junto a la orilla del agua que iba y venía envuelta en arena y espuma. El muchacho no supo reaccionar a tiempo. Enmudeció y dilató las pupilas dejándola hacer mientras ella obedecía a sus instintos y se afanaba en domar su cuerpo enredado entre las redes sujetándolo bajo sus piernas.

Él la reconoció al instante, Atlas lo percibió mientras lo tenía inmovilizado sobre la orilla, pues la expresión del muchacho fue mudando de la incredulidad a la exaltación muda que iluminó su semblante cuando ambos acompasaron el ritmo de las embestidas hasta llegar juntos a un clímax largo y sostenido que los mantuvo flotando sobre el horizonte envueltos en la brisa que ondulaba la superficie brillante del agua.

Cuando remitieron los espasmos de placer ella se abandonó sobre él sintiendo todavía las idas y venidas dentro y fuera de su cuerpo, el pulso entre sus piernas y el latido de un corazón poderoso y rápido cabalgando bajo su oído, percibiendo la caricia de su aliento de salitre en el pelo y la prolongación de su piel en el cuerpo del muchacho mecido por el vaivén de la espuma.

El sol acababa de esconderse detrás del horizonte cuando se apartaron sin haber mediado palabra, después de entregarse dos veces más a los asaltos que los enredaron entre las redes acoplándose a la misma cadencia con la que los bañaba la marea.

Cuando se separaron, Atlas no volvió la vista atrás ni atendió a los esfuerzos vanos del muchacho por retenerla. Él había vuelto a ofrecerle lo que le ofreció cuando la salvó de morir inmolada en el volcán en el que su pueblo iba a sacrificarla, sin querer entender que entonces había sido demasiado pronto y ahora era ya demasiado tarde, pues ninguna de las dos muchachas, ni la de ahora ni la de antes, se ajustaba al ideal que él había forjado en su cabeza.

Atlas ya no era un recipiente para procrear, unas caderas generosas para perpetuar la sangre y mejorarla obedeciendo a un instinto primario que le mantenía cosido los párpados, dejándola ciega y ausente ante los retos individuales que no se correspondían con el sentir del grupo.

Ya no era la muchacha ignorante y soberbia que él conoció. Ukro lo supo al instante cuando Atlas tomó por la fuerza lo que antes le había negado de manera reiterada y tajante por no ajustarse a los esquemas de comportamiento que ella tenía grabados desde que era una niña.

Ahora había vuelto para procrear, pero no para servirle ni para que él la sirviera, no para someterse ni aceptar sometimiento, pues hacía mucho tiempo que había tirado del hilo que le impedía ver más allá de sí misma.

Aquel encuentro fue suficiente para tener la seguridad de que se llevaba lo que había venido a buscar y, a expensas de la desesperación del muchacho, que no pudo impedir que se marchara acompañada por el lobo que se mimetizaba con su sombra, Atlas tuvo la certeza de que la sangre seguiría su curso arropada por el sino de las tabas.

Deshicieron el camino trazándolo por lugares distintos a los que los habían llevado hasta el agua salada, y para cuando atisbaron otra vez los alrededores de la gruta, Atlas llevaba ya una niña recién nacida entre sus brazos.

Los lobos las olfatearon desde la distancia y esperaron junto a la laguna. La loba de pelo marrón con una mancha blanca alrededor del ojo se adelantó y husmeó a la niña, y luego se hizo a un lado para que Atlas pudiera mostrársela a Zendra, que esperó todavía dos lunas antes de marcharse en busca de la simiente que asegurara su propia descendencia.

Volvió tres años después con una niña que ya se sostenía sobre pasos vacilantes contradiciendo la determinación que se escondía en sus ojos.

Las dos crecieron fuertes entre los lobos desarrollando caracteres impetuosos y tenaces, independientes hasta el punto de liderar por separado las partidas de caza. Atlas y Zendra las mantuvieron unidas alrededor de la manada hasta que las muchachas tuvieron edad suficiente para alejarse del grupo y cuestionarse otras formas de vida, y solo entonces les anudaron alrededor del cuello las tiras de cuero con las tabas engarzadas y las empujaron para que se marcharan tal y como hacían las lobas con sus lobeznos al enfrentarlos a su primera presa.

Ana susurró las últimas palabras mientras colocaba el reloj de arena sobre la mesita de noche ante la mirada incrédula de Tiago, que se había unido por sorpresa al pequeño grupo alrededor de Leyre sin reconocer su reflejo en el cristal de la mujer que velaba la cabecera de la cama.

Amelia fue a entrar en la habitación para cambiar la medicación cuando se cruzó con Tiago. Ana se despidió y salió seguida de Fernando, dejando a Amaya y a la mujer de vidrio alrededor de Leyre, que estremeció los dedos sobre las sábanas cuando Amelia los rozó con la palma de su mano mientras con la otra sacaba el termómetro del bolsillo de la bata para tomarle la temperatura.

VII

Amanecía. La luz del sol se filtraba hasta la laguna inundando la gruta con una nebulosa de polvo dorado. Se habían acomodado detrás del promontorio sobre un piso de tierra apisonada y firme que parecía ser el cubículo de los lobos.

Tristán y Duarte, el niño de Aurora, dormían vencidos por el cansancio rodeados de tres lobos que se habían dispuesto en círculo a su alrededor.

Los demás mantenían los ojos abiertos en un duermevela en el que Laura y Catalina susurraban a pocos pasos de Martín, que todavía no bajaba la guardia.

Catalina lloraba a su madre y Laura trataba de consolarla. La niña no quería demostrar sus sentimientos delante de su hermano Duarte, pues el niño todavía pensaba que su madre no estaba muerta y que se reuniría con ellos más adelante.

Catalina había dejado que mantuviera la esperanza, pues no era fácil para una niña de nueve años aceptar la pérdida y hacérsela sobrellevar también a su hermano.

Tristán, en cambio, mantenía un mutismo absoluto en relación a la muerte de su padre. Ricardo le había aleccionado sobre ello como parte del plan que había trazado cuidadosamente con Amancio.

—Llegará un día en que yo me vaya, pero tú habrás de seguir adelante. ¿Me entiendes, Tristán? —le había dicho muchas veces sujetándolo por los hombros.

El niño asentía sin comprender el alcance de las palabras que le repetía su padre, como cuando le decía que los demás no debían saber jamás el parentesco de sangre que los unía.

Ricardo siguió repitiéndoselo hasta que Tristán maduró lo suficiente para saber que su padre se había estado despidiendo de él desde que lo salvó de morir emparedado con su madre.

Tristán sabía lo que debía hacer, era parte del plan que Ricardo había trazado. Debía confiar en Martín y en Onofre, incluso en Amancio, cuando volviera algún día a buscarle. A pesar de lo que le contaran, a pesar incluso de que le dijesen que había matado a su padre.

—¿Me entiendes, hijo?

—Sí, padre.

Una y otra vez, aunque la versión había cambiado desde que los contadores de historias llegaron al campamento.

El niño había jurado seguir sus indicaciones, no llorar y curtirse en el arte de la guerra para ser digno de recuperar sus tierras cuando llegase el momento. Por eso Tristán no había derramado esa noche una lágrima, aunque era plenamente consciente de que su padre estaba muerto.

Ahora dormía plácidamente junto a Duarte entre el calor de los lobos. La loba de pelo castaño con una mancha blanca alrededor del ojo dormitaba a los pies de las muchachas, ajena a sus murmullos, adoptando una actitud protectora que no escondía la delimitación del territorio.

Martín descansaba fuera del espacio marcado por los lobos, preguntándose cómo habían llegado a aquella situación incomprensible, pues unas horas antes Laura y él tanteaban las sombras después de escapar de una muerte segura a manos de los soldados.

Onofre, al que todavía consideraba su maestro, le había dejado a cargo del cofre que contenía el reloj de arena poco antes de que se lo llevara la mujer de vidrio sobre la que el contador de historias había proyectado la imagen de una cesta de mimbre.

Y si Martín no hubiera sabido entonces, como sabía, que se lo estaba llevando la Muerte, la misma con la que él acababa de sellar de viva voz un trato singular y estremecedor a partes iguales, pensaría que Onofre llevaba esperando el abrazo de la mujer de cristal durante mucho tiempo.

Martín fue incapaz de comprender esa noche la naturaleza de la relación de su maestro con la Muerte, pues toda la aspereza de Onofre, su carácter huraño y solitario, su hermetismo y sus manías, su desapego por todo y todos, el aislamiento permanente que proyectaba a su alrededor como un campo de fuerza imantado para repeler el contacto, todo cuanto lo definía se había reflejado sobre el vidrio hasta desnudar la imagen de un niño abandonado a las puertas de un monasterio que luego se había convertido en un hombre desamparado que buscaba y rehuía a la vez la imagen de la única madre que había conocido.

Martín se revolvió y observó a la loba que guardaba el sueño de las muchachas. Tenía los ojos abiertos y acechaba ensimismada un punto indefinido en el vacío. Y en ese momento, cuando solamente la loba y él permanecían despiertos vigilándose mutuamente, Martín fue dolorosamente consciente de que era el único ajeno al grupo, pues los lobos habían marcado territorio instintivamente alrededor de Laura y de los niños.

Inexplicablemente, pues Martín no hubiera podido imaginar, ni entonces ni en todos los años que le quedaban por vivir haciéndole más sabio, que estaba asistiendo a la prolongación de un acuerdo que había tenido su origen en tiempos remotos en aquella misma gruta.

Solamente la Suerte, cruel, certera, afilada y voluble como arenas movedizas, la dama altiva que defendía su territorio escondida detrás de los ojos de la loba tumbada a los pies de las muchachas, sabía que Martín era la única garantía del acuerdo que ella había sellado con la Muerte amparándose en la potestad de la Vida, que ese amanecer latía inconfundible en el vientre de Laura.

Ahora permanecía inmóvil con la cabeza apoyada sobre las patas, aparentemente indiferente al desconcierto y la perplejidad que poblaban la

cabeza del nuevo contador de historias de su eterna rival. Por los siglos de los
siglos.

Tiago no había considerado nunca la posibilidad de que la voz y la palabra pudieran crear realidades distintas que invadieran el espacio tridimensional hasta volverlo otro. No entraba dentro de sus cálculos que nada pudiera sorprenderlo a esas alturas de su vida, nada que no se ajustara a lo racional ni contradijera supuestos lógicos. El hecho mismo de que Fernando contase historias después de voltear un reloj de arena, no tenía ningún sentido.

Pero cuando esa noche volvía a casa conduciendo, después de múltiples intentos de satirizar lo ocurrido para quitarle importancia, tuvo que reconocerse a sí mismo que no podía pensar en otra cosa.

Los faros de los coches con los que se cruzaba y las líneas blancas reflectantes pintadas en el asfalto mantenían su atención en la conducción de forma automática, aunque su cabeza estuviera muy lejos, intentando encontrar explicación a la respuesta emocional que le había provocado el relato.

Tonterías, se dijo a sí mismo en voz alta cuando giró a la izquierda para tomar el camino que llevaba hasta la urbanización donde un prestigioso arquitecto había construido para él una casa que acababa de inaugurar tres meses antes. Los árboles iluminados por la luz de los faros se cerraban sobre el camino ocultando los muros y verjas que cercaban las propiedades de sus vecinos, casas de diseño de las que de día apenas se entreveían formas geométricas varadas sobre la vegetación como barcos escorados sobre el oleaje.

Siguió conduciendo despacio, sabiendo que no había logrado imprimir en su voz un tono convincente, preguntándose si debía intentarlo de nuevo para convencerse de que lo ocurrido en la habitación doscientos quince era solamente la escenificación de un truco de viejas para sorprender a los incautos.

Tonterías. Esta vez la voz sonó firme y segura sobre el volante, poderosa. Detuvo el coche accionando el mando que abría la verja de entrada, y luego aceleró suavemente a través del sendero empedrado iluminado por luces solares. El resplandor que proyectaban los faros rompía las aristas geométricas de los volúmenes de cemento y cristal que formaban la estructura modular de la casa.

Accionó de nuevo el mando para acceder al garaje y aparcó delante de un inmenso panel de metacrilato que ocupaba la pared que daba acceso al interior de la vivienda, y antes de salir del coche recreó la vista en los colores brillantes que refulgían en la fotografía bajo los focos del techo mostrando la carrocería metalizada de un Ferrari rojo corriendo el Gran Premio de Fórmula 1 de Montecarlo, con los mástiles de yates y veleros balanceándose sobre un anuncio de Johnnie Walker de fondo.

Abrió la puerta del coche y descendió sobre el damero de baldosas blancas y negras mientras la puerta del garaje se cerraba a su espalda, y en ese momento comprendió la naturaleza de la imagen que Fernando había proyectado dentro de él con sus palabras, la visión inquietante que lo había perturbado hasta descompensar el equilibrio de la balanza donde Tiago mantenía a raya sus obsesiones y los miedos de la infancia, nivelándolas con voluntad férrea a base de lógica.

Tonterías. El sonido se heló entre sus labios cuando comprendió al fin lo que había despertado la alarma interior haciendo que se desnivelara la balanza, porque Tiago entendió entonces que no tenía nada que proyectar sobre la Muerte cuando viniera a buscarle, y que, al igual que uno de los protagonistas del relato de Fernando, el abrazo de la mujer de vidrio cuando se lo llevara, sería lo más parecido que Tiago conocería nunca del calor de una madre.

VIII

El sol se filtraba tímidamente entre las nubes cuando Laura y Martín deshicieron el camino para reconocer la ladera donde los soldados habían arrasado la posición del grupo la noche anterior. La loba los acompañaba unos pasos por delante mostrándoles la ruta más corta.

La luz gris del amanecer los deslumbró al salir de la gruta después de caminar durante mucho tiempo en la penumbra. Hacía frío y la niebla se extendía deshilachada sobre el suelo o prendida de las copas de los árboles. El campo estaba en silencio y tan solo se escuchaba el canto de los cucos a lo lejos. Todo a su alrededor estaba calcinado por la voracidad del fuego, y todavía se podían distinguir pequeñas volutas que ascendían entre las rocas desafiando a la escarcha de la madrugada. El olor a picón y a retama reptaba por la garganta con la aspereza del esparto, y sobre el aire frío de la mañana flotaba la ceniza como copos grisáceos empujados por las ráfagas de viento.

Avanzaron guiados por la loba hasta un repecho desde donde pudieron distinguir las siluetas de nueve cuerpos balanceándose de los árboles diseminados al final de la ladera, ordenados como muñecos de trapo a merced de la brisa que levantaba remolinos de ceniza bajo sus pies.

Permanecieron en la cima observando los cadáveres, intentando superponer los recuerdos de la noche anterior sobre aquel espacio bañado por haces de sol que se filtraban entre las nubes. Recordaban cada una de las rocas y los desniveles de terreno que salpicaban la ladera, recordaban incluso el resplandor de la luna destiñendo el reflejo del fuego sobre el humo que reptaba hacia la cima espoleado por un viento mercenario que había servido al enemigo con eficacia y lealtad absolutas.

Laura recordaba el crepitar de las llamas y el sonido del metal batiéndose en el yunque de su cabeza, los gritos, las toses, los juramentos y la desesperación de Juncia cuando se lanzó ladera abajo empuñando un cuchillo después de ver morir a su hijo pequeño.

Las mujeres deberían haber esperado en retaguardia para guiar a los niños al interior de la cueva, pero Laura recordó que Nieves había seguido a Juncia abandonando la protección de María por primera vez en mucho tiempo. Laura creyó que lo había hecho por su madre, empujada por la ebullición de la sangre que guiaba la temeridad del resto de su familia y alentada por el ímpetu irracional que la empujaba a morir luchando junto a ellos con los ojos encendidos de furia y el mantón cruzado sobre el pecho, azotada por una rabia ciega que la lanzaba tras los pasos de su madre hasta desaparecer engullida por el humo espeso que ascendía de las brasas.

Laura observó su cadáver en la distancia, sin sospechar que se había entregado a Amancio la noche anterior ofreciendo su propio cuerpo como escudo. Ahora se balanceaba junto a sus padres y hermanos de las ramas inmensas de un castaño al final de la ladera.

Laura reprimió una arcada cuando reconoció el cuerpo de Onofre, sin ser capaz de identificar en aquel fardo inerte acariciado por las agujas móviles de luz, la energía con la que le había imantado el alma y el cuerpo la primera vez que lo escuchó en el pueblo escondida tras la puerta del patio de la posada. Ahora no quedaba nada del poder inmenso de aquel hombre, desprovisto del don con el que había doblegado a multitudes a través de sus palabras.

La loba sorteó las rocas y saltó sobre la tierra quemada. Martín rozó el hombro de Laura y la muchacha comprendió que debían enterrar los cuerpos antes de que comenzaran a descomponerse.

Bajaron la ladera despacio, tomándose su tiempo.

—El viejo no está.

La voz de Martín era ronca, involuntariamente áspera.

Laura descendió tras la loba, alternando la vista de los ahorcados con las irregularidades del terreno que jalonaban la pendiente.

También faltaban los cuerpos de Ricardo y de Tobías, el hijo menor de Juncia y de Crespo, pero Martín no quiso romper el mutismo de Laura ni movilizar la saliva de cemento que le sellaba la lengua contra el paladar impidiéndole articular palabra.

La loba se detuvo bajo el cuerpo de Onofre y Laura acarició su lomo negándose a levantar los ojos del suelo. Un escalofrío le recorrió el cuerpo cuando la sombra alargada del cadáver se balanceó a sus pies sobre un charco de luz filtrado entre las nubes.

—Acabemos cuanto antes, Martín. No creo que pueda resistirlo mucho tiempo.

Se desprendió del carcaj y lo depositó junto a la base del árbol de donde colgaban María y Teodoro, esquivando los pies del gigante, que se balanceaban cerca del suelo. Y entonces cayó en la cuenta de que colgaban juntos del mismo árbol, igual que la familia de Crespo. Aurora colgaba aparte, y un poco más alejado se balanceaba Críspulo, como si los hubiesen agrupado según los parentescos.

Le sobrevino otra arcada mientras evitaba levantar la vista, pensando que solo podía ser obra de Amancio, el bastardo malnacido en el que habían confiado confundiendo la mala sangre y la traición con el hermetismo de un carácter que de todas formas nunca había presagiado nada bueno.

Y Laura se preguntó, mientras se remangaba la falda y se la anudaba a la cintura sobre los pantalones de cuero, si Ramiro había muerto esa noche consciente de la traición del hombre que había sido su mano derecha durante mucho tiempo.

Martín escaló el tronco del castaño del que se balanceaba la familia de Crespo para descolgar los cadáveres, seguido de cerca por la loba, pero algo hizo que el animal desviara la atención y husmeara el aire irguiendo las orejas. Laura notó la alerta y se giró hacia la dirección que exploraba la loba, pendiente abajo, donde el bosque de castaños se abría en torno a unos canchos ocultos por la maleza.

Martín siguió ascendiendo por una de las ramas con el cuchillo en la boca para descolgar el cadáver de Nieves, ajeno a las señales que habían alertado a la loba, que se internó entre los árboles rodeando las formaciones de granito hasta detenerse al pie del cuerpo de un hombre.

Laura siguió al animal y reconoció de inmediato el cuerpo de Frasco escondido entre los canchos. El viejo apenas estaba consciente y tenía una herida abierta en la cabeza y otra supurando en un costado. Laura le cogió las manos y le arrastró hasta quedarle tendido en el suelo para examinarlo. Tenía fiebre y la herida del costado estaba infectada. Deliraba pidiendo agua, y Laura le mojó los labios con leche que llevaba en un pellejo de cuero.

La loba gruñó en dirección a Martín cuando el cuerpo de Nieves cayó al suelo como un fardo. El viejo entreabrió los ojos acristalados por la fiebre. Laura le sostuvo la cabeza e intentó que tomara más líquido, agradeciendo no tener que contarle de viva voz que Martín descolgaba los restos de su sangre para enterrarlos antes de que se los disputaran los buitres.

Laura dejó a Frasco para volver junto a Martín y empezar a cavar la tumba colectiva. Después de descolgar todos los cuerpos, Martín se afanó en cortar una lanza de madera para apalancar la tierra y las piedras que previamente había removido con el cuchillo. Tardaron horas en conseguir delimitar una fosa lo suficientemente grande para apilar los cadáveres. A media mañana hicieron un alto para comer y Laura limpió las heridas de Frasco intentando que tomara más líquido. Martín no dejó que Laura le ayudara a terminar de cavar la fosa, temiendo las consecuencias del sobresfuerzo sobre su embarazo.

La luz estaba desapareciendo y la niebla se adueñaba otra vez del terreno cuando volvieron a deshacer el camino sosteniendo a Frasco sobre los hombros. Laura se aprovisionó de las hierbas que precisaba antes de entrar en la gruta, seguida de cerca por la loba, y al atardecer, después de detenerse a menudo para que Frasco recuperara el aliento, llegaron a la laguna donde los *esperaban los niños y el resto de los lobos.*

Leyre estaba despierta cuando Amaya entró en la habitación poco antes de que pasase la visita médica. Estaba sentada en el sillón y tenía mejor aspecto que los días anteriores, inexplicablemente y contradiciendo todos los pronósticos, como si la enfermedad le hubiera dado una tregua.

—¿Se puede?

Una sonrisa serena se dibujó en los labios de Leyre, que mantenía las manos apoyadas en los antebrazos del sillón.

—Pase.

Amaya arrastró el pie del gotero hasta la butaca que quedaba al otro lado de la cama. Había vuelto a ingresar dos días antes para terminar el tratamiento.

—Esta mañana tiene mejor aspecto —maniobró con los cables alrededor de su brazo antes de sentarse.

—Me siento mejor, aunque sepa que la mejoría es pasajera. ¿Y usted, cómo se encuentra?

—Todavía viva, y eso es suficiente.

Leyre observó a Amaya recomponerse los extremos de la bata alrededor de las rodillas, como una niña de colegio de monjas al acudir al despacho de la madre superiora.

—Sí, eso debería bastar, pero en la mayoría de los casos el hecho de estar vivos nos pasa desapercibidos.

Amaya insinuó una sonrisa curvando los labios.

—Para lo bueno y para lo malo. Unas veces la vida nos arrastra y otras nos arrastramos detrás de ella cuando no podemos soportarla.

Leyre la observó en silencio. Amaya había vuelto a juguetear con los picos de la bata cruzándoselos sobre las rodillas, los ojos prendidos en sus manos, intentando no estremecerse de pies a cabeza.

–¿Sabe que estar en esta habitación con usted me hace mucho bien? No sé por qué. No me lo explico, pero la falta de lógica no impide que sea cierto. Es el único sitio en el que me encuentro segura.

Leyre continuó observándola en silencio, dejándola hablar, porque sabía que Amaya lo necesitaba.

–Usted no ha tenido hijos, ¿verdad? Yo sí los he tenido, uno mío y otros de un matrimonio anterior de mi marido. –Amaya hablaba deprisa, sin dar opción a que Leyre respondiera–. Y dejé que me quitaran al primero, el único de mi sangre, para no tener que cargar con un problema el resto de mi vida, aunque lo cierto es que durante todos estos años no he podido quitarme de la cabeza aquel acto de cobardía que desde entonces me pesa como una losa sobre los hombros. Mi cuerpo se negó a darme más hijos, y no le culpo después de abandonar al primero. No volví a saber nada de él hasta la noche que se presentó en este hospital a reclamarme. Oiría usted las voces. Lo reconocí al instante, porque llevaba grabado en los ojos enloquecidos la rabia de haber crecido sin madre, igual que yo llevo en los míos la falta de coraje y la cobardía con las que dejé que me lo quitaran entonces. Sus gritos contra mí estaban justificados. Lo único que lamento es que no acabase conmigo esa noche, puesto que él sabía que yo no tenía nada que ofrecerle. Se lo llevaron reducido entre dos celadores sujetándole el armazón de huesos bajo la ropa, un esqueleto que no acierto a comprender cómo se tiene en pie, demacrado y con los ojos inyectados de odio, revolviéndose y gritando mi nombre.

Amaya calló y se recostó sobre la butaca cerrando los ojos.

–Todavía escucho el timbre de su voz llamándome madre, escupiendo las palabras para herirme, tratando de llamar mi atención enseñándome lo único que le he dejado en herencia. Rabia, soledad y desamparo.

Amaya abrió los ojos desafiantes para encontrar la mirada de Leyre, que la observaba con la cabeza ligeramente inclinada y una expresión imperturbable.

—¿Me entiende usted? ¿Entiende la clase de persona que soy? ¿Comprende la naturaleza de mi falta?

—Lo entiendo perfectamente. Crea usted que me hago cargo.

Amaya miró fijamente a su interlocutora con una mueca de incredulidad antes de pronunciar las palabras con filos cortantes.

—No creo que pueda entenderlo. Solo el que se está ahogando siente como se inundan los pulmones.

Bajó los ojos y se vino abajo súbitamente.

—De todas formas, discúlpeme. La estoy molestando. Soy una desconsiderada por hacerle partícipe de mis miserias. Bastante tiene usted con lo que le ha tocado.

Se levantó y empujó el pie del gotero para eludir con las ruedas las patas de la cama. Leyre creyó percibir un destello líquido en sus ojos.

—Lo único que quería decirle al entrar aquí es que me siento bien en su compañía, —continuó Amaya— que le estoy muy agradecida por dejarme compartir su tiempo y sus historias, y que la aprecio como si la conociese de toda la vida. Lo demás ha sido un arrebato por culpa de este carácter intempestivo que tengo y que no me sirvió de nada cuando me arrebataron a mi hijo. Lo siento mucho. No quería perturbarla. Usted no tiene la culpa, y al fin y al cabo es un consuelo que me escuche.

Amaya avanzó en dirección a la puerta.

—Usted me ha contado una historia y yo le debo otra. Una historia más de la habitación doscientos quince. Tenga la bondad de volver a sentarse o vuelva después de la visita médica. Como prefiera.

Amaya se detuvo en seco. Leyre continuó hablando.

—Se sentirá usted mejor si escucha mi historia. Se lo garantizo. A estas alturas, aparte de la formalidad con la que nos tratamos, tenemos confianza suficiente para compartir las miserias. Todos tenemos cajas donde guardarlas, y el hecho de que usted haya abierto la suya y me haya dejado mirar, me hace estar en deuda.

Amaya recompuso el rictus tirante de los labios y exhaló un suspiro relajando los hombros.

—Es usted una persona extraña, pero me gusta.

—Entonces vuelva y deje que pague mi deuda.

Amaya empujó las ruedas del pie del gotero y avanzó hacia la puerta.

—No tengo ningún otro sitio donde ir, de modo que volveré, se lo aseguro. No se preocupe por eso.

IX

Frasco se sobresaltó al ver a los lobos a su alrededor, a pesar de estar todavía semiconsciente. Los niños habían salido a su encuentro cuando Laura y Martín lo conducían hasta el piso de tierra sosteniéndolo sobre los hombros.

Lo tendieron y lo cubrieron con pieles. Pasó la noche en un duermevela en el que entreveía a Laura arrodillada junto a él haciendo que bebiera líquido de un cuenco a intervalos que al viejo le parecieron regulares. Otras veces, cuando le volvía la consciencia, sorprendía a la muchacha afanándose en aplicarle paños húmedos sobre la frente. Hasta él llegaban, perdidos entre la bruma de la fiebre, el sonido de respiraciones quietas, gotas de agua cayendo en el vacío y gruñidos envueltos en la penumbra azulada que inundaba la gruta con la luz de la luna. Sabía que había lobos a su alrededor, los había visto o soñado esa tarde, y podía detectar su olor inconfundible.

Había lobos, de eso no había ninguna duda, pero por alguna razón que tenía que ver con una grieta abierta entre el sueño y la vigilia de la fiebre, no había peligro. Todo estaba bien. Martín descansaba un poco más allá, y Frasco podía entrever a los niños profundamente dormidos entre una marea de pieles de lobo.

No tenía conciencia del tiempo que había pasado cuando abrió los ojos y halló las manos de Laura sosteniendo su nuca frente a un cuenco de líquido humeante, con la claridad tenue del amanecer tintando la hiedra de reflejos metálicos que se proyectaban sobre las aguas oscuras.

Sorbió el caldo que le ofrecía Laura y volvió a quedarse dormido hasta que, mucho tiempo más tarde, la luz lo despertó de nuevo.

Una loba de piel dorada con una mancha blanca alrededor del ojo estaba parada a su izquierda mirándolo fijamente. El viejo fue a revolverse cuando notó que le faltaban las fuerzas para incorporarse, y permaneció tendido observando los ojos de la loba, que parecía leer sus pensamientos y medir las pocas fuerzas que le quedaban.

—Todavía no, viejo, aunque será pronto, aún te queda parte del tiempo que te regalaron las tabas.

Malévola, cruel y certera. Eso es lo que percibió Frasco en la presencia escondida detrás de aquellos ojos, y entonces el viejo entendió que no era el animal el que le hablaba, sino alguien que conocía el trazo insignificante de su vida y el destino escondido en las rayas de la palma de su mano. Alguien que lo conocía desde siempre, desde que estaba dentro de su madre y le hizo proyectar en el interior de sus párpados la trayectoria de seis pequeños huesos lanzados al vacío como parte del juego de la Vida que comenzaba entonces.

La Suerte. Ahora que se acercaba la Muerte era imposible ignorarla.

Laura apareció detrás del animal y se arrodilló junto a Frasco. El día estaba gris y la gruta se diluía en un resplandor de acero que dibujaba con nitidez los contornos de las paredes de roca.

Frasco apartó sus ojos de Laura dejándola hacer, y cuando la muchacha levantó la vista pudo ver el asombro mudo del viejo ante la cercanía de la loba.

—No le hará daño.

El viejo no dijo nada porque ni siquiera estaba seguro de poder articular palabra. A Frasco no le quedaba más remedio que confiar en ella, en la misma muchacha a la que había cazado por sorpresa unos meses atrás cuando acechaba al grupo reunido en la cabaña del campamento. Aquella noche la inmovilizó y le ató las manos a la espalda antes de mostrarla como un trofeo de caza, y ahora aceptaba sus cuidados y el silencio con el que le confirmaba que la mayor parte de su familia estaba muerta.

Y entonces el viejo supo que solo quedaban ellos, los que podía vislumbrar a su alrededor, los lobos y su nieto Tomás escondido en alguna parte de la sierra.

Frasco cerró los ojos dispuesto a confiar en Laura, y no porque no tuviese opción, sino porque la Vida le había enseñado que el camino que la Suerte señala hasta que se nos lleva la Muerte es un continuo ininterrumpido de sorpresas en el que la fe aparece donde menos se la espera.

El día transcurrió lento. Esa misma mañana, Catalina y los niños volvieron al poblado y encontraron algunos enseres, ollas, calderos y hasta el cincho que usaba María para hacer queso. Todo lo demás estaba arrasado. Luego regresaron envueltos en las primeras sombras de la tarde, porque Duarte les había hecho retrasarse dando un rodeo para comprobar las trampas que Frasco y Teodoro tenían siempre diseminadas en el cauce del arroyo.

Cuando llegaron a la gruta, despellejaron varias liebres y las colgaron de una soga en lo alto de la pared de roca.

Martín había descubierto una entrada distinta a la que habían utilizado hasta entonces. Se abría a un valle de castaños cruzado por una garganta encajada en un desfiladero cubierto de vegetación hasta la cumbre de los picos que lo rodeaban. Desde allí había reconocido el terreno y se había aventurado dando un rodeo hasta llegar a la ladera de la montaña donde habían enterrado los cuerpos.

No dejaba de preguntarse por qué faltaban los cadáveres de Amancio y de Tobías, el hijo pequeño de Juncia y de Crespo. No tenía ningún sentido, como tampoco lo tenía que se hubieran tomado tantas molestias para arrasar un campamento de asesinos y salteadores escondidos en la sierra. No estaban al nivel de quien había mandado planear el asalto poniendo a Amancio al frente de un grupo nutrido de soldados. Eso quizá fuera lo más sorprendente de todo.

Un milano planeó con las alas abiertas sobre el aire frío de la mañana y se lanzó en picado entre los árboles. Martín continuó rodeando la montaña *hasta otear el lugar donde estaban enterrados los cadáveres. La tierra oscura y húmeda estaba removida delimitando el perfil de la fosa común que habían abierto el día anterior. Se sentó en el borde y observó a su alrededor intentando localizar ramas rotas y hojas sueltas para ocultar la tumba.*

Un lobo gris se situó detrás de él. Martín se mantuvo inmóvil percibiendo el aliento jadeante del animal a su espalda. Después se levantó y se acercó hasta los canchos en los que se había ocultado Frasco tras el asedio de la primera noche. Allí cortó con el cuchillo pequeños matorrales y amontonó hojas sueltas que extendió luego sobre la fosa. El lobo lo seguía de un lado a otro lo suficientemente cerca como para que Martín tuviera que desviarse para no golpearle en los hocicos con las ramas que asía entre los brazos.

Cuando acabó de cubrir la tumba era casi mediodía. El aire frío seguía cortando la piel y la débil luz del sol se adivinaba tras el manto de nubes grises que cruzaban rápidas sobre las montañas. Martín deshizo el camino seguido por el lobo. Empezaban a caer las primeras gotas de agua rebotando sobre las hojas desparramadas en el suelo, el viento se levantó y el aire húmedo se rebosó de olor a tierra mojada.

Amaya volvió a la habitación doscientos quince para cumplir la promesa que le había hecho a Leyre esa mañana. Se sentó en la butaca y esperó a que Amelia ayudara a Leyre a levantarse y a acomodarse en el sillón junto a la cama.

Ni Ana ni Fernando habían llegado todavía, y Tiago no había vuelto a aparecer desde la última vez que se había ofrecido a acompañarlos.

Estaban solas, y Amaya, por primera vez en su vida, se sentía intimidada.

Leyre sabía que la asustaba la presencia de la mujer de vidrio que se había mimetizado con la densidad y el tono neutro de la atmósfera que conformaba la cabecera de su cama. Estaba segura de que Amaya podía sentirla, aunque no identificarla.

Relajó los hombros y llenó los pulmones de aire para que su acompañante la imitara al verse reflejada en la imagen recíproca. Amaya se reclinó en la butaca y acomodó el volumen de su cuerpo hasta que se sintió cómoda a pesar de intuir que no estaban solas.

Leyre alargó una mano hasta la mesa auxiliar y cogió el reloj de arena. Amaya observó el movimiento de los dedos de Leyre al voltearlo. La arena comenzó a caer con una cadencia rítmica, hipnótica, dejando entrever destellos dorados en la corriente regular que se precipitaba por el cuello de cristal hacia el cono que se formaba en la base.

La vegetación de bronce que lo arropaba se difuminó cuando Leyre comenzó a pronunciar las primeras palabras para saldar la deuda que había adquirido con Amaya esa mañana.

"Contradicciones. Lo único que nos hace humanos, comenzó Leyre, lo único que nos empuja a superarnos, la convicción de que siempre es posible la excelencia si conocemos los límites que coartan nuestras capacidades. Yo no conocía esos límites. Era, como tantas otras muchachas de mi edad, la viva imagen de la felicidad desbocada e inconsciente sin ninguna rienda para doblegar la energía concéntrica que me situaba en el epicentro de vagas esperanzas y deseos.

Lo quería todo. Quería vivir muchas vidas para poder abarcar todas las experiencias y satisfacer todos los instintos, probar todos los placeres y poner a prueba la capacidad de sorprenderme a mí misma. Quería tiempo, aunque entonces no alcanzase a comprenderlo, porque el tiempo es infinito cuando aún no se tienen veinte años.

Tiempo. Algo que sobra, algo que no se acabará nunca excepto para los que lo han perdido y llevan grabada en los ojos la señal inequívoca de la derrota. Los viejos, los que se han extraviado en el laberinto de la vida sin encontrar la salida que les libraría de perecer en la monotonía de los caminos oscuros e idénticos que no conducen a ninguna parte.

Tiempo. Entonces no lo sabía, porque la Muerte con dieciocho años se antoja inalcanzable, mitológica, legendaria y heroica. Ignoraba que la única recompensa del laberinto es mantenerse en el epicentro hasta encontrar la clave que nos ha hecho levantarlo.

Descubrir las miserias y los miedos, la argamasa con la que hemos construido paredes y recodos, las esquinas y las bifurcaciones que nos hacen recorrer una y otra vez nuestras propias huellas caminando eternamente en círculo. Luego los años nos hacen ver que no hay salida, y que la única victoria posible consiste en derribarlo desde dentro.

Tenía dieciocho años cuando conocí a Tomás. Él era de mediana estatura, de complexión esbelta y facciones definidas y agradables que enmarcaban unos ojos verdes almendrados semejantes al fondo de un estanque. Un joven con una carga de tristeza desproporcionada para sus pocos años, huraño y esquivo a pesar del tono inequívocamente noble que se adivinaba detrás de la aspereza y la distancia impuestas a su voz y a sus palabras.

Lo conocí en la universidad de Filosofía y Letras, aislado entre la multitud de estudiantes que poblaban la biblioteca codo con codo, manejando volúmenes de autores que nos hacían comprender el mundo ignoto que se extendía más allá del verde de la vegetación prendida bajo las nubes que cabalgaban el inicio del otoño de mil novecientos cincuenta y ocho.

Semejaba una isla en la penumbra gris de la ventana tintada por el resplandor lechoso de los focos del techo. Lo había visto varias veces consultando manuales de Filosofía, leyendo a Kafka y ojeando a Freud, tomando notas sobre la percepción distorsionada y simultánea de distintas realidades en un mismo espacio-tiempo.

Yo me sentaba cerca de él creyéndolo absorto en la lectura, observándolo en las distancias cortas de reojo, sin prestar atención al libro de turno que me servía como excusa para poder acercarme pasando desapercibida, pues en aquellos años no estaba bien visto el que una chica se significara para atraer la atención del sexo opuesto.

El otoño se disolvió a las puertas del invierno dejando nieve sobre los abetos del jardín encendido con el resplandor de las farolas que se adivinaban tras el vaho de los cristales de las ventanas de la biblioteca. La luz blanca y potente de los focos se derramaba en estado líquido sobre un océano de mesas repletas de estudiantes y estanterías entre las que se escuchaban los murmullos y el sonido del roce del papel como un oleaje de fondo. La lana y el paño de los abrigos colgados en los percheros de la entrada o dispuestos sobre los respaldos de las sillas habían sustituido los tejidos ligeros de entretiempo, y al fondo de la estancia, sobre el mostrador de préstamos, se mimetizaban con el entorno las figuras de Don Julián y Doña Engracia, los bibliotecarios a los que, según la letra no escrita de la leyenda negra de la Facultad de Filosofía y Letras, ni siquiera la conmiseración por las lágrimas de los novatos era capaz de arrancarles un signo de humanidad más allá del gesto adusto.

Yo me cuidaba de tratarlos como lo hacían el resto de los estudiantes, con calculado respeto no exento de temor, pues Don Julián, un hombre sexagenario con la cabeza plateada y unas lentes de aumento gravitando sobre el extremo de su apéndice nasal, atesoraba la potestad de vapulear la impericia de los alumnos recién llegados recriminándoles su ignorancia con un tono lo suficientemente alto como para alcanzar los confines de la biblioteca. Pocas palabras suyas bastaban para echar por tierra una reputación apuntalada con tesón académico en las aulas o trabajada en las tertulias de la cafetería durante muchos meses.

Pasar el filtro del bibliotecario, el primer golpe de vista y de efecto sobre las lentes de aumento de montura negra de carey, era peor para muchos que pasar la reválida. De tal manera que la mayoría de los que se acercaban al mostrador sosteniendo dócilmente la referencia del libro de consulta adoptaban una actitud camaleónica que los hacía mimetizarse con las vetas de madera tras las que se apostaba el enemigo en una guerra de trincheras que estaba perdida de antemano.

El éxito de la misión consistía en obtener el objetivo sin haber intercambiado ningún sonido ni haber mantenido contacto directo con los ojos vigilantes de Don Julián y Doña Engracia, que, aunque nunca elevaba la voz, no le iba a la zaga a su compañero en lo referente a destrozar reputaciones y dejar en evidencia a cualquiera que no diera la talla.

Era una mujer menuda y delgada que vestía falda azul y camisa blanca con una rebeca de punto marino echada siempre sobre los hombros. Tenía un rostro simétrico y bien parecido custodiado por dos ojos castaños que recordaban la ferocidad de un gato. El pelo lo llevaba recogido en un moño bajo, y era temible precisamente por la incongruencia de su estampa, aparentemente rendida por una constitución frágil y amable que enmascaraba un carácter despótico y cruel que se activaba sin previo aviso, aunque su semblante estuviera completamente en calma.

La biblioteca era su territorio, y Don Julián y Doña Engracia lo marcaban ejemplificando castigos públicos regularmente para que nadie bajara la guardia. Con todos menos con Tomás, pues advertí después de varias semanas de vigilancia que el muchacho era el único al margen del régimen marcial impuesto con el toque de queda a las nueve en punto de la mañana.

Lo respetaban, especialmente Doña Engracia, cuyos ojos de felino dilataban la pupila estableciendo contacto directo con los ojos del muchacho cuando este se acercaba al mostrador de préstamos para hacer una consulta.

En esas ocasiones, la mujer se quitaba las gafas dejándolas colgar sobre su pecho de una cadena de plata y se concentraba en ayudar a Tomás conversando con él entre susurros no exentos de continuos asentimientos de cabeza. Don Julián continuaba con la labor de reducir al enemigo atrincherado al otro lado de la muralla de madera, y dejaba lo que estaba haciendo si Doña Engracia le hacía alguna consulta relacionada con el préstamo de libros que Tomás necesitaba.

Yo no era la única que había notado la tregua y el alto el fuego unilateral que los bibliotecarios desplegaban cuando se trataba de aquel muchacho triste y serio que parecía no darse cuenta de que las aguas se abrían a su paso, y el resto de los usuarios de la biblioteca lo observaban con recelo y admiración intentando encontrar el secreto de la naturalidad con la que él conseguía amansar a las fieras.

Y fue así, un lunes de diciembre, en una de las escaramuzas habituales con aviación de fondo, como descubrí que yo era visible para Tomás como él lo había sido para mí desde el primer día.

Quedaba una semana para navidad y tenía que devolver un manual de historia de la filosofía y sacar un libro sobre Aristóteles que necesitaba resumir antes de marcharme de vacaciones. También quería la novela ganadora del primer premio planeta, Nada, de Carmen Laforet, para leerla durante las fiestas.

Ese lunes por la tarde me uní con resignación a la cola de penitentes que formaban en silencio delante del mostrador que atendía Doña Engracia, sin tener todavía clara la estrategia para negociar el préstamo de dos libros de manera simultánea contraviniendo la ley seca impuesta a hierro y fuego por los dos guardianes de la ortodoxia.

Llevaba en el bolsillo el carnet de María, mi compañera de cuarto, que me lo había prestado gustosamente a cambio del resumen del libro que yo devolvía esa tarde y que ella no pensaba leer de ninguna manera.

La cola avanzaba lentamente impulsada por la inercia equívoca de la urgencia del mal trago. La guerra se veía mejor desde retaguardia que desde la primera línea del frente como carne de trinchera, me repetía desalentada a pocos pasos del mostrador, justo antes de que las bombas comenzaran a arrasar por sorpresa la posición que atendía Don Julián en el otro extremo, junto a la puerta por la que se accedía al *sancta sanctorum* donde se guardaba el fondo de libros al que solo los bibliotecarios y los profesores tenían acceso.

Una chica desconsolada buscaba la mirada del hombre intentando explicarle los desperfectos del libro que estaba devolviendo.

–Señorita, que usted sea una descuidada y una incompetente no significa que yo tenga que sufrir su absurda verborrea. Se le retira el carnet hasta finalizar el curso, y habrá de reponer el valor de esta obra maestra que ha tenido la desgracia de cruzarse en su camino sin tener culpa ninguna. Siguiente.

La muchacha se retiró con los ojos bajos y los hombros hundidos, consciente de que sería el blanco de todas las miradas y todos los murmullos hasta que lograse traspasar la puerta. Me fijé entonces en el grupo de habituales de las primeras mesas que vivían pendientes de los altercados celebrándolos sobremanera, de los incondicionales de Don Julián que ahora intercambiaban sonrisas cómplices grabando una muesca más en la culata del antihéroe que ya formaba parte de la leyenda.

–Siguiente.

Esta vez era Doña Engracia la que me exhortaba para que me acercara hasta el mostrador después de despachar el turno del que iba delante.

Me acerqué y le tendí el libro de historia de la filosofía sin levantar los ojos. La mujer lo apiló sobre la columna de libros devueltos. Anotó la fecha de devolución haciendo tiempo para que yo le entregara la referencia del libro de Aristóteles. Cuando Doña Engracia se volvía para ir a buscarlo, intenté un susurro gutural que sonara convincente y escondiera el miedo al mismo tiempo.

–Quería también esta novela. Para mi compañera.

Doña Engracia se volvió clavándome los ojos y afilando las garras en un silencio chirriante y metálico que cortaba el filo de los dientes.

–¿No conoces las normas de la biblioteca? ¿O acaso no sabes leer todavía y llevas tres meses equivocándote de sitio, pensando que vienes todas las tardes a un curso de corte y confección por más que te siga extrañando no ver máquinas de coser a tu alrededor, ni ningún artefacto parecido a las tijeras?

Me preparé mentalmente para el ataque de la artillería pesada después del vuelo rasante de los aviones de reconocimiento.

–Quizá yo pueda ayudarte.

La voz había sonado a mi espalda, fría y correcta.

Me volví desorientada, pues en aquel escenario bélico era imposible controlar un frente abierto por sorpresa en retaguardia, y al girarme me encontré de súbito frente al remanso verde de los ojos de Tomás, que me observaban imperturbables, esperando una respuesta.

Aunque lo intenté, no pude balbucear una sola palabra. Volví a mirar al mostrador, donde me esperaban los ojos felinos de Doña Engracia atravesados por una expresión indescifrable y un rictus impávido en los labios.

—Puedo prestártelo si lo lees esta semana. Todavía tengo hasta el viernes para devolverlo.

Me giré de nuevo y observé el libro que el muchacho me tendía, la cubierta blanca y sobria en la que las letras del título se recortaban en blanco sobre un pequeño rectángulo rojo.

—Si a Doña Engracia no le importa.

Sentí que me encontraba en tierra de nadie, entre alambradas retorcidas cosidas a parapetos de madera que protegían las líneas de trincheras, indefensa, expuesta a las ráfagas de metralla cruzada si cualquiera de los dos bandos iniciaba maniobras. Volví a mirar a Doña Engracia, que asintió fugazmente a Tomás antes de dar media vuelta y desaparecer tras la puerta batiente del depósito de libros.

Me mantuve inmóvil ante el mostrador de préstamos intuyendo el frío y la humedad del fondo del estanque de los ojos de Tomás recorriéndome la espalda.

—Gracias —le dije a media voz girando el cuerpo para aceptar el libro que el muchacho todavía sostenía entre sus manos.

Luego volví a mirar al frente y el silencio se instauró de nuevo entre nosotros.

Doña Engracia volvió con el libro de Aristóteles y reparó fugazmente en que el libro de Carmen Laforet había cambiado de manos.

Volví a ocupar mi puesto en el extremo de la mesa en la que se sentaba Tomás, que se enfrascó en la lectura sin volver a levantar la cabeza.

Media hora antes de cerrar, Tomás se levantó para marcharse. Recogí mi abrigo del respaldo de la silla y me levanté también, pendiente de sus movimientos. Coincidimos en la puerta. Tomás me cedió el paso y esperé al otro lado abrazando la cartera.

—El jueves por la tarde te lo traigo sin falta para que puedas devolverlo a tiempo.

Tomás hizo ademán de seguir caminando invitándome a que lo siguiera.

Salimos de la facultad y enfilamos el camino bordeado de árboles y parterres vencidos por el peso de la nieve bajo las débiles ráfagas de luz de las farolas. A las ocho en punto era noche cerrada a mediados de diciembre. Anduvimos a buen paso sin mediar palabra rebasando a algunos grupos de estudiantes rezagados que se despedían en la puerta de la verja exterior del recinto de la Facultad de Letras.

—¿Dónde vives? —el timbre de su voz era aséptico.

—En el centro, detrás del gobierno civil.

—Me cae de camino. Si quieres, te acompaño.

Apenas cruzamos unas palabras en el trayecto, nos limitamos a caminar al compás y a exhalar el vaho de las respiraciones al unísono. Hacía mucho frío, pero yo sentía un calor agobiante bajo el gorro, la bufanda y los guantes de lana, como si tuviera un motor interno en el que los pistones trabajaran a toda máquina. Él llevaba las manos en los bolsillos del abrigo de paño y la cartera cruzada a un costado, y me cedía el paso en las aceras vigilando que no hubiera peligro al cruzar el laberinto de bocacalles que conducían a la plaza.

Las luces de los escaparates y las guirnaldas de bombillas de colores de los adornos navideños se reflejaban en el empedrado húmedo, y a medida que nos internábamos en el centro de la ciudad, el tráfico y el ruido fueron rompiendo la magia del silencio que habíamos compartido en las calles de la ciudad vieja.

Me acompañó hasta la puerta de la pensión y se despidió con un escueto "hasta mañana" que quedó flotando tras la puerta de madera oscura tachonada con clavos antiguos, y recuerdo subir las escaleras de dos en dos aferrada a la cartera de cuero donde custodiaba el libro que antes había custodiado él entre sus manos, el mismo que iba a tenerme toda la noche en vela hasta que el alba asomara a mi balcón iluminando la cubierta intacta del libro de Aristóteles que había dejado olvidado sobre la mesa.

Nos encontramos en la biblioteca dos días después, la tarde del miércoles, y apenas intercambiamos algunas palabras de cortesía al ocupar asientos contiguos. Cada uno se concentró en la lectura y los quehaceres habituales tomando notas o redactando apuntes, y cuando faltaba un cuarto de hora para cerrar, a las ocho menos cuarto en punto, Tomás recogió sus cosas y se levantó para marcharse sin reparar en mí, que percibía todos sus movimientos sin necesidad de levantar la vista.

Se puso el abrigo despacio y pasó las tiras de cuero por las hebillas que aseguraban la tapa de la cartera. Luego se la cruzó al costado y metió las manos en los bolsillos.

—¿Vienes?

Levanté la mirada del libro y dudé todavía de que Tomás estuviera dirigiéndose a mí, a pesar de percibir los fuegos fatuos que titilaban en el fondo de sus ojos.

Recogí mis cosas y me apresuré a ponerme el abrigo, los guantes y la bufanda antes de traspasar la puerta que Tomás mantenía abierta, y volvimos a internarnos en la noche gélida y oscura alumbrada débilmente por la luz de las farolas.

El jueves por la tarde deposité con suavidad la novela de Carmen Laforet delante de Tomás, que estaba absorto leyendo a Kant en su puesto habitual junto a la ventana.

—Gracias.

Él levantó los ojos y asintió con la cabeza antes de volver a concentrarse en la lectura hundiendo la barbilla en el cuello alto del jersey de lana.

Me senté en la misma mesa, dos puestos más allá, y me obligué a abstraerme en la lectura hasta que la luz de la tarde desapareció y la oscuridad de la noche se apostó detrás de las ventanas, empujando a las agujas del reloj de pared situado sobre las puertas batientes del depósito de libros a señalar las ocho menos cuarto.

Él volvió a acompañarme esa noche hasta la pensión del centro. Yo me marchaba a casa al día siguiente para pasar las fiestas navideñas. Tomás hizo tiempo en el portal hablando del libro de Carmen Laforet mientras yo procuraba disimular la turbación interior que me producía su presencia y el tono áspero de su voz que me recorría por dentro como un látigo. Hablamos mucho tiempo, y luego él se marchó tras felicitarnos mutuamente las fiestas; y mientras subía de dos en dos las escaleras con las mejillas encendidas, tuve la premonición de que estaríamos unidos para siempre, hasta que a uno de los dos se lo llevara la Muerte que ahora aguarda paciente a la cabecera de mi cama esperando el momento de reunirnos de nuevo."

Leyre soltó el reloj de arena en la mesa auxiliar y descansó las manos sobre el regazo. Ana y Fernando se habían sumado a ellas poco después de que la historia tomara forma, y Tiago había entrado más tarde sentándose en silencio junto a Amaya.

La oscuridad se agazapaba al otro lado de la ventana de la habitación doscientos quince cuando se despidieron de Leyre sin reparar en la mujer de vidrio sobre la que se reflejaban los ojos dorados de la loba, que observaba un punto en el vacío recostada a los pies de la cama.

X

Frasco mejoró en pocas semanas gracias a los cuidados de Laura, que pasaba gran parte del día recolectando hierbas y plantas medicinales en compañía de la loba. Martín y Catalina repartieron las tareas y aseguraron el suministro de provisiones y leña suficiente para alimentar la hoguera que ardía permanentemente junto a la laguna.

Cuando Frasco pudo tenerse en pie y las heridas de la cabeza y del costado hubieron cicatrizado, Laura decidió que había llegado el momento de acudir junto a Tomás para tratar su enfermedad y aliviarle el sufrimiento.

Salió en su busca un amanecer de diciembre acompañada por Martín y por la loba. La noche antes se habían pertrechado de provisiones y habían dejado instrucciones para Catalina, que se quedaba al cuidado de Frasco y de los niños.

El valle de castaños estaba cubierto por un banco de niebla impenetrable encajado entre los riscos, de modo que tuvieron que andar a ciegas dejándose guiar por la loba, que los condujo como un lazarillo hasta el punto más alto de la sierra. A media mañana habían llegado a la cima, y Martín y Laura pudieron observar los débiles rayos de sol que se filtraban entre las nubes iluminando la superficie del océano de niebla que se extendía a sus pies, anegando los valles y cercando los picos coronados de vegetación como si fueran islas a la deriva. Laura calculó la dirección que debían seguir para encontrar a Tomás, pensando que no debían estar muy lejos, pues al abandonar el campamento habían seguido el mismo camino que Laura recorría con Juncia y con Frasco cuando le llevaban provisiones regularmente.

Caminaron cruzando valles y arroyos mientras se levantaba la niebla, y a mediodía llegaron al bosque de pinos en la ladera donde Tomás se escondía del mundo.

Martín y la loba se quedaron en la línea de los últimos árboles mientras Laura se adelantaba ascendiendo la pendiente hasta llegar al repecho donde se abría la boca de la cueva.

Esperó allí, porque sabía que él los observaba desde lo alto, y se sentó protegiéndose el vientre con las manos.

—¿Laura?

La enfermedad avanzaba inexorable, pues la voz era débil y apenas podía pronunciar claramente los sonidos.

Laura levantó la cabeza y sonrió.

Tomás estaba agazapado detrás de unos canchos cerca de la cima. Se cubría con un manto que lo tapaba casi por completo, aunque Laura todavía podía distinguir el destello de luz en la oquedad de sus ojos y las miradas furtivas en la dirección donde esperaban Martín y la loba.

—Vienen conmigo. Baja. Quiero verte.

—¿Estás…?

Laura se miró el vientre y asintió.

—Entonces será mejor que me mantenga lejos. No quiero que se pueda malograr la criatura con las llagas.

La voz sonaba abatida, casi suplicante, como si tratara de convencerse a sí mismo para obligarse a actuar en consecuencia.

—Sí. Ya lo he pensado. Me mantendré a distancia. No te tocaré, pero vendré regularmente como antes y te traeré provisiones y remedios para que te alivies.

Laura enmudeció, porque estaba diciendo sin decirlo que no quedaba nadie más que ella para cuidar del muchacho.

Tomás volvió a mirar a Martín, que se había sentado con la espalda apoyada en un tronco cerca de donde merodeaba la loba. No se atrevía a preguntar por aquel extraño, ni por el apego que parecía demostrar el animal salvaje por Laura. No quería preguntar tampoco por la ausencia de su madre y de su abuelo, pues todo lo que le interesaba entonces era que Laura hubiera vuelto.

No le importaba de quién era la simiente que ella llevaba dentro, ni por qué habían transcurrido tantos días sin tener noticias. No le interesaba nada que no se ajustara a la única realidad que podía aliviarle el tormento de la soledad que había reaparecido con su ausencia. Ella estaba allí y para Tomás eso era suficiente.

Laura le rogó que se acercara y se descubriera para que pudiera apreciar el estado de las pústulas. Tomás descendió con dificultad y se detuvo a varios metros. Se descubrió parcialmente la cara y los brazos sin dejar de observar a la muchacha, que midió en silencio el avance de la enfermedad antes de sacar del zurrón los tarros con las pomadas y los ungüentos que había preparado, aleccionando a Tomás sobre cómo tenía que aplicárselos en el cuerpo.

Martín se había puesto en pie y los observaba junto a la loba, que no paraba de mover el rabo jadeando con rapidez mientras mantenía erguidas las orejas.

Laura recomendó a Tomás que se cuidara y le prometió que volvería muy pronto. Luego se dio la vuelta y descendió el repecho despidiéndose de él como lo hacía siempre, levantando una mano mientras se alejaba.

Deshicieron el camino deteniéndose para comer y para que Laura descansara, y poco antes de que el sol se ocultara distinguieron a Duarte y a Tristán conduciendo los restos de la piara de cabras que se habían salvado del asalto al campamento. Las habían encontrado pastando en los alrededores del poblado arrasado al que volvían regularmente.

Catalina se había quedado al cuidado de Frasco, que parecía haber repuesto fuerzas durante el tiempo en el que ellos habían estado fuera. Martín soltó los zurrones y Laura se aproximó para examinar al viejo, que permanecía sentado junto a la hoguera sosteniendo un cuenco con líquido humeante.

Se sentó a su lado y frotó sus manos frente a la lumbre para calentárselas.

—¿Cómo está?

—Bien. Como siempre.

—La próxima vez iré contigo.

—Como quiera.

Catalina se acercó a Laura con otro cuenco de caldo caliente mientras Martín ayudaba a los niños a despellejar dos liebres y desplumar una paloma que Tristán había abatido con la honda.

Los lobos volvieron y se mantuvieron alejados del grupo mientras Martín asaba la carne y Laura guardaba las cabras improvisando un redil al otro lado de la laguna. La loba enseñó los colmillos al resto de los lobos que gruñían inquietos hasta que todos agacharon la cabeza y escondieron el rabo entre las patas. Luego se acomodaron alrededor de los niños y la loba se tendió a los pies de las muchachas. Martín aprovisionó el fuego de leña y se dispusieron a pasar la noche más fría de diciembre, dos semanas antes del solsticio de invierno.

El nueve de enero volvieron a encontrarse en la biblioteca de la Facultad de Filosofía y Letras. Tomás ya estaba sentado en su lugar habitual junto a la ventana cuando Leyre entró y se dirigió hacia él ocupando un sitio libre a su lado.

El muchacho levantó la cabeza y la sonrisa iluminó el fondo del estanque de sus ojos verdes. Leyre sonrió también y acomodó los cuadernos y los libros sobre la mesa antes de levantarse para solicitar un libro de consulta en la cola de penitentes que confluía delante del mostrador que esa tarde atendía Doña Engracia.

Cuando por fin llegó su turno, los ojos de la mujer repararon fugazmente en ella mientras recogía la ficha con los datos del ejemplar que Leyre solicitaba. Luego desapareció tras las puertas batientes del depósito de libros y volvió al cabo de unos minutos con dos libros en la mano. Uno de ellos era el que había solicitado Leyre, el otro era inconfundible en las distancias cortas: las Rimas y Leyendas de Gustavo Adolfo Bécker.

Le tendió los dos, y Leyre levantó las manos por encima del mostrador en un acto reflejo, aunque no comprendía por qué le entregaba un libro que no había solicitado. Doña Engracia la miró impertérrita. Leyre se quedó parada delante del mostrador, sin saber qué hacer, hasta que la voz de la mujer se elevó hacia un punto situado por encima de su cabeza.

–Siguiente.

Leyre volvió a la mesa y se sentó sin apartar la vista del ejemplar de las Rimas y Leyendas. Era pequeño, grueso y de tapas oscuras, semejante al misal envejecido que su tía abuela llevaba a la iglesia todos los domingos.

Tomás seguía abstraído en la lectura iluminado por la débil luz de la tarde que entraba oblicua por la ventana.

Leyre no sabía qué hacer, hasta que reparó en una esquina de papel que sobresalía marcando una de las páginas del volumen. Abrió el libro con cuidado y apareció ante ella un sobre diminuto encajado entre dos páginas extremadamente delgadas y suaves, incorpóreas hasta el punto de que parecían sostener la rotundidad de las letras impresas de las rimas igual que la fe se contiene y se estanca en el interior de un devocionario.

Sustituyó el sobre por la pluma estilográfica para no perder la página y, al abrirlo, encontró una tarjeta minúscula en la que se desplegaban letras angulosas de excelente caligrafía: "De los tesoros acumulados a lo largo de la vida, este es uno".

Leyre guardó la tarjeta en el sobre y leyó la rima que ocupaba la página de la derecha. Se acordaba de la obra de Bécquer vagamente, pues había memorizado algunas rimas cuando estudiaba literatura con la madre Durango, pero no recordaba aquella en particular, la LVII, más allá de la musicalidad y la cadencia inconfundible con las que hubiera reconocido el estilo del autor aunque no supiese la procedencia de la obra.

Se concentró en su lectura como si en ella radicaran las claves de una circunstancia tan excepcional como que la bibliotecaria le entregara un libro no solicitado que ni siquiera tenía referencia en el lomo.

"Este armazón de huesos y pellejo…" Leyre estuvo mucho rato observando la rima, leyéndola una y otra vez, dejando volar su imaginación al compás de las palabras rítmicas que encadenaban un pensamiento detrás de otro. Era la autobiografía del autor, el lamento de un hombre con la sensibilidad suficiente como para astillarse el corazón aunando la desgracia y la gloria reunidas en torno a un músculo que no sabía latir de otra manera. Las andanzas de un náufrago suicida perdido en la inmensidad de la tormenta en la que solo alumbra el reflejo de la luna sobre la bandera de la libertad contracorriente.

"El sayo al parecer nuevo por fuera". Leyre observó de reojo a Tomás, que seguía leyendo impasible envuelto en la luz tintada y fría del crepúsculo, y tuvo la certeza de que aquel libro tenía que ver con él, de alguna manera.

"Aunque es la verdad que no soy viejo". No, no lo era, Tomás podía tener a lo sumo poco más de veinte años, dos o tres más que ella.

"He condensado un siglo en cada día". Si. Tomás parecía haber vivido más de lo que aparentaba, calculó Leyre, eso daría sentido al desapego absoluto y la falta de emociones que se forzaba por mostrar en público.

"Hay dolor que, al pasar, su horrible huella graba en el corazón, si no en la frente". A Leyre le vino a la cabeza la soledad impuesta de Tomás y el campo que imantaba a su alrededor abonándolo con minas que se activaban por control remoto. El retrato de un soñador y un romántico oculto bajo un manto de autodominio y suficiencia.

Sostuvo el libro abierto mientras no dejaba de observarlo. Leyre no hubiera imaginado una semblanza más fiel ni más perfecta para entender la personalidad singular y compleja del muchacho que leía tranquilamente a su lado un tratado sobre el número aúreo. Tomás levantó la vista ante la insistencia de Leyre. Sonrió con los ojos, pero Leyre no le devolvió la sonrisa, se limitó a clavarle la mirada en busca de respuestas a la ferocidad con la que hasta ese momento él había defendido un territorio que parecía abarcar simultáneamente hectáreas y siglos de espacio y de tiempo.

"Cansado se halla al fin, y no lo extraño".

Volvió a enfrascarse en el libro releyendo las rimas más famosas.

Era noche cerrada cuando las agujas del reloj de pared señalaron las ocho menos cuarto. Leyre fue a devolver los dos libros a Don Julián, pues Doña Engracia acababa de entrar en el depósito con una pila de ejemplares devueltos.

Cuando se situó en la fila, solo había dos penitentes delante de ella, una compañera de clase que llevaba siempre el pelo negro muy tirante recogido en un moño, y un muchacho de segundo delgado e infinitamente alto.

Leyre había pensado depositar los dos ejemplares en el mostrador, tal y como se los había entregado Doña Engracia, sin dar la menor importancia al hecho de estar devolviendo un libro que no había solicitado y que no tenía referencia en el lomo. Y se lo estaba devolviendo a Don Julián, un ente corpóreo que encarnaba conceptos abstractos como la ira, la impaciencia y la inmisericordia; conceptos que, por otra parte, además de sustantivarse, también admitían adjetivos calificativos que abarcaban un espectro amplio por lo estremecedor de las acepciones comunes. En pocas palabras, pensó Leyre cuando la chica del moño tirante se retiró y le tocó el turno al muchacho de segundo que ocultaba con su altura el hemisferio sur del reloj de pared que presidía la sala, se podría decir que iba a dejar al azar el hecho de entregar un libro sin referencias, del que no existía constancia alguna de que obrara en su poder esa tarde, en manos de un hombre que lo era todo menos amable. Una misión kamikaze de la que no podía salir indemne.

Cuando el muchacho se retiró, Leyre se encontró de bruces dentro del campo visual de Don Julián, que la miraba impertérrito. Adelantó los dos libros depositándolos con sumo cuidado en el mostrador, y esperó observando el reloj por encima de la cabeza coronada de canas del bibliotecario, pensando que, si se concentraba lo suficiente en el avance de las agujas, tendría la oportunidad de empujar el tiempo a su favor para salir ilesa de la trinchera.

Don Julián la observó por encima de las gafas y estiró las comisuras de los labios esbozando un amago de sonrisa que más parecía una grieta abierta en el fondo de un cráter, y, con parsimonia estudiada y precisa, recogió los dos libros y le devolvió el carnet de biblioteca.

Leyre sintió el roce del cartón sobre la madera e intuyó que los obuses no le estallarían esa tarde entre las manos. Se retiró y recogió sus cosas. Tomás la esperaba junto a la puerta para acompañarla a la pensión del centro, impasible y correcto, como todas las noches.

Capítulo VII

El leproso

I

Frasco y Laura llevaron provisiones a Tomás acompañados por Catalina y por la loba. El viejo había asumido la extraña relación del animal con las muchachas, y no preguntaba acerca de lo que no quería saber, limitándose a aceptar que los tiempos habían cambiado.

Martín lo había acompañado unos días antes hasta la fosa común donde yacían los cuerpos de su familia, bajo los castaños que salpicaban la ladera. Apartaron la maleza con la que Martín había cubierto la tumba y apisonaron la tierra antes de volver a cubrirla. Luego improvisaron una cruz de madera tallándola con las navajas y grabaron los nombres de los que estaban enterrados antes de rezar una oración por todos.

Un resplandor crepuscular envolvía la cima de la sierra cuando se pusieron en camino hacia la gruta. Al viejo le costaba la misma vida subir la ladera. Jadeaba con los hombros hundidos y la espalda deformada, haciendo equilibrios sobre unas piernas temblorosas que se cimbreaban como juncos, y Martín no supo distinguir si había perdido la fuerza y la agilidad a causa de las heridas, o si era el desconsuelo lo que le mordía el pecho atenazándole los pulmones.

Cuando coronaban el último repecho, el anciano parecía cubierto por la piel de un pergamino pespunteado de huecos donde se incrustaban los ojos y los labios herméticos, y Martín supuso que nunca terminaría de cerrar el duelo por los que habían sido su familia. Era demasiado viejo.

Tampoco habían encontrado el cuerpo de Tobías, su nieto pequeño, desaparecido inexplicablemente igual que el cuerpo de Ricardo.

Martín pensó que el muchacho deforme que Laura visitaba también tenía *que ver con el viejo, y que era allí donde iba con Juncia y con Frasco cuando los tres desaparecían del campamento. Lo supuso, pero tampoco quiso preguntar, porque buscar respuestas encadenaría otra ristra de preguntas de forma interminable, y de momento el silencio se había convertido en el único refugio donde todos estaban a salvo.*

Esa noche retomaron la costumbre de contar historias alrededor del fuego. Martín se situó ante el extraño grupo que formaban las muchachas, los niños y Frasco, y volvió a rememorar lo que había sentido la primera noche que imitó el don de Onofre en la cabaña del campamento.

Ni siquiera lo perturbó la presencia inquietante de los lobos que observaban la escena desde el otro lado de la laguna, ni le inmutó el poder escondido en los ojos dorados de la loba tendida a los pies de las muchachas.

No le importó nada más allá de las imágenes que se proyectaban sobre el chisporroteo de la lumbre cuando pronunciaba las palabras precisas, la historia que se contaba a sí mismo a medida que iba saliendo de sus labios, el reflejo en el cristal de la mujer que escuchaba entornando los ojos verdes cercados por caminos de plomo.

Doña Engracia siguió entregando a Leyre, a intervalos regulares de dos o tres semanas, nuevos libros sin catalogar que llegaban a las manos de la muchacha sin petición previa. Todos contenían un mensaje en un sobre similar al que Leyre había encontrado dentro de las Rimas y Leyendas de Gustavo Adolfo Bécquer.

Leyre leía los libros y los devolvía de forma idéntica a como se los entregaban, depositándolos en el mostrador de la biblioteca sin mediar palabra.

Así fue descubriendo el mundo a través de hombres y mujeres que habían escrito para ella sin saberlo. Y Leyre aprendió a abstraerse escuchando la voz tenue y serena que los leía dentro de su cabeza, de tal manera que logró caminar y leer al mismo tiempo, desdibujando el perfil de los muros de piedra que delimitaban calles y plazas diluyéndolos en otra realidad distinta que le humedecía el pelo y le salpicaba la cara si la lluvia se escurría en aquel momento entre la tinta del libro de turno.

No imaginaba quién la estaba guiando de la mano entre los libros, aunque en algunos de ellos el sobre con el mensaje estuviera encajado sobre una página con algún párrafo subrayado, y lo único que tenían en común aquellas marcas era que todas hacían referencia a la juventud y a la vejez, a almas atormentadas por el paso del tiempo, desde el dilema intemporal del Hamlet de Shakespeare hasta la búsqueda de la inmortalidad del duque Pier Francesco Orsini en el Bomarzo recién editado de Mújica Láinez.

La belleza y la inmortalidad, la nostalgia, un mundo y un tiempo que no vuelve.

Tomás continuó acompañándola a la pensión todas las noches, y los crepúsculos del equinocio de primavera iluminaban el camino de vuelta sobre el trazado sinuoso de las calles empedradas de la ciudad vieja. Los días iban creciendo a medida que avanzaba el calendario, y la última luz rozaba la puerta de clavos antiguos tras la que un momento después desaparecía Leyre.

A esas alturas a la muchacha no le cabía ninguna duda de que Tomás estaba interesado en ella, aunque todavía no lograba averiguar dónde anclaba y fortalecía su resistencia a demostrar sus sentimientos.

El seguía tratándola de manera correcta, aunque la frialdad del fondo del estanque había dejado paso a una cordialidad que todavía mantenía las distancias. Y las pocas veces que Tomás dejaba transparentar las emociones, a Leyre la invadía un sentimiento contradictorio al intuir la bondad y la nobleza del muchacho escondidas bajo las heridas abiertas y los desengaños que debían cicatrizarle el alma.

Tomás nunca hablaba de su vida, como si su historia vital hubiera comenzado cuando sus ojos se cruzaron por primera vez en la biblioteca. No mencionaba en su conversación anécdotas o episodios anteriores, ni familia ni personas cercanas. Todo su mundo parecía reducirse a ella y a los libros que leía cada tarde hasta que las agujas del reloj de pared sobre las puertas batientes del *sancta sanctorum* marcaban las ocho menos cuarto.

Tomás reconducía invariablemente la conversación si ella intentaba preguntarle por su vida pasada, hasta que Leyre decidió conformarse con lo que él le ofrecía, el presente y el ahora, la fugacidad del tiempo que cada tarde compartían juntos, sin querer imaginar la clase de experiencias atroces que lo habían llevado a encerrarse sobre sí mismo a sus pocos años.

Leyre zanjó una y otra vez las preguntas que surgían continuamente en su cabeza acerca de Tomás, los interrogantes sobre su falta de afectos y la condición solitaria que lo aislaban del mundo, a pesar de la honestidad y la generosidad que dejaban traslucir sus ojos.

Decidió apostar por lo visible y lo inmediato, por las emociones que sentía junto a él y que tenía la certeza de no poder sentir con ningún otro, apostar por la singularidad de alguien que, sin ella saberlo, había estado esperándola durante mucho tiempo junto a la ventana de la biblioteca, atesorando la esperanza de volver a verla que mantenía incólume en su corazón desde hacía varios siglos.

II

El invierno fue largo y frío. Laura perdió agilidad a medida que avanzaba el embarazo, de modo que Catalina y Martín, ayudados por el viejo, se hicieron cargo de organizar las tareas de aprovisionamiento. Los lobos desaparecían durante varias jornadas guiados por el instinto de ampliar el radio de caza, y a menudo volvían con presas menores entre las fauces que depositaban a los pies de las muchachas.

Catalina había aprendido a recoger las hierbas que necesitaba Laura, procurando que guardara reposo por temor a que se le adelantara el parto antes de la primavera.

Frasco siguió acudiendo junto a Tomás acompañado por Martín, que se limitaba a esperar entre los árboles mientras el viejo dejaba las provisiones y las pomadas en el repecho de la entrada de la cueva donde se guarecía el muchacho deforme, apartado y oculto tras los riscos de la cima.

Los lobos no habían vuelto a molestar a Tomás durante el invierno. Tan solo una vez, azuzados por el hambre, habían llegado hasta la entrada de la gruta desafiando el fuego que tenía encendido a pocos pasos de la entrada, y más tarde lo habían emboscado cuando salía para aprovisionarse de leña. Aparecieron súbitamente cuando Tomás se internaba en el bosque y lo cercaron trotando desafiantes a su alrededor ocultos entre la maleza. Los gruñidos se hicieron más feroces a medida que estrechaban el círculo, hasta que el macho dominante le cerró el paso y le lanzó la primera dentellada. Tomás esquivó al animal y lo encaró con el bastón mientras el resto de la manada probaba suerte atacándolo por la espalda.

Un lobezno casi en la edad adulta le desgarró el antebrazo derecho y la sangre comenzó a manar en abundancia desatando la ferocidad del resto de los animales, a los que Tomás trataba de mantener a raya golpeándolos con el bastón en los hocicos.

Un lobo gris le desgarró la pierna y el macho más grande se lanzó a su yugular mientras los demás trataban de derribarle a dentelladas sorteando los contundentes golpes de bastón que el muchacho blandía a la desesperada.

Tomás supo que estaba perdido y que era cuestión de instantes que lo derribaran, y en el momento en el que cedía bajo el ataque salvaje de los animales, la imagen de Laura envolvió sus sentidos mientras resbalaba sobre la hierba y el dolor por los desgarros de los incisivos clavados en su carne le hicieron perder el conocimiento.

Supuso que habían pasado horas cuando abrió los ojos, pues el sol estaba alto sobre las montañas y la luz dibujaba un baile de luces y sombras cambiantes sobre su rostro al filtrarse entre las hojas de los árboles. Se encontraba tendido en el suelo en el lugar donde había caído cuando lo derribaron. El brazo y la pierna sangraban todavía y el bastón estaba a su alcance unos palmos más allá, apoyado sobre unos canchos. Inexplicablemente estaba vivo y no había rastro de los lobos, como si alguien hubiera detenido el ataque en el último momento impidiendo que los animales lo remataran.

Trató de incorporarse apoyándose sobre los codos. El dolor de las heridas abiertas era soportable, casi tanto como el de las pústulas que cubrían la mayor parte de su cuerpo. Escasa debía ser la caza y mucha hambre debían tener los lobos para ambicionar una presa como él, pensó Tomás mientras se incorporaba. Estaba entumecido por el frío y necesitó apoyarse en el bastón para ascender el repecho hasta la cueva. Lo estaba consiguiendo cuando la vio apostada detrás de los riscos donde él solía ocultarse cuando su abuelo venía a dejarle provisiones.

La reconoció al instante. No era especialmente grande. Tomás calculó que debía tener un tamaño medio para una loba. Siempre la había visto desde la distancia, pero era ella. El mismo pelaje marrón y el mismo resplandor inquietante en los ojos dorados cercados por una mancha blanca. Era inconfundible, sin duda la misma loba que en los últimos tiempos no se *apartaba de Laura.*

Y Tomás comprendió que aquel animal era el único que podía haber detenido el ataque de los lobos, inexplicablemente, pues no le calculaba fuerza suficiente para contrarrestar la furia de una manada hambrienta, ni alcanzaba a imaginar los instintos que le habían hecho desafiar a su misma especie para proteger los restos de un despojo humano.

Avanzó despacio apoyado en el bastón hasta situarse a la entrada de la cueva. La loba lo observó un instante más desde la altura y luego se volvió desapareciendo entre las rocas.

La universidad reabrió sus puertas después de las vacaciones de Semana Santa, y Tomás y Leyre volvieron a ocupar sus respectivos puestos en la biblioteca, retomando una relación que no pasaba de semejar una buena amistad forjada entre libros a la que la casualidad había querido hacer perdurar en el tiempo.

Doña Engracia siguió suministrando libros a Leyre. Calderón, Wolf, Unamuno, Lorca, Espronceda, abriendo un mundo nuevo cada vez que colocaba sobre el mostrador un ejemplar sin catalogar junto al libro que la muchacha había solicitado previamente. Una semana después se limitaba a recogerlo sin mediar palabra, aunque Leyre siempre vislumbrara un resplandor complacido detrás de la ferocidad de sus ojos lobunos.

Leyre seguía sin desentrañar el misterio de la procedencia de los libros, desorientada por la connivencia de los bibliotecarios y la actitud muda y prudente de Tomás, que no perdía ocasión de comentar algunas obras después de observar a Leyre enfrascada en su lectura.

Así, hablando de libros, volvieron a recorrer ese martes treinta y uno de marzo de mil novecientos cincuenta y nueve el mismo camino de vuelta hasta la pensión de Leyre, retomando lo que solamente habían dejado atrás dos semanas antes.

El tres de mayo, Doña Engracia le entregó a Leyre otro de los libros sin catalogar.

Leyre supo que ese libro no era como los demás al primer golpe de vista. No tenía título ni autor, y estaba cubierto con el cuero más suave que Leyre había tocado nunca, repujado en las esquinas con cuartos de círculo de plata con los vértices apuntando al centro de la cubierta, donde otros cuatro cuartos plateados formaban una circunferencia. Leyre lo recogió junto al manual de historia de arte que había solicitado y se dirigió a su sitio sin dejar de observarlo.

Tomás leía, como siempre, bajo el foco de luz natural de la ventana. Leyre se sentó y apoyó los codos sobre la mesa entrecruzando los dedos de ambas manos bajo la barbilla. Se mantuvo así mucho rato, observando el libro sin referencia en el lomo, sin título ni autor en la cubierta. Tomás levantó la vista y lo miró también, intuyendo el desconcierto de Leyre.

—¿No vas a abrirlo?

Leyre permaneció callada sin variar el gesto.

—¿Abrir qué?

Tomás había vuelto a la lectura y levantó los ojos de nuevo hacia el ejemplar de cuero que permanecía en la mesa delante de la muchacha.

—Tiene aspecto de libro, y antes o después cumplirá su función cuando alguien lo lea. Nunca lo sabrás si no lo abres.

Leyre alargó la mano hacia el ejemplar y lo giró en redondo sobre la mesa hasta descubrir la diminuta esquina de un sobre asomando entre las primeras páginas. Tiró de él con los dedos índice y pulgar de la mano derecha, sin introducir la estilográfica para no perder la página, como había hecho siempre con los otros.

—¿Te da miedo?

Tomás fingía leer, aunque era obvio que seguía sus movimientos de reojo.

—Es diferente.

—¿No has aprendido nada de las lecturas anteriores?

Leyre lo observó fijamente. Juraría que, mientras hablaba, Tomás seguía recorriendo las palabras del libro que tenía entre las manos.

–Lo único que hace avanzar al mundo es la diferencia. Cualitativa, a ser posible. La cuantitativa solo conduce a la invasión del territorio ajeno, a la guerra y a la superioridad de los mediocres impuesta por la fuerza.

Leyre cogió el libro y lo abrió con cuidado. Nada. Siguió pasando hojas, todas en blanco. Soltó el libro en la mesa y se concentró en el sobre minúsculo que había aparecido dentro. Abrió la solapa y extrajo la tarjeta.

"Caminante no hay camino".

Leyre sostuvo la tarjeta entre los dedos.

Machado.

Tomás se concentró en su lectura y no volvió a levantar la vista en toda la tarde. La luz seguía entrando a raudales por la ventana a las ocho menos veinte, cuando Leyre se dispuso a devolver el libro de historia del arte sin haber abierto la cubierta. Recogió sus cosas en la cartera dejando sobre la mesa el libro de cuero. Se levantó para acercarse al mostrador con el manual de arte en la mano, pero a medio camino se volvió y apiló sobre él el libro sin título. Luego se dirigió de nuevo hacia la fila de penitentes.

Cuando llegó su turno, depositó los dos libros sobre el mostrador. Don Julián enarcó las cejas por encima de las gafas encajadas en la punta de la nariz y suspiró mientras retiraba los dos ejemplares.

Leyre dio media vuelta y recogió la cartera y la chaqueta de angora del respaldo de la silla, colgándoselos del antebrazo.

Tomás la esperaba sosteniéndole la puerta entreabierta, como siempre.

III

Los primeros dolores llegaron al amanecer, y Laura presintió la inminencia del parto con una mezcla de alegría e inquietud ante lo desconocido. Rompió aguas a media mañana y los dolores se hicieron regulares a mediodía. Catalina no se separó de su lado, pues había asistido al parto de su propio hermano cuando era una niña y, poco antes de marcharse del prostíbulo, ayudó a la comadrona de la aldea a traer al mundo al niño de Alfonsa, una muchacha de apenas dieciséis años que acababa de caer en las garras de Doña Manuela.

Ella entonces solo tenía seis años, pero recordaba los preliminares del nacimiento de la criatura con una claridad absoluta, fascinada por el milagro del nacimiento y la fragilidad del recién nacido. Recordaba también la sangre y el dolor, los gritos y la actitud decidida y dominante de la comadrona, que no se inmutó ni cuando tuvo que desenrollar dos vueltas del cordón umbilical alrededor del cuello del niño, al que acunaban entre la Muerte y la Vida hasta que la Suerte se lo quitó de las manos para venderlo a una familia de pañeros que no habían podido tener hijos.

Catalina trató de reproducir los gestos de la comadrona movilizando a cada uno con órdenes precisas desde que la luz del amanecer despuntó sobre la superficie quieta de la laguna. Los niños sacaron las cabras fuera de la gruta, el viejo se pertrechó con un zurrón y salió a buscar las hierbas que le indicó Catalina mientras Martín se encargaba del aprovisionamiento de leña.

Los lobos desaparecieron también. Solo la loba permaneció cerca de Laura, rondando los pasos de Catalina, que iba de un lado a otro preparando tiras de lienzo que habían reservado para la ocasión y acomodando un caldero de agua para que hirviera permanentemente junto al fuego. Luego preparó abundante infusión de manzanilla mezclada con miel que hizo beber a Laura a sorbos regulares durante toda la mañana.

El día discurrió lento y, a mediodía, Laura pidió al viejo que fuera a avisar a Tomás, porque quería tenerlo cerca. Frasco desapareció diligente en busca de su nieto sin discutir los deseos de la muchacha, aunque creía en su fuero interno que lo más probable es que no llegaran a tiempo.

Avanzaba la tarde cuando las contracciones comenzaron a ser fuertes y el dolor hizo rechinar los dientes de Laura. Martín le ofreció una infusión concentrada de tila mientras Catalina le masajeaba la base de la espalda con aceite de jazmín que habían preparado entre las dos mucho tiempo antes.

El viejo volvió con Tomás cuando ya se había ocultado el sol y la gruta se hallaba sumergida en un acuario de sombras azules cercadas por la penumbra. Las llamas iluminaban el espacio donde Catalina trajinaba en torno al caldero cuando Frasco se adelantó con su nieto hasta situarse en el campo visual de Laura.

Martín se llevó a los niños al otro lado de la laguna seguidos por los lobos. Solo Catalina, la loba y el viejo se quedaron cerca. Tomás, oculto bajo un manto raído que dejaba entrever sus manos y sus ojos, no quiso acercarse a Laura, que le sonrió débilmente antes de apretar los dientes de nuevo cuando el dolor volvió a recorrer su abdomen y sus caderas como un látigo.

El parto se alargó hasta poco antes de la medianoche sin que Laura profiriera ningún grito, a pesar del esfuerzo y del cansancio. Solo se oía la respiración agitada enredada en su garganta cuando comenzó a empujar para parir a su hijo.

Martín intuyó la faz de la mujer de vidrio agazapada entre las sombras y no quiso pensar en lo que significaba. Se sentía impotente ante el sufrimiento de Laura. Solo Catalina mantenía la calma ayudando en el alumbramiento con una madurez que no era propia de sus pocos años. Estuvo junto a Laura en todo momento, asistiéndola y dándole ánimos, sudando con ella cuando tuvo que hacer una maniobra para ayudar a que saliera la cabeza de la criatura.

Por instinto, el mismo instinto que se escondía en los ojos de la loba, que en el poco tiempo que duró el alumbramiento se retó de nuevo a sí misma anticipando la tragedia con la que habría de medirse una vez más con sus iguales.

Laura exhaló un profundo suspiro cuando acabó el trabajo del parto.

Catalina cortó el cordón umbilical y acurrucó a la niña en una manta de lana. Trataba de desencoger el corazón y distender los músculos del pecho para seguir respirando, y mientras las lágrimas silenciosas le corrían por las mejillas, Catalina siguió acunando a la criatura de la que no esperaba ningún llanto.

—Es una niña —se le quebró la voz al observar el bulto entre sus brazos.

Tomás anticipó la tragedia en el tono de su voz.

Laura cerró los ojos. Todavía tenía que expulsar la placenta. Martín apretó los puños intentando que el desenlace formara parte de una de las historias que él contaba cada noche, imaginando un final reversible para cambiar el destino de su hija.

Catalina miró a la loba, que se mantenía serena junto al agua haciendo tiempo, negociando hasta dejarse la piel y las garras que sostenían a la Suerte agazapada detrás de sus ojos, pues ahora comprendía que las reglas que selló con la Vida y con la Muerte en aquella misma gruta en el inicio de los tiempos, habían acabado volviéndose en su contra.

Hacía rato que había olfateado a la Muerte escondida entre las sombras, y no entendió su presencia allí hasta que fue demasiado tarde. Había venido para reclamar lo que era suyo, pues cuando Martín aceptó el cofre con el reloj de arena de manos de Onofre, el muchacho había invocado a la Muerte para que cerrase el trato.

Un trato por el que a partir de entonces Martín ocuparía el puesto de su maestro, un trato por el que, de esa noche en adelante, Martín entretendría a la Muerte y ella le diferenciaría de los demás mortales, un trato por el que el muchacho pidió salvar la vida de Laura a cambio de aceptar la eternidad al servicio de la mujer de vidrio.

Una vida, sí, pero no dos. La criatura que Laura llevaba en su vientre había vivido como parte de su madre, pero no podría vivir sin ella después del parto. Ese era el trato.

La Suerte suplicó una nueva oportunidad a la Vida, que sobrevolaba indolente la laguna erizando con su manto líquido la superficie ondulada del agua, aunque la loba sabía que su naturaleza inexorable arbitraría de manera implacable y justa.

Martín cogió el bulto de lana con el cuerpo sin vida de su hija y se sentó ocultándose entre las sombras.

—¿Por qué no llora? —musitó Laura.

Un silencio denso y metálico sobrevoló la gruta. Catalina ayudó a Laura a expulsar la placenta y la echó al fuego sin energía, con la cabeza hundida entre los hombros.

Al otro lado de la laguna el viejo agarró a los muchachos por los hombros atenazándoles con sus dedos rígidos, y los lobos aullaron débilmente a la luna que se reflejaba en las aguas oscuras.

La Suerte volvió a suplicar a la Vida ante la mirada imperturbable de la Muerte, que en el pecado llevaba la penitencia de tener que arrebatar el alma de la recién nacida de los brazos de su padre, el mismo que la velaba con los ojos encendidos de ira escondiendo el reloj de arena entre los pliegues de la manta que envolvía el cuerpo diminuto.

Laura viviría y tendría más descendencia, pensó la Suerte inquieta, y mantendría la línea de sangre para perpetuar las tabas. O quizás no, porque sobre el cristal de la Muerte comenzaron a tomar forma las manos de un hombre que sostenía las de una niña de seis años mientras se alejaban del pueblo donde habían vivido siempre, guiando un carro sobre el que yacía la madre enferma de lepra, mientras él intentaba explicar a Laura que ya nada *sería igual para ellos.*

La evidencia entonces se reveló de súbito a los ojos de la Suerte. Había estado obcecada con aquellas dos muchachas hasta perder la perspectiva. Catalina y Laura portaban el collar de tabas, pero Laura había quedado fuera de la protección de la Suerte cuando Martín canjeó su vida la noche de la emboscada a cambio de aceptar el reloj de arena de manos de Onofre.

Y la Suerte supo entonces que el equilibrio se había roto al cruzarse los caminos que no debían haberse cruzado nunca, haciendo que se encontraran las descendientes de las muchachas de las tabas que había igualado la Suerte, y el portador del reloj de arena que había diferenciado la Muerte contra natura. Esa, y no otra, era la emboscada que les tenía preparada la Vida. Y así fue como la Suerte supo esa noche que la Muerte había venido a llevarse a la madre y a la hija.

Y ante el conflicto de intereses, en terreno de nadie, la Vida arbitró implacable cuando a Laura le llegó de nuevo la hora después de parir a su hija. Una niña que no estaba protegida por la promesa que la Muerte le había hecho a Martín al hacerse cargo del reloj de arena.

Una vida, sí, pero no dos". Una niña que era la única que podía continuar la línea de sangre de Atlas.

Laura se desangraba sin que Catalina pudiera evitarlo. La sangre manaba constante y empapaba los paños con los que la muchacha trataba inútilmente de detener la hemorragia, con el ansia y la desesperación agarrotándole las manos y el miedo golpeándole el pecho como un martillo sobre una fragua.

Tomás se había retirado a lo más profundo de la gruta tratando de mimetizarse con la pared de roca. Había asistido esa tarde al sufrimiento de Laura sin poder hacer nada por evitarlo, y ahora la veía envuelta en un sopor que la mantenía inerte mientras su cuerpo se desangraba. Dentro de unos momentos no le quedaría nada para sobrellevar una vida que fue mísera hasta que la conoció, una vida que después de ella carecería de sentido.

Martín se levantó súbitamente con el cuerpo de su hija y se movió en la penumbra hasta quedar a pocos pasos del leproso.

—¿La quieres? —la voz era apenas un susurro.

Tomás vaciló antes de contestar.

—Sí.

Martín alargó la mano hacia él mostrando el cofre que había mantenido oculto bajo la manta de lana.

—Entonces acepta lo que contiene este cofre para salvar a la niña. Yo ya no puedo hacer nada por ella.

Tomás adelantó las manos hasta rozar la madera de ciprés entreverada de oro.

—Contiene un reloj de arena. Si lo abres bajo la luz de la luna creciente y pronuncias las palabras precisas, te condenarás a entretener a la Muerte contándole una historia cada noche, para siempre. No envejecerás, vivirás eternamente, al menos eso es lo que dijo mi maestro, yo no he podido comprobarlo. Acabarás aborreciendo la vida, pero a cambio ella te dará la oportunidad de salvar de la Muerte a la persona que elijas, hasta que la parca la encuentre de nuevo. A Laura no puedes salvarla, yo me hice cargo del cofre a cambio de una nueva oportunidad para ella, pero puedes salvar a su hija.

Las manos de Tomás se apartaron del cofre en un acto reflejo.

—No puedo pasar una eternidad sin ella —Su voz era profunda y envolvente—. Estoy condenado desde hace mucho tiempo y sé que la Muerte me ronda. Lo único que me ha hecho evitarla en los últimos tiempos ha sido la presencia de Laura.

A Martín se le quebró la voz cuando volvió a suplicar mirando el bulto que acunaba en su brazo izquierdo.

—Salva a la niña, por lo que más quieras.

La voz de Catalina se elevó a sus espaldas.

—Ha perdido el conocimiento.

Martín sopesó el cuerpo de su hija.

—Inténtalo. Es lo único que puedo ofrecerte. Un cuento de viejas sin sentido y sin ninguna garantía. No tengo otra cosa.

La loba se acercó al leproso y lo observó fijamente, y Tomás entendió entonces la razón por la que aquel animal había detenido el ataque de los lobos cuando la manada estuvo a punto de rematarlo en el bosque. La Vida que no tienes. La Suerte se lo había arrebatado a la Muerte como el collar de tabas había protegido a Laura de la lepra. Y ahora era el único que podía salvar a la niña.

El leproso alargó la mano hacia el cofre. Martín se lo entregó y se dirigió hacia el borde de la laguna. Tomás lo siguió como una sombra.

La Muerte aguardaba para llevarse a Laura y a su hija, sintiendo la misma sensación que cuando se llevó a aquel monje a través del claustro encendido con la luz de la luna, con la misma certidumbre que tuvo entonces de que se estaba llevando algo que había prometido no llevarse, consciente de estar erosionando el alma del contador de historias hasta dejarla reducida a cenizas.

Cuando llegaron junto al agua, Martín le indicó cómo tenía que hacerlo. Tomás abrió con sus manos tullidas el cofre y la luna inundó su interior hasta arrancar destellos sobre el cristal y el bronce del reloj de arena.

Martín comenzó a susurrar las palabras que luego fue repitiendo Tomás con voz entrecortada mientras sostenía el reloj sobre el muñón de la mano derecha.

—Mi palabra a cambio de la vida de la niña. Mi tiempo detenido en este reloj de arena, para siempre, a cambio de la promesa que le hiciste a Onofre cuando era niño.

Tomás depositó el reloj dentro del cofre y se recogió sobre sí mismo.

Martín volvió a mirar el bulto que tenía entre los brazos. La voz desesperada de Catalina se alzó súbitamente detrás de ellos.

—Se muere.

Volvieron junto a Laura. Catalina le buscaba el pulso y sollozaba tratando todavía de detener la hemorragia.

Martín entregó a Tomás el cuerpo de su hija. Tomás extendió los brazos deformados y acomodó la manta contra su pecho sintiendo una emoción extraña al contacto con el pequeño cuerpo.

Martín se arrodilló junto a Laura. Un charco de sangre empapaba sus piernas y manchaba los brazos de Catalina.

El viejo seguía aferrando los hombros de los niños al otro lado de la laguna, escuchando los murmullos y presintiendo el desenlace, silenciosos y rígidos.

La loba se acercó a Tomás y husmeó a su alrededor erizando las orejas y moviendo el rabo, hasta que el bulto envuelto entre la lana se estremeció de manera imperceptible.

Un escalofrío recorrió el cuerpo de Tomás como un relámpago, y el leproso se dejó envolver por la contundencia de la calidez y el pulso tierno de un latido que sacudió los brazos y piernas diminutos, hasta que el llanto de la recién nacida se abrió camino súbitamente entre los pliegues de la manta de lana. Nítido, inconfundible y rotundo.

IV

El jardín que se asomaba a las ventanas de la biblioteca había estallado a principios de mayo centrifugando un vórtice de colores brillantes sobre el verde mullido de la hierba y alrededor de los árboles cercados por el zumbido de los insectos.

Leyre recibía cada semana el libro sin título ni autor de manos de Doña Engracia, y tantas otras veces lo devolvía ella sin haberlo abierto siquiera.

El doce de mayo de 1963, viernes, a las seis menos cuarto de la tarde, la bibliotecaria volvió a entregárselo junto con el libro que ella había solicitado.

Leyre lo llevó a la mesa donde Tomás leía junto a la ventana y lo relegó a un lado mientras comenzaba a tomar apuntes del manual de historia de la filosofía. No fue hasta la siete menos diez, al levantar la vista de nuevo, cuando se percató de que asomaba entre las páginas del libro un vértice minúsculo.

Soltó la estilográfica y alargó la mano hacia él en un acto reflejo, pasó la yema de su dedo índice por el filo y luego se ayudó del pulgar para extraerlo. Lo pinzó con los dedos y lo depositó sobre la mesa comprobando que el sobre era idéntico a los anteriores.

Lo deslizó sobre la madera dibujando la figura de una hélice, luego lo acercó al libro y lo dejó allí olvidado antes de recuperar la estilográfica para volver a la tarea.

A las siete y media volvió a levantar la vista. Esta vez cogió el sobre y extrajo la tarjeta con determinación, decidida a poner punto y final a la incertidumbre del juego que alguien había inventado para ella.

"Cuando emprendas tu viaje a Ítaca…"

Kavafis. Leyre soltó la tarjeta sobre la mesa, contrariada, porque el desconocido había transcrito en inglés el comienzo de su poema favorito, y luego lo había escondido en un libro en blanco que volvía una y otra vez hasta sus manos. No necesitaba leer el poema, porque lo había memorizado como un amuleto nada más descubrirlo en la biblioteca de Eugenia.

"Pide que el camino sea largo, lleno de aventuras, lleno de experiencias."

Asió el libro y abrió aleatoriamente varias páginas. Todas en blanco.

"No temas a los lestrigones ni a los cíclopes"

Leyre comenzaba a entender lo que aquel libro sin título ni autor esperaba de ella.

"Seres tales nunca hallarás en tu camino si tu pensar es elevado, si selecta es la emoción que toca tu espíritu y tu cuerpo".

Hasta ese momento las páginas en blanco le habían producido un rechazo irracional cargado de incertidumbre y de zozobra. Enfrentarse a un libro que aún no tenía colocadas las letras era como asomarse dentro de uno mismo y explorar lo insondable y lo desconocido, el *alter ego,* y la sola posibilidad de adentrarse en la red de pensamientos inconscientes y contradictorios que sostenían como pilares de cemento su miedos y anhelos más íntimos, le hacían estremecerse de pies a cabeza.

Apartó el libro después de cerrarlo con un golpe seco, consciente de que lo abriría muchas veces más, pues alguien que la conocía lo suficiente había sacado ventaja al encontrar el único talón de Aquiles con el que contaba Leyre, el reto permanente de desafiarse a sí misma.

No lo devolvió. Lo apiló sobre el manual y lo llevó hasta el mostrador como las veces anteriores, pero en el último momento, indiferente a la mirada de soslayo de Doña Engracia, lo retuvo en la mano izquierda mientras adelantaba con la derecha el libro de filosofía.

"Pide que el camino sea largo, que muchas sean las mañanas de verano en que llegues - ¡con qué placer y alegría! - a puertos antes nunca vistos".

Doña Engracia recogió el ejemplar sobre el mostrador y devolvió a Leyre el carnet de biblioteca. Don Julián sostenía entreabierta la puerta del depósito de libros mientras hablaba con Don Floriano, el joven catedrático de historia del arte que estaba obsesionado con el Renacimiento.

"Detente en los emporios de Fenicia y hazte con hermosas mercancías, nácar y coral, ámbar y ébano".

Los dos hombres hablaban en susurros con una complicidad evidente. Hablaban de libros. Y por primera vez, Leyre pudo captar al vuelo la inmensidad que se escondía tras las puertas del *sancta sanctorum*, la enormidad del vasto territorio que trascendía el espacio delimitado por tabiques detrás de aquellas puertas. El catedrático sostenía varios libros entre los brazos mientras gesticulaba emocionado hacia su interlocutor, un hombre desconocido al que le brillaban los ojos a pesar de estar encajado a la fuerza en el cuerpo envejecido del bibliotecario.

Doña Engracia dio la espalda a Leyre y se unió a ellos sosteniendo una pila de libros devueltos.

"y toda suerte de perfumes sensuales, cuantos más abundantes perfumes sensuales puedas".

Había muy poca gente en la biblioteca, casi todos los universitarios habían vuelto a casa para celebrar las fiestas de San Isidro y el mostrador se hallaba inusualmente desierto. Los tres intercambiaban confidencias susurrando, ignorando la presencia de Leyre, que se había quedado clavada en las baldosas con el libro de cuero entre las manos.

"Ve a muchas ciudades egipcias a aprender, a aprender de sus sabios".

Y entonces Leyre lo vio. Había estado ante sus ojos todo el tiempo, pero ella no había sabido interpretar las claves visuales para componer la imagen del caleidoscopio que en ese momento se desencriptaba para mostrar el perfil definido de las constelaciones entre la luz de miles de estrellas.

Ahora podía verlo. Nítido, inconfundible y rotundo, como el primer llanto de un niño.

"Ten siempre a Ítaca en tu pensamiento. Llegar allí es tu destino. Más no apresures nunca el viaje. Mejor que dure muchos años y atracar, viejo ya, en la isla, enriquecido de cuanto ganaste en el camino, sin esperar a que Ítaca te enriquezca".

Todo estaba allí, detrás de las puertas batientes del depósito de libros. El amor, la pasión, el sexo, la locura, la codicia, la envidia, el talento, la desesperación, el honor, la valentía, el llanto y la risa, el desafío y la aventura rizando las inmensas dunas de arena del desierto bajo el halo nocturno de la luz de la luna, el resplandor azulado de la nieve sobre la cima de las montañas más altas, las grutas más profundas de la tierra y la algarabía de las aves de plumaje multicolor posadas sobre los árboles que acariciaban el cielo en la selva amazónica.

"Ítaca te brindó tan hermoso viaje. Sin ella no habrías emprendido el camino. Pero no tiene ya nada que darte".

Las agujas del reloj de pared señalaron las ocho menos cuarto. Leyre dio media vuelta sosteniendo el libro de cuero y se acercó a la mesa para recoger sus cosas. Tomás y ella eran los últimos rezagados. Antes de salir, Leyre volvió la cabeza para cerciorarse otra vez de la posibilidad de haber estado equivocada al dejarse guiar por las apariencias.

Los tres seguían allí, apoyados en las puertas entreabiertas que delimitaban el espacio tridimensional de la sala de lectura separándolo del centro de un vórtice infinito en el que desaparecían el espacio y el tiempo engullidos en un remolino de colores y texturas que cambiaban de forma aleatoriamente, como las figuras fugaces de un caleidoscopio.

"Aunque la halles pobre, Ítaca no te ha engañado. Así, sabio como te has vuelto, con tanta experiencia, entenderás ya qué significan las Ítacas".

Tomás le sostuvo la puerta mientras Leyre seguía observando la escena abrazando el libro de cuero que antes había rechazado tantas veces, apretándolo contra su pecho sin que mediaran más puertas batientes que el encaje de su camisa de blonda, sin sospechar que muchos años después, cuando ella agonizara en un hospital esperando a la Muerte, aquel joven catedrático apasionado por el renacimiento italiano seguiría fascinado por los ojos de la loba que velaría a Leyre hasta su último aliento.

Laura murió desangrada unos instantes después de que su hija recuperara el aliento, envuelta en brazos de Martín y sin que Catalina pudiera hacer nada para impedirlo.

Murió sin dolor, adormecida en una extraña calma en la que solamente se escuchaba el llanto lejano de una recién nacida.

La Muerte vino a llevársela liberándola del apego por la Vida con el que siempre había vivido, conduciéndola a través de la gruta sin darle tiempo a recobrar la memoria para despedirse de quienes velaban su cuerpo envuelto en las luces y sombras que proyectaba el resplandor del fuego.

La Muerte no quiso mirar atrás, consciente de que dejaba junto al cadáver algo que le pertenecía, pues la Vida y la Suerte se habían desentendido del alma de Martín, el que hasta entonces había sido el contador de historias.

Prefirió dejarlo allí, sin preguntarle si también él quería seguirla, pues la Muerte estaba segura de que solamente la voluntad y el estremecimiento que habían desarropado el pequeño cuerpo bajo la manta de lana podían hacer que Martín consintiese en alejarse de Laura para seguir viviendo.

La Muerte condujo a Laura a través de la sala de columnas en la que las gotas de agua se solidificaban a su paso en una secuencia acelerada y precisa. Las gotas se buscaban unas a otras, y mientras atravesaban la sala como una exhalación en la que se superponían fracciones inconexas de tiempo, Laura observó que las gotas caían del techo diluyendo parte de los minerales sobre el extremo de la aguja, y luego se precipitaban hacia el suelo para formar allí una base ascendente que crecía acelerando el momento de encontrarse con el agua que manaba desde arriba hasta conformar una columna. El mismo camino de ida y vuelta que recorría la arena del reloj que había visto voltear a Martín entre sus manos muchas veces. Y recordó una frase que repetía su madre cuando ella era niña. Como es abajo, es arriba.

La Muerte sobrevoló los túneles hasta salir a la ladera donde Martín debía haberla encontrado si no fuera porque se hizo cargo del reloj de arena liberando a Onofre de seguir arrastrando una vida que le pesaba como un fardo rebosado de hiel y de recuerdos.

La primavera había tapizado de flores el campo iluminado por la luz de la luna que prendía en las copas florecidas de los almendros.

Debería llevármelo, se recordó la Muerte conduciendo a Laura fuera del escenario donde su hija seguiría viviendo gracias a que un leproso había accedido a arriesgarse a padecer la enfermedad eternamente.

Debería haberse llevado a Martín, el muchacho solitario al que no le había hecho falta el reloj de arena para contar historias, el único que había conocido aparte de Onofre con el don extraordinario de poder sorprenderla una y otra vez con la secuencia encadenada de palabras que tomaban forma en su garganta de manera natural, convocando ráfagas de agua y de viento en las tempestades, el fragor de los ejércitos en la batalla, la soledad de las tormentas de arena del desierto, el desencuentro de la pasión y la paradoja del odio, el naufragio del tiempo, las partidas de caza para ser cazados, las traiciones y duelos de honor para restaurar el amor propio, el consuelo de la risa y el llanto que lo curan todo, la memoria del rubor primero, la conciencia asomada en un sueño y prendida en el vuelo rasante de un águila, hasta retratarla a ella, a la Muerte, haciéndola pensar que podía vivir la vida que solamente estaba reservada a los mortales.

Debería habérselo llevado, silabeó la Muerte, aunque el sonido que hubiera debido conformar las palabras precisas para tomar aquella decisión se derrumbara en el último momento contra el vidrio de la mujer que atesoraba historias para sentir que era parte de ellas, como se disuelve en el silencio el eco de lo que más anhelamos para ponernos a salvo de nosotros mismos.

V

Tiago había vuelto a la habitación doscientos quince para escuchar las historias que Fernando contaba después de voltear el reloj de arena. Volvió sin saber muy bien por qué volvía, manteniendo la misma actitud escéptica con la que había llegado la primera vez que se sentó junto a la cama de Leyre, aunque en su fuero interno aceptara tácitamente que la curiosidad le había podido más que el orgullo.

Hubiera dado todo lo que había conseguido hasta ese momento, arrebatándoselo a dentelladas a la Suerte, por saber si tendría algo que proyectar sobre el cristal de la Muerte cuando llegara el momento, y si el abrazo de la mujer que velaba a Leyre sobre la cabecera de su cama sería lo más cercano al amor de la madre que nunca había conocido.

Había oído muchas veces esa palabra en labios de los ancianos que habían perdido la cabeza, a punto de morir y envueltos otra vez entre las nieblas de la infancia.

Madre. El sonido de aquella palabra tenía la fuerza suficiente para convocar el brillo en ojos cercados por cuerpos marchitos. Tiago lo había visto de cerca. Pronunciar aquella palabra en voz alta tenía el efecto de una bomba de energía que inundaba las células por última vez, recuperando la patria de la infancia perdida, la tierra segura y a salvo.

Tiago había obviado las señales hasta entonces porque no respondían a la hoja de ruta inamovible con la que él había trazado su camino cuando llegó al orfanato. Desde entonces había luchado contracorriente pertrechado detrás de una voluntad que había ejercitado como un músculo de acero para mantenerse a salvo del dolor y de la pérdida.

Madre. En las noches de guardia en el hospital aquella palabra podía oírse con claridad en la penumbra de los pasillos, y Tiago comenzó a cuestionarse si lo que él creía locura era en realidad la última revelación antes de abrazar a la Muerte.

Así descubrió lo que le había hecho volver a la habitación doscientos quince. Escuchar aquellas historias absurdas le hacía sentirse seguro, oculto en la orilla del camino de su hoja de ruta y silenciando las exigencias que se impuso para dejar atrás al niño abandonado que siempre estaría solo.

En aquella habitación, Tiago estaba a salvo porque alrededor de la cama de Leyre nadie era lo que parecía, ni siquiera el espacio era el mismo que el que acechaba detrás de la puerta, y las palabras habían logrado cimentar los muros de una fortaleza lo suficientemente poderosa como para mantenerle a salvo de sí mismo.

De modo que, cuando Fernando retomó la historia después de voltear el reloj de arena, Tiago relajó los músculos y soltó las riendas con las que, desde que tenía conciencia, había manejado con precisión y pulso firme hasta los detalles más insignificantes de cada una de las etapas de su vida.

El amanecer resbaló como una bruma entre la hiedra hasta reflejarse en la superficie quieta de la laguna. Los lobos aullaron al silencio hermético que se extendió con la luz cuando todavía velaban el cadáver de Laura.

Catalina había lavado el cuerpo, lo había perfumado con aceites de lavanda y jazmín, y después le había trenzado el cabello colocándoselo sobre su hombro derecho. Duarte y Tristán ordeñaron las cabras para poder alimentar a la recién nacida, y el viejo y Martín, acompañados por el lobo gris que se había convertido en la sombra del muchacho, habían salido con la noche cerrada para comenzar a cavar la tumba donde enterrarían a Laura por la mañana.

Los lobos desaparecieron de la gruta con las primeras luces. Solo la loba de color canela se quedó junto a la niña envuelta en la manta de lana, todavía en brazos del leproso que había aceptado el reloj de arena obligando de nuevo a la Vida a mantener su palabra.

La enterraron a media mañana en la cima de la sierra. El aire frío se arremolinaba en torno a sus ropas y se enredaba en sus cabellos trayendo los olores de los frutos florecidos del valle. El viejo depositó junto al cadáver de Laura el arco, las flechas y el cuchillo que le había quitado la noche que la redujo en el campamento, y luego ayudó a Martín a cubrir la fosa en presencia de Catalina y de los niños. El sonido de la tierra al caer sobre el cuerpo de Laura se mezcló con el canto de los pájaros y el aullido lejano de los lobos desde alguna parte de la sierra. Las nubes reflejaban la luz del sol y sus destellos se prendieron entre las pestañas húmedas de Catalina mientras el viejo colocaba una cruz en el túmulo de tierra sobre el que Martín había depositado un ramo de calas.

Tomás se había quedado en la gruta arrullando a la niña entre sus brazos, sin asimilar todavía que la promesa que había hecho esa noche a la Muerte al aceptar el cofre hubiera logrado despertar el corazón de la recién nacida.

Hermosa, había pensado Tomás al observar cómo una mujer que parecía estar conformada de trozos de vidrio se llevaba a Laura después de que la niña recobrara el aliento. Vestida con una túnica azul que resaltaba la palidez y la armonía de su rostro, sus ojos verdes se habían cruzado con los del leproso un solo instante, lo suficiente como para que Tomás tomara conciencia de quién era ella y lo que esperaba de él en adelante.

Tomás se había aferrado a la niña mientras la Muerte se llevaba a su madre, y desde entonces cuidaba de ella y la observaba continuamente envuelto en el manto que lo cubría por completo, acunándola y susurrando la única melodía que recordaba de su infancia.

Tomás solo había consentido en desprenderse de la recién nacida para que Catalina la alimentara dejando escurrir en su boca la leche hervida de las cabras a través de un paño húmedo que la niña succionaba ávidamente.

La loba permanecía a menudo junto a ellos, observando en silencio cómo se había vuelto a restaurar el equilibrio tras la muerte de Laura, y cómo el grupo volvía a organizarse en torno al cuidado de la recién nacida.

Martín siguió contando historias por las noches, mientras Tomás volteaba *en silencio el reloj de arena, pensativo, imaginando mil formas de levantar de la nada, chisporroteando sobre las ascuas del fuego y conjurada solamente con el sonido de su voz, la realidad fascinante que Martín convocaba con palabras.*

La niña dormía plácidamente durante el día en brazos de Tomás, que solo se ausentaba durante breves periodos de tiempo para llegar hasta el arroyo que cruzaba el valle encajado entre la sierra. Los demás le dejaban hacer, incluso Martín, pues la niña parecía calmarse entre sus brazos y solo lloraba por hambre o por la humedad de los paños que Catalina le cambiaba regularmente.

Así transcurrieron los primeros días, intentando volver a una normalidad que nunca había existido, envueltos en una bruma sobre la que se amplificaban los trinos de los pájaros o el aullido de los lobos acunando el llanto de la recién nacida.

Una de aquellas noches Martín le dejó el turno a Tomás para contar historias alrededor del fuego mientras la niña dormía plácidamente arropada con una manta que el viejo había fabricado con piel de conejo.

Un estremecimiento sacudió el manto que ocultaba al muchacho dejando entrever las manos tullidas y el resplandor de sus ojos, y un segundo después los muñones de Tomás volteaban el reloj precipitando la arena a través del cristal para acumularla en la base.

Tomás titubeó al principio y buscó la protección de Martín, que lo animó a continuar con un asentimiento imperceptible de cabeza.

Era la primera vez que Tomás narraba para la Muerte, que se había sentado en un saliente al borde de la laguna y removía con un dedo de cristal la superficie del agua creando ondas brillantes que se expandían hasta la orilla, y las palabras comenzaron a fluir solas, sin que el muchacho supiera a ciencia cierta quién o qué las impulsaba a través de su garganta.

Leyre sintió un estremecimiento cuando abrió la cubierta del libro de cuero y se enfrentó al silencio blanco de la primera hoja, experimentando la sensación de iniciar una travesía a través de un páramo desierto. Permaneció así mucho tiempo, explorando lo insondable y lo desconocido, controlando el impulso de cerrar la cubierta y olvidarse del reto con el que se había desafiado a sí misma cuando la tarde antes decidió no entregar el libro a Doña Engracia.

Siguió ensimismada observando su reflejo en los cristales de la ventana que oscilaban con la brisa. La mañana era espléndida y los trinos de los pájaros se colaban a través del balcón sobre el que desfilaban nubes blancas prendidas en los tejados y los campanarios de la ciudad vieja. Era un sábado de primavera, y Leyre debía repasar los apuntes que había cogido en la facultad durante la semana. También tenía que entregar un trabajo sobre literatura española del Siglo de Oro. No tenía tiempo que perder, pero no pensaba levantarse de aquella mesa sin haber roto la sensación de pánico que le producía el sinsentido de la estilográfica oscilando entre sus dedos.

Se dio ánimos a sí misma mientras observaba la página en blanco, negándose a afrontar la evidencia que la mantenía rígida y estática. Aguantó el embate de la incertidumbre hasta que el miedo la traspasó por completo y pudo abstraerse lo suficiente como para hacer desaparecer el resplandor del papel que tanto la asustaba. Solo entonces pudo mirar hacia dentro. Y allí estaba. La estilográfica comenzó a rasgar la hoja trazando un reguero de tinta que iba quedando atrás a medida que los pensamientos de Leyre se atropellaban unos a otros cabalgando sobre las nubes y dando forma a una realidad distinta en el espacio y en el tiempo.

Soltó la estilográfica una hora después y cerró de un golpe la cubierta. Luego se enfrascó en la lectura de los poemas de Góngora y Quevedo, olvidándose de la realidad paralela que había empezado a gestarse en el interior del libro de cuero.

"A las promesas miro como a espías; morir al paso de la edad espero: pues me trujeron, llévenme los días."

VI

Las pústulas comenzaron a desaparecer pocos días después de que enterraran a Laura. Tomás sintió un alivio repentino cuando se dirigía al arroyo la mañana después de voltear el reloj de arena convocando a la Muerte alrededor del fuego para contar la historia que inexplicablemente había nacido en su garganta.

Cuando llegó a lo más profundo del valle sintió el impulso súbito de desnudarse e introducirse en la corriente fría y cristalina cuyas ondas reflejaban los rayos del sol sobre los cantos lavados del fondo. Se desprendió del manto y de la ropa después de asegurarse de que estaba solo. Luego se arrimó a la orilla e introdujo los pies asentándolos sobre los guijarros sueltos que formaban el cauce. Quería disfrutar de la sensación del agua fría aligerando el peso de su cuerpo, moldeándolo, y, a medida que se sumergía, sintió por primera vez que la enfermedad que corroía su carne se desprendía como una costra compacta y se alejaba corriente abajo, dejando solamente la conciencia flotando en el vaivén de las plantas acuáticas y las ondas que trazaban los bancos de peces diminutos surcando los haces de luz que se filtraban desde la superficie.

No supo cuánto tiempo estuvo allí, sumergido por completo fundiéndose con la corriente, emergiendo a intervalos regulares para llenar los pulmones de aire.

El sol estaba alto sobre el valle cuando sintió la necesidad de volver con la niña. Se apoyó en las lanchas de granito y se impulsó fuera del arroyo, y tan pronto como puso un pie fuera del agua fue consciente de que la piel de sus extremidades estaba libre de pústulas. Permaneció junto a la orilla, desnudo, con el cabello empapado destilando regueros de agua que confluían en los hombros y se escurrían sobre las clavículas y los omóplatos recorriendo los músculos de un cuerpo joven y sano.

Nunca había sentido aquella energía que lo colmaba de bienestar y de fuerza. No recordaba la sensación placentera de la brisa bajo los cálidos rayos de sol, y tampoco hubiera imaginado, por mucho que hubieran intentado explicárselo, la sensación de plenitud física que le inundaba el cuerpo haciendo omnipresente la conciencia.

Se tumbó sobre la hierba de la orilla y cerró los ojos. No quería pensar en lo que lo había conducido hasta allí, ni cuestionarse el cambio que se había obrado en su cuerpo después de haberse hecho cargo del reloj de arena. No. Bajo los tímidos rayos de sol de aquella mañana de primavera, Tomás quería tener conciencia solamente del presente y el ahora, borrando las huellas del pasado para no dejarlo a merced de un camino de ida y vuelta.

Cuando abrió los ojos se encontró con los ojos dorados de la loba. Lo observaba encaramada sobre un saliente situado a pocos palmos por encima de su cabeza, inmóvil, con la mirada clavada en su cuerpo.

Tomás se levantó y recogió sus ropas, luego las introdujo en la corriente observando su reflejo distorsionado sobre las ondas de la superficie. El muchacho que lo observaba bajo el agua tenía una cara ovalada de rasgos definidos y armónicos, ojos rasgados de un verde que se confundía con el del musgo atravesado por destellos de sol sobre las piedras del cauce, y unos labios firmes sobre una barbilla poderosa. Tomás levantó la vista cuando se estabilizó el reflejo que le devolvía su imagen, confundido, pues hasta entonces nunca había tenido rostro.

Sacó la ropa, la escurrió y la aireó antes de tenderla entre los arbustos que crecían junto a la orilla.

La loba continuaba inmóvil, observándolo. Tomás la enfrentó durante unos instantes, mudo. Tenían en común a la niña, a la recién nacida, de la que ninguno de los dos consentía en separarse, como antes habían tenido en común a Laura, su madre, enterrada en la cima de la sierra para que no olvidaran nunca que la Vida germina lo que la Suerte diferencia y más tarde *iguala la Muerte.*

Así había sido siempre hasta pocos días antes, cuando Tomás aceptó un cofre que contenía un reloj de arena sobre el que pesaba una carga solamente comparable a la entrega que guiaba las manos de quien lo aceptaba, aunque Tomás hubiera cogido el cofre de cualquier manera por salvar la sangre de Laura. Lo hubiera recibido a pesar de lo que llevaba implícito, aun sabiendo, como supo luego, que aquella carga deslumbrante que erosionaba el alma hasta reducirla a cenizas solo podía aceptarse por amor incondicional o por inconsciencia.

Y Tomás entendió entonces, con el cuerpo curado de lepra, que acababa de sentenciar una eternidad entera a cambio de las luces y las sombras que le ofrecían el amor y la pérdida, la soledad inevitable que lo acompañaría siempre como "el dolor que al pasar, su horrible huella, deja en el corazón si no en la frente" de quien ya desde mucho tiempo antes estaba sentenciado en cuerpo y alma.

Quedaron en un café del centro a las ocho de la tarde. Tomás la esperaba leyendo un libro sentado en una de las mesas del fondo. Las lámparas *art decó* iluminaban los asientos tapizados que recorrían la pared y refulgían en los apliques de bronce que ocupaban los cuatro lados del pilar central, y al otro lado del salón, sobre el piano, un gran espejo proyectaba la sala abigarrada de gente que reía y fumaba alrededor de tazas humeantes en una estampa bulliciosa que semejaba los lienzos de Toulouse Lautrec en el París de finales del siglo pasado.

Leyre dejó el paraguas en el recibidor y avanzó entre las mesas hasta llegar a la que ocupaba Tomás. Lo saludó y depositó el libro de cuero sobre la superficie de la mesa de mármol. Luego se desabotonó la chaqueta y se desprendió del pañuelo que llevaba al cuello antes de introducirlo en el bolso que colgó del respaldo de la silla. Tenía las mejillas encendidas y el pelo ensortijado y húmedo alrededor del óvalo de la cara, y por supuesto no tenía conciencia, pensó Tomás mientras la observaba sentarse a su lado, de lo hermosa que era y de lo mucho que a él le recordaba a Laura.

Se enfrascaron en la conversación rápidamente, de modo que cuando el camarero se acercó con la consumición habitual de Leyre, ella le estaba relatando a Tomás el vértigo que le había producido esa mañana el resplandor de la página en blanco.

Hizo una pausa para agradecer el gesto al hombre de mediana edad llamándolo por su nombre, intercambiaron unos saludos breves y el camarero se alejó entre las mesas hacia un extremo de la barra.

Leyre se apartó un mechón de la cara y probó el café. Los ojos del muchacho la esperaban en silencio al otro lado de la mesa, expectantes.

—Es exactamente como dijiste.

Tomás sonrió.

—Entonces el balance es positivo.

A ella se le iluminaron los ojos.

—Sí. Como si la escena surgiera alrededor del fuego encendido dentro de la gruta. La historia que me contaste tomó forma tal y como yo la imaginé a medida que te escuchaba.

—Esta noche podemos continuar.

—Por favor.

Así fue como Tomás siguió contando a Leyre la historia de las idénticas, y cómo las había encontrado la Suerte dentro de la gruta en los tiempos remotos. Cada noche avanzó con paso firme, consciente de que conducía su relato en una doble dirección, pues mientras Leyre bebía de sus palabras la tinta que a la mañana siguiente se dibujaría sobre las páginas del libro de cuero, la mujer de vidrio se acomodaba en el espacio asimétrico que reflejaba el salón de la cafetería al otro lado del espejo.

Así fue como Leyre comenzó a escribir su propia historia sin saberlo, pues la descripción de las muchachas que se mostraron por primera vez ante la Suerte le pasó desapercibida hasta que a la mañana siguiente hubo de reproducirla con palabras precisas sobre el papel. Solo entonces se dio cuenta de que se estaba describiendo a sí misma. Al principio pensó que quizás fuera solo una ironía el que Tomás eligiera su imagen para describir a las muchachas protegidas por los lobos, pero luego recordó que ella también custodiaba un collar semejante al que las idénticas confeccionaron para recordar la oportunidad que les ofreció la Suerte al sellar su destino con una nueva tirada de tabas.

Y entonces comenzó a sospechar que lo que Tomás contaba cada noche tal vez no fuera una historia inventada, y que quizás no había sido casualidad el que se encontraran en la biblioteca de la Facultad de Filosofía y Letras.

Aunque si lo pensaba bien, era imposible que él hubiera sido testigo de una historia que se remontaba muchos siglos atrás, por eso descartó la hipótesis de que el cuento que Tomás contaba para ella tuviera alguna tangente con la realidad.

Una noche, Tomás le contó la historia de un niño abandonado a las puertas de un monasterio. Onofre se llamaba. Un muchacho que aceptó la inmortalidad contenida en un reloj de arena a cambio de salvar la vida de su hijo de una muerte segura en el combate, el primer hombre que se doblegó ante la mujer de vidrio como ella se había doblegado ante él cuando lo encontró abandonado en la cesta de mimbre. La vida de Onofre, el primer portador de un reloj de arena que confería la inmortalidad a cambio de entretener a la Muerte con sus relatos.

Cuando la estilográfica rasgó el papel a la mañana siguiente junto a las puertas entreabiertas del balcón que asomaba a un cielo surcado por bandadas de golondrinas sobre la ciudad antigua, Leyre tuvo miedo de que la confortable realidad que ella había creado junto a Tomás fuera solamente una ilusión construida sobre el equilibrio inestable de un castillo de naipes.

Hubiera preferido creer que él inventaba para ella una historia en la que ninguno de los dos tenía ningún papel protagonista, sin querer enfrentarse al hecho de que ella guardaba un collar de tabas desde los doce años, cuando su tía-abuela se lo traspasó en una gruta semejante a la que Tomás le había descrito. Leyre no quiso pensar en ello, aunque comenzó a intuir que Tomás llevaba varios siglos esperando poder sentarse a su lado en la mesa de una biblioteca.

Porque Leyre escribía la historia de un leproso que había aceptado el reloj de arena de manos de Martín, el segundo contador de historias, para salvar a una niña a la que correspondía por sangre un collar de tabas como el que ella tenía guardado en la mesilla. Para que la Muerte se apiadara y no siguiera su curso.

La voz de Tomás continuó mostrando a Leyre todas las noches un pasado que no era real hasta que se escribía sobre el papel y tomaba forma como si hubiera estado oculto en el resplandor del folio en blanco.

De esta manera fue cómo Leyre deslizó la pluma sobre la tumba de Laura en la cima de la sierra, sobre el resplandor de los ojos de la loba, sobre la costra de pústulas que se diluyó garganta abajo sanando el cuerpo del muchacho con el que se encontraba todas las noches en un café del centro para beber las palabras de sus labios.

Escribió sobre sí misma sin olvidar a todos los que la habían precedido, el rey cobarde, Juliana, Alisa, Martín, Laura, e incluso Sol, emparedada en las escaleras de la torre.

Escribió también sobre la estirpe de Catalina, la otra portadora de las tabas, sobre su madre, Aurora, una prostituta en la que germinó la semilla de un hombre que hubiera debido ser célibe si no hubiera jurado tener descendencia ante el lecho de muerte de su madre.

Leyre escribió sin comprender que escribía la secuencia que la había conducido hasta Tomás, la línea de tiempo que se había detenido en el instante en el que ella lo vio por primera vez en la biblioteca leyendo un libro junto a la ventana. Escribió sobre los pasos sepultados bajo tierra que habían marcado el camino hasta aquel balcón ante el que se proyectaban realidades imposibles sobre el trazo elíptico del vuelo de las golondrinas. Aunque Leyre no lo entendió hasta el final, cuando la imagen se fue completando al sumar los contornos de historias aparentemente inconexas.

Poco a poco, Tomás fue describiendo para ella cómo un joven leproso que había vendido su alma a la Muerte se hizo cargo de cuatro niños y un anciano en compañía de una manada de lobos.

Leyre narró en el cuaderno de cuero, durante dos años y sin ser consciente de ello, cada uno de los eslabones de la cadena de casualidades que habían llevado el collar de tabas hasta ella, la descendiente de la niña de los lobos que había nacido muerta.

Vio crecer en los labios de Tomás, y luego tomar forma frente al balcón abierto, a la hija de Laura, fuerte y segura, tal y como también lo era Catalina y como lo habían sido las que les habían precedido. La vio cazar con la manada y no errar nunca el tiro con el arco que Frasco le había tallado cuando era niña, la vio bañarse en los arroyos y revolcarse de felicidad entre los lobos, hasta que tuvo edad para salir al mundo, como había sido siempre y como volvería a ser después de ella, en una sucesión interminable de la que Leyre formaba parte sin saberlo.

VII

Frasco murió de viejo unos años después. Durante los últimos tiempos había permanecido envuelto en un mutismo hermético que le relampagueaba en los ojos cuando contemplaba la fuerza con la que la Vida se había abierto paso a su alrededor arrasando las costras del cuerpo de su nieto Tomás y resucitando el aliento de Blanca, la hija de Laura, que había crecido fuerte entre los lobos y ahora volvía todas las noches al frente de la partida de caza con el zurrón lleno de presas.

El viejo lo aceptó sin cuestionar la falta de cordura, sin importarle si era obra del demonio o del ángel que había desplegado sus alas sobre Laura cuando Juncia la desnudó la primera noche en el campamento en busca de la enfermedad que desfiguraba al hijo que tenía escondido en lo más profundo de la sierra. Bruja. Frasco entendió entonces, poco antes de morir, que con aquella palabra Martín les había abierto el camino hasta la gruta donde se relativizaban las leyes de los hombres y se perpetuaban las promesas que no debieron pronunciarse nunca.

Pero para entonces al viejo ya no le importaba nada, de modo que Frasco agradeció a la Muerte cuando se lo llevaba, con los vidrios ahumados por el resplandor del fuego, el que se hubiera hecho a un lado para dejar que los encontrara la Suerte escondida detrás de los ojos dorados de una vieja loba, la misma que lo estuvo velando toda la noche hasta que Catalina y Tomás encontraron su cadáver al amanecer de una fría mañana de invierno.

La Muerte contemplaba impasible el trabajo que había hecho la Suerte escondida detrás de los ojos de la loba, porque todos los que tenían un sitio en la habitación doscientos quince alrededor de la cama de Leyre, formaban parte del primer acuerdo que ambas habían suscrito ante la Vida.

La mujer de vidrio tensó los caminos de plomo alrededor de los labios cuando la loba tendida a los pies de la cama esquivó su mirada. La loba había conseguido salvar a Leyre de la inmortalidad que llevaba implícito el reloj de arena. Moriría a su debido tiempo, el tiempo que le habían otorgado las tabas, pero mientras tanto debía llevar la carga que había aceptado por amor incondicional hacia un leproso.

Leyre tendría que seguir cumpliendo la palabra que le había dado a la Muerte cuando aceptó abrir el cofre con el que se sellaba el trato, contra eso la Suerte no podía hacer nada, solamente observar como la parca, revestida por el vidrio que figuraba una mujer hermosa en una de las esquinas de la iglesia del monasterio donde había sido abandonado el niño de la cesta de mimbre, custodiaba a Leyre, la mujer protegida por las tabas de la inmortalidad que le ofrecía el cofre repujado con el emblema del rey cobarde.

Leyre se consumía en aquella cama tal y como le había prometido a Tomás, después de agotar el tiempo que se le había concedido con la primera tirada, inmune a la posesión del reloj por el que no había pedido nada a cambio.

El recuerdo de Tomás se difuminaba entre los pensamientos conscientes y la contundencia de los sueños en los que Leyre siempre permanecía despierta.

Ten cuidado con lo que deseas, pensó la Muerte cuando Tiago se sentó en una silla que había traído desde el cuarto de guardia. Los deseos siempre nos acaban encontrando.

Leyre moriría pronto y la Muerte habría de llevársela sin tener certeza de lo que sucedería después con el reloj de arena, sin saber si habría alguien para voltearlo consiguiendo que el oro filtrara las historias durante el minuto y medio que tardaba su contenido en depositarse en la base. Tantas historias como partículas de arena tenían las dunas del desierto.

Sí. Había que tener cuidado con lo que se deseaba, porque los deseos siempre acaban encontrándonos.

Por eso ahora solo cabía esperar, tal y como estaba haciendo la Muerte mientras curvaba los labios de vidrio para relativizar la ironía de la derrota, a que el equilibrio se restaurara de nuevo, segura de que, por muchas batallas que hubiera perdido ante la Suerte, la guerra final estaba ganada de antemano.

Martín murió cuando Blanca contaba siete años. La mujer de vidrio vino a llevárselo una noche sin luna después de que él hubiera contado la última historia a pesar de que apenas podía respirar por una afección en el pecho que le cerraba los pulmones como una tenaza. Hacía mucho tiempo que Tomás y él se alternaban para contar historias, en un acuerdo tácito en el que Martín desplegaba la narración como un don extraordinario para el que nunca había necesitado la ayuda del reloj de arena.

La Muerte se lo llevó al encuentro de Laura después de concederse a sí misma el regalo de otros siete años disfrutando de la cadencia de su voz al susurrar historias para ella, y luego lo condujo de vuelta mientras él rozaba las formaciones calizas al cruzar la sala de aguas transparentes en otra dimensión donde ya no existía el tiempo.

Tomás siguió cuidando de los niños cuando el resto de los adultos desaparecieron. Fueron años plenos llenos de energía en los que los muchachos crecieron entre lobos desarrollando sus aptitudes y su fuerza al medirse con los desafíos constantes con los que se superaban a diario.

Tristán, el hijo de Ricardo, desarrolló una destreza formidable con las armas manejando las que su padre había enterrado en los alrededores del campamento. Se había hecho con un caballo al que habían cercado los lobos en un valle no lejos de la gruta. Su primer caballo, el mismo que años después lo ayudaría a recuperar lo que le pertenecía por sangre.

Cuando lo encontraron, todavía conservaba la silla repujada de cuero y un magnífico bocado, y los muchachos supusieron que había derribado a su montura y había huido sin rumbo adentrándose en la sierra. Tristán se adelantó entre los lobos e intentó tranquilizar al animal, que se alzó sobre las patas traseras dispuesto a derribarlo. Era un soberbio ejemplar de color cobre con crines doradas, alto de hechura y con una fuerza descomunal en las patas. Los lobos se apartaron sin dejar de mantener el cerco, dejando que Tristán se hiciera con él con la ayuda de Duarte.

Los lobos abrieron más el círculo hasta desaparecer en la espesura, aunque el caballo seguía alzándose sobre los cuartos traseros cada vez que alguno de los muchachos intentaba acercarse para agarrar las bridas.

Les costó un día entero reducirlo, pero al atardecer lo llevaban de vuelta hasta la entrada de la gruta seguidos de cerca por los lobos. Ese fue el primero con el que Tristán se entrenó sin descanso hasta dominar el arte de la espada y el arco cabalgando. Luego se hicieron con dos ejemplares más y una yegua que robaron de una recua en los lindes de la sierra.

Duarte entrenaba con Tristán adoptando el papel de escudero y compañero incondicional de aventuras, pues el trabajo de ambos en el grupo se reducía a cazar y a mantener seguro el perímetro de la gruta.

Catalina y Blanca, la hija de Laura, guiaban sendas partidas de caza al frente de los lobos, y Tomás experimentaba con las raíces y las plantas que le había visto aplicar tantas veces a Laura cuando iba a visitarle con su madre y su abuelo Frasco.

Vagaba por el monte con un zurrón a cuestas acompañado por un lobo pardo, un ejemplar huidizo que parecía ajeno al instinto gregario de la manada. Recogía plantas y se detenía al borde de los arroyos para cortar algas de agua dulce, esperaba pacientemente al amanecer a que se abrieran las flores en la cumbre de la sierra, y clavaba el puñal en la tierra para cortar las raíces de los tubérculos. Así fue, con la ayuda de Catalina, como llegó a tener remedios en la gruta para atajar múltiples dolencias, como la fiebre o los esguinces y las torceduras habituales con los que los muchachos volvían a la gruta.

Y cuando habían pasado doce primaveras desde que murió Laura, Catalina sintió la necesidad de salir de la sierra para continuar la estirpe de las tabas lejos del grupo, aunque los ojos de la loba le siguieran señalando a

Tristán una y otra vez como parte indisoluble de su destino. Pero ella quería experimentar otra vida fuera de aquel microcosmos donde hombres y lobos cazaban y marcaban territorio sin distinguir la singularidad de género ni especie. De modo que una noche sin luna, poco antes del amanecer, preparó un zurrón que había sido de Martín y salió de la gruta obedeciendo solamente a sus instintos. Tenía veinte años cumplidos, el mundo por delante, y un collar de tabas para transmitir a una mujer de su sangre cuando llegara el momento.

Nadie se extrañó de su marcha cuando la claridad se reflejó sobre la superficie quieta de la laguna una mañana de abril. Cada uno siguió con sus ocupaciones y la vida continuó su curso dentro de la gruta y en los valles y sierras que la rodeaban, y tan solo un año después de la marcha de Catalina, cuando Tristán cumplía veintiún años, Amancio volvió a aparecer con la misma impunidad con la que años antes se había marchado llevándose el cadáver de su padre balanceándose sobre los flancos de una mula alumbrada por la luz de las antorchas.

Amancio volvió expuesto, sin ocultarse, dejando un rastro visible que pronto olfatearon los lobos. Tristán y Duarte salieron a su encuentro y le hicieron frente cerca de la gruta. Habían pasado trece años desde que vieron por última vez a aquel hombre que había sido la mano derecha de Ricardo antes de comandar el ejército que había arrasado el campamento.

Era él, sin duda, la misma cara cetrina de gesto hosco, los mismos ojos herméticos y los labios sellados en una compuerta infranqueable. Le salieron al paso en un claro de la sierra, y Amancio se mantuvo impasible sobre su montura, observando a Tristán y a Duarte como si no hubiera pasado el tiempo. Los muchachos se posicionaron frente a él sujetando sus caballos, sin explicarse todavía lo que podía haber llevado a aquel hombre a volver después del rastro de muerte y de sangre que había dejado trece años antes.

Tristán lo observó sin disimular el odio, pero no dijo una palabra. Sabía que en la tumba común donde Martín había enterrado a los muertos que cayeron la noche del asalto, faltaba el cadáver de su padre. Nadie se lo había dicho entonces ni él había preguntado, pero Tristán intuía que el único *propósito de Amancio aquella noche había sido llevarse el cuerpo de su padre como un trofeo de guerra para saciar la sed de venganza de su tío, el señor de las tierras aledañas a la sierra.*

Y pensó, sin dejar de observar el entrecejo cetrino y los ojos de ave rapaz, en matarlo allí mismo y echar después su cadáver a los lobos que merodeaban a su alrededor esperando la señal de ataque. Calculó todas las formas de quitarle la vida lentamente por haber traicionado la confianza de su padre, y acarició imperceptiblemente el pomo de la daga recelando del valor de aquel hombre que se presentaba ante él a pecho descubierto.

Muy poca estima había de tenerle para pensar que, siendo ya un viejo, todavía podía ser rival para un hombre joven al que había arrebatado al padre.

Tristán imaginó la daga abriéndose paso en el pecho de Amancio con un ruido sordo, carnes prietas al paso del filo cortante, y vio su cuerpo magro devorado por los lobos en un festín de tendones y vísceras rebozadas en sangre. Lo vio y se contuvo, porque Tristán todavía llevaba grabadas a fuego las palabras de su padre.

—Aunque algún día te digan que Amancio es un traidor, aunque llegue a matarme… ¿Me escuchas, Tristán?

—Sí, padre.

—Confía siempre en él. ¿Lo has entendido?

—Como usted diga, padre.

El caballo de Duarte se impacientó y caracoleó nervioso. Amancio no cambió el gesto ni abrió la boca hasta que Tristán le dio la espalda y se dispuso a marcharse.

—Ya es la hora.

Tristán no se detuvo, y condujo a su caballo entre la espesura seguido por Duarte.

Amancio bajó de su montura y los siguió, apartando la maleza mientras los lobos le acechaban los flancos con gruñidos sordos.

VIII

El tiempo que nos regalan las tabas avanza inexorable hacia la mujer de vidrio que vela la cabecera de la cama de la habitación doscientos quince. Quizá por eso, aquella mujer podrida de dinero, como decía Trinidad sin morderse la lengua para no ajusticiarse con su propio veneno, no tuviera miedo.

Tiago comenzó a considerar la posibilidad de que Leyre ya hubiera vivido lo que le había correspondido en Suerte, y aceptaba la Muerte después de atesorar lo único de lo que carecía él a pesar de lograr los objetivos que se había marcado desde niño. Los afectos. Porque Tiago había decidido auparse sobre su condición de huérfano abandonado por su propia madre a las puertas de la inclusa. Decidió, cuando tuvo edad de decidir y comenzar a proyectar el futuro, que él tendría éxito en la vida aunque le faltaran los afectos.

Se concentró en la meta sin importarle las trabas del camino, y se desprendió de las emociones como de un peso muerto.

Ahora velaba la cabecera de la cama de una mujer que solamente era un caso clínico más para estudiar la evolución, los tiempos y las formas de un cáncer terminal. La velaba y volteaba un reloj entre sus manos sin saber por qué se dejaba arrastrar por las palabras y la compañía que nunca había necesitado, por qué se dejaba embaucar por un cuento para engañar a los ingenuos. Pero lo cierto es que él también estaba atrapado. Él, que nunca se había rendido ante el desaliento ni ante las emociones, ni compartía con Fernando, su único amigo, la idea de que la carencia de afecto acababa condicionando la vida hasta deshumanizarla.

Quizá por eso se sintió extraño desde el momento en que se sentó a la cabecera de la cama de Leyre, pensando que no tenía derecho a voltear aquel reloj ni a compartir el tiempo de la mujer que hasta ese momento solo había sido un nombre sobre un expediente, uno más, hasta que la curiosidad por la manera radicalmente opuesta que tenían de ver la Vida, hizo a Tiago volver la cabeza para observar a los lobos cuando estaba a punto de abandonar la partida.

Amancio siguió a Tristán y a Duarte guiando de la brida a su caballo, que se resistía a avanzar espantado por la presencia de los lobos.

Mantenían la distancia avanzando deprisa, como si Amancio no formara parte del grupo que se dirigía hacia la gruta, y mientras atravesaban un valle cubierto de castaños, con el traidor a la zaga, por la cabeza de Tristán cruzaron como relámpagos las palabras de su padre mezcladas con las palabras de Amancio.

"Aunque llegue a matarme" "Confía siempre en él" "Ya es la hora"

Llegaron a la gruta y guardaron los caballos antes de acercarse al fuego junto al que Tomás preparaba la cena. Blanca no había vuelto todavía, aunque la luz comenzaba a difuminarse sobre la laguna en una cortina de sombras.

Tomás levantó la cabeza y observó al extraño sin pronunciar palabra, esperando a que Tristán y Duarte explicaran su presencia allí, pero ninguno de los dos lo hizo.

Amancio todavía no era viejo, aunque tenía el rostro curtido y una expresión indescifrable sobrevolando los ojos esquivos. Un ejemplar raro y peligroso que solo inspiraría confianza estando muerto, porque en ese momento, mudo e inmóvil evaluando el lugar y a los componentes del grupo, incluidos los lobos, parecía un mercenario con los músculos tensos y listos para atacar después de sopesar el escenario de la lucha.

Tomás le hizo un gesto para que se sentase junto al fuego y el hombre aceptó sin pronunciar palabra. Blanca llegó al poco tiempo, sofocada y con el zurrón lleno de liebres. Los lobos que venían con ella olfatearon a Amancio en la distancia y se aproximaron a él enseñando los colmillos con los belfos retranqueados. Blanca los hizo frente y los obligó a retirarse al fondo de la gruta. Luego se sentó junto al fuego y observó a Amancio mientras devoraba la cena que le había ofrecido Tomás en un cuenco de barro.

Blanca tenía solamente trece años, pero llevaba la marca de su madre en la cara y calzaba sus pantalones de cuero, por lo que Amancio no tuvo ninguna duda de que aquella muchacha de cabello rojizo y facciones perfectas era hija de Laura.

Cenaron alrededor del fuego escuchando a Blanca relatar los pormenores de la caza, y luego, como si estuviera acordado previamente, el silencio se instauró alrededor de Amancio, que continuó impasible e indiferente durante largo rato.

Tristán hizo ademán de levantarse cuando el mercenario consintió en abrir la boca con los ojos fijos en las llamas.

—Espera.

Tristán logró contener la ira que le provocaba la presencia de aquel hombre.

—Todo lo que sospechas sobre mí, es cierto. Yo maté a tu padre y me llevé su cadáver como un trofeo de caza para saciar el ansia de venganza de tu tío.

Tristán cerró los puños intentando controlar el instinto de lanzarse sobre Amancio y cercenarle la yugular con los colmillos, como había visto hacer muchas veces a los lobos.

Lejos de contenerse, Amancio siguió provocándolo.

—Yo denuncié a tus padres cuando naciste. Yo le conté a tu tío que no eras hijo suyo, sino el bastardo que habían concebido su mujer y su hermano en una relación ilegítima.

Tristán tensó los músculos del cuerpo y aferró la daga que llevaba colgada del cinto.

—Yo fui el culpable de que emparedaran a tu madre.

Esta vez el muchacho no pudo contenerse y saltó sobre él empuñando la daga. Amancio se impulsó también hacia delante y logró aferrar los brazos de Tristán para neutralizar el arma. Forcejearon entre las brasas hasta rodar fuera del círculo de fuego. Amancio repelía el ataque de Tristán, que trataba de encontrar un punto débil para clavar la daga en el cuerpo del traidor que se vanagloriaba de haber matado a sus padres.

Tomás trató de detener la lucha.

—Tristán, deja que hable.

Tristán tenía los ojos inyectados de odio mientras forcejeaba con Amancio buscando su carne prieta con el filo de la daga.

—Si ha venido hasta aquí exponiéndose a que puedas matarlo, debes darle la oportunidad de que se explique.

Los lobos comenzaron a aullar y gruñir entre las sombras, azuzados por la inminencia de la sangre. Blanca se había puesto en pie adoptando la misma tensión contenida que combaba su cuerpo durante la partida de caza.

Duarte se levantó y trató de separar a Tristán de su presa, que seguía defendiéndose sin pasar al ataque.

—Déjalo ya. Tomás tiene razón. Deja que se explique.

Tristán alcanzó la cara de Amancio con el filo de la daga y la sangre se extendió por su mejilla izquierda como un manto denso que rebasó la mandíbula hasta inundar la base del cuello.

—Ya basta —Tomás alzó la voz de manera tajante—. Es una presa fácil, Tristán. No ha venido a entregarse. Deja que hable.

Tristán se detuvo en seco con la respiración entrecortada y observó los ojos sin fondo de Amancio a un palmo de los suyos. Luego se volvió bruscamente y se sentó junto al fuego.

Amancio permaneció inmóvil frente a ellos.

—Soy culpable de todo lo que he relatado. Fui un traidor y un cobarde entonces, pero no he vuelto a serlo nunca. Prometí a tu madre que te protegería antes de que la emparedaran, y luego ayudé a escapar a tu padre llevándote consigo.

—¿Y por qué cambiaste de opinión? ¿Qué es lo que te redime? ¿Por qué tenemos que creerte?

Tristán escupió las palabras sin mirarlo, intentando controlar la furia ciega que le provocaba aquel hombre.

—Me redime el amor por tu madre.

Esta vez Tristán levantó los ojos y lo miró incrédulo.

—Soy un esbirro de tu tío, cumplo sus órdenes. Hasta ahora. Todo lo que sucedió después de que tu padre huyera llevándote con él, fue planeado por Ricardo y por mí hasta el último detalle. Él encontró el campamento en el que te criaste y yo lo mantuve informado de lo que ocurría en el condado buscando la oportunidad de cumplir mi promesa.

Tristán apartó la mirada y buscó los ojos relucientes de los lobos brillando en la oscuridad como puntales de fuego. Solo la loba de color canela se había adelantado hasta situarse junto a Blanca.

—La muerte de tu padre estaba pactada desde hacía mucho tiempo. Tu tío quería dos cadáveres para quedarse tranquilo, el de tu padre y el tuyo. Hace trece años había estrechado peligrosamente el cerco sobre vosotros, y los acontecimientos se precipitaron obligándonos a tu padre y a mí a poner en marcha el plan que habíamos fraguado mucho tiempo antes. El asalto al campamento estaba previsto en nuestros planes y todo se desarrolló según lo acordado. Yo maté a tu padre delante de los soldados y llevé al conde su cadáver y el de un niño al que esa noche el fuego había desfigurado la cara. Tobías, el hijo de Juncia y de Crespo.

Tomás bajó la vista ante la mención de su medio hermano.

—Tu tío se quedó tranquilo al reconocer el cadáver de tu padre y el del niño sin rostro. Creyó que había cumplido su objetivo al cercenar la mala sangre de su hermano y de la esposa infiel a la que emparedó para que agonizara lentamente.

Un lobo gris se adelantó junto a la loba y Tomás lo observó de soslayo.

—Había enloquecido de furia hasta que le llevé los cuerpos de Tobías y de tu padre. Fue la única manera de que dejara de buscarte y tuvieras una oportunidad de sobrevivir sin su amenaza. Nunca tuvo hijos. Se casó dos veces y mató a sus otras dos esposas por no darle descendencia. Ahora es viejo y está enfermo, no tiene herederos, y el título y sus tierras te corresponden por sangre. He venido a llevarte de vuelta para que reclames lo que es tuyo. Yo daré fe ante los demás señores y te proporcionaré hombres armados que defiendan tu causa. Solo quiero ayudarte a luchar por tu herencia, como le prometí a tu madre.

Amancio calló súbitamente. Los ojos del mercenario se mantuvieron fijos en Tristán, que le devolvió la mirada con expresión desafiante.

—¿Por qué habrías de ayudarme ahora? No te creo. Sospecho que has urdido este plan para entregarme a cambio de una recompensa. Cuadra más con tu mala sangre.

Amancio estiró las comisuras de los labios y pareció relajar la tensión que mantenía su cuerpo alerta. Se acercó hasta el fuego y volvió a sentarse.

—Sí. Has llegado a la misma conclusión que hubiera llegado yo si alguien tuviera el valor de presentarse ante mí diciendo que quería ayudarme después de asesinar a mi padre. Es cierto que soy un cínico, un buscavidas, un mercenario a soldada que no merece ninguna confianza, ni siquiera el beneficio de la duda.

El resplandor del fuego se reflejó en sus pupilas grises iluminando su piel cetrina.

—Pero escúchame. —la voz sonó metálica y fría, imperativa—. Porque *hagas lo que hagas, pienses lo que pienses, tanto si decides confiar en mí como si esta noche me echas a los lobos, tu destino acabará conduciéndote hasta la herencia que tu madre escribió con sangre sobre la cal del muro con el que la emparedaban. Eso es lo único que me ha alimentado hasta ahora, el aire que llena mis pulmones y la fuerza que me impulsa cada día. Mátame si quieres, hace mucho tiempo que debería estar muerto, pero recuerda que, conmigo o sin mí, acabarás encontrando tu destino para que yo pueda cumplir la promesa que le hice a Sol, así tenga que arrastrarme desde los infiernos para verlo.*

Amancio enmudeció y Tristán continuó observándolo imperturbable a través de las llamas que devoraban la leña. Los demás mantenían los ojos fijos en las ascuas, aguardando el desenlace.

Tristán se levantó y se alejó sin mediar palabra. Los demás lo imitaron dejando a Amancio sentado junto al fuego. La loba se adelantó y se tendió frente a él, con la cabeza apoyada entre las patas.

IX

Leyre les había dado permiso para que leyeran el primer libro de cuero. Era un ejemplar encuadernado con esmero en piel oscura, y bajo el cuero repujado en el lomo se adivinaba una entrecubierta de color grana a través del contorno de un trébol de cuatro hojas.

Amaya tomó el libro entre sus manos la primera tarde y sus dedos se deslizaron lentamente sobre la cubierta. Lo abrió y se dejó deslumbrar con el destello de la página en blanco.

Ana y Fernando le habían cedido el sillón y se sentaban a ambos lados de la cama, dispuestos a escuchar el relato que muchos años antes alguien había escrito para ellos.

Amaya pasó la primera hoja y se enfrentó de bruces con la cuidada caligrafía de una mano diestra. Los trazos eran elegantes y pulcros, metódicos, y los espacios entre las letras hacían pensar en la necesidad de apurar la oportunidad que ofrecía el papel para aligerar el peso del relato vertiéndolo sobre la tinta.

Tiago entró en ese momento en la habitación trayendo una silla plegable de la sala de guardia. Saludó brevemente y se sentó junto a Fernando. Llevaba ropa de calle porque era su día libre y acababa de dejar el coche en el aparcamiento.

Amaya comenzó a leer en voz alta, a relatar en primera persona la historia de un muchacho que narraba para entretener a la Muerte y advertía de la intemporalidad de las letras que daban forma a la narración que comenzaba entonces. El muchacho se llamaba Tomás y tenía veintiún años desde hacía más de tres siglos. Lo demás era accesorio, porque después de aquel axioma, la lógica de lo que seguía a continuación se sustentaba únicamente en la voluntad de seguir escribiendo y en la fe de quien tuviera a bien seguir leyendo.

Había sido un leproso hasta que aceptó un cofre que le proporcionaría la inmortalidad a cambio de entretener a la Muerte con las historias retenidas dentro de un reloj de arena. Un reloj que había aceptado únicamente para devolver el aliento de vida al cuerpo diminuto que acababa de parir la muchacha de las tabas que yacía muerta en el suelo de la gruta.

Su verdadera vida había comenzado dos años antes, cuando contaba diecinueve. Él era entonces un desecho olvidado y oculto en lo más profundo de la sierra, una sombra viviente que ya no distinguía el olor inmundo de sus pústulas porque tenía atrofiados los sentidos. Ocultaba dos muñones donde deberían estar sus manos, y los pies apenas lo sostenían para mantenerse derecho. Era alguien que no tenía conciencia de sí mismo hasta que conoció a la muchacha que habría de cambiarlo todo.

Llegó acompañando a su madre y a su abuelo una tarde de marzo, y el mundo comenzó a latir de nuevo bajo las llagas que le mantenían el cuerpo en carne viva. Todo fue diferente a partir de entonces. Recuperó el sentido de la vista cuando la vio por primera vez a través de los ojos escocidos por la quemazón de las cuencas descarnadas, recuperó el oído al escuchar su voz reclamándole su nombre, recuperó el tacto al imaginar que deslizaba los dedos deformados por su cuerpo, y volvió a sentir el gusto entre sus labios al ansiar rozar los suyos a la vez que aspiraba el olor del aire que se enredaba entre su pelo.

Ella se llamaba Laura, leyó Amaya en un susurro, y tan solo por ella, un siglo y medio después, escribo estas letras.

La luz de la tarde fue desvaneciéndose detrás de la ventana a medida que Amaya desgranaba con su voz las letras caligrafiadas en el libro de cuero. Nadie interrumpió el relato hasta que Amaya se lo cedió a Tiago para que continuara leyendo.

El médico reanudó la lectura con voz grave mientras deslizaba la vista sobre el trazo elegante de las letras y la pulcritud ordenada de los párrafos.

Tan solo interrumpió la narración cuando entró Isabel para cambiar la medicación de Leyre. Fernando intercambió una mirada cómplice con ella e Isabel le devolvió una sonrisa. Debían estar altas las apuestas. Muchos aspirantes para la única herencia de una moribunda que apenas se mantenía consciente.

Tiago continuó leyendo hasta que la luz desapareció al otro lado de la ventana y estalló sobre ellos un fogonazo de claridad metálica cuando Ana accionó el interruptor de pared sobre la cabecera de la cama. Esa fue la señal para cerrar el libro de cuero y abandonar la habitación dejando descansar a Leyre, arrastrando por separado las imágenes que habían grabado en la retina como las estructuras de los *pop-up* que Fernando regalaba a Leonor cuando estaba ingresada.

Y así fue como esa noche, a la puerta de la habitación doscientos quince, se dispersaron sobre los cuatro puntos cardinales los que habían compartido el entretenimiento con la Muerte agazapada a la cabecera de la cama y con la loba que aguardaba el desenlace tendida a los pies de Leyre.

Así fue también como la secuencia de la redención de Amancio después de presentarse ante Tristán para reparar la traición y cumplir la promesa que había hecho a Sol antes de que la emparedaran, quedó congelada en la gruta entre las sombras azules cercadas por el resplandor del fuego.

Se reunieron al día siguiente para proseguir la lectura. Ana tomó el libro en sus manos y deslizó los dedos por el lomo siguiendo el contorno del trébol de cuatro hojas antes de abrir la cubierta. Pasó las páginas lentamente, y poco antes de que el amanecer se reflejara sobre el agua de la laguna, Ana se deslumbró con el destello ardiente de los ojos de la loba que observaba a Amancio sobre las brasas semienterradas bajo las cenizas.

Se pusieron en marcha dos días más tarde, después de fijar la estrategia como parte del plan que habían trazado Ricardo y Amancio muchos años antes.

Y para cuando llegaron al condado, la locura y la sed sanguinaria de su tío habían allanado el camino a Tristán hasta el punto de que pocos estuvieron dispuestos a levantar sus armas para defender al tirano moribundo, que ni siquiera fue consciente de que le arrebataba el condado su misma sangre hasta que Amancio presentó las pruebas del parentesco que otorgaban los derechos sobre el título al sobrino del que creía haberse deshecho trece años antes.

No fue difícil, los obstáculos fueron cayendo uno tras otro empujados por el soplo de aliento contenido detrás de la pared de cal con la que habían emparedado a Sol en las escaleras de la torre.

El tirano murió solo, sin asistencia, con las ventanas y la puerta tapiadas con maderos para defenderse del espíritu errante del sobrino que volvía a reclamar lo que era suyo.

Tristán recuperó sus tierras y su nombre, como quería su madre, descargando a Amancio de la promesa que lo había mantenido vivo hasta entonces. Él le ayudó a pacificar las tierras y a asentar el control sobre los territorios fronterizos, y después dejó las riendas a Tristán para que la Muerte viniera a llevárselo cuando la imagen de una joven dama apostada detrás de las almenas se reflejaba sobre los vidrios tintados con el resplandor de la luz de una tarde de marzo.

Catalina volvió a la gruta tres años más tarde, después de recorrer el mundo sin perpetuar la sangre de las tabas. Y hasta allí fue a buscarla Tristán, como antes lo había hecho el rey cobarde para ofrecer a Alisa el trono que le correspondía por sangre.

Así fue como Catalina, la hija de Aurora, la prostituta, acabó recuperando la herencia de su padre, el maestre de la orden militar que había roto el celibato para cumplir con la promesa que le hizo a su madre cuando agonizaba en el lecho de muerte.

"No importa la sangre con que la te mezcles. Elige, si puedes, a alguien

que me haga justicia, alguien que sea capaz de engendrar un heredero legítimo para nosotros. No te preocupes por su destino, este collar acabará trayéndolo de vuelta."

Así había elegido Don Pedro el prostíbulo donde trabajaba Aurora, para hacer justicia a su madre, la mujer sin alma que después de parirlo lo había lanzado a las mismas puertas del infierno haciéndole resbalar hasta aquel antro.

De modo que Catalina, única heredera de sangre del ducado de Umbría, encontró el destino escondido detrás de los ojos de la loba cuando Tristán se apoderó del ducado que se desangraba en luchas internas entre facciones nobiliarias que enfrentaban a los herederos del hermano de Don Pedro, el duque impotente que nunca tuvo hijos, aunque reconoció como suyos los vástagos que había parido su esposa.

Así había sido siempre y así volvería a ser muchas veces en la línea de sangre de Zendra, pues la Suerte acaba devolviendo lo que es suyo a las mujeres de las tabas que adquieren el poder sobre los lobos.

Duarte se convirtió en caballero al servicio de la casa ducal y siguió manteniendo contacto durante algunos años con Tomás y con Blanca, que no aceptaron el ofrecimiento de unirse a ellos participando de la vida cortesana.

Prefirieron quedarse en la gruta, y allí Tomás siguió cuidando de Blanca hasta que la muchacha tuvo edad suficiente para salir al mundo.

Sucedió un amanecer de primavera. Tomás se pertrechó con el zurrón que Martín había fabricado para Onofre cuando le ofreció ser su aprendiz en la posada, y Blanca tomó el que su madre tenía preparado permanentemente para escapar del bosque donde había vivido con sus padres hasta que la sombra de la lepra se extendió como un mar de fuego sobre las copas de los árboles.

Dejaron la cueva sin mirar atrás, y atravesaron la sierra seguidos de cerca por los lobos, que los acompañaron hasta el límite del bosque donde comenzaban las tierras de cultivo. Luego se perdieron por los caminos sin *rumbo fijo, atesorando únicamente un reloj de arena custodiado en un cofre de madera de ciprés entreverado de oro en el que Onofre había grabado las palabras "Vencer o morir", el collar de tabas que había pertenecido a Laura, y la compañía de una loba de color canela con una mancha blanca alrededor del ojo.*

Capítulo VIII

El trébol de cuatro hojas

I

Trinidad ingresó en la planta de traumatología en estado de shock. Tenía la mandíbula rota y varios traumatismos en la cabeza, además de hematomas y heridas por gran parte de su cuerpo, que ahora parecía frágil y encogido. Mantenía los ojos desorbitados fijos en la pared, y un mutismo hermético le bañaba las lágrimas sin lograr alterar la expresión de su rostro. Permanecía inmóvil boca arriba, con los brazos pegados al cuerpo, ajena a cuanto sucedía a su alrededor y a las idas y venidas del personal de la planta.

Le habían dado una paliza cuando cumplió su contrato en el hospital y ya no pudo llevar más dinero a casa. Se la propinaron su marido y su hijo menor durante una borrachera, pues el mayor cumplía condena en la cárcel por estafa. Trinidad no había sabido dónde refugiarse entonces, mientras arreciaban los golpes y las patadas sobre ella, ni supo luego cómo desaparecer y ocultarse para siempre para no ver las ruinas del castillo de naipes que había comenzado a desmoronarse tan pronto como lo levantaba. No había querido verlo cuando aparecieron las primeras señales, obviando el vacío inestable del ansia nunca satisfecha, los cimientos de la soledad y el bramido del gigante de barro y orgullo que la había acabado engullendo.

Todo el personal de la planta se volcó con ella turnándose para que no estuviera sola, sin dar tregua a la amenaza del único desenlace posible a tanto sufrimiento. Durante mucho tiempo se había dicho de ella que acabaría envenenándose con su propio aliento, pero sus compañeros acababan de descubrir, consternados, que la dosis de veneno que Trinidad se administraba a diario para inmunizarse había sido insuficiente para ponerla a salvo del infierno.

Amaya acompañó a Amelia a visitarla una semana después de su ingreso. Trinidad ni siquiera las miró cuando entraron. Tenía la mandíbula apretada y rechinaba los dientes con un ruido sordo. Se abrazaba las rodillas sentada en la cama intentando controlar los temblores que la sacudían de forma intermitente, meciendo la espalda hacia adelante y hacia atrás hasta tocar el cabecero de la cama.

Amelia salió a buscar algo para descargar la mandíbula y Amaya se aproximó a ella con pasos vacilantes.

—Un óbolo.

Amaya creyó no haber entendido con exactitud lo que Trinidad había pronunciado entre dientes, y se mantuvo de pie junto a ella sin saber qué hacer, esperando a que volviera Amelia.

Trinidad siguió meciéndose y abrazándose las piernas, con los ojos clavados en la pared frente a la cama.

—Un óbolo.

Esta vez las palabras brotaron claras y nítidas. Amaya se vino abajo, porque reconoció la desesperación en la voz de una mujer que lo había perdido todo. Recordó que aquella palabra hacía mención a la moneda con la que los difuntos solían pagar a Caronte en la antigua Grecia para que los transportara por el río al mundo de los muertos. Sin óbolo no había descanso.

Amaya reprimió un estremecimiento, porque con aquella palabra Trinidad estaba suplicando que la ayudase a afrontar la Muerte para ponerla a salvo de una vida en la que ya no le quedaba nada, ni siquiera fuerzas para quitársela y acabar con el sufrimiento.

Amaya entendió perfectamente lo que le pedía, pues ella lo había suplicado muchas veces cuando sentía el filo cortante de la piedra que llevaba clavada en las entrañas.

Las dos se conocían desde hacía muchos años, pero en aquella habitación no quedaba rastro del orgullo y la soberbia que las había unido en el pasado. Eran mujeres distintas a las que habían sido, y precisamente la falta de escrúpulos de su vida anterior las dejaba ahora al borde del abismo, indefensas cuando tocaban fondo, desprovistas del veneno con el que hubieran podido ajusticiarse una a la otra.

Trinidad era ya un despojo humano que no formaba parte de los vivos porque estaba intentando arrancarse la memoria, y Amaya, la mujer que aparentemente lo seguía teniendo todo, familia, posición y prestigio, la observaba a los pies de su cama como si se estuviera reflejando en un espejo.

—Un óbolo.

Esta vez las palabras perdieron consistencia, difuminándose entre las grietas de los labios.

Amelia entró en ese momento en la habitación seguida por Isabel, y entre las dos colocaron una férula a Trinidad, que se dejó tumbar en la cama dócilmente.

Amaya salió de la habitación y esperó a Amelia apoyada en la pared del pasillo, junto a la puerta, dudando si volver a entrar para ayudar en lo que necesitaran, o ir a su habitación a buscar dos monedas para pagar al barquero, una para Trinidad y otra para ella, y metérselas después bajo la lengua confiando en que fueran suficientes para dejar atrás la orilla del río Aqueronte y poder entrar al fin en el mundo de los muertos.

La vida de Blanca fue fructífera, larga y feliz. Tomás pudo dar fe de ello. Se casó y tuvo hijos con un mercader de paños afincado en Burgos, y Tomás se alejó progresivamente hasta desaparecer de su lado para no levantar sospechas, pues sabía que su juventud contra natura acabaría delatándolo.

Había alcanzado la plenitud física hacía muchos años, y desde entonces la piel se había mantenido tersa y firme sobre unos músculos que rebosaban fuerza y energía. No envejecía. Los ojos conservaban su agudeza visual, al igual que sus oídos, y su aspecto no delataba más de dieciocho años desde hacía más de setenta.

Cuando Tomás y Blanca llegaron a la ciudad se habían presentado como hermanos, pero con el paso del tiempo, el hermano mayor comenzó a aparentar menos edad que la hermana pequeña, de modo que Tomás siguió su camino para no estorbar ni delatar la condición de ambos.

Se ganó la vida a partir de entonces contando historias y recitando poemas y cantares por pueblos y ciudades, en posadas, plazas y castillos, ante campesinos pobres y frente a señores de la nobleza. El auditorio le era indiferente con tal de entretenerla a ella, a la mujer de vidrio con la que se encontraba todas las noches. Volteaba el reloj de arena y un segundo después el aire tomaba forma en su garganta hasta crear una realidad asombrosa que se densificaba a medida que Tomás iba desgranando las palabras.

Y el mundo comenzó a quedársele pequeño. Cruzó entonces los límites con los reinos cercanos y se afanó por aprender otras lenguas, se mezcló con gentes distintas y experimentó formas de vivir diferentes. Conoció hombres cultos que le enseñaron a observar el mundo desde otra perspectiva, cultivó y enriqueció su repertorio hasta conseguir favores y prebendas de gente poderosa que lo reclamaba para escuchar sus historias, atraídos por la fama que le precedía. Pero todo tiene un precio, y el suyo era estar siempre en movimiento para que no lo delatara la juventud permanente que seguía intacta con el paso de los años.

Cada cierto tiempo volvía a Burgos para conseguir noticias de Blanca, que había formado una familia extensa y un matrimonio feliz bendecido por una gran prosperidad económica. Con el tiempo ella envejeció. Su cabello del color del fuego se fue volviendo blanco, y su figura esbelta comenzó a menguar y a encorvarse bajo el peso de los años. Las facciones simétricas desaparecieron bajo la flacidez y las arrugas del rostro hasta dejar de parecerse a la muchacha que creció en la gruta gracias a los cuidados de un leproso.

Y cuando la veía así, perdida en el interior de un cuerpo extraño, hasta Tomás dudaba de que fuera la niña que había visto crecer si no fuera porque mantenía en los ojos el mismo arrojo indómito con el que en su juventud comandaba las partidas de caza al frente de la manada de lobos.

Tomás no dejó de volver a Burgos para saber de ella, aunque, cuando se iba aproximando a la ciudad, ansiaba y temía a partes iguales el momento de volver a verla, recelando de los estragos del tiempo. Ninguno cruzaba una palabra con el otro en aquellos encuentros esporádicos. Les bastaba con reconocerse desde lejos y mirarse unos instantes sonriendo. Blanca entonces se moría por abrazar a Tomás y sentir su voz cálida y envolvente junto a ella, protegiéndola, como había hecho desde que era una niña, pero se limitaba a sonreír cuando cruzaban los ojos, pensando que no podía presentarlo ante su familia como el mismo hombre que la había criado y al que ella se refería cuando llegó a la ciudad como su hermano, porque a esas alturas ella era una mujer anciana y él seguía teniendo veintiún años desde hacía más de noventa.

Solamente tuvieron contacto físico varias veces, aprovechando el desorden de las multitudes en los mercados de la plaza o amparándose entre el gentío que inundaba la catedral iluminada con cirios y lámparas de aceite en las fiestas de guardar o en la misa del gallo.

Tomás en aquellas ocasiones se situaba cerca de Blanca, siempre rodeada por sus parientes en un revuelo de hijos, nueras, yernos y nietos tras los que se situaban los sirvientes, y aprovechaba para repasar mentalmente los cambios que percibía en ella desde la última vez que la había visto. Luego pasaba a su lado en el barullo final de los oficios, y hasta hubo veces que pudieron rozarse los dedos antes de alejarse con una sonrisa imperceptible en la cara. Solo por momentos como ese, Tomás recorría Europa de una punta a otra para acudir a su encuentro.

Con los años la salud de Blanca comenzó a quebrarse de forma evidente, y entonces Tomás se quedó cerca, procurando noticias a través de intermediarios que tenían tratos con parientes que ya no podían relacionarlo con el joven que había llegado a Burgos hacía muchos años.

Así se enteró una noche de que Blanca estaba agonizando y que quizá le quedaran pocas horas de vida. Tomás se vistió con sus mejores galas y acudió a la casa para despedirse de ella antes de que desapareciera para siempre de la faz de la tierra dejándolo solo.

Blanca había enviudado cinco años antes y ya no quedaba nadie que pudiera relacionarlo con su pasado, de modo que Tomás se presentó esa noche ante sus hijos como el emisario de Catalina, duquesa viuda de Umbría, para que supiera que no la olvidaba en sus oraciones y que ofrecía misas diarias por ella.

Traía presentes y una acreditación de Catalina, de modo que lo dejaron pasar hasta el lecho de muerte. Tomás entró en la habitación acompañado por el hijo mayor, Gerardo, un hombre maduro que era el vivo retrato de su padre.

Blanca estaba postrada en la cama con los ojos cerrados. Su cuerpo diminuto parecía empequeñecerse aún más entre las sábanas bajo el inmenso dosel de brocado grana. El cabello, completamente blanco, lo tenía trenzado sobre la almohada, y los labios azules y la piel de color macilento sobresalían sobre la blancura impoluta de la ropa de cama. Pero todavía estaban sus ojos, recordó Tomás, y todavía se podía vislumbrar en ellos a la niña de las tabas que tenía el poder sobre los lobos, la misma que tiraba piedras desde lo alto de la sierra haciendo que rebotaran sobre la superficie del agua junto a la que Tomás estaba pescando para avisarle de que volvía al frente de la partida de caza. Luego su risa cristalina se amplificaba en los espacios abiertos cuando bajaba corriendo entre los robles seguida por los lobos, mostrando con orgullo las piezas de caza antes de zambullirse en la corriente de aguas embravecidas para cruzar al otro lado.

Para Tomás habían sido los mejores años de su vida, y no esperaba en el tiempo que le quedaba por delante nada parecido a la felicidad completa que sentía cuando la veía crecer protegida por los lobos.

Y siguiendo el curso natural de los acontecimientos, que para él se había detenido cuando aceptó el cofre de manos de Martín a cambio de devolver la vida a Blanca, había llegado el momento de decir adiós para siempre a la niña de las tabas.

Tomás reprimió un estremecimiento cuando descubrió en una esquina de la habitación el fulgor de las velas reflejado sobre el vidrio de la mujer a la que él contaba historias todas las noches. Sabía que la encontraría allí y no le *había defraudado.*

Asió el reloj de arena y se acercó a la cama.

Gerardo se inclinó sobre su madre y le susurró algo al oído.

Blanca abrió los ojos y buscó a Tomás con la mirada. Luego hizo un gesto para que salieran todos.

Tomás se arrodilló junto a su lecho y le cogió la mano que descansaba sobre el embozo bordado con sus iniciales.

—Mi niña.

Las lágrimas se le atropellaron hasta cerrarle la garganta.

Blanca observó detenidamente su rostro, complacida, y le presionó la mano para asegurarse de que todavía no estaba muerta. Sonrió y volvió a cerrar los ojos.

—Una última vez —susurró sin fuerzas.

Tomás no podía hablar, solo quería acompañarla en sus últimos momentos hasta que su corazón dejara de latir, porque todavía recordaba el pálpito diminuto que había hecho estremecer ese mismo corazón cuando él la sostenía entre sus brazos después de nacer muerta.

Mientras se dirigía esa noche hacia la casa de Blanca, Tomás se había preguntado muchas veces si podría vivir sin ese latido diminuto y la calidez del aliento que se había impregnado para siempre en la manta de lana que envolvía su pequeño cuerpo.

—La última historia.

Tomás se aclaró la garganta y volteó el reloj de arena. La mujer dibujada sobre los vidrios azules se acomodó a la cabecera. Tomás comenzó entonces a narrar con los ojos cegados de lágrimas, hasta que la fuerza arrolladora de las palabras le hizo olvidarse de que la Muerte había venido esa noche para arrebatarle a Blanca.

Tantas historias como granos de arena en las dunas del desierto, y hasta allí volaron sus palabras para describir la opulencia de un mundo exótico que se desangraba en luchas internas por la supremacía de una facción nobiliaria sobre otra al aspirar a un trono que había quedado sin herederos.

El anterior sultán había desafiado a una cobra despreciando el poder de su veneno. Era un hombre extremadamente soberbio que se creía por encima de todos hasta que alguien le recordó el dominio absoluto del verdadero rey del desierto. Convocó a sus físicos y les ordenó fabricar un antídoto para vencer a la cobra. Ellos mismos debían probar el resultado después de ingerir el veneno. Vencer o morir.

—¿Y si ninguno lo encuentra?

El sultán clavó sus ojos rebosados de orgullo sobre el reptil.

—Eso es imposible. Mi voluntad es sagrada y mis órdenes siempre se cumplen.

Y para humillar más a la cobra, seguro como estaba de su poder absoluto, juró que, si ninguno de sus físicos conseguía el objetivo, él mismo se expondría, e incluso ofrecería a sus herederos hasta conseguir neutralizar el veneno.

Los cadáveres de varios físicos yacían a su alrededor para cuando el último de ellos se llevó un sorbo de veneno a los labios. Luego tomó el antídoto y esperó, atento a las señales del avance o retroceso de uno y de otro.

Venció el veneno, y el sultán cayó frente a la cobra cuando la soberbia y el orgullo le rebosaron el pecho como una ponzoña que le quebró el corazón anegándolo en la hiel de la derrota.

Pero la cobra, lejos de conformarse con la victoria, siguió reclamando lo que era suyo, y exigió que cada uno de los herederos que se sentaba en el trono después de retirar el cadáver del anterior, se expusiera al veneno tal y como el sultán le había prometido.

Los emisarios de la primera esposa, que ya había enterrado a tres hijos, recorrieron la tierra y cruzaron los vastos océanos hasta llegar a los confines del mundo. Pero todo fue en vano. Físicos, hombres de ciencia, nigromantes y curanderos de todas partes, acudieron atraídos por la promesa de las inmensas riquezas con las que los recompensarían en caso de tener éxito.

Pero ninguno lo tuvo, y pronto se extinguió la línea de sangre del sultán dejando el trono vacío, momento que aprovecharon los nobles para luchar por los derechos dinásticos. Se enfrentaron entre ellos en mil batallas, y después de verter ríos de sangre en el desierto, cada uno de los que fueron venciendo en el combate fue pereciendo en el trono maldito. El reino se desintegró en el caos y el desorden, y tan solo dos generaciones después, el desierto se tragó las últimas ruinas del esplendor de una civilización que se había devorado a sí misma. Solo entonces la cobra se dio por satisfecha. Había vencido sin hacer absolutamente nada, únicamente se limitó a aceptar el reto que le había propuesto un sultán ebrio de poder que se creía omnipotente. Lo demás lo había hecho la naturaleza humana, pues nada es más destructivo en el mundo que el orgullo, la codicia y la soberbia de los hombres.

Tomás todavía estaba arrodillado junto a Blanca, observando la mano helada que retenía entre sus manos. La mujer de vidrio extendió los brazos desde el otro lado de la cama.

—Ya es la hora.

Blanca se estremeció con los ojos cerrados e intentó presionar todavía la mano de Tomás, que sostenía la suya con la misma delicadeza con la que muchos años antes había sostenido por primera vez su diminuto cuerpo entre los brazos.

La Muerte se llevó a Blanca setenta y un años después de que Laura la pariera sin aliento entre los lobos. Tomás se desprendió de su mano dejándole prendido entre los dedos el rosario que le había dado para ella Catalina, la duquesa de Umbría que esperaba postrada en una cama a que la mujer de vidrio viniera también a llevársela.

Tomás se retiró al fondo de la estancia mientras los parientes se arremolinaban en torno a la cama y los sirvientes iban y venían disponiendo lo necesario para velar el cuerpo.

Pero antes de marcharse, Tomás se llevó grabada en la retina la visión fugaz de las tres tabas colgadas del cuello de una de las niñas que lloraban a su abuela sin consuelo. Se había situado a los pies de la cama, con la mano apoyada en una de las columnas que sostenían el dosel de brocado. Blanca le rozó el pelo antes de marcharse siguiendo el destello de los vidrios tintados con la luz deslumbrante del amanecer en la cima de la sierra donde estaba enterrada su madre. Pasó junto a Tomás sonriendo, y él pudo ver entonces lo que veía ella reflejado en la mujer de vidrio, transfigurada ahora con el fulgor de los manantiales ocultos bajo los helechos que Blanca apartaba a la carrera seguida de cerca por los lobos que esa noche aullarían a la luna sin descanso.

II

Tomás comenzó a escribir el primer libro de cuero muchos años después de que muriera Blanca, cuando la Muerte y el tiempo lo dotaron de destreza y agilidad suficientes para doblegar las letras cabalgándolas sobre la tinta esparcida en el papel como un camino sin retorno. Pero para entonces, Tomás había vivido y había renegado de la Vida, había amado y sufrido por la pérdida y la nostalgia hasta decidir cerrar el corazón para no romperse el alma, y había ahondado tanto en el comportamiento de sus semejantes, que había llegado a aborrecer la naturaleza humana.

Lo único que daba sentido a su vida era la protección de la sangre de las tabas, el cordón umbilical que lo mantenía todavía unido a Laura, de modo que siguió de cerca la descendencia de Catalina y de Blanca, entrando y saliendo de sus vidas de forma intermitente para que el tiempo no delatara su condición de apestado. Porque él seguía considerándose a sí mismo un paria, un leproso, y tenía la sensación de estar todavía apartado y oculto en lo más profundo de la sierra cuando se hallaba rodeado de gente que nada sabían de su vida, y que únicamente lo juzgaban por una apariencia perfecta que Tomás sabía controlar a voluntad para manipularlos a su antojo.

Se resignó a estar rodeado por una multitud con la que nunca más estaría implicado emocionalmente, porque había decidido no volver a amar para no sufrir la pérdida inevitable de lo efímero, no volver a admirar el esplendor fugaz de la belleza para no tener que ver después cómo se marchitaba, había decidido no vivir para que la vida no se convirtiera en una carga.

Se limitó a improvisar, continuamente, conservando intactos los axiomas que lo mantenían a salvo. Experimentaba con el comportamiento humano a través de las palabras, el único bastón sobre el que se apoyaba en el camino, y *así, con un dominio absoluto de sí mismo y el espíritu curtido en la incapacidad de sentir que le proporcionó el escepticismo, consiguió una y otra vez todo lo que deseaba y dejaba de desear nada más alcanzarlo, así fuera fama, sexo, poder o riqueza.*

Se volvió un cínico blindándose detrás de las murallas del desapego, y fue así, en un peregrinaje a ciegas para ponerse a salvo de sí mismo, como llegó irremediablemente hasta los libros.

Había aprendido a leer cuando todavía vivía Blanca, pero no encontró el gusto a la lectura hasta que cayó en sus manos un ejemplar de un autor inglés que relataba el amor de dos jóvenes separados por el odio que se profesaban sus familias. Lo leyó sin pausa, y después consiguió todas las obras que llevaban la misma firma hasta descubrir que eran eslabones en una cadena infinita en la que podía vivir y exponerse a través de las letras, igual que lo hacía ante la Muerte cada noche con sus palabras.

Descubrió un mundo en el que podía estar a salvo de la soledad y de la pérdida, pues los personajes y las historias que se narraban lo acompañarían eternamente con sólo levantar la cubierta. Atesoró los libros y aprendió a vivir en su interior, hasta que el llanto, la risa, el odio y la pasión, la locura y la inocencia que ya creía perdidas, volvieron a erizar su piel libre de pústulas.

Devoró libros y los resumió para ella por las noches, la mujer de vidrio que lo mantenía atrapado en una promesa custodiada en el reloj de arena, hasta que tuvo que reconocerse a sí mismo que la Vida escondida en el interior de los libros le había dado algo que la Muerte no podría arrebatarle nunca.

Fernando levantó la cabeza e hizo una pausa en la lectura.

Amaya tenía la vista fija en las baldosas y Tiago observaba con atención un punto indefinido sobre la puerta. Solo Ana lo estaba mirando, absorta, apremiándole con los ojos para que continuara.

Leyre tenía la cabecera de la cama incorporada y sonreía, como si la lectura del libro de cuero hubiera activado la poca energía que le quedaba para mantenerse despierta.

El tiempo encerrado en el interior de los libros. La Muerte y la Vida reunidas para decidir el sino de la Suerte escondida entre la tinta. Tomás comprendió, mientras devoraba los ejemplares que caían en sus manos y buscaba otros perdidos en los confines del mundo, que aquello que le estaba prohibido, los límites que no quería atravesar nunca más para no quebrarse, podía vivirlos una y mil veces en los libros. Y toda la rabia y el desengaño que había acumulado hasta entonces, el hastío por habitar un cuerpo que él creía falto de alma, la inmensa soledad que lo seguía diferenciando como un apestado en el que el tiempo no hacía mella, aunque tampoco el amor, la alegría o la cordura, se fueron diluyendo poco a poco cuando aprendió a refugiarse entre las letras.

Y aunque el armazón de huesos y pellejo que arrastraba intacto desde hacía muchos siglos, de pasear una cabeza loca cansado se hallaba al fin, Tomás comprendió que, como dijo un poeta egipcio muchos años después, lo único importante era el camino.

Pide que el camino sea largo. Comenzó a vivir sin importarle los lestrigones y los cíclopes que antes se habían alzado amenazadores impidiéndole el paso, elevó el espíritu hasta sobrevolar el miedo y otear un horizonte lleno de aventuras y emociones con las que atesorar perfumes sensuales y hermosas mercancías.

Olvidó las hordas de gente que empujaban la rueda del tiempo hasta completar el ciclo natural que los lanzaba en brazos de la mujer de vidrio cuando aún no habían encontrado las respuestas, y se concentró en la visión de puertos antes nunca vistos bajo el resplandor del sol en las mañanas de verano. Y de esta manera, recorriendo el mundo para aprender de los sabios, apurando los destellos de genialidad que ardían con fuerza unos instantes antes de apagarse dejando tras de sí un rastro de luz vacilante, Tomás aprendió a sobrellevar la carga.

Solo así fue capaz de dejar atrás los primeros tiempos, cuando la soledad y la desesperación le hicieron apurar todas las posibilidades para compensar la incertidumbre al dejarse llevar por los instintos.

Los primeros años después de morir Blanca habían hecho mella en Tomás como si la ausencia de luz hubiera sumido el mundo en una noche perpetua, y la soledad lo llevó a sacudir los cimientos de las convicciones para derribarlas, puesto que el reloj de arena había trastocado todo lo establecido desde que él era un niño. Porque lo mismo que el sol se levanta por oriente cada mañana y se oculta detrás del horizonte después de recorrer un día y otro el mismo camino, los hombres habían sido creados en el vientre de sus madres para apurar los días que les habían correspondido en Suerte antes de caer en brazos de la mujer de vidrio. Así hubiera debido ser también para Tomás si aquella loba de color canela no se hubiera cruzado en su camino para conducirle hasta la gruta la noche que murió Laura después de parir muerta a su hija.

Y sin horizonte donde ocultarse el sol, ni brazos sobre los que caer cuestionándose todavía el sentido de la Vida, Tomás se sintió libre para transgredir lo que antes creía incuestionable.

Después de morir Blanca habían comenzado los desatinos, las orgías, el pulso permanente con el que desafiaba los límites de lo posible, hasta que descubrió, para su tormento, que por mucho que tensara el círculo elástico en el que estaba atrapado, no podría romperlo nunca.

Durante más de un siglo se expuso sin descanso y exploró tierras y formas de vida que nunca había conocido. Cruzó el mundo de una punta a otra, atravesó desiertos buscando un antídoto que lo inmunizara contra el tiempo detenido en el reloj de arena, escaló las montañas más altas de la tierra dejando sus huellas sobre el hielo de las cimas, vadeó valles atravesados por ríos que no tenían fronteras y navegó por todos los mares del mundo. Pero ni el calor extremo, ni la hipotermia, ni la falta de oxígeno, ni siquiera el agua al rebosarle los pulmones, ni salada ni dulce, le cortó el aliento para faltar a la cita que tenía cada noche con la mujer de vidrio.

Se adiestró en el manejo de las armas y participó en mil batallas sin importarle el bando, y aprendió mil lenguas para susurrárselas a las muchachas cuando las embestía para que el placer momentáneo consiguiera borrarle durante unos instantes la memoria.

Pero ni las espadas ni los puñales, ni ningún arma blanca ni de fuego, ni siquiera la horca o la sífilis fueron capaces de matarlo. La Muerte siempre lo protegía en el último momento, como a un niño al que se le deja acercarse al precipicio antes de levantarle en volandas después de haber experimentado el vértigo. Lo contaba por la noche en las tabernas como parte del espectáculo, después de narrar la historia para entretenerla a ella, rindiendo el único tributo al que estaba obligado. E incluso algunas veces, ebrio y desesperado igual que su audiencia, invitaba al auditorio a poner a prueba sus palabras. Comenzaba entonces una carrera de obstáculos en la que hombres corpulentos, la mayoría de las veces armados, trataban de acabar con él de todas las formas posibles, provocando destrozos y revueltas si antes no les ponía freno el posadero o las fuerzas de orden de turno. Y en esas ocasiones, cuando la mecha estaba encendida y el caos reinaba a su alrededor como un bálsamo que alimentaba su falta de conciencia, Tomás gustaba de incendiar aún más los ánimos para estirar al límite la promesa que se escurría cada noche entre la arena.

Fueron tiempos difíciles en los que Tomás, mitad juglar, mitad trovador al servicio de la Muerte, recogió el testigo de un oficio antiguo al que ya pocos se dedicaban, y procuró para sí todos los excesos sin conseguir que la excitación y el placer dejaran de volverse amargura al mantener intacta el ansia nunca satisfecha.

Un camino sin retorno para el que no estaba preparado, un camino bordeando el precipicio, hasta que, en una abadía al norte de Escocia, encontró el libro que relataba los amores de los amantes de Verona.

III

La luz fue creciendo tras la ventana de la habitación doscientos quince a medida que avanzaba la primavera al compás de la lectura de las letras manuscritas en el libro de cuero que tenía horadado en el lomo un trébol de cuatro hojas, y los que se reunían alrededor de la cama de Leyre fueron testigos de la evolución de un hombre que soportó por amor las luces y las sombras de la carga que entrañaba el reloj de arena que Leyre conservaba a la cabecera de su cama.

Supieron así que Tomás había nacido en 1547, nueve años antes de que abdicara el señor de los reinos de España, emperador de Alemania y beneficiario de las tierras que habían sido descubiertas allende los mares. Tomás lo supo luego, cuando pudo situarse espacial y temporalmente en el mundo, muchos años después de que el abandono de su madre, la enfermedad y la ignorancia conformaran el universo de su infancia entre los riscos de la sierra.

Supieron que, después de la muerte de Blanca, Tomás vagó por el mundo teniendo siempre como referencia el rastro de dos collares de tabas que pasaban de generación en generación hasta el momento en que dos portadoras idénticas por valor y por carácter volvieran a encontrarse en la gruta donde había muerto Laura desangrada.

Supieron que conoció a escritores y dramaturgos, poetas que se vendían al mejor postor y otros que morían de hambre por no desvirtuar sus rimas, matemáticos, físicos, astrónomos que predecían el fin del mundo, filósofos, pintores, escultores y arquitectos al servicio de reyes sin cabeza, gente de todos los credos, visionarios y sectas que confabulaban contra el poder establecido, logias y fraternidades que tejían los fundamentos de una sociedad paralela, hasta que el orden antiguo estalló en Francia y arrasó Europa y América durante más de siglo y medio.

Vadeó océanos de sangre a través de puentes cosidos con las esperanzas de los hombres que todavía creían en el futuro, y conoció los inventos de la técnica que, a la postre, solo servirían para fortalecer a los poderosos. Y después de siglo y medio convulso, la única salida fue una guerra convocada para celebrar la soberbia del género humano con un banquete de sangre y atrocidades que elevaron el sinsentido de la perpetuación de la especie humana hasta sus más altas cotas.

Y con las humillaciones posteriores a las firmas de paz en una galería llena de espejos construida para inmortalizar el poder de un orden con los pies de barro, la semilla de otra barbarie comenzó a crecer a la sombra de unos años prósperos en los que se firmaron acuerdos entre naciones para evitar que volviera a repetirse otra confrontación a gran escala.

Pero la semilla echó raíces y la mala hierba se extendió de nuevo pocos años antes de mediar el siglo veinte, ofreciendo una oportunidad a la Muerte para que barriera el mundo con la guadaña con la que la imaginaban los hombres.

Tomás vivió aquellos años poniendo a prueba el escepticismo y el cinismo que había cultivado para protegerse, y cuando no fue suficiente, combatiendo en primera línea del frente junto a hombres desesperados que se esforzaban por encontrar un sentido al sacrificio de entregar su vida en el lodazal insalubre de las trincheras para que otros movieran piezas que representaban cientos de miles como ellos, arrastrándolas sobre mesas de mármol en retaguardia con una copa de vino en la mano, rindió la fortaleza y rescató el alma que creía perdida para poder entregarla como tributo en memoria de los caídos que nunca volverían a casa.

Se hizo vulnerable por voluntad propia, y solo así pudo experimentar, junto al miedo y al dolor, junto a la desesperación absoluta, la faceta más sorprendente de la naturaleza humana, pues con la noche cerrada todavía, en medio de las circunstancias más adversas, surgía indefectiblemente el *resplandor de la fe, la fortaleza de la misericordia y la fuerza del valor desplegándose en la oscuridad como cometas centelleantes que alumbraban fugazmente las sombras.*

Y después de seis años, cuando los muertos yacían bajo fosas comunes y los vivos se remendaban el cuerpo y la memoria para seguir viviendo, Tomás retornó a la tierra donde había nacido para retomar el extremo del hilo que juró no abandonar cuando salió de la gruta rumbo a lo desconocido acompañado por Blanca y por una loba con una mancha blanca alrededor del ojo.

Así fue como llegó hasta la biblioteca donde esperaría a Leyre con los ojos remendados de niebla y el alma rota.

Ella era una de las descendientes de Blanca, huérfana desde los seis años al morir sus padres en un accidente de tráfico. Desde entonces estuvo bajo la tutela de Eugenia, una tía abuela por parte de madre con incontables títulos nobiliarios, viuda y excéntrica, que la había tomado por hija en contra de los deseos de la familia paterna.

Pero Eugenia superaba en influencias y riqueza al resto de la familia de Leyre, de tal manera que la pugna por la niña se redujo a un intercambio de demandas entre abogados de parte que no afectaron lo más mínimo la vida cotidiana que Eugenia creó para Leyre.

Profundamente culta, de un carácter extremo que solo suavizaba para su sobrina-nieta, su única familia entonces, procuró a Leyre una educación exquisita y unos hábitos férreos para apuntalar la determinación y la independencia que había intuido en ella desde que llegó a su casa.

Y Leyre aprendió de su mano, sin vacilaciones, a llevar las riendas de su herencia y de su futuro en una época en la que, por ser mujer, debían aceptarse y acatarse las convicciones impuestas por los hombres.

Eugenia se preocupó de que Leyre tuviera una formación sólida sin salir de su entorno. Le procuró tutores que le enseñaron las disciplinas al uso para continuar estudios superiores, además de música, idiomas, literatura rusa e inglesa, equitación, esgrima y artes marciales, de modo que cuando se incorporó a un colegio religioso para estudiar bachiller, tuvo que refrenar su ingenio y sus aptitudes para adaptarse al nivel del resto de las muchachas que estudiaban con ella.

Eugenia también le había transmitido su afición por los libros, pues Leyre pronto descubrió que la lectura era la clave que hacía encajar las piezas de la bóveda bajo la que se refugiaba su tía-abuela, una mujer solitaria y aventurera, inteligente y ambiciosa, a la que le estaba vedada la clase de vida que ella habría elegido de no ser quien era.

Los libros eran los sillares cóncavos que apuntalaban la piedra clave de la bóveda gótica para que no se derrumbara el edificio que sostenía a Eugenia Peñalver, con varios marquesados y un condado a cuestas. El único motivo por el que había aceptado un matrimonio impuesto y una vida sin hijos mientras se sometía a la tiranía de las apariencias, porque Eugenia cumplía religiosamente con sus obligaciones sociales mientras devoraba ávidamente el contenido de una extensa biblioteca que ella no había dejado de ampliar, su verdadera casa, el laboratorio, como le gustaba llamarla, para experimentar todo lo que le estaba vedado por las circunstancias impuestas.

Cuando Leyre llegó a su casa con seis años, Eugenia le abrió los brazos y le proporcionó todo el cariño y la ternura de los que fue capaz, intentando compensar el golpe de mano que acababa de asestarle el destino y esforzándose siempre por complacerla sin malcriarla, tratándola como a una adulta para no caer en la tentación de compadecerla como a una niña.

Por eso a Leyre le costaba tanto superponer la faceta amable y sensible que Eugenia mostraba solo para ella, con el despotismo y la intransigencia que desplegaba en su imagen pública.

Lo aceptó como parte de la singularidad con la que vivía a diario, intuyendo que la cara amable era la auténtica, pues aprendió que antes se podían fingir la tiranía y la rigidez con las que Eugenia se defendía en un mundo de hombres, que la humanidad y la delicadeza que desplegaba todos los días para ella.

Leyre lo aceptó igual que luego terminaría entendiendo la dualidad entre lo privado y lo público acaparando todas las facetas de la vida, equilibrando en la balanza el peso de las obligaciones y los deseos para no perder la esencia. Lo oculto y lo expuesto ante la mirada ajena, porque lo interesante del contraste de la luz y la oscuridad para Eugenia no eran los valores absolutos, sino los instantes en los que, al amanecer y al ponerse el sol, la claridad se mixtura en el horizonte con las sombras en un resplandor tenue en el que todo es relativo y todas las posibilidades están abiertas.

Y siguiendo esa filosofía, Leyre no se extrañó cuando, al cumplir doce años, Eugenia y ella iniciaron un viaje que las llevó a recorrer parajes agrestes perdidos entre montañas, acompañadas por un reducido séquito de sirvientes. Se establecieron durante unas semanas en el parador de Gredos y desde allí hicieron excursiones que las llevaron a pernoctar cerca de la cima de los picos más altos.

Leyre no había visto nunca tanta belleza como en aquellos cielos limpios que se tornasolaban con las primeras luces sobre el silencio del campo en penumbra, ni había escuchado antes la sinfonía de la naturaleza mientras hacían noche al raso bajo un firmamento cuajado de estrellas.

Eugenia le dijo por toda explicación que necesitaba conocer de primera mano el verdadero sentir de la naturaleza, aprender a conectarse con ella para poder encontrarse a sí misma. Leyre escuchaba y asentía, pues estaba descubriendo un placer inexplicable en la sencillez de aquella vida, en el dolor de los músculos y el zarpazo del hambre cuando cercaban un hogar con cantos rodados para preparar la comida en un caldero puesto al fuego durante varias horas.

Después de tres semanas dejaron el parador y siguieron bordeando las cumbres nevadas mientras la primavera cedía ante un verano fresco sin el calor sofocante de la meseta. Se hospedaron en posadas y en casas particulares que ya tenían apalabradas de antemano, y en una de aquellas etapas llegaron a lomos de una recua de mulas hasta una pequeña aldea perdida en la sierra de Tormantos.

Hicieron noche en una alquería, y antes de salir el sol, un anciano las estaba esperando para conducirlas por veredas imposibles que los internarían en lo más profundo de la cadena de montañas bañadas por la luz de la luna.

Las veredas se perdían garganta arriba, y llegó un momento en el que tuvieron que bajar de las monturas y llevarlas de la brida para poder seguir el curso de las aguas que se atropellaban bajo una nebulosa de gotas transfiguradas por los primeros rayos de sol.

La sierra despertó bajo una cortina violácea y la luz se derramó desde el este descendiendo entre laderas escarpadas cuando el serrano se desvió y se internó en un valle cubierto de castaños en el que se abría la boca de una gruta. Allí ató las monturas para que pastaran, y Eugenia y Leyre se adelantaron hasta la entrada de la cueva semioculta por la vegetación que la rodeaba.

El suelo era firme y la claridad suficiente para avanzar en aquel laberinto excavado en la roca. Eugenia se apoyaba en Leyre, que caminaba sin cuestionar la decisión de su tía, aunque la penumbra se espesara a cada paso. Avanzaron despacio y en silencio, hasta que, sin previo aviso, el camino se abrió a una sala inmensa con una laguna en el centro sobre la que se reflejaban los haces de luz cenital que entraban a raudales por un orificio abierto en el techo.

Leyre se deslumbró con los reflejos luminosos de las ondas de agua proyectadas sobre las paredes, dotándolas de apariencia líquida, tal como si fueran las compuertas de un acuario.

Eugenia la condujo hasta un promontorio que se adelantaba sobre el agua desde el que pudieron abarcar los límites de la sala excavada en la roca. Y fue entonces, observando aquel lugar insólito y oculto en las entrañas de la tierra, cuando el corazón de Leyre estuvo a punto de salírsele del pecho al escuchar a su espalda el gruñido inconfundible de los lobos.

IV

Trinidad se suicidó dos días después de que la trasladaran a la planta de psiquiatría. Le hicieron la autopsia y oficiaron una misa funeral en la capilla del hospital antes de enterrarla en un nicho humilde cerca de su madre, con una lápida sencilla en la que tan solo aparecían el nombre y las fechas del nacimiento y de su muerte, tal y como ella lo había dejado dispuesto en una breve nota que habían encontrado junto a su cadáver.

Sus compañeros ayudaron a su familia más cercana, una hermana y varios sobrinos, a que se cumplieran los últimos deseos de Trinidad, puesto que el marido y el hijo estaban detenidos como consecuencia de la denuncia que el hospital había interpuesto contra ellos.

Nadie de la planta quiso faltar al funeral. Cambiaron turnos y reorganizaron el trabajo para acompañar en su último viaje a la mujer a la que no habían sabido proteger del infierno que la asfixiaba cada día mientras se ahogaba en una dosis de veneno insuficiente para volverla inmune.

Amaya acudió en cuanto supo la noticia. Amelia la acompañó hasta el depósito después de que hubieran practicado la autopsia al cadáver de Trinidad, y la dejó a solas con ella unos instantes antes de que se llevaran el cuerpo, el tiempo suficiente para que Amaya depositara bajo su lengua la moneda de plata con la que pagar a Caronte el viaje por el río hasta el mundo de los muertos.

Cuando Amaya salió del depósito habían pasado muchas horas desde que Trinidad se había quitado la vida, pero ella todavía recordaba con nitidez el sonido de su voz suplicándole un óbolo. Sin óbolo no había descanso, y ahora, apretando el suyo en el bolsillo de la chaqueta de punto, solo le quedaba aguardar el momento de situarse en la orilla esperando su turno.

Amaya se alejó con Amelia por el pasillo en dirección a la planta de oncología. Le habían dado el alta después de finalizar el tratamiento de quimioterapia, pero seguía acudiendo todas las tardes a la habitación de Leyre para leer las últimas páginas del libro de cuero junto al resto de náufragos que se reunían en torno a la cama hasta que la luz tardía de finales de abril señalaba el final de la visita.

Esa tarde, Tiago sostuvo el libro entre sus manos y se dispuso a concluir la lectura.

El aire en la habitación se volvió liviano, aunque oliera a húmedo, y reptó sobre las baldosas haciéndolas desaparecer hasta quedarlos suspendidos en una posición cenital sobre la escena que se desarrollaba en la gruta.

Eugenia se volvió despacio obligando a girarse también a Leyre, que permanecía rígida e inmóvil.

Una loba de color canela se había situado frente a ellas, adelantada sobre la posición de tres lobeznos grises.

Eugenia tomó de la mano a Leyre con el semblante iluminado por una repentina sonrisa. Parecía llena de energía mientras observaba a la loba, como si hubiera descargado de sus articulaciones el peso acumulado en ellas durante varias décadas.

Leyre le apretó la mano cuando el miedo volvió a paralizarla frente a la loba.

—No te hará daño. Confía en mí.

Pero ella no podía creerlo. Estaban solas en una gruta excavada en lo más profundo de la sierra, frente a cuatro lobos que les cerraban el paso. Ni siquiera el viejo podría ayudarlas en el remoto caso de que pudiese oír sus gritos.

Leyre no entendía la tranquilidad que mostraba Eugenia, y pensó fugazmente que el desconcierto y el pánico habían desconectado el cerebro de su tía haciéndola vivir otra realidad distinta.

La loba se adelantó hasta situarse a tan solo unos pasos de Eugenia, que se inclinó y extendió el brazo para acariciarle la cabeza a la vez que la miraba a los ojos.

A Leyre le recorrió por la espalda un escalofrío que le alcanzó la nuca y le hizo estremecerse. Eugenia lo percibió y se volvió hacia ella con dulzura, y entonces Leyre pudo apreciar alrededor de su cuello el contorno de tres tabas engarzadas en cuero.

Las había visto antes, guardadas en la cómoda de Eugenia cuando no las llevaba bajo la ropa. Leyre las creía una excentricidad más de su tía-abuela, un amuleto que quizá fuese el regalo de alguno de los viajeros con los que solía departir varias veces al año en las reuniones de la Sociedad Geográfica a la que beneficiaba regularmente con sus aportaciones económicas, aunque ahora, en la penumbra de aquella gruta, a Leyre aquellos huesos le parecían indisolubles de la escena incomprensible que se desarrollaba ante sus ojos.

—*Tú también formas parte de esto.*

Leyre miró a su tía mientras sentía la proximidad de la loba, sin comprender todavía el propósito ni la finalidad de aquel encuentro.

Hasta ese momento había seguido a su mentora sin cuestionar ninguna de sus decisiones, y la única certeza que atesoraba en el mundo a sus pocos años era la lealtad incondicional a la mujer que le había hecho ser quien era sin imposiciones, respetando su individualidad y dosificando sabiamente su respuesta a la necesidad de afecto con la que había llegado a su casa, sin pedir nada a cambio. No había nadie en el mundo en el que Leyre confiara tanto como confiaba en Eugenia, nadie por el que hubiera puesto la mano en el fuego con los ojos cerrados como hubiera hecho por ella, nadie comparable a aquella mujer que ahora soltaba su mano para desatar el collar de tabas que llevaba alrededor del cuello.

—*Es tuyo de ahora en adelante. Cuídalo bien. En su momento tendrás que traspasarlo a una mujer de tu sangre, como yo estoy haciendo ahora.*

Leyre miró desconcertada la mano extendida de Eugenia con el collar de tabas sobre la palma.

—Antes de convertirte en portadora tienes que saber lo que lleva implícito, aunque la voluntad de aceptarlo o rechazarlo no es una opción que te corresponda, porque es el collar el que elige a quien ha de llevarlo.

Eugenia hablaba en susurros a Leyre, disfrutando del momento como si no estuviera cortado el camino de vuelta ni estuvieran expuestas a las dentelladas de los lobos. Hablaba como si aquella gruta fuera su hogar y los lobos su familia. Exactamente como si se hubiera vuelto loca.

Leyre fue a mover los labios para protestar, pero antes cruzó la mirada con la loba, y lo que vio en sus ojos la desconcertó tanto que mantuvo la boca cerrada.

Alargó la mano y sostuvo el collar de cuero con los huesos gastados, mientras Eugenia le contaba lo que llevaba implícito, que no era otra cosa que trasmitirlo a una mujer de su sangre cuando llegara el momento. Lo demás vendría a su tiempo. No necesitaba saber más, excepto, le dijo, que desde entonces estaría protegida por los lobos.

Leyre desvió la mirada de Eugenia y la fijó en los ojos ámbar de la loba, que la observaban hipnóticos, como si detrás de ellos se escondiera el sino que mueve los hilos del mundo. Los lobos grises se acercaron a ella y la rodearon para olfatearla a la vez que Eugenia retrocedía para dejarles paso.

Salieron de la gruta con el sol alto sobre las montañas, y encontraron al viejo sentado con la espalda apoyada en el tronco de un castaño junto al agua, con una brizna de hierba en los labios y rodeado por las mulas que pacían a su alrededor bajo una nebulosa de insectos.

Leyre pensó mientras deshacían el camino por un sendero estrecho que descendía bordeando el cauce de agua y les obligaba a ir a pie en fila de a uno llevando a las bestias de las bridas, en lo que había sucedido en la gruta, sin ser capaz de sobreponerlo al esplendor que estallaba a su alrededor e inundaba las cumbres de la sierra aquella soberbia mañana de mayo.

Volvieron a la alquería y descansaron el resto del día antes de continuar viaje a la mañana siguiente. Los serranos se desvivían por atenderlas por dondequiera que pasaban, y Eugenia sabía recompensarlos sobradamente antes de marcharse. Tan solo hicieron una noche más al raso, en una plataforma que se abría como un circo imponente entre cumbres donde se deshacían los neveros.

Montaron el campamento cuando caía la tarde, y Estanislao, confesor y amigo de Eugenia desde la infancia que se había unido a ellas dos días antes aprovechando una visita a España que interrumpía su trabajo en el Vaticano, ofició misa en un repecho bajo la bóveda celeste iluminada por la última claridad que tintaba el horizonte con un manto violáceo sobre el que despuntaba la primera estrella, sumergiendo los inmensos espacios abiertos en un resplandor tenue en el que todo era posible.

La voz del sacerdote se alzó limpia sobre el canto omnipresente del agua y el sonido de los pájaros al recogerse ante el inminente avance de las sombras. Los ruidos del campo se apagaron, y Leyre tuvo conciencia entonces del instinto que la conectaba con la naturaleza.

Cenaron alrededor del fuego y se retiraron a descansar en las cinco tiendas que habían levantado formando un círculo, y Leyre se durmió acunada por el sonido del agua y por el aullido lejano de los lobos, sin tener conciencia al despertar, cuando los primeros rayos de sol inundaron de luz el interior de la tienda, de la amplitud de los espacios inmensos que había recorrido esa noche junto a la manada mientras sorteaban precipicios y cruzaban gargantas de aguas salvajes que se precipitaban entre las grietas de las montañas.

No tuvo conciencia, ni la tendría hasta que no agonizara en una cama de hospital custodiada por la Muerte, de los sonidos imperceptibles para el oído humano que escuchó esa noche, ni de los miles de olores que llegaban hasta ella mientras cortaba el aire a la carrera seguida por los lobos. No fue hasta mucho tiempo después, cuando tocaba la Muerte con las manos si extendía el *brazo perforado por la serpiente incolora, cuando se despertaron en algún lugar de su conciencia los recuerdos de muchas otras noches como aquella, una vida paralela y salvaje regida por instintos primarios, una existencia libre e indómita de la que por la mañana no quedaba rastro en la memoria.*

Después de aquel viaje la vida siguió igual para Eugenia y para ella. Las dos volvieron a la rutina y Leyre siguió formándose académicamente como parte de la estrategia que Eugenia había concebido para equilibrar el peso del collar de tabas, sabiendo, como sabía, que, a partir de la experiencia en la gruta, Leyre estaba conectada irremediablemente al latido de los lobos y debía aprender a dominar los instintos con la templanza de una formación sólida.

De modo que, cuando Leyre llegó una tarde de mediados de octubre, con dieciocho años recién cumplidos, a la biblioteca de la Facultad de Letras, la razón prevaleció sobre los instintos, tal y como esperaba Eugenia. De esta manera Leyre no fue capaz de recordar al muchacho que leía bajo el foco de luz natural que entraba por la ventana, como tampoco recordaba cada mañana, al despertar, quién era ella.

Tomás llevaba esperándola mucho tiempo para continuar con la labor a la que se dedicaba desde hacía varios siglos, entrando y saliendo de la vida de las portadoras de tabas para proteger la sangre de Laura y de Catalina.

Había estado en contacto con Eugenia desde siempre, eran viejos amigos, y había visto a Leyre en su casa cuando llegó siendo una niña.

Tomás frecuentaba la compañía de Eugenia a través de los encuentros en la Sociedad Geográfica, porque él seguía siendo un viajero incansable que continuaba recorriendo el mundo para evitar que su eterna juventud lo delatara. Eugenia sabía quién era él, lo había sabido desde los primeros encuentros, porque su inteligencia y perspicacia, la intuición certera que no le había fallado nunca, le hizo entender desde el principio que a Tomás y a ella los unía algo más que la casualidad de un encuentro fortuito.

Tomás se rindió ante Eugenia de una forma diferente a cómo se rendiría después ante Leyre, y le confió su historia después de asegurarse de su inquebrantable lealtad y su extraordinaria calidad humana. Lo hizo para no perderla, porque después del primer encuentro, Tomás entendió que Eugenia era una mujer excepcional atrapada por las convenciones sociales impuestas a su clase, asfixiada por una sociedad de hombres, intuyendo a tiempo que la sangre salvaje que corría por sus venas y su extrema sensibilidad e inteligencia la acabarían incapacitando para adaptarse a la clase de vida que los demás esperaban de ella.

Se propuso ayudarla como había hecho en otras ocasiones con las que la habían precedido portando las tabas, pero esta vez fue diferente, porque al ayudar a Eugenia, Tomás sintió que se estaba ayudando a sí mismo. Comenzó así una relación epistolar intensa con el único propósito de proporcionar a Eugenia una salida a las contradicciones de una vida elegida por otros después de un matrimonio impuesto para fortalecer el poder de su familia.

Las cartas comenzaron a llegar de todo el mundo encajadas entre las páginas de los libros que Tomás seleccionaba para ella desde librerías de París, Roma, Londres, Nueva York, El Cairo o Viena. Así mantuvieron el contacto permanente, aunque estuvieran a miles de kilómetros de distancia. En los paquetes cabían todos los paisajes de la tierra que Tomás recorría incansablemente como un nómada, descripciones, fotografías de lugares, catálogos de obras de arte, imágenes de indumentarias de tribus desconocidas, objetos extraños, reseñas en prensa con acontecimientos relevantes y narraciones con las historias que él inventaba cada noche para entretener a la mujer de vidrio.

Solo así pudo sobrellevar Eugenia la vida que le había tocado en suerte, la vida incompatible con la extrema sensibilidad que la incapacitaba para adaptarse a la mediocridad y la soberbia que la rodeaban, hasta que aprendió a vivir a través de los libros creando la máscara de seguridad y despotismo con la que ató firmemente las riendas para gestionar sus obligaciones y sus muchos títulos.

Los libros los unieron, y después Eugenia quiso lo mismo para Leyre, pues no podía imaginar un salvoconducto más seguro para ella, de modo que la tarde que Leyre llegó a la biblioteca de la Facultad de Letras, poseía una base lo suficientemente sólida y una mente lo suficientemente abierta como para aceptar lo que Tomás tuviera que ofrecerle.

V

Hilario Expósito volvió al hospital cuarenta y cuatro años, seis meses y tres días después de que su madre adolescente lo entregara envuelto en una manta de lana a los pocos minutos de parirlo. Tres meses después de haberla asaltado en la habitación doscientos treinta y tres para escupir todo lo que había acumulado para ella durante aquellos años.

Amelia lo encontró una tarde en el parque que quedaba frente a la puerta lateral del edificio, sentado en un banco detrás de unos parterres, a salvo de las miradas de los guardias de seguridad que ya le habían impedido el paso varias veces después de reducirlo en la habitación de Amaya.

Amelia lo vio cuando accedía desde el parking reservado para el personal del centro. Su primera reacción fue apartar la mirada y seguir caminando, pues Hilario se había encogido en el banco para pasar desapercibido cuando la reconoció en la distancia, pero, inexplicablemente, Amelia ralentizó el paso hasta detenerse antes de llegar a la puerta. Sabía que no era nadie para acercarse a él y recordaba de sobra su comportamiento agresivo, pero también se acordaba de su estampa maltrecha y del desamparo sobre los ojos húmedos frente a la puerta que lo separaba de su madre, del desconcierto mojándole el pelo atusado, de la barba limpia y la soledad escondida entre las ropas holgadas que apenas le rozaban el cuerpo.

Se quedó parada unos instantes luchando contra el impulso súbito de girarse en dirección al parque para acudir a su encuentro, repitiéndose que aquel muchacho estaba condenado desde que era niño, que era imposible cambiarlo a estas alturas, que no tenía futuro, y se obligó a emitir las órdenes oportunas a sus extremidades inferiores para que la llevasen hasta la puerta del hospital sin desviar la mirada, aferrándose al dicho de que el corazón no siente cuando los ojos no observan.

Pero sus piernas no respondieron a las órdenes que repetía su cabeza, e inexplicablemente la llevaron hasta el banco en el que Hilario estaba sentado con la vista clavada en el suelo, inclinado hacia delante con las manos cruzadas sosteniendo un cigarro apagado entre los dedos.

Amelia se paró frente a él mientras enredaba las asas de un bolso de mano. Él seguía sin levantar los ojos, aunque ella estuviera tan cerca del banco que sus pies se situaban dentro del campo de visión de Hilario.

Un minuto, quizá dos. Luego las palabras brotaron sin querer, autónomas, tal y como antes habían actuado sus piernas.

–¿Vienes a ver a tu madre?

Él levantó la vista despacio hasta fijarla en ella con gesto ausente. Estaba más demacrado que la vez anterior, y llevaba el pelo y la barba descuidados. Vestía una camiseta y unos pantalones oscuros y raídos que no conseguían rozar su cuerpo escuálido. Un armazón de huesos y pellejo, pensó Amelia. Y recordó el poema de Gustavo Adolfo Bécquer que había aprendido de memoria porque era el preferido del primer novio que tuvo, un muchacho excéntrico y depresivo a caballo entre la heroína y el culto a la Muerte.

–No. –Tenía la voz grave y profunda, impropia de un hombre con aquel aspecto.

Amelia jugó una vez más con las asas del bolso entre las manos, y luego se sentó junto a él en un acto reflejo que su cabeza no había anticipado.

Él no cambió la postura ni pareció inmutarse con la cercanía de Amelia.

–¿Tienes alguien más en el hospital?

–Yo no tengo a nadie. –La voz podría haber hipnotizado a la audiencia de un programa radiofónico de madrugada.

Amelia se colocó el bolso sobre las rodillas.

Tres minutos. Quizá cuatro.

Amelia se levantó del banco y observó la puerta del hospital.

—Llego tarde.

Echó a caminar, pero antes de alejarse, sin volver la cabeza, zanjó el propósito que la había llevado hasta allí sin ella saberlo.

—Puedes contar conmigo para ayudarte en lo que esté en mi mano.

Luego traspasó la puerta del hospital como quien se pone a salvo tras las murallas de un castillo, sin ser consciente de que el enemigo se apostaba dentro, juzgando a un maleante y a un drogadicto sentado en el parque que Amelia acababa de dejar atrás sin volver la cabeza.

El vínculo entre Tomás y Leyre se fue fortaleciendo a medida que ella comprendía quién era él y vislumbraba la verdadera naturaleza del nexo que los unía.

Y para cuando Leyre se dio cuenta de que Tomás no era el muchacho del que ella se había enamorado desde el primer día que lo vio en la biblioteca, cuando comprendió la carga que llevaba a cuestas y la insondable soledad que lo aislaba del mundo como un campo de fuerza infranqueable, quitándose la venda de los ojos para verlo con la perspectiva que Eugenia le había enseñado a cultivar por encima de los convencionalismos, Leyre tuvo que reconocerse a sí misma que ya era demasiado tarde.

Lo quería. Lo amaba con lealtad y sin condiciones, y estaba dispuesta a aceptar que aquel muchacho que aparentaba poco más de veinte años a pesar de llevar cuatro siglos vagando por el mundo, era alguien curtido y experimentado al que ella no podría deslumbrar nunca con fuegos de artificio por mucho que se lo propusiera.

Y a partir de ahí, en su desesperación, adoptó la única estrategia posible, la misma que le había enseñado Eugenia con el ejemplo tantas veces, escudarse detrás de la humildad y el tesón como única manera de seguir avanzando.

Durante aquellos años de universidad, Tomás no fue receptivo a los sentimientos de Leyre, ni ella fue capaz de penetrar en el círculo de sombras que lo rodeaban blindándolo contra sentimentalismos, pero no por ello dejó Leyre de intentarlo un solo día.

Estudiaron juntos la carrera sin que la situación variara significativamente. Él desaparecía durante algunas temporadas y ella lo esperaba escribiendo y escudándose en la rutina, frecuentando la biblioteca por las tardes.

Lo único que cambió durante aquellos años fue la relación con los bibliotecarios. La compañía de Tomás había proporcionado a Leyre un salvoconducto a través de las trincheras, de tal manera que, aun no estando Tomás, ella consiguió diferenciarse del trato que recibían el resto de penitentes.

Y en el último año de carrera, al terminar de escribir el libro de cuero, Tomás le sugirió que lo depositara en el fondo de libros de la biblioteca de donde un día había salido.

Leyre no había pensado nunca que las historias que había escrito de puño y letra, las narraciones aparentemente inconexas que entrelazaban la crónica de las tabas con la del cofre de madera de ciprés cincelado con el emblema del escudo de armas del rey cobarde, pudieran interesar a nadie más que a ella y a quien se las había contado para entretener a la mujer de vidrio.

Recordó entonces los libros que Doña Engracia le había entregado los primeros meses sin que ella los hubiera solicitado previamente, los mensajes escondidos entre sus páginas, la amplitud del horizonte que se había desplegado ante sus ojos al recorrer el camino que alguien había trazado para ella, las hermosas mercancías que había adquirido desde entonces en los emporios de Fenicia. Nácar y coral, ámbar y ébano.

Trazó mentalmente la ruta hasta las ciudades egipcias para aprender de sus sabios y sonrió evocando los gigantes de barro que se deshacían antes de nombrarlos si no se llevaban dentro del alma, porque en aquellos libros había encontrado Leyre el apoyo para seguir avanzando.

Pide que el camino sea largo. Leyre comprendió que el camino de Tomás era infinito, como también lo era la carga, y decidió no estorbar si no podía ayudarlo, aunque tuviera que mantenerse en un segundo plano.

De modo que una tarde de abril, a las ocho menos veinte, depositó sobre el mostrador de la biblioteca el libro de cuero escrito de su puño y letra.

Doña Engracia lo cogió sin prestarle atención aparente, tan solo deslizó un momento sus ojos dorados sobre el círculo de plata, y luego lo depositó sobre la pila de libros devueltos.

Leyre se mantuvo inmóvil ante el mostrador unos instantes, indecisa, esperando tal vez que la mujer le solicitara una explicación o le exigiera algún trámite. Pero Doña Engracia no se inmutó, solamente levantó las cejas y bajó la cabeza para enfocarla por encima de las gafas de cuyos extremos pendía una cadena de plata que descansaba sobre sus hombros.

Leyre fue a abrir la boca, confusa, pero reaccionó a tiempo y se giró dándole la espalda, sin advertir, cuando salía de la biblioteca a las ocho menos cuarto, cómo doña Engracia sostenía complacida el libro de cuero en una mano mientras empujaba con la otra una de las puertas batientes del depósito de libros, dejando atisbar al otro lado, como filtrado a través de un tragaluz, el claroscuro del resplandor tenue que precede al amanecer, cuando todo lo que imaginamos es relativo y todas las posibilidades están abiertas.

El libro de cuero que había escrito Leyre terminaba en el momento en el que Tomás, siendo todavía un leproso, aceptaba el reloj de arena de manos de Martín, y luego presenciaba cómo se estremecía la niña que cargaba entre sus brazos después de nacer muerta; y el libro que Doña Engracia le puso sobre el mostrador de la biblioteca la semana siguiente, junto al ejemplar que ella había solicitado, comenzaba unos años antes, cuando Tomás conoció a Laura en la sierra, la portadora de las tabas que habría de cambiar su destino para siempre, la misma que luego se desangraría en el suelo de la gruta mientras Tomás devolvía el aliento de vida a su hija.

Historias yuxtapuestas, historias enlazadas, la misma historia contada desde tiempos distintos y diferente perspectiva.

El libro tenía horadado en el cuero del lomo un trébol de cuatro hojas que se recortaba sobre la entretela grana de la sobrecubierta. Leyre leyó con avidez las palabras escritas con caligrafía perfecta, sabiendo desde el principio que era él, pues el inicio lo delataba. Un muchacho que narraba para entretener a la Muerte y que advertía de la intemporalidad de las letras de la narración que comenzaba entonces. Se llamaba Tomás y tenía veintiún años desde hacía más de tres siglos.

Había sido un leproso hasta entonces, cuando aceptó el cofre que le proporcionaría la Vida eterna a cambio de entretener a la Muerte, pero su verdadera historia había comenzado dos años antes, cuando conoció a la mujer que cambiaría su destino para siempre.

Se llamaba Laura.

Leyre sobrevoló las letras con el corazón encogido, sin prestar atención a las agujas del reloj sobre las puertas batientes de la biblioteca.

Se sobresaltó mucho tiempo después, cuando sintió una mano sobre su hombro. Giró la cabeza y levantó los ojos desconcertada. Doña Engracia estaba de pie junto a ella y la biblioteca estaba desierta. Las agujas del reloj de pared marcaban las ocho en punto.

—Lo siento, no me he dado cuenta de la hora.

Los ojos dorados de Doña Engracia observaron la rapidez de movimientos de Leyre al recoger sus cosas. Luego la precedió hasta la puerta.

—Hasta mañana.

La mujer sonrió sin que Leyre lo percibiera.

—Mañana es sábado. Hasta el lunes.

Leyre levantó la mano en señal de despedida y se alejó deprisa por el pasillo. Doña Engracia sabía que Leyre no vería las rosas de los parterres que bordeaban el camino hasta la verja, ni se fijaría en las gotas brillantes de agua que los aspersores dejaban en el césped en penumbra bajo las ramas de las mimosas, ni tampoco escucharía el vuelo estridente de las bandadas de pájaros sobre la ciudad antigua. Doña Engracia sabía que nada de lo que esa tarde de abril sucediera alrededor de la muchacha tendría importancia para ella, pues Leyre seguiría sumergida entre las letras del libro de cuero hasta que sus ojos sobrevolaran la última hoja.

El lunes a las cinco de la tarde, nada más abrir la biblioteca, el libro de cuero reposaba sobre el mostrador de madera. Doña Engracia inclinó la cabeza y levantó la vista sobre la montura de las gafas, pero Leyre ya se dirigía a la mesa donde Tomás solía leer bajo la luz natural que se colaba por la ventana entreabierta.

Esa tarde también estaba sola. Doña Engracia recogió el libro del mostrador y se perdió con él tras las puertas batientes del depósito.

Don Julián atendía a los pocos penitentes que hacían fila frente a las trincheras. Las mesas se fueron llenando poco a poco de gente y la tarde transcurrió tranquila y apacible para Leyre, concentrada en el manual de historia que tenía delante, aunque tardara una eternidad entera en pasar las hojas.

De modo que, a las ocho menos cuarto, cuando se levantó para devolver el libro sin haber tomado ninguna nota, sabía exactamente en qué baldosa se hallaba situada en el tablero de ajedrez en el que la Muerte, la Vida y la Suerte jugaban la partida desde hacía mucho tiempo.

Sabía quién era ella y los movimientos que le estaban permitidos, y había calculado las jugadas precisas para ganar limpiamente, porque durante las cuarenta y ocho horas que le había llevado la lectura completa del libro de cuero, multitud de ideas contradictorias habían surcado su cabeza hasta acabar de encajar unas con otras cuando leyó la última hoja escrita por Tomás de su puño y letra.

Las últimas palabras habían sido para ella. Tomás describía su entrada en la biblioteca el 15 de octubre de 1958 aludiendo a la rima número treinta y dos de Bécquer "Pasaba arrolladora en su hermosura y el paso la dejé, ni aun a mirarla me volví y, no obstante, algo en mi oído susurró: Esa es".

Hasta ese momento Leyre creía que nunca podría competir con el amor que Tomás había sentido por Laura, la mujer que llevaba cuatrocientos años enterrada en la cima de la sierra, pero las últimas palabras de Tomás en aquel libro describían la vorágine de sentimientos que Leyre había despertado en él desde el primer momento, a pesar de haberse blindado con una coraza de acero para no confesarse a sí mismo que llevaba esperando a Leyre mucho tiempo.

Ella no era como Laura, pero la respuesta que provocó en el leproso que aún sentía la mordedura de la carne putrefacta, fue idéntica. Tomás se sintió al verla como el muchacho que escondía la cara y los muñones para no causarle repugnancia, y volvió a atisbar de nuevo, con el libro que describía el infierno de Dante entre las manos, la esquina del paraíso que sabía que nunca alcanzaría sin ella.

Así había sabido Leyre que Tomás la estaba esperando el día que se cruzaron en la biblioteca, y que había seguido cada uno de sus movimientos cuando se sentó en su misma mesa y colgó su cartera en el respaldo de la silla antes de dirigirse al mostrador de préstamos. La observó sin poder creer todavía que había vuelto a encontrar el imán que le fijaba el norte y restablecía el equilibrio reflejándolo en los ojos de Leyre, y el mundo volvió a adquirir otra vez, cuatrocientos años después, dimensiones épicas.

La primera noche que la acompañó a casa después de cederle el libro de Carmen Laforet, Tomás bebió la brisa que traía el olor de su pelo a la vez que imaginaba sus brazos alrededor de Leyre, y las calles oscuras y húmedas de la ciudad antigua se le antojaron esa noche el universo entero. Y otra vez fue incapaz de imaginar un golpe más certero e inesperado del destino, tanto que, a partir del día que la vio entrar en la biblioteca, aprendió a bendecir la maldición del cofre solo por ser la causa de que él hubiera podido llegar hasta ella.

Una decena de hojas permanecían en blanco después de que Tomás escribiera la última reflexión:

"Esta vez no podré sobrevivirla. No sé dónde se producirá, cómo ni cuándo, pero ahora sé que el final está cerca".

VI

"El final está cerca". La voz de Tiago se apagó cuando la caligrafía y la estructura de los párrafos, incluso la tinta, cambiaron por completo después de una hoja en blanco.

Levantó la vista y miró a Leyre, que parecía dormitar tranquila bajo la atenta mirada de la Muerte apostada en el cabecero de la cama. Luego rozó inconscientemente el pelaje de la loba de ojos dorados y cerró el libro sobre los dedos de su mano derecha.

Amaya se levantó con dificultad y se acercó a él. Tiago le tendió el libro manteniendo la marca de la lectura, y luego se cruzó de brazos y se recogió en la silla sobre sí mismo. Escéptico, pensó Fernando desde el otro lado de la habitación, intuyendo la lucha interior que libraba Tiago solamente por el hecho de estar allí sentado. Las contradicciones son lo único que nos hacen humanos. Fernando lo sabía, pero no intuía hasta qué punto lo aceptaba la mente analítica y rígida de Tiago.

Ana cogió en un impulso la mano de Leyre cuando Amaya retomó la lectura, y sintió un escalofrío al notar la presión de los dedos de Leyre sobre los suyos.

"Ha muerto. Se lo llevó la Muerte después de que lograra convencerle de que podía hacerlo. Ahora estoy sola y seguiré así mucho tiempo.

Eugenia, mi única familia, ya no está conmigo para darme fuerzas. Murió la primavera pasada sin conocer el sendero trazado sobre arenas movedizas en el tablero de ajedrez al que se ha reducido mi mundo.

Antes de morir pensé pedirle consejo, pero luego comprendí que la batalla era solo mía, porque, a pesar de la fortaleza que aparentaba, Eugenia era una mujer frágil a la que yo debía proteger como ella hizo conmigo cuando me recogió siendo una niña.

El plan se llevó a cabo tal y como acordamos Tomás y yo después de que él me arrancara la promesa de no exponerme nunca.

"Te concederá salvar una vida, no lo aceptes, recuerda que si no pides, no debes. Esa es la única manera de no caer en su trampa. No vuelvas a amar. Si te ablandas, si te doblas, acabarás concediéndole lo que quiere. El secreto está en que no te duela su trabajo. Es la única forma de que nunca le pidas que conceda una nueva oportunidad a alguien que amas."

Recuerdo el sonido de sus palabras mientras yo buceaba el esplendor del estanque de sus ojos verdes. Habíamos hablado muchas veces de ello desde que leí el libro de cuero en el que Tomás había escrito su historia. Todo fue más fácil entre nosotros después de saber que me quería como yo lo amaba a él, incondicionalmente.

Lo difícil fue convencerlo para que me traspasara el reloj de arena que cargaba desde hacía más de cuatrocientos años. Como yo había supuesto, se negó en redondo. Me explicó que podía haberlo hecho muchas veces, pero en el último momento no había sido capaz de dejarlo ni sobre las manos tendidas de sus peores enemigos.

Solo cuando le expliqué el plan que había trazado después de leer el libro que él había escrito de su puño y letra, sentada en la biblioteca sobrevolando con los ojos ciegos las letras de un manual de historia hasta conseguir que encajaran todas las piezas, él comenzó a pensarlo seriamente.

Engañar a la Muerte para conseguir que nos llevara a los dos. Deshacer la maldición del reloj de arena.

Sobre el estanque de sus ojos verdes cruzó por un momento un destello de esperanza. Después volvió a negarse, hasta que yo le expliqué detenidamente como podíamos hacerlo sin exponernos innecesariamente.

Él me escuchó en silencio y luego resumió la jugada maestra, comprendiendo que nunca más volverían a repetirse las condiciones que entonces la hacían posible.

Yo aceptaría el reloj de arena a cambio de nada. No pediría nada a la Muerte en el momento en que Tomás me lo traspasara. La clave estaba en la fórmula con la que se sellaría el trato. Y rotos los términos del acuerdo, ella no podría obligarme a aceptar una eternidad a cambio. No a una portadora de las tabas protegida por la Suerte.

La Muerte no sería capaz de arrebatarle a la Suerte lo que era suyo por derecho, lo vi en los ojos dorados de la loba cuando Eugenia me llevó con doce años a la gruta.

Tomás volvió a pensarlo, pero yo estaba decidida. Segura como no lo había estado nunca. Y lo arrastré conmigo deslizando cera bajo sus pies hasta que destrocé una a una sus defensas.

Él sabía que no volvería a tener otra oportunidad como aquella. Nunca. A menos que dentro de otros cuatrocientos años, él se enamorara de nuevo de una portadora de las tabas que estuviera dispuesta a aceptar el reloj de arena renunciando al amor el resto de lo que le quedara de vida.

Comenzó entonces una etapa en la que él me preparó y me puso a prueba.

Me repitió hasta la saciedad que el reloj de arena no era una oportunidad para nadie. Nunca lo fue. El reloj de arena era un regalo envenenado que solo podía aceptarse por amor incondicional o por inconsciencia. El cofre que lo contenía llevaba grabado el lema del rey cobarde: Vencer o morir, pero el significado original de vencer en el combate para seguir viviendo se transformaba ahora en otro distinto, porque ahora era necesario vencer el sino del reloj de arena para alcanzar la Muerte después de una vida digna.

Tomás sabía por instinto y por experiencia que la existencia que proporcionaba el cofre era una agonía lenta que nada tenía que ver con la Vida, y que la eternidad era solamente el presagio de un final que nunca llega mientras van desapareciendo a tu alrededor los que más quieres, deshumanizándote, sin lograr inmunizarte nunca contra el dolor y la pérdida.

Si no pides, no debes. Le juré que no pediría a la Muerte nada a cambio, le juré que no perpetuaría mi sangre y renunciaría al amor para siempre. En todas sus formas. No recordé entonces que la única obligación de la portadora de las tabas era traspasarlas cuando llegara el momento a una mujer de su sangre, ni estaba cayendo en la cuenta de que para burlar a la Muerte habría de romper el trato que las primeras idénticas sellaron con la Suerte en la gruta.

Porque, en mi inconsciencia, no comprendía las fuerzas a las que me enfrentaba entonces.

Solamente pensé que podía hacerlo, que después de Tomás no me importaría nadie lo suficiente como para poner a prueba el juramento, pero estaba equivocada, porque las contradicciones son lo único que nos hacen humanos.

La noche que Tomás me traspasó el reloj de arena, ocho años después de encontrarnos por primera vez en la biblioteca, yo acababa de saber que estaba embarazada.

Él ni siquiera había considerado esa posibilidad. Yo tampoco, porque desbarataba la hoja de ruta que habíamos planeado hasta en los detalles más nimios, obviando, cegados por alcanzar el objetivo, que el amor que nos había llevado hasta allí podía ser también la causa que frustrase nuestros planes.

Decidí seguir hacia adelante. Con todo. Sellé los labios y silencié las dudas que me golpeaban entre las sienes insistentemente. Sabía que no podía tener a la criatura, porque había jurado no perpetuar mi sangre y renunciar al amor para no tener a nadie por quién suplicar a la Muerte cuando llegara el momento.

Si Tomás hubiera sabido que esperábamos un hijo, nunca me hubiera traspasado el cofre. Hubiera preferido seguir cuidando de la sangre de las tabas sabiendo que también era su sangre. Hubiera visto morir a sus descendientes mientras le contaba historias a la misma que se los llevaba, atrapado en el juego permanente del trato que sellaron la Vida y la Suerte para contentar a la mujer de vidrio.

"*Si te ablandas, si te doblas, acabarás concediéndole lo que quiere. Que no te duela su trabajo.*"

Los consejos de Tomás estallaban en mi cabeza la noche que me traspasó el cofre, cuando la mujer de vidrio se materializó ante mí para que yo pronunciara las palabras exactas que me permitirían esquivar la maldición del reloj que llevaba dentro.

"*Mi palabra detenida en este reloj de arena a cambio de la promesa que le hiciste a Onofre cuando era niño*".

—*Elige, dime quién* —dijo la Muerte observándome a través del vidrio de sus ojos rasgados, obviando la fórmula que yo acababa de utilizar para sellar el trato. Era tal y como él me la había descrito. Hermosa, estilizada y elegante, cautivadora de no ser quien era, con una expresión dulce y serena que contradecía la frialdad de su mirada.

—*No tengo a nadie* —contesté, pero la Muerte no me escuchaba.

—*Encuentra a alguien, ese es el trato. Yo siempre cumplo mis promesas.*

Los movimientos sobre el tablero acababan de cercar a Muerte. Esa noche de luna creciente, ella solo tenía ojos para Tomás, y entonces comprendí que había caído en la trampa como habíamos caído todos los que nos habíamos cruzado con él en el camino. Invariablemente habíamos sucumbido ante el hechizo hipnótico del muchacho leproso que había sido abandonado en lo más profundo de la sierra por la misma que lo había parido.

Solo entonces caí en la cuenta, como una revelación terminante y certera, de que todos y cada uno de los que habíamos aceptado el cofre éramos huérfanos. Onofre, Martín, Tomás y yo, y no quise imaginar que fuera condición sine qua non para cerrar el trato, porque entonces yo estaba engañando a la última a la que nombraría cuando exhalara el último aliento.

El hecho de ser mujer y portar el collar de tabas eran lo único que me diferenciaba de ellos, e intuí que todos estábamos destinados a amar y a odiar a un tiempo a la mujer que nos recogería en su regazo cuando ya no nos quedara nada que perder sobre la faz de la tierra.

Y cuando al fin pude ver los vidrios encendidos con el resplandor de la luz de la tarde centelleando sobre el pelo cobrizo de una muchacha muy semejante a mí que se aupaba hasta un repecho de la sierra para encontrarse con un leproso, comprendí que era demasiado tarde para echarse atrás y salvar lo que llevaba en mi vientre.

Tomás soltó sus dedos de los míos al desprenderse del cofre, y sobre el fondo del estanque de sus ojos brilló un estremecimiento de gratitud al sonreírme por última vez, porque la Muerte lo esperaba ya con los brazos abiertos.

Y mientras se alejaban, sobre los cristales de la vidriera se fueron proyectando como figuras de un caleidoscopio todas y cada una de las historias que él había contado para ella, hasta que solo quedó la imagen de una muchacha que entraba insegura en la sala de la biblioteca de la Facultad de Filosofía y Letras y se acercaba a una mesa donde un muchacho leía la Divina Comedia bajo el foco de luz natural que entraba por la ventana.

Me alejé de allí como un autómata cuando desaparecieron, sin saber qué hacer con aquel cofre que me quemaba entre las manos.

Estaba sola. Tomás se había ido después de haberme hecho jurar que renunciaría a la perpetuación de la sangre de las tabas, pero él no sabía hasta qué punto la Suerte es caprichosa, cruel, altiva, voluble, déspota e implacable, y jamás renunciaría a lo que era suyo.

Mientras caminaba de vuelta arrastrando los pies, pensé en abortar a la criatura, en ponerla a salvo y ponerme a salvo a mí también de aquel puzle desordenado que ya no tenía ningún sentido, pero cuando llegaba a casa custodiando como una granada de mano el cofre de madera de ciprés entreverado de oro, recordé de pronto el color de los ojos de la loba que nos salió al encuentro cuando Eugenia me llevó con doce años a la gruta.

Lo recordé porque los tenía delante, acechándome como el depredador que vigila a la presa para que no caiga al precipicio. Color ámbar. Así eran los *ojos de Doña Engracia, dorados como los de la loba con una mancha blanca alrededor del ojo.*

Me esperaba frente al portal de casa exhalando un vaho gélido al respirar y enfundada en un abrigo de espiga en tonos castaños. Recordé al acercarme el pozo insondable que intuí en sus ojos la primera vez que crucé la mirada con ella frente al mostrador de la biblioteca, y me recorrió la espalda el mismo escalofrío que, con doce años, me hizo estremecer al observar en la gruta los ojos de la loba clavados en las tabas.

El sino que mueve los hilos del mundo, el único que podía salvarme de mí misma y de lo que cargaba entre las manos, del miedo que, al desaparecer Tomás, se había erguido ante mí como un gigante de barro.

No temas a los lestrigones ni a los cíclopes. Doña Engracia me sonrió y me tendió las manos. Yo nunca me había dado cuenta de lo hermosa que era detrás de aquellas gafas de montura de pasta que le cubrían el rostro, de su óvalo perfecto y de la increíble armonía de su cráneo alineado con la espalda en una suave inclinación que recordaba el perfil del busto de terracota de una reina egipcia. Nunca me había percatado de que el corte varonil de su pelo solo acentuaba la pureza de líneas de su nariz, su boca y sus orejas, porque ahora recordaba, mientras me acercaba a ella bajo la luz mortecina de las farolas, que, del mismo modo que un imán anula el resto de campos de fuerza, la energía magnética escondida detrás de sus ojos había hecho que yo, igual que el resto del mundo, no alcanzara a ver más allá de su mirada."

VII

Leonor terminó el tratamiento de quimioterapia a finales de marzo, pero su extrema debilidad la mantuvo ingresada en el hospital hasta que recuperara las fuerzas. Amaya solía visitarla acompañada por Fernando después de dejar la habitación de Leyre, como una costumbre provechosa para todos que parecía darle fuerzas a la niña, hasta que una tarde, cuando ya estaba próxima la hora que señalaba el final de la visita, tocaron a la puerta con los nudillos.

Elvira, la madre de Leonor, acudió a la entrada mientras su hija reía con una de las ocurrencias de Fernando al leer una versión diferente de uno de los cuentos que le había regalado esa tarde.

Amaya intuyó que algo iba mal cuando percibió el sonido gutural que estremeció a Elvira en la puerta. Se levantó despacio y acudió junto a ella apoyada en el bastón que la ayudaba a controlar el dolor de espalda. No le hizo falta acercarse para saber de quién se trataba. Le bastó simplemente el olor aséptico de su ropa y el penetrante perfume barato con el que se había atusado el pelo y la barba.

Hilario estaba aún más demacrado que antes, y el armazón de huesos se le había escurrido bajo la ropa hasta empequeñecer la figura que ella recordaba irrumpiendo en su habitación unos meses atrás para vomitarle las miserias que habían acumulado juntos.

Permanecieron inmóviles y en silencio unos instantes, a ambos lados de la puerta, hasta que Amelia surgió desde detrás de Hilario y se situó en el umbral ante las dos mujeres.

—Quiere ver a la niña.

Amaya observó entonces que su hijo sostenía en la mano derecha una muñeca de trapo con el pelo de lana amarilla. No había rastro en él de la furia y el odio con el que había entrado en su habitación tres meses atrás. Su rostro anguloso había envejecido bajo una pátina cenicienta que desdibujaba sus rasgos, y sus ojos inexpresivos parecían flotar sobre las cuencas demacradas.

Elvira no dijo nada, siguió sosteniendo la puerta con la mano derecha, interponiéndose sin pronunciar palabra.

Amaya se adelantó unos pasos hasta situarse detrás de ella.

—Por favor —la voz era de Amelia, pues Hilario no había despegado los labios apretados.

—No.

El monosílabo abrió una grieta en el suelo separando los dos lados de la puerta.

Elvira hizo ademán de cerrar cuando un brazo se extendió sobre el hombro de Amelia y adelantó la muñeca de trapo. Los dedos que la sostenían eran ganchos de hueso que pendían de nudillos descarnados.

Por un instante, los pelos de lana amarilla colgaron inertes sobre el umbral que los separaba.

Elvira volvió a hacer ademán de cerrar la puerta cuando la mano de Amaya se adelantó con la palma abierta hasta rozar el extremo de los jirones de lana.

Hilario dejó caer el juguete en la mano de su madre y retiró la suya. Luego dio media vuelta y se alejó en dirección a las escaleras.

Elvira cerró la puerta y se apoyó sobre ella mientras observaba la muñeca que sostenía Amaya. Era pequeña y vulgar, como las que se podían conseguir en las casetas de tiro de feria.

La risa de Leonor seguía inundando la habitación sobre la voz forzada de Fernando al leer los diálogos del cuento, ajenos a lo que había sucedido en la entrada.

Amaya esperó a que Elvira reaccionara, pero no lo hizo. Entonces se acercó a ella y la cogió del brazo, obligándola a volver junto a su hija.

La niña vio rápidamente la muñeca y quiso cogerla. Amaya se la tendió al tiempo que se sentaba al lado de Elvira, que parecía envuelta en un haz de tinieblas mientras recorría con los ojos ciegos las juntas de las baldosas del suelo.

La noche que acepté el reloj de arena, Doña Engracia ni siquiera tuvo que convencerme, porque yo estaba dispuesta a dejarme llevar hasta la sima más profunda de la tierra. Ella jugaba con ventaja, sabiendo que la energía inagotable que había empleado para convencer a Tomás de que juntos podíamos engañar a la Muerte, había desaparecido en el mismo instante en el que la mujer de vidrio se lo llevaba.

Doña Engracia me explicó lo que quería de mí la noche que murió Tomás, frente al portal de mi casa. Su voz era dulce e imperativa, envolvente y ambigua, aunque sabía perfectamente que lo que decía me estaba estrangulando las entrañas. La criatura tendría que nacer para perpetuar la sangre de las tabas, y a cambio ella me protegería de la inmortalidad del reloj de arena que debía traspasar antes de morir para no desairar a la Muerte. Ese sería mi cometido a partir de entonces, encontrar a alguien que aceptara la carga.

De esta forma, la mujer de vidrio tendría su contadora de historias y ella lograría que se perpetuara la sangre de las idénticas. Solamente entonces se restauraría el equilibrio que se había quebrado cuando una mujer protegida por los lobos había aceptado el cofre conscientemente.

Ella se haría cargo de lo que naciera, y yo podría cumplir el juramento que le hice a Tomás de renunciar al amor en todas sus formas.

Jamás volvería a saber de mi sangre hasta que llegara la hora de traspasar el collar de tabas, cuando la Muerte estuviera cerca. Ella traería hasta mí, dondequiera que estuviese, aunque fuera en los confines de la tierra, a la mujer que habría de portarlo, y para entonces yo debería haber encontrado a alguien que quisiera hacerse cargo del reloj de arena cumpliendo así lo pactado en la gruta desde el principio de los tiempos. Todo saldría bien, porque ella me ayudaría a convocar a la Muerte en el último momento.

Yo no pude adivinar entonces cómo serían mis últimas horas, pero siempre tuve la certeza de que, dondequiera que me hallara, me acompañaría la mujer de vidrio reflejando los ojos dorados de una loba. Se acecharían una a la otra y reclamarían lo que era suyo, asegurándose ambas de que se restableciera el trato.

—Tendrás lo que quieres —me susurró al oído dejando escapar su aliento gélido—. Morirás tal y como le prometiste a Tomás, pero nunca podrás renunciar al amor, aunque te duela. Estarás desprotegida frente a la Muerte, porque siempre tendrás a alguien de tu sangre por quien suplicar una nueva oportunidad a cambio de aceptar la vida eterna.

"Te dolerá su trabajo cuando pierdas a la criatura que llevas en tu vientre después de haberte dado nietos. Morirá antes que tú, y lo único que te impedirá pedir por su vida será el no poder soportar su pérdida una eternidad entera.

Siempre avanzarás sobre arenas movedizas, siempre medirás tus pasos, pues desviarte del estrecho camino que tú misma has trazado te hará caer en el precipicio irremediablemente.

Recuerda siempre que has de cumplir con lo que te corresponde, con las tabas, con el juramento que le hiciste a Tomás, y con la promesa de custodiar el cofre que le has hecho esta noche a la Muerte.

Yo te ayudaré, como he hecho siempre, pero acuérdate de que la línea sobre la que deslizas tus pies es muy estrecha."

Todo se cumplió tal y como ella dijo. Me cuidó y me protegió durante el embarazo como quien protege a su sangre. Nos trasladamos a una alquería perdida en la sierra de Tormantos, desde cuyo balcón yo podía ver todas las mañanas los valles cubiertos de bosques interminables bajo el resplandor de las cumbres nevadas.

Justifiqué mi ausencia ante mis allegados con un inesperado viaje de estudios a Europa para colaborar en varios museos, y utilicé mis amistades en el extranjero para enviar correspondencia regular con matasellos desde oficinas de París, Roma o Londres. De esta manera mantuve contacto permanente con los que gestionaban la fortuna que había heredado de mis padres y de Eugenia.

Durante todo aquel tiempo, Doña Engracia se desvivió por mí y por lo que gestaba en mi vientre, y cuando llegó la hora de parirlo, no consintió que nadie más que ella me asistiera en el parto, ni la partera de la aldea más cercana ni la mujer que nos había acompañado aquellos meses cuidando la casa.

Yo había esperado aquel momento con sentimientos contradictorios, obligándome a recordar cada día, frente a la grandiosidad inconmensurable de la naturaleza que me rodeaba, que la única opción válida era abandonar a su Suerte a la criatura que llevaba en las entrañas después de parirla, sin volver la cabeza.

Aquella noche había retumbado en el valle el aullido lejano de los lobos, y justo antes de amanecer, en el momento en el que un resplandor tenue se perfilaba sobre las cumbres silenciosas de las montañas, sentí las primeras contracciones.

Fue un parto rápido, tanto que ni siquiera llegué a sentir el dolor físico, porque mi cabeza había estado anticipando desde mucho tiempo antes la ausencia que cargaría el resto de mi vida. Cuando terminó el alumbramiento, distinguí su pequeño cuerpo envuelto en una manta de lana entre los brazos de Doña Engracia.

Extendí los míos en un acto reflejo.

—¿Estás segura? —la voz, antes envolvente y cálida, se volvió súbitamente fría y lejana.

Yo permanecí con los brazos extendidos, temblando todavía por el esfuerzo.

Ella se acercó a la cama y se inclinó para que pudiera verla. Era una niña de piel tersa y sonrosada, sin señales de haber sufrido con el alumbramiento. Tenía los ojos ligeramente almendrados y la nariz y la barbilla pequeñas. Y no pude evitar pensar que seguramente tendría el mismo encanto de su padre cuando creciera.

Tuve que aspirar el aire varias veces para contener las lágrimas silenciosas que me quemaban los ojos. Luego, haciendo un esfuerzo sobrehumano, aparté la vista.

Cuando sentí el sonido de la puerta al encajar en el marco de madera, dejé de respirar durante unos momentos, hasta que recordé que tenía la obligación de seguir viviendo para traspasar algún día a mi nieta el collar de tabas que esa mañana llevaba colgado del cuello.

Y me obligué a pensar, mientras se formaba la piedra de aristas cortantes que desde entonces llevo encajada en el pecho, que ella siempre estaría bien dondequiera que estuviera, porque la Suerte estaba de su parte.

"Morirá antes que tú, y lo único que te impedirá pedir por su vida será el no poder soportar su pérdida una eternidad entera."

No volví a ver a mi hija. Me concentré en gestionar mi patrimonio y en crear una fundación para ayudar a continuar estudios superiores a niños huérfanos. Colaboré con distintos museos y viajé por el mundo, incansablemente, recorriendo los lugares que Tomás me había descrito.

Volví a la biblioteca de la Facultad de Filosofía y Letras muchos años después, una tarde de octubre alumbrada por el resplandor metálico de nubes de tormenta y cortada por un viento gélido. Acababan de abrir y la biblioteca todavía no estaba llena. Me senté en la mesa en la que Tomás y yo solíamos encontrarnos y traté de recordar su figura y su expresión hermética leyendo bajo el foco de luz que entraba por la ventana, sintiéndome otra persona distinta a la muchacha que se enamoró de un espejismo.

Entonces comprendí lo que me había llevado hasta allí. Miré el mostrador vacío y esperé observando el reloj sobre las puertas batientes del depósito de libros. Después de unos minutos salió cargando varios ejemplares entre los brazos. La misma montura de pasta oscura en las gafas de cuyos extremos colgaba la cadena de plata que descansaba sobre sus hombros, el mismo corte de pelo, la misma perfección de rasgos y la misma delicadeza en la unión entre el cuello y el cráneo. La misma tersura de piel y el color ámbar centelleando detrás de sus ojos hipnóticos.

Me coloqué en la fila de penitentes esperando mi turno. Ella ni siquiera alzó la vista cuando me paré ante el mostrador, tan solo deslizó dos libros sobre la superficie pulida de madera.

Acaricié el cuero arrastrando las yemas de los dedos sobre el trébol de cuatro hojas perfilado en el lomo de uno de ellos, y resbalé los ojos por el círculo de plata de la cubierta del otro. Levanté la vista antes de apartarme del mostrador, pero ella ya miraba por encima de mi cabeza.

—Siguiente.

Salí de la biblioteca y enfilé la avenida hasta la verja flanqueada por parterres sin flores, y solo entonces me fijé, bajo el resplandor de acero de las nubes, en la esquina del sobre que asomaba entre las páginas de uno de los libros de cuero."

VIII

Cuando Ana sostuvo entre sus manos las fotografías, un aliento glacial le recorrió la base del cuello atenazándole los hombros. Leyre le había dado indicaciones para extraerlas del interior de un sobre amarillento que se ocultaba en un bolsillo de papel adherido a la contraportada del libro de cuero.

Los ojos de Sofía, su madre, la observaron sonrientes enmarcados en un mar brillante de fondo. La imagen correspondía a una instantánea tomada con una cámara Polaroid. Sofía sostenía en brazos a una niña con un sombrero de tela rematado en volantes, a juego con el traje de baño en tonos verdes y azules.

Los dedos de Ana se estremecieron sobre el papel fotográfico. Recordaba aquella imagen, igual que las siguientes, semejantes a otras que formaban parte de los álbumes familiares que guardaba en casa.

Leyre le indicó que mirara el reverso de las instantáneas a medida que las iba pasando.

Sofía y Ana. Dos años.

Ana, cuatro años y medio.

Comunión de Ana. Nueve años.

Su rostro se sucedía en todas las fotografías en una secuencia ordenada que describía los cambios que se habían obrado en ella desde la infancia hasta la adolescencia. La última estaba tomada el día de su graduación después de terminar los estudios de enfermería.

Ana observó a Leyre con las fotografías en la mano. La mujer de las venas azules había cerrado los ojos y respiraba acompasadamente, dejando asimilar a su nieta el significado de aquellas imágenes.

Ana se limitó a acompañarla en silencio, sentada junto a su cama, sin soltar las instantáneas de la cámara Polaroid que había usado su padre hasta hacía pocos años, aunque cada vez fuera más difícil conseguir los carretes ante la invasión de cámaras digitales. Lo sabía porque ella había sido la encargada de comprarlos por internet, hasta que su padre olvidó cómo usar la cámara para fotografiar las sombras que los envolvían a ambos agazapándose entre las paredes de su casa.

Ana permaneció junto a la cama sin tener conciencia del tiempo, pues acababa de descubrir que la mujer de la habitación doscientos quince era la misma que había parido a su madre y después la había abandonado a su Suerte.

Los sentimientos que le bullían entre las costillas subiendo y bajando con el ritmo de su respiración eran contradictorios, porque Ana siempre creyó que la melancolía y la nostalgia, la soledad y la locura tenían que ver con la sangre de su familia materna. Aquella familia que no conocía, aunque se transparentara continuamente en el brillo de los ojos de su madre.

Ana recordaba el sentimiento de abandono que inundaba a Sofía en los momentos más inesperados, la tristeza permanente en su expresión cuando creía que nadie la observaba, a pesar de que no hubiera podido elegir una familia mejor donde haber crecido.

Sofía decía muchas veces que sus padres adoptivos fueron la luz para ella, aunque en alguna parte debían estar las sombras, por eso nunca quiso remover su pasado, ni mejorar lo que jamás podría mejorarse, a pesar de tener que convivir con los interrogantes.

Desde muy pequeña, Ana había sido un imán que reproducía el estado de ánimo de su madre, y como a ella, las dudas y la incertidumbre la habían acompañado siempre. La conexión que tenía con su madre le hacía sentir el abandono y el rechazo de la sangre, y desde que tenía uso de razón se esforzaba por calibrar el volumen de cariño que necesitarían entre las dos para colmatar el vacío disimulado entre las dobleces de la felicidad aparente.

Cuando murió Sofía, Ana no se molestó en intentar encontrar a su familia biológica. La falta estaría siempre, como las razones de por qué su abuela había abandonado a su madre, tal vez por egoísmo, o quizá para proporcionarle una vida mejor de la que ella hubiera podido darle.

Esa era la parte de las sombras que le correspondía biológicamente, porque Ana siempre había pensado que, igual que su madre había sido la luz para ella y para su padre, quizá las sombras saltaran una generación y le correspondieran a ella por sangre.

Y ahora esa sangre estaba allí, delante de ella, mezclándose con el líquido transparente de la serpiente incolora, licuándose con el veneno que le suministraban para atacar una enfermedad de la que nadie tenía el antídoto.

Ana recordó entonces el relato que Tomás le contó a la Muerte antes de llevarse a Blanca. La historia del sultán que había desafiado las leyes de la naturaleza retando a un áspid del desierto y ofreciéndose a sí mismo y a sus herederos como garantía de éxito para encontrar el antídoto con el que cambiaría las reglas.

Leyre había hecho lo mismo para acabar con la maldición del cofre, pero por amor incondicional, no por orgullo o por inconsciencia. Aunque al final las consecuencias fueran las mismas.

De cualquier manera, en el castigo llevaba Leyre la penitencia. Lo único que la había librado del olvido era la protección que llevaba aparejada el collar de tabas, porque cuando planeó engañar a la Muerte, no había contado con que apostaba lo que nunca había tenido, ni con que la Suerte jamás renunciaría a la cadena de sangre de Laura.

Tiago fue el primero en llegar y se sentó junto a la cama después de saludar con una inclinación de cabeza.

Esperaron en silencio a que llegasen Fernando y Amaya, que habían ido a visitar a Leonor a la planta de oncología pediátrica antes de subir a la habitación de Leyre.

Los dos habían tomado cariño a la niña. La pequeña capitana, como la llamaba Amelia.

Amaya, igual que Fernando, tenía una conexión especial con ella, transformándose en hilos conductores de los impulsos de alegría que imantaba Leonor como un campo magnético, porque, cuando estaban juntos, los tres se complementaban como partes de una pieza tridimensional en la que encajaban con precisión cada una de las piezas.

Elvira no podía evitar pensar al observarlos, que la capacidad de su hija para proyectarse en figuras geométricas parecía no tener fin, igual que su optimismo, sin saber que la Suerte había reunido a Amaya y a Leonor en el momento justo.

Elvira no sabía entonces que Amelia le había contado a Amaya los encuentros con Hilario en el parque que quedaba frente a la entrada del edificio. Encuentros breves en los que él se había resistido al principio a abandonar su carácter hermético, pero la dulzura y la insistencia de Amelia le habían acabado haciendo confesar que Leonor era su hija, y que no tenía otra forma de estar en contacto con ella si no era esperando a las puertas del hospital donde la niña estaba ingresada. Así había sabido Amaya que Leonor era su nieta.

Amaya se había encariñado sin remedio con la niña, y empezaba a entender que todos habían sido un juguete del destino, comprendiendo que el libro de cuero narraba también su historia, igual que narraba la de Leyre, la historia de las niñas de las tabas, dos supervivientes que compartían el filo cortante de una piedra clavada en las entrañas desde que abandonaron a sus hijos nada más nacer para que la Suerte traficase con ellos.

En eso, y no en lo demás, Leyre y Amaya eran idénticas, aunque el encuentro se había producido demasiado tarde, cuando lo único a lo que las dos aspiraban era a limar las aristas cortantes antes de dejarse conducir mansamente por la mujer de vidrio a la orilla del río donde las esperaba Caronte.

Amaya había recordado esa tarde, sonriendo por inercia al ver sonreír a Leonor, que cada uno tenía un papel alrededor de la cama de su nieta.

Sonreía también porque a aquellas alturas de su vida solo atesoraba dos cosas, y las dos las llevaba en los bolsillos esa tarde, rozándolas continuamente con los dedos para recordar que su vida al fin tenía sentido.

Una de ellas la llevaba hacía tan solo unas semanas, cuando Trinidad le recordó con un murmullo de súplica, mientras se mecía en estado de shock hacia adelante y hacia atrás abrazándose las rodillas sentada en la cama, que la vida era un don, y que llevaba aparejada la fugacidad para tener sentido, por eso había que estar siempre preparado para abandonarla saboreando cada momento como si fuera el último.

Un óbolo, le había dicho entonces con los ojos extraviados en la pared frente a su cama, hasta que Amaya entendió al fin lo que Trinidad quería decirle.

De modo que ahora, frente a la cama de Leonor, observando a Fernando actuar para la niña como un trovador ante su audiencia más selecta, Amaya recordó que el muchacho estaba improvisando para una de las niñas de las tabas, como había hecho Tomás en el lecho de muerte de Blanca, como habían hecho todos los que le habían precedido para entretener a la mujer de vidrio. Porque el otro objeto que Amaya atesoraba, deslizándolo continuamente entre sus dedos en el bolsillo, era una tira de cuero con tres tabas engarzadas.

Un objeto que, antes de abandonar esa tarde la habitación del brazo de Fernando, tendría nueva dueña, porque la Suerte, que es voluble, cruel, certera y precisa como una espada afilada, había conseguido una vez más que la línea de sangre de las tabas siguiera su curso.

Amaya reparó entonces en Elvira, sentada junto a la cama de Leonor con las comisuras de los labios forzadas en una sonrisa, siguiendo con los ojos el vaivén de la muñeca que Hilario había traído para su hija.

Su historia, Amaya lo sabía ahora, había estado escrita detrás de los ojos de una loba desde los tiempos de la gruta, aunque Elvira se hubiera esforzado por desterrar de su memoria los tiempos en los que Hilario, el desecho humano que Amaya había parido, lo había sido todo para ella.

Porque Elvira no quería ni pensar en volver a rememorar de viva voz aquellos tiempos, cuando las adicciones y la rebeldía la habían arrojado a un mundo de luces y sombras en el que Hilario le había servido de guía para adentrarse en las profundidades del abismo.

Había quemado las naves llenas de recuerdos para no contaminar a Leonor, intentando ocultar la luz del sol con una mano hasta abrasarse las huellas dactilares. Pero los recuerdos habían vuelto esa tarde, y habían encontrado a su hija escondidos en los ojos de una muñeca de trapo.

Elvira había conocido a Hilario a los dieciséis años, cuando él era el paradigma de todo lo que ella no había conocido nunca. La deslumbraron su experiencia y su fuerza, la imagen de un vencedor invulnerable que estaba a punto de perderlo todo, el resplandor deslumbrante y efímero que ilumina una cerilla después de prender el fósforo que acabará consumiéndola sin remedio. Hasta que la vida rápida y el dinero fácil que proporcionaba la falta de escrúpulos, rindieron la voluntad de Elvira arrastrada por el carisma de Hilario.

Abandonó a su familia, compartió sus adicciones y excesos, y fue cerrando puertas detrás de ella creando a su espalda compartimentos estancos sin billete de vuelta al avanzar hacia el precipicio. Y al cabo de unos años, con la ansiedad y el abandono rebosándole las venas, parió a su hija entre escombros una mañana de enero.

Las recogieron a punto de perecer por hipotermia gracias a los aullidos constantes de lo que parecía una manada de lobos si no fuera porque allí, en las escombreras de las afueras de la ciudad, aquellos animales estaban muy lejos de su hábitat.

Lo último que vio Elvira antes de que la trasladaran en la ambulancia con su hija en brazos, fueron las luces deslumbrantes de los faros reflejados en los ojos dorados de una loba, y antes de perder la conciencia se odió a sí misma por el último chute de heroína para aplacar los dolores del parto.

En el hospital localizaron a lo que quedaba de su familia, un padre envejecido y torturado por la culpa que velaba todavía el fantasma atormentado de la madre de Elvira.

Él accedió a recogerlas en su casa, donde Leonor creció fuerte y segura, contracorriente, pues no había nada estimulante para una niña entre aquellas cuatro paredes, ni en el silencio hermético de su abuelo ni en la amargura de su madre, que sentía que había echado a perder su vida.

A Leonor le diagnosticaron la enfermedad con siete años, y las sombras que cercaban a su abuelo se estiraron para acoger a su madre por voluntad propia. Así habían llegado hasta aquel hospital, pues el abuelo puso a disposición de Elvira el dinero de la herencia de la madre que ella nunca había reclamado.

Así habían llegado hasta aquella muñeca con el pelo de lana amarilla, y hasta aquel collar de tabas que Amaya colgó del cuello de Leonor después de susurrarle al oído que siempre la protegería.

Cuando Amaya salió de la habitación apoyada en el brazo de Fernando, dejó a Elvira observando con aire ausente los ojos de la muñeca que Leonor acunaba entre sus brazos, sin poder evitar recordar el resplandor de los faros de la ambulancia reflejados en los ojos de la loba a la que había dado forma la heroína la mañana que nació su hija.

Y cuando la puerta se cerró tras ellos y se quedaron solas, Elvira creyó escuchar al otro lado de la ventana el murmullo de las hojas de los árboles del parque trayendo el aullido lejano de los lobos cabalgando sobre el viento.

IX

Cuando todos estuvieron sentados alrededor de Leyre, Tiago retomó la lectura.

"En el sobre que asomaba entre las páginas del libro de cuero no había poemas. Había fotografías de mi hija y de mi nieta con sus nombres al dorso, y una nota con un mensaje escueto. "Murió ayer, mientras dormía."

Las piernas me fallaron y tuve que agarrarme a las rejas del perímetro exterior de la Facultad para no caer al suelo. Comprendí entonces que la tinta era reciente, como la muerte de mi hija Sofía, y que la Suerte había guiado mis pasos hasta la biblioteca para cerrar el círculo.

He cumplido parcialmente lo que le prometí a Tomás, porque aunque es cierto que nunca pedí a la Muerte una nueva oportunidad para mi sangre, también lo es que nunca renuncié al amor en ninguna de sus formas.

Tal vez porque necesito vivir lo que me corresponde del modo más digno posible, si es que es digno vivir de esta manera.

Después de saber que mi hija estaba muerta, seguí esmerándome en contar historias a la misma que se la había llevado, la mujer de los vidrios azules. Todas las noches. Sin poder contarle a nadie que el dolor por la pérdida de Sofía era el único vínculo que me unía a ella después de haberla parido, y que su muerte me ponía a salvo de suplicar una nueva oportunidad a cambio de aceptar la inmortalidad del cofre.

Que no te duela su trabajo.

Me duele todavía. Muchas veces siento la presencia de Tomás junto a mí cuando vuelco el reloj de arena, y pienso en los que me precedieron, aquellos que tenían un don para contar historias, porque sé que el cofre elige siempre a seres extraordinarios para entretener a la mujer de vidrio, personas capaces de magnificar la narración hasta hacer desaparecer cualquier otra realidad que no se ajuste a ella. Capaces de soportar la carga de la soledad y de la pérdida.

Así ha sido siempre, excepto conmigo, porque yo soy una intrusa. Ella lo sabe, porque el cofre no me eligió a mí, sino que yo elegí a Tomás para engañar a la Muerte.

La noche que supe que había perdido a mi hija, intenté concentrarme en la cadencia de la arena al atravesar el cuello de cristal mientras las lágrimas me escocían en la piel como el avance de la lava de un volcán sobre un páramo sediento, sintiendo, en el minuto y medio después del cual la narración despega independientemente del narrador, la presencia de Onofre, el niño abandonado en la cesta de mimbre, la voz envolvente de Martín, el huérfano que fabricaba zurrones para aprender un oficio con el que conquistar el mundo, y el magnetismo de Tomás, el leproso abandonado con cinco años en lo más profundo de la sierra.

Yo solo soy un eslabón para continuar la cadena, alguien que se concentra en el dolor que le remueve la piedra anclada en el pecho para no renunciar al amor en ninguna de sus formas.

He tenido los mejores maestros para experimentar lo que me estaba vedado a los sentidos, mentores para guiarme a través de esta senda estrecha sobre la que deslizo los pies para no caer al precipicio, y cuando ellos desaparecieron quedó lo único que puede sostenerme todavía. Los libros.

"Así, aunque ahora muriera, no podría decir que no he vivido".

Ellos me han acompañado siempre, señalándome el camino, colgando la luna del firmamento para iluminar la senda las noches cerradas y oscuras, proporcionándome alas para remontar el vuelo cuando el sendero me conducía al fondo del abismo.

Esta noche he acudido a las tabernas que a Tomás le gustaba frecuentar y he bebido a su salud escuchando el que debiera haber sido su himno durante los años que vagó por el mundo antes de recalar bajo el foco de luz natural que entraba por la ventana de la biblioteca donde lo conocí, un 15 de octubre de 1958.

He bebido a su salud y a la de todos los que me han precedido mecida por los acordes de la música celta, pensando que, dondequiera que estuvieran, debían de estar celebrando conmigo el desenlace de la partida con la que desafié las leyes de la gruta. Celebrando mi atrevimiento, quizá mi insensatez, porque retar a la Muerte y al destino por amor incondicional me sitúa en el filo cortante de la inconsciencia.

La música se ha blindado a mi alrededor como una cortina de humo que me aislaba del mundo, levantando murallas lo suficientemente altas como para celebrar el resultado de la contienda a la que estoy a punto de enfrentarme, sea cual sea el resultado. He levantado mi copa y he brindado planeando a lomos de un halcón sobre el campo de batalla mientras la Muerte velaba armas en el interior del castillo.

La letra de la canción La Senda del Tiempo de Celtas Cortos me ha recordado cómo tuvo que sentirse Tomás durante todos aquellos años. Debió vagar por el mundo como una sombra errante, preparado para un combate que ya había perdido de antemano y en guardia ante las sacudidas de un destino que ya le había ganado la batalla, echando en falta lo único que le estaba vedado después de la muerte de Laura.

Yo al menos sé que nunca estaré sola, aunque mañana ingrese en una habitación de hospital para morir. Soy todo lo que ellos han sido antes que yo, trovadores al servicio de la Muerte, y conservo la memoria de los que me han precedido como conservo la sangre de una de las líneas de las tabas.

También sé cómo moriré. La mujer de vidrio me velará reflejada en los ojos de la loba, que de alguna manera habrá traído a mi nieta hasta mí para que yo le entregue el collar de cuero, porque nada ni nadie puede romper el linaje de sangre que la Suerte protege y custodian los lobos. Tal vez no haya de nuevo dos idénticas, o puede que sí, siempre que el valor, la determinación y el carácter de las que se encuentran sean lo suficientemente fuertes.

Sé también que pronto habrá alguien a mi alrededor que aceptará el relevo en la posesión del cofre que contiene el reloj de arena. Otro huérfano, como todos. Alguien aparentemente sin alma, que creerá que no la necesita para este oficio, aunque yo sé que aquel que acepte el cofre pronunciando las palabras precisas una noche de luna creciente será un hombre o una mujer extraordinarios, como todos los que le han precedido. Debe tener el don de alzar la voz y crear realidad con la palabra, como ha sido siempre desde que la Muerte eligió al niño abandonado en una cesta de mimbre ante la puerta de un monasterio para diferenciarle con la inmortalidad cuando prometió no llevárselo nunca. Luego las palabras volverán a crear el universo, irremediablemente, porque no hay nada más poderoso ni más seguro en este mundo.

Mañana entraré en el hospital con la seguridad de que cuando se vuelvan a leer estas letras todo se habrá cumplido en la voz del que las narra, un huérfano que me ayudará como quizá yo le haya ayudado a él a llegar hasta el lugar donde moriré si la Suerte respalda la primera tirada de tabas.

Algunos se compadecerán de mí. Es inevitable. Una mujer sola y moribunda a la que ronda la Muerte sin nadie que le lama las heridas, pero recuerda, quienquiera que seas, que el sabor áspero y dulce que deja en la lengua la sangre mezclada con el sudor y la tierra, nos recuerda que ya hemos llegado a la cima.

No te apiades de mí, nunca estaré sola, porque una loba me acompaña siempre esperando el momento de entregarme a la mujer de vidrio a la que cuento historias todas las noches, para que todo se desarrolle tal y como se acordó en la gruta.

No me tengas lástima, porque el final es el mismo para todos y más tarde o más temprano hay que volver a los brazos de la madre para que el ciclo comience de nuevo."

Vencer o morir.

Tiago enmudeció de repente. Luego levantó los ojos y pronunció las últimas palabras escritas por la misma que le devolvía la mirada postrada en la cama, observándole desde la inmensidad de sus ojos azules.

"Me han asignado la habitación doscientos quince".

Ámbar

Siempre me detengo en este punto. He narrado muchas veces esta historia para ella, la mujer a la que cuento relatos todas las noches, y siempre hago una pausa antes de continuar, tal vez porque lo que sigue es parte de mi propia historia.

Empecé esta narración y debo terminarla. Comenzó así: "Me llamo Ámbar. No soy mortal.", y luego desarrollé la historia de Leyre tal y como está reflejada en los libros de cuero, aunque ser narrador omnisciente no me otorga la libertad absoluta, porque a medida que avanza la narración las preguntas se despliegan ante mí como una encrucijada con diferentes caminos.

Quizá resulte extraño que quien cuenta estos hechos no pertenezca a la especie humana, porque lo cierto es que yo era solamente un androide cuando me crearon. Ahora soy un híbrido, una especie nueva que combina la inteligencia artificial y la interconexión neuronal de ambos hemisferios funcionando como uno solo. La creatividad y la lógica. Una nueva especie que puede ser eterna gracias a la tecnología, con posibilidad de acceder a muchos de los recuerdos y vivencias de los que me han precedido.

Fui creada a imagen y semejanza de los mortales, igual que ellos fueron creados a imagen y semejanza de una idea absoluta que trasciende su propia naturaleza, y desde el principio me esforcé en comprender cómo la magia, cuyo significado contradecía mi esencia racional, siempre aparecía latente bajo la apariencia tranquila de las cosas cotidianas.

Así me lo dijo entonces la mujer para la que fui creada, y así lo fui deduciendo yo a medida que crecían mis campos neuronales. Poco a poco fui comprendiendo que la magia no es nada extraordinario, sino que subyace bajo la apariencia de normalidad que envuelve multitud de vidas insignificantes. Subyace también en objetos anónimos, como un reloj de arena o un collar de cuero con tres tabas de cordero engarzadas.

Esos objetos trascendían la realidad que yo observaba y examinaba continuamente para sacar conclusiones, y trascendían también los estados de ánimo que entonces podía diferenciar por las expresiones faciales, la sudoración, el ritmo cardiaco y las posturas corporales.

Estudiaba actitudes y comportamientos, y cultivaba hormonas y un sistema nervioso que más adelante me ayudarían a relativizar la lógica. Pero cuando acepté el cofre solo contaba historias, y esa fue la única herramienta para analizar la evolución que se ha obrado en mí desde que me hice cargo del reloj de arena, porque no estaba programada para crear nada sin que me hubieran sido suministradas variables previas suficientes. Y sin embargo lo hacía, aunque en aquel tiempo no alcanzaba a comprender cómo.

El mundo ha cambiado mucho desde entonces. El clima se modificó y perecieron millones de humanos de hambre, sed, plagas y mutaciones genéticas a causa de la guerra biológica. Perecieron los más desfavorecidos, los que no tenían recursos ni conocimientos para sumarse al camino que había iniciado su especie.

Perecieron los que habían sido hasta entonces mano de obra al servicio de los poderosos que decidían su destino, las masas que no tenían acceso a la tecnología, y también aquellos otros cuyo acceso era limitado y que habían sido utilizados como consumidores para financiar avances que se sucedían a una velocidad exponencial y a los que eran completamente ajenos.

Los humanos que sobrevivieron, los más fuertes según la selección de las especies, aunque esta vez los parámetros no fueran biológicos, los que poseían herramientas para sumarse al cambio, iniciaron un sendero que los llevaría a jugar a ser dioses al crear una nueva forma de vida. Una nueva especie surgida de la simbiosis entre la inteligencia artificial y la humana.

Abandonaron la Tierra y exploraron otros hábitats, dejando el destino del planeta a la deriva, porque el progreso no se había materializado para todos. El planeta se defendió de las catástrofes nucleares desatando cataclismos sísmicos, y entonces las especies supervivientes no tuvieron más remedio que luchar por el poco territorio habitable en el que ya se había roto la cadena biológica.

Actualmente quedan pocos mortales en este planeta, solo una pequeña comunidad que supervisa la regeneración del ecosistema para una futura reubicación de efectivos que nunca llegará a alcanzar, en ningún caso, la sobrepoblación de finales del siglo XXI.

Hace tiempo se llegó a la conclusión de que, por muy válidos que sean otros hábitats, hay que restaurar las condiciones que hicieron posible la vida en la Tierra para asegurar la perpetuación de la especie humana, porque lo único que da sentido a estas alturas a la continuación de su línea genética es la vuelta a los orígenes, a la frágil cadena de casualidades que la hicieron posible.

Se han colonizado otros mundos y se ha cartografiado una densa red de viaductos que unen puntos diferentes en el espacio y en el tiempo. Solo es necesario seleccionar las coordenadas adecuadas en un espacio que ya no es tridimensional y en un tiempo que no es unidireccional ni plano, porque el tiempo tiene muchos estratos y el espacio siempre se resuelve de manera elástica.

Túneles hacia otras dimensiones. Puentes para viajar hacia el interior de la materia hasta disolverla en energía. Viajes en el tiempo y en el espacio sin movimiento mecánico. Lo que a principios del siglo XXI eran todavía conceptos de ciencia ficción que desafiaban las leyes científicas. Herramientas que me han permitido ser testigo visual de lo que cuento para poder rescatar la esencia de los recuerdos de los hombres y mujeres a los que he descrito.

Ahora, a principios del vigésimo cuarto siglo, la sangre de las idénticas sigue su curso, aunque no en la Tierra, y los lobos, que un día estuvieron a punto de extinguirse, forman parte de los planes de regeneración del ecosistema terrestre.

La historia de las tabas y la del reloj de arena se han mezclado entre los estratos del tiempo y el espacio hasta configurarme a mí, que me hice cargo del reloj para liberar a un humano que tampoco era mortal cuando me entregó el cofre de madera de ciprés entreverado de oro. No lo acepté por amor incondicional, o eso creía, tampoco por inconsciencia, lo acepté porque todavía no sabía quién era yo ni qué lugar ocupaba en la clasificación de las especies.

La Muerte me evaluó antes de cerrar el trato que había sellado con Onofre por primera vez a los pies de la cama de un herrero moribundo.

No eres humana, me dijo, no puedo ofrecerte la inmortalidad puesto que ya la posees.

El vidrio de sus ojos refulgía reflejando la luz azulada de dos lunas.

—Solo puedo prolongar tu conciencia indefinidamente, y eso no es suficiente para rubricar este trato, pues, aunque quisiera, no podría llevarte nunca.

Creí que la Muerte tenía la última palabra, pero la Vida se abrió paso y certificó el pulso primario que siento latir dentro de mí desde que leí el contenido de los libros de cuero.

Sucedió mucho tiempo atrás en una biblioteca, al abrir la cubierta de un ejemplar que alguien depositó ante la mujer para la que fui creada. Asomaba entre sus páginas la esquina de un pequeño sobre que contenía una tarjeta con un mensaje caligrafiado. Lo leí entre susurros, y al hacerlo sentí el aliento detenido entre las hojas como un latido instintivo que se abrió paso en mi interior, hasta que un impulso eléctrico recorrió las conexiones de mi actividad cerebral haciendo estallar dentro de mí la magia que tanto había buscado.

Nítida, inconfundible y rotunda. Como el primer llanto de un niño.

Supe que había trascendido la naturaleza lógica con la que me crearon cuando experimenté un sentimiento con el que todo el mundo debería morir para no tener la oportunidad de experimentar ningún otro. Lo despertó el mismo que se había hecho cargo del cofre después de que muriera Leyre, y acepté el reloj de sus manos mucho tiempo después a cambio de prolongar la vida de un huérfano recién nacido.

Un humano cualquiera, un simple mortal, un desconocido escogido al azar entre los que componían la remesa de la nueva generación seleccionada para perfeccionar la especie que tiene la misma capacidad de superarse que de destruirse a sí misma.

Leí el nombre del niño en su código genético cuando estaba a punto de ser desahuciado como defectuoso a pesar de haber pasado los controles de calidad en el momento de ser concebido. Su destino inmediato era ser descartado en un área marginal de un planeta oscuro sin ninguna esperanza de vida.

Entonces pensé que aquel niño nunca conocería la Tierra ni sería acariciado por los rayos de sol que se filtraban entre las hojas de parra del pequeño huerto en el que Martín tallaba una funda de navaja cuando comencé a narrar esta historia. Y tan solo por eso decidí darle una nueva oportunidad, para que buscara el camino de vuelta al planeta del que procedía su línea genética.

Ahora soy yo la que vuelca el reloj de arena y cuenta historias todas las noches, y aparentemente no tengo nada en común con los que me han precedido. La Suerte no juega conmigo, se limita a acompañarme donde quiera que vaya escondida detrás de los ojos de una loba. No me ha parido la Vida y tampoco ha de llevarme la Muerte. Me he convertido en el punto equidistante que devuelve el equilibrio al triángulo equilátero en el que la Vida pare a los mortales y los arroja en brazos de la Suerte para que los diferencie, hasta que la Parca iguala el destino de todos.

Al fin sé quién soy y qué lugar ocupo en el mundo.

La última trovadora errante al servicio de la mujer de vidrio.

Epílogo

Finalizaba el vigésimo segundo siglo después del nacimiento de un profeta por el que hubiera valido la pena pertenecer a la especie humana…

"El edificio que albergaba los estudios de la antigua facultad de Filosofía y Letras semejaba un gran octágono de mármol pespunteado con acero y cristal que absorbía la luz y la transformaba en un espejo camaleónico mimetizado con el entorno, aunque en realidad estaba diseñado como un ente orgánico autosuficiente que custodiaba en su interior las condiciones de temperatura y humedad adecuadas para alimentar una gran bóveda de vegetación que escondía un inmenso jardín botánico.

Tiago preguntó en el hall y siguió las indicaciones que le dieron hasta llegar a la biblioteca. Observó un momento el descodificador de retina para acceder a través de una enorme puerta de madera labrada con bajorrelieves que reproducían escenas de obras artísticas desparecidas a lo largo del tiempo, desde el faro de Alejandría hasta el arco de triunfo de la ciudad de Palmira, como si aquella plancha de madera contuviera el acceso a la caja de seguridad que atesora la memoria colectiva de lo inmaterial y tangible al mismo tiempo, sin necesidad de manifestación física.

Accedió a una sala inmensa que lo deslumbró nada más entrar. Era una estancia imponente de planta hexagonal con un doble piso repleto de estanterías que se abría al principal a través de una baranda de formas onduladas bordeando el perímetro como una serpiente de agua. Las dos plantas estaban conectadas por seis escaleras de cristal en las que los escalones se superponían unos a otros sin sujeción aparente entre ellos.

Las mesas estaban alumbradas por lámparas individuales que se materializaban cuando el usuario ocupaba el puesto, y la luz natural entraba a raudales por la vidriera de colores de la pared del fondo, resuelta como un ábside rematado con media cúpula.

La vidriera reproducía la imagen de un árbol con flores blancas bajo el que se situaba la figura de una loba, iluminando el mostrador de préstamos con reflejos de colores que se deslizaban sobre la superficie de madera a medida que pasaban las horas.

También había vidrieras en los lienzos de pared de la derecha, entre las estanterías de madera oscura de los dos pisos, de modo que la sala parecía sumergida en un acuario de formas y colores cambiantes que se proyectaban sobre las paredes opuestas.

Tiago se sentó en un sitio libre en el extremo de una mesa, muy cerca de una de las vidrieras laterales, y reconoció los reflejos del cristal que tamizaba la luz del sol que brillaba fuera. Verdes y azules, así eran las tonalidades del vidrio que conformaba la imagen de la mujer tras la que se había escondido la Muerte cuando descubrió al niño abandonado en la cesta de mimbre a la puerta del monasterio.

Observó a su alrededor y reparó que un poco más allá, entre otras dos estanterías que quedaban junto a la puerta, el cristal tintado daba forma a un joven que semejaba un trovador errante recortado sobre láminas de vidrio de tonos ocres y tierra, y sonrió al recordar que aquella biblioteca universitaria se había levantado con la ayuda económica de una de las fundaciones que había creado Leyre dos siglos antes.

Pasaban las diez de la mañana y la biblioteca estaba llena. Tiago sacó de la cartera un cuaderno de apuntes y una pluma estilográfica, objetos anacrónicos que él seguía utilizando para atraer miradas de soslayo, aunque le costara cada vez más trabajo conseguir tinta rojo veneciano de buena calidad, pues solo quedaba un taller artesanal que elaboraba aquel producto sin reparar en la escasa demanda.

La mayoría de los que se sentaban a su alrededor eran gente joven, aunque la apariencia de juventud en esta época fuera relativa. Muchos habían conectado sus dispositivos electrónicos a los terminales holográficos de cada puesto y, para un observador como él, nacido a finales del siglo XX, semejaban caballeros medievales orando en un santuario antes de presentar batalla, con el yelmo dispuesto y la visera bajada mientras se santiguaban con la manopla de hierro. Era fascinante que la tecnología y la iconografía medieval fueran aún de la mano, aunque otros preferían los equipos de sensores anclados sobre formas zoológicas y vegetales, de modo que la estancia semejaba un muestrario de dibujos de un códice antiguo en el que caballeros y animales fantásticos convivían entre formaciones vegetales de titanio.

Había grupos que trabajaban juntos proyectando hologramas que transformaban mediante el tacto y la voz mientras dictaban notas a sus equipos en la zona habilitada en la pared de la izquierda, compartimentada y separada del resto de la sala por paneles de cristal que podían adoptar formas y colores, e incluso texturas, diferentes, como el caudal brillante de un salto de agua, la sinuosidad de las arenas del desierto, el chisporroteo incesante de la llamas o la quietud ondulada de la superficie del mar en calma.

En el piso superior había zonas de proyecciones para interactuar con los libros electrónicos y explorar las distintas posibilidades que ofrecían en el desarrollo y en el desenlace, de modo que solo unos pocos usuarios tenían todavía libros de papel entre sus manos.

Desde que los libros en cuatro dimensiones habían inundado el mercado literario, los ejemplares lineales y unidireccionales de papel se habían convertido en una reliquia. Y el fondo de aquella biblioteca había pasado a ser considerado como el depósito de un museo, anacrónico y valioso por el uso residual y la singularidad que le confería la antigüedad de los libros de papel que almacenaba.

Las nuevas generaciones habían crecido explorando e interactuando con las distintas dimensiones de una narración que podía tener miles de tramas y desenlaces distintos, dependiendo de los gustos del lector, una historia que podía contarse desde diferentes puntos de vista y con distintas voces, y en la que los escenarios cambiaban según la imaginación del usuario.

El hecho de que se aceptara la percepción individual como una prueba de la convivencia de universos distintos y simultáneos en el mismo espacio-tiempo, había sido para Tiago, de entre todos los avances técnicos y científicos, una de las nociones más difíciles de asimilar. La evidencia de que cada ser humano desarrolla imágenes interiores únicas respondiendo a estímulos externos que nunca son iguales, aunque parezcan idénticos, y los intentos de materializar el filtro que alimenta el caleidoscopio que cifra y descifra continuamente los mensajes a través de los que interactuamos con el mundo, chocaba con su concepción analítica y cerrada del entorno.

A partir de entonces se había abierto un campo de posibilidades infinitas en el que cada lector podía enriquecer los libros al dejar grabada una nueva interpretación en la memoria que contenía las variables originales. E incluso esta interpretación podía enriquecerse con el tiempo, porque nuestra percepción cambia a la vez que nuestras células, y las experiencias que aportaba cada lector posibilitaban multitud de versiones que nunca serían descifradas de forma idéntica, desenredando la historia hasta el origen para convertir el inicio en un desenlace distinto al diseñado originariamente por el autor.

Cada persona es un mundo, siempre lo había oído. Pero ahora, a finales del siglo XXII, se había comprobado que miles de universos se expanden dentro de cada una de las células que conforman un organismo. Miguel Ángel había dibujado el dedo de la Vida a principios del siglo XVI en la bóveda de la Capilla Sixtina, y se había descubierto que, incluso allí, en los trazos irregulares con los que el artista había dado aliento a los conceptos de proximidad y de distancia, de atracción y de rechazo gravitatorio para mantener el equilibrio inestable sobre el que se apoya la armonía del cambio, en cada uno de los átomos de los fragmentos de pintura desvaída, residía el nexo de unión en el que se anclaba el mundo. La palanca para interaccionar como un punto de apoyo, pues a eso se reducía la materia, a una excusa para comenzar a construir una empresa común que todos creían homogénea, aunque la pensaran de manera distinta, porque el punto de vista era siempre objetivamente subjetivo.

Tiago descubrió que la materia era la proyección de la conciencia, una energía moldeable y dúctil que se transforma con el hilo conductor del pensamiento, y desde entonces se esforzó por explorar dentro de sí mismo para conectar con el niño que abandonaron en el orfanato por no ser digno de recibir el cariño de nadie, ni siquiera de la que lo había parido.

Había estado en otras bibliotecas como aquella, otros templos en los que se trabajaba el interior hasta tomar conciencia del filtro y el caleidoscopio para crear proyecciones infinitas, y le había costado mucho cambiar el concepto que tenía sobre sí mismo, porque siempre se había visto como una pieza única perdida en la inmensidad de un mundo hostil, con reglas ajenas. Su único punto de anclaje para no desaparecer en el vacío había sido la voluntad, ahora lo comprendía, la proyección de un futuro que se había cumplido paso a paso hasta que dejó de tener sentido una vez que traspasó la meta. Porque en su proyección lineal del universo, detrás del éxito, solo aguardaba el vacío y la derrota del paso inexorable del tiempo.

Así había sido hasta que apareció ella. Leyre. Un nombre sobre un expediente que relataba los pormenores de una enfermedad que era mortal a principios del siglo XXI. Una moribunda que habitaba un cuerpo marchito, aunque proyectara imágenes a su alrededor como hologramas llenos de energía que se desplegaban una y otra vez al voltear el reloj que mantenía siempre a la cabecera de su cama.

Una mujer abandonada a los cuidados de una loba bajo la atenta mirada de la imagen dibujada en la vidriera de la iglesia de un monasterio. Rebosante de afectos y de recuerdos, aunque hubiera prometido no explorar el amor en ninguna de sus formas. La dueña de un collar de tabas semejante al que portaba ahora una muchacha que se sentaba unos puestos más allá a su misma mesa, con una visera anclada al cráneo con tiras de titanio que semejaban la estructura de una cabeza de lobo.

Cuando Tiago conoció a Leyre, postrada en la cama, la catalogó como solía hacer con todos los casos que llegaban a la planta. Mitad rutina, mitad trabajo de campo para completar su formación como oncólogo. No vio más allá de su estado físico. Nunca lo hacía, porque aún tenía los párpados cosidos con un hilo de acero que conformaba la máscara que llevaba anclada alrededor del cráneo, semejante, pensó con una sonrisa en los labios, a las que ahora lo rodeaban en el acuario de la biblioteca.

Una mujer que en lo único que se diferenciaba del resto de pacientes era en la conformidad absoluta con la que habría de sobrellevar sus últimos días.

No lo vio cuando entró en su habitación, le costó mucho tiempo abrir los ojos para apreciar el mundo tal y como era para ella, pero cuando lo hizo, desaparecieron las barreras que él había creado para mantenerse a salvo en una fortaleza que no resistió siquiera el primer asalto de conciencia.

La mujer de las venas azules, dueña del reloj de arena que ahora llevaba él en el bolsillo, le había dejado en herencia un oficio que se desenredaba a través de los siglos en la percepción lineal de los mortales, y el cofre volvió de nuevo a las manos de un niño abandonado, esta vez a las puertas de una inclusa.

A cambio conseguiría la inmortalidad que da la arena, le dijo ella, la plenitud física que Tiago seguía estudiando como médico en una época en la que la prolongación de la vida era una carrera contrarreloj que iba cubriendo metas y quemando etapas muy deprisa, porque posiblemente los jóvenes que estaban sentados a su alrededor superarían el siglo en plenas facultades mentales y físicas, y doblarían la esperanza de vida del mundo desarrollado a principios del siglo XXI. La ciencia avanza, le habían dicho siempre, inexorable, y pone contra las cuerdas a la Muerte. Como si eso fuera posible.

Leyre había muerto proyectando la imagen de una biblioteca universitaria de mediados del siglo XX en la que había conocido a un leproso leyendo a Dante Alighieri mientras ella comandaba una partida de caza al frente de una manada de lobos atravesando gargantas de aguas embravecidas encajadas entre cumbres nevadas.

Tiago ni siquiera pudo apuntar la fecha de la muerte en el expediente que había abierto cuando ella llegó al hospital unos meses antes. Sostuvo el cofre y repitió las palabras que Leyre le dictaba mientras sentía remansarse el aire húmedo sobre la laguna iluminada por la luz cenital que entraba a través del techo de la gruta.

Se hizo cargo del reloj de arena y de los libros de cuero, aceptando los términos del contrato que selló con la Muerte para dejar de esconderse de sí mismo.

Rubricó el acuerdo en todos sus términos, sin temblarle la voz cuando pidió prolongar la vida de Leonor, la nieta de Amaya, la pequeña capitana, como decía Amelia. Pidió una nueva oportunidad para ella a cambio de hacerse cargo de lo que conllevaba el cofre, consciente de que lo hacía únicamente por complacer a Fernando, pues no tenía a nadie ni le había dolido nunca el trabajo de la Muerte.

Desde entonces protegía y cuidaba la línea de sangre de las tabas como había hecho antes Tomás, entrando y saliendo de las vidas de las mujeres protegidas por los lobos, y algo parecido a la nostalgia le escocía en los ojos cuando las veía crecer y madurar, y desaparecer después de transmitir los huesos a una mujer de su sangre.

Tiago esbozó el dibujo de un reloj de arena en el cuaderno de apuntes mientras recordaba como devolvió los libros de cuero a la biblioteca de la Facultad de Letras poco después de que muriera Leyre, volviendo al escenario en el que, a mediados del siglo XX, un trovador al servicio de una mujer de vidrio se había cruzado con una muchacha protegida por los lobos.

"El lugar que había dado cobijo a los estudios de humanidades era entonces un albergue escondido entre los árboles que custodiaban el perímetro de la verja exterior de la antigua Facultad de Letras. La estancia donde estaba la biblioteca en otro tiempo se había convertido ahora en un salón social en el que todavía se podía apreciar la estructura que debió tener la antigua sala de lectura, pues algunas de las mesas y sillas originales se disponían junto a las ventanas dejando el centro para el billar, las revistas y los juegos de mesa.

El mostrador seguía al fondo de la estancia, ante las puertas batientes del depósito de libros, y Tiago no pudo evitar la tentación de rodear el semicírculo de madera y empujar una de las hojas para atisbar al otro lado, intentando imaginar lo que Leyre había escrito en el libro de cuero.

Allí estaba todavía, oculto entre la arena del reloj que llevaba escondido en el bolsillo del abrigo. El amor, la pasión, el sexo, la locura, la codicia, la envidia, el talento, la desesperación, el honor, la valentía, el llanto y la risa, el desafío y la aventura rizando las inmensas dunas de arena del desierto bajo el halo nocturno de la luna, el resplandor azulado de la nieve sobre la cima de las montañas más altas, la oscuridad silenciosa de las grutas más profundas de la tierra y la algarabía de las aves de plumaje multicolor posadas entre la inmensa fronda de los árboles que acariciaban el cielo en la selva amazónica.

Todo seguía allí, aunque aparentemente solo fuera un exiguo fondo de libros para surtir al albergue, una biblioteca minúscula sin nadie que la atendiera directamente.

Volvió sobre sus pasos y trató de localizar la mesa en la que se sentaba Tomás para leer bajo el foco de luz natural que entraba por la ventana. Eligió una al azar y se sentó en el extremo, superponiendo la imagen de la sala vacía sobre el murmullo del papel y los susurros que poblaban las mesas contiguas mientras ante el mostrador iba tomando forma la cola de penitentes agazapados detrás de las trincheras.

Tiago lo imaginó tal y como Tomás lo había dejado escrito, y no le fue difícil revivir cómo debió ser el encuentro entre Tomás y Leyre.

La sala fue cobrando vida a su alrededor mientras sus manos resbalaban dentro de su bolsillo sobre la superficie de cristal hasta dar la vuelta al reloj de arena.

Las puertas batientes vibraron con un golpe sordo y se desplazaron para dejarla pasar.

Doña Engracia llevaba entre los brazos una pila de libros con referencia en el lomo. Se arrimó al mostrador y alzó la mirada sobre las gafas con montura de pasta de cuyos extremos colgaba una cadena de plata que se apoyaba sobre sus hombros.

Seguía siendo asombrosamente bella, a pesar de que el imán de sus ojos no dejaba apreciar el conjunto.

Tiago se levantó y se situó al otro lado del mostrador de madera, sosteniendo los dos libros sin referencia que acababa de heredar de

Leyre. Doña Engracia los retiró acariciando levemente los cuatro cuartos de círculo de plata que formaban una circunferencia en la cubierta de uno de ellos, y deslizando los dedos por la piel repujada en el lomo del otro, perfilando con el tacto el contorno de un trébol de cuatro hojas.

Tiago dio media vuelta mientras ella guardaba los libros apilándolos bajo el mostrador a la vez que exhortaba al siguiente penitente para que se acercara.

Miró a su alrededor antes de salir y los encontró en la mesa donde había estado sentado unos momentos antes. Leyre todavía estaba de pie y colgaba la cartera del respaldo de la silla mientras Tomás la observaba por el rabillo del ojo sin levantar la cabeza del libro de Dante Alighieri que estaba leyendo. Era cierto que sus ojos semejaban el fondo de un estanque, y que ella tenía un halo de luz que mantendría muchos años después en una cama de hospital anclada a una serpiente incolora.

Tiago se cruzó con Leyre en el pasillo central cuando ella se dirigía hacia el mostrador de préstamos. Sus ojos azules ni siquiera repararon en él, absorta como estaba calculando la manera de salir airosa de la primera escaramuza tras la línea de trincheras y cuidando de no pisar terreno minado. La vio alejarse en dirección opuesta con la vista fija en los bibliotecarios para sumarse a la fila de penitentes.

Sostuvo la puerta para observarlos una vez más, fijándolos en su retina tal y como eran entonces, y antes de salir no pudo evitar echar una última ojeada al mostrador de préstamos. Doña Engracia había vuelto al depósito de libros y Don Julián comenzaba a ejemplarizar un castigo público con uno de los estudiantes de primero. Bajo el reloj que presidía la sala había un calendario que marcaba la fecha con letras y números de imprenta. 15 de octubre de 1958."

Ahora, sentado en otra biblioteca a finales del XXII, Tiago era el trovador errante y Leyre estaba muerta, aunque su sangre se sentara a la misma mesa unos puestos más allá y llevara las mismas tabas colgadas al cuello.

Tiago se levantó para acercarse al mostrador de préstamos, que cumplía las funciones de asesoramiento y servicio técnico. Al pasar a su lado, intercambió una mirada fugaz con la muchacha que tenía un dispositivo de sensores que reproducía una cabeza de lobo.

Las puertas batientes del depósito se situaban sobre la pared contigua al ábside. No tuvo que esperar mucho tiempo. Las hojas de madera cedieron ante Doña Engracia para dejarle paso. Traía dos libros en la mano, los dos sin referencia en el lomo. Alzó los ojos hipnóticos dejándole apreciar la similitud con los de la loba que estaba dibujada sobre el vidrio tintado a su espalda. Y entonces Tiago recordó lo hermosa que era detrás de aquellas gafas de montura de pasta, reconoció su óvalo perfecto y la increíble armonía de su cráneo alineado con la espalda con una suave inclinación que recordaba el perfil de una reina egipcia esculpido en un busto de terracota.

Tiago se dejó atravesar por los ojos dorados mientras tomaba conciencia de los siglos que le quedaban por delante, de la soledad y del cansancio que arrastraría contando historias y cuidando a las muchachas de las tabas mientras el mundo se transformaba a su alrededor engullendo los recuerdos.

Doña Engracia le tendió los dos ejemplares entrecerrando los párpados y contrayendo el iris hasta semejar un felino al acecho.

Él los recogió y regresó a su puesto. Guardó la estilográfica y el cuaderno de notas, pasó las tiras de cuero por las hebillas de la cartera y se la cruzó al costado. Luego depositó los dos ejemplares ante la muchacha de las tabas que leía en su misma mesa. Ella alzó la vista y plegó los brazos de titanio que figuraban la cabeza de una loba sobre su cráneo, y Tiago pensó que reconocería en cualquier parte esos ojos azules, a pesar de haber saltado varias generaciones.

La chica que se sentaba a su izquierda era un androide con un aspecto muy parecido a su dueña. Un *alter ego*. Muchos otros tenían servidores semejantes, lo único que diferenciaba a este androide es que no tenía los ojos azules, sino ambarinos.

Era un dispositivo de nueva generación, con sentimientos primarios y posibilidad de desarrollar algunos más profundos cultivando campos de neuronas que se reproducían a la vez que su estructura externa se transformaba para imitar el crecimiento humano.

Se llamaba Ámbar, así la llamó la muchacha de los ojos azules cuando le instó a que inspeccionara los dos libros de cuero.

Tiago se alejó cuando el androide extraía la esquina del sobre diminuto que sobresalía entre las hojas del libro repujado con un trébol de cuatro hojas.

Lo abrió a una señal de su dueña.

Y entonces miles de universos se desplegaron siguiendo las conexiones eléctricas de su actividad cerebral, hasta que la magia estalló de nuevo, nítida, inconfundible y rotunda, como el primer llanto de un niño.

El viaje a Ítaca había comenzado, pero el mar era otro, y el rumbo esta vez no respondía a la rosa de los vientos.

Mirando a aquella criatura fascinante, Tiago supo que el camino era largo, pero quizá aquellas nuevas formas de vida lo mantuvieran a salvo de la soledad y la pérdida que tantas veces le había anunciado Leyre.

Y quizá también, algún día, aquellos seres lograran mimetizarse con la Vida hasta confundir a la Muerte para que aceptara que una de aquellas criaturas se hiciera cargo del reloj de arena que él llevaba en el bolsillo. Tal vez, algún día.

Sonrió mientras cruzaba la puerta pensando que aún no había visitado los emporios de Fenicia. Quería acumular perfumes sensuales antes de que cayera la noche y se recortaran en la oscuridad las figuras de los lestrigones y los cíclopes.

Aunque seres tales jamás hallarás en tu camino, se dijo a sí mismo mientras atravesaba el hall, porque una mujer moribunda le había enseñado el secreto para seguir caminando y eludir el miedo al mismo tiempo.

"Siempre hacia delante, sin detenerse nunca, aunque en el próximo valle ruja el viento helado y retumben truenos de tormenta, aunque se deje atrás el resplandor de la infancia, la fuerza de la juventud y el estremecimiento del amor primero."

Tiago salió a la luz del sol y se alejó en busca de puertos antes nunca vistos.

"Rumbo a Ítaca, Leyre. En tu memoria".

SOBRE LA AUTORA

Nace en 1967 en Cáceres, aunque vive su infancia y adolescencia en Navalmoral de la Mata. En 1990 se licencia en Geografía e Historia en la Universidad de Extremadura. Actualmente ejerce como profesora en un Instituto de Educación Secundaria Obligatoria de la provincia de Badajoz. Es autora de "El Mundo de Eilen" una obra de literatura juvenil publicada en 2013, y de "Los Incondicionales", publicada en 2016.

Estimado lector, le rogaría que visitara la página de Amazon de este libro y dejara su opinión. A mí me serviría de ayuda para futuros trabajos. Muchas gracias por el tiempo que ha dedicado a la lectura de esta obra.

www.ingramcontent.com/pod-product-compliance
Lightning Source LLC
Chambersburg PA
CBHW051933020726
47501CB00001B/106